# 꽃에게 복종하세요

## II

프레스노 장편소설

동아

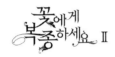

꽃에게 복종하세요 II

초판 1쇄 인쇄일 | 2019년 05월 22일
초판 1쇄 발행일 | 2019년 05월 31일

지은이 | 프레스노
펴낸이 | 박성면
펴낸곳 | (주)동아

출판등록 | 제406-2007-000071호
주소 | 경기도 파주시 문발로 115, 세종출판벤처타운 201-A호
전화 | (031)8071-5201
팩스 | (031)8071-5204
E-mail | bear6370@hanmail.net

정가 | 12,800원

ISBN 979-11-6302-201-5 (04810)
      979-11-6302-199-5 (set)

ZERO
NOVEL

I

# 꽃에게 복종하세요

프레스노 장편소설

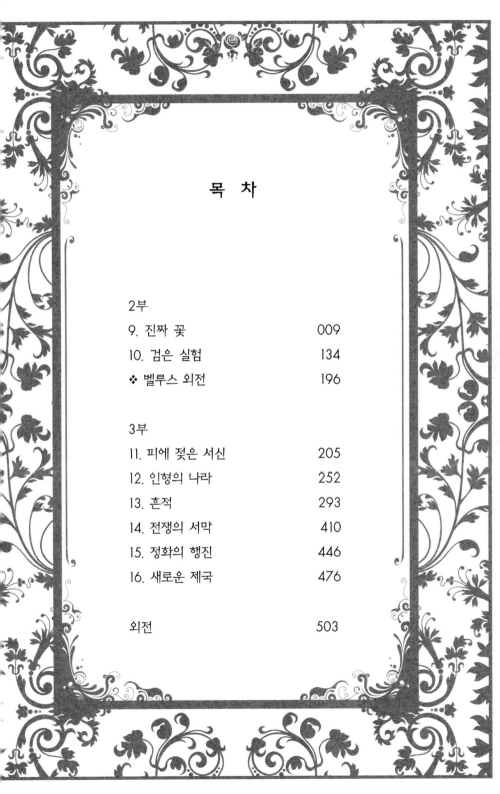

# 목　차

2 부

# 9. 진짜 꽃

'그 아이가 도와줄 수 있을 거예요.'

그렇게 말한 페르디아는 꽃밭에서 놀고 있는 에이샤를 불러들였다.

"에이샤, 가서 르나르를 좀 불러오겠니?"

"르나르 오빠요? 알겠어요."

르나르? 그게 누구지. 처음 듣는 이름이었다.

어디론가 폴짝거리며 뛰어나간 아이는 잠시 후, 붉은 머리칼의 소년을 데리고 돌아왔다.

"아, 뭐야?!"

"몇 번을 말해요. 엄마가 데려오라고 했다니까."

높다랗게 쫑긋 솟은 귀, 날카롭게 치켜 올라간 눈매가 사납다. 그러면서도 묘한 완염함이 느껴지는 소년이었다. 풍성하게 부풀어 살랑거리는 꼬리까지 보니 여우 수인이 틀림없었다. 그런데 어디서 본 인상이다. 분명 밖으로 나가게 해 달라고 농성을 부리던 무리 중의 한 명으로, 오르하스가 낙원 총 관리에 역임했을 때도 제 성질을 꺾지 않던 아이였다.

"뭐야, 페르디아 씨."

르나르는 한껏 툴툴거리며 페르디아에게 다가왔다. 그리고는 옆에 있던 나를 보며 잔뜩 인상을 구겼다. 그 뒤는 무시로 이어졌다. 여러모로 감정표현이 솔직한 아이였다.

"와 줘서 고마워요. 르나르의 도움이 필요했거든요."

"무슨 도움?"

얼른 말하라는 듯 짝다리를 짚은 모습이 건방지기 짝이 없다. 페르디아는 그런 태도에도 아랑곳하지 않고 말했다.

"르나르가 플로리아를 좀 도와줘야겠어요."

"뭐? 이 여자를 내가 왜!"

그래도 내 이름은 용케 외운 모양인지 바락바락 대들었다. 누가 알면 내가 저 아이에게 큰 잘못이라도 한 줄 알겠다.

"플로리아가 바깥에 볼일이 있대요. 르나르도 밖으로 나가고 싶어 했잖아요? 거기다 르나르는 믿을 만한 구석도 있고."

"그건 그거고. 난 나 혼자 나가고 싶은 거지, 짐 덩어리를 안고 가고 싶은 게 아니야."

대꾸하는 것이 제법 매섭다. 보란 듯 투덜거리는 르나르를 보던 페르디아의 눈이 가늘어졌다.

"르나르. 예의 바르게 굴어 줘요."

"흥, 싫은데?"

갸름한 눈꼬리가 휘어진다. 꼬리까지 들썩이는 걸 보니 완벽한 악동의 모습이었다. 페르디아가 제법 엄하게 굴었지만 씨알도 먹히지 않은 것 같다.

"하아, 어쩔 수 없네요. 이 말까지는 하지 않으려고 했는데."

단단히 마음먹은 모양인지 페르디아가 허리춤에 손을 올렸다. 심상치 않은 기세에 르나르의 꼬리가 하늘로 바짝 섰다.

"은혜는 두 배로, 복수는 세배로. 수인족이라면 누구나 아는 규칙이죠."

"……그걸 왜 지금 말하는 거야!"

르나르는 특히 은혜라는 부분에서 크게 움찔거렸다. 죄지은 아이처럼 고개를 떨구기까지 한다.

"내가 르나르를 구해 줬잖아요. 그 은혜, 여기서 갚도록 해요."

"……익!"

마지막 말에 르나르가 찍 하고 수그러들었다. 둘 사이에 무슨 일이 있었던 건지는 모르겠지만, 르나르가 빚을 진 상황임은 분명해 보였다. 나를 획하고 돌아본 르나르는 아르릉, 위협적으로 울어 보이더니 추욱 어깨를 늘어트렸다.

"……알겠어. 알겠다고."

기 싸움에서 밀린 것이 어지간히 억울했던지 풍성한 꼬리가 바닥을 두드린다. 무척 귀여운 모습이었지만 웃으면 화를 낼 것 같았다. 나는 웃음을 겨우 참아 넘기고는 물었다.

"도와준다는 건 고맙지만, 정확히 뭘 도와줄 수 있는 건지 듣질 못해서. 밖에 아는 이가 있니?"

기를 쓰고 나가겠단 이들은 제법 있었지만 모두 대책이 없었다. 그런 상태로 지상에 올랐다가는 죽음만이 기다릴 뿐이다.

"아는 놈 몇 명 있어서 퍽도 안전하겠다."

코웃음을 친 르나르가 빈정거렸다. 그마저도 페르디아의 시선에 금방 누그러들었지만.

"르나르는 바깥에 세력이 있다고 들었어요. 무슨 상단이었는데……."

잘 기억이 나지 않는다는 듯 페르디아가 말끝을 흐렸다. 이에 르나르의 어깨가 다시 펴졌다. 허리에 손까지 얹어진 것을 보니 그 기세가 제법 당당하다.

"엣헴, 상단이 아니라 타워야. 정보 타워!"

"부아느? 부아느 정보상을 말하는 거야?"

내가 놀라 되묻자 르나르가 턱을 치켜들었다. 부아느는 비밀에 감싸여 있는 정보상이었다. 값비싼 보석이나 골동품 등의 위치를 아는 것은 물론, 귀족들의 은밀한 추문까지 알고 있다고 소문이 자자했다.

"그래. 정보 타워는 내 손바닥 안에 있다고. 거기서 일하는 놈들은 모두 내 부하들이야."

믿기지 않는 말이었다.

부아느 정보 타워에 대해 알려진 건 몇 가지뿐이었다. 그중 가장 유명한 정보는 정보 타워의 주인이 여인이라는 것이다. 여느 귀부인보다 고혹적인 외모를 가지고 있으며 비상한 머리로 모르는 정보가 없다고 들었다.

'뭔가 이상한데.'

여우족은 머리가 좋고 제 목숨을 가장 중요하게 여긴다. 그러니 아무런 방비 없이 지상을 돌아다닐 생각은 하지 않을 것이다. 하지만 멀쩡하게 주인이 있는 정보 타워를 제 것이라고 하다니? 르나르의 말을 온전히 믿기는 어려웠다.

"너, 페르디아에게 감사하는 게 좋을 거야. 난 아무한테나 도움을 주지 않는다고."

대놓고 으쓱거리는 것이 정말 믿을 구석이 있긴 있는 모양이었다. 하긴, 부아느 정보 타워라면 몸을 숨기기엔 딱이었다. 워낙 비밀스러운 곳인지라 귀족들도 쉬이 방문하지 못하기 때문이다. 한 마디로 황제의 눈을 피하기 알맞았다.

머릿속으로 계산을 마친 나는 고개를 끄덕였다.

"그럼 부탁할게."

"칫, 네가 문만 막지 않았어도 나 혼자 나가 버리는 거였는데."

르나르는 끝까지 아쉬운 티를 냈다. 그래도 지상으로 나가는 게 좋은 모양인지 한결 표정이 밝아져 있었다. 낙원을 답답해하는 이도 있구나. 나는 제 영역으로 돌아가는 아이의 뒤를 물끄러미 바라보았다.

"좋은 방향으로 풀려서 다행이에요. 지상엔 언제 올라갈 생각인가요?"

"최대한 빨리요. 채비만 마치면 바로 올라갈 것 같아요."

지상의 상황을 알 수 없으니 서둘러 움직여야 했다.

몸을 숨길 곳이 정보 타워라면 바깥에서 움직이지 않고도 정보를 사들일 수 있었다. 여러모로 페르디아가 큰 도움이 되었다. 나는 그녀에게 감사를 전했다.

"고마워요. 페르디아. 덕분에 걸리는 일을 해결했어요."

"제가 뭘요. 도움을 주는 건 르나르인걸요."

나는 그녀의 상냥함에 또 한 번 안도했다. 페르디아는 다른 사람을 편안하게 만드는 힘이 있었다. 그녀가 품고 있는 꽃인 히아신스처럼 말이다. 그녀의 등에는 아름다운 꽃이 그림처럼 피어 있을 것이다.

나는 페르디아를 돌려보내고도 내내 그녀가 품고 있을 꽃을 상상했다.

'나도 꽃을 피울 수 있을까.'

일찌감치 포기하고 있던 희망이 슬그머니 머리를 들었다. 내 몸에 흐르는 절반의 고귀한 피. 이것은 화인의 마지막 맥이자 구원이었다. 하지만 반쪽짜리 피에 기대를 걸어도 되는 걸까. 괜한 마음을 품었다가 실망만 안게 되는 건 아닐는지. 페르디아에게 큰 도움을 받았지만 그만큼 머릿속이 복잡해졌다.

타악ㅡ!

꽃에 대한 생각에 빠지길 한참. 나는 창문을 때리는 소리에 고개를 돌렸다. 어느새 열린 창문으로 카르텔이 들어오고 있었다.

"대체 멀쩡한 문을 두고 왜 창문으로 들어오는 거야?"

"이편이 빠르니까."

그는 아무렇지도 않게 대꾸하고는 내 허리를 낚아채 단번에 안아 들었다. 순식간에 시야가 높아졌다. 카르텔은 몇 발자국 가지 않아 나를 내려놓았다. 그곳은 침대 위였다.

"이제 나한테 쓸 시간이 있겠지."

아까 페르디아에게 내 시선을 빼앗긴 것이 꽤 불만스러웠던 모양이다. 쪼는 듯한 입맞춤이 내 몸 곳곳에 내려앉았다. 처음에는 간지럽게만 느껴졌었는데, 시간이 지날수록 열감이 올랐다.

나는 가는 숨을 뱉으며 고개를 뒤로 젖혔다. 붉은빛에 가까운 머리카락이 침대 위로 흐트러졌다. 손등이 침대에 닿고 그의 손가락이 사이사이 겹쳐진다. 나는 손을 비틀어 그것을 풀어내고는 그의 상의를 벗겼다. 탄력 있고도 단단한 짐승의 육체가 내 시야에 담긴다.

그가 팔을 찌르며 마력을 제어하는 모습을 본 후, 나는 그의 피부를 습관처럼 살폈다. 다행히 팔의 자상은 어느덧 나아 흉 없이 깨끗했다.

"힘은?"

"과하게 쓰지만 않으면 제어가 가능해."

덤덤한 목소리였다. 흉이 아문다고 해서 고통을 느낄 수 없는 건 아니었다. 그는 내가 괜찮냐 물을 때마다 가장 기본적인 것을 느끼지 못하는 사람처럼 굴었다. 이것도 오랜 시간 갇혀 있던 것의 후유증일까. 나는 알 수 없었다.

"알고 있었지?"

"뭐가?"

내 몸을 타고 흐르는 손은 느릿하게 움직이는 밤바다와 닮아 있었다. 나는 가벼운 한숨을 토하며 그의 팔을 붙잡았다.

"내가 꽃의 축복을 쓰지 않았다는 걸."

달의 궁에서부터 지금까지 몇 번이고 몸을 겹쳤다. 구석구석 서로의 손길이 닿지 않은 곳이 없을 정도였다.

꽃의 축복을 쓴 화인은 몸에 흔적이 남는다. 등의 날개 뼈 위에 품고 있던 꽃이 문신처럼 그려지는 것이다. 화인에 대해 알고 있는 그였으니, 내가 거짓말했다는 사실을 모를 리 없었다.

"아무렴."

내가 자신을 몇 번이고 속였음에도 카르텔은 그에 대해 묻지도, 나를 탓하지도 않았다.

그는 이어진 질문에 성실히 대답하면서도 나를 탐하는 손길을 멈추지 않았다. 이래서 카르텔이 좋았다. 그는 나를 가짐으로써 나의 비밀까지 삼켜 버렸다. 네가 나를 원할 때까지, 나는 너에게 나를 내어 줄 것이다. 나는 다짐하며 그의 목에 팔을 둘렀다.


빛이 거두어진 지하 세계에 크리스털과 야광석이 별과 달을 대신했다. 준비는 오래 걸리지 않았다. 가지고 들어온 것이 없었으니 챙겨 나갈 것도 없었다. 지상으로 나가는 인원은 나와 카르텔, 벨루스와 리카엘 그리고 여우 수인인 르나르. 이 다섯이었다.

나는 출발하기 전 오르하스를 만났다. 그의 옆에는 아르덴이 서 있었다.

"그러면 오빠 다녀올게. 오르하스, 아르덴 오빠를 부탁해요."

"······알겠습니다."

소통할 연락책을 적어도 한 명은 남겨 두어야 했다. 그 대상이 아르텐이었다. 그는 나를 따라가지 못해 미안해했지만, 사실은 그럴 필요가 없었다. 오르하스는 유독 아르텐에게 유했다. 아닌 척했지만 아르텐 옆에 있을 때면 차가운 기색이 한결 누그러지곤 했다.

"조심해서 다녀와."

"응. 금방 올게."

아르텐에게 작별의 포옹을 건넨 나는 곧장 뒤돌아섰다. 리카엘도 아닌 척 아르텐과 눈인사를 나누는 것이 보였다. 벨루스야 기대도 하지 않았다.

"가요. 오라버니."

지하에서 지상으로 가는 문을 열기 위해서는 리카엘의 힘이 필요했다. 낙원과 지하를 가르는 문을 통과한 우리는 이끼가 낀 동굴에 섰다. 그 위로 우리가 떨어졌던 문이 보였다.

"그래."

새파란 빛이 리카엘을 감쌌다. 그는 룬어로 알아들을 수 없는 말을 중얼거리더니 허공을 향해 손을 뻗었다. 바로 그때, 문이 열렸다. 푸른빛은 우리를 위로 띄워 주었다. 마침내 지상의 땅에 발을 디딘 순간, 낙원으로 향하는 문은 닫혀 평범한 바닥이 되었다.

'달이…….'

검은 하늘에 떠 있는 달과 별은 진짜였다. 오랜만에 보는 밤하늘이 유난히 아름다웠다. 나는 지상의 공기를 폐부 깊숙이 들이켰다. 다시 시작이었다.

* * *

우리는 주로 밤에만 움직였다.

벨루스의 그림자는 두 사람만을 완벽하게 품을 수 있었다. 머릿수가 늘어날 경우 그 장막을 얇게 펼쳐야 했기에 기척을 다 가릴 수 없었다. 하지만 없는 것보다는 나았다.

검문소에서는 벨루스가 한 명, 한 명 일일이 들여보내는 식으로 움직였다. 과연 정보상에 맥이 있다는 게 거짓말은 아니었는지, 르나르는 병사들을 피할 수 있는 샛길을 제법 많이 알고 있었다. 가끔 사람을 마주쳤을 때는 내 향기로 잠재워 버렸다. 그렇게 바삐 움직였다.

"이쪽이야……요."

르나르는 사람 한 명이 드나들 수 있는 구멍을 어설픈 존댓말과 함께 가리켰다.

지상으로 나온 이후, 나는 르나르와 일대일의 가벼운 면담을 나눴다.

'페르디아 앞에선 참아 줬지만…… 나와 함께 다니는 동안 공손해지는 게 좋을 거야.'

나는 벨루스 외 다른 이의 어리광을 받아 줄 생각이 없었다. 그 자리에서 향기를 사용해 르나르를 홀리기도, 가벼운 독에 절이기도, 즐거운 환각을 보여 주기도 했다.

'알겠지? 내 오라버니와 동생한테도 얌전히 굴어. 그리고…… 만약 네가 거짓말을 한 거라면 지금 것과는 비교도 안 될 만큼 즐거워질 거야.'

르나르가 건방 떨지 않는 사람은 오직 카르텔뿐이었다. 나는 그것이 마음에 들지 않았다.

내 충고는 꽤 효과가 있었다. 덕분에 르나르는 처음 만났을 때와는 다르게 착실히 움직여 주고 있었다. 그렇게 움직이길 사흘째, 우리는 수도 바로 아래의 마을에 들어와 있었다. 벗어나길 간절히 소망하던 곳과 지척이었다. 기분이 꽤 오묘해졌다.

'등잔 밑이 어둡다지.'

황제에게 들키지만 않으면 상관없었다. 경비가 강화된 것이 눈에 보였지만, 수도를 벗어나면 더할 것이다. 우리가 아직 이 근방에 있을 거라곤 생각지 못할 테니까.

"거의 다 왔어……요."

예의를 차리라고 했지, 이상한 존대를 하라고는 하지 않았는데. 나는 웃음을 간신히 눌러 참고는 고개를 끄덕였다.

달이 유독 환한 밤이다. 벨루스의 그림자는 빛에 영향을 받는다. 아슬아슬할 정도로 투명해진 검은 장막을 두른 우리는 르나르의 뒤를 따랐다.

"여기야, 요."

르나르의 말에 벨루스가 어둠을 거두었다. 우리는 검은 로브에만 의지한 채 앞을 바라보았다. 도착한 곳은 허름한 골목길이었다. 르나르는 그곳에서도 가장 심하게 낡은, 다 떨어진 건물의 문을 신경질적으로 두들겼다. 저래도 되나 싶을 정도로 소동을 벌인 르나르는 열리는 철문 앞에서도 당당했다.

"뭐야."

철문 안에서 나온 이는 2미터가 넘는 거구의 사내였다. 소음이 상당히 거슬렸던 듯 사내의 이마는 사정없이 구겨져 있었다. 한주먹 거리도 안 되어 보이는 르나르는 자신 있게 로브를 벗어 던졌다.

"레브라도!"

"……이 쬐끄만 놈이 미쳤나!"

레브라도, 그것이 사내의 이름인 듯했다. 하지만 상대의 반응은 그리 좋지 않았다. 사내는 르나르의 멱살을 잡아 순식간에 건물 안으로 처넣었다.

"감히 누구 집 앞에서 소란을 피우는 거냐! 네놈들도 이리 오지 못해?!"

화가 잔뜩 난 듯 사내의 얼굴이 붉으락푸르락했다. 리카엘이 검을 뽑아 들려 할 때였다. 사내는 주먹을 쥐면서도 건물 안과 우리를 반복해서 눈짓했다. 무언의 신호였다. 그것을 본 나는 리카엘을 말리며 그 안으로 들어갔다. 내가 움직이니 다른 이들도 자연히 따른다. 이윽고 철문이 완전히 닫혔을 때, 거구의 사내 레브라도의 태도가 돌변했다.

"아이고, 도련님!"

"레브라도! 너 돌았어?! 어떻게 나한테……!"

안으로 던져졌던 르나르가 잔뜩 씩씩댔다. 레브라도는 그 앞에서 미안하다는 듯 뒤통수만 긁적이고 있었다.

"그러게 거기서 로브를 벗으시면 어떡합니까? 아직 귀도 집어넣을 줄 모르시는 분이. 그리고 대체 어딜 갔다가 이제야 돌아오신……!"

"그렇다고 집어 던질 것까진 없잖아!"

"그럼 처음부터 암호를 말하고 곱게 들어오셨어야죠!"

그렇게 시작된 실랑이는 한참이나 이어졌다. 사내는 르나르의 여우 귀를 보고도 아무렇지 않아 했다, 심지어 도련님이라고 부르고 있었다. 대체 이들은 무슨 관계일까? 참다못한 나는 그 둘 사이에 끼어들었다.

"실례할게요."

"아, 누구……."

나는 그의 앞에서 로브를 뒤로 넘겼다. 가려져 있던 얼굴이 밖으로 드러났다. 르나르에게 지지 않으려 꼬박꼬박 대꾸하던 레브라도가 드디어 말을 멈췄다. 그의 시선이 홀린 듯 몽롱하게 변했다.

"정보를 사러 왔는데, 안내받을 수 있을까요. 레브라도?"

내 상냥한 미소에 레브라도의 뺨이 혹하고 달아올랐다. 그와 동시에 단단한 팔이 내 어깨를 감싸 왔다. 흘끗, 시선만 돌려 바라본 끝에는 카르텔의 샛노란 눈동자가 레브라도에게 향하고 있었다. 어딜 보나 잔혹한 육식동물의 얼굴로 말이다.

"그, 잠시만, 잠시만 기다려 주십시오."

덕분일까. 드디어 볼일을 볼 수 있게 된 것 같았다.

레브라도는 르나르를 두고 안쪽으로 들어가 버렸다. 커다란 덩치가 사라지자 그제야 내부가 눈에 들어왔다. 허름한 겉과는 다르게 응접실의 형태를 한 내부는 꽤 깔끔하게 정돈되어 있었다. 레브라도가 사라진 복도의 벽면에는 상당히 고풍스러워 보이는 그림이 걸려 있기까지 하다. 어깨에서 허리로, 나는 내 허리를 안아 오는 카르텔의 손등을 느릿하게 문지르며 레브라도가 오기를 기다렸다.

"안으로 들어오시랍니다."

그는 얼마 지나지 않아 다시 나타났다. 이곳이 정보 타워가 맞는 걸까? 나는 복도를 걸으며 르나르에게 시선을 주었다. 내 눈치를 보던 르나르는 안으로 들어갈수록 사색이 되었다. 거짓말이라도 한 걸까. 나는 르나르를 의심스러운 눈으로 바라보면서 미로 같은 복도를 걸었다.

"이쪽입니다."

"그, 레브라도. 나는 나중에."

당당했던 모습은 온데간데없다. 문 앞에 선 르나르는 애원하는 듯한 시선으로 레브라도를 올려다보고 있었다.

"꼭, 꼭. 도련님도 함께 들어오시랍니다. 그럼 이만."

하지만 레브라도에게 씨알도 먹히지 않았다. 이윽고 문까지 열어준 그는 주춤주춤 물러서더니 들어온 반대 방향으로 사라져 버렸다.

"들어오도록 해."

작게 열린 문틈으로 고혹적인 목소리가 들려왔다. 사람을 단숨에 홀려 버릴 정도로 매혹적인 음성이다. 마치 여우 수인처럼. 그러고 보니 정보 타워의 수장은 붉은 머리카락을 가진 희대의 미인이라고 들었다. 설마. 르나르와 틈을 번갈아 보던 나는 문을 완전히 열어젖혔다.

"왔니, 내 아가야. 그리고 손님들."

붉은 머리카락을 화려하게 늘어뜨린 여인이 카우치에 누워 있었다. 긴 파이프를 문 입술이 연신 향을 뱉어 낸다. 도톰하게 부푼 입술과 오뚝한 콧날, 초승달처럼 휘어진 눈 사이로 보이는 루비 눈동자의 미인은 우리를 보며 입꼬리를 말아 올렸다.

"잘 찾아왔네. 나는 정보 타워의 수장 수에노라고 하네."

"어, 엄마."

엄마? 지금 뭐라고…….

르나르는 벌벌 떨며 내 뒤에 숨어 있었다. 이윽고 눈을 갸름하게 뜬 벨루스에 의해 앞으로 내밀어졌지만 말이다.

"그래. 내가 네 어미는 맞나 보구나."

후우. 길게 연기를 뿜은 여인이 안타까운 어조로 중얼거렸다. 어떤 정보든 사고팔 수 있다는 정보 타워의 수장. 수에노.

"무려 일 년 동안이나 밖으로 나돌더니 재미가 좋았더냐?"

"아, 아니. 그게…… 금방 돌아오려고 했는데."

우물쭈물 변명하는 모양새가 영락없는 아이였다. 이윽고 르나르와 수에노의 관계가 확실해졌다. 어미와 아들. 둘은 여우 모자였다.

"변명은 나중에 듣자꾸나. 아가. 손님들도 계시니 말이야."

탁탁. 파이프를 털어 낸 여인은 카우치에서 상체를 일으켰다. 독특한 의복은 치마 한쪽이 갈라져 있어 그녀의 긴 다리를 고스란히 드러내고 있었다. 수에노는 도도하게 다리를 꼬며 웃었다.

"못나고 귀여운 내 아가를 데리고 와 주어 고맙네."

"아뇨. 오히려 제가 르나르에게 도움을 받았지요."

나는 기가 죽었음에도 나를 쏘아보는 르나르의 시선을 가볍게 무시했다. 설마, 정보 타워의 수장이 수인족일 줄이야. 정말이지 믿을 수 없는 일이었다.

"무슨 생각을 하는지 뻔히 보이는군. 그래. 수장이 수인족, 그것도 여우 수인일 줄은 생각지 못했겠지. 보통 이들이 자네들을 혼혈이라 생각하지 못하는 것처럼 말이야."

"……."

내가 그녀의 정체를 파악했듯, 수에노 또한 우리를 파악하고 있었다.

"내 보금자리에 어서 오시게. 베논가의 아가들과…… 존귀하신 분."

그리고 카르텔의 존재까지도.

그녀는 파이프를 움직여 앉기를 권했다. 카우치에 앉으니 이곳이 정보 타워라는 게 실감이 났다. 한동안 침묵이 이어졌다. 나는 더 참지 못하고 물었다.

"어떻게, 수인이 인간 사회에……."

"녹아 있는지 궁금하겠지. 본래는 인간 대리를 둔다네. 그녀가 나를 대신해 인간들을 상대하지. 르나르가 아니었다면 내가 자네들을 만날 일은 없었을 거야."

더더욱 놀라운 일이었다. 내 표정이 재미있다는 듯 수에노가 말을 이었다.

"인간들 틈엔 생각보다 혼혈들이 많이 섞여 있어. 피를 반 타고났다고 해도 인간에 훨씬 더 가까운 것들이 그러하지."

"그러면……."

"그들은 인간 사회에서 안전을 보장받길 원한다네. 나는 그런 혼혈들을 모아 이곳을 만들었지."

그것이 정보 타워의 시초였다. 인간 사회에서 활동하는 수인족이라니. 어안이 벙벙했다.

"그래. 한창 쫓기고 있을 자네들에게 선물을 주지. 가출한 내 아가를 찾아 준 답례로 말이야."

르나르는 가출이라는 말에 어깨를 크게 들썩거렸다. 가출, 나는 상황이 대충 어떻게 돌아갔는지 파악할 수 있었다. 철없는 어린 여우의 가출은 곧 노예가 되는 길이었다. 어떻게 페르디아를 만나 그녀에게 은혜를 입은 모양이었지만, 낙원 밖으로는 나가지 못했던 거겠지. 다행스러우면서도 참으로 한심한 결말이었다.

"정보를 주실 건가요?"

"그런 곳에 왔으니 얻어 가야 하지 않겠어."

그녀는 어서 말해 보라는 듯 웃었다. 정보 타워의 정보는 값비쌌다. 하지만 그만큼 정확했다. 쉽게 오지 않는 기회에 나는 입을 열었다.

"마도탑은 어떻게 되었나요?"

마도탑에 가두어진 이종족은 내가 지상으로 올라온 이유이기도 했다. 의외의 질문이라는 듯, 수에노의 눈동자가 크게 뜨였다가 곧 눈웃음에 감춰졌다.

"재미있는 걸 묻는군. 그래…… 마도탑은 건재하지. 물론, 겉만 말이야."

"무슨 뜻인가요?"

기묘한 말이었다. 물론 황제가 마도탑을 그냥 두었을 리는 없었다. 적어도 병력으로 탑을 점거했겠지. 그러나 수에노의 입에서 나온 말은 내가 생각하던 것과 전혀 달랐다.

"탑만 남아 있어. 그 안에 있던 것들은 하루아침에 모두 사라졌다더군."

"그게 무슨……."

말도 안 되는 일이었다. 마도탑은 하나의 성과 같았다. 그 안에서 일하는 이들은 물론이고, 실험체며 도구들은 결코 한 번에 사라질 만한 양이 아니었다.

"뭐, 이해할 수 없는 일이지. 확실한 건 인간의 힘으론 불가능하다는 거야."

나른한 웃음을 짓던 수에노의 표정이 한순간 진지해졌다. 인외존재. 우리와 같은, 혹은 그 이상의 것이 사건에 개입하고 있었다.

'그럼 실험체로 남아 있던 이종족들은…….'

구해야 할 이들이 모두 사라졌다. 수에노는 그들이 어디 있는지 알고 있을까. 나는 시선으로 도움을 청했다.

"안타깝지만, 우리도 백방으로 알아보는 중이란다. 황제 쪽도 그러하지."

황제라는 단어에 몸이 굳어졌다. 그가 찾고 있는 건 비단 마도탑의 일원만이 아닐 것이다. 사라진 아버지와 그의 자식들 그리고 카르텔까지. 내 눈빛에 경계심이 드리웠다. 수에노는 정보 상인이었다. 우리는 지금 가장 값비싼 먹잇감이리라.

"나를 경계하는구나."

수에노가 그러지 말라는 듯 깔깔거리며 손을 내저었다. 그래도 만일이라는 것이 있었다. 황제는 자존심이 대단히 강한 사람이다. 자신의 손과 발이 아닌 이들은 모두 하찮게 여긴다. 하지만 상황이 상황인 만큼, 황제가 정보 타워까지 손을 뻗어 왔을 가능성도 배제할 수 없었다.

"돈깨나 많은 귀족 정도로 위장해 온 놈들이 있었지. 물론, 내 눈은 못 속이지만."

수에노는 인간 대리를 두고 작은 구멍을 통해 그들을 살폈다. 그들은 모두 신학파의 우두머리였다. 거기다 엄청난 금액을 제시하기까지

했으니, 숨길 수 있을 리가 없었다.

"황제의 측근들이더군. 마도탑의 증발에 대한 것과 베논 공작, 그리고 자네들을 찾아 달라는 제안이었어."

그녀는 별일 아니라는 듯 태연하게 말했다. 역시나. 황제는 그만큼 급박했다. 카르텔로 인해 황실의 비밀이 드러나게 될까 봐 말이다.

"사안이 사안인 만큼 보류하기는 했지만."

"……그랬군요."

꿀꺽. 목으로 마른침이 넘어간다. 그녀가 지금 당장 사람을 풀어 황가에 연락을 취한다면, 우리는 모두 끝장이었다.

"하지만 어여쁜 꽃아. 너희를 팔아넘기진 않을 거란다. 내가 영악한 여우 수인이라고는 해도, 은혜까지 저버릴 이는 아니니까."

값나가는 의뢰라 너무나 아쉽기는 하지만 말이야.

불안한 말이 덧붙었지만, 수에노는 진심이었다. 나는 그녀의 말에 진심으로 안도했다. 르나르를 이곳까지 데려왔던 게 신의 한 수가 될 줄이야.

"뭐, 그렇다고 해도 더한 정보를 안겨 줄 생각은 없지만."

"당신은 상인이니까요."

이 이상 바라는 게 무리라는 걸 알고 있었다. 그녀는 정보를 사고파는 상인이지, 누군가를 구제하는 역할은 아니니까.

"흐음."

태연한 반응에 수에노는 의외라는 듯한 표정을 지어 보였다. 내 태도가 마음에 든 듯 그녀는 다시 한번 깔깔 웃음을 터트렸다.

"더한 정보를 얻으려면, 그만한 값어치를 해 주면 돼."

"무엇을 원하시나요?"

수에노는 정보를 꼭 돈으로 팔지 않았다. 그 사실을 알고 있었기에 이리 물은 것이다.

"글쎄."

그녀는 바로 대답해 주지 않았다. 눈웃음치는 시선이 나를 떠나 모인 이들을 하나하나 훑었다. 이윽고 그 시선은 벨루스에게서 멈추었다.

"귀여운 아가네."

"……그, 벨루스를 보고 하신 말씀, 인가요?"

내가 잘못 들은 걸까. 아니면 그녀가 지칭하는 대상이 다른 이인 걸까. 벨루스도 놀란 듯 눈을 커다랗게 뜨고 있었다. 벨루스가 장성한 후, 동생을 귀엽게 여기는 사람은 오직 나뿐이었다. 아르덴을 제외하고 말이다.

"어머, 이름이 벨루스야? 귀엽기도 하지."

새하얗고 부드러운 뺨이 홍조로 달아올라 있었다. 수에노는 진심인 듯했다. 그녀는 벨루스를 진심으로 귀엽게 여기고 있었다.

"뭐, 뭐……. 정신, 나갔어?"

벨루스의 머리 위로 두 귀가 쫑긋하게 돋았다. 어지간히 당황했는지 팔에는 오소소 소름이 돋아 있었다. 수에노는 그 모습마저도 귀엽다는 듯 눈을 잔뜩 휘었다.

"대가로 저 아가를 나에게 주는 건 어때?"

"……그건 좀 곤란해요. 벨은 내 동생이라서요."

수에노가 황제를 죽여 준다고 해도 벨루스를 넘길 순 없었다. 무엇보다, 지금의 그녀에게선 뭔가 위험한 분위기가 풍겼다. 조금 성적인 방향으로의 그런 위험함이었다.

"어머, 애칭이 벨이로구나. 그래. 벨. 너는 어떠니? 본인 의사가 중요하니까."

내 말을 건성으로 듣는 게 티가 났다. 그녀의 시선은 오직 벨루스에게 고정되어 있었다.

"내 하렘에 들어오지 않을래?"

"푸웁!"

콜록, 콜록. 사레가 들린 벨루스가 거하게 기침을 토해 냈다. 하렘이라니. 이번엔 나도 적잖이 놀랐다. 정말 독특한 취미였지만 수에노와 절묘하게 어울려 더 기분이 이상해졌다.

"뭐, 이런 미친 여자가 다 있어! 리, 리아!"

내 뒤로 숨은 벨루스가 어깨를 잡고 낑낑거렸다. 그래 봤자 커다란 몸은 반 이상 삐져나왔다.

"어쩜."

그녀는 발갛게 달아오른 뺨을 손으로 가렸다. 나는 수에노가 벨루스의 어느 부분을 귀엽게 여기는지 조금, 아주 조금 알 것 같았다.

"리아, 날 팔지 않을 거지?!"

벨루스는 이제 나에게 매달리다시피 하고 있었다. 이런 모습은 또 오랜만이라 감회가 새로웠다. 조금 더 보고 싶었지만, 벨루스가 못 견디겠다는 듯 질색하고 있었다. 이러다간 동생이 자리를 뛰쳐나갈 것만 같아, 나는 고개를 내저으며 단호히 말했다.

"죄송하지만, 절대 안 돼요."

"이러언. 모처럼 마음에 들었는데."

그녀는 정말로 아쉽다는 듯 손가락 끝을 할짝댔다. 그 모습이 왜 이렇게 오싹한 건지 모를 노릇이었다.

"뭐, 지금은 내가 좀 바쁘니 이따 저녁에 다시 이야기하도록 해. 우선 방을 내어 주지."

수에노가 테이블 위의 종을 두어 번 흔들었다. 얼마 지나지 않아 레브라도가 안으로 들어왔다.

"손님들을 모시도록."

"네. 마님."

레브라도는 공손히 허리를 굽혔다. 그리고 우리를 안내하겠다는 듯 문을 잡아 주었다.

"귀여운 벨, 생각이 바뀌면 말하렴."

문을 나서려는 참이었다. 슬쩍 돌아본 수에노의 눈에서는 미련이 뚝뚝 떨어지고 있었다. 이번에는 내 등에도 소름이 돋았다. 여러모로 대단한 여자였다.

"넌 남아. 어딜 내빼려고 하니."

"……윽."

수에노는 우리를 따라 슬며시 나가려던 르나르까지 잡아내었다. 여우 꼬마는 못이라도 박힌 듯 자리에서 움직이지 못했다.

"……."

내가 밖으로 나가려던 순간이다. 르나르가 내 옷깃을 슬며시 붙잡았다. 여우답게 초롱초롱 눈을 빛내는 것이 어딜 보나 구해 달라는 신호였다.

'으음, 귀엽긴 한데.'

내 동생 벨루스가 아닌 이상 딱히 구해 줄 마음이 들지 않았다. 가출한 본인 잘못도 있고 말이다.

"미안."

"……이익!"

나는 작게 속삭이고는 르나르의 손에 걸린 옷깃을 잡아 빼 버렸다.

"그럼 저녁 먹을 때 봐."

느릿하게 닫히는 문 사이로 수에노의 교태 가득한 음성이 들렸다. 드디어 해방인가. 벨루스의 얼굴에는 분명 그렇게 적혀 있었다.

"벨. 맛있는 거 많이 해 놓으라 할 테니, 아가도 꼭 와?"

"……히익!"

내게 바짝 붙어 있던 벨루스가 진저리를 쳤다. 닫히는 문틈으로도 그것을 보았는지, 뒤에서 요사스러운 웃음이 들렸다. 마지막까지 참 대단한 사람이었다.

* * *

낙원을 떠나오고 처음으로 제대로 된 방에서 쉴 수 있었다. 방은 깨끗하고 이불은 푹신해 몸이 녹을 지경이다. 카르텔과 함께 누워 푹 쉬었더니 어느새 저녁이 되어 있었다.

레브라도의 안내에 따라 내려간 식당에는 르나르가 먼저 앉아 있었다. 나를 본 아이의 눈에 원망이 스쳤다. 어떻게 혼이 났는지는 모르겠지만, 정신이 탈탈 털린 모양이었다.

"변변치 않지만 많이들 먹도록 해."

마지막으로 수에노가 자리에 앉았다. 가벼운 와인을 곁들인 만찬은 오르되브르로 시작을 알렸다. 이후로는 단호박 수프와 브로콜리 수프로 입가심을 했다. 어린 돼지를 통으로 구운 것과 칠면조 요리, 송아지 스테이크 등 차례로 나온 고기 요리가 입안에서 풍요롭게 녹아들었다. 제대로 된 만찬은 오랜만이었고, 맛 또한 몹시 훌륭했다.

'모두 혼혈인가.'

음식을 맛보던 나는 주위를 둘러보았다. 시중을 드는 하인들의 몸가짐이 정갈했다. 언뜻 봐서는 알 수 없지만, 이곳에서 일하는 이들 모두가 혼혈 같았다.

혼혈들은 대부분 최하급 노예로 팔린다. 그중 어여쁜 것들은 침실 노예로 쓰다가 목이 잘려 죽는 게 태반이었다.

이들이 일반적인 일을 하는 게 신기했다. 원래는 당연한 일이어야할 것. 안타까운 마음에 음식의 맛이 쓰게만 느껴졌다.

디저트와 차까지 나오는 순서로 만찬은 끝이 났다. 고상히 입가를 닦는 수에노의 모습은 어느 귀족 부인보다 아름다워 보였다.

"자아, 그럼 식사는 끝마쳤고. 아까 못다 한 이야기를 해 볼까."

동시에 벨루스의 어깨가 움찔거렸다. 오랜만에 먹는 만찬에 정신이 팔렸던 탓이다. 혹시나 제 이야기를 꺼낼까 봐 경계하는 모습이 날을 잔뜩 세운 고양이 같았다.

"으음, 아가 이야기는 나중에 둘이서 하도록 하고. 이건 일 이야기야. 너무 서운해 마렴."

"……."

오싹. 벨루스의 등이 굽어들었다. 나는 진정하라는 듯 가여운 동생의 어깨를 다독여 주었다.

"말씀해 주세요."

나는 화제를 전환하기 위해 서둘러 말을 붙였다. 물론, 꼭 들어야 하는 이야기이기도 했다. 우리는 그녀가 파는 정보를 얻어야만 하니까.

"내 일을 도와줘야겠어. 그러면 나도 그에 상응하는 정보를 주지."

"어떤 일, 말인가요?"

정보의 값어치를 대신할 일이라면 쉽지는 않을 것이다. 나는 조금 긴장한 채로 물었다.

"사흘 뒤, 근방에서 대규모 경매가 열려. 물론 불법이지. 거기에 토인이 나온다는 모양이야."

경매는 합법과 불법으로 나뉘었다. 합법은 국가에서 지정하는 것으로 막대한 세금을 내야 했지만 불법은 그것을 피할 수 있었다.

'토인이라니.'

나는 희귀한 이종족에 대해 생각했다. 토인은 땅에서 태어난 이종족으로, 광맥을 발견하는 데 탁월한 재주를 지녔다. 토인만 있으면 성 한두 채를 사는 것쯤은 우습다 할 정도였다.

"어떻게 해서든, 그 애를 내게 데려와."

그녀는 도도하게 턱을 치켜들었다. 확실히 토인이라면 정보의 값어치는 할 것이다. 거기다 그 토인에게도 나쁠 것이 없는 일이었다. 인간들 사이에서 천대받으며 평생 산에 갇혀 사는 운명보다는 수에노의 밑에서 일하는 게 훨씬 나을 것이다. 결심을 내린 나는 고개를 끄덕였다.

"좋아요. 하겠어요."

* * *

길게 늘어트린 금색 가발, 고운 분과 연지를 얹어 치장한 얼굴. 허리를 강조하는 푸른색 시스 드레스까지. 거울 속에 비친 나는 완전히 다른 사람이 되어 있었다. 깃털이 붙은 가면과 부채까지 집어 드니 아무도 본모습을 알아볼 수 없을 것 같다. 제법 만족스러운 분장이었다.

"준비 끝나셨나요?"

"그래."

마찬가지로 은색 가면에 기사 분장을 한 리카엘이 내 곁에 섰다.

오늘 잠입할 인원은 총 네 명. 나와 리카엘이 귀족 영애와 기사 신분으로 들어가고, 카르텔과 벨루스가 그림자를 이용해 몰래 안으로 잠입할 계획이다.

처음에는 둘만 붙여 두어도 될까 고민이 많았으나, 벨루스에게 카르텔과 함께 가지 않으면 수에노와 있어야 한다고 하니 그 뒤로는 아주 얌전해졌다.

'수에노가 좀 부담스럽기는 하지.'

나도 저렇게 독특한 여인은 처음 보았으니까. 나의 벨이 조금 불쌍하기는 했지만, 수에노를 이렇듯 이용하는 정도라면 괜찮지 싶었다.

"금발도 예쁜데."

곁으로 다가온 카르텔이 금색 가발 위를 어루만졌다. 하지만 원래 네 색이 더 아름답다며, 귓가에 속삭이는 것도 빼놓지 않는다. 갈수록 그의 말은 다디달았다.

"출발할 거야. 안에서 봐."

"그래. 내 꽃."

나는 간질거리는 귓가를 손으로 매만지며 카르텔을 지나쳤다. 그 뒤를 리카엘이 따랐다.

수에노의 은신처는 건물을 다섯 개 이어 개조한 것으로, 여러 개의 입구가 각 용도에 맞게끔 이용된다. 내가 나갈 곳은 중상류층이 머무를 법한 저택의 문으로, 그 앞에는 새카만 마차가 우리를 기다리고 있었다. 밤에만 이용 가능한 이 마차는 보통 마차 삯의 세 배를 받고 이용하는 객들을 원하는 곳까지 데려다준다. 물론, 어디를 가는지, 타는 이가 어떤 사람인지 아무것도 묻지 않는다. 밤놀이에 알맞은 이동 수단이었다.

검은 밤, 어둠에 잠긴 거리는 스산함마저 느껴진다.

"부탁해요."

숄로 어깨를 여민 나는 리카엘의 에스코트를 받아 마차 위에 올랐다. 커튼까지 검은 마차의 내부를 은은한 등이 밝혀 주었다. 소파에 앉은 나는 오늘의 계획을 머릿속으로 한 번 더 짚어 보았다.

내 손에는 양귀비가 그려진 골드 코인이 있다. 수에노가 신분증과 함께 전해 준 것이었다. 코인은 불법 경매에 들어갈 수 있는 일종의 출입증으로, 내가 가지고 있는 것은 세 개의 코인 중 가장 높은 등급이었다.

우리는 무대와 가까운 상석으로 안내될 것이다. 그곳에서 경매를 구경하는 척하며 토인이 나올 때까지 기다렸다가 작업을 진행하면 된다.

불법 경매에는 다양한 물품이 오른다. 어느 여왕의 저주를 받았다는 사파이어 목걸이, 저 먼 시대의 유물과 이종족의 희귀한 부위들. 이번 경매에 살아 있는 물품은 두 명뿐이라고 들었다.

'한 명은 토인이고, 다른 한 명은 누구지?'

경매 진행을 파악하기 위해 미리 알아보려 했지만 실패하고 말았다. 금맥을 파악할 수 있는 토인만큼 귀한 이종족인가? 문득 어떤 이가 무대에 오르는지 궁금해졌다. 그리고 가능하다면 두 명 모두 구해 올 계획이었다.

"거의 다 와 가는군."

조인의 뛰어난 시력은 어둠도 가리지 못한다. 창을 내다본 리카엘이 중얼거렸다. 나는 고개를 끄덕이며 내릴 준비를 했다. 입구에서부터 곤란한 일이 벌어져서는 안 된다.

"토인이 나온 뒤 모든 조명을 끊어 주세요."

"그래."

살아 있는 물품은 경매의 절정으로 취급되었다. 분위기가 고조되는 순간, 리카엘의 바람이 모든 빛을 꺼 버릴 것이다. 경매에 참여하는 사람들도, 그곳의 관리자들도 모두 당황할 수밖에 없을 테다.

나 외에는 모두 어둠에 눈이 익은 사람들이었다. 나는 향기로 사람들을 더욱 혼란스럽게 할 것이고, 카르텔과 벨루스가 토인을 구해 오면 그대로 경매장을 빠져나갈 계획이다.

다른 한 명도 구하자 모두에게 말하지는 않았지만 계획대로라면 어렵지 않을 것이다.

'어렵지 않은 일이야.'

무엇 하나 흐트러지지 않는다면 그렇게 부담스러운 일은 아니었다. 물론, 보통 인간들의 힘으론 어림도 없는 계획이다. 이렇게 움직일 수 있는 건 우리의 능력 때문이었다.

　마차가 조금씩 속도를 줄이고 있었다. 목적지에 거의 도착했다는 뜻이었다. 나는 묵묵히 벽을 바라보는 리카엘에게 시선을 두었다.

　'무슨 생각을 하는 걸까.'

　그는 어떠한 이유로 나에게 참회했으며, 낙원의 뒤틀린 이면에 혼란스러워했다. 어느 정도 시간이 지난 이후로는 아예 입을 다물어 버렸다. 나는 그가 무엇을 하고 싶은지, 또 어떤 생각을 하는지 궁금했다. 쭉 나를 따라 주고 있기는 하지만 그게 온전한 그의 의지인지, 아니면 죄책감에 따른 행동인지는 알 수 없으니까.

　"오라버니."

　"……?"

　느릿하게 달리던 마차가 이윽고 멈췄다. 마차에서 내리기 전, 나는 에스코트를 위해 그의 팔에 손을 얹으며 물었다.

　"오라버니는 무엇을 바라고 계세요?"

　아버지로부터 탈출하는 건 우리 모두의 소원이었다. 하지만 그 이후에는? 각자가 바라고, 또 이루고 싶은 것이 있지 않을까. 혹여 내가 그를 잡고 있는 건 아닐까 생각이 들었다.

　"……."

　그는 예상치 못한 질문에 당황한 듯, 느릿하게 눈을 굴렸다.

　마차가 열리려 할 때, 그는 아주 작은 목소리로 나에게 말했다. 곧 사라질 것 같은 희미한 미소를 입꼬리에 걸고서.

　"너의 행복."

　차갑게 얼어붙었던 그의 내면에 봄이 들었다. 혹한의 땅에 핀 새싹은 아주 여리고 부드러운 것이어서, 나 또한 웃음 지을 수밖에 없었다.

　문지기에게 코인을 건네준 뒤에는 모든 게 수월했다.

우리는 무대 근처의 상석에 자리를 배정받았다. 나는 자리에 앉아 경매장 내부를 둘러보았다. 기사로 위장한 리카엘은 내 뒤에 서 있었다. 나는 몸을 돌리지 않은 채 주변을 살폈다. 아마 그도 가면의 틈 사이로 내부를 훑고 있을 것이다. 미리 듣고 보며 익혀 둔 곳이었지만 직접 보는 게 더 중요하니까.

내부는 어두웠고, 드문드문 걸려 있는 등과 촛대에 빛을 의지하고 있었다. 단상 근처에는 둥근 원형의 테이블이, 그 뒤로는 계단식 자리가 있어 멀리서나마 경매를 관람하는 식이었다. 나오고 들어오는 입구는 단 하나뿐이었지만, 무대 뒤에는 관리인이 드나드는 곳이 따로 있을 것이다.

'경비는…… 생각보다 더 많구나.'

경매가 시작되기 전인데도 무장을 한 이들이 경매장 곳곳을 지키고 있었다. 미리 얻은 정보에 의하면, 불법 경매의 관리자는 큰 규모의 용병단을 다수 끌어들였다고 한다. 거금을 받은 그들은 경매장을 지키며 이곳에서 일어나는 모든 일을 비밀로 했다.

'조금 있으면…… 시작하겠어.'

웅성거리는 소리가 점점 더 커졌다. 사람들이 하나둘 빈자리를 메우고 있었다. 화려한 차림의 이들은 귀족 혹은 상당한 부호들이었다. 그들을 지키는 호위까지 본다면 우리가 감당해야 할 수는 더욱 늘어나 있었다.

내가 경매장의 인원과 규모를 파악할 때였다. 테이블 위에 있던 촛대의 그림자가 일렁거렸다. 그에 반해 꼿꼿하게 선 촛대는 조금도 움직이지 않았다. 내 시선이 닿았음을 아는지, 계속해서 일렁이던 그림자가 잠잠히 멈추었다. 이건 벨루스의 신호였다.

'안으로 들어왔구나.'

어디 있는지는 모르겠지만, 카르텔과 함께 잠입에 성공한 모양이었다. 내가 벨루스의 신호를 확인한 직후였다. 단상 위로 환한 조명이 켜졌다.

경매가 진행되려 하고 있었다.

"오래 기다리셨습니다. 오늘의⋯⋯."

경매 진행자가 단상 위에 올랐다. 눈살이 찌푸려질 정도의 빛과 함께 첫 번째 경매품이 위로 오른다.

그렇게 화려하고도 값나가는 귀품들이 차례로 오르내렸다. 귀족들은 테이블 위에 있는 둥근 판을 들며 상품을 취하려 경쟁하기 시작했다.

어느새 경매는 중간 지점을 지나고 있었다. 아기 주먹만 한 다이아몬드가 달린 목걸이가 모두의 시선을 사로잡았다. 점차 고조되는 분위기에 사회자의 목소리도 함께 올라갔다.

'이제 슬슬.'

화려한 보석도 내 관심을 끌지는 못했다. 지루한 시간이었다. 부채를 살랑이며 시간을 죽이고 있을 때였다.

"지금부터, 많은 분이 기다리셨을 노예 경매를 시작하도록 하겠습니다."

이종족 위주로 진행했던 다른 때의 불법 경매와는 달리, 오늘은 단 두 명뿐이었다. 귀족 중 토인만을 노리고 참여한 이도 있을 정도였다. 모두 이 사실을 알고 있는지 내부가 조용해졌다.

"우선 인간 노예부터 보시죠."

인간? 이종족이 아니라? 의외였다. 아름다운 외모를 가진 인간 노예도 경매의 주 대상이기는 하다. 하지만 오늘같이 경매품이 적을 때 인간 노예라니. 그것도 토인과 붙여 놓았으니 더더욱 별 볼 일 없어 보일 것이다.

"인간? 내가 고작 그런 걸 보러⋯⋯."

"질이 떨어지는 경매였군. 어서 토인이나 내놓지 그래."

다들 같은 생각인지 사방에서 신경질적인 목소리가 터져 나왔다. 나야 아무래도 좋았지만, 이곳까지 행차한 귀한 분들에게는 모욕과도 같은 일이었다.

"신사 숙녀분들. 노예의 얼굴을 보면 생각이 달라지실 겁니다. 그에 하찮은 제 목과 이곳 전부를 걸지요."

대단한 자신감이었다. 객들의 야유에도 사회자는 기가 죽는 법이 없었다. 그는 자신 있게 팔을 뻗으며 커튼 뒤에서 나오는 상품을 소개했다.

"저 먼 왕국에서 잡아 온 노예입니다. 귀하디귀한 보석안을 품고 있지요. 이런 색은 처음 보실 거라 자부합니다. 외모 또한 최상급. 이만한 물건은 십 년에 한 번 나올 정도로 귀하다는 걸 모두 알고 계실 테지요."

'보석안'이라는 단어에 신경이 바짝바짝 곤두섰다. 설마 아니겠지. 그녀의 등장은 반년이나 이르다. 거기다 이렇게 추잡한 곳에서 등장할 만한 인물도 아니다. 보석안이 귀하다고는 해도 이 넓은 대륙에 겨우 한 명만 존재하는 것은 아닌 데다.

"히야……."

야유로 뒤덮였던 객석이 정적에 휩싸였다. 그들은 단상 위에 서 있는 노예에게서 눈을 떼지 못했다. 벌꿀을 머금은 듯, 빛나는 햇살을 담아낸 것같이 아름다운 금발이었다. 내가 쓴 금색 가발과는 감히 비교조차 할 수 없는 진짜 빛깔이다.

설원을 녹여 낸 듯 투명하디 투명한 피부는 또 어떠한가. 눈과 코, 입이 다 담겨 있는 것이 신기할 정도로 작은 얼굴. 비율마저도 완벽했다. 하지만 이 모든 것이 보이지 않을 정도로 압권인 것은 따로 있었다.

"……저게 사람의 눈이라고?"

객 중 누군가가 중얼거렸다. 바다를 품은 푸른빛이었다가 또 어떤 각도에서는 해 질 녘을 담아낸 붉은 보랏빛. 여인이 살짝 눈을 내리까니 새벽에 잠긴 숲의 색이 눈동자에 드리웠다.

보석안. 각도에 따라 달리 보이는 눈동자는 토인 이상으로 희귀한 것이었다. 약에 취한 듯 몽롱한 빛이었지만 그 아름다운 색을 다 가려 내지는 못했다.

"그럼 백 골드부터 시작하겠습니다."

객석의 반응에 만족한 듯, 사회자가 경매의 시작을 알렸다.

흥분의 도가니 사이에서 나 혼자만이 싸늘하게 식어 있었다. 나는 무언의 확신에 차오르면서도, 그것을 강하게 부정하고 있었다.

삼천사백 골드. 단상 위의 여인은 성 세 채 값에 팔렸다. 그녀를 사들인 자는 늙은 귀족이었다. 경쟁자들을 물리치고 노예를 얻은 그의 얼굴엔 만족감이 가득 차 있었다. 물론 역겹기 그지없는 것이었다.

"다음으로는 모두가 기다리셨던……."

경매장은 객들의 열기로 달아오를 대로 달아올라 있었다. 내가 바라 마지않던 상황이었다.

보석안을 지닌 여인이 무대 아래로 내려갔다. 저 여인은 대기실에서 단장을 받은 뒤 귀족의 손에 들어갈 채비를 할 것이다.

"순혈의 토인을 소개하겠습니다."

잿빛 머리칼에 검은 피부를 가진 소년이 무대 위로 끌어 올려졌다. 대지의 신에게 축복을 받아 흙을 빌려 태어났다는 이종족 토인. 지루한 극을 참아 넘기며 기다려 왔던 경매의 메인이었다.

"리아."

"……아, 네."

멍하니 무대를 보고 있던 나는 리카엘의 말에 겨우 정신을 차렸다.

나는 테이블보 안으로 손을 집어넣었다. 떨리는 손끝을 들키지 않기 위해서였다. 토인 소년이 아름답기는 했지만 그에게 홀린 것은 아니었다. 내 머릿속은 온통 보석안 여인으로 가득 차 있었다.

햇살 같은 금발에 신의 시샘까지 불러일으켰다는 외모, 그리고 희귀한 보석안까지. 그건 이 책 속 누군가를 떠올리게 만들었다.

"……지금이죠."

가슴 안쪽은 마치 얼음꽃이 핀 것 같이 서늘했다. 나는 버석하게 마른 목소리로 중얼거렸다. 내 모습이 심상치 않았는지 리카엘이 말을 붙이려 했지만, 나는 그마저도 고개를 저어 무마시켰다.

'아실리드.'

나는 속으로 인어의 진명을 말했다. 진주 안에 깃든 푸른 생명이 일렁이며 밖으로 빠져나왔다. 새파란 물빛을 머금은 미소가 선연했다. 아실리드는 위로하듯 내 뺨을 감싸 쥐었다.

[슬퍼 보여.]

다정하게 내미는 손길, 부드러운 목소리는 다른 이들에게 보이지도 들리지도 않는 것이었다. 오감에 예민한 리카엘만이 달라진 습도에 눈살을 찌푸렸을 뿐이다.

'괜찮아.'

얼음송곳이 가슴 안쪽을 찌르는 듯 아파 왔다. 하지만 괜찮아야 한다. 나는 아실리드의 위로를 모르는 척, 손가락으로 그의 손등을 쓸어내렸다. 녹아내릴 듯한 피부에서 물방울이 하나둘 떨어지기 시작했다.

'가. 아실리드.'

나는 에메랄드빛 눈동자를 마주 보며 명령했다. 기다렸다는 듯 아실리드가 꼬리 짓을 하며 허공으로 몸을 띄웠다.

[꽃이 원하는 대로.]

툭, 투툭. 아실리드가 천장에 그려진 원을 따라 움직였다. 느릿하게 손을 뻗는 방향대로 물방울이 쏟아졌다. 마치 소나기 같았다.

"……비?"

"웬 물이……."

물세례를 맞은 객들이 바쁘게 허둥거렸다. 시중을 드는 이들이 급하게 천으로 제 주인을 가려보았지만 소용없었다. 테이블과 벽을 장식했던 촛불이 회색 연기를 피워 내며 꺼져 버렸다.

"오라버니. 시작해요."

"……."

나는 리카엘을 바라보지 않고 말했다. 그도 갑작스럽게 내린 비에 퍽 놀란 눈치였다. 그러나 내 초연한 반응을 보고 무언가 짐작한 듯, 느리게 고개를 끄덕였다.

"그래."

짤막한 대답이었다. 그와 동시에 쩨엥-! 하는 파열음이 일었다. 무대의 조명이 동시다발적으로 깨졌다. 비 사이로 리카엘의 바람이 사납게 휘몰아쳤다. 소나기처럼 내리던 물방울은 곧이어 태풍이 되었다.

"꺄아악-! 내 드레스!"

"관리인은 대체 뭘 하는 건가!"

사방에서 비명이 터져 나왔다. 유리창 하나 없는 완벽한 실내에서 물보라라니. 당황하지 않을 수 없겠지. 거기다 시야를 트이게 했던 빛은 모두 점멸한 상태였다. 주변은 온통 어둠이다.

'혼란과 광기를.'

나는 그들을 부추기기 위해 향기를 끌어 올렸다. 디기탈리스의 향은 육체를 흥분하게 한다. 심장이 빠르게 뛰며 몸을 주체하지 못해 날뛰게 되는 것이다.

'엉망으로 망칠수록 좋다고 했었지.'

수에노의 부가적인 명령이었다. 토인을 빼내 오는 게 주목적이었고, 경매를 잔뜩 망치고 오라는 것이 두 번째였다. 물론, 꼬리는 밟히지 않게 조심해야겠지만.

"눈이! 눈이 안 보여!"

"감히 나를 죽이려고 하다니!"

"입구를 봉쇄해야, 아악!"

이제는 환각을 보는 이들까지 생겨났다. 어둠에 밝지 않아 나 또한 보이지 않았지만, 상황이 어떻게 변해 가는지 생생하게 느껴졌다.

토인을 빼낸 이후에는 이곳에 모인 이들의 기억을 비틀기 위해 마약 성분의 향을 퍼트릴 계획이었다. 마약에 취한 이들의 머릿속에는 비도, 바람도 남지 않을 것이다.

나는 가만히 눈을 감았다. 어둠에 어둠이 더해진 시야는 광기 속에서 나를 안정시켰다.

"리카엘 오라버니, 카르텔과…… 벨루스가 보이나요?"

"그래. 토인을 데려오고 있군."

그는 책을 읽는 듯 고조 없이 말했다. 토인은 단상에 올라와 있었고, 우리가 있던 테이블과 매우 가까웠다. 아마 몇 분 지나지 않아 내 앞에 도착할 것이다.

"오라버니. 부탁이 있어요."

"……말하렴."

그는 내가 아까와 달라졌음을 느끼고 있었다. 내가 무엇을 부탁할 줄 알고 이리도 쉽게 대답하는 걸까. 나는 묘하게 쓴 입안을 혀로 훑었다.

"보석안을 가진, 토인의 바로 앞에 올랐던 여인을 데려와 주세요."

점막에 상처라도 난 듯 문장을 말하는 것이 고통스러웠다. 그런 와중에도 아니겠지, 하는 작은 희망이 내 속에서 울렁거렸다.

"……그래. 벨루스가 이곳에 오면……."

"지금 당장이요. 부탁드려요. 오라버니."

나는 어둠을 더듬어 그의 손을 꽉 잡았다 힘없이 놓아 주었다. 내가 이상해 보일 거라는 건 나도 잘 알았다. 그저 리카엘이 모르는 척해 주길 바랄 뿐이다.

"......이곳에 꼼짝 말고 있어라."

"그럼요. 제가 어딜 가겠어요."

나는 안심하라는 듯 부드러운 목소리를 내었다. 짧은 한숨과 함께, 내 옆에서 인기척이 사라졌다. 리카엘이 여인을 구하러 간 것이다. 비로소 혼자 남았다. 귀를 찌르는 파열음과 고함, 무엇을 쳐 내는지 모를 금속음이 오히려 나를 편안하게 만들어 주었다.

[마음에 들지 않아?]

명령을 모두 수행한 아실리드가 내 곁을 맴돌았다. 그는 내 감정을 모두 꿰뚫어 보는 듯하면서도 가끔은 이렇게 백치처럼 물을 때가 있다. 나는 그런 아실리드가 좋았다.

"아니. 마음에 들어. 어린 소년을 사러 와서는 불붙은 망아지처럼 굴고들 있잖아."

슬슬 어둠이 익어 흐릿하게나마 잔영이 보였다. 비와 바람, 내 향기까지 더해져 주변은 전쟁터를 방불케 했다. 뭔가가 보이지도 않으면서 흉기를 휘두르고 서로를 상처 입히는 모습이 퍽 재미있었다.

[그런데 왜?]

그러게. 왜일까. 분명 즐거워야 하는데 이상했다. 새카맣게 몰려든 개미 떼들이 내 감정을 사각사각 갉아 먹는 것만 같았다.

"리아."

심해 같이 낮게 가라앉은 목소리가 나를 불렀다. 그 한 마디에 얼어붙은 마음이 깨져 버렸다. 언 호수 아래 고여 있던 물길이 일렁인다. 나는 익숙한 품에 순순히 안겼다. 카르텔 특유의, 서늘하고도 진한 수컷의 향기가 나를 안도하게끔 했다.

"……응. 카르텔, 토인은?"

"늑대가 먼저 데리고 나갔어. 토인을 지키던 놈은 제법 사납더군. 매는 너를 두고 어딜 간 거지?"

나른한 목소리가 한순간 싸늘해졌다. 내 곁을 지키는 이가 아무도 없다는 게 불만인 듯했다.

"부탁할 것이 있어서 먼저 보냈어. 네가 왔으니까, 이대로 나가면 돼."

나는 자연스레 그의 목에 팔을 둘렀다. 츳, 하고 가볍게 혀 차는 소리와 함께 카르텔이 나를 안아 든다. 유하게 넘어가려는 것이 마음에 들지 않는 기색이었다.

역시나. 그는 나만을 위하는 짐승이었다. 나는 이 순간을 잊지 않기 위해 그의 가슴팍에 뺨을 대었다. 두근. 두근. 강하게 고동치는 심장 소리가 차게 식은 몸을 데워 주었다.

"오늘따라 왜 이렇게 예쁘게 굴지?"

"그러고 싶어서."

유으기 섞인 목소리와 함께 이마에 달짝지근한 입맞춤이 내리다 카르텔은 나를 안아 든 채 하나밖에 없는 입구를 유유히 빠져나갔다. 용병 무리가 앞을 지키고 있었지만, 대부분 바람이 만들어 낸 칼날에 눈이 베여 버린 지 오래였다.

"뭐야. 왜 네가 리아를 안고 와?"

골목길을 돌자마자 신경질적인 목소리가 들려왔다. 그와 동시에 검은 막이 우리를 끌어안았다. 벨루스의 솜씨였다.

"아, 좀. 가만있어. 좀!"

벨루스의 고함이 이어졌다. 그의 발치에는 그림자의 끈에 묶인 소년이 있는 힘껏 버둥거리고 있었다. 아이의 눈은 머리카락과 똑같은 잿빛이었다. 겁에 질린 눈동자가 안쓰럽다. 나는 카르텔의 품에서 내려왔다.

"쉬, 괜찮아."

한쪽 무릎을 땅에 댄 나는 아이와 눈높이를 맞추었다. 그리고는 진정을 위한 카밀러 향을 은근히 흘렸다. 버둥거리던 아이의 몸엔 어느덧 잔 떨림만이 남았다. 내가 아이의 몸을 가만히 쓰다듬을 때였다.

"왔네. 매 새끼."

카르텔의 중얼거림을 들은 벨루스가 장막을 잠시 거두었다. 안으로 들어온 리카엘의 품에는 금발의 여인이 안겨 있었다. 눈을 감아 보석 안이 보이지는 않았지만, 그 자체로도 대단히 아름다웠다.

"어라. 아까 그…… 경매에서 팔렸던 여자 아니야?"

벨루스가 의아한 듯 고개를 기울였다. 모든 것에 무감한 벨루스의 눈길마저도 사로잡은 여인이었다. 나는 입술을 꾹 깨물었다가 나긋한 목소리를 내었다.

"벨. 우선 자리를 옮기자. 이러다가 들키겠어."

"으응. 리아……."

벨루스는 여인을 자세히 보지 못한 게 아쉬운 듯 말을 흘렸다. 하지만 군말 없이 내 말을 따랐다. 우리는 기척을 지우는 그림자와 함께 자리를 이동했다. 인원이 많아 옅게 깔린 그림자에 주의를 기울여야만 했다.

용병과 경매의 관계자들이 주변에 빼곡히 깔려 있었다. 덕분에 건물 지붕을 밟으며 움직여야만 했다. 나는 카르텔의 품에 안겨서 잠이 든 여인을 바라보았다. 리카엘의 품에 안긴 여인은 상황도 모른 채 잠에 빠져 있었다.

얼었다가, 다시금 불길이 일었다가. 저 아래 바삐 움직이는 이들보다 소란스러운 건 내 마음일 것이다. 나는 아무 말 없이 카르텔의 품에 얼굴을 묻었다. 더 바라보고 있다가는, 저 여인에게 무슨 짓이라도 할 것만 같아 겁이 났다.

경매를 망치고 무사히 돌아온 후의 밤이었다. 나는 여인을 돌본다는 핑계를 대고 그녀의 곁에 붙어 있었다. 여인이 깨어나자마자 물어볼 것이 있었기 때문이다.

"……으음."

그렇게 한참을 기다렸을까. 나는 희미한 신음에 고개를 돌렸다. 여인의 눈꺼풀이 파르르 떨리며 신비로운 보석안이 모습을 드러냈다.

"정신이 들어요?"

"여기가…… 어디……."

오래 잠들어 있던 그녀는 목소리가 잠긴 상태였다. 나는 담담한 표정으로 그녀의 손에 물 잔을 쥐여 주었다.

"당신, 노예로 경매에 올라가 있었어요."

"아, 그게."

꿈이 아니었구나.

멍한 중얼거림이 뒤를 이었다. 나는 때를 놓치지 않고 물었다. 그녀가 내가 아는, 어떠한 인물이 아니기만을 바라면서.

"아무리 봐도 노예로는 보이지 않는데, 이름이 뭔가요?"

두근. 두근. 긴장으로 범벅 된 맥박이 요동쳤다. 이윽고 몸을 일으킨 그녀는 눈을 깜빡이며 말했다.

"내 이름은 달리아 로렌시스예요."

그 순간 나는 숨을 쉴 수 없었다.

달리아 로렌시스, 그녀는 이 소설의 진짜 여자 주인공이었다.

'꽃에게 복종하세요.'

내가 빙의하게 된 책의 제목이다. 소설 속 여자 주인공인 달리아 로렌시스는 오스란이라 불리는 작은 왕국의 귀족 영애였다.

오스란은 이종족을 노예로 부리지 않는 유일한 나라였지만, 왕국의 수도나 번화가에서는 이종족들을 천대했다. 그와 떨어진 머나먼 시골에서는 혼혈이나 순혈의 수인도 자유롭게 살 수 있어 자주 볼 수 있었다.

달리아는 그런 시골 영주인 로렌시스 남작의 막내딸이었다. 그녀의 아버지는 수도로 가기 위해 목숨을 건 사람이었고, 작은 나라보다 더 큰 제국으로 나아가고자 욕망에 사로잡혀 있었다. 그래서인지 자유로운 시골 분위기와 동물, 이종족을 끼고 사는 달리아를 탐탁지 않아 했다.

결국 로렌시스 남작은 딸을 교육할 명목으로 유학행을 명한다. 그곳은 이종족들의 핍박이 성행하는 레오플론 제국이었다. 그렇게 달리아는 사랑하는 동물, 이종족들과 헤어지며 레오플론으로 향하게 된다.

새로운 제국에 발을 디딘 첫날 밤, 인근 숲을 산책하던 그녀는 폭주 상태의 카르텔을 처음으로 만나게 된다.

'그래야 했는데……'

그녀는 노예가 되어 강제로 레오플론에 오게 되었다. 그것도 반년이나 이르게 말이다. 나는 물로 목을 축이는 달리아를 복잡한 심경으로 바라보았다.

"숲속에 토인이 있다는 소문을 들었어요. 만나 보고 싶어서 숲 안으로 들어갔는데……."

평소 이종족들과 가까이 지냈어도 토인은 본 적이 없을 터였다. 그들은 인간들의 발길이 닿지 않는 깊숙한 숲속이나 늪지대 근처에 영역을 틀었으니까.

호기심이 들었던 그녀는 숲 안쪽으로 향했고, 토인을 만난 즉시 노예 사냥꾼에게 함께 잡혀 버렸다고 한다.

"눈이 특이해서 이종족인 줄 알았다고 하던데……. 그렇다고 이 정도로 멀리 팔려 올 줄은 몰랐어요."

테이블 위에 잔을 내려놓은 달리아가 중얼거렸다.

다양한 종족을 접했던 노예 사냥꾼의 눈에도 그녀의 보석안은 특별해 보였을 것이다.

"아, 참 파비안은 어디에 있나요?"

"파비안이 누구죠?"

"토인인 아이의 이름이에요. 제가 없으면 불안해할 텐데."

그 토인 아이라면 지금 아래층 거실에 머물러 있었다. 고된 경험을 해서인지 내내 잠에 취해 있다가 몇 시간 전 겨우 깨어났다. 그 이후 계속 누군가를 찾는 눈치였는데 그게 달리아였던 모양이다.

"아래에 있어요. 안정을 취하게 하는 향을 피워 놓았고요."

"아아, 그렇구나. 그래도 제가 보듬는 것보다는 못할 거예요. 빨리 내려가 봐야겠어요."

이상할 정도로 강한 자신감이었다. 하지만 나는 달리아가 당당한 이유를 알고 있었다. 카르텔이 제왕의 별을 타고났다면, 여자 주인공인 달리아는 황금의 꽃이라는 운명을 타고났다. 그건 그녀가 어릴 때부터 이종족들과 어울릴 수 있었던 이유이기도 했다.

황금의 꽃은 몇백 년에 한 번 나타나는 운명의 이름으로, 그 꽃을 몸속에 지니고 태어난 여인은 제왕의 별을 길들일 수 있었다. 그뿐만이 아니었다. 향기로운 꽃은 짐승의 형태를 한 모든 이들을 복종시키고 끌어당겼다.

그녀가 진짜라면 나는 가짜 꽃이었다.

'원래는 이렇지 않아.'

아무리 생각해도 진짜 여자 주인공이 등장할 타이밍이 아니었다.

거기다 노예로 팔려 온다는 건 더욱 말도 안 되는 일이었다. 내 예상을 완벽하게 빗겨 나간 전개였다. 대체 왜 이렇게 되어 버린 걸까.

나는 달리아를 앞에 두고 여러 가지 가능성을 생각했다. 먼저 내가 원작을 비튼 만큼 다른 부분도 달라졌다는 가능성. 하지만 그건 레오플론 제국 내에서 일뿐, 타국을 건드리거나 하지는 않았는데.

'나비 효과.'

문득 내 머릿속을 강타한 단어였다. 나비의 날갯짓이 미세한 변화를 일으키듯, 별반 특별할 것 없는 이변이 커다란 사건을 불러일으키는 것. 내가 원작을 비튼 만큼 이후 남은 전개에도 영향이 미친 게 분명했다.

"저, 리아."

"어?"

나는 목소리가 들린 방향으로 고개를 돌렸다. 문틈 사이로 벨루스의 얼굴이 빼꼼 나와 있었다.

"그게…… 토인 꼬마가 자꾸 저 여자를 찾는 것 같아서."

어쩐지 벨루스의 목소리가 수줍게 들렸다. 성인이 되고 잘 드러내지 않던 귀까지 내고 있다.

나는 변화의 이유를 알고 있었다. 아마 황금의 꽃에게 본능적으로 이끌린 것이겠지. 늘 나만을 따라다니던 어린 천사가 저런 반응을 보인다는 사실이 못내 씁쓸했다.

"그래. 달리아 씨도 깨어났으니 아래로 내려가자."

나는 그것을 털어 버리려 자리에서 일어났다. 이런 것에 일일이 신경 썼다가는 감정이 남아나지 않을 것이다.

"일어날 수 있겠어요?"

"물론이죠. 어……."

달리아는 자신 있게 대답하며 침대 아래로 다리를 내렸다. 그리고 바닥을 딛자마자 앞으로 기울어졌다.

"달리……!"

황급히 그녀를 부축하려 했지만, 나보다 벨루스가 더 빨랐다. 문에서 침대까지는 제법 거리가 있었는데, 총알처럼 달려온 벨루스는 달리아를 안아 자신의 어깨에 기대게 했다.

"어어……그게, 이 여자가 리아한테 넘어질까 봐."

본인이 움직이고도 왜 그랬는지 모르겠다는 눈치였다. 그러고는 나를 바라보며 변명 아닌 변명을 했다. 나는 쓴웃음을 짓지 않으려 애쓰며 벨루스의 머리를 쓰다듬어 주었다.

"괜찮아. 잘했어. 네가 달리아 씨를 부축해 줄래?"

"으응. 맡겨 둬."

나는 고개를 끄덕이는 벨루스를 앞질러 방을 나섰다. 계단을 내려가는 내내 기분이 오르락내리락 격동했다. 나는 흔들리는 마음을 다스리려 노력했다.

"달린!"

거실에 첫발을 디딜 때였다. 밝은 목소리와 함께 작은 아이가 달리아의 품에 안겼다. 달리, 여자 주인공의 외모만큼 달콤한 애칭이었다.

"파비안! 괜찮니? 어디 다친 곳은 없고?"

모두가 지켜보는 가운데 정다운 대화가 오간다. 파비안이라 불린 토인 아이는 우리의 시선을 느꼈는지 달리아의 뒤로 숨어 버렸다. 나는 얼굴만 내민 아이를 살펴보았다. 많이 놀란 것 외에 특별한 외상은 없어 보이니 다행이었다.

"으음, 모두 일어났나 보구나. 보석안. 말로만 들었는데 참 예쁘네."

파이프를 문 수에노가 달리아를 훑었다. 예상외의 수확이라는 얼굴이었다. 맞는 말이기는 했다. 처음 계획은 토인만 빼내 오는 것이었으니까.

"칭찬 감사해요."

자주 듣는 말인 듯 달리아의 반응은 무덤덤했다.

나는 그녀의 성격을 알고 있다.

그녀는 자신의 무기가 무엇인지 잘 알고 있으며 그것을 적절하게 사용한다. 적당히 도도한 성격에 인간보다 짐승을 사랑했다. 그리고 그것들을 길들이기 위해서라면 제 몸의 상처 따윈 아무래도 좋은 사람이었다.

"호오, 도도한 아가씨인데?"

재미있는 것을 발견했다는 듯 수에노의 눈이 반짝거렸다.

달리아가 가진 운명의 힘은 여자, 남자를 가리지 않았다. 상대가 짐승의 형체라면 제약은 없었다.

'그리고 카르텔도 마찬가지지.'

긴 다리가 계단을 내려오고 있었다. 나는 유려한 움직임을 지켜보았다. 고대의 마수라고 해도 짐승은 짐승. 그녀에게 끌리는 현상은 필연과 같았다. 거기다 운명의 짝이라는 제왕의 별과 황금의 꽃이다. 그들은 어떤 방면으로든 마주칠 수밖에 없었다.

"리아."

어느새 바닥을 디딘 카르텔의 시선이 나에게로 향했다. 여자 주인공인 달리아가 아닌, 나만을.

카르텔은 당연하다는 듯 나에게 손을 뻗었다. 커다란 손이 내게 닿기 전, 나는 이대로 시간이 멈춰 버렸으면 좋겠다는 생각을 했다.

"······응."

물론 내 바람은 이루어지지 않았다. 나는 모르는 척 뒷걸음질 쳤다. 카르텔의 손이 허공에서 겉돌았지만, 그것을 잡을 수는 없었다. 삐걱거리는 고개를 간신히 틀었다. 나는 가장 먼저 시선이 닿은 곳을 향해 말을 돌렸다.

"수에노. 슬슬 저녁을 먹어야 하지 않을까요? 달리아도 깨어났고요."

"아아. 그래야지. 안쪽으로 오렴. 예쁜 아가씨도 함께."

요염하게 눈웃음을 치며 수에노가 먼저 일어났다. 그녀는 보란 듯 풍성한 꼬리를 드러냈다. 달리아에게 보여 주기 위함이리라. 달리아가 아무런 행동을 취하지 않아도 수인족들은 그녀에게 비정상일 정도로 끌리고 있었다.

"그럼요."

달리아 또한 이런 대접에 익숙한 듯 굴었다.

지난번보다 성대하게 차려진 식탁, 주목받는 달리아. 벨루스는 그녀에게서 눈을 떼지 못하고 있었다. 리카엘도 아닌 척 그녀를 몇 번이고 바라보았다. 음식을 나르는 수인 혼혈들도 마찬가지였다. 그들은 달리아에게 과하게 친절했으며, 그녀의 근처를 맴돌려 안간힘을 썼다.

저녁 만찬은 철저하게 달리아 위주로 돌아가고 있었다. 나와 카르텔만을 제외하고서.

"왜…… 저러는 거지?"

카르텔은 나이프를 들었을 뿐, 어떤 음식에도 손을 대지 않았다. 그의 시선은 오롯이 나에게 향했다. 하지만 나에게 닿아야 할 것은 아니었다. 지금, 이 순간부터 카르텔은 내가 아닌 달리아에게 관심을 주어야 했으니까.

나는 그 집요한 시선이 황홀하게 느껴지면서도 겁이 났다. 한 번 맛본 진미는 잊을 수 없다. 차라리 먹어 보지 못한 것이 나았다.

저 시선이 내가 아닌 다른 사람에게 돌아간다면, 그때는 견딜 수 없으리라. 물론 모두 예상하던 일이었다. 마음의 준비도 하고 있었다. 하지만 막상 닥쳐온 현실은 놀랄 만큼 무서운 것이었다. 첫날밤의 기억을 모조리 잊었으면 하고 바랄 정도로.

* * *

어디로 넘어가는지 모를 저녁 만찬은 한참 후에나 끝이 났다. 입에 댄 것은 와인 반 잔과 과일 몇 조각이 전부였지만 돌을 얹은 듯 속이 답답했다.

여전히 모두의 시선은 달리아에게 고정되어 있었다. 더 있다가는 겨우 넘긴 것을 도로 뱉어낼 것만 같았다. 나는 그 틈을 타 슬그머니 자리에서 일어났다.

"하아."

수에노의 저택 중앙에는 정원이 있었다. 사방이 막혀 있어 외부인은 볼 수 없는 구조였다. 밤공기에 참았던 숨을 토해 냈다. 서늘한 바람이 얼굴을 스치니 울렁거리던 속이 그나마 가라앉았다.

'왜 이러는 거야.'

너무 갑작스럽기는 했다. 하지만 이렇게 되리란 걸 알고 있지 않았나. 오늘은 아니었지만, 카르텔도 금방 달리아에게 관심을 보일 것이다. 그게 그의 운명이었으니까.

"답답해?"

"……"

그렇게 정원을 맴돌길 한참이다. 나는 발을 묶어 내는 목소리에 걸음을 멈추었다. 굳은 듯 등을 돌릴 수가 없었다. 그렇다고 앞으로 도망칠 수도 없다.

나는 내 앞에 있는 분수에 시선을 고정했다. 그리고 물이 흐르는 소리에 맞춰 가만히 숫자를 세었다.

'아무렇지도 않아.'

그래. 아무렇지도 않다. 결국, 이 몸도 내 것이 아니지 않나. 그러니 다 괜찮았다. 그렇게 생각하니 입꼬리가 스르르 올라갔다. 결국엔 자연스레 눈까지 휠 수 있었다. 나는 환하게 웃으며 그를 마주 보았다.

"조금. 무슨 일이야?"

"무슨 일이라."

밤바람에 섞인 목소리는 한없이 나긋했다. 하지만 단지 그것뿐이다. 요요히 빛나는 금안은 달짝지근한 음성과 반대였다. 그는 서늘한 시선으로 나를 주시하고 있었다.

"문제가 있는 건 너 같은데."

"……문제? 무슨 문제?"

허튼 반박은 결코 허용하지 않을 눈치다. 나는 태연하게 대꾸하기 위해 입안의 살을 깨물었다. 입꼬리를 당기고 있으니 웃는 것처럼 보이기는 하겠지. 비린 맛이 도는 아픔이 흐린 정신을 다잡아 주고 있었다.

"흐음."

가까이 다가온 카르텔은 내게 손을 뻗어 왔다. 머리카락을 쓸어내리는 손길처럼 느릿한 시선이 나를 찬찬히 훑어 내렸다. 내 안 깊숙이 숨겨 두었던, 보여서는 안 되는 무언가를 들추어내기라도 하듯이.

"뭐가……."

"나를 속이려거든 좀 더 그럴싸하게 굴어야지."

카르텔은 날카롭게 내 말을 잘랐다. 내 연기가 미흡했던가, 아니면 그가 지나치게 예민한 감각을 가지고 있던가. 둘 중 하나이리라 생각하면서도 내 심장은 빠르게 요동치고 있었다.

"아무것도 아니야."

들키고 말 것이란 불안감과 함께 미래의 카르텔이 머릿속에 그려졌다. 내가 아닌, 달리아를 끌어안으며 달콤한 밀어를 속삭이는 장면이었다.

'……아파.'

산산조각이 난 유리 파편이 내 가슴에 마구 박혀 들었다. 그것이 내가 만들어 낸 환상인 것을 알고 있음에도 불구하고, 나는 날카로운 조각에 관통당하는 고통으로 등허리를 움츠렸다.

"쉬이."

내가 무엇 때문에 이러는지도 모르면서. 그는 당연하다는 듯 웅크린 등을 쓸어내렸다. 상처 입은 짐승을 달래는 것처럼 부드러운 손길은 내 몸을 녹이고, 파편을 더 깊숙이 박아 넣었다.

"뭘 숨기고 있어?"

그가 이렇게 단도직입적으로 묻는 건 처음이었다. 나는 이런 카르텔의 모습이 생소하면서도 불안하게 느껴졌다. 그렇다고 해도 말할 수 있는 건 아무것도 없었다.

그의 시선을 피하려 눈을 내리까니 도드라진 울대가 보였다. 단단한 목은 언제 구속당했냐는 듯 걸친 것 없이 깨끗했다. 그곳을 내 자국으로 덮어 버리고 싶은 충동이 일었다. 나는 무엇에 홀리기라도 한 사람처럼 그의 목덜미에 입을 맞추었다.

"못되게 굴 때는 언제고. 불리할 때는 또 이렇게 예쁘게 안겨 들지."

그렇게 말하면서도 카르텔은 나를 밀어내지 않았다. 그는 내 머리를 감싸며 입술을 자신의 목에 좀 더 가까이 닿게 했다. 그 행동이 나를 부추겼다. 나는 더 참지 못하고 그의 목에 이를 댔다.

"윽."

그의 입에서 터져 나온 신음이 만족스럽다. 나는 충족감에 차올라 날카롭게 이를 세웠다. 그것은 살점을 깨물며 자국을 남겼다.

입술로 빨아들이며 핥아 낸 피부는 다디달았다. 도저히 행위를 멈출 수 없었다. 마치 짐승이 되어 버린 것만 같았다.

"이제 만족해?"

"……아니."

내 못된 행동을 받아 준 그에게 해 줄 말은 부정뿐이었다. 그의 피부에 소유의 자국을 냈지만 그 순간일 뿐, 나는 완전히 만족하지 못했다. 빼앗길 바에야 먹어 치우고 싶었다. 나는 짐승의 본능을 깨우쳤다.

"그럼 네가 만족할 때까지 계속해."

카르텔은 얼마든지 내어 주겠다는 듯 내 어깨를 끌어안았다. 내가 그의 살점을 가져가도 그는 불평하지 않을 것이다.

"하지만 나를 피하는 건 안 돼."

다만, 이것에는 경고가 따라붙었다. 고작 두어 번 그를 피했을 뿐이다. 카르텔은 달라진 내 태도를 기민하게 알아차렸다. 결국 참지 못한 나는 하지 말아야 할 말을 내뱉고 말았다.

"너는…… 달리아가 신경 쓰이지 않아?"

"달리아?"

여자 주인공의 이름에 카르텔의 미간이 찌푸려졌다. 그는 '달리아'하고 몇 번 중얼거리더니 그게 뭐냐는 표정을 지어 보였다. 정말 모르겠다는 눈치에 얼이 빠졌다.

"아까 저녁에 만찬을 같이 했던……."

"아, 그 금발."

그는 막 기억났다는 듯 대강 고개를 끄덕였다. 아니나 다를까. 카르텔은 여자 주인공의 이름조차 기억하지 못하고 있었다.

"이상한 냄새가 나던데."

그리고는 영문 모를 말까지 덧붙였다. 그것도 썩 좋은 평가는 아니었다. 카르텔은 그 여자의 이름이 왜 나오냐는 듯 눈짓으로 나를 채근했다.

"······다들, 좋아하니까."

나는 쓴웃음을 흘리며 말했다. 수인과 짐승이라면 누구라도 달리아에게 끌릴 수밖에 없다. 벨루스와 리카엘, 내 가족들까지 모두. 그게 그녀의 운명이었으니 당연했다.

"그래. 그 여자의 향에 머리가 좀 돌아 버린 것 같긴 하던데."

카르텔이 떠올랐다는 듯 고개를 끄덕였다. 황금의 꽃이 내뿜는 향은 오직 짐승들만이 맡을 수 있었다. 원작의 카르텔은 상처 입은 몸으로 그 향기에 홀린다. 그것은 맹수의 마음을 여는 첫 열쇠가 되었고, 이후 약간의 다툼 끝에 서로가 하나임을 깨닫는다.

"코가 맛이 간 건지."

츳, 혀를 차는 소리가 머리 위에서 울렸다. 카르텔은 기분 나쁜 것이라도 떠올랐다는 듯 내 목덜미로 파고들었다. 숨을 깊게 들이쉬고 내쉬는 움직임이 선명했다.

"덕분에 네 향기가 더 좋아졌어."

코끝으로 목덜미를 비비는 짐승의 교태가 얼마나 사랑스러운지. 이러면 안 되는 걸 알면서도, 나는 그의 입술에 입을 맞추었다. 기다렸다는 듯 그의 입술이 내 입술을 먹어 치웠다. 뜨거운 혀는 내 안의 깊숙한 곳을 녹이며 농염한 춤을 춘다. 깊이. 더 깊이. 뱀의 입처럼 그를 삼켜 내고 싶었다.

"후······."

숨을 남기고 떨어져 나간 입술이 먹음직스럽게 익어 있었다.

쪼는 듯한 키스가 이어졌다. 그것을 받아들이며 초점을 찾았을 때 나는 이미 그의 품에 안겨 있었다.

"그래서 그것 때문이었어?"

카르텔은 분수의 가장자리에 앉아 나를 무릎 위에 올렸다. 아슬아슬한 자세였지만 그는 곡예라도 하듯 재주 좋게 나를 기대게 했다.

"대답 안 하지."

나는 그의 채근에도 고집스럽게 입을 다물었다. 그러자 톡, 긴 손가락이 내 이마에 닿았다. 가만히 나를 관찰하던 카르텔이 짧은 한숨을 내쉬었다.

"이 작은 머리에 무슨 생각이 그리도 많이 들어 있는 건지."

"그러게……."

이제 그만 생각을 멈추고 싶어. 그런데 그게 안 돼. 그러기엔 아직 해야 할 일이 너무 많이 남아 있는걸.

나는 속에 든 말을 눌러 삼키며 투정을 부리듯 그의 품으로 파고들었다. 뜨거운 키스가 이어졌다. 나를 온전히 품어 주는 카르텔의 품이 좋았다. 그의 체온은 언제나 나를 길들인다.

치솟았다가 아래로 떨어지는 분수의 물줄기 소리. 밤이 녹아든 바람의 온도. 그 틈새에 숨어든 나는 아무도 몰래 타인의 것을 탐했다.


"……."

더운 숨소리가 울리는 밤의 정원. 나무와 수풀의 그림자 아래, 달빛을 닮은 머리칼이 숨어 있다.

곱게 미소 짓던 얼굴은 어디로 갔는지. 달리아의 표정에선 감정을 찾아볼 수가 없다. 그녀는 자신을 총애하는 이들을 두고 남자를 쫓았다. 자신에게 눈길조차 주지 않던, 카르텔이라는 검은 짐승을. 그렇게 뒤를 밟은 달리아는 밤의 정원에서 그들을 목격하고야 말았다. 서로를 향한 진심 어린 눈빛. 달콤하게 섞여 드는 육체.

'저런 건 처음 봐.'

자신을 추종하는 이들은 많았고, 그것은 아주 당연한 것이었다. 달리아는 날 때부터 자신이 다른 사람과 다르다는 것을 알아차렸다. 아무것도 하지 않아도 짐승들은 자신을 따랐고, 사람과 같은 지능을 지닌 수인들마저 관심을 요구하며 자신을 총애했다.

그러나 그뿐이었다. 뜨거운 불꽃처럼 일렁이는, 서늘한 밤공기를 녹여 버릴 정도의 사랑은 겪어 보지도, 받아 보지도 못했다.

"이상하네."

달리아가 자그맣게 중얼거렸다. 그녀는 본능적으로 저 사내가 짐승임을 알아차렸다. 그것도 아주 거대하며 사나운, 그리고 우아한 맹수임을 말이다.

"저것도 내 건데……."

뭐가 되었든, 알맹이가 짐승이라면 자신이 가져야 마땅했다. 그런데 저것은 자신을 따르지 않는다. 저녁 만찬 내내 눈길조차 주지 않던 아름다운 맹수는 저 말고 엉뚱한 것을 탐하고 있었다.

"그래. 아직 모르는 거구나."

너도 내 것이라는 사실을.

굳게 다물려 있던 달리아의 입꼬리가 올라갔다. 모르고 있다면 알려 주면 된다. 그것이 짐승을 길들이는 방법이니까. 깊은 어둠 사이로 보석안이 섬뜩하게 반짝였다.

* * *

"이게 너희들이 찾는 정보와 가장 맞아떨어져."

수에노는 파이프의 연기를 내뱉으며 테이블 위로 굵직한 서류철을 올려놓았다. 그것을 든 나는 무언가 빼곡하게 쓰여 있는 종이를 한 장 한 장 넘기며 살폈다.

"이건……."

종이를 넘기는 손이 점차 빨라졌다. 전부 다른 곳에서 빼내 온 서류였지만 내용은 같았다. 이건 노예 상단들의 가계부였다.

"마도탑이 증발한 이유는 나도 몰라. 그 안에 있던 이종족들이 어디로 사라졌는지도 아직 밝혀지지 않았지."

"그러면요?"

"잘 봐. 거기 있는 노예 상단들은 모두 마도탑에 이종족을 팔아넘긴 기록이 있어. 그것도 최근에 몰려 있지. 판매처가 겹치는 건 흔한 일이지만 이 정도로 몰리는 건 매우 드물어."

그녀의 말이 맞았다. 아무리 이종족이 필요한 곳이라고 해도 그 수에는 한계가 있다. 하지만 마도탑은 많으면 많을수록 좋다는 듯, 종족과 관계없이 그들을 쓸어 담다시피 사들였다.

"그런데 최근 마도탑과 비슷할 정도로 이종족을 사들이는 마을이 있어."

마을? 수에노의 말에 귀를 기울이던 나는 황급히 서류철을 뒤졌다. 노예 상단에 가장 많이 적힌 판매처는 마도탑이었다. 그다음으로는 '르하'라는 영지의 이름이 적혀 있었다.

"르하 라면 소규모의 영지 아닌가요? 남작이 다스리는 곳으로 알고 있는데요."

원낙에 작아 이름도 가물거리는 곳이었다. 그런 영지에서 이종족을 대거 사들일 일이 뭐가 있다고.

'설마.'

문득 내 뇌리에 누군가가 스쳐 지나갔다. 마도탑의 실세, 이종족들의 도살자, 황제에게서 도피 중인 대죄인.

"……베논 공작."

그는 나의 아버지이자 정체불명 실험을 주도했을 인물.

수에노는 굳어진 나를 보며 파이프를 털어 냈다. 그녀는 서류철을 가져가 서랍에 넣으며 말했다.

"네가 찾던 마도탑의 이종족들도 거기 있을 확률이 높아. 모아 놓은 걸 아까워하지 않는 이는 드물거든."

이 바닥에선 그런 놈들을 자주 접하니까.

수에노는 말을 덧붙였다. 나 또한 그녀와 같은 생각이었다. 이종족들의 머릿수가 중요한 실험이라면, 기껏 모아 둔 실험체를 가만히 둘리가 없었다.

"르하 영지로 가 봐야겠어요."

"잘 생각했어."

내 말에 수에노가 고개를 끄덕였다. 정보 타워의 주인에게 직접 받은 정보니 틀릴 리 없다. 르하에서는 분명 어떤 일이 벌어지고 있었다. 나는 한쪽 벽면에 걸려 있는 제국 지도 앞에 섰다. 이곳에서 르하까지는 밤낮으로 말을 타고 달리면 사흘, 마차를 이용하면 일주일 정도 걸린다.

"가려면 고생 꽤나 하겠군."

"이동 시간을 줄일 수 있다면 좋을 텐데요."

나는 지도를 더듬으며 중얼거렸다. 르하라는 영지 자체는 별 볼 일 없는 곳이었으나 그곳으로 가는 길목에는 백작들이 다스리는 영지가 늘어져 있었다.

검문은 밤에 벨루스의 능력을 이용해 통과하면 된다지만 나머지가 문제였다. 낮에는 벨루스의 능력을 이용할 수 없을 뿐만 아니라, 요즘같이 감시가 심한 와중에 마차를 타고 장거리를 이동하는 것은 위험했다.

해가 뜬 시각에는 꼼짝없이 몸을 숨기고 있다가 저녁에야 이동할 수 있는데, 그것도 다른 이동 수단을 이용하지 못하니 두 다리에만 의존해야 한다. 이런 식으로 이동하다간 도착하는 데 한 달이 넘게 걸릴 것이다. 한 치 앞도 모르는 이 시점에서 시간을 낭비할 수는 없었다.

'그렇다고 아예 피해 가자니…….'

영지를 모두 비껴가자니 아예 산맥을 타야 했다. 이동의 자유는 누릴 수 있겠지만 도착하는 시간은 엇비슷할 것이다.

"가는 길이 문제라면 한 가지 방법이 있지."

지도를 뚫어져라 보며 머리를 굴리고 있을 때였다. 수에노가 파이프를 두고 일어나 옆으로 다가왔다. 그녀는 동성도 홀릴 정도로 매력적인 눈웃음을 치면서 지도를 가리켰다.

"꽃망울아, 이곳 보이지?"

"아, 네."

꽃망울이라니. 나는 처음 들어보는 애칭에 낯설어하며 지도를 바라보았다. 긴 손톱 끝에는 하얀 등고선이 짚여 있었다. 산맥 근처에 표시되어 있기는 한데, 그렇다고 특별할 것도 없어 보였다.

"이건 뭔가요?"

내가 영문을 모르겠다는 듯 눈을 깜빡이니 수에노가 야릇하게 웃으며 지도 위를 더듬었다.

"지도에는 나와 있지 않지만 산맥을 이용하지 않고도 르하 영지 근처까지 이동할 수 있는 길이란다. 우리 같이 몸을 숨겨야 하는 자들이 주로 이용하는 곳이지."

그녀는 손톱을 움직이며 나긋나긋 설명을 이었다.

"전체가 돌산이라 절벽이기는 하지만 나름의 길이 있어. 양옆으로 높은 산이 있어 몸을 가릴 수도 있지. 뭐, 조금 위험하기는 하지만. 요령 좋게 움직인다면 떨어져 죽지는 않을 거란다."

수에노는 죽을지도 모른다는 이야기를 아무렇지도 않게 하며 깔깔거렸다. 하지만 그녀의 태도가 불쾌하게 느껴지지는 않았다.

오히려 다행이다. 어떻게든 시간을 단축할 방법이 생겼으니 말이다. 이곳을 이용한다면 일주일 안으로 르하에 도착할 수 있다. 절벽이라 조금 위험하기는 하겠지만 다들 육체적으로 특화된 이들이었으니 죽거나 나칠 일은 없을 것이다. 오히려 그냥 길을 이용하는 것보다 눈에 띄지 않아 더 안전할 거란 생각이 들었다.

"이곳으로 가야겠어요. 고마워요. 수에노."

"고맙기는. 예의 바르기도 하지."

수에노는 기분 좋게 웃으며 내 어깨에 가만히 손을 얹었다. 하얗고 마른 손이 낯설었다. 벨루스에 이어 나에게도 관심이 생긴 걸까. 과한 것은 선의라도 부담스럽다. 내가 조심스럽게 그녀의 손을 떼 내려 할 때였다.

"둘 다 매력적인 향인데, 참 다르단 말이야."

"무엇을 말씀하시는 건가요?"

묘하게 걸리는 말이었다. 수에노는 내 물음에 눈웃음을 치고는 자리로 돌아가 앉았다. 다시금 파이프를 입에 무는 모습은 평상시와 똑같았다.

"꽃망울과…… 그 달콤한 향기가 나는 아이 말이야."

"……달리아 말인가요?"

내 물음에 수에노가 고개를 끄덕였다. 그녀 또한 달리아에게 홀려 있었다. 그런 그녀가 나에게 왜 이런 말을 하는 건지 의아했다. 그러고 보니 어제저녁 달리아를 대하는 수에노의 태도가 조금 달라 보이긴 했었다. 여전히 다정했지만, 전처럼 꼬리까지 보여 주는 과함이 없었다.

"나는 네 향이 더 마음에 들어. 달리아의 향은, 뭐랄까. 확 잡아끌기는 하지만…… 그것뿐이랄까. 아, 물론 나보다 어린 것들은 상황이 다르겠지만."

그녀의 말 대로였다. 리카엘은 끌리지 않는 척이라도 했지만, 벨루스의 태도는 가면 갈수록 더해서 달리아가 뭐라도 던지면 그것을 물어 올 기세였다.

상황이 이렇다 보니, 나는 부러움이나 질투 같은 감정보다 한 번이라도 그녀의 향기를 맡아 보고 싶어졌다. 대체 어떤 향기이길래 저리들 홀리는 것일까 싶은 생각에 말이다. 하지만 나에게는 불가능한 일이었다. '황금의 꽃'의 체취를 맡을 수 있는 건 짐승으로 타고 난 이들뿐이었으니까.

한편으로는 수에노가 대단해 보이기까지 했다. 이런 말을 꺼낸다는 건 그녀가 달리아의 향기를 이겨냈다는 뜻이나 마찬가지였다. 리카엘조차 갈등하며 망설이게 하는 그 향을 말이다. 그러고 보니 수에노는 몇 살인 걸까. 아름다운 외관으로는 그녀의 나이를 짐작하기 어려웠다.

"궁금한 눈치로구나."

내 시선을 알아차렸는지 수에노가 몸을 비틀어 다리를 꼬았다. 내가 사내였다면 당장이라도 넘어갈 정도의 매혹적인 자태였다.

"아."

나는 짧은 감탄사를 토해 냈다. 갈라진 치마 사이로 돋아난 것은 붉은 꼬리였다. 커다랗고 풍성한 꼬리는 하나가 아니 세 개였다.

"나는 네 생각보다 훨씬 긴 세월을 살았단다."

그렇게 말하는 수에노의 목소리에 쓸쓸함이 묻어났다. 여우 수인들은 종족의 특성상 긴 수명을 타고난다. 나이를 먹고 백 년을 채우면 그 증거로 꼬리가 하나씩 늘어났다. 아주 먼 옛날에는 아홉 개의 꼬리를 가진 여우들도 있었더랬지. 하지만 인간들의 전리품이 되어 버린 이상, 그들은 모두 노리개나 박제가 되어 세상에서 사라졌다.

이제는 꼬리 두 개를 가진 수인조차 찾아볼 수 없을 정도다. 그런데 세 개라니. 같은 종족이 노예로 팔려 나가고 사지가 절단되어 실험체로 쓰이는 이 땅에서, 그녀는 삼백 년 동안 대체 어떠한 삶을 살아왔던 걸까. 나는 감히 짐작조차 할 수 없었다.

"언제쯤 출발할 거지?"

"내일 바로 떠나려고 해요."

나는 지체하지 않고 대답했다. 우리가 빨리 떠날수록 그녀에게는 득이 될 것이다. 내 말에 수에노가 꼬리를 살랑였다. 풍성한 세 개의 꼬리는 더 이상 아름다워 보이지 않았다.

"정보 고마웠어요. 수에노. 이만 가 볼게요."

슬슬 자리를 파할 때가 되었다. 나는 감사를 표하고 자리에서 일어섰다. 필요한 것을 얻었음에도 불구하고 내딛는 발걸음이 무거웠다. 그렇게 문고리에 손을 올렸을 때였다.

"꽃망울아."

나를 부르는 목소리에 걸음을 멈췄다. 무슨 일이지, 고개만 돌리니 수에노의 얼굴이 보였다. 매혹적인 미소는 온데간데없다. 그녀는 더 없이 진지한 얼굴을 하고 있었다.

"다른 꽃을 조심하렴."

다른 꽃. 은유적인 표현임에도 불구하고, 나는 그녀가 지칭하는 것이 누구인지 곧장 깨달았다.

"그렇지 않으면 빼앗길지도 모르니까."

파이프 위로 희뿌연 연기가 피어올랐다. 수에노의 형체가 진한 연기에 가려져 보이지 않았다. 짙은 회색빛은 어느덧 나를 덮칠 듯 다가왔다. 못 박힌 것처럼 서 있던 나는 도망치듯 문을 열었다.

'빼앗길지도 모른다니.'

무슨 뜻으로 그런 말을 한 걸까. 수에노는 내가 무엇을 고민하는지 알고 있는 것처럼 굴었다.

그녀의 방을 떠나 복도를 걷고 또 걸었다. 내가 어디로 향하고 있는지, 같은 길을 몇 번이고 오갔는지 알 수 없었다. 나를 부르는 청아한 목소리를 듣기 전까지는.

"플로리아. 거기서 뭐 해요?"

"……달리아."

나는 바닥에서 천천히 눈을 뗐다. 멀지 않은 곳에서 달리아가 보였다. 그녀는 무슨 일이냐는 듯 고개를 기울였다. 여느 때와 다를 바없이 천진한 표정이었다.

"어디 아파요?"

"아뇨. 그냥 좀 생각할 게 있어서요."

나는 아무렇지 않은 척 달리아를 지나치려 했다. 그녀의 시선은 늘 짐승에게 머물러 있었다. 평소에도 내게 신경을 쓰지 않았으니 오늘도 마찬가지이리라.

"잠깐만요."

하지만 오늘은 달랐다. 달리아는 손목을 붙잡아 나를 멈춰 세웠다.

"……무슨 일인가요?"

"바쁘지 않으면 같이 차를 마셔요."

생글거리는 미소였다. 그녀의 입꼬리가 올라갈수록 손목을 붙잡은 아귀힘이 억세졌다. 무섭기보다는 생소했다. 내가 대답을 하지 않으니 이번에는 손톱을 박아 넣으려 했다.

"손목은 놓아줬으면 좋겠네요. 제 피부가 좀 예민해서요."

순간적으로 짜증이 치밀었다. 나는 그녀의 손을 쳐 내고는 손목을 문질렀다. 잠깐 잡혔는데도 붉은 자국이 남아 있었다. 달리아의 손은 허공에 멈춰 있었다. 나는 그녀와 똑같이 마주 웃었다.

"……어머, 미안해요. 실례했어요."

달리아는 거두어 간 손으로 제 입을 가렸다. 속눈썹을 파르르 떠는 모습이 금방이라도 눈물을 머금을 듯 서글퍼 보였다.

"플로리아가 저를 구하자고 했다면서요. 평소에는 늘 바빠 보이기도 하고……. 오늘은 시간이 있는 것 같아 물어본 것뿐이었답니다."

나는 웃는 얼굴로 그녀를 바라보았다. 다른 사람들이 봤다면 나를 가해자라고 여길 만한 장면이었다.

나는 공작성에서는 물론, 같은 편이 없다시피 한 사교계에서도 홀로 살아남아야 했다. 귀족 영애들에게 연기는 곧 전술이요, 그 혀는 날카로운 칼날이었다. 그런 곳에서 인생의 절반 이상을 구른 나를 속이기에는 달리아의 연기가 모자라도 한참 모자랐다.

"싫다고는 안 했어요. 함께 차를 나누도록 하죠. 안내해요."

과연, 저런 연기까지 해 가며 내게 무슨 말을 하려는 걸까 퍽 기대가 되었다. 나는 상냥히 웃으며 그녀에게 안내를 종용했다.

"고마워요. 당신과 친해지고 싶었어요."

내 의도를 알아챈 건지는 모르겠지만, 어설픈 울음을 벗어던진 그녀가 나를 밝은 태도로 이끌었다.

달리아가 나를 데려온 곳은 건물 중심의 정원이었다. 마침 저택에서 일하는 여우 혼혈 아이가 그곳을 지나가고 있었다.

"포포, 포포야."

"앗, 달리아 님!"

달리아를 발견한 아이가 한걸음에 달려왔다. 여우 수인보다는 인간에 가까운 아이인지라 귀와 꼬리가 없었지만, 반짝이는 얼굴을 보니 꼬리를 흔드는 환영까지 보일 정도였다.

"정원에서 차를 마실 생각인데, 준비해 줄래?"

"물론이죠! 아, 플로리아 님도…… 두 분이 같이 차를 드시나 봐요! 금방 준비할게요!"

달리아에 이어 포포의 눈길이 나에게로 향했다. 달리아에겐 꼬리를 흔드는 강아지 같은 태도를 보였다면, 나에게는 수줍음 많은 토끼처럼 굴었다. 포포는 서둘러 건물 안으로 달려갔다. 차를 준비하기 위함일 것이다. 덕분에 나와 달리아는 정원에서 아이를 기다려야만 했다.

계속 마주 보고 있는 것이 영 어색했다. 나는 물소리가 나는 곳으로 눈길을 돌렸다. 정원의 분수는 어김없이 물줄기를 토해 냈다가, 바닥으로 떨어뜨리기를 반복하고 있었다.

끊임없는 움직임을 바라보고 있자니 자연스레 어젯밤의 키스가 떠올랐다. 그러나 내 눈앞에 있는 건 카르텔이 아닌 달리아다. 그것도 딱딱하게 얼굴을 굳힌 상태로 말이다.

"포포가, 플로리아도 좋아하나 봐요?"

그렇게 묻는 달리아의 표정이 심상치 않았다. 확확 바뀌는 태도에 정신이 없을 정도다.

"……네? 딱히요."

바로 답변하기는 했지만, 되새겨 보니 영 이상한 질문이었다. 나를 좋아했으면 좋아했지, 거기다 누구'도' 같은 걸 왜 붙인단 말인가. 거기다 누가 봐도 포포가 좋아하는 사람은 달리아였다. 그렇게 반짝이는 눈동자라니. 당장이라도 안겨 들 기세였다.

"플로리아 님, 달리아 님! 준비해 왔답니다!"

발랄한 목소리가 생각을 끊어 놓았다. 바구니를 품에 안은 포포가 다른 혼혈들과 함께 정원으로 다가오고 있었다. 나는 아이에게서 고개를 돌려 달리아를 보았다. 다시금 바라본 그녀의 표정은 평소와 다름없이 다정한 빛을 띠고 있었다.

"고마워. 포포."

"뭘 이 정도로요!"

하얀 천이 깔린 둥근 모양의 테이블, 그 위로 에프터눈 티 세트가 다소곳이 올려졌다. 여럿이 합세하니 금세 그럴듯한 티파티가 차려졌다.

"시중은 괜찮으니 이만 가 봐도 돼."

"아, 네에……."

혼혈들은 달리아의 말에 실망한 듯 어깨를 늘어트렸다. 그러면서도 한 번을 조르지 못하고 건물 안으로 들어갔다. 황금의 꽃이란 운명이 대단하긴 대단한 모양이었다.

"앉죠. 어머, 포포가 장미 차를 준비해 줬네요. 제가 좋아하는 차를 알고 있었나 봐요."

달리아는 김이 오르는 차를 한 모금 넘기며 웃었다. 기분 탓일까. 분명 별거 아닌 말인데도 은근히 자랑을 늘어놓는 것만 같다.

수에노의 관리하에 있는 것답게 차의 향은 훌륭했다. 그렇게 한 모금 두 모금을 넘기는 중, 나는 찔러 들어오는 듯한 시선에 고개를 들었다. 번뜩이는 보석안이 나에게 향하고 있었다. 뭔가 말할 마음이 들었나. 나는 모르는 척 태연하게 물었다.

"왜 그러시죠?"

"조금 신기해서요."

달리아는 실례가 될 법한 발언을 아무렇지도 않게 했다. 그녀는 정말로 신기하다는 듯 내 얼굴을 뚫어지게 보고 있었다. 뭐가 그렇게 신기한 걸까. 나는 달리아의 행동을 하나도 이해할 수가 없었다.

"뭐가 말인가요?"

"왜…… 그쪽을 따르나 싶어서?"

이번에도 영문을 알 수 없는 소리다. 이쯤 되면 대화를 하고 있는 건지 벽에다 대고 묻는 건지 알 수 없을 지경이었다. 이러려고 나를 멈춰 세웠다면 이만 돌아가 보는 게 나았다.

"저기, 카르텔 님도 수인이시죠? 당신은 화인 혼혈이고요."

달리아는 확인 사살이라도 하듯 물었다. 나는 그 질문에 선뜻 대답할 수 없었다. 내가 화인 혼혈이라는 건 수에노를 통해 알 수 있었을 것이다. 하지만 카르텔은? 그는 특별한 고대 종족에 가까웠지만, 쉽게 말하자면 수인이라고도 할 수 있는 존재였다. 이곳에서 그의 정체를 말한 적은 한 번도 없었다.

"……조금 다르기는 하지만, 맞아요."

아니라고 하기에는 달리아의 눈이 이미 확신에 가득 차 있었다. 나는 대강 얼버무리며 말했다. 동시에 그녀가 나를 이 자리로 부른 이유를 알 것 같았다.

카르텔 또한 짐승의 피를 타고났다. 그런데 어째서 자신에게 끌리지 않느냐는 거겠지. 그 이유는 나도 알 수 없는 부분이었다. 하지만 당장일 뿐, 언제 변할지 알 수 없었다.

"저는 좀 특별한지라, 짐승의 내면까지도 꿰뚫어 볼 수 있답니다."

달리아는 차분한 손놀림으로 찻잔을 놓았다. 햇살을 받은 보석안이 찬란하게 반짝였다. 그 빛은 섬뜩하리만치 아름다웠다.

"카르텔 님께 문제가 있죠?"

잔을 내려놓으려던 내 손이 한순간이나마 굳었다. 잠깐의 떨림을 알아차렸는지는 모르겠다. 나는 의연한 척 대꾸했다.

"카르텔과는 말도 섞지 못한 것으로 아는데요."

대화도 제대로 해 보지 못했으면서 무얼 알고 그러느냐는 말이었다. 뭔가를 알고 저러는 걸까. 하지만 달리아는 카르텔이 마수라는 것도 모르고 있었다. 그러니 찔러보는 것이리라. 자신에게 넘어오지 않는 짐승을 말이다.

"……제가 말하지 않았나요? 저는 짐승의 내면까지 훤히 볼 수 있다고."

날이 선 말에도 달리아는 꿈쩍하지 않았다. 묘한 시선이 나를 훑었다. 목을 조여 오는 뱀 같은 눈빛이다. 고작해야 눈웃음뿐인 것을. 숨이 막혀 오는 것 같았다.

"속이 뒤틀려 있던걸요. 꽤 아파 보였어요."

"……."

나는 달리아의 발언에 할 말을 잃었다. 그녀는 속이 뒤틀려 있다고 표현했지만, 실제로는 마력의 흐름이 엉켜 있는 것이었다. 이는 내가 고민하는 것 중 가장 큰 문제점이기도 했다.

강제로 봉인구를 부순 여파는 아직도 남아 있다. 작은 불꽃을 부리는 등 간단한 운용은 할 수 있었지만, 큰 힘은 쓸 수 없었다. 정확히는 제어가 불가능했다. 까딱 잘못하다가는 전처럼 폭주해 버릴 가능성도 있었다. 점점 나아지고는 있다지만, 언제 회복될지 몰랐다.

"거기다……."

내 반응이 기꺼운 듯, 달리아의 표정이 한껏 느긋해졌다. 말해 줄까 말까 즐기듯 끝말을 흐리던 그녀가 해맑은 웃음을 터트렸다.

"당신과 가까워질수록 뒤틀린 곳이 더 엉켜 들던데요."

거부하는 거예요. 플로리아, 당신의 향기를요.

달리아가 상냥한 어조로 덧붙였다. 나는 그녀의 말에 정신을 차리지 못했다. 카르텔이 마력을 제대로 다루지 못하는 게 나 때문이었다니. 달리아는 충격으로 얼어붙은 나를 보며 가엽다는 듯 혀를 찼다.

"어쩌면 속이 뒤틀린 것도 당신 때문일지 모르겠네요."

"그래서 하고 싶은 말이 뭐죠?"

달리아의 한마디 한마디가 내 가슴에 못을 박아 왔다. 하지만 티를 낼 수는 없었다. 나는 식어 빠진 찻물을 잔디밭에 부어 버리며 웃었다. 이에 달리아의 표정이 잠시나마 굳었다가 금세 여유롭게 바뀌었다. 자리에서 일어선 그녀는 젖은 땅을 피해 나에게 다가왔다.

"그거 알아요? 내가 카르텔 님께 다가가면, 그의 흐름이 안정적으로 변해요."

악마가 귓가에 속삭이는 것 같았다. 당장이라도 귀를 막고 싶었다. 듣고 싶지 않았다.

"짐승은 그 무엇보다 본능적인 생물이에요. 그걸 막는 사람이 옆에 붙어 있으면 가엾잖아요."

송곳이 박힌 마음에 균열이 일기 시작했다. 나는 귀를 틀어막지 않기 위해 드레스 자락을 움켜쥐었다.

"이렇게까지 친절히 말해 주었는데, 끝까지 떨어지지 않는다면……."

붉은 입술이 귓가에 닿았다. 온몸에 소름이 돋았다. 나는 끝까지 아무런 말도 할 수 없었다.

"불쌍해지는 건 카르텔 님이 되겠죠."

* * *

이제는 어둠이 내리면 당연하다는 듯 모두가 식당으로 모여들었다. 가장 상석에는 수에노, 왼쪽에는 달리아와 벨루스, 르나르, 그리고 리카엘의 순서로 앉아 있었다.

나는 달리아와 마주 보고 앉았다. 부드럽게 올라간 입꼬리가 오늘따라 더 교묘해 보였다. 그녀는 나와 카르텔을 번갈아 보며 눈짓했다. 그런 말을 듣고도 어떻게 옆에 둘 수 있냐는 무언가의 암시였다.

"그래. 내일 바로 떠난다지? 나는 만찬 후 바로 일을 보러 갈 예정이라, 배웅은 못 해 주겠어."

수에노는 우아하게 나이프를 다루며 말했다. 정보 타워의 수장이니만큼 일이 많을 터였다. 어쩌면 지금까지 우리를 위해 머물러 주었을 수도 있겠다는 생각이 들었다.

"그동안 고마웠어요. 수에노."

"서로 이득을 주고받은 것뿐이니 너무 고마워 말렴."

저리 말해도 속이 얼마나 따스한 사람이던지. 나는 수에노의 배려가 진심으로 고마웠다.

우리가 데려온 토인 아이도 말이야 정보와 교환한 것이지, 자유를 준 것이나 다름없었다. 나는 수에노가 토인 아이에게 이곳에서 일할 것인지, 아니면 고향으로 돌아갈 것인지 묻는 것을 들었다. 아이는 자의로 이곳에 남아 수에노의 일을 거들기로 했다.

"그래도요. 다음엔 제대로 된 값을 치를게요."

나는 기어코 그녀의 앞으로 빚을 달아 놓았다. 그래야 마음 편히 떠날 수 있을 것만 같았다.

저녁 만찬이 있기 전, 나는 카르텔을 비롯한 모두에게 수에노에게 얻은 정보를 말해 주었다. 내일 밤 바로 이곳을 떠날 예정이라는 것도 말이다.

"그러면 달리아는 나랑 있는 거지?"

"글쎄."

르나르가 스테이크를 썰다 말고 달리아에게 매달렸다. 달리아는 르나르의 칭얼거림에도 그저 웃을 뿐이었다.

"르나르. 얌전히."

"……네."

르나르는 볼멘소리를 하면서도 수에노의 말에 얌전히 자리로 돌아갔다. 그러면서도 달리아를 힐끗거리는 걸 보니 혹여나 그녀가 우리를 따라갈까 잔뜩 긴장한 모양새였다.

"그래. 달리아는 어쩔 생각이니? 이곳에 좀 더 머무른다면 네 나라로 돌아갈 방책을 마련해 줄 수 있단다."

수에노도 그녀를 염두에 둔 듯 넌지시 말을 건넸다. 모두가 침묵한 가운데 당사자만이 홀로 여유로웠다. 느긋하게 음식을 입가로 가져간 달리아는 꿀꺽, 그것을 삼키고서야 입을 열었다.

"저는…… 플로리아를 따라갈까 해요."

이에 나를 제외한 모두의 눈동자가 커졌다. 내심 떠나길 아쉬워하던 벨루스가 특히 그랬다.

"저기, 달리아. 우리가 가려는 곳은 위험한……."

"그럼 벨루스가 지켜 주면 되잖아?"

달리아는 그러는 게 당연하다는 듯 웃었다. 그에 취한 벨루스가 뺨을 붉히며 고개를 끄덕였다. 말 잘 듣는 개가 되어 버린 동생을 보는 건 썩 좋은 기분이 아니었다. 나는 애써 감정을 눌러 삼켰다.

"이곳에 남아 조국으로 돌아가는 게 좋을 텐데."

"저는 어차피 레오플론으로 올 예정이었어요. 아버지가 저에게 이곳으로의 유학행을 명하셨거든요. 예정은 반년 후였지만요."

수에노의 뜻이 그게 아니란 걸 알면서도 달리아는 태연하게 대꾸했다. 우리를 따라가는 게 너무도 당연하다는 태도라 아무도 쉬이 말을 붙이지 못했다.

"……달리아."

"오라버니."

망설이던 리카엘이 달리아를 부를 때였다. 나는 차분한 목소리로 그의 말을 끊었다. 모두의 시선이 나에게 향했다. 그들의 눈에는 내가 여느 때와 다름없어 보일 것이다. 아무도 타들어 가는 내 속을 모르리라. 나는 더욱 부드럽게 웃어 보였다.

"같이 가도록 해요. 정말로 위험해지면 그때 돌려보내는 방법도 있고요. 무엇보다, 벨루스가 저렇게 좋아하잖아요?"

"그, 리아. 그런 건 아니지만……."

내 말에 벨루스가 말을 더듬었다. 하지만 표정을 감추는 법을 배우지 못한 동생의 얼굴에서는 기쁨이 한가득 피어났다.

"숨길 것 없단다. 벨."

나는 달리아를 데려가는 걸 사랑스러운 동생을 위한 일로 포장했다. 실상은 전혀 그런 게 아니었지만 말이다.

"허락해 줘서 고마워요. 플로리아."

"뭘요. 다……."

다 카르텔을 위해서인걸.

나는 잠시 숨을 고른 끝에야 말을 이어 나갈 수 있었다.

"벨루스를 위해서인걸요. 앞으로 내 동생에게 더 잘해 주었으면 좋겠어요."

"물론이에요."

내 말에 달리아가 상냥히도 대답했다. 유순히 올라간 입술이 유난히 검붉었다.


다음 날 저녁, 우리는 해가 완전히 지고 나서야 수에노의 저택에서 발을 뺐다. 인적 드문 골목을 벗어나 우리가 향한 곳은 마을 근처의 작은 산이었다. 하루 안으로 넘을 수 있는 산을 지나면 산맥의 초입이 나오는데, 그 옆에 수에노가 알려 준 거대한 석산이 있었다. 그곳의 벼랑길을 지나면 가장 빠른 시간 내에 르하에 도착하게 된다.

"벨, 산 초입까지만 어둠을 다루어 줄래?"

"……으응. 리아."

벨루스는 더듬거리며 고개를 끄덕였다. 저녁 만찬 이후, 그는 내게 찔리는 것이 있는 듯 굴고 있었다. 달리아에게 끌리고 있다는 사실에 죄책감이 드는 모양이었다.

'그거야 당연한 일이니 어쩔 수 없지.'

나는 벨루스를 이해했다. 수인이라면 진짜 여자 주인공인 달리아의 영향력을 결코 무시할 수 없으니까. 이는 리카엘도 마찬가지였다. 덕분에 나는 내 사람들 사이에서 기이할 정도의 어색함을 맛보아야만 했다.

"벨루스는 정말 대단하네요. 그림자를 움직이는 능력은 처음 봐요."

"······별거 아닌걸."

침묵을 깨트린 건 달리아였다. 어둠에 감싸인 달리아는 감탄 어린 목소리로 벨루스를 칭찬했다. 죄책감에 휩싸여 있던 벨루스는 금세 기운을 되찾고 수줍게 얼굴을 붉혔다. 그러면서도 눈동자는 혼란에 휩싸여 있다. 자신이 왜 이리 휘둘리는지 이해할 수 없다는 듯이.

"플로리아도 대단해요. 다들 플로리아를 잘 따라 주잖아요?"

"······가족이니까요."

미묘한 뜻이 담긴 말이었다. 나는 그 속에 숨은 뜻을 모르는 척하며 앞으로 나아갔다. 달리아의 눈빛이 내 등에 꽂혀 드는 것이 느껴졌다. 칭찬으로 저런 말을 할 위인은 아니었다. 다들 나를 잘 따라 준다라. 그 안에 담긴 뜻에는 카르텔이 걸려 있을 것이다.

'속이 뒤틀려 있던걸요. 꽤 아파 보였어요.'

확실히, 원작의 달리아는 짐승의 속을 들여다보는 능력이 있었다. 그래서 그녀의 말을 무시할 수 없었다. 카르텔의 마력을 뒤틀리게 한 원흉. 그리고 그것을 낫지도 못하게 방해하는 존재가 나라는 소리를 듣고서도 말이다.

'만약 달리아의 말이 진짜라면······.'

나는 카르텔의 곁에 머물러서는 안 된다.

내게 남은 결론은 그 하나뿐이었다. 정말로 그게 내 마지막일까. 날카로운 비수가 가슴에 박혀 들었다. 달리아가 내게 했던 한마디 한마디가 심장을 파먹고 살점을 뜯어낸다.

숨조차 쉴 수 없는 고통이 이어졌다. 피가 통하지 않는 듯 손끝이 저렸다. 차게 굳은 것을 깨물면 따뜻해지지 않을까. 나는 무의식적으로 입술에 손끝을 가져다 대었다.

"뭐 하는 거야?"

신경질적인 음성이었다. 내가 손가락을 물어뜯기 전, 카르텔이 손목을 잡아채 자신에게 끌어당겼다. 그는 다친 곳이 없는지 손 여기저기를 살펴보더니 한숨을 내쉬었다.

방금 손가락을 깨물지 않았더라도, 내 손 곳곳에는 깨물고 뜯은 자국이 선연했다. 단시간에 만들어진 버릇이다. 카르텔에게 들키지 않을 리가 없었다.

"리아, 너……."

"아무것도 아니야. 이동하자."

나는 고개를 젓고는 그의 손을 붙잡아 끌어당겼다. 그와 동시에 무거운 한숨이 내 머리 위로 내려앉는다. 나는 그것을 모르는 척, 벨루스 쪽으로 고개를 돌렸다.

"슬슬 중반이네. 벨루스. 어둠을 거두어……."

"말 돌리지 마."

싸늘한 음성과 함께 내 얼굴이 한 손에 쥐어졌다. 카르텔은 기어코 자신을 바라보게 만들었다. 금색 눈동자에 들어찬 감정이 용암처럼 들끓고 있었다.

"뭐 하는 짓이야, 이 새끼야?"

벨루스의 목소리가 험악했다. 동생은 어느새 거두어 낸 어둠으로 날카로운 창을 만들어 냈다. 허공에 뜬 여러 개의 창은 금방이라도 카르텔에게 달려들 듯 그를 겨냥하고 있었다.

"내가 리아를 상처 입힐 것 같아? 모르면 닥치고 있어. 늑대 새끼."

"지금 뭐라……!"

사나운 고성이 고요한 숲속을 뒤흔들었다. 깊은 밤 야산에 오르는 이는 드물 것이다. 하지만 그것도 모르는 일이었다. 소란을 바라지 않았다. 나는 카르텔의 손목을 붙잡아 내리고는 둘 사이를 막아섰다.

"벨, 그만. 카르텔. 너도 내 동생 그만 도발해. 할 말이 있으면 나랑 하면 되잖아."

"그 할 말을 네가 해 주지 않으니까."

상황과는 별개로 담담한 목소리였다. 지금 여기서 카르텔을 이해시키지 못하면 더 큰 소란이 일어날 것만 같았다. 나는 그의 손목을 잡은 손에 힘을 주었다.

"저쪽으로 가자. 가서 이야기해."

"……."

어느 쪽으로 향하든 어둠이었다. 나는 반대 방향으로 카르텔을 이끌었다. 그는 아무 대답도 하지 않았지만 순순히 끌려와 주었다. 차라리 다행이었다. 나는 잠시 걸음을 멈추고 남겨진 이들을 보았다.

"오라버니. 여기서 잠시만 기다려 주세요. 그리고 벨, 걱정해 줘서 고마워. 나는 괜찮아."

"……알겠다."

리카엘의 짧은 답변이 돌아왔다. 벨루스는 그래도 걱정이 되는 듯 안절부절 발을 굴렀다. 달리아에게 홀려 내 걱정은 아예 하지 않을 줄 알았는데. 의외의 반응에 마음이 풀어지려 했다.

"……다녀와요. 플로리아?"

여러 색깔로 비치는 보석안이 기묘한 빛을 냈다. 그녀는 날을 세우며 경계하고 있었다. 내가 카르텔에게서 떨어지지 않을까 신경이 쓰이는 것이겠지. 나는 달리아의 일그러진 얼굴까지 모두 보고 난 뒤에야 돌아설 수 있었다.

나와 카르텔은 더 깊은 숲속으로 들어갔다. 내 가족은 모두 수인이기에 귀가 예민했다. 괜한 것을 듣게 해 걱정을 끼치고 싶지 않았다.

"……."

내가 멈춘 곳은 달빛이 환하게 드는 자그마한 공터였다. 어둠 속 홀로 내리쬐는 달빛은 카르텔과 잘 어울렸다.

"말해. 대체 뭐 때문에 그러는지."

단호한 목소리가 내 정신을 깨웠다. 이 자리에는 우리 둘뿐인데도 쉽게 입술을 뗄 수 없었다. 무엇을 말해야 할까. 서론을 주절거리며 떠들어 대 봤자 결론은 정해져 있었다. 카르텔의 곁은 내 자리가 아니라는 것. 그뿐이다.

'말해야 해.'

내가 머지않아 너를 떠날 거라는 사실을. 그리고 얼마 뒤 알게 되겠지. 네 진짜 짝이 달리아라는 걸. 후에 나는 잊힐 것이다. 운이 좋다면 그의 첫사랑쯤으로 남을 수도 있지 않을까. 그렇게 말도 안 되는 생각을 하는 동안 손가락이 안으로 굽어들었다. 지나치게 힘을 준 주먹이 벌벌 떨려 왔다.

"……그러지 말라고 했잖아."

손톱이 살을 파고들기 직전이다. 무뚝뚝한 말과는 다르게, 내 손을 감싸 쥐는 그의 태도는 녹아들 듯 부드러웠다. 카르텔은 굽은 손가락을 쉬이 풀어내고는 손바닥 안쪽에 입을 맞추었다.

"아……."

뜨거운 혀가 반달 자국을 섬세하게 훑는다. 자국을 지워 내듯 파고드는 혀의 움직임이 간지러웠다. 손을 빼내어 보려 힘을 줘 봤지만 미동조차 하지 않았다. 결국 손가락 사이를 핥아 내는 혀에 어깨가 움츠러든다. 더워지는 숨이 차가운 밤공기를 달구어 내고 있었다.

그는 행위를 계속하면서도 눈으로 묻고 있었다. 무엇이 나를 그리도 괴롭게 하는지. 왜 자신에게 이야기해 주지 않는지.

르하에 가는 게 무섭다고 해 볼까. 아니면 아버지 핑계를 대 볼까. 변명이 무엇이건 카르텔에게 통할 것은 아니었다.

"뭐가 그렇게 두려운 건지는 모르겠지만."

내 대답을 기다리던 카르텔이 입술을 느릿하게 떼어 냈다. 그의 말은 나를 숨죽이게 하기에 충분했다.

갑작스럽게 나타난 달리아도, 내가 그에게 방해가 된다는 사실도, 그리고 결국 떠나야 하는 사람이 나라는 사실까지. 어느 하나 두렵지 않은 것이 없었다.

"넘어가는 건 이번 한 번뿐이야. 말할 수 있을 때 말하는 것도 잊지 마."

"……알겠어."

카르텔은 이번에도 나를 위해 굽혀 주었다. 나는 그 사실에 안도하면서도 내게 주어진 앞날이 두려워서, 뜨거운 품으로 파고들었다. 그는 나를 받아 주면서 나직하게 중얼거렸다. 서늘한 음성은 밤기운과 닮아 있었다.

"이거 하나만은 알아 둬. 네가 불안한 만큼 나도 불안하다는 사실을."

공터를 물들이는 달빛이 너무나도 따스해서, 나는 그만 눈물이 고이고 말았다. 카르텔과 내 감정은 이미 동일 선상에 있었다. 조금만, 아주 조금만. 그를 믿어 보고 싶어졌다.

진짜 여자 주인공 앞에서도 끝까지 흔들리지 않는 너를 보고 싶다. 너로 인해 받는 고통인데 너로 인해 구원받는다. 나는 카르텔의 어깨에 이마를 대었다. 젖은 눈동자를 아무도 보지 못하게 할 것이다. 나를 안아 주는 그조차 모르도록 말이다.

나와 카르텔은 새벽이 되어서야 우리를 기다리는 사람들에게로 돌아왔다. 곧장 움직였지만 달리아의 체력 때문에 중간중간 산을 타는 것을 멈추어야만 했다.

쉬는 도중 달리아는 서슬 퍼런 눈빛으로 나를 바라보았다. 이제는 감출 생각도 없는 모양인지 벨루스가 무엇 때문에 그러느냐 넌지시 말을 붙일 정도였다.

달리아의 변화는 모두 나 때문이었다. 카르텔과 대화를 나누고 돌아온 이후, 나는 더 이상 그를 밀어내지도 모르는 척하지도 않았다. 평소 이상으로 다정하게 굴었으며 잠깐씩 쉬어 갈 때는 농밀한 애정을 과시하기도 했다. 이는 그녀의 눈에 불을 붙이기에 충분했다.

'반쯤은 일부러 그러는 거지만.'

나는 깎아지른 절벽을 보며 속으로 중얼거렸다. 달리아의 체력 때문에 하루면 넘을 산을 이틀에 걸쳐 내려왔다. 그렇게 우리는 새로운 길인 석산에 도착할 수 있었다.

'이상하다고는 생각했었어.'

나는 공터에서 카르텔과 실랑이만 하다가 돌아온 것이 아니었다. 다정한 포옹은 운명을 넘어 나로 하여금 그를 믿게 만들었다. 돌려 묻기는 했지만 카르텔의 대답은 확고했다.

'말도 안 되는 소리'라고…….

마력이 막혀 있는 건 그 자신인 카르텔이 가장 잘 알고 있었다. 내가 물은 건 흐름의 변화였다. 달리아는 자신이 곁에 있으면 마력의 흐름이 풀어진다고 했다. 그걸 알아보는 것이 첫 번째 순서였다. 카르텔과 달리아가 근처에 있었던 적은 몇 없었지만, 그는 기억도 나지 않을 만큼 아무것도 느끼지 못했다고 했다.

'달리아가 말한 반대였어.'

오히려 카르텔은 내 곁에 있을 때, 그러니까…… 나와 몸을 겹칠 때 가장 큰 변화를 느낀다고 했다. 착각한 것이 아니냐 몇 번이나 물었지만 카르텔의 표정은 더없이 진지했다. 누가 되었든, 실제로 그의 마력은 느리게 안정을 찾고 있었다. 카르텔은 그것이 나로 인한 변화라고 콕 집어 말했다.

'둘 중 하나는 거짓말을 하고 있다는 소리야.'

속으로 중얼거린 말에는 뼈가 있었다.

달리아는 내가 카르텔의 마력을 더욱 엉키게 만든다고 했다. 그런 그가 가엽지도 않냐고. 알아서 떨어지지 않으면 피해는 고스란히 카르텔이 입게 될 거라고.

'글쎄.'

나는 카르텔의 팔을 끌어안아 어깨에 뺨을 기댔다. 흘끗 바라본 곳에는 달리아가 있었다. 그녀는 이슬로 젖은 땅이 차갑다며 벨루스의 품에 안긴 채 나에게 시선을 주었다.

"……"

이기주의자.

달리아는 내게만 보이도록 입 모양으로 말을 전했다. 그리고는 별안간 방긋 웃음을 짓는다. 어딜 보나 나를 비난하려는 심산이었다. 하지만 안타깝게도, 그녀의 말은 나에게 깃털만큼의 타격도 전해 주지 못했다.

'짐승은 그 무엇보다 본능적인 생물이에요. 그걸 막는 사람이 옆에 붙어 있으면 가엽잖아요.'

그 말은 날카로운 흉기가 되어 내 마음에 박혀 있었다. 슬며시 가슴을 누르니 둥근 것이 걸린다. 카르텔이 나에게 준 월석이었다. 아버지의 목걸이를 풀어낸 후, 팔에 둘렀던 것을 낙원에서 카르텔이 목에 걸어 준 것이다.

나는 그것을 매만지며 마음을 다잡았다. 내게 그 말을 전한 후, 달리아는 승리의 패를 거머쥔 사람처럼 굴었다. 다른 게 아니라 불안해하는 내 태도 때문이었을 것이다.

'더는 내가 불안해하지 않으니 이상하겠지.'

나는 그녀의 행동 하나하나를 관찰했다. 달리아는 오만했으며 인간을 싫어했다. 그 때문인지 표정을 감추는 법도 미흡하기 짝이 없었다. 무표정으로 달리아를 바라보니 그녀의 얼굴이 굳어졌다. 내가 한

줌의 타격도 받지 않았다는 사실을 알아챈 모양이었다.

'저렇게 알기 쉬운 사람한테 휘둘렸었다니.'

달리아가 진짜 여자 주인공이라고 해도 내가 책 속에서 살아왔던 경험까지 지워 버릴 수는 없었다. 나는 도살자의 딸이자 사교계를 휘어잡던 제국의 꽃이었다. 모르긴 몰라도 달리아보다 훨씬 위험천만한 생을 살아왔다 자부할 수 있었다.

'냉정해져야 해.'

여자 주인공은 여자 주인공. 나는 나였다. 그러니 주눅 들지 말고 진실을 보는 능력을 키워야만 한다. 나는 더 이상 달리아의 말에 휘둘리지 않겠노라 몇 번이고 다짐했다.

'하지만 아직은 모르지.'

나는 카르텔의 말을 믿었다. 하지만 달리아의 영향력도 무시할 수는 없었다. 어느 쪽의 말이 진실에 가까운지는 지금부터 알아봐야 했다.

"슬슬 출발하자."

달리아의 체력 때문에 잠시 쉬는 시간을 가지던 중이었다. 이제는 새벽이 드리웠으니 움직여야만 했다.

"응. 달리아. 이제 일어나야……."

탁―!

밤새 모포가 되어 주던 벨루스가 달리아의 어깨를 살살 흔들 때였다. 어찌나 매몰찬 손길인지. 커다란 벨루스의 몸이 조금 흔들릴 정도였다.

"……어머."

달리아도 자신의 행동에 놀란 듯 눈을 동그랗게 뜨고 있었다. 곧이어 상황을 눈치챈 그녀는 다급히 벨루스의 손을 잡아챘다.

"제가 깜빡 졸았나 봐요. 잠버릇이 험한지라……."

달리아는 붉게 달아오른 벨루스의 손등을 몇 번이고 문질러 주었다. 짐승을 홀리는 꽃을 품은 손길이 이어진다. 당황했던 벨루스는 점차 안정을 찾아갔다.

"미안해요. 벨루스."

"아, 아니야. 그럴 수도 있지."

미안해하는 달리아를 보며 벨루스는 완전히 풀어져 버렸다. 지켜보던 나는 벨루스에게 가까이 다가갔다.

"벨루스. 손 줘."

"으응?"

나는 벨루스의 손을 잡아 가까이 가져왔다. 커다란 손등에 손자국이 붉게 남아 있었다. 달리아가 황금의 꽃을 품고 있다고 해서 치유 능력을 가지고 있는 것은 아니었다.

"내 동생은 아프면 안 되니까."

나는 야로 향을 끌어 올려 벨루스의 손등을 감쌌다. 부기를 가라앉혀 주는 향은 달아오른 손등을 느릿하게 식혀 주었다.

"별로 아프지도 않은데."

"그래서, 싫어?"

"아니 아니! 그런 게 아니라, 별거 아닌 거에 리아가 힘을 쓰는 게 싫어서 그래!"

벨루스가 양팔을 내저으며 부정했다. 그 말은 분명 진심일 것이다. 벨루스는 성장하기 전에도 내가 마력을 쓰는 것을 달갑지 않아 했다.

"세상에 별것 아닌 상처는 없어. 벨루스."

나는 동생의 커다란 행동에 웃음 짓고는 한걸음 물러났다. 허공에 뜬 손을 바라보니 제법 부기가 빠져 있었다.

"그게 내 가족에게 난 상처라면 더더욱 말이야."

"……리아."

내 말에 벨루스가 멍한 표정을 지었다. 평소 같았으면 동생의 머리를 쓰다듬어 주었을 텐데. 나는 아쉬움을 뒤로 한 채 등을 돌렸다.

"그럼 출발하자. 어둠이 완전히 지워지기 전에 올라야지."

내 말에 벨루스가 황급히 어둠을 끌어모아 장막을 쳤다. 일단 석산에 오르기만 하면 들쭉날쭉 서 있는 돌 때문에 우리 모습은 거의 보이지 않으니, 벨루스의 능력을 쓸 일도 적어졌다. 낮에도 마음껏 움직일 수 있고 말이다.

"달리아도 움직여야죠."

"……네. 지금 가요."

석상처럼 굳어 있던 달리아가 내 재촉에 발을 움직였다. 나는 느릿하게 움직이는 그녀의 뒤를 끝까지 지켜보았다.

* * *

석산은 가팔랐고, 그만큼 이동하기가 힘들었다.

달리아는 산에 오른 지 반나절 만에 벨루스의 등에 업히는 신세가 되고 말았다. 동생의 등에 업혔음에도 불구하고, 달리아가 힘들다 말할 때는 언제든 쉬어가야만 했다. 단시간에 르하로 가기 위해 택한 경로인데, 여러모로 이동에 방해가 되고 있었다.

"달리아. 제가 기력을 돋우는 향기를 전해 줄게요."

"아뇨. 괜찮아요. 전 꽃향기를 맡으면 머리가 아프거든요."

그녀는 느릿하게 고개를 저었다. 정말로 꽃향기와 맞지 않는 것인지는 모르겠지만, 내 도움을 거부하는 건 분명해 보였다.

"이쯤에서 쉬도록 해요."

움직인 지 반나절이 지났다. 이만하면 나은 움직임이었다. 사흘 동안 쉰 횟수를 더하면 열 번은 되었다. 이쯤 되면 이동을 의도적으로 방해하는 걸로 보일 지경이었다.

"오늘까지는 쉬어 가겠지만, 내일부터는 안 돼요. 체력적으로 힘들 겠지만 좀 더 버텨 줘야겠어요. 달리아."

나는 허리에 손을 올리며 한숨을 내쉬었다. 사흘 동안 움직인 거리는 겨우 하루 치밖에 되지 않았다. 이러다간 르하에 도착하는 데만 이 주가 걸릴 것이다.

"……제가 따라오면 안 될 곳이었나 봐요. 그렇죠, 벨루스?"

나를 가만히 바라보던 달리아는 벨루스의 품에 힘없이 안겨 들었다. 벨루스는 나와 달리아를 번갈아 보며 어쩔 줄 몰라 하고 있었다. 기가 막힌 장면이었다.

"벨에게 말 돌리지 말아요. 달리아는 지금 저랑 이야기하고 있는 거잖아요?"

더 참을 수 없었던 나는 달리아를 향해 싸늘히 대꾸했다. 벨루스의 품으로 파고들었던 달리아의 고개가 천천히 돌려졌다.

"체력이 없다면 조금 거북하더라도 내 도움을 받아요. 그래야 조금이라도 더 움직일 테니까."

"……리아 말이 맞아. 달리아. 우린 서둘러 움직여야 해."

잠자코 있던 벨루스가 나를 거들었다. 그만큼 사태가 엄중하다. 머뭇거리던 달리아는 어쩔 수 없다는 듯 고개를 끄덕였다.

"……알겠어요."

그녀의 태도를 보아하니 이쯤에서 만족해야 했다. 나는 터져 나오려는 한숨을 겨우 눌러 참고 등을 돌렸다. 정말이지 더는 봐줄 수가 없었다. 나는 곧장 리카엘이 있는 곳을 향해 걸음을 옮겼다.

"제가 도와 드릴 건 없나요, 오라버니?"

"괜찮으니 쉬고 있어."

석산에는 군데군데 동굴이 있었다. 리카엘은 그중 하나에 들어가 모닥불을 피우는 중이었다. 그는 불꽃에서 이는 연기를 바람의 흐름을 통해 보이지 않는 곳으로 멀리 날려 보냈다.

"……벨루스는 너무 신경 쓰지 마라. 어린놈이 여자에 단단히 홀린 모양이로군."

"괜찮아요. 다 한때일 테니까요."

나는 아무렇지 않게 대꾸하며 모닥불 근처에 앉았다. 일렁이는 불꽃을 보니 세 개의 꼬리를 가진 수에노가 생각났다. 그녀는 달리아에게 잠깐 홀렸을 뿐, 곧바로 제 의지를 되찾았다. 리카엘도 그랬다. 그는 석산에 도착한 이후 달리아에게 별다른 눈길을 주지 않고 있었다. 수에노의 말처럼 정신력에 따라 영향력이 달라지는 게 맞는 것 같았다.

리카엘은 달리아를 어떻게 생각하고 있을까. 사실 알아봤자 도움이 되는 건 아니지만, 그래도 궁금했다.

"오라버니는 달리아에 대해 어떻게 생각하세요?"

"……음."

결국 물꼬를 트고 말았다. 내 말에 리카엘은 잠시 고민하는 듯했다. 그도 혼란스럽기는 마찬가지였을 것이다. 영문도 모른 채 누군가에게 끌리는 건 처음 있는 일이었을 테니까.

"이런 비유가 이상할지는 모르겠지만, 달리아는 꼭 술 같은 느낌이야."

"술이요?"

내 물음에 그가 고개를 끄덕였다. 술이라니. 뜻 모를 비유였다.

"처음에는 향기롭지만, 나중이 돼서는 마신 것 때문에 머리가 아파 곤욕이지. 그래서 멀리하게 되는 것까지 술과 같더군. 그리고 그렇게 느낀 건 나뿐만이 아닐 테지."

설명을 듣고 나니 그럴듯했다. 수에노도 이와 비슷한 말을 했으니까. 무언가 더 물어보려던 나는 안으로 들어오는 인기척에 입을 다물어야만 했다.

"이곳에서 머무를 건가?"

"그래."

안으로 들어온 이는 카르텔이었다. 그는 리카엘의 대답이 마음에 들지 않는다는 듯 미간을 찡그리고 있었다.

"무슨 일이라도 있어?"

"조금 신경 쓰이는 게 있어서."

아무것도 아니라는 듯한 대답이다. 어느새 가까이 다가온 그는 표정을 풀어내고는 내 허리를 끌어안았다.

"그게 뭔……."

"난 네가 나에게만 관심을 가져 주었으면 좋겠어."

낮게 가라앉은 목소리와 함께 카르텔의 손이 내 허리를 은근히 쓰다듬었다. 그 순간 리카엘이 인상을 찌푸리는 모습이 보였다. 처음 있는 일도 아닌데, 시선 하나에 내 얼굴은 확 하고 달아올랐다.

"주변을 둘러보고 오지, 여기에 있어. 아니면 잡아먹을 거야."

"……혼나고 싶지."

카르텔은 양껏 키득거리고는 내 목덜미에 입을 맞추었다. 나는 표정을 굳힌 채 그의 품에서 벗어났다.

"다녀오면 진짜 혼내 줘. 자기야."

달콤한 음성을 흘린 카르텔은 이내 동굴을 벗어났다. 저런 말은 또 어디서 배워 온 거야! 나는 새빨갛게 붉어진 귀를 손으로 감추었다.

'그런데, 무슨 일이지?'

나는 애써 부끄러움을 털어 버리고 그가 나간 동굴 입구를 바라보았다. 이곳에 있는 누구보다 오감이 예민한 그다. 그런 그가 주변을 둘러보고 오겠다니. 혹 황제의 끄나풀이 우리 뒤를 밟고 있는 건 아닐까. 그렇게 생각하자 마음이 불안해진다. 나는 자리에서 일어나 동굴 밖으로 나섰다.

"벌써 둘러보러 갔나 보네."

곧장 따라 나왔지만 그는 이미 사라지고 없었다. 이렇게 된 이상 별일 아니기를 바라는 수밖에 없다. 다시 안으로 들어가려던 나는 저 멀리 서 있는 인형을 보고 걸음을 멈추었다.

"……벨루스?"

벨루스는 반쯤 넋이 나간 채 절벽 아래를 내려다보고 있었다. 요즘 혼을 반쯤 빼놓고 산다고는 해도 저렇게 심각하지는 않았는데.

"벨!"

나는 서둘러 뛰어가 벨루스의 어깨를 잡아챘다. 커다란 체구는 쉬이 나에게 끌려 안쪽으로 들어왔다.

"……어, 리아."

"왜 그러고 서 있는 거야? 위험하잖아."

다른 건 다 넘어가 줘도 위험한 짓은 용납할 수 없었다. 벨루스는 엄한 목소리에 정신을 차린 듯 천천히 눈을 껌뻑였다.

"그게…… 왜 그랬더라. 아, 달리아가. 이러고 있으라고……."

흐릿했던 동공이 차츰 제자리를 찾았다. 벨루스는 멍하니 말을 내뱉으며 스스로를 이해할 수 없다는 듯 얼굴을 구겼다.

"내가 왜 그랬지."

나는 제 뺨을 찰싹찰싹 내려치는 벨루스의 손을 붙잡고 고개를 저었다. 리카엘의 비유를 빌려 말하자면, 벨루스는 갓 성년이 되어 술을 처음 접해 본 것이나 다름없었다.

"달리아는 어디로 갔는지 모르고?"

"……응. 미안해, 리아. 내가 요즘 제정신이 아닌가 봐."

벨루스는 괴로운 듯 제 머리를 감쌌다. 나는 쓴웃음을 지으며 동생의 머리를 부드럽게 쓰다듬어 주었다.

"그럴 것 없어, 벨. 안으로 들어가 있을래? 나는 달리아를 찾아

볼게."

"위험해. 내가 갈게."

달리아가 아닌, 순전히 나를 걱정하는 것임을 알았다. 걱정해 주는 사람이 있다는 사실은 늘 마음을 따스하게 만들었다.

"아냐. 내가 달리아랑 따로 할 말이 있어서 그래. 금방 돌아올게."

나는 몇 번이고 벨루스를 달랜 뒤 동굴 안으로 들여보냈다.

산 위의 밤공기는 유독 차갑다. 유달리 가까워 보이는 밤하늘을 올려다본 나는 표정을 굳혔다.

'하필 지금?'

카르텔이 주변을 둘러보러 나간 지 십 분도 채 지나지 않았다. 이런 상황에서 달리아가 보이지 않다니. 그녀가 향했을 곳은 뻔하디뻔했다.

"······벨을 저렇게 만들고서 말이지."

곱씹을수록 화가 났다. 벨루스는 달리아에게 유달리 취약했다. 그걸 알면서 일부러 아이를 벼랑 끝에 세워 두다니. 까딱 잘못했다가는 아래로 떨어질 수도 있었다. 자연히 표정이 굳어졌다. 나는 달리아를 찾기 위해 몸을 움직였다.


'어두워.'

산 위로 내려온 밤은 더욱 깊고 어둡다. 밤눈이 밝지 않은 나에게는 몸에 치이는 모든 것이 고역이었다. 내가 석산의 면을 지지대 삼아 걸음을 디딜 때였다.

"목걸이가······."

월석이 희미한 빛을 뿜어내고 있었다. 흐린 빛이었지만 칠흑 같은 어둠 속에서는 환하디환한 빛이요, 시야를 밝히는 등대였다.

'달빛을 쬐어 만들었다고 했었지.'

월석은 신성한 달빛을 저장하여 그 힘으로 주인을 보호한다고 했다. 착용자의 의지에 따라서도 그 빛을 꺼내어 쓸 수 있다지.

'그걸 실제로 보게 될 줄이야.'

나는 자그마한 월석을 두 손으로 소중히 감싸 안았다. 내게 있어 이 월석은 단순한 수정이 아니었다. 카르텔이 나에게 준, 그의 어머니가 소중히 품고 있었던 보물 중의 보물. 이건 언약의 산물이나 다름없었다. 월석에서 나온 달빛이 나를 지켜 준다는 느낌을 받았다. 카르텔이 바로 옆에 있는 것처럼 말이다.

"······그래."

나와 감정을 공유하는 이는 카르텔, 단 한 사람뿐이다. 그를 믿지 않는다면 무엇도 이룰 수 없겠지.

나는 나를 수호하는 빛을 벗 삼아 어둠을 헤쳐 나갔다. 빛 덕분에 발에 걸리는 돌을 모두 피할 수 있었다. 워낙 길이 험해 월석이 없었더라면 크게 다칠 수도 있었을 것이다. 그렇게 조심히 움직임을 반복할 때였다. 손으로 짚고 있던 석산의 면이 안으로 굽어 있었다. 나는 그것을 천천히 돌아 나섰다.

'달빛이.'

그곳은 석산의 빈터였다. 나무나 수풀 따위 없이 훤히 드러난 대지는 커다란 보름달의 빛을 아낌없이 받아들였다. 그 위로 두 사람의 인형이 보였다. 나는 바위 뒤로 황급히 몸을 숨겼다. 그림자의 반대 방향으로 고개만 내미니 너머에 있는 이들이 보였다. 카르텔과 달리아, 내가 찾던 이들이 한자리에 모여 있었다. 나는 따끔거리는 마음을 애써 억누른 채 터 너머를 지켜보았다.

"조잡한 것들이 따라붙는다 싶더니······. 워낙 약한 것들이라 짐승인지 인간인지 구별도 되지 않더군."

카르텔의 목소리였다. 그는 짜증스럽게 머리칼을 털어 냈다.

메에에ㅡ!

저 멀리서 산양이 우는 소리가 메아리치고 있었다. 그가 말하는 조잡한 것들이란 게 석산의 동물들을 말하는 걸까? 나는 잠자코 뒤에 나올 말을 기다렸다.

"우리 뒤를 따라오던 산양들. 네가 부린 것들이지?"

"맞아요. 카르텔 님은 감이 좋으니까…… 저 먼 곳에서 조금씩만 따라오라 지시했죠. 다른 이들은 알아차리지도 못하게요."

달리아는 등 뒤로 돌린 손을 꼼지락대며 상냥하게 웃어 보였다. 자아가 있는 수인들까지 홀리는 그녀다. 미물에게 명을 내리는 정도는 우스웠다. 나는 이제야 달리아가 쉬는 시간마다 산양을 부리기 위해 자리를 비웠던 사실을 알아차렸다.

"쓸데없는 짓을."

"덕분에 이렇게 둘만 있을 수 있게 되었잖아요?"

설탕처럼 사르르 녹아드는 미소였다. 달리아는 한 걸음 한 걸음 카르텔에게 다가갔다. 달빛이 만들어 내는 몽환적인 분위기, 신비롭게 빛나는 보석안, 요정과 여신을 연상케 하는 아름다운 외모는 고혹적이다. 나는 '황금의 꽃'의 향기를 맡을 수는 없지만, 지금 이 순간만큼은 그녀가 어떤 향기를 가지고 있는지 상상할 수 있었다. 그리고 달리아의 앞에는 카르텔이 서 있었다. 황금빛 눈을 가진 아름다운 맹수는 자신의 진짜 짝과 잘 어울렸다.

'아파.'

둘을 바라보는 것만으로도 심장이 뒤틀리듯 아파 숨을 제대로 쉴 수 없었다.

"시간만 버렸어."

내가 그들을 지켜보고 있을 때였다. 츳, 혀 차는 소리와 함께 카르텔이 뒤돌아섰다. 망설임이라고는 조금도 찾아볼 수 없는 단호한 태도였다.

"잠깐만요!"

달리아가 그의 뒤를 황급히 따라붙었다. 초조함이 가득한 표정이었다. 간신히 카르텔의 팔을 잡은 그녀는 절대 놓지 않겠다는 듯 그것을 꽉 끌어안았다.

카르텔은 팔을 휘두르려다 말고 미간을 한껏 찌푸렸다. 봉인이 풀린 후 돌아온 건 마력뿐만이 아니었다. 심기가 꼬인 채 달리아를 내던졌다가는 그녀를 죽음에 이르게 할 수도 있었다.

"……정말이지. 죽여 버리고 싶게 만드는군."

살벌한 음이 시린 밤공기를 갈랐다. 목소리와는 다르게, 그의 얼굴에서는 귀찮음이 뚝뚝 떨어졌다. 이에 초조해진 건 달리아뿐이었다.

"나를 봐도, 정말 아무렇지 않아요?"

달리아는 카르텔의 팔을 붙든 채로 물었다. 그녀답지 않게 간절한 표정이었다. 촉촉하게 젖은 눈동자는 짐승을 떠나 모든 사람의 마음을 얻을 수 있을 정도로 구슬퍼 보였다.

"내가 그 천치들과 동급으로 보이나?"

명백한 무시였다. 일순간 달리아의 표정이 상처로 얼룩졌다. 카르텔은 그 틈을 타 붙잡힌 팔을 빼내었다.

"성가시게 굴지 말고 꺼져. 다음번에 또 이런 헛짓거리를 했다가는 리아의 체면이고 뭐고 절벽 아래로 던져 버릴 테니까."

냉정한 태도에는 진심이 묻어났다. 달리아의 손이 허공에서 멈추었다. 지금 카르텔을 건드렸다가는 무사하지 못하리란 걸 본능적으로 느낀 탓이다.

"내가 향기롭지 않아요?"

"역하군."

카르텔은 신경질적으로 제 입가를 가렸다. 그는 달리아의 향기를 좋아하지 않았다. 그녀를 가까이할수록 향기는 더욱 진해지니 후각이 예민한 그로서는 상당한 고역일 것이다.

"……"

달리아의 동공이 충격으로 일렁였다. 귀족 영애로서, 그리고 황금의 꽃을 품은 여인으로서 한 번도 당해 보지 않았을 취급이리라.

카르텔에게 닿으려 했던 그녀의 간절함은 순식간에 분노로 바뀌었다. 그리고 그 분노는 다시금 욕구로 전환되었다. 이 오만하기 짝이 없는 짐승을 반드시 무릎 꿇게 만들겠다. 달리아의 눈은 그렇게 말하고 있었다.

"지금 제 말을 듣지 않는다면 반드시 후회하게 될 거예요."

"하."

달리아는 주먹을 말아 쥔 채 몸을 떨고 있었다. 그녀를 바라보던 카르텔은 어이가 없다는 듯 헛웃음을 토해 낼 뿐이었다.

"얼마나 대단한 이야기기에. 어디, 들어나 보지."

등을 돌리려던 카르텔이 픽 웃으며 달리아를 마주 보았다. 뻐딱하게 선 그는 어디 한번 말해보라는 듯 가볍게 턱짓을 했다. 달리아는 그의 오만함에 눈가를 찡그리면서도 자신만만한 표정을 지었다. 쉬이 표현하자면, 회심의 미소였다.

"제 눈에는 보여요. 카르텔 님. 당신의 몸 안쪽 이곳저곳이 뒤틀려 있죠?"

"……"

달리아는 다정하게 말을 붙이며 손을 뻗었다. 카르텔은 그 손길을 피하지도, 그렇다고 막지도 않았다. 허공을 맴돌던 달리아의 손끝이 그의 가슴팍에 닿았다. 카르텔의 눈썹이 치켜 올라감과 동시에 달리아의 입꼬리가 호선을 그렸다.

"제가 낫게 해 드릴 수 있어요. 저에게만 있는 특별한 능력으로요."

가슴팍을 맴돌던 손은 천천히 위로 올라가 그의 얼굴을 감쌌다. 달리아의 얼굴은 꿈결에 젖은 듯 몽롱했다. 드디어 이 짐승을 함락시킬 때가 온 것이다.

"그게 뭔데?"

무미건조한 목소리다. 그러나 전처럼 냉기가 흐르는 음성은 아니었다. 달리아는 다른 한 손을 마저 뻗어 그의 목을 감쌌다.

"나에게 닿으면, 점차 뒤틀린 곳이 회복될 거예요."

보석안이 유혹적인 빛을 띠었다. 상처로 얼룩졌던 표정은 어디로 갔는지, 그녀는 한층 더 달콤하게 웃어 보였다.

"대신 나에게도 해 줘요."

그 밤, 어둠이 내린 정원에서 플로리아와 나누었던 뜨겁고 정열적인 무언가를.

달리아는 그것이 가지고 싶었다. 그녀는 꿈을 꾸듯 카르텔을 바라보았다. 휘몰아치듯 뜨거운 감정, 짙은 키스. 다디달게 살을 겹치고 섞는 행위. 자신은 한 번도 경험해 보지 못한, 오직 이 짐승만이 선사해 줄 수 있는 것이었다.

"그게 다인가?"

"네?"

홀로 꿈속을 유영하던 달리아는 그의 질문에 눈을 깜빡였다. 치료 방법이 그게 전부냐는 뜻일까? 그렇다면 자신은 고개만 끄덕이면 되었다.

"물론이죠. 제게 닿기만 해도…… 악!"

달리아가 고개를 끄덕이는 동시에 거친 손이 그녀를 밀쳤다. 가는 몸이 바닥에 나뒹굴었다. 카르텔은 눈길도 주지 않고 다른 방향을 향해 말을 건넸다.

"더는 못 들어주겠군. 리아. 나와도 괜찮아."

"……알고 있었어?"

그 광경을 모두 지켜본 나는 머뭇거리며 앞으로 나왔다. 바닥에 쓰러져 있던 달리아가 사나운 시선으로 나를 노려보았다.

"아내가 있는 곳도 알지 못하면 그건 남편이 아닌 머저리겠지."

나는 카르텔이 내민 손을 잡았다. 이끌리듯 안긴 품 안은 나에게 천국과 같은 안도를 가져다주었다.

"그래서, 어때?"

그의 향기를 들이마시던 나는 가만히 물었다. 지금까지 기다려 왔던 답변을 들을 차례였다.

"아무것도. 내가 거짓말일 거라고 했잖아."

날이 서 있는 말이었다. 커다란 짐승은 힘을 주어 나를 끌어안았다. 안긴 것은 나인데, 꼭 그가 나에게 안긴 것 같은 착각이 들었다.

"혹시 모르니까."

나는 그의 등을 한참이고 쓰다듬어 주었다. 달리아의 흔적을 씻어주기라도 하듯, 손길이 닿은 모든 곳에 입술을 대었다. 그르릉, 목을 울리는 기분 좋은 진동음이 귓가에 내려앉았다.

"다신 이런 부탁하지 마. 기분 더러우니까."

"미안."

나는 순순히 사과하며 카르텔의 손등에 입을 맞추었다. 하지만 어쩔 수 없는 과정이었다. 달리아에게 카르텔의 마력을 풀 수 있는 능력이 있는지 알아봐야 했으니까.

나는 카르텔이 혼자 움직이면 그 틈을 타 달리아가 그를 쫓아갈 것이라고 확신했다. 그게 오늘이 될 줄은 몰랐지만 말이다.

'거짓말이었어.'

그녀는 꿰뚫어 보는 능력만 가지고 있을 뿐, 엉긴 것을 낫게 하는 법은 몰랐다.

"내게 거짓말을 한다고 해서 카르텔을 가질 수 있을 줄 알았나요?"

"……원래 저건 내 거예요!"

힘겹게 몸을 세운 달리아가 악에 받친 듯 소리를 질러 댔다. 나는 담담한 시선으로 그녀를 바라보았다. 거짓말까지 하며 나를 협박한 이 소설의 진짜 여자 주인공을.

'그래요. 원래는 그랬겠지.'

원작대로 흘러갔다면 달리아는 가까운 미래에 카르텔을 가질 수 있을 것이다. 내가 여자 주인공과 카르텔을 이어 주기로 마음먹었던 상태였다면 말이다. 그러나 나는 달리아의 방식을 사랑이라고 받아들일 수 없었다. 그건 그저 소유였다. 발을 디딘 이 땅에서 가장 희귀한 것을 가졌다는 오만, 그뿐이다.

"하지만, 지금은 내 거야."

내게 있어 더 이상 흔들림은 없었다. 곧은 시선이 카르텔에게로 향했다. 내가 진짜 여자 주인공이 아니더라도, 그와 내 마음은 이미 이어져 있었다. 그것만으로도 원작은 이미 완벽하게 뒤틀렸다. 그렇다면…….

'내가 만들면 돼.'

이 소설의 엔딩을, 카르텔과 함께.

내 손가락이 그의 손가락을 얽어맸다. 그가 나를 놓아줄 생각이 없듯, 나 또한 사로잡은 짐승을 놓아주지 않을 것이다.

나는 분에 떠는 달리아를 바라보다 말고 품을 뒤져 네모난 모양의 것을 꺼냈다.

"받아요. 신분증이에요."

"이걸 왜…….”

정보 타워를 나서기 전 수에노가 미리 나에게 준 달리아의 레오플론 신분증이었다. 이걸 받았을 때는 조금 의아했었는데, 이제는 그녀가 왜 이것을 주었는지 알 수 있었다.

"석산을 통과할 때까지는 함께 이동하죠. 당신은 고향으로 돌아가
도록 해요."

르하 근처에는 작은 마을이 여러 개 붙어 있다. 달리아는 그곳에서
고향으로 돌아갈 길을 찾아야만 할 것이다.

"내게 거짓말을 한 벌이에요."

나는 목소리에 힘을 주어 말했다. 그녀가 내게 했던 말들이 떠올랐
다. 그것을 믿고 불안해했던 나 자신까지도. 하지만 이제는 아니었다.

나는 카르텔과 함께 일행이 있는 곳으로 돌아갔다. 얽은 손은 결코
풀리지 않았다.

* * *

어두운 밤이 가라앉고 아침이 찾아왔다. 간밤 소란했던 일들은 모
두 어디로 갔는지, 나를 비롯한 모두가 조용히 걸음을 내디뎠다.

인위적인 정적이다. 오전이 넘어가고 오후가 지나도록 달리아는 평
소처럼 쉬어 가자는 소리를 하지 않았다. 그녀는 벨루스의 품도 빌리
지 않고 가파른 길을 홀로 걸었다.

어젯밤 일어났던 일을 모르는 벨루스는 그런 달리아의 변화를 이
상하게 여겼다. 벨루스가 달리아의 눈치를 보는 동안, 무언가를 알아
차린 듯한 리카엘은 침묵으로 일관했다.

그렇게 닷새가 지나고, 석산의 길은 어느덧 중간을 통과해 막바지
에 다다르고 있었다.

"잠시 쉬어 가요. 오라버니."

"그래."

내 말에 리카엘이 고개를 끄덕였다.

주변을 돌아보고 온 결과, 곳곳에 나 있는 동굴은 여기가 마지막이었다. 그건 남은 길을 가는 동안 제대로 쉴 수 있는 장소가 이곳뿐이라는 뜻이다.

달리아가 휴식을 바라지 않는다고 해서 그냥 내버려 둘 생각은 없었다. 나는 적당한 시간에 쉼을 주장했고, 그녀는 한마디 대꾸도 없이 그것을 묵묵히 따랐다.

'작은 문제라도 일으킬 줄 알았는데.'

나는 달리아의 앞에서 카르텔이 내 것임을 선고했다. 그녀를 공터에 두고 카르텔과 둘만 동굴로 돌아오기까지 했다. 달리아는 한참 후에야 우리가 머무는 곳으로 돌아왔다.

무엇을 하다 온 것인지. 핏기 하나 없이 창백한 얼굴에 늘 단정하던 머리칼이 마구 엉켜 있었다. 꼭 유령 같은 형상이었다.

그 뒤로 달리아의 목소리를 들을 수 없었다. 무엇을 물어도 꾹 닫힌 입은 열리지 않았다. 강한 적대감이나 시기, 모멸감 따위도 느낄 수 없었다. 그녀는 꼭, 텅 비어 버린 인형 같았다.

'기분이 묘해.'

달리아는 며칠 사이에 눈에 띄게 말라갔다. 그건 시들어 가는 꽃의 모습이었다. 황금의 꽃은 제왕의 별을 만나야 비로소 그 가치가 확연해진다. 만개하는 꽃처럼 가장 화려하게 피어나는 것이다. 하지만 달리아는 그럴 가능성을 완전히 잃어버렸다. 적어도 내가 카르텔의 곁에 있는 한은 말이다.

'후회는 없어.'

내가 어떠한 각오로 그를 선택했는지 아무도 모를 것이다. 나는 카르텔을 원했고, 달라진 미래가 내게 선사할 폭풍우 속으로 뛰어들 준비가 되어 있었다. 그렇다고 해서 그녀의 변화가 달갑게 느껴지는 것은 아니었다. 오히려……

'씁쓸하게 느껴지지.'

달리아가 가진 기이할 정도의 소유욕, 그건 황금의 꽃을 품은 자가 당연하게 가지는 감정이었다. 제왕의 별을 끌어안을 만큼 탐욕스러운 운명은 그 꽃을 품은 사람의 인간성까지 바꾸어 놓는다. 하지만 나는 그녀가 가진 운명을 감당할 능력이 없었다. 내가 할 수 있는 건 선택한 길을 피하지 않고 마주하는 것뿐이었다. 앞으로의 미래를 위해서 말이다.

"오늘은 여기서 푹 쉬어요. 남은 이틀간은 제대로 몸 누일 곳이 마땅치 않을 테니까. 벨. 달리아를 돌봐 주렴."

"……으응. 알겠어."

벨루스는 조금 뜸을 들인 후에야 대답했다.

달리아는 힘없이 벨루스의 어깨에 머리를 기댔다. 벨루스는 그런 그녀를 받아 주다가도, 달리아가 잠들 때면 혼란스러운 눈빛을 고스란히 드러냈다. 벨루스는 향기에 깰 듯 말 듯 아슬아슬한 경계선 사이에 놓여 있는 것 같았다. 저것도 동생의 성장통이라고 보아야 할까.

'괜한 상처를 남기지 않았으면 좋겠는데.'

누나 된 입장에서도 어린 동생이 겪고 있는 역병은 도와줄 수 없는 부분이었다. 그저 무사히 지나가기를 바라는 것 외에는 해 줄 수 있는 게 없으니. 나는 동생이 달짝지근한 꽃물에 지나치게 적셔 들지 않기만을 빌었다.

"잠깐 바람 좀 쐬고 올게요."

"너무 멀리 가지는 말고."

나는 리카엘의 말에 고개를 끄덕이고는 동굴 밖을 나섰다. 밤을 뜬 눈으로 지새웠더니 어느새 파르스름한 새벽이었다. 피부에 닿은 차가운 공기가 내 정신을 깨워 주었다.

가만히 눈을 감고 기온을 느낄 때였다. 어느 틈엔가 뻗어 온 긴 팔이 내 어깨를 감쌌다. 나보다 뜨거운 체온은 새벽의 찬기를 말끔하게 없애 버렸다.

"왜 나한테는 나간다는 소리도 없었을까."

체온보다 뜨거운 입술이 목덜미에 내려앉았다. 나의 짐승, 카르텔은 목선을 따라 뺨을 느릿하게 비벼 댔다.

"너도 들었잖아."

나는 뒤를 돌아보지 않은 채 자연스럽게 대꾸했다. 동굴 안에 함께 있었으니 뻔히 들었을 텐데. 그렇다고 이 능청스러운 짐승이 싫은 건 아니었다. 나는 내 허리를 끌어안은 팔 위로 살며시 손을 올렸다.

"나한테 말한 게 아니니까."

잇새로 여린 살을 자근거렸다. 작은 통증과 홧홧한 열기가 물에 섞인 색채처럼 녹아들었다. 그건 열감보다는 위로에 가까운 것이었다. 이 남자는 내가 어떤 상태인지 너무 잘 알았다.

"······얼마 남지 않아서."

달리아를 마주하는 것 자체로 심경이 복잡했다. 하지만 그보다 더 나를 긴장케 하는 것은 르하에서 벌어질 일들이었다. 이제는 정말로 영지가 코앞이었으니 마음의 준비를 해야 한다. 아버지가 있을, 그리고 무엇이 벌어지고 있는지 모를 그곳에서 무너지지 않을 결심을 말이다.

"그렇게 걱정되면 키스해 줘."

"뭐?"

갑자기 키스 이야기가 왜 나오는 걸까. 그는 기가 막혀 하는 나에게 태연스럽게도 대꾸했다.

"말했잖아. 너와 몸을 겹칠수록······."

끝말이 묘하게 늘어졌다. 정신을 차렸을 때는 그를 마주 보고 서 있었다. 그늘진 눈가에 요요히 빛나는 금색 눈동자가 나를 탐하고 있었다.

"엉킨 것이 풀어진다고."

그의 말이 맞았다. 달리아가 내게 그런 거짓말을 했던 이유도 이 때문이겠지. 하지만 지금 분명한 건 카르텔이 그것을 빌미로 나에게 수작을 부리고 있다는 사실이었다.

"요망한 짐승."

절로 나올 수밖에 없는 말이 아닌가. 나는 그의 얼굴을 감싸 내 쪽으로 가져왔다. 새벽빛을 받은 입술이 요염했다. 입을 맞추기 직전.

"내 짐승이지."

나는 그 말과 함께 붉은 입술을 삼켜 버렸다. 뜨겁고 말랑한 감촉 사이를 파고들어 너와 나를 섞는다. 가장 완전한 순간은 이렇게 가까이에 있었다.

'그래.'

나의 천국은 이거면 되었다. 바라 마지않던 것을 가졌으니 그 대가도 치를 필요가 있겠지. 혼란스러운 마음을 추스르는 것은 이걸로 끝이었다. 이제는 가야만 한다.

원치 않게 남겨 두었던 오점, 아버지가 있을 곳을 향해서

\* \* \*

마지막 하루가 남았다.

이제 수에노가 말해 주었던 가장 좁은 벼랑을 통과하기만 하면 제법 평탄한 길이 나온다. 그 길을 통과하면 석산은 끝나고 넓은 숲과 마주하게 된다.

숲은 여러 영지로 연결되어 있었다. 르하의 상황을 알 수가 없으니, 달리아부터 가장 가까운 마을에 두고 갈 계획이었다.

"달리아. 잠깐만이라도 벨루스에게 안겨요. 여긴 너무 위험하니까."

좁디좁은 비탈길은 소형 마차도 제대로 지나갈 수 없을 정도로 좁았다. 바로 아래는 가파른 낭떠러지다. 까딱 발을 잘못 디뎠다가는 목숨을 잃을 수도 있었다.

"······알겠어요."

달리아는 이번에도 내 말에 순순히 응했다. 푸른 핏줄이 선명하게 비치는 가느다란 팔이 벨루스의 목을 감쌌다. 벨루스는 익숙하게 달리아를 안아 들고는 벼랑길을 앞장섰다. 그 뒤를 리카엘이 따라 걸었다.

"나도 안고 싶어."

대체 어떤 의미의 안고 싶다 인지 모를 정도로 농밀한 목소리였다. 나는 내 뒤에서 자그맣게 속삭이는 카르텔을 두고 벼랑길을 한 걸음 내디뎠다.

'제법 아찔하네.'

슬쩍 아래를 내려다보니 희뿌연 안개 사이로 저 먼 지상이 보였다. 나무의 모양을 가늠하지도 못할 정도의 높이였다.

꽤 균형 감각이 좋은 편이었고, 잡을 것이 아예 없는 것도 아니었으니 한눈만 팔지 않는다면 떨어질 염려는 없었다.

"조금 무서워해도 괜찮을 텐데."

카르텔은 일말의 망설임도 없이 내 뒤를 따라왔다. 뒤를 돌아볼 수는 없지만 느긋한 목소리가 꼭 꽃길이라도 걷는 듯 평안하기만 했다.

"네가 무서워하지 않는 건 나도 안 무서워"

태연히 대꾸하는 중 의문이 생긴다. 카르텔도 무서워하는 것이 있을까? 그는 제왕의 운명을 타고날 만큼 강인한 남자이며 그 누구보다 고귀한 혈통의 계승자였다.

제국의 황제도 두려워하지 않는 카르텔이다. 그런 그가 두려워하는 것이 있다고 생각하자 갑자기 웃음이 나왔다.

"왜 그렇게 예쁘게 웃을까."

"그냥. 너도 무서워하는 게 있어?"

나는 궁금증을 참지 못하고 물었다.

저벅저벅. 발아래에서 돌이 부스러지고 벼랑 아래로 떨어져 내린다. 제법 걸었는데도 대답은 돌아오지 않았다. 못 들었을 리는 없는데. 아니면 무서워하는 것이 없어서 대답하지 않는 걸까.

"······것."

"뭐라고?"

그 순간 아주 자그마한 목소리가 내 귓가에 울렸다. 내가 그의 말을 다시 듣기 위해 몸을 돌릴 때였다.

"잠깐만."

그의 목소리가 낮게 가라앉았다. 차분했던 금안에는 짙은 살기가 피어올랐다. 하산이 코앞이었다. 앞에 문제라도 생긴 걸까. 나는 경계 서린 눈빛으로 앞을 바라보았다. 앞서가던 이들도 무언가를 발견한 듯 멈춰 서 있었다.

"······기사들이군."

"뭐?"

"움직이는 소리가 지나치게 일정해. 그렇게 훈련받은 자들이야."

카르텔은 먼 곳을 보는 듯 눈살을 찌푸렸다. 내게는 들리지 않는 소리를 잡아낸 것이다.

산과 산 사이에 존재하는 이 길은 수에노가 알려 준 비밀스러운 통로였다. 그런데 기사라니. 불법 상단이나 범법자들은 만날 수도 있겠다고 생각했다. 워낙에 비밀스러운 길이었으니까. 하지만 기사는 아니었다. 그들은 황족이나 귀족들이 부리는 존재다. 우리가 있는 위치를 들키기라도 한 걸까? 그게 아니면······.

"이런."

"왜 그래?"

"정신을 빼놓고 다니더니. 늑대 새끼가 들켰어. 저쪽이 우릴 알아챘다."

카르텔의 미간이 찌푸려졌다. 나도 마찬가지였다. 여기서 기사들에게 발견되면 우리 위치가 황제의 귀에 들어가는 건 시간문제였다. 거기다 르하에는 아버지로 추정되는 인물이 있었다. 황제가 군대를 이끌고 이쪽으로 온다면 두 적을 한꺼번에 상대해야 하는 상황이었다.

'그건 무리야.'

아버지를 상대하는 것만으로도 버거운 일이다.

최악의 경우를 막으려면 기사들을 모두 죽이는 수밖에 없다.

"대치했어."

싸움이 불가피했다. 나는 카르텔의 목소리에 마음을 다잡았다. 동시에 서로의 눈이 마주쳤다. 그는 당연하다는 듯 나를 안아 들었다.

"꽉 잡아."

목을 두른 팔에 힘이 들어갔다. 나를 품에 안은 카르텔은 땅을 박차고 뛰었다. 날카로운 바람이 내 뺨을 스치고 지나갔다. 경주마같이 빠른 속도에 눈도 제대로 뜨지 못할 정도였다.

"저기 있군."

눈을 떴을 때, 좁고 가파른 길은 사라져 있었다.

가장 먼저 보이는 건 견갑 차림을 한 기사단이었다. 기사단 사이로 포박당한 소년 한 명이 보였고, 벨루스와 리카엘은 소년의 건너편에서 기사들과 대치 중이었다.

그 뒤로는 달리아가 숨어 있다. 갑자기 마주친 기사들 때문에 놀란 것인지 그녀의 안색은 새벽처럼 창백했다.

'이게 무슨 일이지?'

나는 눈앞의 상황을 이해할 수가 없었다. 분명 우리를 쫓는 무리 중의 하나라고 생각했는데, 앞두고 보니 그게 아닌 것 같았다. 한순간이나마 수에노를 의심했던 것이 부끄러워지는 순간이었다.

"너희들은 누구냐."

기사단의 중심에 선 사내가 묵직한 검을 겨누며 물었다.

나는 그와 기사들을 샅샅이 살펴보았다. 갑옷에는 황가의 문양이 없었다. 다행스럽게도 황족의 전속은 아닌 듯했다. 하지만 그 구성이 심상치 않았다.

'……마도학자에 이종족 사병들까지?'

기사단 앞에는 견족으로 구성된 이종족 사병들이 있었다.

귀족가에서는 그나마 공급이 원활한 이종족 중 몇을 골라 사병을 만들기도 했다. 정신지배구를 찬 견족들은 눈에 빛을 잃고 명령이 떨어지기만을 기다렸다.

"가만, 모두 어디선가 본 얼굴들인데."

사내의 고민은 길지 않았다. 하. 하하. 웃음을 끊어 내던 사내의 눈에 이채가 감돈다.

"수배령에 그려진 얼굴들과 아주 흡사하군요, 베논가의 귀족님들."

사내의 목소리는 무척이나 들떠 있었다.

역시나. 분명 황제가 수배령을 내렸을 것이라 확신하고 있었다. 그것도 어마어마한 포상금을 건 채 말이다.

"하지만 지금은 저주받은 죄인일 뿐이지."

사내는 단정한 말투를 곧장 바꾸었다. 제국 제일의 공작가는 저주받은 죄인으로 변해 있었다.

'저주받은 죄인이라.'

황제의 대처에 웃음이 났다. 이런 상황에서도 황가를 신격화하고 싶었던 모양이다.

"이놈 하나를 잡으러 왔다가 대어를 건지는군."

나는 사내의 중얼거림을 놓치지 않았다. 멀지 않은 곳에는 소년이 포박당해 있었다. 타오를 듯한 붉은 머리카락과 밀 빛이 도는 피부가 매혹적이다. 소년은 기절한 듯 두 눈이 감겨 있었다.

'······인간이 아니구나.'

얼핏 보면 인간과 흡사한 생김새다. 하지만 이종족을 오래 접한 나는 소년에게서 이질감을 느낄 수 있었다. 그러나 본질은 보이지 않았다. 그건 내가 접했던 이종족이 아니라는 뜻이다.

'저 아이를 잡으려고 석산에 올랐구나.'

나는 어째서 기사단이 이곳에 포진하고 있었는지 알 수 있었다. 그들의 목적은 우리가 아닌 저 소년이었다.

"이 또한 신이 주신 기회지."

"그게 기회가 될지 나락이 될지는 직접 부딪쳐 봐야 알지 않겠어?"

상황을 파악한 나는 조소를 머금으며 앞으로 나아갔다. 겨우 기사단 하나와 이종족 사병들, 그리고 마도학자 한 명뿐이었다. 이 정도 인원으로는 우리에게 상처 하나 낼 수 없다.

"흐음."

로브를 걸친 마도학자가 내 발걸음에 움찔거렸다. 그는 검은 수정 구를 끌어안고 있었다. 그것은 기척을 죽이는 데 도움을 주는 마도구 였다. 어째서 카르텔이 기사들의 존재를 늦게 알아차렸는지 알 수 있는 순간이었다.

"리아."

나는 벨루스와 리카엘에게 가까이 다가갔다. 벨루스는 눈에 띄게 동요하고 있었다. 평소라면 어떻게든 인기척을 죽이고 빠져나왔겠지. 동생은 넋을 반쯤 놓고 있다 들킨 걸 자책하는 것 같았다.

"벨. 괜찮아."

나는 벨루스의 등을 가만히 쓸어내렸다. 모른 척하고 있었지만, 나는 사실 벨루스가 단순히 향에 취한 것이 아니라는 사실을 알고 있었다. 동생은 사랑이란 이름의 열병을 앓고 있었다.

"······왜 리아는 나를 탓하지 않아?"

"너무 당연한 걸 묻고 있네. 넌 내 동생이잖아."

나는 날이 선 음성에도 별거 아닌 양 대꾸했다.

움찔. 손을 댄 등이 움츠러든다. 나는 눈앞의 적들을 바라보며 어린 동생의 등을 가만가만 쓸어 주었다.

"커엉! 컹-!"

석산에 개 짖는 소리가 요란히 울려 퍼졌다. 날카로운 송곳니가 드러난 입에서 침이 뚝뚝 흘러내렸다. 기사들의 앞에 있던 견족들이었다.

"가라! 견족들아!"

"컹-!"

주인의 명령에 반응한 견족들이 앞다투어 우리를 향해 뛰쳐나왔다.

내가 서둘러 향기를 끌어올리려던 순간이다.

"뒤로 가 있어. 이 정도는 혼자서도 충분하니까."

낮은 목소리와 함께 내 몸이 뒤로 끌려갔다. 견족과 우리 사이로 순결하리만치 검은 불길이 거대한 장막처럼 피어났다.

"괜찮은 거야?"

나는 그의 등을 보며 걱정스럽게 물었다. 이 정도 인원을 처리하는 건 카르텔에게 아무것도 아니었다. 내가 걱정하는 건 그의 폭주였다.

"물론. 지금 당장 너를 잡아먹을 수 있을 정도로."

몹시도 짓궂은 말투였다. 이런 상황에서도 농을 곁들이는 것이 카르텔다웠다.

"그건 나중에."

나는 그만 들을 수 있도록 자그맣게 속삭였다.

이 정도는 다룰 수 있게 된 모양이지. 나는 그를 누구보다 믿고 있었다.

"달리아. 뒤로 가요."

나는 안심하며 달리아의 곁으로 다가갔다.

"……네? 네."

이런 상황이 익숙지 않은 듯 달리아의 몸이 딱딱하게 굳어 있었다. 나는 그녀의 손목을 잡고 벼랑 근처로 물러났다. 나야 상관없지만, 곱게 자라났던 그녀는 보지 않는 게 좋을 것이다. 그녀를 돌려세운 나는 상황을 지켜보았다.

'……견족들.'

인간의 명을 받은 견족들이 카르텔의 불길에 타들어 간다. 나는 끔찍한 장면에도 눈을 떼지 못했다. 정신지배구를 제거했다고 해서 망가진 정신이 돌아오지는 않는다. 저것을 차고 집요하게 전투 훈련을 받은 그들은 리리처럼 정신지배구를 풀어 준다고 해도, 개로서의 삶으로도 살아갈 수가 없다.

'구제해 줄 방법은 없어.'

저들에게는 죽음만이 마지막 탈출구일 것이다. 내가 그들을 애도하고, 카르텔의 불꽃과 리카엘의 바람이 견족을 넘어 기사들에게까지 뻗어 나갈 때였다.

"프, 플로리아."

겁에 질린 목소리와 함께 창백한 손이 내 옷자락을 잡아당겨 왔다. 달리아였다. 어지간히 겁을 먹은 모양인지 마른 손끝이 사정없이 떨렸다. 이런 모습은 처음이다. 나는 그녀를 달래려 몸을 돌렸다.

"달리아. 거의 다 끝났……!"

퍼억, 소리가 날 정도로 강한 힘이 나를 밀쳤다. 나는 넘어지면서도 그것을 버텨 내려 뒷발에 힘을 주었다. 아니, 주려 했다.

'땅이······!'

발을 디딜 곳은 없었다. 이곳은 벼랑이었다. 허공에 붕 뜬 몸이 아래로 추락하기 시작했다.

"그러게 내가 떨어지라고 했잖아."

희번덕거리며 빛나는 눈동자, 요염하게 올라간 붉은 입술. 내가 마지막으로 기억하는 것은 달리아의 환하디환한 웃음이었다.


검은 어둠, 깊디깊은 심해 속을 유영하는 것처럼 정신이 몽롱하다. 어머니의 배 속인가. 아니면 무의식의 공간인가. 너무도 평안하여 눈을 뜨기 싫을 정도였다.

[······노스.]

자그마한 목소리였다. 나는 유일하게 들려오는 인기척에 귀를 기울였다.

[아그노스.]

하지만 목소리가 부르는 대상은 내가 아니었다. 그러나 나는 그 이름을 알고 있었다.

아그노스, 화인족 여왕의 딸. 고귀한 피를 이어받은 플로리아의 어머니. 그녀를 떠올리니 무거운 눈꺼풀이 떨어졌다. 두어 번 눈을 껌뻑였을까. 내 눈에 보이는 건 어둠이 아닌 싱그러운 숲속이었다.

'여긴······.'

아름다운 풍경과 달콤한 향기가 사방에 가득했다. 시냇물이 흐르는 소리, 온갖 나무와 다양한 꽃들이 옹기종기 피어 있다.

꽃으로 둘러싸인 숲속에는 다양한 머리카락 색을 가진 이들이 모여 있었다. 그들의 중심, 붉디붉은 머리칼의 여인이 화사한 미소를 짓는다. 나는 저 여인을 알고 있다.

[아그노스.]

화관을 머리에 두른 아그노스는 눈이 부실 정도로 아름다웠다. 소녀 같은 얼굴에 천진한 미소라니. 내 기억보다 훨씬 어려 보이는 모습이었다.

[아그노스. 열아홉 번째 생일을 축하한다.]

[고마워요. 어머니.]

상단에 선 여인이 아그노스의 머리 위에 손을 얹었다. 그리고 '꽃의 여신'의 이름으로 그녀를 축복했다.

'어머니라면…….'

여인은 자애로운 표정으로 아그노스를 내려다보고 있었다. 아그노스의 어머니, 화인들의 여왕이 분명했다. 이로써 모든 것이 확연해졌다. 나는 지금 아그노스의 과거를 보는 중이었다.

[아그노스. 이로써 꽃을 피울 수 있는 나이가 되었군요.]

[축하해요. 아그노스.]

자리에 모인 모두가 그녀를 축복했다.

[모두 고마워요.]

성년이 된 아그노스는 기쁜 마음으로 그들의 축하를 받아들였다. 달콤한 향기가 사방으로 피어올랐다. 서로 다른 향기였지만 모두가 조화롭게 어울렸다.

화인의 여왕과 아그노스, 주변에 모인 이들까지. 나는 이곳이 화인족의 마을임을 깨달았다.

'이렇게나 많은 화인이…….'

나는 주변을 둘러보며 중얼거렸다. 화인들은 죽음의 공포도, 두려움도 없이 행복으로 가득 차 보였다. 지금의 화인족은 멸족 직전의 상태였다. 행복은커녕 존재 자체를 발견하는 것도 어려웠다.

'…….'

이렇게나 아름다운 장면인데 어째서 마음이 아려 오는 걸까. 나는 다시는 보지 못할 풍경을 눈에 담아냈다.

[저는 친구에게 갔다 올게요!]

내가 그들을 바라보던 중이었다.

축하 세례 후, 화인들은 한 걸음씩 물러서 아그노스를 위해 길을 터 주었다.

[또 그 애를 만나러 가는 거니? 너무 늦지 않게 와야 한다.]

화인 한 명이 웃음 섞인 목소리로 아그노스를 타박했다. 아그노스는 익숙하다는 듯 마주 웃고는 입술에 손가락을 대었다.

휘익-!

상쾌한 휘파람이 숲 내에 울려 퍼졌다. 그와 동시에 커다란 사슴이 수풀 사이에서 도약했다. 커다란 덩치를 가진 새하얀 수사슴은 가벼운 투레질 후 아그노스의 옆에 섰다.

[다녀오겠습니다!]

아그노스는 명랑한 외침과 함께 수사슴 위에 올라탔다. 하얀 사슴은 익숙하게 그녀를 태우고 숲을 내달렸다.

[가자!]

내닫는 사슴의 양옆으로 나무들이 빠르게 지나갔다. 마을을 나와 얼마나 내달렸을까. 아그노스가 멈춘 곳은 자그마한 호숫가였다.

[라덴. 고마워.]

가볍게 사슴에서 내려온 아그노스는 라덴이라 부른 사슴의 목을 꼭 한 번 끌어안았다. 푸릉, 라덴은 별것 아니라는 듯 투레질을 하고 숲 안으로 돌아갔다.

홀로 남은 아그노스는 호수 가까이 걸어갔다. 호수는 햇빛을 받아 마치 살아 있는 보석처럼 반짝였다.

[아실리드.]

봄볕 같은 부름이 호수를 울렸다. 그 순간 잔잔하던 물결이 파동을 그려 냈다.

[노스.]

푸른 머리칼의 소년이 호수를 가르며 아그노스에게 다가왔다. 그녀의 애칭을 다정하게 부른 소년은 물에 젖은 고수머리를 늘어트린 채 웃었다.

'아실리드?'

나는 화기애애한 이들을 보며 충격에 빠졌다. 어떻게 된 건지는 모르겠지만, 지금 내가 보고 있는 모든 건 먼 과거의 일이었다.

아그노스와 아실리드가 서로 알고 있는 사이였다니. 전혀 예상하지 못했던 일이었다.

[아실리드. 나 오늘부로 꽃을 피울 수 있게 됐어.]

[축하해. 노스.]

아실리드는 자랑하듯 말하는 아그노스를 축하해 주었다.

아그노스와 마찬가지로, 아실리드도 내가 알던 모습보다 배는 어려 보였다.

[꽃의 축복을 쓰게 될 상대는 누굴까? 생각만 해도 가슴이 두근거려.]

아그노스는 뺨을 감싼 채 얼굴을 붉혔다. 꼭 첫사랑에 빠진 소녀처럼 말이다. 아실리드는 그런 아그노스를 다정한 눈빛으로 바라보고 있었다.

[분명 멋진 화인이겠지. 노스. 네 짝이라면 말이야.]

[정말 그럴까?]

부끄러운 듯 웃던 아그노스는 잔디밭에 풀썩 누워 버렸다. 그리고는 고개를 돌려 아실리드를 바라본다.

[너무 내 이야기만 한 것 같네. 아실리드. 다친 곳은 좀 어때?]

[조금씩 나아가고 있어.]

일렁이는 물결 사이로 인어의 하반신이 아른거렸다. 갈라진 꼬리 끝부터 이어진 상처는 날카로운 것에 찢겨 있었다. 내가 알고 있는 상처보다 훨씬 심했다.

[바다 괴물에게 당한 상처랬지? 네 덕분에 호수와 바다가 연결된 걸 알았어. 처음엔 웬 인어인가 했다니까.]

그녀는 바다 괴물이 원망스럽다는 듯 두 주먹을 불끈 쥐어 보였다. 아실리드는 아그노스의 연극 같은 태도에 미소를 지었다.

[그런데 상처는 볼 때마다 달라지는 게 없는 것 같단 말이야. 얼른 나아서 고향으로 돌아가야지.]

[나아가고 있다니까. 다 나을 때까지는 바다로 못 돌아가.]

이상했다. 아실리드는 지금 거짓말을 하고 있었다. 그는 바다에서 태어난 종족이다. 아무리 바다와 연결되었다 해도 숲을 두른 호숫가에 있어서야 상처가 회복되지 않는다.

[나쁜 바다 괴물.]

[……그래도 너를 만나서 다행이야.]

아실리드가 눈을 휘며 말했다. 매혹적인 것보다 청량하고 따스한 마음이 스며 있는 미소였다.

[당연하지.]

아그노스는 허리춤에 손을 얹으며 장난스럽게 웃어 보였다. 함께 자라 온 소꿉친구처럼 둘의 사이는 다정다감했다.


그렇게 과거의 풍경은 계속해서 이어졌다. 나는 아그노스의 시선으로 화인들과 그들의 여왕, 마을과 숲의 풍경을 바라볼 수 있었다. 바다로 돌아갈 수 있으면서도, 호수에 머무는 아실리드까지 말이다. 그렇게 평화로운 시간은 빠르게 지나갔다.

[아실리드!]

여느 때처럼 호수에 도착한 아그노스의 목소리는 흥분으로 들떠 있었다. 그것을 알아챈 아실리드는 고개를 기울이며 물었다.

[무슨 일 있어, 노스?]

[들어 봐! 내가……!]

아그노스는 물에 젖는 것도 개의치 않고 아실리드의 어깨를 잡아 흔들었다. 상체가 앞뒤로 흔들리면서도 그녀의 이야기를 경청하던 아실리드의 표정이 점차 굳어져 갔다.

[나, 사랑에 빠진 것 같아.]

말을 모두 끝마친 아그노스의 표정은 꿈결에 젖은 듯 몽롱했다. 며칠 전 그녀는 사슴을 타고 숲을 돌던 중 쓰러져 있는 남자를 발견했다.

나는 그 사람이 에이샤의 모친 페르디아가 말한 인간 남자임을 단번에 알았다. 하지만 그것을 알 리 없는 아그노스는 다른 종족을 처음 보았다는 호기심에 물들어 있었다.

남자의 상처가 심각해 보였다. 상처를 다급히 치료한 후 그가 깨어나기를 기다리고, 또 기다리던 순간이었다.

*[여긴……]*

마음 깊숙한 곳까지 울리는 풍부한 목소리. 그 한마디에 아그노스는 사랑에 빠져 버렸다.

[어머니도 카를로스가 마을에 머무는 걸 허락하셨어. 상처가 다 나을 때까지지만.]

그녀는 잔뜩 들뜬 채 몸을 들썩거렸다. 아실리드의 마음이 깨져 가는 것도 모르는 채로.


그렇게 사흘.

[어머니가 자꾸 카를로스를 내보내라고 하셔.]

이레.

[그도 나를 사랑한대. 진심으로 말이야.]


보름.

[아실리드. 너는 나와 그를 축복해 줄 거지?]


아그노스는 매일 호숫가에 들러 아실리드에게 제 편을 들어 달라고 요구했다. 진정 사랑한다면 카를로스에게 꽃의 축복을 쓰라는 조언도 듣지 않았다.

[그러면 꼭 내가 그를 의심하는 것 같잖아. 카를로스는 인간이라 같이 축복을 쓸 수 없어.]

[……아그노스.]

[오늘 밤, 나는 그와 함께 마을을 떠날 거야. 미안해. 아실. 네가 바다로 돌아가는 걸 지켜봐 주지 못해서.]

아그노스는 굳은 결심을 하며 호수를 등졌다. 아실리드는 아무것도 하지 못한 채 그녀의 뒷모습을 바라만 보았다.

[불이다! 인간들이 쳐들어왔어!]

그녀가 카를로스와 함께 떠나기로 한 그날 밤, 화인의 마을이 불탔다. 타들어 가는 숲, 귀를 울리는 절규.

인간들은 어린 화인들을 붙잡아 겁박했고, 늙고 병든 이들은 목을 베어 죽였다. 그야말로 아비규환이다. 그 속에서 아그노스는 넋이 나간 채 남자를 바라보았다. 자신에게 사랑을 속삭인, 운명의 연인이라 믿었던 인간 남자를.

화인의 마을을 정복한 남자는 허연 이를 드러내며 웃고 있었다.


"허억……!"

누군가가 폐를 움켜쥔 듯 고통스러웠다.

나는 몇 번이고 상체를 들썩거리다 겨우 숨을 내뱉었다.

"하아…… 하아……."

들이쉬고 내쉬는 것을 반복하자 더 이상 속이 아프지 않았다.

나는 흐린 시야로 주변을 둘러보았다. 돌로 만들어진 벽, 주변은 온통 회색이었다.

"여긴……."

축축한 습기에 피부가 젖어 든다. 여긴 석산의 수많은 동굴 중 하나로 보였다. 나는 조심스럽게 상체를 일으켰다.

'어떻게 된 거지.'

나를 절벽으로 떠밀었던 달리아의 웃음, 끊어진 의식.

아름다운 숲의 풍경과 화인들의 환영이 뒤섞여 머릿속은 엉망진창이었다. 깨질 것 같은 두통이 일었다. 그럼에도 나는 내가 보았던 장면들을 잊을 수 없었다.

'화인들의 환영…… 분명 꿈이었는데.'

꿈이 아니야. 나는 무언의 확신을 내렸다. 내가 본 건 꿈이 아닌 과거였다. 그것도 아그노스와 아실리드의.

'왜 말하지 않았던 거지?'

깨어난 지금도 꿈은 지나치게 선명했다. 아실리드는 아그노스를 알고 있었다. 어쩌면 내가 아는 것 그 이상으로 말이다.

"아실리드."

나는 귀걸이에 마력을 담아냈다. 하지만 동굴 안엔 내 목소리만이 헛헛하게 울려 퍼졌다. 몇 번이나 불러도 귀걸이는 잠잠하기만 했다. 인어는 내 부름에 대답하지 않았다. 이건 내가 본 환영이 단순한 꿈이 아니라는 증거나 마찬가지였다.

'혼란스러워.'

어쩌면 먼저 접근한 건 내가 아닌 아실리드가 아니었을까. 지금 이 순간 나는 그가 모든 것을 알고 있다는 생각이 들었다. 과거, 현재 그리고 먼 미래까지 모두.

'……그런데.'

잠시 꿈을 뒤로한 나는 내 몸 여기저기를 살펴보았다. 어디 하나 아픈 곳 없이 멀쩡했다. 하다못해 긁힌 자국 따위도 없었다. 이상한 일이었다. 분명 높다란 절벽에서 떨어졌는데, 이렇게 다친 곳 없이 누워 있다니.

계속 이대로 있을 수만은 없었다. 내가 자리에서 일어나려던 순간 이었다.

"깨어났어?"

"……카르텔?"

마음을 안도케 하는 목소리가 동굴 안에 차올랐다. 안으로 들어오던 카르텔은 내가 몸을 일으키기도 전, 나에게 다가왔다.

"잠깐 밖을 살펴보고 왔는데. 리아, 아픈 곳은?"

"……없어. 그보다 어떻게."

내 몸 여기저기를 만져 보던 그는 마지막으로 이마를 맞댔다가 떨어졌다. 그의 손끝이 미미하게 떨리고 있었다. 무언가를 참아 넘기는 듯, 입술을 깨문 카르텔의 눈에는 핏발이 서 있었다. 카르텔은 낮게 한숨을 내뱉으며 제 머리칼을 훔쳐 올렸다.

"네가 떨어질 때 나도 바로 뛰어내렸어. 여긴 대충…… 우리가 이틀 전에 지나온 구간 같더군."

그 빌어먹을 년. 찾아서 죽여 버리겠어.

욕지거리를 섞어 낸 카르텔의 눈에 살기가 일렁거렸다. 나는 그의 말에 달리아를 떠올렸다. 갑자기 유순해진 게 이상하다고는 생각했었지만 이렇게 독하게 굴 줄은 전혀 예상하지 못했다.

"몸이 식었군."

한쪽 무릎을 꿇은 카르텔이 나를 끌어안으려 했다. 평소라면 그의 품에 몸을 기대었을 테다. 하지만 나는 그러는 대신 카르텔을 조심스럽게 밀어냈다.

"잠깐만. 카르텔, 너 어깨가……."

나는 그의 어깨를 가리켰다. 일직선으로 곧게 뻗어 있어야 할 어깨는 왼쪽 부분이 이상할 정도로 올라간 상태였다. 한눈에 보아도 균형이 맞지 않았다.

"아아, 이거."

카르텔은 내 말에 성가시다는 표정을 지었다. 그리고는 곧장 기이하게 꺾여 있는 제 어깨를 붙잡았다. 아, 하는 작은 신음과 함께 우드득 빠졌던 어깨뼈가 제자리를 찾았다.

"이제 됐지."

카르텔은 보여 주기 식처럼 왼쪽 팔을 움직였다. 그는 꼭 고통을 느끼지 못하는 사람처럼 굴었다.

"그거 나 때문에."

"떨어지다 조금 부딪혔을 뿐이야. 추우니까 이리 오기나 해."

카르텔은 자연히 내 뒤에 자리를 잡고 나를 끌어안았다. 나보다 높은, 뜨거울 정도의 체온이 순식간에 몸을 데워 주었다. 두근. 두근. 그의 맥박이 등 뒤에서 고스란히 전해져 왔다. 나를 안심시키는 유일한 울림이었다.

"곧 비가 쏟아질 거야."

그의 말이 끝나기가 무섭게 툭, 투툭 빗방울이 지면에 부딪히며 묵직한 소리를 냈다.

"그친 후에 이동하지."

"……응."

나는 그의 품에 기대어 자그맣게 중얼거렸다. 세차게 쏟아지는 빗소리를 듣고 있자니 위에 남겨 두고 온 가족들이 생각났다. 리카엘도, 벨루스도 고작 그 정도 규모의 인간들에게 당할 실력이 아니었다. 하지만 사랑하는 이들인 이상 걱정이 되는 건 당연한 일이었다.

'달리아는 어떻게 됐을까.'

벨루스나 리카엘도 달리아가 나를 밀었다는 사실을 알고 있는지 궁금해졌다. 그리고 만일 그걸 알고 있다면 벨루스는, 내 동생은 어떻게 대처했을까. 이런저런 생각들이 허공 위를 부유했다.

"떨어지기 전에 물었지."

"뭘?"

복잡한 머릿속을 멈추게 한 건 카르텔의 목소리였다. 어깨 위로 묵직한 것이 기대어 왔다. 무슨 말을 하는 걸까. 가만히 기억을 짚어 보던 나는 문득 절벽에서 그에게 했던 질문을 떠올렸다.

"두려워하는 것이 있냐고 말이야."

카르텔은 내가 할 말을 대신했다. 나는 고개를 옆으로 돌려 그를 올려다보았다. 그때는 대답하지 않아 놓고서, 왜 지금 그 말을 꺼내는 걸까. 나는 그의 말이 이어지기만을 기다렸다.

"네가 나를 피하고."

그의 손가락이 헝클어진 머리칼을 목 뒤로 쓸어 넘겨 주었다. 언뜻언뜻 목 언저리에 닿는 손끝의 감촉이 지나치게 오싹했다.

"내 눈앞에서 사라지는 것."

그러나 짐승의 음은 내 속을 일렁이게 만들 만큼 처연했다. 어쩌면 카르텔은 내가 자신을 떠나려 준비했다는 사실을 알고 있는 게 아닐까.

"그렇다고 놓아줄 생각은 없지만 말이야."

마음을 흔드는 구슬픈 목소리 뒤로, 새카맣고 깊은 감정이 무겁게 내려앉았다. 서늘한 감각에 등줄기가 저릿했다. 그가 드러내는 소유와 집착은 나를 긴장하게 만든다.

"……그래."

나는 그 음습한 감정을 달게 받아들였다. 내 어깨 위에 얹어진 머리를 쓰다듬으니 나른한 한숨 소리가 들린다.

입술과 입술이 겹쳐졌다. 뜨겁고 말랑한 것들은 조금이라도 더 서로에게 닿으려 밀착하고, 또 밀착했다.

"나는 너를 고스란히 가질 거야. 네 몸과 네 감정까지 모두다."

지독한 독점욕이 내 귓바퀴를 핥아 올렸다. 오싹한 감각에 발가락이 곱아든다. 나는 몸을 돌려 그의 목덜미를 끌어안았다. 다시금 겹쳐진 입술에 정염이 튀었다. 느릿한 연주를 이어 가던 손길은 주체없이 빨라져 결국엔 음을 이탈하고야 만다.

"리아."

입술과 목덜미, 어느새 드러나 버린 쇄골과 그 아래. 그의 잇새가 닿은 모든 곳이 따끔거리며 아파 왔다. 통증은 곧 열기며, 그로 만들어진 뜨거움은 곧 극상의 감각을 불러옴을, 우리 둘 다 잘 알고 있었다.

"……더는 너를 피하지 않을 거야."

나는 그의 눈을 바라보며 맹세하듯 말을 내뱉었다. 열기에 잠식되면서도 이성만큼은 뚜렷하게 살아 있었다.

'너는 새 제국의 정점이 될 거야.'

원작의 달리아가 그랬던 것처럼, 나도 카르텔을 황제로 만들 것이다. 정점에 오를 짐승은 오로지 나만의 것이었다.

"그 말, 명심하는 게 좋을 거야. 아니면 내가 너를 삼켜 버리고 말테니까."

카르텔이 날카로운 송곳니를 드러내며 웃었다. 나는 마주 웃으며 송곳니가 내 목덜미에 박혀 드는 감각을 기꺼이 즐겼다.

* * *

"……리아!"

카르텔의 움직임에 모두의 시선이 따라붙었다. 벨루스와 리카엘이 플로리아가 사라진 것을 깨달았을 때는, 카르텔이 벼랑 아래로 뛰어들고 난 이후였다.

"베, 벨루스. 플로리아가……!"

달리아의 목소리에 물기가 어렸다. 그녀는 어쩔 줄 몰라 하며 벼랑과 벨루스를 번갈아 보았다.

"리아가……."

견족을 제압하던 손톱이 허공에서 멈추었다. 벨루스는 카르텔이 사라진 벼랑 끝을 멍하니 바라보았다.

"벨루스!"

"컹-!"

리카엘이 다급하게 벨루스를 불렀다. 견족이 넋을 놓은 벨루스에게 달려들고 있었다.

"……리아, 가. 떨어져?"

견족의 벌어진 아가리 사이로 날카로운 송곳니가 빛났다. 침이 뚝뚝 떨어지는 이빨이 벨루스의 목을 물기 직전.

"……끼이잉, 낑-!"

힘줄 돋은 손이 견족의 목덜미를 잡아챘다. 한 손으로 견족을 들어 올린 벨루스는 고개를 갸웃거렸다. 그 시선은 완벽한 포식자의 형태를 취하고 있었다.

"죽어."

뚜뚝. 짧은 명령이 인 순간, 견족의 목이 꺾였다. 거대한 육체는 단말마도 없이 벽으로 처박혔다.

두근, 두근. 견족을 내던진 벨루스는 제 가슴팍을 더듬었다. 심장이 거대한 고동으로 날뛰고 있었다.

"하아······."

우드득, 드득. 체온이 비정상적으로 끓어오르며 뼈와 근육이 재구성된다. 삽시간에 거대하게 부푼 덩치와 날카로운 발톱이 위협적이었다. 아름다웠던 자색 눈동자는 세로로 길게 찢어졌다. 이성이 거의 남아 있지 않은 눈에 비치는 건 무엇도 없다.

[······크르르.]

벌어진 입에서 기이한 짐승의 울음이 입가로 새어 나왔다. 벨루스를 둘러싸고 있던 견족들의 등이 굽어들었다. 기세에 눌려 뒷걸음을 치는 것이다.

'수인화.'

벨루스의 변화를 지켜본 리카엘이 눈썹을 찌푸렸다. 성체인 늑대족은 인간과 늑대가 섞인 형태로 변할 수 있게 된다. 포식자에 가장 가까운 형태의 육체를 가지게 되는 것이다.

순종일 경우 보름달이 뜬 밤에만 수인화할 수 있는데 반해, 실험을 가한 혼혈 벨루스는 그러한 제약을 받지 않았다.

"뭐, 뭣들 하느냐! 당장 저 괴물을 끝장내 버려!"

끼잉. 낑. 견족들이 주인의 명을 거부했다. 살고자 하는 본능이 정신지배를 이긴 것이다.

우우-!

높다란 울음이 석산에 휘몰아쳤다. 검을 빼낸 기사들도 벨루스에게 다가가지 못했다. 대치가 이어지던 찰나.

"제국의 기사로서 부끄럽지도 않느냐!"

선두로 나선 자는 기사 단장이었다. 그는 찌를 듯한 자세를 취한 뒤 그대로 달려 나가 검을 휘둘렀다.

[크륵…….]

"뭐, 뭐가……!"

분명 팔과 검이 부딪쳤는데 챙하고 쇠붙이들이 엇갈리는 소리가 났다. 당연하다는 듯 한쪽 팔로 검을 막아 낸 벨루스는 맨손으로 그것을 쥐었다. 뚝 단단한 검은 나뭇가지 부러지듯 단번에 두 동강 났다.

"……아아아악!"

기사 단장의 신체는 늑대 인간의 절반도 되지 않았다. 피식자를 확인한 벨루스는 기사 단장을 집어 허리를 꺾어 버렸다. 그리고는 쓰레기를 버리듯 절벽 아래로 던져 버린다. 차례로 이어진 행위는 너무나 자연스러웠다.

"도, 도망가라! 괴물이야!"

"으아악!"

단장의 마지막을 본 기사들이 우왕좌왕 대열을 흩트렸다. 어떻게든 살아보고자 도망가는 꼴이 우스웠다. 그들을 싸늘하게 노려보던 리카엘이 말했다.

"이렇게 된 거 어쩔 수 없지. 한 놈도 살려 두지 마라."

[……알고 있어.]

이성을 잃은 것처럼 보였던 벨루스에게서 차분한 대답이 들려왔다. 대답과 함께 뛰쳐나간 벨루스는 제게 닿는 모든 것을 자르고 꺾어 버렸다. 떨어지는 것은 조각난 육체와 핏물뿐, 마지막 비명조차 그들에게는 허락되지 않았다.

[…….]

일방적인 살육이 모두 끝이 났다. 달아나던 그 누구도 이 자리에서 살아 나가지 못했다.

"너."

참상을 감상하던 리카엘이 말문을 열었다. 그 대상은 벨루스가 아닌 달리아였다.

"……네?"

달리아는 현실감이 없는 현장에 넋을 놓고 있었다. 늑대족의 수인화가 되는 조건은 보름달뿐만이 아니었다. 감정이 극한으로 치달아 감당할 수 없을 정도가 되면 그것이 육체를 변화시킨다.

"리아가 아래로 떨어졌다고?"

"그, 게. 저를 지켜 주려다가 절벽 끝이 부스러지는 바람에……."

실수였던 것 같아요.

달리아가 자그마한 목소리로 덧붙였다. 미안해 어쩔 줄 모르겠다는 듯 아름다운 보석안 위로 물기가 아른거렸다.

"지금 그 말, 책임질 수 있겠나?"

"무, 물론이에요."

싸늘한 분노가 녹아 있는 목소리였다. 달리아는 벌벌 떨면서도 고개를 끄덕였다. 자신이 플로리아를 민 걸 본 사람은 아무도 없었다. 심증은 있을지 모르겠지만 물증은 없으니 몰아세우지 못할 것이다.

"리아가 발을 잘못 디뎠다고…… 그것도, 실수로."

느릿한 어투 위로 칼날을 품은 바람이 내려앉았다. 새파란 예기가 도는 살풍은 주인의 명을 받아 달리아의 주변을 맴돌았다.

"흐……."

평범한 사람일지라도 느낄 수 있었다. 주변의 공기가 달라졌다는 사실을. 바람은 점점 범위를 좁히며 달리아를 옴짝달싹할 수 없게 만들었고, 결국 주저앉기에 이르렀다.

"……리카엘?"

뭔가 감이 좋지 않았다. 조심스레 리카엘을 불러 보았지만 그는 아무런 대답이 없었다. 의심 정도는 당할 줄 알았다. 하지만 이런 상황은 예상하지 못했다. 혼혈이기는 해도 리카엘 또한 수인의 피를 타고 났다. 그건 결코 자신을 밀어낼 수 없다는 뜻이었다. 그런데 왜…….

"베, 벨루스!"

달리아는 다급히 다른 이에게 도움을 요청했다. 늑대 혼혈은 자신에게 푹 빠져 있었다.

[……지 마.]

그러니 어떻게든 편을 들어줄 것이라고, 그렇게 생각했다.

"벨? 뭐라…….”

[부르지 말라고. 죽여 버리고 싶으니까.]

차갑고도 음울한 목소리였다. 벨루스는 거대하게 자라난 몸을 돌렸다. 핏물과 살점으로 젖은 손톱이 목을 관통해 버릴 듯 흉흉하다. 부르면 곧장 달려와 꼬리를 흔드는 모습은 눈 씻고도 찾아볼 수 없었다.

[네가 날 이용하려고 한 건 알고 있었어.]

움찔. 달리아의 어깨가 눈에 띄게 움츠러들었다. 그러나 달리아는 거리낄 것이 없었다. 그래. 이용하고 싶어서 이용했다. 하지만 그게 나쁘다는 생각은 한 번도 한 적이 없었다.

"그런 게 아니라……. 나도 벨을 좋아해서.”

[더는 수작 부리지 마.]

부드럽게 달래어 보았지만 돌아오는 건 단호한 말뿐이다. 달리아의 눈썹이 일그러졌다. 억울함이 차올라 더는 견딜 수가 없었다.

"수작이 뭐? 네가 다 원해서 했던 일이었잖아!”

추우면 안아 주고, 부르면 달려오고. 자신의 수발을 하나하나 들어 주는 것 모두 강요가 아니었다. 내 개를 자처했으면서, 모두 나를 좋아해서 한 행동이었으면서. 왜 가장 중요한 순간에 저리도 차가운 얼굴을 하고 있는 걸까.

[그래. 맞아.]

벨루스는 순순히 고개를 끄덕였다. 달리아를 처음 보았을 때부터 그녀에게 반했다. 정신을 아찔하게 만드는 달콤한 향기도, 햇살을 품은 듯 아름다운 보석안도. 아니, 그런 걸 전부 떠나서 그녀가 좋았다. 그래서 달리아의 곁을 맴돌았다. 플로리아의 눈치를 볼 정도로 제 행동이 지나치다는 걸 알고 있었으면서.

[하지만 이건 아니지.]

달리아가 플로리아에게 적대적이라는 건 얼마 전부터 눈치채고 있었다. 그때 밀어냈어야 했는데. 바보같이 향기에 취해 모르는 척해 버리고 말았다.

[리아를 죽이려 들고도, 내가 네 편을 들어줄 줄 알았어?]

벨루스는 스스로를 원망했다. 아닌 줄 알면서도 눈을 돌리지 못했던, 결국은 리아를 위험에 빠뜨린 자신을.

[뛰어.]

"……뭐?"

[뛰라고. 내가 널 죽이기 전에.]

야수가 으르렁거리며 경고했다. 지금 달아나지 않으면 죽는다. 달리아는 그의 눈에서 진심을 읽고 말았다.

"……힉!"

그녀는 바닥을 더듬으며 자리에서 일어났다. 주변을 맴돌던 바람이 그녀가 움직이자 몸 여기저기를 찢어 놓았다. 탐스러운 금발까지 모조리 잘려 나갔지만 뛰는 걸 멈출 수는 없었다. 결국 그녀는 사나운 몰골이 된 채 시야에서 멀어졌다.

"모자란 놈 같으니."

[닥쳐.]

그들을 지켜보던 리카엘이 혀를 찼다.

카르텔, 그 마수가 곧장 아래로 뛰어내렸으니 플로리아에게 탈이 생기지 않았을 거란 믿음이 있었다. 하지만…….

"만약 리아가 조금이라도 잘못되었다면 그땐 내가 저년을 끝장낼 거다. 어디에 있든 기필코 찾아내 산 것도, 죽은 것도 아닌 삶이 어떤 건지 친히 알려 주지."

[……마음대로 해.]

정말로 플로리아, 나의 사랑하는 누이에게 문제가 생겼다면 그땐 내가 달리아를 죽여 버리고 말 것이다. 우선은 리아를 찾아야만 했다. 벨루스는 벼랑 아래로 뛰어내렸다.

"너무 물렀어."

저놈은 덜 자란 것도 문제지만 심성이 지나치게 물렀다. 그렇게 중얼거린 리카엘이 벨루스가 사라진 벼랑 아래로 뛰어내리려던 순간이었다.

"……."

그의 시선 끝에는 쓰러진 아이가 걸려 있었다. 붉은 머리칼에 밀빛 피부는 레오플론 제국에서 찾아볼 수 없는 형질의 것이었다.

"……저 아이는."

왜 저 종족이 이런 곳에 있는 걸까. 곳곳을 돌아다니며 이종족이란 이종족은 모두 마주쳤던 자신이지만 '저것'은 이번이 처음이었다. 자신의 추측이 맞는다면 저 종은 고서에서나 볼 수 있을 만큼 희귀했다.

"혹시 모르니 챙겨 가 보지."

리카엘은 기절한 아이를 한쪽 어깨에 짊어졌다. 희귀하다고 해서 특별히 관심이 생기거나 하지는 않았다. 다만 이렇게 상처 입은 고양이 같은 것을 동생이 종종 주워 왔었다.

'정확히 말하면 그냥 내버려 두는 걸 싫어하는 거지만.'

플로리아는 따스한 햇볕 같았다. 그리고 리카엘은 자신의 유일한 빛이 웃는 걸 생의 목표로 삼고 있었다.

'칭찬해 주겠지.'

자신은 그런 걸 받을 자격도 없었지만, 사랑스러운 동생은 잘했다며 다정한 말 한마디를 건네줄 것이다. 다른 무엇보다 그것이 좋았다. 그는 소년을 들쳐 메고 절벽 아래로 뛰어내렸다.

* * *

굵은 빗방울을 자랑하던 소나기가 모두 물러갔다. 남은 건 고여 버린 물웅덩이와 산등성에 걸터앉은 노을뿐이다.

"그 길을 다시 걸어야 하는구나."

나는 내가 떨어졌던 벼랑과 지금 있는 곳을 가늠해 보며 한쪽 눈썹을 살짝 찌푸렸다. 밤길을 꼬박 걷는다고 해도 이틀은 잡아야만 했다. 몸이라도 성한 걸 다행이라고 여겨야 할까.

"넌 나를 가끔 잊어버리는 것 같아."

시간을 조금이라도 단축할 궁리를 하고 있을 때였다. 뒤에서 뻗어 온 손이 나를 끌어안았다. 귓가를 적시는 나른한 숨. 상의를 입지 않아 뜨겁게 닿아 온 육체는 격렬했던 시간을 떠오르게 했다.

여기서 더 노닥거릴 수는 없었다. 밀어내려 하니 카르텔은 요령 좋게 내 어깨를 붙잡았다.

"안 잊었어."

"그럼 그딴 걸 왜 고민하지?"

목덜미를 깨무는 잇새에 힘이 들어갔다. 그는 내가 자리를 일찍 빠져나온 게 못마땅한 듯 심술을 부리고 있었다.

"웃, 하긴. 그것도 그러네."

내가 그에게 안겨 간다면 하루를 단축하는 건 일도 아니었다. 하지만 짐승에게 이 이상 먹이를 주는 건 사양이었다. 나는 목에 붙은 입술을 떼어 내고는 그의 뺨을 요령 좋게 다독였다.

"올라가자. 우릴 기다릴 거야."

"내가 아니라 너만이겠지. 조금 더 있다 가도 그놈들 안 죽어."

방금 전까지 잔뜩 먹어 놓고는 이렇게나 허기진 표정이라니. 투덜거리는 짐승을 눈앞에 둔 나는 속으로 웃음을 삼키고야 말았다.

"그래도. 지금쯤이면 찾으러 내려오고 있을지 모르잖아."

마냥 기다리고만 있을 이들이 아니었다. 어쩌면 중간 지점에서 마주칠 수도 있겠지. 그렇게 결론을 내린 나는 카르텔의 손목을 잡고 앞서 나갔다.

"내 아내는 너무 부지런해서 탈이야."

낮은 한숨에 이어 상의를 만들어 낸 그는 위를 대강 가렸다. 나는 몇 걸음 채 가기도 전에 그의 품에 안길 수 있었다.

"목에 팔 두르고."

"일부러 느리게 갈 생각은 하지 마."

제법 엄하게 경고한 내 입술 위로 그의 입술이 내려앉았다.

"분부대로."


노을이 지고 깊은 어둠이 내려앉았다. 날카로운 바람 탓에 반강제로 눈을 감게 된 나는 그의 가슴팍에 얼굴을 묻었다. 한참을 안겨 있었지만 불편함은 느껴지지 않았다. 시야가 가려지니 오히려 속도감을 느끼지 못할 정도로 편안했다.

"……으음."

그렇게 까무룩 잠이 들었던 것 같다. 아직도 내달리고 있는 걸까. 품을 뒤척이던 나는 조심스럽게 고개를 들었다.

"카르텔?"

"응."

기다렸다는 듯 대답이 돌아온다. 그러나 움직임은 멈춘 상태였다. 잠깐 쉬어 가는 걸까. 온통 어둠이라 눈을 떠도 앞이 거의 보이지 않았다. 그의 어깨를 더듬던 나는 조심히 바닥에 발을 디뎠다.

"리아."

"......벨?"

두 발이 막 땅에 닿는 찰나였다. 나는 익숙한 목소리에 주위를 두리번거렸다. 새카만 어둠 속에서 자색 눈동자가 요요히 빛났다. 그 옆으로는 희미한 하늘색 눈동자가 보인다. 벨루스와 리카엘이었다.

"내려왔구나."

여전히 앞은 보이지 않았다. 벨루스에게 향하려던 나는 몇 발자국 못가 발을 헛디디고 말았다.

"리아!"

"조심."

나를 잡아 준 건 카르텔이었다. 나는 그의 손을 잡고서야 벨루스에게로 다가갈 수 있었다. 그새 눈이 밤에 익숙해졌는지 약간의 인형이 보였다.

"항상 리아를 구해 주는 건 저놈이네."

괜찮냐 물으려던 순간 벨루스의 말이 먼저 튀어나왔다. 왜 그런 말을 하는 걸까. 리카엘에게 눈짓으로 물었지만 그는 가만히 고개를 저을 뿐, 의문을 해소해 주지 않았다.

"미안해. 리아. 정말 미안해."

벨루스의 목소리는 처참할 정도로 젖어 있었다. 괜찮다고 대답할 수도 없었다. 무어라 말하는 순간, 금방이라도 울음을 터트릴 것 같았기 때문이다.

'달리아는…… 없구나.'

벨루스와 리카엘 외 인원은 더 없었다. 아마도 나를 민 게 달리아라는 사실을 알아차린 모양이었다. 나는 어떤 상황인지 대략적으로 파악했다.

"쉬. 벨."

벨루스는 내 머리보다 세 뼘이나 더 컸다. 나는 어둠을 더듬어 동생의 머리를 끌어안았다.

"미안해. 리아. 다시는 이러지 않을 거야. 너만 볼게. 너에게만 복종할게."

"나에게 그럴 필요는 없어. 벨."

벨루스는 뭔가에 홀린 사람처럼 중얼거렸다. 나는 달리아에게 화가 나면서도, 동생의 변화가 진심으로 안타까웠다.

"그러면? 나는……."

"달리아를 진심으로 좋아했었지?"

나는 벨루스의 눈가를 가만가만 쓸어 주었다. 벨루스는 죄책감에 못 견뎌 하면서도 아주 천천히 고개를 끄덕였다.

그도 자신이 달리아에게서 나오는 향기에 취했다는 사실을 알고 있었다. 그래서 더욱 혼란스러웠다. 어떠한 힘에 끌리는 건지, 아니면 다른 이유여서인지. 고민에 고민을 거듭한 끝에 벨루스는 달리아의 곁에 머물기로 결심했었다. 자신의 감정이 진심이라 확신했기 때문이다.

'결과는 좋지 않았지만.'

달리아도 벨루스를 좋아하기는 했을 것이다. 다만 그 감정이 귀여운 동물을 보는 수준, 그 이상도 그 이하도 아니었을 뿐이다. 거기까지라면 차라리 좋았을 것을. 그녀는 벨루스를 이용했을 뿐만 아니라 자신을 밀쳐 벼랑 아래로 떨어트렸다. 떨어진 건 나였지만 다친 건 벨루스였다.

"그래도 상대를 잘못 고르긴 했어. 마음대로 되는 건 아니지만."

"악!"

딱! 하는 경쾌한 소리와 함께 벨루스의 머리가 뒤로 넘어갔다. 동생의 이마를 쥐어박는 것으로 모든 것을 정리했다.

"네 감정이 순수했으니까. 그걸로 됐어."

"하지만……."

꽤 아팠는지 이마를 문지르던 벨루스는 훌쩍, 울음을 삼켜 냈다. 벨루스가 한 건 첫사랑이었다. 비록 그 대상이 잘못되었다고는 해도, 나는 동생이 그러한 감정을 가질 수 있다는 사실이 기뻤다.

'영원히 갖지 못했을 감정일 수도 있었으니까.'

아버지 아래에서 벗어나지 못했다면 결코 느끼지 못했을 것들. 나는 동생의 어린 시절을 떠올렸다. 내가 아니면 그 어느 것에도 관심을 두지 않던, 아이라기에는 지나칠 정도로 무디고 잔혹한 성정. 나는 그런 아이를 바라볼 때마다 슬펐다.

'하지만 이젠 아니야.'

벨루스는 그동안 가지지 못했던 감정들을 모두 배우게 될 것이다. 그 안에는 슬픔도 기쁨도, 괴로움도 그리고 사랑의 행복도 들어 있을 것이다.

"앞으로 더 배워 나가자. 네가 내 동생이라 정말로 자랑스러워."

나는 가감 없이 내 심정을 고백했다. 그리고는 아무도 볼 수 없도록 동생의 얼굴을 내 품 안에 가두었다. 어느새 무릎을 꿇은 벨루스는 내 허리를 끌어안았다. 나는 그렇게 한참이고 품을 내주었다. 첫사랑을 끝낸 내 동생에게.

'그리고…….'

벨루스의 감정도, 리카엘의 슬픔도. 내가 원하는 모든 것을 이루기 위해서는 아버지를 없애야만 한다. 나는 한결 밝아진 시야로 가까워진 숲 너머를 응시했다. 눈에 보이지 않는 사특한 기운이 미미하게 느껴졌다. 그것은 앞으로 향할수록 더욱 강해지고 있었다.

'르하.'

우리는 비밀을 품고 있는 영지를 앞두었다.

# 10. 검은 실험

석산 아래의 숲은 르하 영지의 코앞에서 끊겼다. 우리는 숲속에 몸을 숨기고 어둠이 내릴 때까지 기다렸다.

"⋯⋯이상해요."

"그래. 나도 느꼈다."

비로소 밤이 되었을 때, 나와 리카엘은 서로를 보며 고개를 끄덕였다.

영지는 작은 성과 소규모의 마을로 이루어져 있었다. 문제는 인기척이다. 나다니는 사람도, 저녁을 준비하는 기색도 보이지 않는다. 창문을 닫는 것으로도 모자라 커튼까지 쳐 놓았다. 스산한 마을은 꼭 전시를 앞둔 것만 같았다.

"마을이 이 모양이니 영주도 정상은 아닐 것 같네요. 성안으로 들어가 봐야겠어요."

결코 평화로운 형태는 아니었다. 숲 너머로 보이는 마을 풍경을 지켜보던 나는 결정을 내렸다. 하지만 한 가지 걸리는 것이 있었다.

"아이는 아직 깨어나지 않았죠?"

"마취 총을 맞은 것 같으니 깨려면 하루는 더 있어야 할 거야."

나는 바위 위에 누워 있는 아이를 살펴보았다. 불꽃처럼 붉은 머리칼, 꿀이 섞인 듯 은은한 색이 도는 밀 빛 피부. 제국에서 볼 수 없는 이국적인 외모의 소년은 깊이 잠들어 있었다.

"그래도 걱정이 되네요. 이리저리 쫓긴 것 같던데."

"작아 보여도 홍사족의 아이니 큰 문제는 없을 거야. 너무 걱정하지 마라."

소년의 머리칼을 쓰다듬던 나는 '홍사족'이라는 단어에 고개를 끄덕였다. 용의 사막, 모래 아래에 용이 잠들어 있다 전해 내려오는 사막의 중심. 모래가 용암처럼 끓어오르는 용의 사막은 발견된 이래 단한 번도 불길이 꺼지지 않았다. 살과 뼈가 녹아들 정도의 온도는 생명의 숨결도, 인간의 접근도 허용치 않는다. 홍사족은 그런 끓어오르는 무래에서 태어난 이족족이었다

"고서로만 접했던 종족인데……. 이런 곳에서 보게 될 줄은 몰랐어요."

홍사족들은 용의 사막을 벗어나지 않는다. 그렇기에 연구 자료나 제대로 된 기록이 없었다. 리카엘이 소년의 정체를 알아본 게 신기할 정도였다.

"머리카락과 피부색 때문에 종을 짐작하기는 했지만…… 나도 이해가 되지 않는군. 용의 사막은 빌보르첸 연합국 끄트머리에 있어. 홍사족은 잡기도 거의 불가능할 뿐만 아니라 레오플론 제국과는 최소석 달 이상 걸리는 거리에 있으니까."

빌보르첸 연합국, 사막에 자리를 잡은 전사의 나라. 술탄이 있는 르첸 부족을 중심으로 한 그곳은 네 개의 부족들이 사방을 수호하는 연합국이었다.

"그곳에서 잡혔다고 해도 빌보르첸인들이 홍사족을 팔아넘기는 일은 없었을 거예요. 그러니 더 이해가 되질 않네요."

최소한의 무역이 오갈 뿐, 외부의 출입을 허락지 않는 비밀스러운 나라. 그곳에서 홍사족은 불사와 공포의 존재로 취급받고 있었다. 그렇기 때문에 연합국에서 팔려 올 일은 없었을 텐데, 여러모로 짐작이 불가능했다.

"우선은 깨어나는 걸 기다려 보지."

"네. 오라버니. 아이를 부탁할게요."

내 부탁에 리카엘이 고개를 끄덕였다. 쫓기던 아이를 숲에 홀로 버려두고 갈 수는 없었다. 나는 안심하며 몸을 일으켰다.

"이제 가?"

"응. 나랑 너. 그리고 카르텔이 움직일 거야."

"알겠어. 준비할게."

벨루스는 내 말에 순순히 고개를 끄덕였다. 그러고 보니 카르텔에 대한 적개심이 줄어든 것 같았다. 달리아 일 이후로 철이 들기라도 한 걸까.

"거기 너. 나는 리아의 말에 복종할 뿐이지 널 인정하지 않았어. 그러니까 오해하면 죽여 버린다."

뿌듯함이 채 차오르기도 전이다. 그럼 그렇지. 내가 벨루스의 발언에 고개를 가로저을 때였다.

"그래? 나는 널 인정했는데."

나무에 등을 대고 있던 카르텔이 몸을 일으키며 우리를 향해 다가왔다. 달빛에 드러난 조각 같은 얼굴은 삐뚜름한 미소를 머금고 있었다.

"처남으로서 말이야."

"……이런 미친!"

카르텔의 발언에 벨루스가 발을 헛디뎠다. 덕분에 실컷 치고 있던 그림자 장막이 볼썽사납게 구겨져 버렸다.

"너 죽인다! 죽여 버린다!"

"매형을 죽이면 안 되지."

이윽고 숲이 부서지고 터지는 소리로 요란해졌다. 역시나. 나는 손뼉을 두어 번 쳐 짐승 두 마리가 날뛰는 것을 막아 냈다.

"그만. 이러다 들키겠어."

축 처져 있는 것보다는 아웅다웅하는 모양새가 나았지만 지금은 아니었다. 나는 벨루스에게 다시금 그림자를 부탁하고는 카르텔의 옆구리를 푹 찔렀다.

"애 놀리지 마."

"저 덩치가 어딜 봐서 애야."

애나 어른이나 똑같은 눈높이에서 놀고 있으니 이거야 원. 나는 혀를 차며 짓궂게 웃는 카르텔의 등을 때렸다.

"날 예뻐해 주는 게 좋을 텐데. 안 그러면 여우 사냥이나 가 버릴 거야."

"……하여간에."

카르텔의 목소리에는 심술이 그득 묻어 있었다. 여우란 달리아를 지칭하는 단어였다. 장난스러움으로 가리고 있을 뿐이지, 카르텔은 달리아가 나를 벼랑에서 떠민 일로 머리끝까지 화가 난 상태였다. 달리아가 도망갔다는 말에 당장 잡으러 갈 기세였던 걸 겨우 말린 참이다. 나도 그녀의 행동을 마음에 두고 있었지만, 쫓아가 죽일 생각은 없었다. 그게 가치가 없는 일이라는 걸 알기 때문이다.

"……내 옆에 있어야지."

심기가 조금만 더 비틀린다면 그는 정말로 달리아를 잡으러 갈 것이다. 그렇게 둘 수는 없었다. 나는 까치발을 들어 그의 뺨에 입을 맞추었다.

"그러니까 가지 마. 알았지?"

"흠. 약한데."

말은 그렇게 하면서도 입가가 풀린 것이 보였다. 나는 삐진 척하는 고양이를 다독이며 검은 장막 안으로 밀어 넣었다.

"그만하고 가자. 안에 뭐가 있는지 살펴봐야지."

"그래. 처남. 그만하고 가야지."

자연스럽게 벨루스 탓을 하는 카르텔을 보니 입이 절로 벌어진다. 벨루스 또한 마찬가지였는지 표정이 벙 쪄 있었다.

"⋯⋯그래. 가자."

잠시 후, 집 나간 정신을 잡아 온 벨루스가 이를 부드득 갈며 말했다. 내가 있어서 겨우 참아 넘긴 것을 온몸으로 보여 주고 있었다.

너, 나중에 두고 보자.

나는 벨루스가 카르텔에게 그리 속삭이는 것을 못 들은 척해 주기로 했다.


그렇게 겨우 숲을 나온 우리는 장막을 쓴 채 휑한 마을을 가로질렀다. 아무리 작은 마을이라지만, 등 하나 걸려 있지 않았다.

사람의 그림자도 찾아볼 수 없는 곳. 우리는 유령이 나올 것만 같은 길을 지나쳐 성문 앞에 섰다.

"그래도 성은 지키고 있구나."

갑옷을 입은 경비병 서넛이 입구를 지키고 있었다. 르하에 와서 처음 본 사람이 전신을 무장한 이들이라니. 징조가 좋지 않다. 나는 장막 안에 있는 채로 경비병에게 가까이 다가갔다.

'……생기가.'

숨을 쉬고 있는 건지 느껴지지 않을 만큼 미동이 없는 몸. 경비병들은 인형처럼 앞만을 주시하고 있었다.

"살아 있는 건 맞아. 정신이 좀 맛이 간 것 같지만."

혹시나 죽은 사람을 세워 놓은 건 아닐까 싶었는데, 다행이었다. 그런데 정신이 이상하다는 건 무슨 의미일까. 그것을 물어보려는 순간 뒤에서 기척이 들려왔다.

"언제 오나 싶었더니. 드디어 도착했군."

"저게 뭔…… 이종족들."

우리가 걸어온 반대 방향이었다. 이종족들을 포박한 기사들이 성문 쪽으로 걸어오고 있었다. 미동도 없이 서 있던 경비병은 약속이나 한 듯 기사들에게 성문을 열어 주었다.

'역시. 이곳이 맞았어.'

수에노의 정보가 정확했다. 작은 영지에 저만한 규모의 이종족들이라니. 예삿일이 아니다.

"들어가자."

우리는 줄을 서 차례로 들어가는 이종족들의 끝에 붙어 뮤 안으로 이동했다. 기사들은 이종족들을 데리고 성 뒤쪽으로 향했다. 그쪽에 가둬 두는 곳이 있는 모양이었다. 당장 따라가고 싶었지만 아직은 때가 아니었다.

우리는 그들의 뒤를 쫓는 대신 성의 본체를 찾았다. 이상하게도 본체의 문은 활짝 열려 있었다. 그 안에서 환한 불빛이 보였다. 마치 우리를 환영이라도 하듯 지나치게 밝은 빛이다.

'기분이……'

시중드는 이들이 한두 명 보일 법도 한데, 본체 안에도 사람은 없었다. 그 괴리감에 기분이 묘해졌다. 그것은 안으로 들어갈수록 심해졌다.

"……습니다."

"제대로…… 하도록……."

그렇게 한참을 헤맸을까. 살짝 벌어진 문틈으로 사람들의 목소리가
새어 나왔다.

아래에서 벌벌 기는 거구의 남자와 반듯하게 서 있는 금발의 남자.
그 틈을 본 순간 내 몸은 바짝 굳고 말았다.

클로디온 밀턴, 베논 공작가의 집사였다. 어깨까지 내려오는 긴 금
발, 시리도록 차가운 은회색 눈동자. 나이를 가늠하기 어려운 얼굴을
가진 남자는 베논가의 집사였던 클로디온 밀턴이었다.

'클로디온이 왜 여기에?'

내가 그를 마지막으로 접한 건 성에서 아르덴과 이야기를 나누던 때
였다. 그 이후 클로디온은 아버지의 명령을 받고 성을 떠나 있었다.

"이제 얼마 남지 않았습니다. 제대로 상납하도록 하세요."

"물론입니다. 오늘치도 당연히 준비되어 있으니까요."

거구의 남자는 클로디온의 발치 앞에 엎드려 있었다. 차림새를 보
아 르하의 영주가 틀림없다. 하지만 귀족이라기에는 그 태도가 너무
도 하찮았다.

"몇 마리나 들어왔지요?"

영주의 것이 틀림없을 자리에 앉으며 클로디온은 고상하게도 물었
다. 거구의 남자는 그의 발에 입이라도 맞출 듯 황급히 대답했다.

"총 스물두 마리입니다."

"으음. 기대했던 것보다는 모자란 데요."

클로디온은 턱을 비스듬하게 괴며 중얼거렸다. 우아한 얼굴에는 실
망의 기색이 내려앉았다.

"그, 사흘 후에는 더 많은 이종족들이 들어옵니다……! 딸을 팔아

경매장에 오른 것을 모두 사들였어요! 그러니 제발!"

그것을 본 영주는 식은땀을 흘리며 클로디온의 다리에 매달렸다. 마치 구명줄이라도 되는 듯 간절하기까지 한 표정이다.

"뭐, 그래요. 스물두 마리도 나쁜 수는 아니니까요."

"가, 감사합니다……!"

안도의 한숨을 쉰 영주는 몇 번이고 감사하다는 말을 내뱉었다. 클로디온은 다리를 꼬아 앉으며 그런 영주를 내려다보았다. 그의 입꼬리는 만족스럽게 올라가 있다. 장난감을 눈앞에 둔 아이처럼 말이다. 그 모습에 소름이 돋았다. 나는 애써 팔을 문지르고는 영주를 살펴보았다. 클로디온을 신처럼 여기는 그의 목에는 새카만 무언가가 걸려 있었다.

'저건…… 정신지배구?'

익숙한 형태의 목걸이, 틀림없는 정신지배구였다. 하지만 모양이 조금 달랐다. 영주가 차고 있는 정신지배구의 중앙에는 붉은 보석이 박혀 있다. 마치 애완용에게 달아 주는 것처럼 화려한 장식이었다.

'대체……'

정신지배구는 착용자를 주인의 명령에 절대복종하게 만든다, 하지만 정신은 살릴 수 없다. 제대로 말을 하는 것도 불가능하다. 비슷하지만 분명 다른 종류였다. 이전에는 없었던, 새로 만들어진 무언가처럼 말이다.

'……아버지.'

나는 직감적으로 한 사람을 떠올렸다. 수백 명의 마도학자가 사라진 지금, 저런 것을 단숨에 만들어 낼 사람은 슈타쿠스 베논 뿐이었다. 그는 분명 이곳에 있었다.

"그럼 조금 더 분발하도록 하세요."

"명심하겠습니다. 클로디온 님."

아까 딸을 팔아 이종족을 사들였다고 했었지. 나는 마을에서도, 성에서도 인기척이 느껴지지 않았던 이유를 알 수 있었다. 영주는 돈이 되는 것이라면 무엇이든 팔아넘긴 것이다. 그것이 가족이건 인간이건 상관없이 말이다.

"저놈, 인간이 아니로군."

"······뭐?"

그들에게 집중하던 나는 카르텔의 말에 고개를 돌렸다. 인간이 아니라니. 클로디온 밀턴은 수상쩍은 남자였다. 옛날부터 변함없는 외모도, 괴이하리만치 신출귀몰한 행동도 그랬다. 하지만 이상하게도 그가 인간이 아니라는 생각은 해 본 적이 없었다. 어째서일까. 나는 마른침을 삼키며 물었다.

"인간이 아니면 뭔데?"

"글쎄. 껍데기 안에 정확히 뭐가 들었는지는 모르겠지만. 어찌 되었든 기분 나쁜 기운이야."

카르텔은 눈썹을 찌푸리며 중얼거렸다. 맹수의 시선은 겉을 넘어 그 속에 든 알맹이를 훑어 냈다. 불길하고 진득한, 검은 기운이 문틈으로 새어 나오는 듯하다. 조금 더 가까이 갈 수 있을까. 조심스럽게 문틈을 벌리려던 때였다.

'눈이, 마주쳤어?'

손끝이 얼어붙은 듯 굳었다. 우연일까. 클로디온의 시선은 정확히 문틈에 고정되어 있었다.

"······음. 문단속을 잘해야겠네요."

"예? 아, 죄송합니다. 당장 닫고 오겠습니다."

클로디온은 눈을 휘며 문틈을 가리켰다. 곧이어 조그맣게 보이던 틈이 사라졌다. 영주가 문을 닫아 버린 것이다.

"······그만 돌아가자."

"더 보려던 거 아니었어…… 리아? 괜찮아?"

착각이 아니었다. 그의 웃음은 분명히 나에게로 향하고 있었다.


"좀 괜찮아?"

"……응."

나는 벨루스의 물음에 애써 고개를 끄덕였다. 문이 닫힌 뒤, 우리는 숲으로 곧장 돌아온 상태였다. 모포를 덮고 있었더니 창백했던 얼굴에 혈색이 돌며 상태가 조금이나마 나아졌다.

'알아차렸을지도 몰라.'

나는 섬뜩하리만치 스산한 은회색 눈동자를 떠올렸다. 클로디온이 아직까지 아버지와 연관이 되어 있을 줄은 몰랐다. 정말로 눈이 마주쳤던 거라면, 그는 예측했을지도 모른다. 우리가 뒤쫓아 올 것을 말이다.

"그놈, 옛날부터 꺼림칙하긴 했지만 아직까지 아버지 편에 있을 줄이야."

벨루스가 짜증 섞인 목소리로 투덜거렸다. 벨루스는 혼혈 중 마지막 능력 발현자였다. 탑에서 나왔지만 너무 어리다는 이유로 클로디온에게 맡겨졌었다.

겨우 한 달 정도의 시간이었다. 무슨 일을 겪었는지는 모른다. 다만, 그 이후 벨루스는 클로디온이라면 자지러지게 울어 댔고, 좀 더 자라서는 치를 떨 정도로 싫어했다.

"이상하지. 왜 우리 중 아무도 그자를 의심하지 않았을까."

나도 리카엘의 말에 동의했다. 세월이 지나도 변하지 않는 얼굴이 의심스러웠을 법도 한데. 그저 이상하다고 생각했을 뿐 누구도 그의 정체를 의심하지 않았다.

"어쩌면…… 우리가 알지 못하는 뭔가가 더 있을 지도요."

그것도 아주 좋지 않은 방향으로 말이다. 카르텔의 어깨에 기댄 나는 클로디온과 아버지를 떠올렸다. 아버지가 유일하게 신뢰하는 사람이 있다면 그건 아마도 클로디온일 것이다. 하지만 이유를 알 수 없는 믿음이었다.

"리카엘 오라버니. 클로디온은 오라버니가 탑에서 나오기 전부터 있었다고 그랬죠?"

"그래. 거기 있는 게 당연한 듯한 존재였지."

내 물음에 리카엘이 고개를 끄덕였다.

클로디온 밀턴. 그러고 보니 밀턴이라는 성도 들어보지 못한 것이다. 고위 귀족의 집사는 대게 직위만 있는 귀족 출신이다. 그러니 지금에 와서 그의 뿌리를 알아보기란 불가능했다.

'그렇다면 아버지는 언제 클로디온을 만난 거지?'

분명 그들 사이에는 뭔가가 있다. 내가 모르고 있는 뿌리, 말이다.

"......으음."

한참 그들의 연결고리를 생각할 때였다. 나는 뒤편에서 들리는 신음에 몸을 돌렸다.

"깨어났군."

나는 리카엘의 목소리와 함께 바위 위의 소년을 확인할 수 있었다. 긴 속눈썹이 파르르 떨리며 핏방울 같은 눈동자가 선명하게 드러났다. 홍사족, 그들이 붉은 사막의 일족이라 불리는 까닭은 바로 저 눈동자에 있었다.

"......당신들은."

아이와 성인의 경계에 있는 음성이었다. 몸을 일으킨 소년은 두리번거리며 주변의 이들을 눈에 담았다. 예상보다는 차분한 반응이지만 그 안에는 경계가 짙게 깔려 있었다.

뚝, 뚜욱.

'이런.'

소년이 짚은 바위가 붉은 기운을 내며 녹아 흐르고 있었다. 홍사족을 잡지 못하는 이유는 그들의 환경 때문만이 아니었다. 그들은 끓어오르는 용암처럼 모든 사물을 녹일 수 있었다. 그렇기에 이 숲에서 홍사족의 아이가 날뛴다면 그것만큼 곤란한 일이 없다. 나는 소년이 놀라지 않도록 천천히 몸을 일으켰다.

"깨어나서 다행이야."

느릿하게 끌어 올린 마력이 소년을 향해 부드러이 번져 흘러갔다. 마력은 진정에 좋은 라벤더 향기를 담고 있었다.

"……향기가."

소년의 눈매가 가느스름해졌다. 일반적인 이들은 향에 취해 그것이 제 폐부를 절이는 줄도 모르고 빠져들고 만다. 그 전에 눈치를 채다니 여러모로 평범한 아이는 아니었다.

"응. 라벤더 향이야. 향기에 예민하구나."

"……용의 사막에는 꽃이 없으니까요."

소년의 목소리가 한층 누그러졌다. 대화 정도는 해 볼 마음이 든 걸까. 적어도 숲이 녹아 없어질 걱정은 하지 않아도 될 것 같았다. 나는 안도의 한숨을 내쉬고는 소년의 곁으로 다가갔다.

"내 이름은 플로리아, 화인의 혼혈이야. 네 이름은?"

내 물음에 잠시 망설이던 소년은 이내 결심을 굳힌 듯 입을 열었다.

"……루브이함의 첫 번째 아들 '바하리'라고 합니다."

"그래, 바하리. 이름, 알려 줘서 고마워."

홍사족 특유의 소개와 함께 독특한 이름이 뇌리에 남았다. 간단하게나마 인사를 주고받으니 분위기가 풀어졌다. 그것을 노리고 있던 나는 소년이 녹인 바위 바로 옆에 걸터앉았다. 바하리는 움찔거리기는 했지만 나를 피하지는 않았다.

"여기가 어딘지는 알고 있어?"

"레오플론 제국입니다. 스스로 찾아온 나라의 지명 정도는 알고 있어야겠지요."

"똑똑한 아이구나. 그런데 빌보르첸 연합국에서 이곳까지는 어쩐 일이야?"

인간도 아니고 순혈의 이종족이 먼 길을 떠나오기까지 결코 쉽지 않은 여정이었을 것이다. 혼자 왔는지, 이 먼 제국까지는 무엇 때문에 왔는지. 묻고 싶은 것이 넘쳐흘렀다.

"찾는 것이 있어서 왔습니다만······."

말끝이 매듭짓지 못한 채 흐려졌다. 쫓기고 있던 상황과 관련된 일이겠지. 석산에서 마주쳤던 기사들이 르하 소속이라면 모든 게 앞뒤가 맞아떨어졌다.

"후에 문제가 생겼구나."

내 말에 바하리의 얼굴이 굳었다. 아이가 무엇을 찾아 제국까지 온 것인지는 모른다. 하지만 우리와 바하리 사이에는 분명한 접점이 있었다.

"······찾고 있던 것을 수소문하던 중 한 남자를 만났습니다. 긴 금발에 뱀 같은 눈을 가진 사내였죠."

클로디온 밀턴. 바하리의 묘사는 내가 알고 있는 이를 정확히 가리키고 있었다.

"먼 이국땅에서 바늘 찾기를 하느니, 우리는 그 남자와 거래를 하기로 결정했습니다. 놈을 너무 쉽게 믿었죠."

대가와 정보를 주고받기로 한 당일. 바하리와 이들을 기다리던 것은 정보가 아닌 수십의 기사들이었다.

"홍사족은 쉽게 건드릴 수 없을 텐데. 어떻게······."

"괴이한 물건을 가지고 있더군요. 기혈이 망가져 제대로 힘을 쓰지 못했습니다."

남자는 홍사족이 기사들을 녹여 버리기 직전 나타났다고 했다. 그가 지니고 있던 구슬에 새카만 빛이 드는 순간 마력이 뒤틀렸다. 아무리 홍사족이라고 해도 능력을 쓰지 못하면 평범한 인간이나 다를 바 없다. 다수에게 저항하던 이들은 결국 붙잡혀 정신을 잃고 말았다.

'검은 구슬이라고?'

고유의 마력을 뒤틀리게 만드는 물건이라니. 듣지도, 보지도 못한 것이다. 낙원에서 지상으로 올라온 사이 너무 많은 것이 변해 있었다.

"처음에 가두어진 곳은 성이었습니다. 저희 외에도 많은 이종족들이 각 방에 갇혀 있었고요."

나는 르하에 있는 성을 떠올렸다. 그 안으로 수십의 이종족들이 끌려 들어갔었다.

'처음 가두어진 곳이라니?'

꼭 다른 장소가 더 있는 것처럼 들렸다.

"그럼 그 이후에는?"

"들어오는 수만큼 먼저 온 이들이 밖으로 나갔습니다. 성에서 다른 마을의…… 작은 저택 같은 곳으로 끌려갔었습니다만, 꼭 연구소같이 보이더군요."

연구소라니. 나는 그 단어에 주목했다. 홍사족이 갇혀 있었던 곳은 아버지의 실험실일 것이다.

"그 남자가 없는 틈을 타 동료들이 저를 내보냈습니다만……."

"같이 온 이들은 아직 거기에 있구나."

내 말을 들은 바하리의 얼굴에 그늘이 졌다. 남겨 두고 온 동료들에 대한 죄책감이리라. 지금 이 시각에도 아버지의 실험은 진행되고 있었다. 남은 이들이 더 희생되기 전 서둘러 그들을 구해야만 했다.

"어쩌면 내가 도와줄 수 있을 것 같아. 나도 거기에 볼일이 있거든."

아버지는 쫓기는 몸이 되어서도 실험을 계속하고 있었다. 그것도 수많은 이종족들을 재료로 써 가며 말이다. 나는 그를 끝내야 할 책임이 있었다.

"……저희 홍사족은 목숨을 바쳐 은혜를 갚습니다. 저 혼자서는 동료들을 구하기 불가능한바, 은인에게 도움을 간청 드립니다."

바하리는 주먹을 쥐어 제 심장 위에 닿게 했다. 잘은 모르겠지만 맹세를 담아낸 행위 같았다.

"나를 믿어 주는구나."

홍사족은 불모지에서 살아가는 이들인 만큼 폐쇄적인 성격을 가지고 있었다. 자세한 내용은 듣지 못할 거라고 생각했는데, 이렇게까지 믿어 주니 고맙게 느껴질 정도다.

"이런 말을 하기는 좀 그렇지만."

긴 속눈썹이 눈꺼풀을 따라 떨리듯 움직였다. 바하리는 잠시 망설이는 듯하더니 말을 이었다.

"당신은 믿어도 될 것 같습니다."

믿음을 품은 붉은 눈이 어둠 속에서 맑게 빛났다. 투명하리만치 선명한 빛깔은 내 마음을 흔들어 놓기에 충분했다.

"인사는 그만하면 충분한 것 같군."

뒤에서 뻗어 온 팔이 내 허리를 끌어당겼다. 나는 바하리와 멀어진 채 카르텔의 품에 안겨야만 했다.

"이야기하는 중이었는데, 뭐 하는 거야."

허리를 안은 팔을 떨어트리려던 순간이었다. 쉿, 하는 소리가 경고하듯 내 귓가에 내려앉았다.

"……뭔가 있어?"

"포진했어. 우리 뒤를 쭉 밟은 모양이야."

나는 그의 행동이 단순한 장난이 아님을 깨달았다. 대기의 변화에 민감한 리카엘이 표정을 굳히고 있었다. 벨루스도 무언가를 느낀 듯 사납게 이를 드러냈다.

숲은 내 오감을 한층 예민하게 돋우어 주는 장소였다. 눈을 감으니 아주 느린 움직임이 우리를 향해 다가오고 있음을 느낄 수 있었다. 하지만 사람의 움직임이라기엔 지나치게 더뎠다.

"기사는 아닌 것 같은데."

"그게 문제야."

카르텔이 한쪽 눈썹을 꿈틀거렸다. 숲 너머를 보던 그는 신경질적으로 손을 뻗어 냈다.

화아악—!

검은 불꽃이 우리를 보호하듯 원을 그리며 타올랐다. 드리운 빛에 나무들의 틈 사이가 비쳐 보였다.

"······사람?"

나는 눈가를 일그러트리며 먼 곳의 인형들을 살폈다. 머리가 터진 노파, 눈알이 녹아 흐르는 어린아이. 수백의 인파들은 썩어 버린 몸을 이끌고 우리를 향해 다가오고 있었다.

"저거, 시체잖아."

벨루스가 멍하니 중얼거렸다. 어떻게 보아도 살아 있다고는 말할 수 없는 몰골이다. 그것도 한두 구가 아니었다. 마치 마을 전체가 저렇게 되기라도 한 것처럼.

"이미 죽은 것들이니 인기척이 제대로 느껴질 리가."

카르텔이 인형을 보며 혀를 찼다. 우리가 어떻게 반응하던 시체들은 전진만을 계속해 왔다.

"우욱, 썩은 내."

기어코 앞까지 다가온 시체들은 카르텔의 불꽃에 타들어 갔다. 후각이 좋은 벨루스가 시체 타는 냄새에 기겁하며 호흡기를 틀어막았다. 이미 죽은 이들이 만들어 낸 광경은 그야말로 지옥도였다.

"이미 명줄 끊어진 놈들이 어떻게 돌아다닐 수 있는 거야?"

"……흑마법이야."

나는 벨루스를 위해 향기를 피워 내며 말했다. 먼 고대, 흑마법은 마법이 부흥하던 황금시대의 어두운 이면이요, 그림자였다. 사특한 과정과 방법 때문에 멸시와 천대를 받는 마법이지만, 생명을 제물로 삼는 탓에 그 위력만큼은 강대하다 전해져 내려온다. 황금시대에서도 금지되었던 탓에 현재는 고문서조차 찾아보기 힘들다.

'그런 걸 이곳에서 보게 될 줄이야.'

나는 기함하며 마른침을 삼켰다. 죽은 이들에게 내 능력은 통하지 않을 터다. 카르텔의 불꽃이 우리를 보호해 주고 있었지만, 반대로 생각하자면 이곳에 갇힌 것이나 다름없었다.

"이대로 가다간 끝도 없겠군."

리카엘이 주변을 훑으며 중얼거렸다. 나도 그 말에 동의했다. 저들은 고통을 느낄 수 없었다. 수는 또 어찌나 많은지, 어둠 속에 가려진 시체의 수는 헤아릴 수 없을 정도였다.

"움직여야겠어요."

일렁이는 불꽃을 지켜보던 나는 그렇게 결정을 내렸다. 일분일초가 중요한 시점에서 발이 묶일 수는 없었다.

"제가 안내하겠습니다."

"부탁할게."

바하리는 그곳에서 탈출했으니 길을 알고 있을 것이다. 나는 카르텔을 돌아보며 고개를 끄덕였다.

"길을 열지."

카르텔의 목소리와 함께 속으로 셋을 센바. 불꽃이 갈라지며 죽은 자들을 몰아냈다.

쿠으으-!

기이한 쇳소리와 함께 열린 길목으로 썩어 들어간 것들이 고개를 들이밀었다. 바람으로 칼날을 만들어 낸 리카엘이 튀어나온 고깃덩이를 썰어 냈다.

끊임없이 이어지는 시체들의 틈. 우리는 아버지가 있을 곳으로 향했다.

* * *

어두운 방 안, 자욱이 내려앉은 피 냄새가 코끝을 찔렀다. 그러나이 남자에게는 더없이 익숙하고 향기로운 냄새일 것이다.

"흐음."

클로디온은 작은 비음을 내며 거울에 손을 대었다. 이윽고 문질러진 거울은 흐릿한 빛을 내며 인형을 비추어 냈다. 거울 속에 보이는 것은 베논가의 자식들이었다.

"아가씨와 형제분들이 오고 있군요."

누구에게 말하는 것인지, 상기 된 목소리가 방 안을 울렸다. 흥얼흥얼, 클로디온은 느릿한 콧노래를 부르며 카우치 옆으로 다가갔다.

"기쁘지 않나요? 웃어 보세요. 라쿠스 도련님."

긴 카우치에는 라쿠스가 누워 있었다. 클로디온의 말에 도드라진 광대 밑으로 마른 뺨이 움푹 들어갔다. 수분이 빠져나간 듯 비쩍 말라비틀어진 몸, 깊이 들어간 눈매에는 죽음의 그림자가 드리운다. 미라의 형상에서는 건강했던 이전의 모습을 조금도 찾아볼 수 없었다.

"역시 반갑지요? 그럴 줄 알았습니다."

클로디온은 억지로나마 웃는 라쿠스가 몹시도 귀엽다는 듯 굴었다. 익숙하게 테이블 옆으로 다가간 그는 커다란 꾸러미 안으로 손을 집어넣었다.

"라쿠스 도련님. 식사하실 시간입니다."

꾸러미 안에 가득 들어찬 것은 손톱만 한 붉은 구슬이었다. 클로디온은 그것을 한 줌 꺼내어 한 알 한 알 정성스럽게 라쿠스에게 먹여주었다.

"아…… 아아……."

핏빛 구슬은 라쿠스의 입안으로 빨려 들어갔다. 목울대가 꿀꺽이며 무엇으로 만들어졌는지도 모를 것들을 삼켜 낸다. 식사가 지나쳤던 탓일까. 뼈만 남은 신체지만 복부만큼은 기이할 정도로 부풀어 있었다.

"집사. 장난은 정도껏 하도록."

"이런, 실례했습니다."

클로디온은 언짢은 듯 낮게 날아든 목소리에 공손히 허리를 숙였다. 라쿠스가 누워 있는 카우치 옆, 헤드 소파에 앉아 있던 슈타쿠스 베논이 몸을 꼿꼿하게 세웠다. 소파 위에 얹은 손등에는 긴 바늘이 꽂혀 있었다. 그것과 연결된 호스는 라쿠스의 배에 박혀 붉은 핏물을 고스란히 빨아들였다.

"놈들은 어디까지 왔지?"

"아직 절반도 채 오지 못했습니다만, 새벽이 들면 좀 더 빨라질 것 같군요."

죄악은 본래 신성한 빛을 기피하는 법. 시체들은 날이 밝으면 태양을 피해 흙으로 숨어든다. 그렇게 길이 열리면 이쪽으로 찾아오는 것도 한결 수월할 것이다.

"제대로 준비하도록 해라. 감히 아비의 손을 물어뜯은 짐승 놈들을 맞이하는 자리니까 말이야."

슈타쿠스는 부드득 이를 갈았다. 마도탑의 실험은 순조로웠고, 그곳에서는 재료 공급도 용이했다. 플로리아, 그 빌어먹을 년이 일을 벌이지만 않았어도 실험은 벌써 성공했을 것이다.

"이런 재활용 따위는 상상도 할 수 없을 정도로 최선을 다하겠습니다."

클로디온은 귀족식 예법을 절도 있게 취해 보였다. 플로리아의 곁을 맴도는 시체들은 르하를 포함한 근처 여러 마을의 주민들로 만들어 낸 장난감이었다.

이종족들을 사들이는 값은 각 마을의 영주를 꾀어 해결했다. 몸이 성한 주민들은 모두 노예로 팔아 치우고, 값어치가 떨어지는 것들은 한꺼번에 산 매장하여 주술을 걸어 두었다.

숨이 끊어지기 직전, 마지막으로 발악하는 벌레들의 어여쁜 비명이란. 주민들의 절규를 떠올린 클로디온은 달콤함에 그득 취한 이처럼 눈을 빛냈다. 아름다운 겉가죽에서 피어난 미소는 사특한 뱀을 닮았다.

'징그러운 놈 같으니라고.'

그 모습을 지켜보던 슈타쿠스는 소름을 참아 냈다. 저놈과 손을 잡은 것도 벌써 수십 년째지만 저 미소만큼은 익숙해지질 않았다. 자신이 살아 있는 것들을 재료 취급한다면 저놈은 그들의 절규를 별식처럼 즐겼다. 공작성에서도 놈이 취미를 즐기는 걸 종종 보았지만, 득이 되지도 않는 일에 즐거워하는 심리를 도무지 이해할 수가 없었다.

'하지만 능력만큼은 탁월하단 말이지.'

정체를 알 수 없는 남자를 집사로 포장해 성에 들인 것도, 징그러운 취미를 묵과한 것도 모두 그의 능력을 인정해서였다.

처음 클로디온을 만난 곳은 마도탑 안에서였다. 그때도 자신은 마도탑의 수뇌부였고, 그는 제자로 섞여 들어온 잡놈일 뿐이었다. 슈타쿠스는 클로디온이 원석이라는 걸 아니, 마도학의 정점에 오른 남자라는 걸 가장 먼저 알아챘다.

'말도 안 되는 능력이야.'

클로디온은 제 곁에 있으며 수십 아니, 수백의 조합법을 넘겨주었고, 더 나아가서는 흑마법의 경지까지 보여 주었다.

자신이 공작이라는 직위까지 올라올 수 있었던 이유도 모두 클로디온 덕분이다. 그러나 클로디온은 모든 것을 넘겨주면서도 단 한 번의 대가도 요구한 적이 없었다.

이 실험도 그랬다. 성공만 한다면 제국의 황제, 혹은 그 이상까지도 단번에 끌어내릴 수 있는 힘을 얻을 수 있었다. 그런데 이런 말도 안 되는 레시피를 알려 주면서도 클로디온이 바랐던 건 고작 하나.

'지켜만 보게 해 주시면 됩니다.'

다시 떠올려 보아도 기이한 청이었다. 하지만 이유 따위야 어찌 되었든 좋았다. 자신은 그 레시피가 필요했고, 감수해야 할 손해도 없었다. 슈타쿠스는 그 제안을 군말 없이 받아들였다.

"끄륵……끅."

"시끄럽군."

헐떡이는 소리에 슈타쿠스의 미간이 구겨졌다. 재료의 입을 닫아 버리지 못하는 게 아쉬울 따름이었다.

라쿠스의 몸은 긴 관이 피를 빨아들일 때마다 마구 뒤틀렸다. 몸이 저리된 상태에서도 통각은 고스란히 남아 있었다. 물론, 슈타쿠스에게는 잘된 일이었다. 재료가 아직 신선하다는 뜻이었으니까.

"앞으로 얼마나 남았지?"

"막바지라고는 하지만, 이 주 정도는 더 걸릴 것 같습니다."

만족스럽지 못한 대답이었다. 이런 멍청한 것과 함께 이 주나 더 붙어 있어야 한단 말인가. 츳. 대놓고 혀를 찬 슈타쿠스는 미라 형상을 한 라쿠스를 훑었다. 겉모습만 닮았을 뿐, 제 피를 타고난 아들이라고 하기에는 한 사람 구실도 못 하는 놈이었다.

'재료만 아니라면 진즉 탑에 처박아 버렸을 텐데.'

하등 쓸모없는 놈을 살려 둔 이유는 명확했다. 라쿠스가 이 레시피의 필수적인 재료이기 때문이었다.

"더 당길 방법은 없나?"

"그렇다면…… 속성으로 가는 것이 좋겠습니다."

차르르. 붉은 구슬들이 가느다란 손가락 사이로 빠져나갔다. 검은 커튼의 틈 사이로 푸른빛이 밝아 오고 있었다.

"해가 뜨는군요."

클로디온이 여명을 보며 중얼거렸다. 그러는 동안에도 거울은 착실하게 플로리아 무리를 비추고 있었다. 꽃을 기다리는 뱀이 붉은 혀를 날름거렸다. 아주 특별하고도 재미있는 놀이가 펼쳐질 것이다.

"손님 맞을 준비를 해야겠습니다."

* * *

구어어ー!

죽은 자들의 신음이 숲을 뒤흔들었다. 그들은 느린 걸음으로 불꽃의 길목을 맴돌았다.

뚝. 뚜욱. 무엇인지 모를 액체가 시체에서 떨어져 나와 바닥을 녹였다.

"산이로군."

길을 트기 위해 앞으로 나아가던 카르텔은 녹아드는 바닥을 보며 중얼거렸다. 녹 빛이 도는 산은 땅뿐만 아니라 풀숲, 몸뚱이가 스친 나무까지 소리 없이 녹여 버렸다. 저기에 조금이라도 닿는다면 끔찍한 일이 벌어질 것이다.

"흑마법에 대해선 아는 것이 없으니."

죽은 자들은 말이 없었다.

그것에 무지한 만큼 약점도, 해결책도 알지 못한다. 참극 가운데에 선 나는 한시라도 빨리 목적지에 도착하길 바랄 뿐이었다.

"……새벽이야."

호흡기를 가린 채 뒤쫓아 오던 벨루스가 하늘을 바라보았다. 그의 말대로 검은 장막이었던 하늘이 짙은 남색을 띠고 있었다.

그르륵−!

벨루스의 말을 알아듣기라도 한 것일까. 불꽃으로 손을 뻗던 시체들이 덜컥, 일시에 멈추어 버렸다. 빛에 닿는 것이 고통스러운지 움찔거리며 뒷걸음질 친다. 어둠을 찾던 그들은 이윽고 숲 너머로 사라져 버리고 말았다.

"태양 아래에선 움직이지 못하는 것 같아."

밤을 뒤흔들었던 절규가 멀어져 갔다. 그것만으로도 전신을 압박했던 감각이 풀어지는 것 같았다. 시체들은 사라졌지만 숲은 이미 반절 가까이 녹아 엉망이 되어 버리고 말았다.

"여기서부터는 빨리 움직일 수 있겠어요."

바하리가 북쪽을 가리키며 말했다. 붙잡혀 있는 동료들이 아직까지 멀쩡하리란 보장은 없었다. 아이도 그걸 알고 있는 탓인지 유난히 초조한 기색이 엿보였다.

"그래. 서두르자."

그런 바하리의 마음을 알아차리고 서둘러 움직이려던 나는 순간적으로 발을 헛디뎠다.

"웃……."

"너."

옆에 있던 카르텔이 나를 끌어당겨 품에 안았다. 가슴팍에 기대고 있음에도 머리가 핑 돌아 앞이 잘 보이지 않았다.

"지금, 멀쩡한 상태가 아니잖아."

카르텔이 미간을 찌푸렸다. 숲을 녹일 정도로 사특한 기운이다. 리카엘이나 벨루스야 수인의 피가 섞였으니 버틸만했다지만, 자연과 밀접한 화인의 혼혈인 나로서는 이곳에 있는 것 자체가 힘겨운 일이었다.

"이리와. 우선 숲을 나가야겠어."

밤 내내 시체들 사이로 길을 트느라 지쳤을 법도 한데, 그는 아무렇지도 않다는 듯 축 처진 몸을 깃털처럼 안아 들었다. 내 만류에도 불구하고 카르텔은 나를 안아 든 채 묵묵히 걸음을 재촉했다. 그가 멈춘 곳은 숲과 떨어진 폐가로, 옛날에는 제법 마을 구실을 했을 법한 곳이었다.

"이쯤이면 괜찮겠지."

카르텔은 그중 쓸 만한 집을 골라 나를 데려갔다. 리카엘이 바람을 움직여 안을 쓸고 단장했다. 먼지가 사라진 내부는 폐가라고 믿기지 않을 만큼 잘 정돈된 모습이었다.

"숨을 내쉬어."

카르텔은 나와 호흡을 맞추며 자신의 품을 내어 주었다. 긴장이 풀리니 그제야 참아 왔던 숨이 내뱉어졌다.

'어지러워.'

지독한 기운을 지나치게 들이마신 탓이다. 기운을 정화하는 향을 쓸 수 있다면 좋았을 텐데. 나 자신이 만든 향기는 스스로에게 쓰이지 못한다. 그것이 아쉬울 따름이었다.

"움직여야…… 하는데."

"험한 말, 하게 만들지 마."

나는 카르텔의 단호한 태도에 입을 다물 수밖에 없었다. 동료들을 걱정하는 바하리의 마음을 잘 알았다. 그러나 몸이 따라 주질 않으니 어쩔 수 없었다.

"죄송합니다. 제가 괜히 재촉하는 바람에……."

"꺼져."

잔뜩 예민해진 짐승이 으르렁거렸다. 무어라 더 말하려던 바하리는 나와 카르텔을 번갈아 보다 고개를 숙이고 말았다.

"……실례했습니다."

바하리가 더 버티지 않고 물러났다. 아이가 나간 문 틈새로 벨루스가 서성이는 것이 보였다. 문이 완전히 닫히기 전, 나는 벨루스에게 괜찮노라 웃어 주었다. 빈집은 많았다. 리카엘과 벨루스도 여러 집 중 하나를 골라 들어가 쉴 것이다.

"애새끼들 투정 좀 받아 주지 마."

머리 위로 불만이 섞인 목소리가 내려앉았다. 그중 제일가는 애는 바로 내 옆에 있었다.

"애들이니까."

나는 웃음을 삼키고는 유하게 대답했다. 그나저나 몸이 빨리 나아야 할 텐데. 아르덴이 있었더라면 좀 더 나았을까. 그는 완전한 식물계였으니 나에게 기운을 불어넣어 줄 수 있었을 것이다.

'잘 지내고 있는 걸까?'

낙원을 나와 지상으로 올라온 지도 꽤 시간이 지났다. 유하고 상냥한 웃음, 부드러운 손길. 아르덴이 보고 싶었다.

'왜 이렇게 연락이 없지.'

그의 곁에 파이를 붙여 놓았다. 똑똑한 은빛 새가 주인인 리카엘의 흔적을 놓칠 리 없는데. 통 소식이 오질 않으니 괜스레 불안해졌다.

"어쩔 생각이야?"

"……뭘?"

한참 아르덴을 그리고 있을 때였다. 나는 카르텔의 물음에 고개를 들어 올렸다.

"읏."

조금 움직이는 것만으로도 머리가 핑 돌아 아찔했다.

"가만히. 대답만 해."

커다란 손이 내 머리를 다시금 어깨에 기대게 했다.

어쩔 생각이냐니. 그의 질문을 이해할 수 없어 눈을 굴리길 한참이다. 카르텔은 낮은 한숨과 함께 내 머리칼을 쓸어내렸다.

"나는 너를 지켜. 그건 그 외에는 아무것도 아니란 뜻이지."

귓가에 뜨거운 숨결이 섞여 들었다. 등 뒤에 맞닿은 심장 소리가나를 이토록 안도하게 한다. 나는 카르텔의 품 안으로 몸을 늘어트리고 가만가만 속삭였다.

"……알고 있어."

그는 내 속마음을 모르고 있었다.

아버지와의 연을 끊어 내는 것도, 황제를 끌어내리는 것도 모두 내뜻일 뿐. 카르텔이 원하는 바는 아니었다. 그가 원하는 건 단 하나.나를 온전히 품에 가두는 것뿐.

"그러니까 좀 더 내 말을 따라 줘."

나는 몸을 돌려 그를 마주 보았다. 일렁이는 금안이 먹이를 앞둔맹수의 그것처럼 좁혀 든다. 그러나 겁이 나지는 않았다. 눈앞의 남자는 내 품 안의 짐승이니까.

"대체 얼마나 더 홀려야 성이 차실까."

일자로 다물려 있던 입매가 비뚜름하게 기울었다. 그것만으로도 나는 그의 마음이 반쯤 풀어졌다는 걸 알아차렸다.

"안아 줘."

나는 손가락 끝으로 카르텔의 턱을 들어 올렸다. 이것 보라는 듯가늘어지는 눈매가 마음에 들었다.

"······지금은 안 돼."

어째서일까. 밀어내는 목소리가 오늘따라 가냘프게만 느껴졌다. 그것이 퍽 재미있었다.

"정말?"

나는 단단한 가슴팍을 슬그머니 눌렀다. 얼마 힘을 주지도 않았건만, 그는 순순히 뒤로 밀려났다. 카르텔의 몸 위에 올라탄 나는 손가락으로 그의 입술을 더듬었다.

"안아만 줄래요? 남편. 나머지는 나중에."

남편, 이라는 단어에 카르텔의 동공이 커다랗게 뜨였다. 그런 반응이 만족스러웠다. 조금 더 놀려 볼까, 간을 보던 차. 휘익, 옷자락이 스치는 소리와 함께 시야가 뒤집혔다. 그다음에 달려든 건 느른한 음성이었다.

"아내님 분부대로."

나무 이음새가 아른거리는 천장. 그 중심으로 카르텔이 내 위에 자리를 잡았다. 그에게선 자연을 비롯한 순수한 기운은 느껴지지 않는다. 사특한 것들을 물리칠 정도로 강한 열기만이 느껴질 뿐.

'더군다나.'

나는 그의 마력을 풀어낼 수 있는 능력이 있었다.

"읏······."

깨물린 아랫입술에 따끔한 열감이 올랐다. 옅게 새어 나간 호흡 대신 뜨거운 혀가 내 깊은 안쪽으로 파고든다. 내 안을 유영하던 그의 혀는 이윽고 내 것을 잡아채어 강하게 얽어맸다.

부드럽게, 또는 격렬하게. 서로의 호흡이 섞인 키스는 달콤하고도 요염한 춤을 춘다. 마치 다디단 나라에서 온 요정들이 머릿속에서 뛰어다니는 것 같았다. 어지러웠던 머릿속엔 이제 기분 좋은 열기만이 감돌았다.

"바깥 것들에게 들려줄까. 네가 얼마나 예쁘게 우는지."

평소보다 낮게 잠긴 목소리가 내 귓바퀴를 훑고 지나갔다. 그에 소름이 오싹 돋는다. 심장이 갑자기 가쁘게 뛰었다. 그는 한다면 하는 짐승이었다. 나는 그것을 말려야 할 의무가 있었지만, 현재로서는 당해 낼 재간이 없었다.

"나 아직 아픈데. 그러니까, 얌전히 굴어 줘."

나는 카르텔의 턱 아래를 느릿하게 쓰다듬으며 속삭였다. 이것이 그에게 발화점이 될지도 모르고서.

"그럼 조금만."

이내 멈출 줄 알았던 행위에 불이 붙었다. 드러난 쇄골을 깨문 잇새가 붉은 꽃잎을 여기저기 피워 냈다. 비단 쇄골뿐만이 아니다. 여린 피부 곳곳에 돋아난 홍화는 설원에 핀 불꽃이었다. 어찌나 뜨거운지 끝내 나를 녹여 흐르게 만들었다.

"아."

커다란 손이 부드럽고 말랑한 감촉을 어루만졌다. 기절할 것 같기도 했고, 뱃속이 들끓는 것 같기도 하여 눈을 꾹 눌러 감는다. 얼마 지나지 않아 애타게 갈비뼈를 어루만지며 아래로 내려간 손길이 골반을 쥐어 고정했다. 나는 다음에 벌어질 일을 상상하며 가슴께를 부여잡았다.

"부드러워."

황홀경에 젖어 든 목소리가 오목하게 들어간 배 아래를 비비고 지나갔다. 그건 깃털처럼 보드라운 감각이었다. 하지만 이윽고 허벅지 위로 뜨거운 것이 느껴졌다. 단단한 촉감의 그것은 여린 피부를 빠르게 스치고 지나갔다.

'맙소사.'

무슨 생각을 했는지도 모르겠다. 달이 떴나? 아니면 해가 졌을지도. 창밖의 풍경 따위는 눈에 들어오지도 않는다. 뜨거움에 잠식된 시야가 가물어졌다.

열기가 머리를 꽉 막아 잠식하고 혼자만의 숨결이었던 것이 둘이 된다. 밀려오는 암흑을 이겨 내지 못하고, 나는 끝내 그의 품 안으로 잠겨 들었다.

\* \* \*

얼마나 오래 잠들었던 걸까. 눈을 떴을 때도 여전히 카르텔의 품 안이었던지라, 시간을 예측할 수가 없었다. 그를 밀어내려 애를 썼지만 조금도 움직이질 않는다. 잠에 취한 짐승은 오히려 나를 더 꽉 끌어안을 뿐이었다.

똑똑.

"……?"

문 너머의 소리에 침묵을 지키니, 다시금 상대가 나무 벽을 두드려 왔다. 그런 반복적인 움직임에는 어딘가 정중함마저 느껴진다.

"카르텔. 일어나."

역시나 대꾸는 없었다. 그가 기척에 흰한 건 너무도 당연한 사실이었다. 나는 카르텔의 묵묵부답에 대응하여 잇새로 가슴팍을 깨물어 버렸다.

"안 자는 거 알아."

"……윽."

제법 아팠는지 눈썹 선이 단박에 일그러졌다. 그제야 몸을 두른 팔이 풀어졌다. 나는 찰나의 사이에 카르텔의 품에서 빠져나왔다.

이리저리 몸을 돌려보니 조금 뻐근했다. 하지만 잠들기 전보다는 훨씬 나아져 있었다. 나는 한결 개운해진 몸을 일으켰다.

아직도 앞에 서 있을까. 옷차림을 단정히 한 나는 문을 열어 주었다. 밖은 석양이 지고 있었다. 아마 다음 날이 지나고 반나절까지 넘겨 버린 것 같았다.

"누구…… 바하리?"

리카엘이나 벨루스일 줄 알았는데. 내 예상과는 다르게 문 앞을 지키고 있었던 건 바하리였다.

"저……."

카르텔 때문인지, 머뭇거리는 모습이 못내 안쓰러웠다. 나는 일부러 문을 활짝 열고는 옆으로 비켜섰다.

"들어와. 무슨 일이야?"

"그게, 말씀드릴 것이 있어서 찾아왔습니다."

이내 바하리가 안으로 들어왔다. 조심스레 내디딘 걸음에 따끔한 눈초리가 따라붙었다.

"흐음."

카르텔이 턱을 괸 채 바하리를 주시했다. 그는 수컷이라면 어린 것다 큰 것 가리지 않고 살피는 버릇이 있었다. 나는 몸으로 카르텔을 가리며 물었다.

"그래. 할 말이라니?"

"그게…… 중요한 사실을 말씀드리지 않아서."

저도 미처 기억나지 않았다는 듯 주저하는 기색이 역력하다. 하지만 이내 용기를 낸 듯 머뭇거리며 말문을 열었다.

"그곳을 지키는 자들이 있다는 걸 잊고 있었습니다."

바하리가 탈출했던 곳은 낡은 저택이라고 했다. 그 안으로는 이종족들과 르하의 기사들만이 출입할 수 있었다.

"스치듯 본 것이기는 하지만…… 저택을 지키는 자들이 있었습니다."

기이한 것을 보기라도 한 듯 바하리가 중얼거렸다. 그들이 인간이 아니기라도 했던 걸까. 이윽고 따르는 묘사는 내 어깨를 굳게 만들기에 충분했다.

"낡은…… 망토를 두른 자들이었습니다. 얼굴은 보이지 않고, 붉은 안광이 선연한. 이상하게도 두 발이 공중에 떠 있더군요."

나는 바하리의 말에 그들을 떠올렸다.

'탑지기들.'

베논 성의 탑을 지키고 있던 의문의 존재. 그들은 재료로 들어온 이종족들을 도주하지 못하게 지켜 냈다. 그 힘은 벨루스에 필적할 정도다.

'탑지기들이 왜 그곳에?'

성이 무너졌을 때도 탑지기의 존재는 염두에 두지 않았다. 그들은 오로지 탑을 지키기 위해 사는 자들이니 그곳을 벗어날 이유가 없었기 때문이다.

'……집사와 관련이 있는 걸까.'

탑지기들은 아버지에게 충성했지만, 그가 탑지기를 이곳까지 부르기에는 무리가 있다. 그렇다면 남은 건 클로디온뿐이다. 이곳에 있지 말아야 할 존재들이 갈수록 늘어나고 있었다.

"간신히 도망쳤습니다만, 그들은 저를 뒤쫓지 않고 저택 주변을 맴돌고 있었어요."

그건 탑지기들이 저택을 지키고 있다는 걸 뜻했다.

내 안색이 점점 더 어두워졌다. 그들은 지키는 것에 특화된 존재들이다. 벨루스의 그림자를 꿰뚫어 보는 이들이니 몰래 안으로 들어갈 수도 없었다. 상황이 점점 곤란해졌다.

"말해 줘서 고마워. 모르고 갔다면 큰일 날 뻔했어."

이번에도 벨루스의 능력을 이용해 잠입할 생각이었는데, 탑지기에게 걸렸을 생각을 하니 아찔했다.

"너무 늦게 말씀드려 죄송합니다. 너무 정신이 없었던지라."

바하리가 고개를 숙였다. 아이는 동료를 구할 생각만으로 가득했을 것이다. 하지만 오히려 그런 점이 더욱 기특하게 느껴진다.

"괜찮아. 이제 나도 회복되었으니까, 방법을 강구하면 돼."

나는 무심코 바하리의 머리에 손을 얹었다. 사막의 태양을 담아낸 머리카락은 놀랄 정도로 부드러웠다. 감촉에 잠겨 계속해서 그것을 쓰다듬었던 것 같다.

"······저."

"아."

나는 자그맣게 부르는 소리에 손을 떼었다. 벨루스도 아니고, 어느 정도 큰 아이의 머리를 쓰다듬는 건 처음 있는 일이었다.

이 나이 때의 아이들은 자존심이 강했다. 혹여 마음이라도 상한 걸까.

"기분 나빴다면 미안."

"괜, 찮습니다."

바하리는 천천히 고개를 내저었다. 착각일까. 귓바퀴가 붉게 달아올라 있었다. 그러면서도 한걸음 물러서는 것이 역시 싫었던 모양이다.

"분명 방법이 있을 거야. 이제 몸도 괜찮아졌으니 서둘러 볼게."

나는 바하리를 위로하고 싶었다. 아이를 보고 있으면 나를 비롯한 가족이 아버지의 손에 잡혀 있을 때가 떠올랐기 때문이다.

"······허망하게 잡혀 왔지만, 저희 일족은 태생적으로 강한 종족입니다. 쉽게 당하고 있진 않을 테니 너무 염려하지 않으셔도 됩니다."

거기까지 말한 바하리는 도망치듯 밖으로 나갔다. 석양이 소년을 집어삼키며 문이 닫혔다.

"나를 걱정해 주는구나."

동료들 때문에 초조해하면서도 나를 위해 주고 있었다. 생각 이상으로 마음이 깊은 아이였다. 하긴, 이렇게 먼 거리를 온 걸 보면 마냥 애도 아니었다.

"수컷들은 금방 자라나지."

내 목덜미에 코를 박은 짐승이 낮게 속삭였다. 카르텔은 나를 제품 속에 가둔 채 침대로 데려갔다. 옆으로 누우니 그의 숨결이 닿아 왔다.

"늑대 새끼를 보고도 몰라?"

카르텔은 재차 말을 이었다. 고작 머리를 쓰다듬은 정도로 짐승의 눈에는 불티가 튄다. 나는 웃음도 삼키지 않은 채 입술을 달싹였다.

"걘 내 동생이고."

"저놈은 아니지."

카르텔은 보란 듯 말을 받아쳤다. 제압했다 싶으면 불쑥 머리를 들이미는 것이 여러모로 키우기 까다롭다. 나는 어린아이에게마저 질투를 아끼지 않는 남자에게 입을 맞추었다.

"나 말고 다른 거에 손대지 않았으면 하는데."

"그럴까."

우스갯소리로 들리지만 그는 진심이었다. 카르텔이 원하는 대로 따른다면 나는 땅에 발도 딛지 못하겠지. 그가 나를 내내 안아 들고 움직이는 모습을 상상했다. 가슴팍에 대놓고 키득거리니 카르텔이 간지럽다는 듯 몸을 비튼다.

'내내 네 품 안에만 있지는 않을 거지만.'

잡힐 듯 잡히지 않는 거리가 좋았다. 결국 너와 내가 서로의 것임을 알고 있으면서도 말이다.

"아."

문득 머릿속에서 강렬한 생각이 스치고 지나갔다. 그의 입술에 달짝지근한 입맞춤을 남기던 나는 눈을 깜빡였다.

"방법이 생각났어."

* * *

"마차를 이용하자고?"

"네. 오라버니."

해가 지기 직전의 저녁, 나는 모두를 모아 놓고 떠올린 방법을 말해 주었다.

"많은 수의 이종족을 이끌면 이목이 집중돼요. 황가가 우리를 찾고 있는 이 시점에서는 더욱이요."

황제는 거금과 직위를 걸고 우리를 쫓고 있었다. 귀족들과 기사들, 더 나아가 용병들까지 수상한 건 모조리 들쑤시는 게 당연했다. 이런 상황에서 정식 상인표도 없는 이들이 많은 수의 이종족을 이끌고 다니는 건 의심을 사기에 충분하다. 그럴 때 쓰기 좋은 것이 마차였다. 많은 인원을 수용하기 좋을 뿐만 아니라 이목도 끌지 않을 테니까.

"분명 이종족들을 수송하는 마차가 있을 거예요."

"그러고 보니, 저도 타고 왔던 기억이 납니다."

바하리가 떠올랐다는 듯 나를 바라보았다. 하지만 그것도 잠깐이다. 아이는 스치듯 눈이 마주친 순간 고개를 돌려 버렸다. 아까의 일로 기분이 상했기 때문일까. 하지만 지금은 바하리를 달래 주는 것보다 더 중요한 일이 있었다.

"저택 주변은 탑지기들이 지키고 있어 잠입할 수가 없어요. 그 대신……."

"마차 안으로 숨어들자는 말이야?"

나는 벨루스의 말에 고개를 끄덕였다. 저택으로 몰래 들어갈 수 없으니 정면으로 승부할 수는 없다.

아버지의 비밀 실험 그리고 클로디온이 숨기고 있는 카드가 무엇인지 모르는 이 시점에서 도박을 하는 건 위험했다.

"우리 모두 이종족의 피가 섞여 있으니 무리는 없을 거예요."

진짜 인간이라면 단번에 잡혀 나갈 테지만, 적어도 이 중에는 없었다.

"가능성은 충분해. 마차 정도라면 벨루스의 능력으로 숨어들기가 가능하니."

리카엘도 동감하는 듯 고개를 주억거렸다. 모두가 동의한바, 나는 테이블 위에 간략한 지도를 그려 나갔다.

"여기가 르하 그리고 여기가 바하리가 알려 준 도착 지점이에요. 옛날에 역병이 퍼진 곳이라 지금은 폐허인 마을이죠."

나는 긴 막대로 지형을 짚으며 설명을 이어 갔다. 르하와 마을로 이어진 길목은 단 한 군데뿐이었다.

"르하의 성에 이종족들이 붙잡혀 온 지 얼마 되지 않았어요. 실험이 급하다면 오늘, 혹은 내일이라도 그들을 이끌고 출발하겠죠."

막대는 그 길목을 가리켰다.

"우린 이걸 노리는 거예요."

시작은 당장 오늘 밤부터였다. 길목은 여기서 얼마 떨어지지 않은 곳에 있었다. 그럼에도 서둘러야 했다. 죽은 자들이 언제 일어날지 몰랐으니까.

"그럼 일어나지. 때를 놓친다면 또 언제가 될지 몰라."

아직 해는 떠 있지만, 숲엔 어둠이 내려앉은, 이른 저녁인 이때가 움직이기에 적기였다. 고개를 끄덕인 동시에 모두가 각자의 자리에서 일어나 밖으로 나갔다. 당연하다는 듯 카르텔이 나를 안아 들었다.

'바하리가 잘 따라올 수 있을까.'

나는 예기가 서려 있는 아이를 보며 속으로 중얼거렸다. 아무래도 아이이니 성인만 못 할 것이다. 하지만 내 걱정은 출발한 지 채 십 분도 되지 않아 깨어졌다.

'빨라.'

땅을 박찬 바하리가 나뭇가지를 디디고, 그 탄력으로 다른 나무에 올라탔다. 걱정이 무색하게도 아이는 잘 따라와 주고 있었다.

"마차예요!"

길목에 거의 다다랐을 때였다. 수풀로 가려진 반대편, 여섯 마리의 말이 끄는 마차가 거친 말발굽 소리를 내며 내달리고 있었다.

"벨루스."

"맡겨 둬."

벨루스가 기다렸다는 듯 우리 모두의 머리 위로 그림자를 씌웠다. 소리를 죽인 채 마차 옆으로 다가가는 것은 금방이었다.

휘익―!

때를 보던 리카엘이 바람으로 나뭇가지를 꺾어 말들의 틈으로 내던졌다. 히이잉! 놀란 말들이 투레질하며 말발굽을 치켜세웠다.

"누구냐!"

빠른 속도로 달리던 마차가 천천히 세워졌다. 말들의 행동에 당황한 기사들이 경계를 갖추기 시작했다. 그래 봤자 보이는 건 어둠에 잠겨 가는 숲일 뿐이었다.

'이리로.'

벨루스는 그림자를 이용해 기사들의 몸을 수색했다. 얼마 지나지 않아 그림자 안으로 커다란 열쇠가 들어왔다. 우리는 기사들이 두리번거리는 틈을 타 마차 안으로 들어갈 수 있었다.

"……바람 소리인가?"

기사 중 한 명이 머리를 긁적였다. 그가 품을 뒤지기 전, 밖에서 문을 잠근 그림자가 열쇠를 다시 제 위치로 돌려놓았다. 잠잠하던 마차가 다시 달리기 시작했다.

"성공이에요."

나는 안도하며 가슴을 쓸어내렸다. 며칠은 잠복해야 할지도 몰랐는데 운이 좋았다. 그러나 기뻤던 마음도 잠시였다.

"……이종족들이."

당연하게도, 안에는 수많은 이종족이 갇혀 있었다. 그들은 모두 약에 취해 몸이 굳은 상태였다. 이성은 살아 있는지 수십의 눈동자가 우리에게 향했다. 나는 그들의 시선에 마음을 다잡았다. 내가 성공해야 그들도 탈출할 수 있었다.

"마차가……."

얼마나 내달렸을까. 어둠 속을 달리던 마차가 점차 속력을 늦추더니 완전히 멈춰 섰다. 마차가 멈출 곳은 단 한 군데뿐이었다.

우리는 낡은 저택 앞에 도착했다. 무사히 통과할 수 있을까. 긴장감으로 손바닥이 젖어 들었다.

[그르르……]

기묘한 울음과 함께 톡톡, 벽을 울리는 소리가 났다. 안의 내용물을 가늠하는 듯 긴 손톱이 마차를 두들기고 있었다. 창문도 없건만 내부를 고스란히 들여다보는 듯 스산한 감각에 몸서리를 쳤다.

"……"

숨까지 참아 넘겼을 때다. 바퀴 구르는 소리가 적막을 깼다. 마차가 안으로 진입하고 있었다.

'들키지 않은 건가?'

혹여나 마차 안을 검문 할까 봐 내부에 있던 이종족의 로브까지 빌려 입었지만, 그럴 필요는 없었다. 우리는 예상보다 훨씬 쉽게 안으로 들어갔다. 검문이 없다는 건 그만큼 실험이 급박하다는 증거였다.

마차가 멈추기를 기다리는 것도 잠시, 철컥이는 소리와 함께 문이 열렸다.

"모두 옮겨라."

명이 떨어지기가 무섭게 바깥쪽에 있던 이종족들부터 차례로 옮겨졌다. 우리 또한 잡혀 온 이들처럼 연기해야만 했다.

"이상하게 많아진 느낌이군."

몇 번 수를 헤아려 보던 기사가 내 쪽으로 다가왔다. 나를 옮기려는 건지 장갑 낀 양손을 내민다. 잠깐만 참으면 그만이었다. 내가 몸이 굳은 척 전신을 늘어트리던 차다.

"츳."

"......으아, 악! 읍......!"

혀 차는 소리와 함께 기사의 몸에 검은 불꽃이 붙었다. 검디검은 순결한 불과 함께 그림자가 기사의 입을 틀어막았다.

"카르텔, 벨루스!"

덕분에 기사의 비명이 끊어지기는 했다. 하지만 이미 다른 기사들의 이목이 집중된 이후였다. 이렇게 되면 기껏 잠입한 게 소용없어지는 것 아닌가.

"어차피 탑지기란 놈들만 피하면 되는 거 아니었나."

카르텔은 나른한 투로 중얼거렸다. 그는 동료의 죽음에 달려온 다른 기사들을 하나하나 태워 가기 시작했다. 비명이 터지기 전, 벨루스가 선수를 쳐 소리가 퍼지는 걸 막아냈다.

"한 명만 살려 두면 족하지."

"동감이야. 리아의 몸에 손대는 건 못 참지."

둘이 잘 지냈으면 좋겠다고 생각은 했었지만, 이런 걸로 합심할 필요는 없는데. 나는 이마를 짚으며 자리에서 일어났다.

"안내해요."

"......예, 예?"

운 좋게 살아남은 기사는 나를 피해 뒷걸음질 쳤다. 그마저도 오래 가지는 못했다. 기사의 뒤에는 리카엘이 자리 잡고 있었으니까.

"이종족들을 가둔 곳으로요. 조용히, 안내해 줄 거죠?"

여기서부터 마력을 쓸 생각은 없었는데. 나는 나긋하게 말하며 향기를 끌어 올렸다. 향에 취한 기사는 나의 충실한 개가 되었다.

"……이쪽입니다."

마차 안에 이종족들을 고스란히 남겨 둔 기사는 앞장서 우리를 안내했다.

우리가 도착한 곳은 긴 복도였다. 이종족들은 감옥이 아닌 여러 방에 분배되어 있는 것 같았다.

"여기가 맞습니다."

바하리가 굳은 얼굴로 문들을 살피기 시작했다. 아이가 동료들이 있을 방을 가늠할 동안 나는 복도를 둘러보았다.

'경비가 지나치게 적어.'

정문에 탑지기들을 세워 놓았기 때문일까. 내부는 텅 비었다고 봐도 과언이 아니었다. 아무도 없다고는 하나 어딘가 장치가 되어 있을 가능성도 배제할 수 없다. 시선으로 벽을 더듬을 때다.

"……!"

복도 끝 쪽에서 갑옷이 절그럭거리는 소리가 울렸다. 모퉁이 너머에 있을 이들은 이쪽을 향해 다가오고 있었다.

'숨어야 하는데.'

소리로 보아 한두 명이 아니었다. 그중 클로디온이나 아버지가 있을 수도 있었다. 그렇다고 이제 와서 돌아갈 수도 없다.

"열려 있어."

숨을 곳을 찾고 있을 때다. 카르텔이 어느 문에 손을 대었다. 문은 한숨이 나올 정도로 쉽게 열렸다. 나머지 문도 마찬가지였다.

"나눠서 홍사족들을 찾아봐요."

흩어져 찾는 편이 훨씬 쉬울 것이다. 내 말에 리카엘이 고개를 끄덕였다.

"일단은 들어가자."

탑지기들을 이곳까지 데리고 왔으니, 내 능력이 통하지 않는 이들이 있을 수도 있었다. 시선을 교환한 우리는 각자 다른 방으로 들어갔다.

"저들에게는 이종족들을 데리고 오는 중이라고 전해요."

"……예. 알겠습니다."

나는 향기에 취한 기사에게 명을 남기고 문을 닫았다. 옛날 귀족이 살던 저택답게 내부에는 그 흔적이 고스란히 남아 있었다. 다만 현재는 샹들리에의 화려한 빛 대신 희뿌연 연기가 허공을 메우고 있었다.

"연기가……."

응접실이었을 내부에는 이종족들로 가득 차 있었다. 그들은 벽에 기대어 있거나, 소파에 누워 멍하니 미소 짓는 상태였다.

나는 복도에 감시를 붙이지 않은 이유를 알 수 있었다. 그럴 필요가 없었기 때문이다. 데리고 올 때는 신경독으로 몸을 절여 놓더니, 가둘 때에는 정신을 착란 하는 연기를 쓴 듯했다. 정말이지 악취미였다. 나는 정화의 향기로 연기를 구석으로 몰아냈다.

'다른 방도 이럴 텐데.'

리카엘은 바람을 다룰 수 있으니 그나마 나았다.

내가 다른 이들을 걱정하는 와중에도 철그렁, 갑옷이 부딪치는 소리는 가까이 다가오고 있었다. 곧이어 내가 향에 절여 놓은 기사가 그들과 대화하는 소리가 들렸다.

"지금 바로 데려오겠습니다."

이종족들을 말하는 것일 테다. 기사는 뜀박질 소리를 내며 지나왔던 길로 사라졌다.

잠깐의 정적이다. 곧이어 서너 군데의 방문이 열리기 시작했다. 내가 있던 방도 예외는 아니었다.

"……."

나는 황급히 연기를 풀고 정신을 놓은 척 몸을 늘어트렸다. 검은 갑옷으로 전신을 가린 흑기사들. 안으로 들어온 이들 중에 아버지나 클로디온은 없었다. 다만, 마차를 몰고 온 기사들과는 다른 이질감이 느껴졌다. 그 느낌은 르하의 성에서 본 이들과 비슷했다.

'산 것도 죽은 것도 아닌 느낌.'

저들에게도 흑마법이 씌워져 있는 것일까. 나는 조심스레 곁눈질하며 검은 기사들을 살폈다.

"모두 따라오도록."

선두에 서 있는 흑기사가 명령했다. 이종족들은 그 말 한마디에 홀린 듯 그의 뒤를 쫓았다.

다행인지 불행인지, 우리 중 나를 제외한 이들의 방은 모두 닫혀 있는 채다. 나는 알 수 없는 기분으로 긴 줄을 따라 걸었다.

"일렬로 서라."

도착한 곳은 커다란 홀이었다.

'피 냄새.'

문을 열자마자 쇠 비린내가 훅하고 끼쳐 왔다. 입가를 가리려던 나는 가까스로 손을 내렸다. 화려함이 퇴색된 홀 안에는 잡다한 실험 기구들이 가득했다. 바하리가 본 연구실 같은 곳이 바로 여기인 듯했다.

"한 명씩 차례로."

비어 있는 홀 중앙에 깔린 핏물. 그 위로는 수십 아니, 수백의 붉은 구슬들이 도르르 굴러다니고 있었다.

'저게, 붉은 구슬?'

피에 적셔진 구슬들은 요사스러운 빛을 내었다. 보기만 해도 사특했다. 저게 실험과 무슨 관련이 있는 걸까. 맨 끝줄에 선 나는 선두의 실험을 지켜보았다.

가장 앞에 선 이종족이 핏물을 밟으며 앞으로 걸어 나갔다. 대기하던 흑기사들이 이종족을 붙잡고는 입안에 뭔가를 집어넣었다.

'저건, 구슬이잖아?'

투명한 구슬은 이종족의 입안으로 빨려 들어갔다. 그리고 잠시 후, 변화가 시작되었다.

"으, 어, 아아악―!"

섬뜩한 비명이 홀 안에 메아리친다. 구슬을 삼킨 이종족의 몸이 기이하게 뒤틀리고 있었다.

뚝, 뚝. 관절이 끊어지는 소리. 피부는 순식간에 쪼그라들어 말라갔다.

'설마.'

나는 숨을 멈춘 채 눈앞의 참극을 지켜보았다. 이종족은 일 분도 채 되지 않아 미라처럼 말라비틀어졌다. 삽시간에 산화되어 버린 육체는 가루도 남지 않고 사라져 버렸다. 그 자리에 남은 것은 붉게 물든 구슬 하나뿐.

"다음."

한 생명을 먹어 치운 구슬은 다른 구슬들과 섞여 구분도 할 수 없었다.

흑기사의 부름에 두 번째 이종족이 중앙으로 걸어 나왔다. 끔찍한 광경에 구토가 치밀었다. 더는 두고 볼 수 없었다. 앞으로 나서려던 나는 강한 힘에 붙들렸다.

"읏."

커다란 손아귀가 내 어깨를 잡아채고 있었다.

"방해하시면 안 됩니다. 아가씨."

"……집사."

이 자리에 어울리지 않는 나긋한 목소리가 나를 휘어 감았다. 등줄기에 돋은 소름이 말한다. 이 자는 위험하다고.

"공작님의 과업을 똑똑히 지켜보셔야지요."

"과업이라니. 이런 살육도 업적으로 취급하나 보죠?"

나는 뒤도 돌아보지 않은 채 쏘아붙였다. 그럼에도 클로디온은 평안할 따름이었다.

"단순히 재료를 만드는 과정일 뿐이랍니다."

검은 기사들이 자루 안에 붉은 구슬을 쓸어 담았다. 구슬 하나하나가 누군가의 생명이라고 생각하니 역겹기 짝이 없었다.

"생명이란 건 참 아름답지요?"

"대체 무슨 짓을 벌이는 건가요."

자루를 건네받은 클로디온이 빙그레 웃었다. 그는 자루를 품에 안고는 등을 돌렸다.

"……아버지."

클로디온의 시선 끝에는 슈타쿠스 베논, 나의 아버지가 있었다. 아버지는 바퀴 달린 의자에 앉아 섬뜩한 빛으로 나를 노려보았다.

그리고 그 옆, 이동식 침대에는 누군가가 누워 있다. 말라비틀어진 팔다리, 기이하게 부푼 배. 그러나 얼굴의 형태만큼은 너무도 익숙한 것이었다.

"……라쿠스?"

하마터면 라쿠스인 걸 알아보지 못 할 뻔했다.

'어쩌다 저렇게.'

처참한 몰골이다. 그냥 굶기만 해서는 저렇게 될 수가 없었다. 거기다 저건 뭐란 말인가. 부푼 배에는 굵다란 호스가 박혀 있었다. 호스는 긴 줄이 되어 아버지의 손등에 연결되어 있다. 검붉은 줄은 보란 듯 피를 뽑아내어 아버지에게 수혈되는 중이었다.

'대체 왜?'

나는 혼란을 감추지 못했다.

마도탑이 세워지기 전 먼 옛날, 제국에서 마도학이 금지되었을 시대에는 실험에 제재가 없었다. 나라에서 정한 법규가 없었기 때문이다. 그랬기에 혼란하던 시절에는 말도 안 되는 실험이 판을 쳤다. 그중에는 인간에게 이종족의 능력을 옮기는 실험도 있었다.

'머리카락이나 피를 이용하는 방법이었지.'

신체 일부를 인간인 실험체에 조금씩 옮긴다. 거부 반응이 없을 경우 그 양을 점차 늘려 가는 실험이었다.

'물론 모두 실패였지만.'

피를 수혈받던 실험체는 모두 몸이 썩어 죽어 버렸다. 애초부터 말도 안 되는 실험이었다. 나라에서 마도학을 수용하며 관련된 법이 생긴 이후에는 이종족의 피를 인간에게 수혈하는 것이 금지되었다.

'하지만 라쿠스는 인간인데?'

라쿠스에게는 이종족의 피가 단 한 방울도 섞여 있지 않았다. 아버지가 비인도적인 연구를 한다는 건 알고 있다. 하지만 인간과 인간의 피라니. 큰 사고를 당하지 않는 이상 불필요한 조치일 뿐만 아니라, 특별한 효과도 얻을 수 없었다. 실험으로 볼 수 없다는 뜻이다.

"공작님과 도련님께서는 특별한 실험을 진행 중입니다."

연인을 대하는 듯 다정한 목소리였다. 나는 귀를 씻어 내고 싶은 것을 참으며 클로디온을 노려보았다.

"집사의 눈에는 저 몰골이 정상으로 보이시나요?"

"물론, 아니죠."

클로디온은 다가가 라쿠스의 배를 부드럽게 쓰다듬었다. 옷이 걷힌 배에는 보라색 핏줄이 거미줄처럼 엉켜 있었다.

"도련님은 나비가 되기 위해 준비 중입니다."

"말 돌리지 말고 똑바로 말해요."

클로디온의 잔악한 취향이라면 정말이지 지긋지긋했다. 생명을 빨아들이는 붉은 구슬, 강제로 수혈당하는 라쿠스와 자식의 피를 흡수하는 아버지까지. 이 모든 상황이 진저리쳐졌다.

호스를 뽑아내기 위해 그들 사이로 가까이 다가가려던 순간이다.

"아가씨는 어려서부터 영특하셨죠. 못 본 척하면서도 제 취미를 막으려 드셨고 말이에요."

그 말은 나를 멈춰 세우기에 충분했다. 나는 그의 고문으로부터 아랫사람들을 지키기 위해 손을 썼다. 비단 나의 시녀뿐만이 아니었다. 하녀나 하인들이 뭔가를 잘못하면 돈을 쥐여 주고 곧장 성 밖으로 내보냈다. 클로디온은 그 모든 것을 알고 있었다.

"그거 아십니까? 생명은 극상의 원한을 품고 죽으면 강력한 힘이 생긴답니다."

그는 붉은 구슬을 만지작거리며 중얼거렸다. 번들거리는 구슬의 내부에서는 억울하게 죽어 버린 원혼들의 비명이 메아리치는 듯했다.

"저는 오래된 것을 좋아합니다. 그중 가장 아끼는 것이 흑마법이죠."

가는 손가락이 쥐고 있던 것이 라쿠스의 입안으로 들어갔다.

"그거 아십니까, 아가씨? 마도학의 기원은 흑마법입니다."

"말도 안 되는……!"

언성을 높이던 나는 머릿속을 스치는 생각에 입을 다물었다. 제대로 된 지식은 없지만, 흑마법의 바탕이 되는 건 산 제물이었다. 그와 같이 마도학의 필수적인 요소는 살아 있는 재료다.

제물과 재료, 무어가 다르단 말인가.

"저는 오래된 레시피를 몇 가지고 있습니다. 그중 인간을 다른 존재로 만드는 방법은 가장 희귀하고 아끼는 것이랍니다."

커다란 손이 붉은 구슬을 한 움큼 집어 라쿠스의 입에 처박았다. 꾸윽, 꾸으윽. 라쿠스는 끔찍한 소리를 내며 그 많은 것을 집어삼켰다. 착각일까. 그의 배가 조금 더 부풀어 오른 것 같았다.

"필요한 것은 대상자인 인간과 그 인간의 피가 섞인 순혈의 자식 하나. 그리고 천 마리의 이종족이죠."

어지럽게 흐트러져 있던 퍼즐 조각들이 모여 하나의 그림이 되었다. 그것은 산 지옥도였다.

"……설마, 라쿠스를 살려 둔 이유가."

"그래. 재료로 이용하기 위해서지. 그게 아니라면 진작 돼지 먹이로 갈아 버렸을 놈이다."

쓸모없는 놈.

움찔. 아버지가 중얼거리는 말에 라쿠스가 몸을 떨었다. 곡식도 거두기 전까지는 소중히 기른다. 나는 아버지가 그간 라쿠스의 잘못을 고이 넘어간 이유를 알 수 있었다.

"조금 더 일찍 실험했어야 했는데, 도련님에게 생명을 먹이기 위한 방법을 찾기가 쉽지 않아서 말입니다."

그는 골몰했다는 듯 이마를 짚었다. 그 방법이 살아 있는 이종족을 구슬로 만드는 것이란 말인가. 슈타쿠스, 나의 아버지는 끔찍한 실험을 아주 옛날부터 계획하고 있었다.

"……그 다른 존재라는 게 뭐죠?"

나는 울렁거리는 속을 간신히 밀어 넣었다. 그게 뭐기에 라쿠스를 비롯한 수많은 이종족을 희생시킨단 말인가.

"황금시대인들은 신을 섬겼답니다. 하지만 흑마법사들은 따로 섬기는 존재가 있었지요."

그의 눈은 아련한 빛으로 젖어 있었다. 마치 그 시대를 거쳐 왔던 사람처럼.

"마족을 모신다는 것. 그게 배척당한 유일한 이유였죠."

마족, 신의 그림자 속에서 탄생한 존재. 신성을 혐오하고 순수한 악을 추앙하며 피를 먹는 잔혹한 세력들이다.

"마족은, 없어요."

나는 경악에 차 말도 제대로 내뱉지 못했다. 신도, 마족도 머나먼 황금시대에나 존재했던 이들이다. 신은 이 대륙을 버리고 떠난 지 오래였다. 그러니 마족도 전설 속 존재나 마찬가지다.

"인간들은 너무 눈에 보이는 것만 믿어요. 아가씨도 어쩔 수 없겠죠."

클로디온은 안타깝다는 표정을 지어냈다. 대화를 이어 나가는 동안 붉은 구슬이 들어 있던 자루는 벌써 반 이상 비워져 있었다. 라쿠스의 배가 한계 가까이 부풀었다.

"저는 공작님을 반마족으로 만들어 드릴 거랍니다."

그게 가능할 리가 없었다. 그렇게 믿고 싶었으나 눈앞의 현실은 너무도 참혹한 것이었다.

'막아야 해.'

나는 구슬의 양과 라쿠스의 상태를 가늠했다. 반절이 없어졌다고는 하나 아직 시간이 남아 있었다.

"이런."

내 생각을 읽은 듯, 클로디온이 안타깝다는 표정을 지었다. 라쿠스가 물고 있는 구슬이 유난히 검붉었다.

"사실 재료는 모두 준비되어 있었어요."

그는 그것을 안으로 밀어 넣었다.

"아가씨에게도 꼭 보여 드리고 싶었답니다."

"……안 돼!"

함정이었다. 모든 것이 계획된 함정. 그것을 막으려 몸을 내던졌으나, 기다렸다는 듯 흑기사들이 내 팔을 쥐어 나가지 못하게 만들었다. 클로디온은 나를 바라보며 달콤하게 웃었다. 그의 눈은 희열로 가득 차 있었다.

"마지막 하나."

마침내 구슬이 라쿠스의 목구멍으로 넘어갔다. 나는 절망 어린 눈빛으로 그것을 바라볼 수밖에 없었다.

"공작님께서는 새로운 존재로 다시 태어나실 겁니다."

그의 말을 끝으로, 라쿠스의 배가 끓어오르기 시작했다. 잔뜩 부풀었던 배가 살아 있는 것들을 품은 것처럼 꿈틀거린다. 그 끔찍한 광경 속에서, 속삭이는 듯 자그마한 목소리가 들렸다.

"……였어."

"뭐라고?"

나는 그 말에 귀를 기울였다. 라쿠스는 나를 바라보며 환하게 웃고 있었다.

"나도…… 쓸모, 있는 존재였어."

라쿠스에게서 처음 보는, 햇살같이 평화로운 미소였다. 그의 마지막 말에는 진심이 담겨 있었다. 그것을 끝으로, 라쿠스의 육체는 붉은빛에 감싸여 녹아내렸다.

"드디어……!"

피를 수혈받던 아버지가 몸을 일으켜 붉은빛으로 다가갔다. 그는 환의에 찬 얼굴로 빛을 향해 뛰어들었다.

죽음과 소멸 그리고 탄생이 한 자리에 모여들었다. 하나의 육체가 소멸된 자리에는 거대한 구슬만이 남았다. 그 안에는 아버지가 있었다.

"재료의 피를 적당히 수혈받지 않으면 이 과정에서 육체가 녹아내려 버리죠."

클로디온의 목소리에 만족감이 묻어났다. 나는 그가 중얼거리는 걸 들으면서도 라쿠스의 미소를 잊을 수가 없었다.

뚝. 뚜욱. 사람을 둘이나 먹어 치운 거대한 구슬에서 검붉은 피가 흐르기 시작했다. 그것은 곧 커다란 웅덩이를 만들어 냈다.

"저건."

단순히 고이기만 한 것이 아니었다. 검붉은 것은 거대한 무언가로 변화하기 시작했다. 사람도 짐승도 아닌 형태, 그건 그야말로 피의 괴물이었다.

"생명들의 사념입니다. 저는 아가씨보다 약하니, 저것이 대신 아가씨를 죽여 드릴 겁니다."

[구어어어-!]

거대한 괴물이 핏빛 아가리를 벌렸다. 수백의 이빨과 날름거리는 혀에서 피가 뚝뚝 떨어져 내렸다. 내 몸은 여전히 기사들에게 잡힌 채였다.

"모쪼록 아가씨께도 즐거운 시간이었기를 바랍니다."

괴물이 갈고리 같은 손을 휘둘렀다.

라쿠스를 진심으로 미워한 적은 없었다. 그저 불쌍한 놈이라고 생각했을 뿐이다. 나의 핏줄은 그렇게 아버지의 재료가 되어 사라져 버렸다.

'아.'

괴물의 날카로운 손톱이 내 얼굴을 내리치기 직전, 모든 순간이 느린 화면처럼 보였다. 흐려진 시야로 여러 얼굴이 떠올랐다.

나의 다정한 나무 아르덴, 날카로워 보이지만 나에게만큼은 늘 순풍이었던 리카엘, 이제는 다 자라 버린 내 어린 천사 벨루스, 늘 무표정했던 현실 속의 나까지. 그리고…….

"카르텔."

그 이름을 부르자마자, 핏줄 돋은 손이 거대한 팔을 막아냈다. 몽둥이같이 단단해 보였던 팔은 사내의 손에 톱밥처럼 허물어졌다. 나의 빛이 눈앞에 있었다.

"그래."

짧은 대답이 돌아왔다. 카르텔의 옆모습이 눈에 들어왔다. 혹시 꿈은 아닐까. 팔을 뻗으려 했지만 움직여지지 않았다.

"……감히."

그의 눈썹이 일그러짐과 동시에, 내 팔을 잡고 있던 기사의 머리가 날아갔다. 텅! 하고 투구가 부딪치는 소리와 함께 반대쪽 기사의 몸이 사선으로 갈라졌다. 그 피가 내게 튀기기도 전 기사는 저 멀리 날아가 버렸다.

"이런."

괴물이 클로디온을 향해 날아가는 몸통을 쳐냈다. 명확히 주인을 보호하려는 움직임이었다.

"카르텔."

"다친 곳은?"

나는 그의 말에 서둘러 고개를 저었다. 홀까지 오는 동안 무슨 일이 있었던 건지, 그의 몸에는 자잘한 상처가 가득했다.

"너야말로, 괜찮은 거야?"

나는 손끝에 향기를 끌어모아 그의 몸을 더듬었다. 상처 중에는 제법 깊이 파고든 것도 있었다. 응급처치 정도는 되겠지만 치료하려면 자세히 살펴봐야만 했다.

"괜찮아."

잠시 나를 살피던 시선이 괴물을 주시했다. 전투에 임한 남자의 근육은 날이 선 채 꿈틀거렸다.

[끄으으-!]

괴물이 괴성을 토해 내며 남은 팔을 휘둘렀다.

"츳."

카르텔이 짜증스럽게 혀를 찼다. 거센 바람과 함께 날아든 팔이 그의 손에 잡혔다. 그 상태로 상체를 걷어차니 찌익, 살점이 끊어지는 소리와 함께 괴물의 몸이 뒤로 밀려났다.

쿠웅, 얼마 지나지 않아 커다란 울림이 땅을 울렸다. 바닥을 굴러다니던 기다란 살덩이는 이윽고 검은 불꽃에 삼켜졌다.

[끄르륵. 끅.]

괴물에게는 눈이 없었다. 커다란 입만으로 이루어진 머리가 갸웃거리며 허전해진 어깨를 번갈아 보았다.

우득, 득. 명령이라도 받은 듯 단면에 비친 어깨뼈가 자라났다. 이윽고 거대한 구체 아래에 고여 있던 피가 뼈를 감쌌다. 피는 살이 되고 근육이 되어 육체를 재구성했다.

"⋯⋯회복했어."

믿을 수 없는 광경이었다. 괴물은 고통도 느끼지 못하는 듯 끄르륵, 징그러운 아가리만을 우물거릴 뿐이었다. 거대한 입안에서 나온 혀가 제 입가를 핥았다. 그 모습은 만찬을 앞둔 짐승과 닮아 있었다.

"리아!"

"플로리아!"

나를 부르는 목소리가 동시다발적으로 터져 나왔다. 바라본 입구에는 벨루스와 리카엘, 그리고 바하리가 서 있었다.

"모두⋯⋯!"

걱정하던 이들의 얼굴을 본 나는 가슴을 쓸어내렸다. 하지만 다들 온전한 상태는 아니었다. 모두 카르텔이 멀쩡해 보일 정도로 심하게 다쳐 있었다.

"방에 있는 놈들을 상대하느라 조금 늦었어. 방 안에 이종족 대신 웬 기사놈들이 가득 차 있더라고."

벨루스가 툴툴거리며 말했다. 아무렇지도 않게 굴고 있었지만 벨루스의 어깨는 뼈가 보일 정도로 찢어진 상태였다. 역시, 경비가 허술했던 이유가 있었다. 나는 서둘러 다친 이들에게 향기를 흘려보냈다.

"이런, 아직 시간이 좀 걸리겠는데."

주위를 훑은 클로디온이 곤란하다는 듯 턱밑을 문질렀다. 그의 시선이 붉은 구체로 향하고 있었다.

'완전히 융합하지 않았어.'

아버지와 생명의 구가 결합하기까지 시간이 남아 있었다. 이토록 잔악한 인간이 반마족으로 변한다면 이 땅에 무슨 일이 벌어질지 아무도 모른다.

'그렇다면.'

아직 가능성이 남아 있었다. 나는 음산한 기운을 내는 구체를 보며 눈을 빛냈다.

"저놈은……"

"사념이 만들어 낸 괴물이에요. 이종족들의 원한으로 움직이는 것 같아요."

나는 리카엘의 말에 답하며 괴물을 노려보았다. 고통에 죽어 간 이들의 원한은 이토록 지독했다. 괴물을 없애야 한다는 게 마음 아플 정도로.

"이대로는 사념이 가엾겠군요."

클로디온은 슬픈 표정으로 괴물을 바라보았다. 사념으로 이루어진 괴물은 카르텔에게 찢기고, 재생하기를 반복했다. 육중한 몸뚱이가 불꽃에 타들어 갔다. 그것은 조금 머뭇거렸지만 몸이 불타는 와중에도 움직이고 있었다.

"저놈부터 죽여야겠군."

리카엘이 바람을 움직여 놈의 사지를 잘라 냈다. 그러나 수십 초가 지나지 않아 재생하고 만다. 그 광경에 모두가 눈살을 찌푸렸다.

"흐음, 역시 공평해지는 편이 좋겠지요."

품속을 뒤적이던 그가 곧이어 검은 구체를 꺼냈다.

'저건.'

바하리가 말했던 검은 구슬이 틀림없었다.

불꽃으로도 사념을 태우지 못했다. 거기에 검은 구슬로 인해 행동의 제약을 받는다면 더욱 약세였다.

'빼앗아야 해.'

괴물은 카르텔과 다른 이들이 상대하고 있었다. 나뒹구는 검을 주워 든 나는 지체 없이 몸을 날렸다.

"더 이상의 방해는 곤란합니다. 아가씨."

클로디온은 예상했다는 듯 뒤로 몸을 물렀다. 검 끝이 아슬아슬 상대를 비껴갔다. 조금만 더 하면 닿을 것 같은데. 내가 검은 구슬을 노려볼 때였다.

"읏……!"

"리아!"

날아온 무언가가 검을 쳐내 멀리 날려 보냈다. 기다란 그것은 피로 이루어진 촉수였다. 붉은 촉수는 날이 선 면으로 제 주인 앞을 막아섰다. 카르텔이 괴물의 몸에서 난 촉수를 뜯어냈지만, 그것은 빠른 속도로 재생해 크기와 수를 불려 나갔다.

"그러고 보니, 아가씨의 표정은 보지 못했네요."

클로디온은 촉수의 보호를 받으며 느긋하게 중얼거렸다. 그는 피범벅인 홀을 보며 즐기는 유일한 사람이었다.

"절망으로 얼룩진 얼굴을 말이죠."

붉은 입술이 말려 올라갔다. 그 순간 따끔한 파동이 일었다. 검은 구슬이 진동하며 알 수 없는 힘을 만들어 내고 있었다.

"향기가."

가장 먼저 느낀 변화는 향기였다. 나는 치료를 위해 내 사람들의 몸에 향기를 두르고 있었다. 그것이 흔적도 없이 끊어졌다. 마력을 끌어 올려 보았지만 손끝에 맺히는 것은 아무것도 없었다.

"뭐야?!"

"힘이…… 이건."

모두 마찬가지인 듯 당황한 기색이 역력했다. 이미 겪어 본 바하리만이 침착함을 유지하고 있었다.

"……윽."

나는 신음에 놀라 고개를 돌렸다. 이를 악문 카르텔이 미간을 찌푸리고 있었다. 현재 기혈이 망가진 몸이니, 연이은 마력의 불균형은 그에게 치명적인 독이나 다름없었다.

[끄르륵—!]

괴물은 그것을 놓치지 않았다. 몽둥이 같은 팔이 바람 소리를 내며 카르텔을 찍어 내렸다. 그는 막아 낼 틈도 없이 홀의 내벽에 처박혔다.

"카르텔!"

그에게 달려가려는 순간, 붉은 촉수가 나를 휘어 감았다. 나는 꼼짝달싹할 수 없이 묶인 채 앞을 볼 수밖에 없었다.

"여기서 잘 보도록 하세요."

촉수를 조종해 나를 가까이에 둔 클로디온이 상냥하게 웃었다. 그는 진심으로 이 상황을 즐기고 있었다.

"조심하십시오!"

바하리 또한 능력을 잃어버리기는 마찬가지였다. 어린 소년은 제

몸만 한 검을 휘둘러 괴물의 손을 베어 냈다.

"……아윽!"

하지만 채찍처럼 휘둘러진 촉수에 치여 이내 바닥에 처박히고 만다. 검에 일가견이 있는 리카엘과 힘에 특출한 벨루스는 어떻게든 버텨 내고 있었지만 상황은 좋지 않았다.

'카르텔이!'

그중 가장 심각한 건 바로 카르텔이었다. 기혈이 제대로 뒤틀렸는지 벽에 부딪힌 이후 몸을 가누지 못하고 있었다. 그것뿐만이 아니다.

'변화가……!'

그의 손부터 시작해 팔 전체가 흑표범의 그것으로 변화했다가, 다시 사람의 팔로 되돌아오기를 반복했다. 인간의 형체 또한 마력으로 유지한다. 변화를 조절하지 못하는 건 그만큼 육체가 위기에 몰려 있다는 증거였다.

"……리, 아."

끊어지는 신음과 함께 그의 전신 전부가 흑표범으로 변하고 말았다. 거대한 흑표범이 홀의 사 분의 일을 가득 메웠다. 본체로 돌아갔어도 고통은 남아 있는지, 카르텔은 머리를 이리저리 흔들며 괴로움을 표했다.

"거의 다 끝나가는군요."

클로디온은 느긋한 표정으로 우리의 패배를 감미롭게 맛보았다. 나를 붙든 촉수는 무슨 짓을 해도 풀리지 않았다.

'할 수 있는 게 없어.'

내 사람들이 당하는 것을 지켜만 볼 뿐, 할 수 있는 게 아무것도 없었다.

"호오."

내 얼굴을 바라본 클로디온의 눈빛에 달콤함이 스쳤다. 사람을 고문할 때와 같은 표정이었다.

'이래선 안 돼.'

나는 피가 날 정도로 입술을 깨물었다. 포기해서는 안 된다. 그건 모든 걸 저버리는 짓이나 마찬가지였다. 나는 몸을 늘어트리며 그를 불렀다.

"……아실리드."

그 순간, 귀에 걸려 있는 진주에서 오색의 빛이 흘러나왔다. 아실리드가 내 목소리에 응답했다.

[아그노스의 딸, 나의 계약자 플로리아.]

청량한 물보라가 일며 그가 모습을 드러냈다.

"인어?"

클로디온이 눈을 동그랗게 뜨며 중얼거렸다. 나는 아실리드를 똑바로 바라보았다. 그는 분명 내게 전해 줄 말이 있었다. 물의 날로 촉수를 잘라 낸 아실리드가 내 귓가에 속삭였다.

[기억해. 너의 근본을 이루는 것이 무엇인지를.]

아실리드의 목소리가 머릿속에 맴돌았다. 그의 말은 과거의 꿈을 떠오르게 했다.

'나의 근본.'

나는 눈을 감고 아그노스를 떠올렸다. 화인의 여왕, 그녀의 후계 그리고 마지막 남은 고귀한 혈통.

"아."

그 순간 몸이 허공으로 떠올랐다. 내 몸 가장 깊숙한 곳에서 잠들어 있던 씨앗이 싹을 틔우기 시작했다.

나는 천천히 눈을 떴다. 분홍빛이 돌던 머리칼은 천연한 붉은색으로 물들어 갔다. 넝쿨이 피부 위에 그림처럼 그려지며 발목을 따라 타고 흐른다. 날카로운 가시, 우아한 잎사귀. 그것은 내 등 위로 자리

잡아 붉디붉은 장미를 피워 냈다가, 피부 안으로 흡수되었다.

'이 느낌.'

모든 자연이 나를 부르고 있었다. 태초의 생명력이 온몸으로 쏟아지는 것 같았다.

"나는 꽃의 여왕의 후계, 모든 꽃의 시작점."

누군가가 나를 움직이고 있었다. 그건 곧 나였으며, 새로운 여왕을 엄숙히 맞이하는 꽃들의 수호였다. 나는 내 발밑의 모두에게 엄숙히 선고했다.

"플로리아 로즈."

발끝이 바닥에 닿는 순간, 초록빛 잎들이 자라났다 환영처럼 사라지길 반복했다. 내가 혼혈인 것은 처음부터 중요하지 않았다. 지금 이 순간, 나는 완벽히 개화했다.

"이런."

클로디온이 곤란하다는 듯 미간을 찌푸렸다. 늘 여유롭던 태도와는 사뭇 다른 반응이었다. 그가 괴물을 조종하려 손을 뻗어 낼 때였다.

[안녕.]

젖은 목소리가 클로디온의 주변을 감쌌다. 아실리드가 그의 앞을 막아서고 있었다.

"인어가 왜 베논가의 자식과……."

[그건 당신이 알 필요 없지.]

아실리드가 잔잔히 미소 지으며 물의 창을 만들어 냈다. 촉수가 뻗어 나와 클로디온을 끌어당겼다. 물의 창은 그가 있던 자리를 정확히 꿰뚫었다.

[나를 믿어 줘서 고마워. 리아.]

아실리드는 물을 수족처럼 부리며 괴물을 막아섰다. 그의 옆모습에선 긴 세월이 느껴졌다. 시간의 흐름에는 아그노스를 사랑하던 감정까지 고스란히 들어차 있었다.

애끓는 감정은 나에게도 스며들었다. 가슴이 지독히도 먹먹하다. 나는 차오르는 눈물을 삼켜 내고는 마력을 끌어 올렸다.

'지금이라면 할 수 있어.'

자연이 여왕의 탄생을 축복하고 있었다. 온몸에서 마력이 들끓었다. 나는 벅차오르는 느낌을 받으며 향기를 피워 냈다.

"……이건."

내 손끝에서 나타난 건 향기뿐만이 아니었다. 손안에는 붉은 장미가 우아하게 자리하고 있었다. 굵은 가시넝쿨이 손목을 감싸고 있었지만 오히려 부드럽게 느껴질 뿐, 나에게는 아무런 해를 끼치지 않았다.

"가."

나는 내가 피운 꽃에게 명령했다. 넝쿨이 홀 전체에 문양을 그리듯 뻗어 나갔다. 장미 꽃잎이 피 웅덩이로 번진 바닥을 씻어 내렸다. 그것은 클로디온이 가진 검은 구슬까지 닿았다.

"하."

클로디온은 아실리드가 부리는 물줄기에 묶여 있었다. 그는 현 상황이 기가 막힌 듯 헛웃음을 내뱉었다.

"깨트려 버려."

곧이어 넝쿨이 검은 구슬을 감쌌다. 나는 손을 들어 허공을 움켜쥐었다. 그 순간, 검은 구슬에 균열이 생겼다.

따악-!

작은 균열은 이윽고 조각이 되어 사방으로 흩어졌다.

"……마력이."

검에 기대 있던 리카엘이 몸을 일으켰다. 그의 주변으로 다시금 바람이 모여든다. 벨루스도 부리던 어둠을 끌어당기기 시작했다. 모든 것이 제자리로 돌아오고 있었다.

"카르텔."

나는 나의 검은 짐승을 돌아보았다. 마력을 제약하던 구슬이 깨져 인간의 형태로 돌아왔지만, 여전히 정신을 잃은 채다.

모두가 일어나 괴물을 상대하고 있었다. 나는 카르텔에게 다가갔다.

"……."

코끝에 손을 대 보니 미약한 숨결이 느껴진다. 맥박도, 뒤틀린 기혈도 결코 정상이 아니었다.

"괜찮아. 내 맹수."

나는 장미 꽃잎을 입술에 물고 그의 입안으로 넘겨주었다. 말랑한 입술 너머로 달콤한 것이 함께 섞인다. 나는 그의 몸을 나긋하게 쓰다듬었다. 망가진 기혈이 천천히 제자리를 찾는 것이 느껴졌다. 옅었던 호흡 대신 가슴이 크게 들썩인다.

"……그래. 나의 꽃."

메마른 땅을 적시듯, 낮게 잠긴 목소리가 가슴 깊숙이 파고들었다. 몸을 일으킨 그가 나를 끌어안았다. 뜨거운 체온이 특유의 향기가 되어 내 코끝을 감미롭게 했다. 이윽고 다시 한번 입술이 겹쳐졌다가 느릿하게 떨어져 나갔다.

"마력이, 돌아왔어."

몸 안에서 자연스럽게 흐르는 마력이 신기한 듯 카르텔이 주먹을 쥐었다 폈다 했다. 장미는 꽃의 여왕. 모든 향기를 다룰 뿐만 아니라, 자체의 향기만으로도 강한 힘을 발휘할 수 있었다. 나는 그의 혈을 막고 있던 응어리를 향기로 태워 없앴다. 지금의 그를 막을 수 있는 건 아무것도 없었다.

"카르텔, 저 구체를 없애 줘."

나는 검붉은 구체를 가리켰다. 그것은 몸집을 불리며 심장처럼 박동하고 있었다. 겉껍질은 점점 더 단단해져, 이제는 아버지의 모습이 보이지 않게 되었다. 저 안에 든 것이 뭐든 이제는 인간이 아니었다.

"……끔찍한 것들이군."

그는 구체를 하나가 아닌 것들이라 표현했다. 마치 안에 들어 있는 게 무엇인지 알고 있는 것만 같았다.

"꽃의 뜻대로."

그의 손에서 불길이 피어올랐다. 지금까지와는 다른, 순혈의 검은 불꽃. 순결하리만치 아름다운 염화는 거대한 구체를 집어삼켰다. 불꽃에 쌓인 구체 안에서 쇠를 긁어내는 듯한 비명이 터져 나왔다.

[끄르르륵-!]

괴물 또한 마찬가지였다. 구체와 괴물은 서로 이어져 있었다. 괴물은 더 이상 몸을 회복하지도, 멀쩡히 움직이지도 못했다.

'……라쿠스, 아버지.'

나는 타오르는 구체를 보며 그들을 떠올렸다. 죗값은 치러야만 한다. 그리고 자신이 선택한 대가에 대해서도.

나는 그들을 등졌다. 이제 남은 건 단 하나, 클로디온뿐이었다.

"……아까워라."

클로디온은 타들어 가는 구체를 슬픈 눈으로 바라보고 있었다. 그는 마도 물품으로 만들어진 베리어에 감싸여 있다. 아실리드가 물의 창을 여럿 만들어 그것을 깨트려 버렸다.

"그거참, 성가시게 구는군요."

[……아아악!]

짜증스러운 목소리와 동시에 비명이 터져 나왔다.

"아실리드!"

고작 손을 턴 것뿐이었다. 그것만으로도 아실리드는 역 소환당했다.

"꽤 욕망 가득한 인간이라고 생각했는데."

역시 이 정도로는 부족했나. 클로디온은 제 뺨을 감싸며 중얼거렸다. 그는 진정으로 안타까운 듯 한숨을 내쉬었다.

'대체.'

아실리드는 물을 자유자재로 다룰 수 있는 인어다. 원소를 다루는 힘은 강한 기준에 속했다. 그런 아실리드를 한 번에 역 소환시키다니. 카르텔의 말대로, 저자는 인간의 범주를 벗어나 있었다.

"하지만 더 좋은 것을 발견한 듯하니."

뱀 같은 눈이 나를 훑었다. 그것을 느낀 듯, 카르텔이 내 앞을 막아섰다. 하지만 클로디온의 흥미만 더 유발한 듯했다.

"다음에 또 뵙겠습니다."

"집사!"

클로디온은 내 외침을 무시한 채 뒤를 돌았다. 그의 주변에서 회색 안개 같은 것이 피어올랐다. 음침한 기운이 사라졌을 때, 클로디온의 흔적은 그 어디에서도 보이지 않았다.

"……사라졌어."

나는 허망하게 중얼거렸다. 재와 피, 그리고 장미만 없다면 홀은 아무 일도 없었던 것처럼 고요하기만 했다. 나는 그 한 가운데서 한참이고 서 있었다.


"모두 무사합니다."

생명을 빼앗긴 자들은 어쩔 수 없었지만, 남은 이종족들은 모두 구출해 낼 수 있었다. 그 사이에는 바하리의 동료들도 있었다.

"다행이야."

"이 은혜는 꼭 갚겠소이다."

두 명의 홍사족이 머리를 숙이고 있었다. 나는 고개를 저으며 고개를 들어 달라 부탁했다.

"처음부터 제가 해결해야 할 일이었어요."

아버지의 실험도, 죄 없이 희생당할 뻔했던 이들의 구출도. 모두 내 몫임이 분명했다. 나는 씁쓸함을 감추고자 애써 미소 지었다.

'아버지가, 죽었어.'

아버지는 죽었고, 끔찍한 실험은 실패로 돌아갔다. 이상한 기분이었다. 누군가의 죽음을 이토록 간절히 바란 적이 없었다. 그것을 이루었음에도 기쁜 마음은 전혀 들지 않았다. 오히려 마음 한쪽이 텅 빈 듯했다.

'라쿠스 때문일까.'

자신도 쓸모 있는 존재였다며, 환한 웃음을 짓던 나의 핏줄. 나는 그를 떠올리며 옷자락을 움켜쥐었다.

"안에 너무 오래 있었더니 답답하네요. 잠시 나갔다 올게요."

나는 그 말을 남기고 저택 밖으로 나섰다. 새벽 사이 비가 내린 듯 흙이 촉촉하게 젖어 있었다.

클로디온, 그의 정체는 무엇일까. 앞으로 무슨 일이 일어나려는 걸까. 하지만 그것을 생각하기 전에 해야 할 일이 있었다. 나는 저 멀리 떠오르는 여명을 보며 중얼거렸다.

"안녕, 라쿠스. 그리고 아버지."

말로써 떠나보내고 나니 마음이 한결 더 가라앉는다. 그렇게 밝아오는 하늘을 가만히 바라보고 있을 때였다. 저 멀리서 은색의 무언가가 비틀거리며 날아오고 있었다.

"파이?"

나는 추락하는 매를 간신히 품 안으로 받아 들었다. 한쪽 다리에 서신이 묶여 있다. 그 서신은 붉은 피로 젖어 있었다.

# 벨루스 외전

빌어먹을 탑에서 나온 뒤다. 밤낮이 여러 번 바뀌었어도 태양은 좀처럼 익숙해지지 않았다. 나는 눈살을 찌푸리며 숲을 걸었다. 성안은 바닥이 매끄러워서 불편했다.

발바닥에 피가 달라붙으며 생기는 감촉은 그리 좋지 않았다. 오히려 흙먼지가 엉켜 있는 것이 걷기 편하다. 배가 고프면 사냥한 것을 뜯어 먹었고, 목이 마르면 호숫가의 물을 마셨다. 갑작스러운 소나기를 피해 동굴에 들어가 잠을 청하기도 했다.

보살펴 주는 이는 없었다. 그저 나를 보면 소스라치게 놀라 도망가기 일쑤였다. 내가 할 수 있는 건 뭔가를 죽이는 일뿐이었다.

'⋯⋯.'

그렇게 변함없이 살생을 반복하던 어느 날이었다.

사슴, 새, 다람쥐……. 나는 날이 바뀔 때마다 종류를 바꾸어 그것들을 죽였다.

오늘은 토끼로 결정했다. 그렇게 열여섯 마리째 토끼의 목을 꺾으려던 순간이었다.

'그만해.'

꽃잎같이 여린 목소리였다. 나도 모르게 손아귀에서 힘이 풀어졌다. 붙잡혀 있던 토끼는 이때를 기다렸다는 듯 달아나 버리고 말았다.

'……놓쳤다.'

살아 있는 무언가를 놓친 적은 이번이 처음이었다. 손에서 빠져나가는 감촉이 몹시도 불쾌했다. 나는 주먹을 움켜쥐며 눈앞의 소녀를 노려보았다.

작은 어깨 아래로 흘러내리는 분홍빛 머리카락, 어디선가 본 과육같이 붉은 눈. 예쁘장하고 어린 계집애는 무표정한 얼굴로 나를 바라보고 있었다. 사나운 눈초리에 움찔할 만도 하건만, 소녀의 표정은 변함이 없었다.

'살아 있는 걸 함부로 죽이면 안 돼.'

'왜?'

내 물음에 소녀가 머뭇거렸다. 그것도 잠시, 작은 입술에서 고조 없는 설명이 흘러나왔다.

'뭔가를 죽일 때는 그만한 이유가 있어야 해. 이 정도 양의 토끼는 식탁에 다 올릴 수도 없어. 죄다 버려지는 거야.'

내 고개가 옆으로 기울어졌다. 이상했다. 탑에 있을 때는 뭐든 죽이는 게 당연했는데. 그래야 내가 살 수 있었다. 소녀의 말이 이해가 되지 않았다. 나는 대상을 바꿔 다시 질문했다.

'그럼 널 죽이고 싶으면 어떻게 해야 해?'

'그럴듯한 이유가 있어야겠지.'

소녀는 내 말에 덤덤하게 답했다. 자기를 죽이고 싶다는 이야기에도 지독히 무표정한 얼굴이다. 어째서일까. 저 얼굴에 깃들 다른 표정들이 보고 싶었다.

죽이고 싶다는 건 괜히 해 본 말이다. 그저 신기했을 뿐이었다. 성에 있는 그 누구도 나에게 말을 걸지 않았다. 두려워하고 겁에 질려한다. 나를 무서워하지 않는 인간은 이 애가 처음이었다.

'……'

유리구슬 같은 눈이 나를 훑고 있었다. 이제야 내 모습을 확인한 걸까. 무감한 눈길이다. 나는 그 시선에 굳어 버리고 말았다.

'여기서 잠깐만 기다려.'

나를 향한 시선이 거두어졌다. 바로 돌아선 소녀는 곧 뒷모습조차 보이지 않게 되었다. 나는 소녀가 사라진 수풀 너머를 한참이고 바라보았다.

'……도망갔어.'

죽음을 피해 달아났던 토끼처럼, 내 손아귀에서 빠져나갔다. 저 애도 다른 사람들과 똑같은 시선으로 나를 봤던 걸까. 갑작스레 살심이 치밀었다. 지금이라도 따라가서 죽여 버린다면. 그렇다면 계속 내 앞에 있어 줄 것이다. 나에게서 결코 벗어나는 일 따위 없이.

내가 그렇게 마음먹으려던 순간이었다.

'나 왔어.'

나뭇잎이 부딪히는 소리와 함께 수풀 사이에서 소녀의 얼굴이 불쑥 튀어나왔다. 나는 날카롭게 세웠던 손톱을 등 뒤로 감추며 물었다.

'왜…… 다시 왔어?'

소녀는 내 말에 대답하지 않고 손을 내밀었다. 나는 갑작스러운 행동에 놀라 뒤로 물러서며 세운 손톱을 앞으로 뻗었다.

'뭐야.'

까딱했으면 목을 날릴 뻔했다. 나는 소녀를 죽이지 않은 것에 안도했다.

'괜찮아. 닦아 줄게.'

소녀는 아무것도 아니라는 듯 손에 든 것을 내게 보여 주었다. 그건 물에 적신 손수건이었다. 축축한 천 조각 따위로 뭘 하려는 건지. 나는 소녀가 하는 양을 참아 넘기려 주먹을 쥐었다. 날카로운 손톱이 살점을 파고들었다. 그 고통은 나로 하여금 소녀를 죽이지 않게 도와주었다.

'아.'

차갑고 청량한 감촉이 내 뺨에 닿았다. 젖은 천이 조심스럽게 내 얼굴을 닦아 나갔다. 고작해야 그것뿐이다. 하지만 이상할 정도로 기분이 좋았다.

'아프지 않지?'

'……응.'

나는 천천히 고개를 끄덕였다. 이것 때문에 사라졌던 건가.

소녀는 내가 당황하건 말건 얼굴을 닦아 줄 뿐이었다. 먼지와 피가 엉겨 생긴 딱지를 닦는 데에만 한참이 걸렸다. 여전히 무표정한 얼굴에는 지루함을 찾아볼 수가 없었다.

'다 됐어. 나머진 목욕을 해야 할 거야.'

소녀는 피로 얼룩진 손수건을 집어넣었다. 그리고는 내 주변을 눈으로 훑었다.

'이것들은 하녀보고 가져가라고 할게.'

살피고 있던 것들은 죽어 있는 토끼였다. 소녀는 어깨에 걸치고 있던 솔을 바닥에 펼쳐 놓고는 토끼들을 그 위로 옮기기 시작했다. 죽은 것이라 꺼려질 만도 한데 전혀 개의치 않았다. 나는 그 모습을 보며 홀린 듯 물었다.

'너, 이름이 뭐야?'

'……플로리아.'

어느 날 보았던 꽃과 닮은 이름이었다. 나는 소녀의 이름을 속으로 되새김질했다.

'이만 가 볼게.'

토끼를 솥 위에 모두 옮긴 소녀는 할 일을 마쳤다는 듯 손을 털고 일어났다. 소녀의 눈길이 나에게 머물렀다. 하지만 이내 내게서 등을 돌리고 만다.

'……'

나는 작별 인사를 들었음에도 그 자리에서 떠나지 않았다. 앞서가던 소녀가 문득 발걸음을 멈추었다. 나를 돌아보는 옆얼굴이 고왔다. 분홍빛 긴 머리카락이 바람결에 살랑이고 있었다.

눈앞의 소녀는 반짝거렸다. 이르게 온 봄처럼, 너무나도 눈부시게.

'같이 갈래?'

슬며시 지어진 미소와 함께 하얀 손이 나를 향해 내밀어졌다.

'……'

나는 소녀의 손과 내 손을 번갈아 보았다. 피딱지로 엉망인 내 손과 달리 작디작은 손은 너무도 깨끗했다.

저 손을 잡아도 되는 걸까. 내가 잡으면 분명 더러워지겠지. 죽은 토끼를 맨손으로 옮겼다 해도, 피범벅인 것은 싫어할지도 모른다. 그런 생각으로 한참을 머뭇거릴 때였다.

'괜찮아.'

소녀는 성큼 다가와 내 손을 쥐었다. 그 간격에는 작은 거리낌조차 없다. 처음 잡아 보는 타인의 손은 너무도 따뜻했다.

'……응. 갈래.'

어떻게 그런 용기가 나왔는지 모르겠다.

나는 천천히 고개를 끄덕였다. 그러자 소녀는 태연하게 나를 이끌었다. 더러움 따위는 느껴지지 않는다는 듯이.

성으로 들어가 몸을 씻었고, 식탁 앞에 앉아 음식을 먹었다. 모두 처음 접하는 일이었다. 저녁상 위에는 토끼 구이가 잔뜩 올라와 있었다. 플로리아는 곧장 입을 대려는 내게 음식을 먹는 법을 가르쳐 주었다. 옷을 갈아입는 법, 침대 위에 누워서 이불을 덮는 것까지. 이 모든 것들이 하루 만에 배울 수 있는 일이라는 게 믿기지 않았다.

불이 꺼진 방 안, 플로리아는 나를 품에 안고 물었다.

'이름이 뭐야?'

나에게는 벨루스라는 이름이 있었다. 탑에서 나온 직후, 내 아버지라는 작자가 던져 준 이름이었다. 마음에 들지는 않았지만, 당장 뱉을 것은 그것 하나밖에 없었다.

'……벨루스.'

'예쁜 이름이네.'

다정한 목소리와 머리를 쓰다듬는 손길은 마지막 벽을 무너트리고 만다. 그걸 인정해 버리는 동시에, 숨겼던 귀와 꼬리가 퐁, 하고 튀어나와 버렸다.

'귀여워.'

기분 좋은 웃음소리가 귓가에 맴돌았다. 새가 지저귀는 듯한 목소리가 체리란 이름의 과일처럼 달콤했다.

'그러면 벨이라고 부를게.'

'……좋아.'

꼬리가 살랑거리며 이불을 들추었다. 플로리아는 삐져나온 꼬리를 못 본 척해 주었다.

'저기, 그럼.'

'응?'

묻기가 몹시 망설여졌지만 나는 용기를 짜내어 물었다.

'나도 이름, 불러도 돼?'

'물론이지.'

속으로 떨면서 꺼낸 물음에 비해 대답은 흔쾌히 떨어졌다. 나는 입 안에서만 맴돌고 있던 말을 조심스럽게 내뱉어 보았다.

'플로리아. 리아.'

그렇게 리아의 이름을 부르고 또 불렀다. 나는 내게 정을 준 소녀의 품에 안겨 잠이 들었다.

클로디온에게 맡겨져 고문을 당할 때도 나는 리아를 잊지 못했다. 그녀는 이후 돌아온 나를 진심으로 걱정했다. 나는 그때 리아의 마음을 사로잡는 법을 깨달았다. 누구보다 여리게, 가엽게, 안타깝게. 리아는 작고 여린 것에 약했다.

그녀가 내 혈육이라는 것도 한참 후에야 깨달았다. 그러나 그건 전혀 중요한 것이 아니었다. 먹는 법, 씻는 법, 자는 법. 그 외의 사소한 일까지 전부. 나는 그녀에게 모든 것을 배웠다.

플로리아는 내 누이이며, 어머니요, 친구이자 나의······.

3 부

# 11. 피에 젖은 서신

나는 파이를 안고 서둘러 안으로 들어갔다. 살펴보니 날개깃 근처에 날카로운 무언가기 스치고 지나긴 흔적이 있었다. 이런 날개를 가지고 여기까지 날아오다니. 기특하다 못해 안타까울 정도다.

"리카엘 오라버니!"

"리아? 무슨 일…… 파이!"

응접실에 앉아 있던 리카엘이 황급히 몸을 일으켰다. 자신의 새를 확인한 그의 얼굴이 심각하게 굳어졌다. 향기를 써 고통을 덜어 주었으나 제대로 치료를 해야 했다.

"약초가 필요한데…… 잠깐 나갔다 올게요."

치명상은 아니지만 잔뜩 곪아 있었다. 저택에는 연구실이 차려져 있었지만 그곳에 있는 건 독약에 가까운 물질들뿐이었다. 숲에서 약초를 캐올 심산으로 등을 돌릴 때였다.

"저기……."

"어?"

응접실에는 리카엘만 있는 것이 아니었다. 저택은 넓었고, 풀려난 이종족들의 수도 많았다. 당장 움직일 수는 없으니 종족을 나누어 방에 구역을 배정한 상태였다. 응접실은 부모나 책임자가 없는 어린이 종족들이 모여 있었다.

"제가 갈게요."

나는 고개를 숙여 아이와 눈을 맞추었다. 푸르른 녹안이 유난히 선명했다. 나의 오빠, 아르덴과 같은 목인의 후손이었다. 아이를 보니 자연스럽게 아르덴이 떠올랐다. 나는 초조함을 숨기며 아이에게 물었다.

"괜찮겠어? 위험할 수도 있는데."

"저를 구해 주셨잖아요. 작게나마 도움이 되고 싶어서……."

녹색 빛 머리통이 푹 숙여졌다. 아이의 두 뺨이 발갛게 물들어 있었다. 목인 아이뿐만이 아니다. 많은 이종족이 내게 고마움을 표시하고 싶어 했다. 그런 아이들이 못내 귀여웠다. 나는 웃음을 참아 넘기고는 옆으로 고개를 돌렸다.

"바하리, 이 애와 함께 가 주겠니?"

"알겠습니다."

숲을 둘러 본 결과 흑마법의 잔재는 모두 사라진 상태였다. 혹시 모를 위험이 있을지도 모르지만 바하리와 함께 보낸다면 안심이 될 것 같았다.

"다녀오렴."

나는 두 아이가 문밖으로 나서는 걸 끝까지 지켜보았다. 이내 아이들이 사라졌을 때 내 표정은 딱딱하게 굳어졌다. 나는 리카엘 곁으로 다가가 파이를 살폈다.

"파이는 어때 보여요?"

"화살에 스친 모양이야. 이만하길 다행이지만……."

리카엘이 인상을 찌푸리며 대답했다. 은빛 매는 날아오는 화살도 가볍게 피하는 영특한 새였다. 그런 파이가 다쳐서 나타나다니. 필시 예삿일이 아니다.

"역시 황제의 소행일까요?"

"그럴 확률이 높지."

황제는 지금 이 순간에도 우리를 뒤쫓고 있다. 파이가 우리 쪽의 전력이란 사실을 모르고 있다고 해도, 수상함 정도는 느끼고 있을 터였다.

"최대한 빨리 이곳을 떠나는 게 좋겠어요."

내 말에 리카엘이 고개를 끄덕였다.

나는 약초가 도착할 때까지 파이를 재워 놓기로 했다. 서신이 묶인 다리가 파르르 떨렸다. 나는 조심히 그것을 풀어내었다.

"……아르덴 오빠에게서 온 편지에요."

피가 튄 옆으로 쪽빛이 물들어 있었다. 아르덴이 내게 편지를 보낼 때 쓰는 표식 같은 것이다. 조심히 펼쳐 든 편지의 안은 텅 비어있었다. 나는 향기를 흘려 숨어 있는 글자를 드러나게 했다.


[사랑하는 나의 꽃.

내내 너를 기다리며 편지를 쓴다.

형님과 동생, 그리고 마수가 곁에 있다고는 해도 쉬이 안심되질 않는구나.

이곳은 아주 평화롭단다.

같은 목인인 오르하스 곁에서 많은 것을 배우고 있어.

그는 고귀한 핏줄이자 타고난 관리자이기도 하더구나.

그러니 내 걱정은 하지 않아도 좋다.

낙원은 아늑하나, 내 마음만큼은 겨울이란다.

그러니 이 편지를 받는다면 서둘러 답신을 보내 주렴.

너에 대한 걱정을 담아내며 이만 줄이마.

돌아올 내 가족들을 기다리며.

너의 나무, 아르덴으로부터.]


이름 부분이 파이의 피로 적셔져 있었다.

나는 편지를 읽고 또 읽었다. 작은 종이에는 아르덴의 마음이 가득 담겨 있었다. 분명 잘 있다 안부를 전하는 편지인데, 왜 이리도 불안한 걸까. 나는 피에 물든 그의 이름을 몇 번이고 쓰다듬었다.

"답장을 보내야겠어요."

"파이 말고 다른 매를 쓰지. 은색이 아닌 평범한 색을 가진 새로."

리카엘은 곧장 창문으로 다가가 양 문을 활짝 열었다.

삐이익—!

청량한 휘파람 소리가 드넓은 숲에 메아리친다. 곧이어 여러 마리의 매가 나무들 사이로 날아올라 하늘을 맴돌았다. 그중 덩치가 가장 큰 매가 보란 듯 그의 팔 위로 내려앉았다.

"이 숲의 우두머리 매야."

리카엘은 금세 길이 든 매의 머리를 어루만졌다. 남들 눈에는 그저 예뻐해 주는 것으로 보이겠지만, 실상은 조인족의 능력을 발휘하는 중이었다. 그는 자신이 기억하는 낙원의 위치를 매에게 알려 주었다. 황갈색이던 매의 눈에 잠시 푸른빛이 걷돌다 사라졌다.

'편지를 잘 전해 주어야 할 텐데.'

매의 깃을 매만지던 나는 서랍에서 펜과 종이를 꺼내 들었다. 흰 종이에 간략한 문장을 새겨 넣는다.

'아르덴 오빠에게…….'

짧게 쓴 편지였지만 그 안에는 무수한 감정이 스며 있었다. 나는 서둘러 문장을 마무리 짓고는 품에서 녹색 병을 꺼냈다. 잉크로 글씨를 쓴 종이 위에 달리시아 잎으로 만든 액을 떨어트리면 그 편지는 식물계의 이종족밖에 볼 수 없게 된다. 우리는 어릴 적부터 이것을 이용해서 비밀 편지 같은 장난을 치고는 했다.

'그걸 이런 상황에서 쓰게 될 줄은 몰랐지만.'

나는 편지 위로 액을 고루 떨어트렸다. 액체는 살아 있는 것처럼 글씨를 잡아먹고는 편지를 평범한 종이로 바꾸어 놓았다. 나는 편지를 잘 접어 매의 다리에 매달아 주었다.

"부탁할게. 꼭 전해 줘."

삐익. 매가 내 말에 대답하듯 울어 주었다. 창가에 발을 디딘 매는 이내 창공을 향해 날갯짓했다. 나는 매가 완전히 사라질 때까지 하늘에서 눈을 떼지 못했다.

'부디.'

낙원의 이들에게도, 그곳으로 향할 우리에게도 큰일이 생기지 않기를. 마음속으로 간절히 기도했지만, 그 소원이 닿을 신은 이 땅에 존재하지 않았다. 믿을 수 있는 건 오직 우리뿐.

"오라버니. 잠시."

어린 이종족들이 듣기에 그리 좋은 이야기가 아니었다. 나는 리카엘과 함께 복도로 나와 말을 이어 나갔다.

"이종족들을 모두 데리고 가야 해요."

각자의 터전은 대부분 사라진 지 오래였다.

이곳에 갇혀 있던 이종족의 수는 처음 낙원으로 이끌던 이종족들과 맞먹었다. 거기에 이동 거리는 배나 된다. 벨루스가 있다고는 해도 황제의 눈을 완벽히 피할 수 있을지 의문이었다.

"어렵군."

리카엘이 눈썹을 찡그렸다. 많은 이종족을 낙원으로 안내했던 만큼 제국의 길을 잘 알고 있는 그였지만, 이번만큼은 쉽지 않았다. 나는 리카엘의 옆에서 고민에 잠겼다. 우리를 도와줄 수 있는, 그러면서도 황제의 소식과 방대한 정보를 가지고 있는 자.

"수에노에게 도움을 요청해야 할 것 같아요."

"……그 여자가 있었지."

생각지 못했다는 듯 리카엘이 눈을 깜빡였다. 사회에서 몸을 숨기고 살아가는 그녀는 인간보다 이종족의 편에 가깝다. 나는 거기에 희망을 걸었다.

두 번째 매가 창공을 향해 날아갔다.

* * *

빛이 내려앉아 아득한 밤, 나는 모두가 잠든 틈을 타 저택 밖으로 걸어 나갔다. 오래전 역병이 돌았던 땅 위는 관리되지 않아 엉망이었다.

'생명의 힘으로.'

나는 손을 부드러이 내밀었다. 땅 아래에 깃들어 있던 씨앗들이 내 명에 따라 눈을 떴다. 새싹부터 시작해 순식간에 피어난 한 무리의 들꽃들은 기쁨의 춤을 추었다.

'신기해.'

나는 내 손과 꽃들을 번갈아 보았다. 자리 잡고 있던 생명을 틔우는 것. 조금 더 힘을 쓰면 내 손안에서 꽃을 피워 낼 수도 있었다. 나는 신경을 집중해 손안에 장미를 틔워 보았다.

'나의 탄생화.'

손안으로 신비로운 빛이 모여들었다. 빛으로 이루어진 덩굴이 내 손목을 감는다. 붉게 물든 중앙은 곧 봉우리가 되었고, 이내 아름다운 잎을 피워 냈다.

장미는 고고한 자태를 드리웠다. 고작 한 송이를 피워 낸 것뿐인데 현기증이 인다. 아직 힘을 다루는 데 익숙하지 않았다. 그때는 어떻게 그런 능력을 발휘했는지 모를 정도였다.

"무리하지 마."

어느 틈에 다가왔는지, 카르텔이 비틀거리는 나를 붙잡아 주었다. 아무렇지 않은 척 몸을 바로 세워 보았지만 그가 알아차리지 못할 리 없었다.

"연습 중이었어."

집사가 사라진 지 사흘째 되는 밤이다. 나는 그날부터 꾸준히 힘을 다루는 연습을 하고 있었다.

'첫날엔 정말 놀랐지.'

과하게 힘을 쓴 그 날, 나는 쓰러지듯 잠이 들고 말았다. 다시 깨어났을 때는 무수하게 핀 장미에 둘러싸여 있었다. 위는 천장이었으니 저택의 내부였음은 분명했다.

카르텔은 주변의 장미들이 모두 내가 피워 낸 산물임을 말해 주었다. 갑자기 트인 힘은 쉽게 제어가 되지 않았고, 이는 무의식중에 드러났다. 그렇게 밤새도록 마력을 썼으니 기운이 돌아올 리 없었다. 내가 제대로 쉬지 못했다는 걸 안 카르텔은 곧바로 내게 마력을 다루는 법을 차근히 가르쳐 주었다.

"잘했어."

그가 내 손에 들린 장미를 보며 말했다. 수십 송이를 한 번에 피워 내는 것보다, 내가 원하는 수의 장미 하나를 틔우는 게 배는 더 어려웠다. 혈이 뒤틀렸을 때도 수십의 불꽃을 자유자재로 다루었던 카르텔이 새삼 대단해 보였다.

"……."

나를 내려다보는 표정이 한없이 나른해 보였다. 그가 고개를 숙여 장미 잎을 입술로 물었다. 입술에 걸린 붉은 꽃잎이 안으로 삼켜졌다.

"너를 먹어 치우는 것 같아."

카르텔은 아무렇지도 않게 말하며 내 입술에 입을 맞추었다. 맞닿은 입술에서 장미 향이 풍겼다. 아, 나와 같은 향이었다.

흐드러지게 핀 화원의 중심에서 그와 내가 서로를 오갔다. 입술에서 뺨, 연약한 귀와 목덜미에 그의 입맞춤이 수시로 내려앉았다. 단단한 손이 내 등을 훑을 때마다 피부가 홧홧하게 달아오른다. 예전과는 확연히 다르다. 더욱더 예민하고 은밀한 감각은 온몸의 힘을 풀어지게 만든다.

"침대로 가."

나는 깨금발로 서서 그의 귓가에 당돌히 속삭였다. 나직한 웃음소리와 함께 내 몸이 들렸다. 그는 나를 안아 들고 몇 걸음 채 가지 않아 창틀을 넘었다. 느긋해 보였지만 입구로 들어갈 정신도 없는 모양이었다.

"아……."

침대에 등이 닿았다. 푹신한 감각에 옆으로 몸을 돌리니 그가 뒤에서 나를 안아 왔다.

"아름다워."

뜨거운 것이 뒷덜미를 핥아 올렸다. 카르텔은 내가 볼 수 없는 부분에 연신 입을 맞추었다. 그곳에는 장미가 피어 있을 것이다. 등에 피어난 장미는 그에게 닿을 때마다 떠올랐다가, 다시금 사라지기를 반복했다. 자리 잡지 못한 힘을 방증이라도 하는 걸까. 하지만 그런 걸 깊이 고민할 시간은 없었다.

"카르, 텔."

다른 생각은 안 된다는 듯 잇새가 날개 뼈 위의 여린 살을 깨물었다. 등줄기를 쓸어내리는 입술, 골반을 매만지는 손길, 남은 것은 열락. 그리고 흐드러지게 핀 꽃의 안쪽뿐이었다.

뜨거운 몸이 내 전신을 휘감았다. 가까스로 붙잡고 있던 이성이 더운 호흡을 내뱉는 순간 끊어져 버린다. 그와 동시에 하얀 침대 위는 붉은 장미로 뒤덮였다.

두 육체가 움직이면서 꽃잎을 짓눌렀다. 달콤한 향이 물씬 차올랐다. 이 남자와 함께 있으면 감정이 터져 버릴 것 같은 기분이 들었다. 나는 갑자기 발산된 마력에 숨을 헐떡이며 그의 품을 찾아 깃들었다.

"리아. 배운 걸 잊어버린 것 같은데."

카르텔이 낮게 웃으며 목덜미를 깨물었다. 요 며칠간 카르텔은 훌륭한 선생이었고, 나는 그에게서 마력 제어를 배우는 학생이었다. 그는 일순간 제어가 풀린 내 능력을 이야기하고 있었다. 작은 장난일 뿐이었지만 그게 내 자존심을 건드리고 말았다.

"일부러 그런 건데요. 선생님."

일부러 존칭을 뱉으며 톡 쏘듯 대답했다. 카르텔이 선생님이라는 호칭을 듣고 느릿하게 눈을 깜빡였다. 곧이어 앙큼한 것을 보는 듯한 웃음이 뒤따랐다.

나는 그 미소가 사라지기 전 그를 밀어냈다. 시야가 반전되며 내가 그를 내려다보는 모양새가 되었다. 노란빛이 섞인 금안이 어두운 방에서 요요하게 빛났다.

그늘진 눈가와 날카로운 콧대, 어딘가 요염한 입술을 가진 남자가 내 아래에 깔려 있었다. 기이한 만족감이 차올랐다. 나는 그가 했던 것처럼 단단한 목덜미를 앙칼지게 깨물었다.

"웃."

붉은 입술에서 옅은 신음이 흘러나왔다. 나는 곱게 눈웃음 지으며 그를 바라보았다. 방심하다가 당한 남자의 얼굴이 볼만했다.

"정말 그런 거라면 좋겠는데요. 학생."

물린 곳이 제법 아팠는지 카르텔이 한쪽 눈가를 찌푸리며 웃었다. 선생과 학생 놀이에 동참할 생각인 걸까. 그는 다정한 스승의 말투를 흉내 내었다. 하지만 그의 기는 여전히 꺾이지 않았다. 카르텔은 늘 나에게 져 주었지만, 밤이 되어서만큼은 아니었다.

어떻게 하면 이 남자를 꺾을 수 있을까. 고민하던 나는 재미있는 방책을 떠올렸다.

"네. 그러니까, 지금부터 배운 걸 응용해 보려고요."

나는 입꼬리를 말아 올렸다. 어느새 내 얼굴은 장난감을 쫓는 고양이 같은 표정이 되어 있었다.

"그래요?"

카르텔은 어디 한번 해 보라는 듯 몸을 늘어트렸다. 그런 여유로움까지도 오늘따라 내 심기를 건드렸다.

나는 카르텔의 태도에 아랑곳하지 않고 그의 양팔을 잡아 올렸다. 희미하게 마력을 퍼트리니, 그것은 곧 붉은빛이 되어 단단한 넝쿨로 탄생했다. 넝쿨은 살아 움직이는 것처럼 그의 양 손목을 단단하게 얽어 버렸다.

"네. 이렇게, 제가 선생님을 가지고 놀 수 있도록요."

가늘고 연약해 보여도 마력으로 만든 것이라 쉬이 끊어지지 않는다. 나는 그에게 배운 것을 그대로 응용에 흉포한 짐승을 포박했다.

"제법인데."

카르텔이 옅은 감탄사를 터트리며 나를 올려다보았다. 그 시선의 높낮이가 마음에 들었다.

짐승을 붙잡았으면 요리를 해야겠지. 나는 그의 몸을 감싸고 있는 불필요한 천들을 거두었다. 굵은 목덜미 아래로 단단한 상체가 고스란히 드러났다. 군살 한 점 없는 몸이다. 근육으로 짜인 복근과 선명하게 보이는 장골이 나를 유혹하고 있었다.

"다 학생이 훌륭해서 아니겠어요."

나는 카르텔이 웃음을 터트리기도 전에 그의 몸을 쓸어내렸다. 단단한 육체가 움찔거리는 것이 재미있었다. 이제야 상황 파악이 된 듯 카르텔이 미간을 찌푸렸다. 그가 손을 들어 올리려 했지만, 손목엔 넝쿨이 묶인 지 오래였다.

"……그렇, 군."

그는 이를 악물며 내 손길을 참아 내고 있었다. 나는 옅게 웃으며 사나운 육체를 매만졌다. 이렇게 여유롭게 그를 만지는 건 이번이 처음이었다.

"……그만."

"싫은데요."

그를 가지고 노는 데 한창 재미가 붙은 참이다. 이렇게 즐거운 놀이를 그만둘 리가. 나는 흥얼거리며 갈비뼈 부근을 어루만졌다. 내손이 상체를 타고 내려가 그의 허벅지에 닿았을 때였다.

뚜둑.

"……!"

무언가가 끊어지는 소리가 들림과 동시에 시야가 핑 돌았다. 폭신한 것에 머리가 닿는다. 정신을 차렸을 때는 내가 그를 올려다보고 있었다.

"다 놀았어?"

으르렁, 잇새 부딪치는 소리가 귓가에 울렸다. 그의 입꼬리가 비틀려 있었다. 마력으로 만들어 끊어 내기 쉽지 않았을 텐데 이렇게 쉽게 풀릴 줄은 몰랐다. 다시금 넝쿨을 만들어 그를 구속하려 할 때였다. 그의 금안이 타오르듯 이글거렸다.

"놀이는 끝났어."

"……아!"

그가 사납게 웃으며 넝쿨을 찢어발겼다. 어깨에만 간신히 걸쳐져 상체를 가리던 옷자락이 아래로 흘러내렸다. 새하얀 몸이 맹수의 시선에 함락되었다.

"지금은 식사 시간이야."

허벅지를 잡아 올린 손에 힘이 실린다. 곧이어 그 자리에는 붉은 자욱이 남았다.

뱉 한 번 보지 못한 안쪽에 입술 자국이 남았다. 깨물린 피부가 따끔했다. 입술은 곧장 잘 부푼 열매로 향했다. 오물거리는 입술이 열매를 베어 물었다.

"흐웃……!"

절로 허리가 들렸다. 야금거리며 먹어 치우던 입술은 그것을 물어 혀로 갉작거렸다. 진저리치며 몸을 바둥거렸지만 소용없었다.

"얌전히 굴어야지."

그 말을 끝으로 바닥이 보였다. 시야가 뒤집혀 있었다. 그가 내 등을 잡아 눌렀다. 한쪽 뺨이 침대보에 닿는다. 엉덩이가 치켜 올라간 자세였다.

"아!"

자세를 인지한 순간 불이 붙듯 얼굴이 홧홧하게 달아올랐다. 엉덩이를 아래로 내리려 하자마자 통통한 살에 따끔한 감각이 튀었다. 두툼한 손바닥이 엉덩이를 때리고 있었다. 따끔거리는 아픔에 기묘한 쾌락이 치고 올라왔다. 머리가 이상해질 것만 같았다.

"힉, 하지…… 마, 아!"

여린 살이 견딜 수 없을 만큼 뜨거워졌을 때다. 다리 사이로 들어

온 손이 질구를 문질렀다. 손가락이 닿을 때마다 찰박이는 물소리가 울렸다. 귀를 틀어막고 싶을 만큼 부끄러웠다.

"그, 만······!"

"그만?"

등 위로 웃음소리가 들렸다. 촤악, 엉덩이를 내리친 손이 사이를 잡아 벌렸다. 뻐끔거리는 구멍에서 물이 질질 흘렀다.

두꺼운 앞머리가 질 입구에 닿았다. 살짝 맞닿은 것뿐인데도 데일 듯 뜨거웠다. 온몸이 뜨거움을 바라고 있었다. 흐윽, 울음을 삼키며 도리질 칠 때였다.

푸욱, 기다렸다는 듯 말랑거리는 입구에 귀두가 박혀 들었다. 불몽둥이 같은 그것은 망설임이 없었다. 곧바로 안쪽으로 찔러 들어오는 통에 한순간 숨이 멎었다.

"아, 아아······!"

둔탁하고 뜨거운 감각이 느릿하게 치고 올라왔다가, 곧이어 격동적인 움직임으로 변했다. 나는 이불보를 붙잡으며 치고 들어오는 것을 견뎠다. 위에서 아래로 찍어 내리는 것이라 더욱 견디기 힘들었다.

하지만 그 이상의 쾌락이 존재했다. 내려찍을 때마다 귀두가 도톰하게 부푼 부분을 사납게 긁어내렸다. 달궈진 눈가가 넘어갈 듯 아른거렸다. 뇌리가 꺼질 듯 깜빡거리고 있었다.

"큿······!"

카르텔이 거친 신음을 토했다. 그도, 그리고 나도 더는 견딜 수 없었다. 장미 향기와 그의 육체에서 흘러나오는 매혹적인 페로몬. 그 사이에서 내 정신은 함락당했다.

"하으····· 아!"

격정이었다. 안쪽에서 용솟음치듯 뜨거운 것이 뿜어지고 있었다. 나는 진저리치며 고개를 저었다.

"하아…… 흐……."

허공에서 흔들리던 엉덩이가 아래로 무너져 내렸다. 거친 숨을 토해 내던 몸은 아래로 늘어졌다. 지친 몸은 수마에 잠겨 들었다. 눈이 반쯤 감길 때였다.

"……뭐, 뭐야."

"밤은 이제 시작이야."

카르텔이 다정하게 속삭였다. 그는 창백해진 얼굴에 입을 맞추었다. 그와 동시에 다리가 벌어졌다.

그는 상냥하게 웃고 있었다. 순진무구한 어린 짐승의 얼굴이었다. 그렇게 새로운 밤이 시작되었다.

* * *

버려진 저택에서 열한 번째 아침을 맞은 날, 수에노에게 보낸 매가 돌아왔다. 매의 다리에는 답신이 묶여 있었다.

"……그 마녀가 뭐래?"

마침 벨루스의 방에 있던 참이었다. 벨루스는 내 옆에 찰싹 붙어 편지를 노골적으로 경계하고 있었다.

"마녀라니, 수에노라니까."

나는 쓴웃음을 지으며 동생의 머리를 쓰다듬어 주었다. 수에노와의 첫 만남 후, 벨루스는 그녀를 마녀라고 부르고 있었다.

'하렘에 들어오라는 말이 어지간히도 충격이었던 모양이지.'

소녀의 외모를 지녔을 때도 자신을 희롱하는 무리가 있을 시 모조리 죽여 놓았고, 다 자란 이후에도 저 덩치로 누군가에게 첩이 되라는 망발 따위는 들어 본 적이 없었다. 나는 그런 동생을 이해하며 편지를 열어 보았다.

'긍정적인 답변이 적혀 있으면 좋겠는데.'

흐르는 듯 화려한 필기체는 자연히 그녀를 떠오르게 했다.

**[대가만 지불한다면, 보름달이 뜨는 밤 로즈앙테 거리에서.]**

짧고 간결한 문장만이 편지를 메우고 있었다. 대가라. 지극히 수에노다운 말이었다.

'그런데 로즈앙테 거리라니.'

승낙에 가까운 답변에 마음이 놓이려던 찰나다.

만나게 될 장소가 내 발목을 붙잡았다. 보름달이 뜨기까지는 일주일, 로즈앙테는 수도의 아래쪽에 있는 바흐트 영지의 거리 이름이었다. 수도로 가장 빨리 갈 수 있는 길목이라 다른 지역보다 몇 배는 화려하고 정갈하게 꾸며져 있으며, 관광지의 역할을 하는 곳이다.

'왜 하필?'

우리는 어떻게든 수도를 피해야만 하는 입장이었다. 그런데 외지기는커녕 도리어 경비가 삼엄한 곳이라니. 찜찜한 기분이 들 수밖에 없었다. 지난번 수에노는 황실에서도 연락을 받았다고 했다. 혹시나, 아주 적은 확률로 그녀가 우리를 황제에게 팔아넘기려는 생각인 건 아닐까.

황가가 지불하겠다는 금액을 듣지는 못했지만, 그건 내가 수에노에게 줄 수 있는 대가보다 수백 배는 더 값질 것이 분명했다. 나는 편지를 테이블 위에 내려놓았다. 자연스레 얼굴이 굳어진다.

'그녀까지도 의심해야 하다니.'

잠깐이지만 서로 속을 나누었던 상대였다. 그런 이까지도 의심해야 하는 상황에 마음이 좋지 않았다.

'하지만 도움을 받아야 해.'

이곳에서 로즈앙테 거리는 사흘이면 충분했다. 하지만 낙원으로 가는 길목까지는 이 주 이상이 걸린다. 거리로 보나 상황으로 보나 그녀의 도움을 필히 받아야만 한다.

"벨루스, 리카엘과 카르텔을 불러와 줄래?"

"음, 알겠어."

내 표정을 본 벨루스가 순순히 방을 빠져나갔다. 혼자 남은 나는 창가로 다가섰다. 그곳에는 답신을 들고 와 준 매가 앉아 있었다. 나는 손끝으로 매의 머리를 긁어 주며 중얼거렸다.

"그런데 이상하지."

두 마리의 매는 같은 날 출발했다. 내게 서신을 가지고 오도록 명령받은 아이들이다. 지금쯤이면 아르덴에게서도 답장이 도착해야 정상이었다. 편지가 그에게 닿지 않은 걸까. 아르덴을 걱정하며 먼 하늘을 올려다보던 순간이었다.

"리아."

벨루스가 문을 열고 안으로 들어왔다. 그 뒤에는 리카엘과 카르텔이 서 있었다. 세 남자가 안으로 들어오자 방이 가득 찬 느낌이었다. 나는 리카엘에게 수에노의 편지를 보여 주었다.

"로즈앙테 거리로 오라는 편지예요."

"······조금 이상하군."

편지를 받아 든 리카엘이 눈썹을 찌푸렸다. 그도 접선 장소가 마음에 걸렸는지 쉬이 동의를 표하지 못했다. 리카엘은 아버지 아래에서도 숨어 움직이는 데 능통했다. 나는 그에게 의견을 물어볼 생각이었다.

콰앙-!

"뭐야?!"

벨루스가 놀라 벽을 짚었다. 저택 전체가 흔들릴 정도의 폭음이다. 카르텔이 굳어 있는 나를 품 안으로 숨겼다.

'군대인가?'

저택을 뒤흔들 정도의 위력이라니. 필시 예사 규모가 아닐 것이다. 그러나 다급하게 내다본 밖은 방금 전 소란이 무색할 정도로 적막하기만 하다. 나는 카르텔을 올려다보았다. 군대 정도의 인기척이라면 그가 모를 리 없었다.

"……지하로군."

주변을 감지한 카르텔이 미간을 찌푸렸다.

지하라니. 저택 내부를 말하는 건가? 설마……. 거기까지 생각이 닿은 나는 반사적으로 이마를 짚었다. 며칠 전부터 불안했던 것은 현실이 되고 말았다.

"내려가 봐야겠어."

나는 수에노에 대한 것을 잠시 접어 두고 서둘러 방 밖으로 나갔다. 아버지가 거점으로 삼았던 이곳은 귀족이 살았던 저택답게 웅장했다. 나선형의 계단을 타고 아래로 내려가니 홀이 나왔다. 피범벅이었던 그곳은 현재 깨끗하게 치워져 있었다.

"플로리아 님!"

어린아이의 목소리가 내 발목을 붙잡았다. 파이의 약초를 구해 주었던 목인의 아이 루리엘이었다.

"루리엘. 방금 전에 저택이 울리던데. 혹시 무슨 일인지 아니?"

"저어…… 그게."

앳된 얼굴에는 곤란함이 가득했다. 뭔가 알고 있는 표정이었지만 더 캐묻지는 않았다. 짐작 가는 것이 있어서였다.

"가 보자."

나는 작게 한숨을 내쉬며 홀을 벗어났다. 복도로 나가 걷던 중, 얼마 지나지 않아 매캐한 냄새와 함께 웅성거림이 들려왔다.

"플로리아 님."

"플로……."

문틈으로 검은 연기가 흘러나왔다. 그 앞에 많은 이종족이 모여 술렁이고 있었다. 모두 실험의 제물로 저택에 갇혀 있던 이들이었다. 그들은 나를 발견하자마자 구명줄이라도 되는 듯 내 이름을 불렀다.

"안에 몇 명이나 있나요?"

"그게, 잘 모르겠습니다. 저희도 폭발음이 들린 직후에 달려온 것인지라."

한 수인이 곤란하다는 듯 머리를 긁적였다. 연기가 나오는 문 뒤엔 저택의 지하실로 내려가는 계단이 있었다.

내가 가까이 다가가자 이종족들이 길을 터 주었다. 나는 정화의 향기로 연기를 밀어내며 문을 열었다.

'연기 때문에 앞이 안 보여.'

안은 더 가관이었다. 나는 인상을 찌푸리며 아래로 내려갔다. 지하에 발을 내딛자마자 사방에서 콜록거리는 소리가 들려왔다. 내부에 있던 자들이다. 이대로 두었다가는 정황을 묻기도 전에 질식해 죽고 말 것이다. 나는 서둘러 안의 공기를 정화했다.

얼마간의 시간이 지나고 나서야 겨우 앞이 보였다. 바닥에는 열댓 명의 이종족이 쓰러져 있었다.

"쿨럭……! 큭……!"

대부분이 연기를 잔뜩 들이마신 탓에 몸을 일으키지 못했다. 그래도 폭발음에 비해 크게 다친 곳은 없어 보였다. 나는 향기를 더욱 진하게 흘리며 그들이 정신을 차리기만을 기다렸다.

"……젠장."

낮은 욕지거리가 들려왔다. 커다란 몸이 들썩이며 바닥에서 몸을 일으켰다. 짧은 갈색 머리칼을 지닌 이는 곰족의 사내이자 소동의 주동자였다.

"바흐녹토, 무슨 짓을 벌인 건가요."

한숨 섞인 목소리로 물으니 바흐녹토가 사나운 눈빛으로 나를 노려보았다. 꼭 자신의 꼴이 나 때문이라는 듯한 표정이다. 나는 강한 적개심을 내보이는 남자를 보며 천천히 고개를 내저었다.

클로디온이 사라진 이후, 나는 각 방에 갇힌 이들을 풀어 주고 치료해 주었다. 그들은 살아남은 것에 안도하며 우리에게 감사했다. 하지만 모두가 호의적인 모습을 보인 건 아니었다.

"빌어먹을. 왜 안 되는 거야."

바흐녹토는 내 말을 무시한 채 짜증만을 내뱉었다. 익숙한 반응이었다. 그는 나에게 반발을 가진 무리의 대표 격인 인물이었다. 인간 자체를 싫어하는 이종족들은 많았고, 대부분의 이들은 소문을 통해 내가 도살자라 불리는 아버지의 핏줄임을 알고 있었다.

그들은 둘로 나뉜 시선으로 나를 보았다. 동정, 혹은 적의. 바흐녹토는 후자였고, 그중에서도 나를 비롯한 모든 인간에게 강한 적개심을 품고 있었다. 말을 더 걸어 봤자 계속 무시당할 것이 분명했다. 나는 그 대신 주변을 살폈다.

'폭박음과 액체득'

아버지가 썼을 것으로 추정되는 실험 도구와 재료들은 대부분 지하에 옮겨 놓았었다.

실험 재료들이 있던 벽장은 열려 있고, 비커와 실험 도구 몇 가지가 폭발을 견디지 못해 한쪽 벽과 함께 부스러져 있었다. 모든 정황을 확인한바, 결론은 내려졌다.

"마도학을 다루려 했군요."

"......"

바흐녹토는 나를 노려보는 것으로 대답을 대신했다. 그는 정말이지 위험하기 짝이 없는 짓을 벌였다. 아주 위험한 것들은 다른 곳에 숨겨 두었기에 망정이지, 아니었으면 저택이 채로 날아갔을 것이다. 지하에 있던 이들도 다치지 않은 게 기적이었다.

"자칫 했다간 죽을 뻔했어요."

"그게 너랑 무슨 상관이지?"

쌀쌀맞은 대꾸였다. 요즘에야 상냥한 사람들에게 둘러싸인 매일이니 듣지 못한 말이었지만, 예전에는 저것보다 더한 말도 곧잘 들었었다. 나는 조금도 타격받지 않고 할 말만을 했다.

"꼭 제가 아니어도 여기 있는 이종족분들과는 관련이 있을 텐데요."

"……크윽."

바흐녹토는 내 말에 반박하지 못했다. 그러는 동안 슬슬 다른 이종족들도 하나둘 정신을 차리기 시작했다. 그들은 몸을 가눌 수 있게 되자마자 나를 경계하며 뒤로 물러났다. 그런 후에야 주변을 둘러보고는 허탈한 표정을 지었다.

"실패인가. 분명 책을 보고 만들었는데."

"인간들은 이런 걸 어떻게 다루는 거지."

몇몇 품 안에 책이 들어 있었다. 그건 폭발에 관한 마도학의 레시피가 담긴 책자였다. 저것을 보고 어설프게 무언가를 만들다 이 사달을 낸 것 같았다.

"기초적인 지식도 없이 뭔가를 다룰 수는 없어요."

나는 한숨을 터트리며 마력을 풀어냈다. 그것은 넝쿨이 되어 대항하는 이들의 몸을 묶어 버렸다.

"이거 풀어!"

"실험을 그만둔다고 약속하면요."

나는 한숨을 터트리며 그들의 품에서 책을 빼앗았다. 책을 주지 않으려 버둥거리는 그들을 넝쿨로 묶은 이유는 더 큰 사고를 막기 위함이었다.

"도로 내놓지 못해!"

"절대 안 돼요. 이번엔 아예 목숨을 내놓으려고요?"

넝쿨에 묶인 이종족들이 발버둥을 쳤다. 거기엔 바흐녹토도 포함되어 있었다.

"우리도 마도학이라는 걸 다루어야 한다고! 그래야 인간 놈들에게 당하지 않아!"

"맞아요. 언제까지나 참고만 지낼 수는 없어요!"

이종족들이 바흐녹토의 말에 동조하며 목소리를 높였다.

인간들을 향한 그들의 반감은 이해했다. 하지만 이건 아니었다. 섣부르게 마도학으로 이것저것 실험하다간 정말로 목숨을 잃을 수도 있었다. 그만큼 위험한 학문이자 실험이다.

'흑마법의 기원인 줄은 몰랐지만.'

그 사실을 상기하니 입안에 쓴맛이 맴돌았다. 나는 그것을 내색하지 않으며 말했다.

"그러면 제가 알려 드릴게요."

갑작스러운 발언에 일동 정적이 일었다. 놀랐겠지. 이렇게 순순히 가르쳐 준다고 할 줄은 몰랐을 테니까. 대신 조건이 뒤따랐다. 나는 한쪽 손을 허리춤에 올리며 말했다.

"대신 위험한 실험은 그만두도록 해요. 알겠죠?"

"……너를 어떻게 믿지?"

바흐녹토의 목소리에는 의심이 가득했다. 상처 입고 배반당한 자의 눈이다. 나는 그의 마음을 이해했다. 하지만 지금은 단호해야 할 때다.

"믿기 싫어도 어쩔 수 없어요."

사실이어도 하고 싶지 않은 말이 있다. 나는 잠깐의 침묵 뒤, 그들이 원하는 말을 내어 주었다.

"당신들이 말하는 도살자는, 내가 죽였으니까."

"······뭐?"

불시에 정적이 일었다. 그들도 내가 도살자의 핏줄임을 알고 있었다. 그랬기에 나를 경멸 어린 눈초리로 바라보았던 것이겠지. 하지만 지금 바흐녹토의 눈에는 혼란만이 가득했다. 당연한 반응이니 신경 쓸 필요는 없었다. 나는 잠깐의 틈을 두고 말했다.

"조건이 하나 더 있어요. 우린 삼일 뒤에 저택을 떠나 낙원으로 갈 거예요. 그때 반감 없이 따라와 줘요."

돌아오는 대답은 없었다. 그러니 침묵은 긍정이라 생각하기로 했다. 나는 넝쿨을 풀어 주며 그들에게 당부했다.

"지하실에 내려오는 건 앞으로 금지에요. 알아들었으면 이제 그만 올라가도록 해요."

나는 그 말을 끝으로 등을 돌렸다. 지하에는 계단을 올라가는 내 발걸음 소리만이 울려 퍼졌다.

* * *

삼일 뒤, 시간은 눈 깜빡할 사이에 지나갔다. 그사이 나는 저택을 나설 준비와 반대 세력들에게 마도학의 기초를 가르치는 걸 겸했다. 말만 가르친다였지, 그들이 삼일 동안 배울 수 있는 양은 고작해야 기초적인 단어와 기원이 전부였다.

'분명히 반발할 줄 알았는데.'

그렇지 않았다. 지하실에서 있었던 일 이후 바흐녹토는 놀랄 만큼 순순히 나를 따랐다. 내 말이 제법 충격으로 남았던 것 같다.

저택에서의 마지막 해가 저물고 있었다. 나는 붉게 물든 하늘을 바라보았다. 아르덴에게서의 답신은 여전히 오지 않았다.

"······이만 가자."

리카엘이 조심스럽게 내 어깨를 잡았다. 그는 내가 무엇을 기다리는지 알고 있었다. 나는 애써 웃으며 고개를 끄덕였다.

"그래요."

등을 돌리니 몇십 명의 이종족들이 나를 기다리고 있었다. 그 앞에는 바하리와 홍사족이 서 있다. 시선이 마주치니 바하리가 나를 향해 다가왔다. 홍사족들이 바하리의 뒤를 따랐다. 아이는 일족 중에서도 귀한 신분으로 보였다.

"사막으로 돌아간다고 했지?"

"네. 끝까지 함께하지 못해 죄송합니다."

바하리와 홍사족들이 일제히 머리를 숙였다. 그들은 진심을 다해 은인을 예우하고 있었다.

"아니야. 그런데 찾을 것이 있다면서. 그대로 돌아가도 괜찮은 거야?"

"……그것에 대해서는."

"아, 그렇구나."

바하리는 곤란한 듯 말을 삼켰다. 대화를 잇기 썩 좋은 주제가 아니었던 걸까. 나는 더 묻지 않기로 했다.

"어쩌면, 이미 찾은 것 같기도……."

"응?"

갑작스레 불어온 돌풍에 나무들이 잎사귀를 부딪치며 울어 댔다. 그 소음 탓에 바하리의 이야기가 들리지 않았다. 뒤늦게 되물었지만 아이는 슬며시 미소 짓는 것으로 대답을 대신했다.

'무사히 돌아갈 수 있을까?'

붙잡혀 곤욕을 치른 이들이라 걱정이 더 컸다. 하지만 지금은 클로디온이 가지고 있던 마도구도 없어진 상태다. 그러니 전보다는 제국 밖으로 나서기 안전할 터였다.

"몸조심해. 바하리."

잠깐 인연이 닿은 아이였지만 오래도록 기억에 남을 것이다. 어째서일까. 어쩐지 멀지 않은 시점에서 다시 만날 것만 같은 기분이 들었다.

"꼭 다시 돌아오겠습니다."

바하리가 가슴에 주먹을 대며 정중히 허리를 숙였다. 홍사족 특유의 인사일까. 생각하던 찰나, 왼손이 아이의 손에 받쳐졌다.

"나의 은인."

손등 위에 입술이 닿았다. 바하리는 사막의 하늘과 같은 청명한 미소를 지으며 뒤로 물러났다.

"그러면 다시 만날 때까지."

소년과 청년의 경계선에 선 묘한 얼굴이었다. 바하리는 그 말을 끝으로 일족들과 함께 떠났다.

"하여간에."

뒤에서 혀를 차는 소리가 들렸다. 뒤늦게 저택에서 나온 카르텔이었다. 저택은 이제 아무도 남아 있지 않았다. 그가 눈썹을 찌푸리는 동시에 빈 건물이 검은 불길에 휩싸였다.

참극이 일어났던 저택이 고귀한 염화에 타오른다. 불꽃은 연기마저 먹어 치우며 저택을 빠르게 잿더미로 만들어 버렸다.

"어린 것은 이미 달아났군. 잠깐이라도 떨어지면 이 사달이 나지."

"달아나다니. 우리보다 먼저 출발한 것뿐이야."

나는 그의 손을 겹쳐 쥐고는 바하리가 했던 것처럼 손등에 입을 맞추었다. 작은 행위가 카르텔의 미간을 풀어지게 만들었다. 나는 그것이 좋아 커다란 손을 얽어 쥐었다.

"움직이자."

가을에 접어들어 해가 빠르게 가라앉았다. 어느덧 하늘이 남색이다. 나는 하나둘 총총히 박힌 별을 보며 짐승을 이끈 채 앞서 나갔다.

밤의 수호와 무성한 숲이 우리를 숨겨 줄 것이다. 그러나 바흐트 영지의 근처로 가면 온전히 벨루스의 능력에 기댈 수밖에 없었다.

'로즈앙테 거리는 더하겠지.'

수도를 거점으로 잡지 못한 귀족들이 모인 곳이었다. 그들은 권력과 황실의 줄을 잡기 위해 범죄자로 낙인찍힌 우리를 잡으려 할 것이다. 우리는 그곳으로 향해야만 한다.

'수에노.'

그녀를 믿어도 될까. 나는 깊어 가는 의문과 함께 검은 로브로 전신을 휘감았다.

* * *

낮이면 움직임을 멈추고, 해가 지면 목적지를 향해 걸음 했다. 바흐트 영지 근처까지는 숲과 작은 마을들뿐이라 비교적 모습을 숨기기에 수월했다. 그렇다고 방심은 금물이었다. 이동하던 중 기사나 순찰을 하는 기사 무리와 마주친 적도 여러 번이었다. 벨루스가 없었다면 바흐트에 닿기도 전에 들키고 말았을 것이다.

"여기서 멈추는 게 좋겠어요."

내 말에 동의하는 듯 리카엘도 고개를 끄덕였다.

바흐트와 가장 가까운 경계 선상의 숲이다. 평소에는 귀족들의 사냥터로 쓰이는 곳이라 다른 곳보다 잘 정돈되어 있었다.

"리카엘 오라버니는 여기서 이종족들과 기다려 주세요. 벨루스, 너도."

"……그렇게 하겠다만."

"하지만, 리아."

리카엘은 마지못해 대답했다. 벨루스 또한 불안한 기색이 역력했다. 로즈앙테 거리에는 나와 카르텔만 가기로 했다.

"차라리 내가 가는 게 낫지 않을까. 이종족들을 지키는 건 벨루스 혼자서도 충분할 텐데."

"아뇨. 벨을 여기 두고 가는 이상 인원은 최대한 줄이는 게 나아요."

내가 단호하게 고개를 내젓자 리카엘도 더 반박하지 못했다. 벨루스는 나를 가지 못하게 막고 싶은지 발만 동동 구르고 있었다. 하지만 내 결정은 확고했다. 나는 평소와 같은 얼굴 뒤로 속내를 숨겼다.

"다녀올게요."

이곳에 더 있다가는 그들의 걱정에 발목을 잡힐 것 같았다. 나는 카르텔과 함께 등을 돌렸다.


수도로 향하는 길목답게 경비가 삼엄하다. 영지 안으로 들어가기 위해 긴 줄이 늘어져 있었다. 카르텔과 나는 상인의 짐 마차에 숨어들었다.

이윽고 우리가 탄 마차의 상인이 검문을 받았다. 나는 경비가 짐을 살피기 전, 슬며시 향기를 풀어 그들을 방심하게 했다.

"좋군. 통과하시오."

"응……? 감사합니다."

마차의 주인은 생각보다 허술한 검문에 당황한 듯했다. 하지만 곧 어떠냐는 듯 신이 나 영지 안으로 마차를 이끌었다. 통과한 지 얼마 지나지 않아 노을이 들어섰다. 밤이 되기 직전 성문은 완전히 닫혀 버렸다.

'아슬아슬했어.'

나는 성문이 닫히는 것을 보며 가슴을 쓸어내렸다. 까딱했다가는 안으로 들어오지 못 할 뻔했다.

'약속 시간은 보름달이 뜨는 밤.'

마차는 이윽고 인기척 없는 골목을 지났다. 우리는 그때를 놓치지 않고 마차에서 내려 작은 길목에 몸을 숨겼다. 이제 곧 해가 완전히 진다. 밤을 기다리는 건 금방이었다.

"일부러 떨어트린 건가."

"……뭐가?"

골목의 어둠 속에 몸을 숨긴 시간. 나는 카르텔의 말을 이해하지 못한 척 되물었다. 하지만 그는 오늘따라 직설적이었다.

"늑대 새끼와 매 말이야."

나는 그 질문에 입을 다물었다. 그가 짐작한 바가 맞았다.

'혹시나 함정이라면.'

수에노가 나를 속였을 확률도 여전히 배제할 수 없었다. 만약 그게 실제가 된다면 함정에 빠질 인원은 최소화되어야만 한다.

'내가 정한 거니까.'

처음에는 모두의 의견을 들어보고 결정하기로 한 일이었다. 하지만 그 저택에 더 머무르다가는 이종족들을 통제할 수 없을 것 같았다. 그렇기에 서둘러 결정한 일이다. 이건 내가 책임져야만 했다.

"그래. 사실 처음부터 혼자 오고 싶었어. 그런데 넌 어떻게 해도 떨어지지 않을 테고."

나는 그의 눈을 마주 보며 대답했다. 카르텔 앞에서만큼은 솔직할 수 있었다.

"글쎄. 그건 어떻게 알지?"

딱딱한 면이 등에 닿았다. 벽을 짚은 그가 품 안에 나를 가두고 있었다. 그는 내 손을 쥐어 손등을 깨물고 도드라져 보이는 손목뼈를 핥아 올렸다. 소유욕과 독점욕으로 범벅이 된 눈이다. 저런 눈을 가지고서 되묻다니. 참 어처구니없는 남자였다.

"날 혼자 둘 거야?"

모르는 척 슬며시 눈을 내리깐다. 그가 나를 자신과 벽 사이에 가두었지만 두 손만은 자유로웠다. 나는 그의 가슴팍에 손을 얹었다. 옷 위로 전해지는 열기가 생생히 다가왔다. 목깃 안쪽으로 손을 넣으니 데일 것만 같았다.

"아니. 절대로."

잔뜩 가라앉은 목소리가 이다지도 달콤하다니. 반사적으로 눈이 감겼다. 뜨겁고 말랑한 것이 내 입술 위로 포개졌다.

어두운 골목길 밖으로는 아직도 사람들이 오가고 있었다. 하지만 보이지도, 들리지도 않는다. 우리는 서로를 탐하는 키스에 몰두했다. 이윽고 입술이 떨어졌을 때도 탐하는 시선은 변하지 않는다.

"밤이야."

나는 그의 뺨에 입을 맞추며 하늘을 올려다보았다. 골목길의 틈 사이 보이는 하늘은 온통 까맣게 물들어 있었다. 건물에 반쯤 가려진 달은 필시 보름달이다. 어둠이 내려앉은 밤은 한산했다. 우리는 골목 밖으로 나와 거리를 걸었다.

'로즈앙테 거리는 여기서 멀지 않아.'

마차로밖에 다니지 않은 거리지만 스친 눈대중으로나마 길을 기억하고 있었다. 모퉁이를 서너 번 꺾고 다시 오른쪽. 로즈앙테 거리의 중심에 분수가 있었던 걸 기억하며 걸음을 서둘렀다.

경비가 잘 되어 있는 영지일수록 순찰을 하는 병사가 많았다. 그러나 오는 길에 그들을 마주치지는 않았다.

'조용해.'

일부러 골목에서 오랜 시간을 죽였다지만 아직 사람이 오갈 시간이었다. 하지만 주변은 인적을 찾아보기 힘들었다. 불길함이 매캐한 연기처럼 스멀스멀 차올랐다.

"여기야."

모퉁이 너머의 중앙에는 커다란 분수가 물줄기를 뿜고 있었다. 천 사상과 말이 조각된 거대한 분수는 어두운 밤의 분위기에 녹아 기묘한 느낌을 주었다.

아직 도착하지 않은 걸까. 거리는 아무도 없이 조용하기만 하다. 혹시 수에노가 나만이 알아볼 수 있는 표식을 해 놓았을 수도 있다. 나는 모퉁이 너머로 발을 뻗으려 했다.

"잠깐만."

카르텔의 눈길이 싸늘하게 가라앉았다. 그의 반응에 내 몸이 뻣뻣하게 굳었다. 곧이어 희미하게 들리는 걸음 소리. 균일하고 일정한, 갑옷이 부딪치는 소리가 점점 가까이 다가온다. 은색 플레이트 아머가 달빛에 반사된다. 분수 주변으로 기사들이 몰려오고 있었다.

수에노, 그녀를 믿고 싶었다. 하지만 눈앞에 보이는 건 황실의 문양을 지닌 기사들이었다. 치솟는 배신감과 함께 손끝으로 마력이 몰렸다. 달콤함을 가장한 독의 향기가 모이는 순간 카르텔이 내 어깨를 붙잡았다.

"쉿."

나지막한 목소리에 고여 있던 향기가 절로 흩어졌다. 그가 천천히 고개를 내저었다.

"우리가 목적이 아니야."

카르텔이 전방을 주시했다. 나는 그의 시선을 따라 기사단을 훑어보았다. 분명 황가 소속의 기사와 호위병들이다. 그러나 그들에게선 살기가 느껴지지 않았다.

'저건……'

기사단은 검은 마차를 둘러싸고 있었다. 누군가를 찾아내는 것이 아니라 마차를 보호하는 움직임이었다.

"이곳까지밖에 배웅해 드리지 못해 죄송합니다."

마차는 로즈앙테 거리에서 멈춰 섰다. 그중 말을 탄 채 마차에 바짝 붙어 있던 남자가 입을 열었다. 분명 들어 본 적이 있는 목소리였다. 누구일까. 내가 머리를 굴리는 동안, 목소리의 주인공이 투구를 벗었다.

'……레이븐 황태자?'

달빛 아래 윤이 흐르는 흑발은 황실의 상징이었다. 여기서 황족을 만나다니. 척추가 긴장으로 뻣뻣하게 굳어졌다. 카르텔이 그런 나를 안고 최대한 기척을 죽인 채 벽에 붙어 섰다.

"아닙니다. 전하. 친히 배웅까지 해 주시다니. 제가 감사할 따름이지요."

마차 안에서 들리는 목소리는 중년의 것이었다. 레이븐은 마차 창문을 향해 공손한 태도를 취하고 있었다. 안에 있는 자가 대체 누구이기에. 제국의 두 번째 권력자인 황태자가 저렇게까지 예우하는 것일까. 나는 그들의 대화에 바짝 신경을 기울였다.

"일전에 제 부탁도 흔쾌히 들어주시지 않았습니까. 이 정도야 별거 아닌 일이지요. 숙부."

숙부라면, 속으로 중얼거림과 동시에 마차의 커튼이 걷혔다. 드문드문 흰 머리가 섞인 흑발과 붉은 눈동자가 내 시선을 사로잡았다.

"그랬었지요. 갑작스레 성을 빌려 달라고 하셔서 퍽 당황했던 기억이 납니다."

늘어트린 눈꼬리가 부드러운 인상을 자아냈다. 사람 좋은 얼굴만 뺀다면 황제, 그리고 앞에 선 레이븐과도 닮아 있었다.

'벨르하트 대공.'

현 황제가 형제들을 숙청하던 피의 밤, 그가 유일하게 죽이지 않았던 2황자 벨르하트 대공이었다.

"그러니 사양치 마십시오. 숙부. 이건 황제 폐하의 뜻이기도 하니까요."

"……그리하도록 하겠습니다."

레이븐은 진정 대공을 위해서라는 듯 말하고 있었으나, 막상 조카를 보는 벨르하트의 대답은 썩 좋지 못했다.

나는 황태자와 대공을 살폈다. 그들 주위로 묘한 기류가 흐르고 있었다.

'그러고 보니 레이븐이 나를 대공의 성으로 끌어들였었지.'

그리고는 자신의 사람이 되라고 명했었다. 머지않아 황후가 될 수 있을지도 모른다면서 말이다. 카르텔이 오지 않았더라면 빠져나가지 못했을 자리였다.

"거리에 사람 흔적이라고는 하나도 없군요."

"폐하께서 통금령을 내리셨으니까요. 이게 다 베논가. 그 악독한 악마들 때문이 아니겠습니까."

악마들이라. 실소가 비집고 올라왔다. 현 제국에서는 우리를 그렇게 칭하고 있는 모양이었다.

"그렇지요……. 하루빨리 국정이 안정화되어야 할 텐데요. 제국민들의 불안만 높아지고 있으니. 거기다 통금령까지 내려졌으니 좋지 않은 일입니다. 이대로 가다가는……."

"그들을 잡으면 자연히 해결될 일입니다."

벨르하트 대공의 목소리에는 시름이 가득했지만, 레이븐은 그의 말을 자르며 덤덤하게 대꾸할 뿐이었다. 대공을 대하는 황태자의 자세는 올곧았으나, 분명 석연치 않은 구석이 있었다. 나는 그들의 대화를 자세히 듣기 위해 몸을 앞으로 기울였다.

바스락-!

"……!"

마음이 지나치게 앞섰던 탓일까. 내디딘 발아래 바싹 마른 나뭇잎이 밝혔다. 카르텔이 곧장 골목 안으로 몸을 숨겨 주었지만 나뭇잎이 바스러지는 소리만큼은 어쩌질 못했다.

"거기 누구냐."

싸늘한 목소리가 적막한 거리에 메아리쳤다.

'하필이면.'

심장이 쿵쿵, 소리를 내며 날뛰었다. 카르텔의 품에 안긴 나는 숨까지 참아 넘기며 입술을 깨물었다.

상대는 기사 따위가 아닌 황족이다. 마수의 능력을 지닌 자가 둘. 거기다 조금만 소란을 피워도 군대가 득달같이 몰려올 것이다.

"당장 나오지 못하겠느냐! 저기 통금령을 어긴 놈이 있다. 당장 내 앞으로 끌고 와라!"

레이븐의 호통에 기사들이 검을 뽑아 들었다. 그들을 선두로 병사들이 따라붙는다. 섬뜩함에 손바닥이 젖어 든다. 지금은 모습을 숨겨 주는 벨루스도 없었다. 저들을 뿌리치고 달아나는 게 가능할까. 성공한다고 해도 흔적이 고스란히 남을 것이다. 위험했다.

내가 기사와의 거리를 재고 있을 때였다.

"그만하지요."

단호한 음성이 그들의 발걸음을 단번에 묶어 놓았다.

"제가 불러들인 이들입니다. 거기, 이만 나오도록 하지."

중후한 음성이 한층 부드럽게 울려 퍼졌다. 벨르하트의 말은 나를 당혹스럽게 했다. 자신이 부른 이들이라니. 무슨 말을 하는 걸까.

"……."

그 덕분에 기사들이 움직임을 멈추었다.

'어떻게 할까.'

지금 도망친다면 저들은 우리를 끝까지 쫓아올 것이다. 어쩌면 숲에 숨겨 둔 이들이 발각당할 수도 있었다.

나는 카르텔과 시선을 맞추었다. 이런 상황에서도 그의 눈동자는 한없이 고요하기만 하다. 그건 내 결정에 따르겠다는 뜻이었다. 나는 머릿속을 차분히 가라앉혔다.

'뭔가 있어.'

수에노의 편지, 황태자와 대공을 둘러싼 부조화.

벨르하트 대공은 느긋한 표정으로 골목을 바라보고 있었다. 마른침이 목구멍으로 넘어갔다. 나는 내 감에 승부를 걸어 보기로 했다.

"나오는군요."

골목 밖으로 발을 내디딘다. 나와 카르텔 모두 검은 로브를 깊숙이 눌러 얼굴을 가리고 있었다. 그런데도 벨르하트 대공의 태도는 여전했다. 정말로 우리를 기다리고 있었다는 듯한 느낌이었다.

이윽고 거리가 좁혀졌다. 레이븐이 말을 탄 채로 우리를 내려다보고 있었다.

"이들은 누구입니까?"

목소리에 언짢음이 가득했다. 당장이라도 로브를 거두라 명할 것 같아 조마조마했다.

"이런, 사실은 전하께서 돌아가시면 불러들이려고 했는데 말입니다."

반면에 벨르하트 대공은 여유가 가득했다. 그는 어쩔 수 없다는 듯 말을 이었다.

"제 부인의 취미가 화원을 가꾸는 것이랍니다. 그녀가 원하는 씨앗이 제법 귀한지라……. 몰래 들여오게 되었습니다."

그는 좋지 않은 모습을 보였다며 허허 웃기까지 했다. 그러나 레이븐은 바로 물러서지 않았다.

"대체 얼마나 귀한 것이기에……."

"화인의 마을에서 대대로 기른다는 꽃의 씨앗입니다. 그 향기가 천리를 가고, 살아 있는 모든 것을 홀려 그 자리로 부른다고 하지요. 저도 아주 어렵게 구한 것입니다."

화인이라는 말에 몸을 움찔거릴 뻔했다. 잠시의 침묵이 내 피를 바짝 말렸다. 곧이어 춧, 짧게 혀를 차는 소리와 함께 레이븐이 탄 말이 작은 투레질을 했다. 다행스럽게도, 그는 씨앗 따위에 관심이 없어 보였다.

"그렇군요. 하긴, 숙부님의 금실은 예전부터 유명했지요."

"이거 참, 전하께서 알아주시니 영광입니다. 급하게 들여온 것이라 좋지 못한 경로를 통하였는데, 이번만 눈감아 주십시오."

가벼운 농까지 곁들인 벨르하트 대공은 마지막까지 유순한 분위기를 풍겼다. 여러모로 황제와 같은 피를 이었다는 사실이 믿기지 않는 사람이었다.

"마침 호위들이 도착했군요."

딱딱하게 굳어 있던 분위기가 풀어지려던 순간이다. 멀리서 말발굽 소리가 들려왔다. 이윽고, 한 무리의 기사단이 검은 마차 뒤에 멈춰 섰다. 대공의 호위 기사들이었다.

"타도록 하게. 물건은 가면서 보도록 하지."

벨르하트의 명에 마부가 마차 문을 열어 주었다. 망설이는 것도 잠시, 나와 카르텔은 마차 안으로 오를 수밖에 없었다.

"······흠."

위로 오르는 찰나다. 레이븐의 시선이 내 등 뒤로 진득하게 달라붙었다. 의심이 깃든 것일까. 로브로 가린 탓에 나는 그의 표정을 보지 못했다. 황제를 닮은 시선은, 카르텔이 나를 몸으로 가리고서야 끊어졌다.

"그럼 이만 돌아가 보겠습니다."

레이븐은 대공의 인사에도 침묵을 유지했다. 그렇게 마차가 굴러가기 직전이다.

"숙부님."

여태껏 오갔던 그 어느 말보다 진중한 목소리다. 창문가에 비친 레이븐의 표정은 서늘하게 가라앉아 있었다.

"제 제안을 잊지 말아 주십시오."

대공은 쓰게 웃을 뿐, 그의 말에 대답하지 않았다. 오가지 못한 말이 마차 바퀴 사이로 짓이겨졌다.

천천히 움직이던 마차는 이윽고 속력을 내 달리기 시작했다. 내부는 조용했고, 미묘한 긴장감이 감돌았다. 이건 도박에 가까웠다. 내가 옳은 선택을 한 걸까. 머릿속이 복잡해졌다. 그러나 물러설 생각은 없었다.

'대공은 내가 누군지 알고 있어.'

아까 운운한 화인의 씨앗을 듣고 깨달은 사실이었다. 그건 대공이 나에게 보내는 신호와도 같았다. 나는 천천히 로브를 걷어 올렸다.

"안녕하세요. 벨르하트 대공님."

내 인사에 놀란 듯 벨르하트의 눈이 크게 뜨였다. 이내 부드러운 표정으로 돌아온 그는 하하, 너털웃음을 지었다

"이런, 놀라게 했다고 생각했는데, 오히려 자네가 나를 당황하게 만드는군."

"대공님께서 힌트를 주셨으니까요."

벨르하트는 한 방 먹었다는 듯 손을 내저었다. 나로서도 그가 화인을 운운하지 않았다면 지금처럼 용기를 낼 수는 없었을 것이다.

"조금 놀려 줄 생각이었는데 아쉬운걸."

검은 머리칼에 흰머리가 언뜻 보였다. 굽어진 눈가에는 장난기가 스며들어 있었다. 그것이 벨르하트를 소년처럼 보이게 했다.

"지금도 충분히 놀라고 있답니다."

나는 차분하게 대답하려 노력했다. 내색하지 않고 있었지만 지금도 놀란 심장이 바쁘게 뛰고 있었다. 수에노의 편지를 받고 온 자리에 황족이라니. 순간 그녀의 배신을 떠올렸으나 다행히 그것은 아니었다.

물어볼 것이 산더미처럼 쌓여 있었다. 진지해진 내 얼굴에 벨르하트가 눈을 빛냈다.

"그렇다면 다행이로군. 그래. 정식으로 인사 나누지. 플로리아 베논 영애. 그리고……."

끊어진 말과 함께 반짝이던 눈동자가 낮게 가라앉는다. 그 진중한 시선은 카르텔에게 향하고 있었다.

"제왕의 별. 태양의 그림자에 가려져 버린, 이 시대의 진정한 황태자시여."

"……!"

일순간 숨이 멎었다. 다년간 표정을 숨겨 온 나로서도 흔들리는 동공을 감추지 못했다.

'어떻게 카르텔을?'

태어난 지 하루를 버티지 못하고 죽어 버렸다던 비운의 황태자. 카르텔이 황실의 핏줄이라는 사실은 짐승으로 태어난 그를 유폐시킨 황제도 몰랐던 사실이었다.

거기다 제왕의 별이라니. 인간 중 카르텔이 절대적인 운명을 타고났다는 사실을 아는 이는 없었다. 경계하는 고양이처럼 온몸에 솜털이 바짝 섰다. 벨르하트는 그런 나를 보고 이해한다는 듯 쓰게 웃었다.

"내 이능은 밝혀진 바가 없지."

2황자의 신분일 적, 벨르하트는 타고난 덕망으로 황위 계승권에 가장 가까운 이였다. 그러나 그의 이능은 공개되지 않았다. 너무나 강력한 것이라 숨겨야 한다는 것이었다.

'하지만.'

물밑에서는 반대되는 소문이 돌았다.

'이능 없이 태어난 황족.'

여태껏 이능을 가지지 못한 황족은 없었다. 사람들은 벨르하트에 대한 소문을 쉬쉬하면서도 의심을 거두지 못했다.

"형님은 늘 나를 경계했지만 나는 황제가 될 마음이 없었어."

전대의 황실에서 황제가 되는 기준은 다음과 같다. 왕이 되기 가장 적합한 기질을 가진 자. 가장 이상적이면서도 괴리감이 느껴지는 조항이었다.

현 황제인 산트쿠스는 1황자였지만 난폭한 성정으로 황제의 덕목에 어울리지 않는 사람이었다. 그는 피로서 황좌에 올라 황태자가 제 1 계승권을 가지도록 법을 다시 세웠다.

"그래서 정말로 이능이 없는 척했네. 피의 밤. 형님은 나를 살려주겠다고 했지. 그건 스스로의 우월감에 도취된 행동이었어."

모든 게 완벽하나 이능 없어 황위에 오르지 못하는 동생. 산트쿠스는 그런 동생에게 평생의 굴욕을 주기 위하여 목숨을 붙여 놓았다. 애초부터 이능 없이 태어났으니 죽일 이유도 없었다.

"지금까지 숨겨 왔지만, 이제는 때가 되었네."

벨르하트는 천천히 눈을 깜빡였다. 석류같이 붉은 눈동자에는 맑고 아름다운 은하가 담겨 있었다.

"내 이능은 별의 움직임을 읽는 것."

벨르하트의 눈 안에 별이 총총하게 반짝였다. 그건 지금까지 그가 읽어 왔던 별들의 속삭임이었다.

'그래서.'

나는 그가 어떻게 이능을 감추었는지 알 수 있었다. 원소를 다루는 다른 황족들과는 전혀 다른 능력이다. 그건 옅어진 마수의 피에 따른 변종과도 같았다.

·

"레티아 황후께서 산통을 앓던 밤, 황궁 위에 제왕의 별이 떴지. 아이가 사산되었다는 소식이 발표되었지만, 그 별은 여전히 자리를 지키고 있었다네."

벨르하트가 대공의 직위를 받아 황궁에서 쫓겨난 시점이었다. 황제는 숨기려 한 사실이었지만, 운명을 지닌 별을 읽어 내는 그를 속일 수는 없었다.

안타까움에 젖은 시선이 카르텔에게 향했다.

"별이 뜬 시각에 궁에서 태어난 아이는 황태자, 당신뿐이었습니다."

카르텔 또한 로브를 걷어 벨르하트와 마주 보았다. 그들 또한 혈연관계로 묶여 있었다. 하지만 카르텔의 얼굴은 무감한 것을 보는 듯 덤덤했다.

"나를 그렇게 부를 필요는 없어. 핏줄에 얽힌 의무는 내가 책임질 것들이 아니니까."

받은 것이 없으니 지킬 이유도 없다.

어쩌면 지독히도 아픈 말이다. 다르게 태어났다는 이유 하나만으로 운명이 뒤틀려 버린 남자는 자신이 받은 고통에 대해 이리도 무감각했다.

"저에게, 아니. 저희에게 이런 말을 해 주시는 이유가 뭔가요."

목소리가 조금 떨렸다. 듣지 말아야 할 것을 들어 버린 기분이었다. 내 물음과 동시에 마차가 멈췄다. 벨르하트는 다시금 느긋한 얼굴로 돌아와 있었다.

"우선 내리도록 하지. 자네들을 기다리고 있는 손님이 있거든."

그 말에 더 묻지 못했다. 내가 입술을 달싹이는 동안 마차의 문이 열렸다. 벨르하트가 먼저 내리자 카르텔이 뒤따랐다. 그는 아래로 가 나를 안아서 땅에 내려 주었다.

"어서 오십시오."

집사와 시종들이 나와 주인을 맞이했다. 황태자의 부름 이후 대공저에는 두 번째 방문이기에 모두 익숙했다.

나와 카르텔은 벨르하트의 뒤를 따라 안으로 들어갔다.

'우리를 기다리는 손님이 있다고 했었지.'

주인을 닮은 내부는 따스하고 밝은 느낌을 풍겼다. 나는 복도를 거닐며 '손님'에 대해 생각했다. 사실 이제 어느 정도는 짐작이 되었다.

벨르하트는 어느 문 앞에 섰다. 나는 이곳이 어디인지 알고 있었다. 황태자와 만났던 응접실이었다.

"들어가지."

그가 손수 문을 열었다. 아까부터 생각했지만 위치에 걸맞지 않게 스스럼없는 사람이었다.

훈훈하게 데워진 공기가 바깥으로 빠져나왔다. 즐거운 목소리들이 온기에 노래처럼 섞여 들었다.

"오셨어요."

"그래. 나 없는 동안에도 즐거웠던 모양이구려."

실바람처럼 여린 목소리가 대공을 반겼다. 안에 있는 이들은 두 명의 여인이었다. 뒤쪽에 있는 사람의 얼굴을 확인하려던 순간, 새하얀 이브닝드레스 차림의 여인이 시야를 가리고 대공의 곁으로 서둘러 다가왔다.

"그럼요. 대화 상대가 있어서 얼마나 좋았는지 몰라요."

"이거 서운한데."

마른 나뭇가지처럼 연약한 몸이었다. 그에 반해 벨르하트를 보고 웃는 얼굴은 봄에 핀 모란처럼 화사해 보였다.

"평소엔 당신이 있기는 하지만, 계속 안에만 있어서 답답했는걸요. 그런데……."

그녀는 뒤늦게 나에게 관심을 보였다.

"손님일세. 이름은 들어 봤겠군. 베논가의 플로리아 영애. 그리고 그녀의 남편이지."

벨르하트는 아무렇지도 않게 우리를 소개했다. 길가의 거지도 내 이름을 알고 있을 것이다. 몸이 좋지 않아 사교계 생활을 일절 하지 않는 여인이라 하여도 대공비. 내 소문을 모를 리 없었다.

"어머나."

순박해 보이는 갈색 눈이 커다랗게 뜨였다가, 이내 고운 눈웃음으로 바뀌었다. 그녀는 손뼉을 치며 인사를 건넸다.

"반가워요. 르부아 대공비라 해요. 머무는 동안 편히 지내기를."

"……감사합니다. 비전하."

스스럼없는 인사에 긴장이 풀릴 정도다. 이종족 외 같은 인간에게 환영을 받아 본 건 아주 오랜만이었다.

그녀는 빙그레 웃어 보이고는 벨르하트의 곁에 가 섰다. 믿음이 가득한 눈빛이 허공에서 얽힌다. 그것만으로도 서로가 어떤 존재인지를 알 수 있었다.

'따스해 보여.'

원래 세계에서의 부모와 책 속에서의 아버지가 떠오른다. 그런 내게 저런 장면은 비현실적이었다. 이상한 나라에 떨어진 것 같았다. 온화한 기운이 온몸을 감싼다. 나도 모르게 카르텔을 올려다보았다. 그는 가만히 내 손을 잡아 주었다. 따스한 열기가 차가운 손을 녹여 주었다. 계속 함께한다면, 언젠가는 얼어붙은 과거까지도 녹일 수 있지 않을까. 나는 그렇게 생각하며 그의 손을 마주 쥐었다.

"나는 보이지도 않나 보네."

앙칼진 목소리가 분위기를 현실로 돌려놓았다. 그러나 악의가 담겨 있지는 않았다. 르부아가 싱긋 웃으며 옆으로 비켜섰다. 나는 그녀가 가리고 있던 뒤를 확인할 수 있었다. 타오르는 듯 아름다운 붉은 머리칼, 눈꼬리가 도도하게 올라간 미인.

"수에노."

수에노는 꼬고 있던 다리를 풀어내며 천천히 자리에서 일어났다. 시원스러운 보폭으로 걸어온 그녀는 벨르하트를 향해 예를 취했다.

"부탁을 들어주셔서 감사합니다. 대공님."

우아하면서도 완벽한 예법이 화려한 외모와 곁들여졌다. 이곳이 사교계였다면 수에노는 당당히 여왕의 자리를 차지했을 것이다.

"그대의 청이니 당연히 들어주어야지. 그게 아니어도 나는 이들을 만날 운명이었고 말이야."

벨르하트는 아무것도 아니라는 듯 겸허히 웃어 보였다. 오가는 대화는 격의 없이 편안했다. 단기간에 쌓을 수 있는 신뢰가 아니었다. 만에 하나 그녀가 배신할까 봐 속이 타들어 갔었는데 이렇게 태연한 상황이라니. 조금 허탈하기까지 했다. 나는 이들의 관계가 심히 궁금해졌다.

"수에노. 갑작스레 편지를 보내서 미안했어요. 하지만……."

"놀랐겠구나. 하지만 결과적으로는 잘 되었지."

수에노는 습관적으로 빈손을 입가에 대었다. 그녀는 파이프가 없어 아쉽다는 듯 손을 털어 내었다.

"네. 저희를 숨겨 주셨으니까요."

"마침 대공님께서 황성에 다녀올 일이 있으시다 하여 내 부탁을 좀 드렸지."

그녀의 말에 대공이 어깨를 으쓱였다. 절묘하게 타이밍이 들어맞은 상황이었다.

"정말로 감사해요. 그래도 많이 놀라기는 했답니다."

어디 놀랐다 뿐인가. 황제에게 또다시 꼬리가 밟힐까 봐 얼마나 긴장했는지 모른다. 조금이라도 귀띔을 해 줬으면 좋았을 텐데. 나는 고마움과 함께 약간의 서운함을 느껴야만 했다.

"어쩔 수 없었어. 대공님과 나는 약간의 접점도 있어서는 안 되거든."

내 반응이 귀엽게 느껴졌던지, 수에노가 깔깔거리며 허리춤에 손을 올렸다.

사실은 그녀의 말이 맞았다. 대공과 정보 타워 수장이 서로 연결되어 있다니. 매를 통해 오가던 편지에 사실을 말했을 시, 혹여 다른 이의 손에 들어가 큰일이 생길 수도 있었다.

'누가 예상이나 했을까.'

황족을 신성시하는 만큼 그들과 평민의 차이는 하늘과 땅보다 높았다. 귀족이라면 모를까. 전대미문의 일이었다.

"원래 나는 그저 그런 정보 길드를 꾸려 그 속에 숨어 있었어."

수에노는 놀란 나를 어루만지듯 부드러운 눈길로 말을 건넸다. 그 안에는 진실이 숨겨져 있었다.

"어느 날 대공께서 직접 길드를 찾아오셨지. 나를 비호해 줌과 동시에 길드를 키워 주시겠다고 말이야."

이종족과 혼혈을 보호하던 그녀에게는 특별한 기회가 아닐 수 없었다. 수에노는 대공의 제안을 승낙했고, 작은 길드는 십여 년 만에 제국 최고의 정보 타워로 성장했다.

"나를 너무 좋게만 말해 주는군. 맨입으로 도움을 주었던 것도 아닌데 말이야."

"대공님께서 해 주신 것에 비하면 너무도 약소한 부탁이셨죠. 그게 이렇게 큰 판이 될 줄은 몰랐지만 말이에요."

역시 세상에 공짜는 없다며 수에노가 볼멘소리를 냈다. 벨르하트는 허허 웃을 뿐이다.

"자네는 연결자의 운명을 타고났어. 방대한 인연을 가지고 태어난 밤하늘의 별이지."

연결자라니. 수많은 정보를 가지고 있는 수에노다운 운명이었다. 그녀가 나를 바라보았다. 웃는 얼굴과 달리 맞닿은 시선은 더없이 진지했다.

"처음 도움을 주실 때 말씀하셨지. 언젠가 제왕의 별을 가진 반려가 나를 찾아올 거라고 말이야."

"⋯⋯그건."

나는 그녀의 말에 쉬이 대답할 수 없었다. 제왕의 별의 반려는 내가 아닌 달리아였다. 오직 그녀만이 황금의 꽃이란 운명을 지니고 있었다. 잊고 있었던 죄책감이 슬그머니 머리를 들었다.

달리아가 나를 죽이려 한 건 어찌 보면 당연한 결과였다. 정해진 운명을 방해하려는 자를 없애고 싶어 하는 건 본능에 가까운 행동이었다.

"원래는 그랬지만 지금은 아니지."

나는 그 말에 고개를 들어 올렸다. 벨르하트의 눈에 이채가 맴돌았다. 꼭 내 속을 들여다보고 있는 것만 같았다.

"황금의 꽃은 검게 저버렸고, 금색의 빛은 이제 자네뿐이지."

알 수 없는 말이었다. 내가 침묵을 지키자 그가 말을 이었다.

"나는 자네와 같은 영혼은 처음 보았어."

"⋯⋯그게 무슨 말씀이신가요?"

나는 천천히 눈을 깜빡였다. 놀란 감정을 숨기기 위해서였다.

운명은 육체에 깃드는 것이 아니라 영혼에 스민다. 플로리아 베논의 몸에는 내가 들어와 있다. 나는 이 세계의 이방인이 분명했다. 이런 나에게도 운명의 별이 있다니. 상상조차 하지 못한 일이었다.

"하나의 영혼에는 하나의 운명이. 그건 신이 우주를 창조할 때 세운 법칙과도 같은 것일세. 그런데 자네만은 예외야."

벨르하트의 눈동자에 별이 깃든다. 붉었던 별은 금색으로 빛나기도, 혹은 색색으로 반짝이기도 했다. 아. 나는 이제야 깨달았다. 그의 눈동자는 내가 지닌 별을 비추고 있었다.

"플로리아. 자네가 가진 별은 은하와 같아. 그것은 육체와 영혼이 향하는 길을 따라 다양한 빛으로 아름답게 반짝이지."

의지대로 변하는 운명. 그것이 내가 가진 별의 힘이었다.

'단지 이방인이어서 그런 거라고 생각했는데.'

책 속의 내용을 바꿀 수 있는 까닭은 내가 이 세계에 속하지 못해서라고 생각했다. 하지만 그게 아니었다. 나는 그 누구보다도 찬란한 운명을 지니고 있었다.

"나는 자네가 가진 별을 운명의 개척자라 부르기로 했네."

벨르하트는 빙그레 웃으며 뒤로 물러났다. 내 옆에는 카르텔만이 남았다. 가닥가닥 얽힌 손에 힘이 들어갔다. 그는 마치 중력처럼 나를 이끌었다.

"인사는 나누었고, 더 올 이들이 있지 않아?"

나는 수에노의 말에 고개를 끄덕였다. 리카엘과 벨루스, 그리고 이 종족들은 아직 바흐트 영지의 숲속에 남아 있었다.

"대공님의 사람을 쓰는 건 곤란하니, 내가 부리는 이들 중 하나를 보내지. 금방 이쪽으로 안내될 거야."

"고마워요. 그럼 이에 대한 대가는……."

"이미 받았어. 오래전 대공께서 부탁하셨던 걸 이루지 않았니."

수에노는 픽 웃으며 등을 돌렸다. 애초부터 대가를 받을 생각이 없었던 걸까. 아무렇지 않게 말하는 그녀의 태도에서 나를 위하는 마음이 느껴졌다.

"손님이 느는 건 즐거운 일이죠. 준비하라 말을 해 두어야겠군요."

르부아가 기쁜 듯 웃었다. 나는 그녀의 미소에 미안함을 느꼈다.

나부터가 황제가 선포한 제국의 대죄인이었고, 곧이어 올 이들도 나와 같은 죄인과 노예로 취급되는 이종족들이었다. 르부아가 원하는 손님은 아닐 것이다. 거기다 숨겨도 모자란 이들을 아랫사람들에게 알려도 되는 걸까.

"걱정 마세요."

내 걱정을 녹이듯 르부아가 다정한 어조로 말을 건넸다.

"성에서 일하는 이들 모두 대공께 은혜를 입은 자들이랍니다. 조용하던 성에 모처럼 활기가 돌겠어요. 제 친구는 수에노 한 명뿐이라서 조금 적적한 감이 있었는데 정말 기뻐요."

"어머, 섭섭한 말씀을."

그렇게 말해 주니 마음이 한결 놓이는 동시에 무너져 버린 공작성과 이곳이 겹쳐 보였다. 어째서일까. 꼭 대공의 성이 내 집 같았다.

"손님들은 수에노가 부를 테니, 영애는 좀 쉬도록 해요."

그래도 되는 걸까 고민하는 사이 르부아가 내 등을 떠밀었다. 자연스레 카르텔까지 문밖으로 떠민 그녀는 방을 안내해 줄 사람까지 불렀다.

"자세히는 모르지만, 이곳에 오기까지 많이 고단했을 것 같아요. 오늘만큼은 푹 쉬길 바라요."

"……감사드려요. 비전하."

"별말씀을. 내일 볼 때는 나를 좀 더 편하게 생각해 줘요. 친구처럼요."

르부아가 눈을 찡긋거리며 웃었다. 그녀의 행동은 대공비답지 않았다. 그래서 더욱 마음을 따뜻하게 한다. 나는 따스하게 데워진 온기를 지닌 채 등을 돌렸다.


"이곳입니다. 편히 쉬시기를."

카르텔과 나는 당연한 듯 한 방을 배정받았다. 우리가 안으로 들어가자마자 방을 안내해 준 시녀가 문을 닫았다. 긴장이 풀려 온몸에 힘이 빠졌다. 단단한 어깨에 머리를 기대니 카르텔이 나를 안아 들어 침대로 옮겨 주었다.

따듯한 손이 내 얼굴과 머리카락을 가만가만 쓰다듬었다. 늘어진 몸에 평온한 손길이 깃드니 수마가 몰려왔다. 편히 누우니 대공과 르부아가 생각났다. 그들은 완벽한 부부였다.

"부러웠어."

"뭐가?"

나는 눈을 뜨지 않고 말했다. 머리를 쓰다듬는 손이 멈추었다. 나는 느릿하게 대답했다.

"대공님과…… 대공비님."

오래된 부부에게서만 느껴지는 포근함. 내가 그리워하고, 찾아 헤매었던 모든 것이었다.

"그런데, 그럴 필요가 없었어."

나는 천천히 눈을 뜨며 그를 마주 보았다. 무표정한 얼굴에는 걱정이 스며 있었다. 나는 그를 바라보며 웃었다.

'이룰 수 있어.'

나는 손을 뻗어 그의 얼굴을 매만졌다. 앞으로도, 그리고 더 먼 미래에도 내 옆에는 카르텔이 있을 것이다.

"흐음, 그랬단 말이지?"

"……카르텔!"

침대 끝에 앉아 있던 카르텔이 내 몸 위로 올라왔다. 엄히 그의 이름을 불렀지만 목소리에는 이미 웃음기가 배어 있었다.

"뭐 하는 거야."

"부럽지 않게 만들어 주려고."

쪼는 듯한 키스의 비가 얼굴과 목덜미에 살포시 내려앉았다. 간지러워 절로 몸을 비틀게 된다. 그는 피하려는 몸을 요령 좋게 따라왔다.

방 안에 웃음소리가 감돌던 때다.

쿵-!

"......?"

뭔가가 창문에 부딪혔다. 카르텔이 미간을 찌푸리며 자리에서 일어났다. 그가 창을 열자 커다란 새가 안으로 들어왔다.

"아르덴."

그에게 보낸 매였다. 나는 벌떡 몸을 일으켰다. 비틀거리는 매의 다리에는 주머니가 묶여 있었다. 들어 보니 제법 묵직했다. 답신이 돌아오리라 생각했는데 이건 뭘까. 그러나 아르덴이 보낸 건 확실했다. 나는 성급하게 주머니를 풀어냈다.

"......!"

테이블 위로 주머니가 떨어졌다. 작은 틈으로 내용물이 보였다. 안에 든 것은 핏기 없이 새하얀 손이었다.

## 12. 인형의 나라

쿵, 쿵. 심장이 무저갱으로 추락하길 반복한다. 손끝을 타고 오른 떨림이 전신으로 퍼져 나갔다. 마도학을 다룬 자로서 잘린 신체 일부는 수도 없이 보아 왔다. 하지만 이번엔 다르다.

"……제발."

아니기를. 부디 잘못 본 것이기를.

간절함과 더불어 속에서부터 구역질이 치밀어 올랐다. 나는 그것을 간신히 삼켜 내고는 주머니를 열어젖혔다. 그렇게 아니길 빌었는데.

"……아르, 덴."

곧게 뻗어 단정한 손가락, 부드럽고도 단단한 손등 위에는 검은 점이 있었다.

'플로리아.'

다정한 음성이 환영처럼 메아리쳤다.

새하얀 석고처럼 굳어 버린 손. 주인을 잃어버린 그것은 나의 오빠, 아르덴의 오른손이었다.

"아, 아아……."

창백한 손이 내 머릿속에 각인되는 순간 다리에 힘이 풀렸다. 카르텔이 비틀거리는 나를 붙잡아 주었다.

나를 그리워하고 있던 아르덴의 편지, 눈감으면 들릴 듯 다정한 목소리가 이렇게도 생생한데. 부디 꿈이기를. 나는 현실을 피하고 싶어졌다.

"정신 차려."

카르텔이 내 어깨를 쥐었다. 부드럽고도 단호한 태도가 내 고개를 들어 올렸다. 나는 흔들리는 눈으로 그를 마주 보았다.

"죽은 게 아니야."

낮게 가라앉은 눈빛이 흐려졌던 이성을 끌어 올려 주었다. 그래, 이것은 신체의 일부. 이건 누군가가 보내는 경고였다. 그를 죽였다면 목을 보내지, 생명과 직결되지 않는 부위를 이리도 정성스럽게 보여 줄 리가 없었다.

미약한 안도감이 퍼져 나간다. 그와 동시에 가슴 깊숙한 곳에서 무언가가 끓어올랐다. 나는 입술을 악물었다. 피가 비치도록 짓씹은 고통에 심장의 아픔이 미약하게나마 덜어졌다. 정신을 차려야 한다. 그래야 아르덴을 살릴 수 있었다.

'누구야.'

차오르려던 눈물은 빙하처럼 차가운 분노로 바뀌었다. 감히, 감히 어떤 자가 내 사랑하는 이에게 해를 입혔는가.

나는 잘린 손을 조심스럽게 들어 올렸다. 매끈해야 할 손등은 날카로운 무언가로 긁혀 있었다.

'나무는 별로라서요.'

펜촉으로 긁은 듯한 필기체는 여성이 쓸 법하게 부드럽고 고왔다. 나는 파르르 떨리는 손으로 손등을 매만졌다. 상처가 된 글씨의 감촉이 섬뜩하다. 하나하나 새겨진 글자에서 보이지 않는 이의 원한이 느껴졌다. 아주 깊고도 음습한 늪지대처럼, 대상의 발목을 잡아 죽음과 그 이상의 나락으로 데려가려는 검은 숨결.

"……내가 갈게."

내가 구할 거야. 반드시.

나는 맹세의 말을 내뱉었다. 따뜻했던 온기는 차갑게 식어 버린 지 오래다. 슬픔이 턱 아래까지 차올랐다. 그렇지만 눈물을 보일 순 없었다. 나는 잘린 손을 품 안으로 소중히 안아 들었다.

"아르덴."

내가 그의 이름을 부르자 부드러운 빛이 창백한 손을 둘러쌌다. 아르덴을 닮아 봄볕같이 따스하고 싱그러운 빛은 이내 중앙으로 모여들었다.

'나뭇가지.'

빛이 사라진 자리에는 곧게 뻗은 나뭇가지가 남아 있었다. 목인의 혼혈인 아르덴, 그의 태목인 떡갈나무의 가지였다.

나는 깨끗한 천을 꺼내 그것을 조심스럽게 감쌌다. 손바닥보다 조금 더 큰 나뭇가지는 내 품 안으로 들어왔다.

"대공, 대공님을 뵈어야겠어."

"……그래."

카르텔에게 기대 있던 나는 몸을 추슬렀다. 아까보다 떨림은 가셨지만 체온은 차갑게 식어 버린 지 오래였다.

"가자."

카르텔은 굳은 듯 발을 떼지 못 하는 나를 이끌었다. 잡은 손이 나를 한결 진정시킨다. 나는 호흡을 내쉬며 그의 손을 꽉 움켜쥐었다. 아직 별들이 떠 있을 시간이었다. 나는 카르텔과 함께 방을 빠져나갔다.

검은 장막에 별이 총총히 빛났다. 늦은 시각에 찾아뵙는 것이 몹시 무례한 행동이라는 걸 알았지만 도저히 기다릴 수가 없었다.

"무례를 범해 죄송합니다. 대공님."

"그럴 것 없어. 어서들 앉게."

다행스럽게도 벨르하트는 취침에 들지 않았다. 그는 자신의 서재로 우리를 안내했다.

성의 꼭대기에 있는 서재는 독특한 구조였다. 책장에 서적이 빼곡하게 박혀 있는 것은 보통의 서재와 다를 바 없었지만, 높다란 유리 천장이 시선을 사로잡았다. 투명한 천장 위로는 밤하늘의 별들이 뚜렷하게 보였다. 별을 읽는 벨르하트 다운 영역이었다.

"그래. 잠깐 사이 무슨 일이라도 있었나?"

나는 그가 권하는 자리에 앉으며 품속에 있던 것을 꺼냈다. 나뭇가지를 본 벨르하트는 이게 무엇이냐는 듯 시선으로 물었다.

"제 오빠, 아르덴 베논의 손이에요."

목인의 잘려 나간 신체는 태목인 나무의 일부로 변한다. 아르덴은 혼혈이었기에 그 변화가 더뎠던 것 같았다.

내 말에 그가 미간을 찌푸렸다. 상황의 심각성을 받아들인 것이다.

"……아르덴. 그래. 익히 알고 있는 별이지."

그렇게 중얼거린 벨르하트는 고개를 들어 밤하늘을 바라보았다. 그가 읽고 있는 것은 별이며, 사람의 운명이었다.

'부디, 별이 꺼지지 않았기를.'

나는 간절한 심정으로 벨르하트를 바라보았다.

"······음."

한참이나 밤하늘을 읽던 벨르하트가 침음을 흘렸다. 이상한 일이었다. 그가 별들을 보는 동안 맑았던 밤하늘에 검은 구름이 꼈다. 뭔가 잘못되기라도 한 걸까. 나는 초조한 심정으로 그를 바라보았다.

"보이지 않는군."

"······그게, 무슨 말씀인가요?"

가슴이 철렁 내려앉았다. 내 간절한 얼굴에도 그는 천천히 고개를 내저을 뿐이었다.

"아르덴의 별은 아직도 반짝이고 있어. 다만 그 움직임이 읽히지 않아."

그가 밤하늘에서 시선을 떼자 검은 구름은 흔적도 없이 사라졌다. 그 기묘함이 앞으로 있을 일을 말해 주는 것 같았다.

'하지만 살아 있어.'

나는 우선 아르덴이 살아 있다는 사실에 안도했다. 그런데 왜 움직임이 보이지 않는 걸까. 나는 그 이유를 눈으로 물었다.

"이런 경우는······."

벨르하트는 말끝을 흐렸다. 하늘을 다시 한번 올려다본 그는 조심스레 말을 이었다.

"별이 보이지 않는 건 운명이 없는 자가 곁에 있다는 뜻이라네."

"운명이 없는 자라니요?"

나는 의아한 심정으로 되물었다. 이 세계의 이방인인 나조차도 운명의 별을 지니고 있었다. 별은 곧 영혼, 운명 그 자체였다. 그것 없이 살아 있는 게 가능이나 할까. 설명하려는 벨르하트도 나만큼이나 혼란스러운 듯했다.

"영혼을 스스로 포기한 자들이라네. 보통은, 죽음을 맞이하는 걸로 끝나지만 여기에도 예외는 있기 마련이지."

그는 알 듯 모를 듯한 말들을 계속했다.

운명을 이탈하고 제가 가진 가장 소중한 것을 내놓는다.

과정은 불분명했다. 하지만 무엇을 얻으려 그런 짓을 벌인 걸까. 나는 깨지기 쉬운 유리 장식을 다루듯 아르덴의 나뭇가지를 조심스럽게 어루만졌다.

"대공님. 아르덴이 지닌 별을 알고 계시다 하셨지요."

"그랬지."

벨르하트가 고개를 끄덕였다. 입이 쉬이 떨어지지 않는다. 나는 어렵게 그것을 물었다.

"그가 가진 운명은 무엇인가요?"

"……."

그의 안색이 어두워졌다. 불안감이 고조되었다. 그러나 꼭 들어야만 했다. 내 시선을 이기지 못한 벨르하트가 결국 입을 열었다.

"그가 가진 별은 ……이라네."

나뭇가지를 쥔 손에 힘이 들어갔다. 벨르하트의 말을 부정하고 싶었다. 하지만 그러지 못했다. 나는 멍하니 천장을 올려다보았다.

유리를 두고 비친 밤하늘은 무심할 정도로 아름다웠다.

* * *

다음 날 아침, 리카엘과 벨루스가 이종족을 이끌고 성으로 들어왔다. 나는 한숨도 자지 못한 채 그들을 맞이했다.

"……이건."

"아르덴의 가지에요."

내 말에 리카엘의 표정이 굳어졌다. 평소 아르덴을 귀찮게만 여기던 벨루스도 마찬가지였다.

"누군가가 낙원에 침입했어요. 아마도, 저를 부를 요량으로요."

아르덴의 손등에 적힌 칼날 같은 글씨를 똑똑히 기억한다. 말아 쥔 손에 힘이 들어간다. 손톱이 살갗을 찔렀다.

"바로 출발해야겠어요. 그렇지 않으면⋯⋯."

목이 잠겨 말을 잊지 못했다. 조심스레 다가온 리카엘이 내 어깨를 다독였다. 나는 그의 손길에 입술을 깨물었다. 잠도 자지 못하고 이 종족들을 이끄느라 피곤했을 이를 몰아붙이고 말았다.

"⋯⋯미안해요."

"아니야. 준비되는 대로 움직이지. 수에노에게 부탁하면 귀족들을 피할 수 있는 지도를 만들어 줄 거야."

그의 말이 맞았다. 하지만 초조함에 미칠 것만 같았다.

"대공이 채비를 명했어. 낙원까지 최단 시간에 갈 수 있을 거야."

어느새 다가온 카르텔이 커다란 손으로 내 눈을 덮었다. 그는 시야를 차단한 채로 나를 소파에 앉혔다. 피로에 젖은 눈이 가무러졌다.

'조금만, 조금만 기다려 줘.'

나는 카르텔의 어깨에 기대어 눈을 감았다.


이튿날 저녁, 벨르하트의 도움으로 채비는 빠르게 진행되었다. 거기다 온갖 정보를 가지고 있는 수에노의 도움까지 더해지니 최단 경로를 확보하는 것 또한 쉬운 일이었다.

낙원에서 어떤 일이 벌어지고 있는지 알 수 없기에 저택에서 구출한 이종족들은 대공의 성에 두고 가기로 했다. 당연히 반발은 있었다. 특히 나를 따르지 않는 이들이 그러했다.

'내가 돌아올 때까지 마도학을 배우도록 해요.'

나는 그들에게 과제를 던져 주었다. 이제 막 기초적인 단어를 배워 가는 이들에게 조금 버겁게 느껴질 만한 것이었다. 그것으로 소란은 일단락되었지만, 내가 떠난 뒤에는 어찌 될지 몰랐다.

"너무 걱정 말아요."

떠날 채비를 모두 끝낸 지금, 우리는 벨르하트와 르부아의 배웅을 받고 있었다.

검은 어둠 속에서 성안의 불빛이 반짝인다. 물론 그보다 더욱 밝게 빛나는 건 순수한 마음을 가진 두 사람이었다.

"감사드려요. 꼭 돌아올게요."

서둘러 오겠다는 말은 차마 하지 못했다. 벨르하트는 그런 나를 이해한다는 듯 인자한 얼굴로 고개를 끄덕였다. 인사도 나누었으니 이제는 떠나야만 했다. 내가 예를 갖추어 물러나려 할 때였다.

"플로리아 영애."

"네. 대공님."

나는 벨르하트의 부름에 고개를 돌렸다. 그의 눈동자에 내 영혼이 비추어졌다. 나는 그것을 홀린 듯 바라보았다.

"자네와 태자님의 운명은 연결되어 있다네. 그것을 잊지 말게."

그는 별들의 움직임에서 무엇을 읽은 걸까. 이미 내가 알던 원작은 이 세계에 없었다. 나는 천천히 고개를 끄덕였다.

"절대 잊지 않을게요."

내 대답이 마음에 드는 듯 그의 입꼬리가 부드럽게 호선을 그렸다. 그에 따라 나도 미소를 그려 냈다. 하지만 내 속은 그렇지 못했다.

'그의 운명.'

벨르하트가 말해 주었던 아르덴의 별, 그것을 떠올릴 때마다 날카로운 창에 찔린 것처럼 마음이 아파 온다.

이능을 가진 이에게도 실수는 있기 마련이다. 혹 그가 별을 잘못 읽은 것은 아닐까. 그렇게 믿고 싶었다.

나는 낙원으로 가는 여정에 올랐다.

                                *  *  *

　수에노가 쥐여 준 지도는 유용했다. 귀족들의 영지를 비켜 가면서
도, 먼 거리를 돌아가지 않아도 되는 길이 잘 표시되어 있었다. 거기
다 푸른 새 역할을 했던 리카엘이 곁에 있으니 바삐 향하는데도 불필
요한 마찰은 일어나지 않았다.

　"거의 다 왔어."

　리카엘이 주변을 훑으며 말했다. 우거진 나무와 수풀들의 모양이
낯설지 않다. 내 기억 속에도 대략이나마 남아 있는 곳이었다.

　말아 쥔 손아귀에 식은땀이 맺혔다. 낙원의 문과 가까워질수록 심
장이 빠르게 요동쳤다.

　내 품 안에는 아르덴의 가지가 있다. 잘린 채 배달되었던 손이 뇌
리에서 떠나질 않았다.

　'......여자의 것이었어.'

　나는 부드럽게 흐르는 필기체를 떠올렸다. 필시 여자의 것, 그것도
꽤 상류층의 사람일 것이다. 현재 낙원에 있는 이들은 모두 이종족.
그런 글씨를 쓸 만한 이가 없었다.

　'그렇다면.'

　나는 한 가지 가정을 떠올렸다. 그러나 말도 안 되는 일이었다. 커
다란 운명을 지녔지만 귀족 영애일 뿐이지 않은가. 거기다 그녀는 낙
원의 존재도 알지 못했다. 하지만 이것 외에는 짚이는 것이 없었다.

　"......도착했다."

　한창 머리를 굴리던 중이었다. 나는 리카엘의 말에 걸음을 멈췄다.

　"이건."

　주변을 둘러본 나는 아연실색했다. 도대체 무슨 일이 일어났던 걸
까. 눈앞의 광경에 입을 다물 수가 없었다.

"입구가……."

낙원의 입구는 검은 아가리처럼 열려 있었다. 그것뿐만이 아니다.

"이종족들?"

검은 구멍의 옆으로는 이종족들이 서 있었다. 인사를 하듯 우아한 자세의 늑인, 깔깔거리며 웃음을 터트릴 것 같은 소녀들, 뭔가를 만들고 있는 노파. 그들은 모두 석고상처럼 굳어 있었다.

죽인 후 박제해 버린 걸까. 역겨운 광경에 눈살을 찌푸릴 때였다.

"살아 있어."

카르텔이 눈썹을 구겼다. 나는 그의 말에 굳어 있는 이들을 자세히 들여다보았다. 숨을 쉬는 듯 가슴팍이 느릿하게 들썩인다. 그러나 손가락 하나 움직이지 못한 채 눈만 도르르 굴릴 뿐이었다. 살려 달라는 듯 수십 쌍의 시선이 나에게 닿아 왔다.

"이게 대체."

이종족들은 산 채로 전시되어 있었다. 박제로 걸어 놓은 것보다 더한 광경이었다.

"토할 것 같아."

벨루스가 징그럽다는 듯 얼굴을 구겼다. 장식품이 된 이들에게만 시간의 흐름이 멈추어져 있었다. 온몸에 소름이 돋았다. 살아 있는 그들은 괴이한 예술 작품 같았다.

"풀어낼 방법은 없는 건가?"

"이런 건 처음 봐요."

약물로 몸을 마비시킬 수는 있지만 이런 자세로 움직이지 못하게 할 수는 없었다. 나는 전시되어 있는 이들에게 다가갔다. 그중에는 익숙한 얼굴들이 있었다.

"페르디아, 에이샤."

나를 따스하게 대해 준, 아그노스의 이야기를 들려줬던 그때의 화인들이었다. 나는 참담한 심정으로 굳어진 육체를 매만져 보았다. 당장이라도 움직일 듯 부드러웠지만 반대로 굽어지지 않는 도자기처럼 딱딱했다.

"……."

고통이 담긴 시선이 나를 따라왔다. 입도 움직일 수 없는 듯 경련마저 일지 않았다. 구해 달라는 게 분명했지만 도울 방법이 없었다.

'장본인을 찾아야 해.'

이렇게 만들었으니 풀 수 있는 방법도 알고 있을 것이다.

나는 굳어 있는 이종족들을 훑어보았다. 그들은 입구를 두르고 한쪽 면을 비워 놓았다. 꼭 이 안으로 들어가라는 듯이.

구역질 나는 취미를 가진 이는 낙원 안에 있었다. 나는 검은 구멍을 내려다보았다. 구멍의 바로 아래도 보이지 않았다. 이상한 일이었다.

"……가요."

내 말에 리카엘과 벨루스가 고개를 끄덕였다. 카르텔은 묵묵히 나를 안아 들었다.

'설령 함정이라 할지라도.'

이 안에는 아르덴이 있다. 나에게는 선택권이 없었다.

검은 아가리가 우리 모두를 삼켰다. 거친 바람이 뺨을 스치고 지나갔다. 괴물의 식도처럼 끝도 없이 이어지는 길이다.

"길기도 하군."

나를 안아 든 카르텔이 드디어 바닥에 발을 내디뎠다. 조심스레 나를 내려놓은 그는 주변을 둘러보았다. 나는 아무것도 볼 수 없었다.

"……읏!"

캄캄한 어둠 속에 갑작스러운 빛이 들었다. 눈살이 절로 찌푸려졌다. 비문증이 인 사람처럼 앞이 잘 보이지 않았다.

"어서 와요."

초콜릿이 녹은 것처럼 진득하게 달라붙는 목소리, 교태로웠지만 지나치게 달아 불쾌감이 인다. 간신히 눈을 뜬 나는 내 앞에 선 이의 얼굴을 확인할 수 있었다.

"……달리아."

내 부름에 달리아의 입꼬리가 요염하게 올라갔다. 얼굴은 분명 그녀였다. 하지만 많은 것이 달라져 있었다.

"오랜만이에요. 플로리아."

꿀이 흐르듯 탐스러웠던 머리칼은 새하얀 백발이었다. 하지만 가장 큰 변화는 눈이었다. 빛에 의해 다각도로 달라지는 색을 지녔던 보석 안은 검붉은 핏빛으로 물들어 있었다.

어디 그뿐이던가. 그녀의 이마에는 뭔지 모를 검은 구슬이 박혀 있었다. 그것은 마치 살아 있는 것처럼 일렁였다. 꼭 눈을 박아 놓은 것만 같았다.

"그 모습은……."

"예쁘죠? 저도 참 마음에 들어요."

달리아의 얼굴에 화사한 웃음이 꽃피었다. 그러나 어딘가 섬뜩한 미소다.

그녀는 석산에서 버려졌다. 우리가 저택에 다녀온 사이 도대체 무슨 일이 일어났었던 걸까. 나는 짐작조차 할 수 없었다.

"당신 덕분에 하지 않아도 될 고생을 했더니 이렇게 변하더라고요."

조곤조곤한 말에 뼈가 있었다.

그녀의 뒤에는 이종족들이 그득했다. 모두가 낙원의 일원이었다. 어디선가 불어온 바람이 내 곁을 스치고 지나갔다. 불쾌할 정도로 달콤한 향이 코를 찔렀다. 나는 미간을 찌푸리며 호흡기를 가렸다.

"저 때문이라뇨?"

나를 죽이려 한 자를 살려 둔 것이 과한 처사였을까. 하지만 달리아의 생각은 달랐다.

"네가 내 운명을 빼앗아 갔잖아."

핏물이 든 눈동자가 섬뜩하게 빛났다. 그녀의 입술에서 나온 말은 곧 칼날이요, 깊고 어두운 원한이었다.

내가 달리아에게 다가가려던 순간이었다.

"리아!"

카르텔의 외침과 함께 검붉은 빛이 터져 나왔다. 빛의 근원지는 달리아, 그녀의 이마 정중앙에 박혀 있는 보석이다.

"카르……!"

그의 이름을 외치기도 전이었다. 온몸이 딱딱하게 굳어 갔다. 팔을 움직이려 했지만 결국 손가락 하나 까딱할 수 없다. 결국 움직일 수 있는 건 눈동자뿐이었다. 입구에 전시되어 있던 이종족들과 똑같이.

"내 나라에 오신 걸 환영해요."

핏물같이 붉은 입꼬리가 어여쁘게 비틀렸다. 달리아의 이마에 박혀 있던 검은 보석이 요요하게 빛났다. 나락으로 빠뜨릴 듯 소용돌이치는 그것은 영혼을 앗아갈 것처럼 새카만 기운을 뿜어내고 있었다.

'말도 안 돼.'

팔, 다리. 하물며 얼굴의 표정까지. 온몸은 하나도 빠짐없이 굳어 버렸다. 비단 나뿐만이 아니다. 나를 부르던 카르텔, 다급히 앞으로 다가오려던 리카엘과 벨루스마저 움직임을 봉인당했다.

어느 신화 속 저주받은 여인이 이렇게 되었다지. 우리는 한편의 그림이 되어 버리고 말았다. 달리아는 그 희극적인 장면에 조소했다.

"이제 좀 봐 줄 만하네요."

전시품을 감상하듯 까다로운 눈길이 나와 모두의 몸을 훑어 내렸다. 그 시선이 멈춘 곳에는 카르텔이 있었다.

'마력이 움직이질 않아.'

나는 다급히 향기를 끌어 올리려 했다. 그러나 마력은 제자리에서 버둥거릴 뿐, 앞으로 나아가지 못했다. 꼭 쇠사슬에 묶인 것만 같았다.

"어머나."

간신히 틔운 싹이 넝쿨이 되어 달리아의 발목을 감쌌다. 넝쿨은 붉은 봉우리를 피워 냈다. 화려하게 핀 장미는 곧 나의 분신. 마력을 무겁게 짓누르던 기운이 향기에 밀려났다. 덕분에 아주 약간 몸을 움직일 수 있었다. 그와 동시에 허공에서 불꽃이 튀었다. 가장 순수한 마력으로 이루어진 카르텔의 검은 불꽃이었다.

"그런데, 제가 말하지 않았던가요?"

달리아는 불꽃과 장미를 번갈아 보며 말했다. 이 상황이 몹시 즐겁다는 듯 미소 짓고 있었지만, 핏물이 든 눈동자는 전혀 웃고 있지 않았다.

"식물 따위는 질색이라고"

달리아의 명령을 받은 듯 카르텔이 만들어 낸 허공의 불꽃이 장미를 재로 만들어 버렸다. 그것을 태우고도 모자랐는지, 번진 불길이 내 뺨에 튀어 짙은 화상 자국을 만들어 냈다.

"……읏!"

미미하게 벌어져 있던 내 입에서 신음이 튀어 나왔다. 칼날에 베인 듯 한쪽 볼에 따끔한 고통이 일었다. 내 목소리에 카르텔의 얼굴이 사정없이 일그러졌다. 그가 행한 것이 아님을 알고 있었다. 나는 눈 짓으로나마 괜찮다는 뜻을 전하고 정신을 집중해 마력의 기운을 읽었다. 자연에 퍼져 있는 마력은 언제나 평정을 잃지 않는다. 그러나 지금은 아니었다.

'엉망이야.'

부드럽게 이어져 있어야 할 흐름은 온통 잘리고 뜯긴 상태다. 난도질 된 그것을 어떠한 힘이 붙잡고 있었다. 그 끝에는 달리아가 서 있었다. 마치 인형극을 조종하는 극사처럼.

"데려가."

그녀의 한 마디에 이종족들이 다가왔다. 모두 수인족들로, 그들은 모두 반지르르한 플레이트 아머를 두르고 있었다. 꼭 인간 기사를 흉내 낸 것 같은 모양새였다.

"······!"

일렬종대로 선 그들은 차례로 나와 다른 이들의 몸을 묶었다. 우리는 손 하나 까딱하지 못하고 수인족들이 하는 걸 지켜볼 수밖에 없었다.

달리아는 시큰둥한 시선으로 손을 들어 올렸다. 딱! 하는 소리와 함께 끈에 묶인 다리가 절로 움직였다.

"아, 왕은 내게 데려오고."

"예. 여왕님."

달리아의 명에 수인족 하나가 응했다. 이종족들의 대장 격인 듯 갑옷의 모양이 다르다. 그녀의 호위 기사는 나에게 가장 먼저 낙원을 말해 주었던 늑대 수인, 아카노르였다.

'왕이라니, 그리고 여왕은.'

나는 혼란스럽게 멀어져 가는 카르텔을 눈으로 좇았다. 그는 아카노르에게 붙잡혀 달리아의 곁에 섰다.

"이만 가요."

달리아가 카르텔의 팔에 다소곳이 손을 올리자 아카노르가 그를 풀어 주었다. 맞닿았던 시선이 내게서 고개를 돌리는 건 한순간이었다. 뻣뻣하게 굳어 있던 카르텔이 달리아를 자연스럽게 에스코트하고 있었다. 그의 얼굴이 사납게 일그러지건 말건, 달리아는 손안에 넣은 인형을 주무르며 기뻐했다.

'카르텔.'

나는 그의 이름을 부르지도 못한 채 낙원의 문으로 향하는 길을 따라 걸어야만 했다. 가슴이 따끔거릴 새도 없었다. 수인족들이 아닌 다른 이종족들이 길가의 양옆으로 장식되어 있었다. 손님을 맞이하는 것처럼 깊숙이 허리를 숙인 이들은 살아 있는 인형이었다.

"문을 열어."

양각으로 새겨진 문은 금과 루비로 화려하게 장식되어 있었다. 앞을 지키고 있던 수인족이 문을 열었다. 꼭 성문이 열리는 것만 같았다. 나는 비현실적인 광경을 똑똑히 지켜보았다. 문이 열린 후 맨 처음 시선을 사로잡은 건 붉은 카펫이었다.

'……정말로, 성?'

붉은 길의 끝에는 백색과 흑색으로 이루어진 성이 있었다. 천장에서 내려오는 빛을 받은 성은 신비로워 보이기까지 했다. 그래서 더욱 괴리감이 들었다. 울창했던 나무와 소박하지만 아름다웠던 마을은 이제 없었다. 이곳은 이상한 나라이며 달리아의 왕국이었다.

내가 붉은 융단을 밟으며 이끌려 갈 때였다. 앞쪽에서 수줍은 목소리가 들렸다.

"처음에는 몰랐어요. 왜 그렇게나 당신이 가지고 싶었던 거지."

달리아가 카르텔의 팔에 매달려 속삭였다.

"하지만 이젠 알아요. 그가 말해 줬거든요. 내 진짜 운명을."

붉은 눈은 알 수 없는 환희로 가득 차 있었다. 하얀 손이 그의 뺨을 다정하게 쓸어내렸다. 그녀는 너무나도 행복해 보였다. 그건 내가 카르텔의 곁에서 짓던 미소였다.

그의 팔에 달라붙은 손을 떼어 내고 싶었다. 이다지도 무력한 적이 있었던가. 나는 입안의 살을 악물었다.

"아, 참. 플로리아. 조금 이따 봐요."

잊고 있었다는 듯 달리아가 고개를 돌렸다. 그런 와중에도 내 눈은 카르텔을 향해 있었다. 달리아가 그런 나를 보며 웃었다.

이윽고 길은 두 갈래로 갈라졌다. 한쪽은 정문, 또 다른 한쪽은 성의 지하와 연결된 입구였다. 몸을 붙든 이들이 나를 왼편으로 끌고 갔다. 달리아와 카르텔이 향한 길은 정문이 있는 곳이었다. 나는 시선만으로 그들을 좇았다.

기다렸다는 듯 문이 활짝 열렸다. 환호성이 여왕과 카르텔을 맞이했다. 이윽고 둘의 모습은 보이지 않게 되었다. 얼음으로 만들어진 송곳이 가슴을 후벼 팠다. 내가 본 것들 모두 카르텔의 자의가 아니었다. 그걸 알고 있는데도 이렇게나 아팠다.

'……카르텔.'

지하로 내려가는 계단은 어두웠다. 속으로나마 그의 이름을 부르던 나는 수인들에게 이끌려 아래로 내려갔다. 앞이 전혀 보이지 않는데도 조종당하는 다리는 자연스럽게 다음 계단을 밟아 나갔다.

'침착, 해야 해.'

제멋대로 움직이는 몸, 머릿속에서 반복되는 장면들. 몇 번이고 다짐해 보아도 정신을 바로 잡기는 어려웠다. 화상을 입은 뺨이 따끔거렸다. 나는 고통에 의지해 이성을 붙들었다.

'어떻게 이런 게 가능한 걸까.'

사람을 굳어지게 만들고 인형처럼 부리는 힘이라니. 이런 이능이 있다는 건 들어보지 못했다. 애초부터 달리아에게 없던 능력이다. 나는 그녀의 이마에 박혀 있던 보석을 떠올렸다. 분명 본 적이 있는 것이다.

'클로디온.'

기억을 더듬어 떠올린 남자의 이름이다. 그자도 분명 마력을 흩트리는 힘을 가지고 있었다. 아니, 그뿐만이 아니었다.

'모두 그자의 짓이었어.'

아버지에게 흑마법을 권유한 것도, 이런 말도 안 되는 마도품을 만들어 낸 것도 모두 클로디온의 작품이었다.

'뭐 때문에?'

아버지의 잔악한 실험도, 달리아의 나라도. 모두 클로디온의 욕망이 아닌 타인에 의한 것이었다. 그는 다른 이들이 절실히 바라는 욕구를 이루어 주었을 뿐, 그 외엔 아무것도 하지 않았다.

'클로디온이 원하는 건…….'

그가 뭘 꾸미고 있는 건지 짐작할 수 없었다. 다른 이의 욕망을 현실로 만들어 주면서 자신이 원하는 것을 채우는 게 가능하긴 한 걸까. 나는 끝내 그를 이해하지 못했다. 그렇게 한참 동안 머리를 굴렸을까. 나와 리카엘, 벨루스는 지하 감옥에 도착해 있었다. 우리는 각자 멀리 떨어진 곳에 가두어졌다.

"……몸이."

그 안에 들어선 순간이었다. 멋대로 움직이던 다리에 힘이 풀렸다. 나는 제자리에 주저앉고 말았다. 굳어 있던 사지가 원래대로 돌아왔다. 그것만으로도 안도감이 들었다.

나는 몸을 추스르며 주변을 살폈다. 바닥을 디디 손에 질척한 무언가가 닿았다. 고여 있던 그것은 누군가의 피였다. 피의 길은 길게 이어져 있었다.

호롱불의 빛이 닿지 않는 곳에 짙은 그림자가 졌다. 그곳에는 누군가가 힘없이 늘어져 있었다.

"……아르덴 오빠!"

긴 녹색 머리카락 끝이 피로 젖어 있다. 아르덴은 벽에 기대어 간신히 숨만 내쉬고 있었다. 그는 내 부름에도 정신을 차리지 못했다. 나는 질척이는 피를 밟아 나갔다.

"열이……."

이마에 손을 대니 열이 들끓는다. 나는 끊어질 듯 가는 호흡에 귀를 기울였다. 식은땀에 젖은 얼굴, 찌푸려진 미간이 고통을 대신하고 있었다.

고문을 당한 듯 얼굴과 목에 생채기가 가득했다. 아마 옷에 가려져 있는 부분은 더욱 심할 것이다. 시선은 점차 아래로 향했다. 힘없이 늘어진 오른쪽 팔. 그것을 감싸고 있는 옷자락은 피에 젖어 걷어 올릴 수도 없을 정도다.

꾹 깨문 입술에 피가 맺히는 줄도 몰랐다. 사정없이 떨리는 손이 그의 팔을 타고 내려갔다. 피가 엉긴 소매 끝은 텅 비어 있었다. 뚝, 간신히 잡고 있던 무언가가 끊어지는 소리가 들렸다.

"······리, 아?"

점멸하던 이성을 끌어안은 건 연약한 목소리였다. 나는 입술만 벙끗거렸다. 대답했다가는 그의 음성을 더 듣지 못할 것만 같았다.

얼마나 시간을 낭비하고 있었을까. 떨리는 어깨 위로 손이 닿았다. 아르덴이 남은 손으로 나를 감싸 안았다.

"왜, 왔어······. 위험한데."

아르덴이 느릿하게 눈을 깜빡였다. 초점이 쉬이 잡히지 않는 듯 나를 보는 시선이 흐렸다. 그는 꿈과 현실 사이를 유영하고 있었다.

"잠깐만, 상처라도 감쌀 수 있으면······!"

마력은 아직 봉인된 채다. 나는 그럼에도 불구하고 마력을 끌어 올리려 애를 썼다. 내가 애를 쓰며 버둥거릴 때였다.

"이건······."

나를 감싼 아르덴의 손에서 부스럭거리는 소리가 났다. 그의 손안에 뭔가가 있었다. 그것을 빼내려 했지만 주먹 쥔 손은 쉽게 열리지 않았다. 혼자 앉아 있지도 못하면서, 안에 든 것이 무엇이기에 이렇게 힘을 주고 있는 걸까.

나는 그것을 억지로 빼앗는 대신 아르덴의 손등을 토닥였다. 아버지의 명령을 받아 임무를 나갔다 온 아르덴은 언제나 우울함에 잠겨 있었다. 그의 곁에서 습관처럼 손등을 토닥였던 기억이 있다. 그렇게 한참을 다독였을까.

"내 동생."

스르르, 절대 열리지 않을 것 같던 주먹에서 힘이 풀렸다. 하얀 종이가 아르덴의 손안에서 구겨져 있었다. 그건 내가 그에게 보낸 편지였다.

"……응. 오빠."

울음으로 목이 막혔다. 가슴 깊숙한 곳에서 뜨거운 것이 솟아올랐다. 뚝뚝, 그의 손등 위로 눈물이 방울방울 떨어졌다.

내가 울고 있다는 걸 아는 건지 모르는 건지. 아르덴은 눈을 감은 채로 내 등을 몇 번이고 다독여 주었다. 그러나 그 손길 또한 오래가지 못했다. 점차 느려지던 동작과 함께 팔이 바닥으로 떨어졌다.

혹시 잘못된 건 아닐까. 다급하게 호흡기에 손을 대보았지만 숨은 쉬고 있었다. 전신에 힘이 빠졌다. 그러나 아직 안심하기에는 일렀다. 나는 심호흡을 하고는 아르덴을 차차히 살펴보았다.

"……수면 상태."

녹색 머리카락에 희미한 빛이 들었다. 피로 엉켜 있는 곳곳에서 푸른색 잎이 돋아나기 시작했다. 목인은 신체가 한계에 다다르면 깊은 잠에 빠져든다. 신체에 잎사귀가 피는 것이 바로 그 증거였다. 그렇게 잠든 목인은 회복할 때까지 깨어나지 못했다.

'죽음의 근처까지 다다랐던 거야.'

강제적으로 잠에 빠지는 만큼 쉽게 일어나는 현상은 아니다. 하지만 신체가 이 지경이 되었는데 진즉 수면 상태에 돌입했어야만 했다.

그는 고통도 참아 가며 나를 걱정하고 있었다. 혹여나 내가 와서 자신과 같은 꼴이라도 당할까 봐.

'……대체 뭐 때문에.'

슬픔이 흐른 뒤에 차오르는 것은 분노였다. 아버지도, 달리아도. 모두 각자의 욕망을 이루기 위해 타인을 짓밟았다. 그게 당연하다는 듯이. 그들을 용서할 수 없었다. 나는 아르덴의 손을 꼭 잡았다.

"안녕하세요. 아가씨."

"……!"

등줄기를 훑는 서늘한 음성이었다. 전신에 소름이 돋아났다. 천천히 고개를 돌린 곳에는 클로디온이 서 있었다.

감옥은 잠겨 있었다. 들어오는 소리도, 기척도 듣지 못했다. 어떻게 안으로 들어온 걸까. 그러나 지금 그런 걸 생각할 여유 따위는 없었다.

"집사, 아니. 이제는 클로디온이라고 불러야겠군요. 이 이름이 당신의 진명이 맞긴 한 건가요?"

날카로운 목소리가 입 밖으로 튀어 나갔다. 내 지적에 클로디온의 눈이 가늘어졌다.

"진명이라니. 제법 흥미를 돋우는 질문을 하시는군요."

그는 외안경을 고쳐 쓰며 웃었다. 타인을 희생하여 이루는 욕망만큼이나 클로디온이 행한 일도 이해할 수 없었다.

나는 자리에서 일어나 그를 마주 보았다. 베논 성에서의 그는 또 다른 목줄이었다. 늘 피하기만 했던 상대와 대면한다. 그것도 그의 계획을 저지하기 위해서.

"달리아에게 무슨 짓을 한 건가요."

"아아, 그 아가씨. 여왕이 제법 잘 어울리지 않던가요."

클로디온은 달리아를 떠올리는 듯 빙그레 웃어 보였다. 상냥한 듯 속이 새카만 미소 따위는 이제 지긋지긋했다.

"똑바로 말하도록 해요."

"이런. 저는 그저 원하는 바를 이루어 주었을 뿐이랍니다."

그는 안타깝다는 표정으로 턱을 매만졌다.

'인간이 아니야.'

카르텔의 목소리가 머릿속에 맴돌았다. 나는 주변의 기운에 정신을 집중했다. 클로디온에게서는 온기가 느껴졌다. 살아 있는 자만이 가질 수 있는 것이다. 그러나 그의 안쪽은 기이할 정도로 비틀려 있었다.

'저 정도면 이미 죽었어야 해.'

마력의 흐름이 심각하게 비틀린 사람은 온 구멍에서 피를 토해 내며 죽어 버린다. 하지만 클로디온은 그렇지 않았다. 내가 자신의 기운을 읽었다는 사실을 알아차린 듯 클로디온이 눈을 휘었다. 하지만 그뿐, 더한 것을 알아내기에는 부족했다.

"왜죠? 대체 무얼 위해서……."

남은 방법은 그에게 직접 묻는 것뿐이었다.

내 속이 초조하게 타들어 가는 반면, 클로디온은 끝까지 여유를 잃지 않았다. 그는 나른한 음성으로 대답했다.

"마두학의 기원은 흑마법이라 했었지요."

분명 그랬던 기억이 난다. 하지만 지금 이 순간 그게 중요한 사안인 걸까. 내가 바라보는 동안 클로디온은 계속해서 말을 이었다.

"과거 흑마법은 백마법에 의해 매도당하고, 결국은 금지되어 이 땅에서 사라졌어요. 그렇지만 흑마법사들은 죄가 없었답니다."

저 먼 시대에 있었던 일을 나는 모른다. 하지만 역사의 줄기에는 이렇게 적혀 있었다. 마족을 모시는 흑마법사들은 악하고, 신을 모시는 백마법사들만이 순수하다고.

"따르는 이들이 많은 것을 보고 정상의 범위라 하지요. 그에 반해 소수는 매도될 수밖에요."

어째서일까. 클로디온의 눈에 슬픈 빛이 들었다. 그러나 아주 잠깐이었다. 금방 미소를 되찾은 그는 자리에서 한걸음 물러났다.

"그래. 궁금하다고 했죠. 제가 타인을 돕는 이유가 무언지."

그는 품을 뒤적이더니 외투 안에서 작은 병 하나를 꺼냈다. 그 안에는 검붉은 연기 같은 것이 맴돌고 있었다.

"당신의 아버지예요."

"……뭐라고요?"

나는 미간을 찌푸리며 물었다. 아버지는 죽었고, 그의 육신은 흔적조차 남지 않았다.

"정확히 말하자면 슈타쿠스 베논의 영혼이자 욕망이죠. 그와의 거래에서 대가로 받아 낸 것. 죽어서야 얻을 수 있어 조금 귀찮지만요."

우우웅, 욕망 가득한 영혼은 클로디온의 말에 반응하듯 떨었다. 내 안색이 희게 질렸다. 병 안에 든 그것이 비명을 지르는 것 같았다.

"저는 사람들이 가진 욕망을 모으고 있답니다. 필요에 의해서요."

클로디온은 다시금 병을 품 안에 갈무리했다. 그의 시선은 나에게 닿아 있었다. 번들거리는 눈길이 내 몸을 옥죄었다.

"그런데 아가씨는 이상해요."

느릿하게 고개가 기울어졌다. 그는 괴이한 것을 보듯 눈을 깜빡였다.

"넘칠 것 같으면서도 모자라. 이것도 욕망이 맞는 건가?"

"무슨……!"

어느샌가 다가온 클로디온이 내 얼굴을 잡아챘다. 코끝이 닿을 듯 얼굴이 가까웠다. 우악스러운 손길이다. 고개를 돌리려 했지만 조금도 움직일 수 없었다. 그 시선은 육체를 관찰하는 것이 아니었다. 껍데기를 파고든 영안은 안에 든 무수한 것들을 꿰뚫어 보고 있었다.

"준비가 끝났습니다."

감옥 창살 너머에서 목소리가 들려왔다. 달리아가 부리는 수인 중 한 명이었다.

"허억…… 헉."

그의 말에 클로디온이 손을 놓았다. 나는 숨을 허겁지겁 들이켰다. 클로디온이 벽 쪽으로 물러서자, 수인들이 나를 일으켜 감옥 밖으로 빼내었다.

"그럼 즐겨 주세요."

피날레가 시작되려 하고 있었다.


크리스털을 깎아 만든 샹들리에.

반짝이는 조명 아래 화려한 무늬를 품은 바닥이 유리알처럼 반짝였다. 어디 그뿐일까. 천장을 받치는 기둥을 타고 오른 넝쿨은 금과 루비로 만든 것. 색색의 음식과 샴페인 분수. 한 잎, 한 잎 보석으로 장식된 조화는 화려함의 극치였다.

테이블과 장식들을 옆으로 두고 악단이 감싼 중앙은 무도회장이다. 위화감이 감도는 선율이 내 귀를 할퀴고 지나갔다. 나는 눈살을 찌푸리고 말았다.

'……어디서 보았나 했더니.'

지하 감옥에서 끌려온 곳은 연회장, 화려함의 정점을 찍은 장소는 레오플론의 황실 파티를 그대로 베껴 왔다. 다시는 보지 않아도 될 것이라 생각했던 장소가 떠오르니 그것만으로도 치가 떨렸다.

나를 비롯하여 함께 끌려온 리카엘과 벨루스 또한 황실을 떠올렸는지 표정을 일그러트렸다. 그러나 우리를 신경 써 주는 이들은 없었다.

드레스를 입은 백로 수인, 제복을 입은 늑대 수인이 화기애애하게 잔을 기울였다. 참새 수인들은 그들의 시중을 들기 위해 바쁜 걸음을 하고 있었다.

황실 연회와는 딱 하나 다른 점이 있었다. 그건 홀을 채운 이들이 모두 사람이 아닌 이종족이라는 사실이었다.

뿌우우우-!

"여왕과 국서께서 드십니다."

무도회장에 무릎 꿇려질 때였다. 뿔피리 소리가 울리며 장막으로 가려져 있던 상단이 열렸다.

"……!"

계단상 위에 마련된 것은 황좌였다. 그 자리를 차지하고 있는 건 달리아. 새하얀 백발의 그녀는 핏빛의 드레스를 입고 턱을 치켜든 채 자리에 앉아 있었다. 그녀의 옆에는 클로디온이 서 있었다. 베논가의 집사일 때처럼 곧고 단정한 모습이다. 이곳에서 그의 역할은 여왕의 책사였다.

"……카르텔!"

그러나 여왕의 화려함도, 클로디온의 기묘함도 내 시선을 사로잡지는 못했다. 달리아의 앞에는 긴 석고 대가 놓여 있었다. 그 위에 누워 있는 건 카르텔이었다. 죽은 듯 눈을 감고 있는 모습에 심장이 덜컥 내려앉았다.

'숨을 쉬고 있어.'

흔들리는 눈동자로 그를 주시했다. 아주 미미하지만 가슴팍이 들썩이고 있었다. 옅은 안도감이 번졌다. 하지만 고작 그것뿐이었다. 잠깐 사이 그에게 무슨 일이 생겼던 걸까.

"그렇게 봐도 소용없어요. 곧 내 것이 될 테니까."

달리아는 내가 그에게 시선을 주는 것도 싫은 듯 야멸차게 말했다. 하지만 그녀가 노려보든 말든 나는 사태를 파악해야만 했다.

"카르텔은 카르텔일 뿐, 누구의 것도 아니에요."

"……재미있는 말을 하네요."

달리아가 호흡을 늘어트렸다. 내 말이 그녀의 심기를 건드린 것 같았다.

"읏……!"

가는 손가락이 허공에서 튕긴다.

나는 달리아의 명을 받은 수인의 손에 의해 앞으로 끌려 나갔다. 높다란 계단 위에 걸쳐진 상단이기에 올려다볼 수밖에 없는 위치였다. 나는 이곳에서의 내 위치를 깨달았다. 여왕의 앞에 판결을 받으러 온 죄인. 그것이 내가 맡은 배역이었다.

"내가 말했었죠. 다 들었다고."

여유로웠던 표정에 싸늘한 냉기가 휘날렸다. 달리아는 도저히 참을 수 없다는 듯 파르르 몸을 떨며 말을 이었다.

"처음엔 이 남자에게 왜 그렇게 끌리나 싶었어요. 이 정도로 가지고 싶어진 건 처음이었으니까요."

석고 대는 달리아가 손을 뻗으면 닿을 곳에 있었다. 달리아는 카르텔의 뺨을 매만졌다. 창백한 손길은 아래를 타고 내려가 그의 목을 쥐었다.

"그래 봤자 짐승이라고 생각했죠. 내 말에, 내 향기에 절대복종하는."

카르텔을 매만지는 것과는 달리, 달리아의 시선은 벨루스에게 닿아 있었다. 비단 벨루스뿐만이 아니었다. 이 홀, 지하의 낙원. 더 나아가 모든 짐승은 그녀의 것이 되어야 옳다는 눈빛. 붉은 눈은 소유의 광기에 사로잡혀 있었다.

"그런데 그게 아니었어요."

달리아가 천천히 자리에서 일어났다. 그녀의 뒤에는 여자 수인들이 줄을 서 있었다. 모두 여왕의 시중을 들기 위한 이들로 보였다.

'저건.'

황좌의 왼쪽 선반, 미처 보지 못했던 곳에는 단도가 있었다. 예식용처럼 화려한 검에는 검은 보석이 박혀 있다. 달리아는 그것을 손에 쥐었다. 단도의 예리한 날이 샹들리에의 빛을 받아 섬뜩하게 반짝였다.

"……!"

그녀는 흉기를 망설임 없이 휘둘렀다. 그것은 시녀의 몸을 가르고 지나갔다. 사방으로 피 보라가 튀었다. 고작 화풀이 용도로 같은 인격체를 죽였다. 나는 숨도 쉬지 못하고 그 장면을 바라봐야만 했다.

"내 운명은 황금의 꽃. 절대자의 짝이 될 사명을 가지고 태어났죠. 이물질만 없었다면 말이야."

달리아는 나를 똑똑히 바라보며 말했다.

그녀는 아직 능력을 쓰지 않았다. 그런데도 달리아가 운명을 거론한 순간 나는 움직일 수가 없었다. 책 속의 이방인, 운명의 개척자, 반짝이는 영혼의 별들. 온갖 말들이 머릿속을 잠식하고 있었다.

"그러니 지금부터 되찾을 생각이에요."

무슨 말을 하는 걸까. 나는 그녀의 말을 이해하지 못했다.

"데려와."

달리아가 손을 까딱였다. 명을 받은 수인이 어디론가 향했다. 악단의 웅장한 음악이 홀을 울리며 긴장을 극대화시키고 있었다. 그렇게 한 곡이 절정에 치달을 때였다. 문이 열리며 아까의 수인이 들어왔다.

'아르덴.'

수인이 아르덴을 안고 안으로 들어왔다. 거대한 수인의 품에 안긴 아르덴은 여전히 강제적인 수면 상태를 유지하고 있었다. 빈 손목에 헐거운 소매 끝이 너덜거린다. 수인은 아르덴을 홀의 정중앙에 내려놓았다.

"대를 위해선 소의 희생이 필요한 법이죠."

달리아는 데려온 제물을 꼼꼼하게 살폈다. 죽은 듯 늘어진 아르덴의 모습이 퍽 만족스러운 듯 살쾡이 같은 눈이 휘었다. 아직도 그녀가 무슨 짓을 벌이려는지 감이 오지 않았다.

"그거 알아요?"

달리아의 물음에 불안감이 엄습했다. 그녀는 나를 보며 빙그레 웃었다.

"저 나무의 손목, 내가 직접 잘랐어요."

치솟는 분노와 함께 바닥에 그려진 문양이 붉게 달아오르고 있었다. 바닥을 어지럽게 수놓은 문양은 둥글게 원을 그리며 중앙으로 몰려들었다.

'평범한 문양이 아니었어.'

화려한 무늬지만 어쩐지 글자 같아 보이기도 했다. 그러니까, 나조차도 알지 못하는 먼 고대의 문자 같은 것 말이다.

"부탁해요. 나의 구원자님."

피를 뒤집어쓴 달리아가 상냥한 목소리를 내었다. 그 끝에는 클로디온이 있었다.

"하하. 과한 호칭이로군요."

클로디온이 곤란하다는 듯 웃었다. 그러면서도 제 할 일을 잊지 않는다. 그가 알 수 없는 언어로 무어라 중얼거렸다. 말은 힘으로, 그것은 곧 가닥이 되어 바닥의 문양으로 스며들었다.

"……아르덴!"

그림이던 문양은 양각의 모양으로 솟아올랐다. 도드라진 틈은 어지러운 미로 같다. 그 길 중앙에 놓인 아르덴이 힘겹게 숨을 내쉬었다. 잘린 손목에서 멈추었던 피가 다시금 솟아오르고 있었다. 분수처럼 터진 피가 문양과 문양의 틈을 남김없이 채워 나갔다.

"식물도 가끔은 쓸모가 있는 법이죠."

이곳은 달리아의 무대. 모두가 맡은 배역에 충실했다. 그중 아르덴은 여왕을 위한 제물이었다.

'어째서.'

지금 이 순간 벨르하트가 했던 말이 떠오르는 걸까.

아르덴, 그가 가진 운명의 별. 슬프고도 아름다운 그 이름은 '희생의 별'이었다.

"플로리아. 당신의 혈육을 제물로 바치고, 당신이 가진 운명을 내 것으로 만들 거예요. 그러기 위해 내가 가진 운명까지 버려야만 했죠."

달리아가 속상하다는 듯 중얼거렸다. 틀린 말은 아니었다. 하지만 왜 이렇게 위화감이 드는 걸까. 단순한 죄책감은 아니었다. 그건 카르텔과 함께하기로 한 순간부터 내던져 버린 것이었다.

'왜 그는 달리아에게 첫눈에 반하지 않았을까.'

운명은 우주의 이끌림이었다. 정말로 서로가 운명이라면 만나는 즉시 나 따위는 궤도 밖으로 던져 버렸어야 옳았다. 석연치 않은 감각이 자꾸만 내 심기를 건드렸다. 이건 감이었다. 급박한 상황에서도 무시하면 안 될 것 같았다.

"그러면 시작하도록 하죠."

달리아가 클로디온을 향해 말했다.

"……클로디온."

나는 그의 이름을 짓씹듯 내뱉었다. 클로디온이 행하려는 건 흑마법이었다.

"네. 구원자님."

달리아가 손을 튕기는 동시에 나는 수인들에게 이끌려 상단으로 끌어 올려졌다. 사람이 누울 수 있는 크기의 석고 대가 두 개 더 준비되어 있었다. 나와 아르덴은 각자의 자리에 눕혀졌다.

"당신의 마지막 순간을 카르텔 님이 보지 못하는 게 아쉽네요."

달리아가 즐겁게 키득거렸다.

피로 채워진 마법진. 선단에는 제물로 바쳐질 아르덴과 운명을 빼앗길 내가 누워 있었다. 몸을 비틀어 보려 했지만 달리아가 다시 능력을 쓴 듯 손가락 하나 까딱하지 못했다.

"아르덴······!"

그의 손목에서 흐르는 피가 석고 대 아래를 타고 흘렀다. 아무리 수면 상태에 접어들었다고 해도, 저렇게나 많은 피가 흐른 이상 목숨이 위험했다. 홀 옆에는 리카엘과 벨루스가 무릎 꿇려 있었다. 애타는 눈빛들이 나에게로 향했다. 검 등을 쓸어내리던 달리아가 픽 바람 빠진 웃음을 내뱉었다.

"벨, 당신의 공도 있으니까."

사뿐사뿐 계단을 밟고 내려온 그녀는 벨루스 앞에 섰다. 그녀는 오만한 표정을 하고서 벨루스의 턱을 잡아 올렸다. 그의 얼굴이 사납게 구겨졌다. 달리아는 벨루스의 뺨에 입을 맞추며 말했다.

"나는 벨을 미워하지 않아요. 이 일이 다 끝나면 벨도 내 인형으로 만들어 줄게요. 기쁜 일이죠?"

수인들에게만 허용되는 다정한 목소리. 그녀의 손길은 성녀의 그것처럼 자애로웠다.

아, 그녀의 행동에서 아까부터 느꼈던 위화감의 정체를 깨달았다.

"그럼 이제 시작해 보죠."

벨루스를 등진 달리아는 다시금 상단으로 걸어 올라왔다. 아르덴의 피가 묻은 드레스의 끝자락이 새하얀 석고 계단을 붉게 물들였다.

"······달리아."

나는 핏빛 길을 보며 그녀를 불렀다. 어느새 아르덴의 옆에 선 달리아가 내게 눈길을 주었다. 그녀는 나에게도 제법 다정한 웃음을 흘려주었다. 아무것도 거리낄 것 없는 승자의 미소였다.

"마지막 할 말이라도 있나요?"

달리아는 아르덴의 셔츠를 찢어 내고는, 날카롭게 세운 칼끝으로 그의 몸에 문양을 새겨 나갔다. 바닥에 그려져 있는 피의 문양과 같은 것이다. 나는 핏줄 선 눈으로 아르덴이 당하는 것을 지켜보며 말했다.

"그래요. 당신이 카르텔에게 집착하는 이유, 이제야 깨달았어요."

내 말에 달리아의 움직임이 멈췄다. 그녀는 무슨 말을 하는지 모르겠다는 표정으로 눈썹을 일그러트렸다.

"그리고 이런 성을 만든 이유도 말이에요."

나는 눈길만으로 성을 훑어보았다. 수인으로 이루어진 기사와 시중인, 그리고 귀족들까지. 얼핏 보면 달리아의 욕망은 화려한 성에서 카르텔과의 영원을 꿈꾸는 것으로 보였다. 하지만 그게 아니었다.

"당신은 그저 모두의 사랑을 독차지하고 싶었을 뿐이에요."

낙원의 성과 화려한 홀은 전부 허울 좋은 포장이었다. 아마도 클로디온의 기억에 의존한 것이겠지. 달리아는 태어나서부터 동물과 수인들의 사랑을 받아왔다. 그건 부정할 수 없는 사실이다. 하지만……

"……내가 말했을 텐데요? 원래 내가 가진 운명은 황금의 꽃. 절대자의 반려라고."

달리아가 이를 갈며 말했다. 잘 보이지는 않지만 어깨가 미미하게 떨리고 있었다. 마치 허를 찔렸다는 듯이 말이다.

'처음부터 아니었던 거야.'

나는 카르텔에게로 눈길을 돌렸다. 그는 아직도 눈을 감고 있었다. 늘 이상하다고 생각했었다. 왜 카르텔이 달리아에게 빠져들지 않았는지에 대해서 말이다.

벨르하트는 태어났을 때부터 별을 보았을 것이다. 그는 내게 황금의 꽃이 져 버린 시기는 말해 주지 않았다. 만약 그 운명이 내가 이 세계에 등장하면서부터 없어진 것이라면?

"당신이 가진 운명은 황금의 꽃이 아니에요."

"……!"

이제는 확실하게 말할 수 있었다. 그녀가 지니고 있는 건 황금의 꽃이 아닌 유혹의 운명. 단순히 짐승을 유혹하는 운명을 타고났을 뿐, 애초부터 카르텔의 반려를 타고난 운명이 아니었다.

"당신의 짝은 따로 있을 테지요."

카르텔은 달리아에게 반하지 않았다. 애초부터 나에게 종속되어 있었을 그다. 나는 그의 반려였으며 운명이었다.

"……아니야!"

끼이익—!

날카로운 고함이었다. 악단의 연주가 파열음을 내며 끊어져 버렸다. 수인들의 시선이 달리아에게 모여들었다. 빛이 들지 않은 눈동자다. 그들은 달리아의 욕망에만 반응하고 있었다.

"그렇다면 증명해 봐요. 카르텔을 얻으면 그 외의 다른 이종족들을 모두 포기할 수 있나요?"

오직 서로밖에 없는 것. 반려란 바로 그런 것이다.

"……상관없잖아!"

달리아는 내 말에 대답하지 못했다. 어린아이가 떼를 쓰는 것처럼 날카로운 고함만 내지를 뿐. 나는 그녀를 보며 똑똑히 말했다.

"운명을 포기한 건 모두 네 선택이야. 달리아."

내 말과 함께 아래에서 진동이 울렸다. 진동은 점점 더 강도를 더해 갔다. 크리스털 샹들리에가 위험천만하게 곡예를 탄다. 성이 흔들리고 있었다. 이 성은 달리아를 기반으로 한 욕망의 집합체. 그녀가 자신의 욕망을 강하게 부정할수록 세계는 망가진다.

"……모두가 내 곁에 있는 건 당연해. 카르텔, 이 남자가 내 반려인 것도……."

달리아는 혼란스러워하고 있었다.

나는 책 속에서 읽은 그녀의 어린 시절을 떠올렸다. 정략결혼으로 이루어진 가문 간의 결합이다. 따로 사랑하는 사람이 있었던 달리아의 어머니는 그녀를 끔찍해 했다. 그에 반해 아버지는 권력에 미친 사람이었다. 어떻게든 달리아를 이용하려 먼 이국에 유학을 보내려던 사람 아니었나.

그런 달리아의 주변에는 동물과 수인들뿐이었다. 달리아는 모든 걸 가지고 싶어 하면서도 간절하게 바랐다. 동물도, 수인도 아닌 오직 자신만을 바라보고 사랑해 줄 사람을. 이중적인 잣대였으나 무엇도 포기할 수 없는 것이었다. 그걸 자신이 거부하고 말았다. 달리아는 스스로 진짜 짝을 지워 버렸다는 사실에 절망하고 있었다.

"……그게 뭐 어때서."

운명을 버렸다는 증거인 새하얀 머리카락이 엉망으로 흐트러졌다. 달리아가 핏발 선 눈으로 나를 노려보았다. 흉흉한 기세에 더 이상의 여유로움은 없었다.

"다시 네 운명만 빼앗으면……! 그러면 다 괜찮아."

그녀는 미친 사람처럼 중얼거렸다. 달리아는 자기 자신과 타협하고 있었다. 그 결과는 행동으로 나타났다.

"이걸 제물로 바치겠어요. 그러니 저년의 운명을 내게 줘요!"

그녀의 말은 주문과 같았다. 흩뿌려진 핏물이 용암처럼 끓어오르기 시작했다. 달리아는 양손으로 잡은 검을 힘껏 들어 올렸다. 그 끝은 아르덴의 심장부를 향하고 있었다.

"찔러요. 그러면 이루어질 테니까."

클로디온은 달리아의 뒤로 다가가 다정히 속삭였다. 호선을 그리는 입술에서 나오는 말은 지독하게도 달콤했다. 그는 정말로 모든 소원을 이루어 줄 것처럼 굴고 있었다.

"……진정한 내 것."

달리아가 홀린 듯 중얼거렸다. 허공으로 들어 올린 검이 파르르 떨렸다. 살기를 담은 날이 금방이라도 아래로 꽂힐 것만 같았다.

'안 돼.'

혼란스러워하는 와중에도 달리아의 능력은 그대로 발동되고 있었다. 움직이려 발버둥 칠수록 호흡만 가빠졌다. 카르텔은 정신까지 잃은 채였다.

"소용없어."

달리아는 내 시선을 따라 그를 보며 입꼬리를 비틀었다.

"카르텔에게는 고대의 독초를 먹였지. 적어도 오늘은 깨어나지 않을 거야."

다시 승기를 잡은 얼굴이었다. 그녀가 여유를 되찾을수록 내 마음은 바짝바짝 타들어 갔다. 머릿속이 터질 듯 과열되었다. 강제로 붙잡힌 육체가 끓어오르듯 뜨거워졌다.

'운명의 개척자.'

타들어 가는 열기 속 벨르하트의 말이 머릿속에 울려 퍼졌다. 그는 별의 흐름뿐만이 아니라 영혼의 깊이까지도 읽어 낼 수 있었다. 그런 그가 아르덴의 별을 희생이라 말했지만, 나는 그 운명까지도 비틀어 버릴 것이다. 그렇게 다짐하는 순간, 내 옆에서 새파란 싹이 돋아났다.

'카르텔과 내 영혼은 연결되어 있다고 했어.'

벨르하트가 명심하라 일렀던 부분이었다. 어느덧 돋아난 줄기는 카르텔을 향해 뻗어 나갔다. 달리아가 마력을 흩트려 놓았을 때도 피어났던 잎사귀였다.

'그때는 왜 몰랐을까.'

꽃을 피워 내는 능력은 애초부터 마력에 의한 것이 아닌, 나 자신의 힘이란 것을. 넝쿨이 카르텔의 온몸을 감쌌다. 줄기 곳곳에서 장미 봉우리가 돋아나기 시작했다.

"죽어!"

달리아의 검이 아래로 향하기 직전, 굳게 감겼던 카르텔의 눈두덩이 열렸다.

"……!"

"카르텔!"

커다란 손이 아르덴의 가슴팍에 닿으려던 검의 손잡이를 억눌렀다. 육식 동물의 번들거리는 눈동자가 달리아를 집어삼킬 듯 직시했다. 카르텔의 목덜미, 팔, 다리 곳곳에 장미 봉오리가 피어올랐다.

마력이 아닌, 의지만으로 피어난 꽃이다. 줄기에서 돋아난 장미는 풍성한 잎을 틔웠다. 그중 유난히 눈에 띄는 장미가 있었다.

'금색?'

카르텔의 가슴팍에 피어 있는 장미는 한 잎 한 잎 순금을 녹여 만든 듯 아름다웠다. 그러나 조각품 따위가 아니었다. 반짝이는 장미는 안쪽의 봉우리를 벌리며 숨을 쉬고 있었다. 살아 있는 예술품은 혼돈의 장에서 스스로를 화려하게 피워 냈다.

"……황금의 장미."

단검을 저지당한 달리아가 멍하니 중얼거렸다. 카르텔은 그녀의 손에서 검을 빼앗아 던지고는, 제 가슴팍에 핀 황금 장미를 감싸 쥐었다. 툭, 장미는 주인의 손길에 순응이라도 하듯 스스로 줄기를 끊어 냈다. 카르텔의 손 위에 머무른 장미는 더욱 완벽한 자태를 자랑했다.

'뭔가가 있어.'

내 능력으로 저렇게 아름다운 장미를 피워 내다니. 너무도 아름다워 현실성이 없었다. 그것만으로도 놀라웠지만 황금 장미는 꽃의 중앙에 무언가를 품고 있었다. 투명하면서도 천연하게 빛나는 알맹이 같은 것은 그 어떤 보석보다 신비로웠다.

"아름다워."

상황을 잊을 만큼 아름다웠다. 나와 카르텔의 시선을 의식하기라도 하듯, 오색의 보석은 찬란한 빛을 내뿜었다. 조명의 빛을 반사하는 것이 아닌 스스로의 힘이다.

"힘이……."

카르텔이 손을 쥐었다 펴며 감각을 확인했다. 그의 말과 함께 주변에 떠도는 마력을 느낄 수 있었다. 황금 장미가 품어 낸 보석에서 나온 오아시스의 빛은 달리아의 힘을 정화했다.

"뭐야, 이게."

달리아도 그것을 느낀 듯 뒷걸음질 쳤다. 카르텔은 잡은 손목을 놓아주었다.

'웃고 있어.'

나는 아직도 황금 장미와 그것이 품은 보석에 홀려 있었다. 그들은 피어나 주인을 만난 사실이 달갑다는 듯 환한 미소를 터트렸다.

공명, 오직 나만이 느낄 수 있는 감각이었다.

"카르텔."

나와 카르텔의 시선이 허공에서 얽혀 들었다. 어쩌면 그도 새 생명의 마음을 느낀 것일지 몰랐다.

'영혼이 연결되어 있다는 사실. 이제는 알겠어.'

넝쿨이 카르텔에게 닿은 건 찰나의 순간이었다. 하지만 그 짧은 사이, 보이지 않는 곳에서 흐르는 시간은 억 겁과 같이 느껴졌다.

줄기와 닿은 부분으로 흘러드는 의식. 나는 카르텔의 육체로 들어가 영혼의 부분을 찾아 헤매었다. 사납게 이를 드러낸 영혼은 무의식 중에서도 달리아의 속박을 풀어내기 위해 발버둥 치고 있었다.

'내가 왔어.'

나는 그를 온전히 품에 안았다. 잔뜩 웅크려 있던 꽃망울이 다발로 피어올랐다. 새 생명을 창조하는 감각. 결코 잊을 수 없는 오감에서 탄생한 것은 나의 운명이었다.

"망할 수작에 놀아나는 것도 여기까지야."

카르텔은 장미 안의 보석에 입을 맞추고는 그것을 옷 안에 갈무리했다. 주춤주춤 몸을 물리던 달리아의 등이 벽에 닿았다.

그녀가 혼란을 감추지 못하자 땅을 울리는 진동이 다시금 시작되었다. 거대한 샹들리에가 흔들리며 천장에서 돌가루가 떨어져 내렸다. 머지않아 무너져 내릴 듯 아찔했다.

'정신이 연결되어 있어.'

이곳은 달리아의 욕망으로 창조된 공간. 그녀의 정신이 망가지면 주변도 쓰러져 버린다.

"리아!"

격해지는 진동에 비틀거릴 때였다. 리카엘이 달려와 중심을 잡도록 도와주었다. 더디기는 했지만 벨루스도 자리에서 일어나고 있었다.

'보석의 힘이.'

카르텔의 가슴팍 안쪽에 숨겨진 보석은 아직도 은은한 빛을 내뿜고 있었다. 그 빛에 닿은 수인들이 정신을 되찾고 있었다. 그들은 영문을 모르겠다는 듯 치장되어 있는 자신과 홀을 번갈아 보았다.

"안 돼!"

날카로운 비명이 천장을 쳐올렸다. 달리아는 미친 듯이 몸을 버둥거렸다. 그 움직임이 어찌나 거친지 카르텔에게 붙잡힌 어깨의 뼈가 엇나갈 정도였다.

"전부 내 거란 말이야! 저들마저 없으면······!"

카르텔이 제 운명이 아니라 할 때도 이 정도 반응은 아니었다. 달리아는 정신을 차린 수인들을 보며 발작하고 있었다.

"닥쳐. 그 누구도 네 것이 되겠다 자청한 적 없으니까."

카르텔이 부득 이를 갈았다. 그는 달리아에게 닿은 부분이 혐오스럽다는 듯 얼굴을 일그러트리고 있었다. 그러나 달리아는 카르텔의 표정에 신경을 기울이지 않았다. 그녀는 자아를 되찾은 이종족들을 보며 절망했다.

"저들이 없으면 나는…… 나는 아무것도 아니게 된…… 컥……!"

"……!"

푸욱, 예리한 칼날이 달리아의 심장을 꿰뚫고 지나갔다. 단도를 빼낸 상처의 틈으로 피가 솟구쳤다.

"이런."

클로디온이 상냥한 웃음을 머금었다. 바닥에 떨어져 있던 단도는 어느새 그의 손아귀에 쥐어져 있었다.

"더러운 것이 튀었군요."

검을 허리춤에 건 클로디온은 피가 튄 외안경을 닦아 나갔다. 살육을 하고도 대수롭지 않다는 태도다.

"……왜, 구원자님이."

달리아의 몸이 바닥으로 무너져 내렸다. 피를 토한 입술이 뻐끔거렸다. 그녀는 이해하지 못하겠다는 듯 눈을 껌뻑거렸다.

"욕망이 무너져 버리면 안 되지요."

"어, 으……큭, 아아악!"

클로디온의 손톱이 달리아의 심장부를 파고들어 몸속을 뒤적였다. 찢긴 심장이 피부 밖으로 들려 나왔다. 달리아는 숨이 붙은 채로 그 광경을 똑똑히 확인해야만 했다.

"조금 덜 익기는 했군요."

심장 안을 뒤적거리던 그는 작은 조각을 꺼내었다. 끝이 날카로운 조각 안에는 붉은 기운이 넘실거렸다.

"잘 먹겠습니다."

그것은 클로디온의 입안으로 들어갔다. 목구멍으로 넘어가는 소리가 홀을 울리는 동시에 달리아의 시체가 하얗게 굳기 시작했다. 몸을 굳게 만들어 장식으로 사용한 이종족처럼, 그녀 또한 움직이지 못했다.

"아…… 아아……."

석고가 된 손끝이 부서져 내렸다. 급속도로 풍화된 몸은 가루가 되어 바람결에 흩어졌다.

'달리아.'

나는 육체가 흩어지는 광경을 멍하니 목격했다. 결국 머리만 남은 눈초리가 나에게 향했다. 그 눈을 보며 알았다. 클로디온은 달리아의 심장이 아닌 영혼 그 자체를 삼켜 버렸다는 사실을.

"……나만, 의 것."

이윽고 달리아의 육체는 가루가 되어 사라졌다. 흔들리던 성이 신기루처럼 흩어진다. 낙원의 모습이었던 초원이 드러났다. 꿈을 꾼 것 같았다. 하지만 달리아가 입고 있었던 드레스는 풀숲에 놓여 그것이 아니란 걸 알게 해 주었다. 그 누구도 그녀의 죽음을 애도하지 않았다.

"이제 네 놈 차례로군."

"그냥 보내 주시면 좋을 텐데요."

카르텔은 이종족 기사가 쥐고 있던 검을 빼앗아 들었다. 그 모습에 클로디온이 싸울 의사가 없다는 듯 양 손바닥을 들어 보였다.

클로디온은 무대의 연출자였다. 참극을 꾸민 것은 자신, 무대에 오른 책임은 모두 배우가 지게 만들었다.

"쥐새끼같이 내빼려 드는군."

카르텔의 눈동자에 불꽃이 일렁였다. 그 순간 두 사람을 둘러싸고 불의 고리가 펼쳐졌다. 카르텔이 클로디온의 목에 검 끝을 겨누었다.

"서로가 편한 길을 거부하시는군요."

클로디온은 작은 한숨을 쉬며 검날을 맨손으로 붙잡았다. 이따위 것으로는 자신을 죽일 수 없다는 듯 오만함이 넘치는 태도였다. 불의 테두리 안에서 신경전이 일었다.

'빠져나가지 못하고 있어.'

나는 무대 위의 둘을 지켜보았다. 클로디온은 날붙이를 겁내 하지 않았다. 그러나 여유로운 태도에도 불꽃을 피하는 것이 눈에 보였다.

'하지만…… 이것만으로는 안 돼.'

클로디온이 인간이 아니란 사실이 자꾸만 신경을 건드렸다. 카르텔의 검을 쥔 손은 피 한 방울 나지 않고 있었다. 오히려 검날이 꺾일 기세였다.

"……속내가 검은 것으로 바글거리는군."

"호오, 그게 보이십니까?"

클로디온의 눈에 이채가 감돌았다. 흥얼거리듯 내뱉은 물음이었지만 그 말에는 많은 의미가 함축되어 있었다. 빠드득, 신경전에 검날만이 희생되고 있다.

'빛나고 있어.'

거리가 있어 모습이 잘 보이지 않았지만 카르텔의 가슴팍에서 황금빛 기류가 넘실거렸다. 그건 나를 향한 부름이기도 했다. 그 기운에 정신을 집중하니 빛을 움직일 수가 있었다.

"카르텔, 휘둘러!"

빛은 그의 팔을 타고 내려가 검을 끌어안았다. 파지직, 클로디온의 손이 연기를 내며 타들어 갔다. 카르텔은 그 틈을 놓치지 않고 검을 휘둘렀다. 클로디온이 뒤늦게 몸을 숙였지만 아래로 팔이 떨어졌다. 그는 목숨을 부지했으나 하나의 팔을 잃어버리고 말았다.

"……빌, 어먹을."

사방으로 피 분수가 튀었다. 심장을 얼릴 듯 스산한 목소리가 공기를 장악했다.

"……팔이!"

반듯하게 잘린 어깨에서 새카만 뼈대가 자라났다. 그러나 그건 인간의 것이 아니었다. 근육 위에서 맥박 치는 힘줄. 껍질이 덮이지 않아 피와 구조가 고스란히 드러났다.

거목의 굵기와 비견될 팔이다. 핏줄이 꿈틀거리는 팔은 하나의 괴물처럼 보였다.

"빌어먹을 프시케의 딸."

# 13. 흔적

신체에 비해 지나치게 큰 팔이 흙바닥에 늘어졌다. 사람의 것과 닮아 있었지만 여러 이물질이 섞인 것 같은 괴기한 모양새었다.

그 끝, 억지로 쑤셔 박은 것 같은 검은 손톱이 까딱거렸다. 욕지거리를 내뱉은 클로디온은 거친 숨을 몰아쉬고 있었다. 어깨에 달려만 있을 뿐, 그조차 거대한 팔을 가누지 못하는 듯했다.

'프시케라니.'

나는 클로디온의 몰골에 경악하면서도 '프시케'라는 이름을 놓지 못했다.

프시케는 꽃의 여신. 모든 화인의 어머니요, 우리는 그녀의 자식이었다. 그러나 오래전 사라져 버리고 만 신.

그녀는 화인들을 자신의 흔적으로 남겨 놓고 이 땅에서 사라졌다.

비단 프시케뿐만이 아니다. 역사는 황금시대를 기점으로 나뉜다. 이 땅에 남아 있는 신은 없었으며 이는 이종족들의 몰락을 가져왔다.

이종족이 인간에게 패배한 이유도 신에게 비호를 받지 못했기 때문이다. 신들이 등을 돌린 이유는 밝혀지지 않았다. 그 뒤의 역사는 칼자루를 쥔 인간들에 의해 쓰여 졌다.

"신도 떠난 대륙에 무슨 미련이 있다고 아등바등 살아 있는 건지, 참 이해하기 어렵단 말이에요."

클로디온이 비틀거리며 자리에서 일어났다. 기괴한 팔을 달고 있는 어깨가 검게 물들고 있었다. 한 걸음 다가가기 어려울 만큼 사특한 기운이다. 검은 손톱이 달린 손이 경련을 일으켰다. 그것에 닿은 풀과 나무는 생기가 빨려 앙상한 몰골을 드러냈다. 그것을 보며 나는 입을 열었다.

"……산목숨이니 지킬 수밖에요."

섬뜩한 감이 있었으나 태도만큼은 늘 단정했던 클로디온이다. 이 정도로 비틀린 말을 하는 것은 처음 보았다.

"그래. 살아 있는 건 중요하지. 설령 버림받았다고 해도 말이야."

그는 반쯤 미친 사람처럼 키득거렸다. 클로디온은 무언가를 알고 있었다.

"말이 너무 많군."

카르텔이 검을 고쳐 쥐었다. 내 기운을 담아낸 칼은 붉은빛으로 덮여 있었다. 카르텔은 한걸음에 도약해 클로디온의 팔을 노렸다.

채앵-!

육체와 검이 부딪쳐 나는 소리라기에는 지나친 파열음이었다. 클로디온이 히죽거리며 팔을 휘둘렀다. 사나운 손톱이 카르텔이 있던 자리를 긁고 지나갔다. 그것이 닿은 자리가 검게 썩어 버렸다.

"……하, 하하. 변종의 후손 따위가."

클로디온은 팔을 한 번 휘두른 것만으로도 버거운 듯했다. 고통으로 일그러진 얼굴엔 광기가 서려 있었다.

'모든 이종족을 다 알고 있다고 생각했는데.'

괴물 같은 팔은 모든 생명을 꺼트리기 위해 태어난 듯했다.

한 가지 사실은 확실했다. 저건 세상에 있어서는 안 될 사특한 마력이다.

먼 고대에도 저런 종이 있었을까. 만약 그렇다면.

"……머리 굴리는 소리가 여기까지 들리는군요."

클로디온의 눈길이 내게 닿았다. 번들거리는 동공이 고양이처럼 수축했다가 늘어나길 반복했다. 그가 나를 가늠하듯 나 또한 한순간이나마 클로리온의 속을 들여다볼 수 있었다.

어둠, 깊고 질척한 피의 웅덩이. 검은 로브를 쓴 수많은 사람이 알 수 없는 주문을 외우고 있었다. 응애, 응애. 아이가 우는 소리와 사람들의 울음이 화려한 전주곡으로 스며들었다.

로브를 쓴 이들이 예식용 검을 치켜들었다. 그들은 망설임 없이 제물의 심장을 내려찍었다. 생명을 바치는 이들과 경배받는 자. 피와 살육, 클로디온은 그곳에서 무릎을 꿇고 있었다.

그는 눈앞에 있는 새하얀 발에 입을 맞추었다. 발갛게 홍조 띤 뺨과 눈의 열기는 자신이 숭배하는 이를 향해 있었다. 길게 뻗은 맨다리만이 살육의 장소에서 새하얗게 빛났다.

내 시선은 점점 더 위로 타고 흘렀다. 마침내 닿은 것은 정점에 오른 이의 눈동자다. 그것의 색은 섬뜩한 핏빛. 나는 환영 속의 주인공과 눈이 마주쳤다.

"헉, 허억……! 욱……!"

피의 장막이 나를 튕겨 내었다. 내가 본 것은 환상 따위가 아닌 머나먼 과거, 그때 실제로 일어난 일이었다.

제물로 바쳐진 무수한 사람들. 나는 근본적으로 살육의 현장에 강했다. 하지만 내가 본 어느 광경도 이보다 더 잔혹한 장면은 없었다.

동족을 제물로 바치는 건 흑마법사들뿐이다. 마족들은 그것을 받아들여 그에 상응하는 힘을 얻어냈다.

"클로디온. 당신……."

나는 설마 하는 심정으로 그를 불렀다. 흑마법사는 멸족된 지 오래였다. 신이 사라졌던 황금시대 이전, 인간들에 의해 사라져 버린 것이다.

'그렇다면.'

나는 베논성에서 집사로 있던 그를 떠올렸다. 나의 어린 시절에도, 그리고 성을 나와 적으로 대립한 지금도. 그는 늙지 않았다.

"들여다봤군요."

나는 클로디온의 목소리에 정신을 차렸다. 그도 내가 무엇을 보고, 알게 되었는지 느끼고 있었다. 그렇기에 함부로 나설 수 없었다. 하지만 미묘한 대치는 오래가지 않았다.

"당신들은 모두 제물이 될 겁니다. 그러기 위해 남은 찌꺼기들이니까."

그는 멀쩡한 손으로 외안경을 벗어 던졌다. 아무렇게나 나뒹군 외안경에서 검은 안개가 진득하게 퍼져 나왔다.

"잠깐……!"

말보다는 몸이 먼저 나갔지만, 뒤에서 허리를 감아 오는 팔 때문에 앞으로 나가지 못했다. 카르텔이 눈짓하며 고개를 저었다. 연기는 예사 것이 아니었다.

클로디온의 팔처럼 모든 생명을 메말라 버리게 한 그것은 이윽고 주인의 흔적을 삼킨 채 사라져 버렸다. 남은 것은 말라비틀어진 황무지뿐이었다.

* * *

달리아가 죽은 후, 모든 이종족은 자연히 원래의 모습으로 돌아왔다. 인형이 되었던 식물계의 이들도 마찬가지로, 다행히 몸에 큰 이상은 없었다.

아르덴은 아직도 잠에 빠진 채였다. 비어 버린 한쪽 소매 끝이 유난히도 휑했다.

'다시 되돌릴 수 있을지는 모르겠습니다.'

오르하스가 아르덴을 진단한 후 한 말이었다. 순혈의 목인이라면 강제 수면 상태일 때 자신이 속한 계열의 나무로 변화한다. 만일 인간일 때 육체가 훼손되었다면 나무 상태로 변해 자가 재생하는 것이다. 하지만 아르덴은 나무로 변하지 않았다. 그러니 잘린 손목이 재생될지도 미지수였다.

오르하스는 목인의 순혈에 고귀한 혈통이었다. 그는 아르덴을 위하여 스스로 태목으로 변화하겠다고 했다. 강한 기운을 품은 동족이 곁에 있을수록 회복은 빨라졌다. 나는 나무로 변한 오르하스의 곁에 아르덴을 놓아두었다.

'회복될 때까지 얼마나 걸릴지는 모르겠지만.'

아르덴도, 그리고 엉망이 된 낙원의 정비를 위해서도 당장 떠날 수는 없었다.

장로의 집은 완전히 파괴되어 있었다. 나는 처음 낙원에 와서 머물렀던 나무집을 거처로 삼기로 했다.

지하 세계인 만큼 낙원의 밤은 빨리 찾아왔다. 곳곳에 마련된 불빛도 나무집 안까지는 들어오지 못했다.

그렇게 찾아온 어둠, 황금 장미 중앙에서 빛나는 오색의 보석은 어두운 방 안을 은은하게 밝히고 있었다. 곧게 피어난 금색 꽃송이는 내 마음을 따뜻하게 만들어 주었다. 나는 조심스레 중앙을 건드려 보았다. 옅은 파동이 손끝을 부드럽게 감쌌다. 꽃잎에 감싸인 보석은 틀림없이 살아 있었다.

'이게 뭘까.'

분명 내 능력으로 만들어 낸 것인데, 무엇인지 짐작할 수 없었다. 가만히 그것을 지켜보고 있으려니 클로디온이 떠올랐다. 대륙을 떠난 신을 거론하던 그. 그리고 멸족된 흑마법사와 숭배받던 마족까지도.

'……알아봐야겠어.'

온통 의문투성이다. 그중 가장 걸리는 말은 카르텔에 관한 것이었다.

'변종, 이라고 했지.'

마수는 고대에서부터 이어졌던 이종족이었다. 그런데 카르텔을 보고 변종이라니. 단순히 인간과의 혼혈을 뜻하는 것은 아닐 테다. 함정이 가득한 미로 속에 내던져진 기분이었다.

'황가의 역사는 여전히 감추어져 있어.'

내가 아는 것은 그들의 혈통에 마수의 피가 섞여 있다는 사실뿐이었다. 그것을 캐 보면, 클로디온의 의중을 알 수 있지 않을까.

"아."

깊은 고민에 잠겨 있던 때였다. 따스한 온기를 담은 입술이 내 목덜미에 내려앉았다. 주변을 둘러보러 갔던 카르텔이 돌아온 모양이었다. 그렇다고 해도 이렇게 기척을 감추고 올 필요는 없을 텐데. 나는 내 어깨에 이마를 기댄 짐승의 머리칼을 가만가만 매만져 주었다.

"……후."

낮은 한숨이 어두운 공간에 울려 퍼졌다. 밖에서 무슨 일이 있었던 걸까. 나는 천천히 몸을 돌려 그를 마주 보았다. 말해 보라는 듯 눈으로 물으니 그가 눈썹을 찡그렸다. 일자로 다물린 입술이 달싹거리다 결국 졌다는 듯 열린다.

"……짜증스러워."

"뭐가?"

의외의 말에 고개를 기울이는 순간이었다. 나는 그의 품 안에 갇히고 말았다.

"너를 지킬 수 없었다는 사실이."

적막한 밤, 낮게 가라앉은 공기가 피부를 무겁게 짓눌렀다. 어두운 공간 속 짐승의 눈이 요요하게 빛났다.

나는 손을 들어 카르텔의 뺨을 감쌌다. 미처 덜어 내지 못한 밤 온도가 피부에 고스란히 남아 있었다.

그는 화를 참아 내지 못하고 있었다. 나를 지키지 못한 자신에게 쏟아 내는 분노였다. 그러나 나는 그 자학에 동참하지 않았다.

"바보 같은 소리를."

그의 동공이 커다랗게 뜨였다. 내 입에서 비난이 나오기를 기대하기라도 했던 걸까. 정말로 그런 것이라면 대단한 착각이었다.

"서로가 서로를 지키는 거야. 그 외엔 아무것도 필요 없어."

나는 그의 반려이며 영혼의 연결자다. 서로가 그러한데 한쪽이 일방적으로 상대방을 지킬 필요는 없었다. 이것이 내가 만든 운명이었다.

"그러니까 말해. 뭔가 숨기고 있는 게 있지?"

나는 그의 눈을 직시하며 물었다. 내가 감옥에 갇혀 있는 동안 그는 달리아에 의해 성안으로 끌려 들어갔다. 그는 그때의 일을 내게 말하지 않았다.

"……피에는 기억이 있어."

한참을 침묵하던 그가 입술을 떼었다. 피의 기억이라니. 무슨 말을 하는 걸까. 나는 카르텔이 말을 잇기를 기다려 주었다.

"대를 내려오면서 옅어졌지만 나에게도 조금은 남아 있지. 마수에 대해 말이야."

"과거를 기억한다는 거야?"

"다는 아니야. 정말이지 아주 작은 조각 정도일 뿐이라, 이걸 기억이라고 봐도 좋을지 알 수 없을 정도야."

차분한 어조였지만 껄끄러움이 느껴졌다. 한숨과 함께 그의 목소리가 들려왔다.

"클로디온이라고 했던가. 애초부터 그놈이 인간이 아니란 걸 알 수 있었던 건 나와 비슷한 기운이 풍겼기 때문이야."

"……나는 느끼지 못했어."

클로디온에게서는 끔찍하리만치 짙은 살육의 기운이 묻어났다. 그건 카르텔에게서는 전혀 느낄 수 없는 사특한 감각이었다.

"비슷하면서도 다르지."

카르텔이 뺨을 감싸고 있던 내 손을 잡아 내려 자신의 심장부에 얹었다. 일정한 간격으로 뛰는 심장의 움직임. 그리고 그만이 가질 수 있는 깊고도 순수한 어둠이 손끝을 타고 전해져 왔다.

같은 어둠이지만 명확히 달랐다. 나는 그가 하는 말을 조금이나마 이해할 수 있었다.

"원래 내가 가지고 있던 기억은 짐승이 웅크리고 있는 모습 정도야. 하지만…… 그놈이 내 안의 뭔가를 건드렸어."

카르텔이 눈가를 찡그리며 말했다. 표정을 일그러트린 그는 안개 속에 가려진 무언가를 억지로 끌어 올리려는 사람처럼 보였다.

"아마도 흑마법이겠지. 그게 기억의 기폭제가 되었어."

뭔가 좋지 않은 기억이 떠올랐던 걸까. 걱정스러운 마음에 그의 눈가를 어루만져 줄 때였다.

"내가 꿈에서 본 기억은 살육의 현장. 짐승의 모습을 한 마수는 내내 뭔가를 죽이고 또 죽였어."

그는 내 손을 잡아 내렸다. 눈동자에는 혼란스러움이 가득했다.

"몸을 잠식당할 만큼 강렬한 기억이었어. 그때 독초를 먹고 잠들어 있었던 것이 다행이라 생각될 정도로."

나는 원작에서 있었던 카르텔의 광기를 기억해 냈다. 그때의 광증은 아버지의 실험에 의해 터져 버린 것이다. 하지만 기억만으로 불안해하는 카르텔을 보니 그게 아니란 생각이 들었다. 아버지의 실험은 그에게 기폭제로 작용한 것이 아니었을까.

"기억과 꿈이 섞여 있어. 뭐가 진짜인지 아직도 잘 모르겠어. 하지만……."

솔직한 심정을 고하는 카르텔의 목소리는 미미하게 떨리고 있었다. 그가 두려워하는 것은 내가 떠나가는 것.

"그 광증이 나를 잠식하는 건 아닐지. 그리고 너를 해치려는 건 아닐지 두려워."

그리고 나를 다치게 하는 자기 자신이었다.

"카르텔. 날 봐."

그의 눈동자에는 죄책감이 서려 있었다. 그건 달리아에게서 나를 지키지 못했다는 사실과 앞으로 일어날 일에 대한 불안의 방증이었다.

"그런 일은 일어나지 않을 거야."

나는 단호한 어조로 말했다. 대대로 내려오는 황족의 비밀 그리고 클로디온이 품고 있는 괴물. 이 둘은 보이지 않게 엉켜 있었다. 무수한 비밀과 대적해야 할 이들 속에서 단 하나만은 확신할 수 있다.

"내가 너를 지배할 테니까."

카르텔은 광증에 휘말려도 나를 해치지 못할 것이다. 아니. 애초부터 내가 그렇게 놔두지 않을 것이다.

"……정말이지."

그가 웃음을 터트렸다. 조금은 허탈하고도 후련한 미소가 카르텔의 입가에 걸려 있었다.

"내 아내는 이렇게나 강인하군."

불안정했던 동공이 점차 자리를 찾아가는 것이 보였다.

금을 녹여 만든 듯 번뜩이는 아름다운 맹수의 눈. 나는 저 눈빛이 좋았다. 아니. 처음부터 홀려 있었다.

"그걸 이제 알았어?"

내가 그렇듯, 자신에게 빠져들게 한 그도 책임을 져야 한다.

언제나 흔들리지 않는 시선으로 서로를 바라볼 것. 그것은 오늘날 우리 둘에게 무언의 약속으로 자리 잡았다.

"아니. 알고 있었지만, 이 정도 일 줄은. 정말이지……."

내쉬는 숨은 달콤함에 젖어 있었다.

"사랑스러워 미쳐 버릴 것 같아."

기울어진 얼굴에 서로의 입술이 겹쳐졌다. 뜨거운 내부에 아랫입술이 먹혀들자 말랑한 입술이 뜨거운 감각에 도톰히 부풀어 오르며 벌어졌다. 침입자는 그 틈을 놓치지 않고 안으로 부드러이 침입했다. 내부를 유영하던 혀가 예민한 입천장을 건드렸다.

"흣……."

입술 사이의 틈으로 신음이 흩어졌다. 그는 내가 느끼는 곳과 가장 약한 부분을 속속들이 알고 있는 유일한 사람이었다.

입천장의 여린 부분 다음에는 혀였다. 자리한 그것을 살살 핥아 올리기를 여러 번. 그의 혀는 한껏 민감해 진 나의 것을 빨며 잘근잘근 깨물었다. 살짝 이를 세워 깨문 덕분에 짜릿한 감각이 등줄기를 타고 흘러내렸다. 고작 키스만으로도 달아오른 몸에 발가락이 절로 곱아들었다.

"하아……."

누구의 것인지 모를 은색 실선이 서로의 입술을 타고 흐르다 이내 끊어져 버리고 말았다. 빠져나온 혀가 입술 위의 잔재를 핥았다. 그 행위는 어린 짐승의 그것과 같았다.

나는 카르텔의 혀끝을 깨물며 다시 한번 키스에 응했다. 나른한 열 감이 전신으로 퍼져 나간다. 이건 시작에 불과했다.

"넌 나를 숨 쉬게 해."

형형한 금안에는 불안감 대신 흥분과 소유욕이 가득 담겨 있었다. 그 눈빛이 마음에 들었다. 나는 카르텔의 눈두덩에 살며시 입을 맞추 었다. 그르륵, 목을 울리는 소리가 들렸다.

침대 위에 나를 앉힌 카르텔은 바닥에 한쪽 무릎을 대었다. 나는 그 를 내려다보며 다리를 꼬았다. 굽어진 무릎 위로 내 발이 올라갔다.

잠옷으로 입은 슈미즈의 천이 위로 걷어진다. 굳은살 박인 손가락 이 다리를 느릿하게 쓸어내렸다. 무릎부터 시작된 손길은 종아리에 이어 발목까지 내려갔다.

"나의 왕. 나의 신."

뜨거운 입술이 발등에 닿았다. 발가락의 뼈대 하나하나에 입을 맞 추고 도드라진 핏줄을 핥아 나간다.

깨물린 복사뼈에 아릿한 통증이 번졌다. 하지만 그마저도 농익은 꿀이다. 결코 헤어 나올 수 없는 천국이다.

"나만의 것."

꿈결에 젖은 듯 황홀한 숭배였다. 나는 카르텔의 얼굴을 붙잡아 위 로 끌어 올렸다. 그는 순순히 몸을 일으켰다. 자연스럽게 내가 카르 텔을 올려다보는 자세가 되었다. 하지만 이것만으로는 모자랐다.

나는 그의 멱살을 쥔 채 그대로 누웠다. 어둑한 그림자 아래 깔렸 다. 커다란 육체가 내 몸에 올라탄 꼴이었다.

"나만의 것, 이라며?"

"그래."

그는 망설이지 않고 대답했다. 나는 혈이 몰려 붉어진 입술을 탐하며 다리로 그의 허리를 감아 당겼다.

"그렇다면 가져 봐."

어디 한 번, 나를 마음껏 탐해 봐. 이건 선전포고이자 도발이었다.

"……하."

육욕이 섞인 한숨이 내 위로 번졌다. 그의 손이 내 얼굴 옆을 디디며 몸을 지탱했다. 한 뼘도 안 되는 거리에서 짐승의 눈이 번들거린다. 그 안에는 내가 담겨 있었다.

"그 말 후회하지 마."

마수의 피를 담은 육체는 너무나도 강인했다. 그건 다른 것을 쉬이 부술 수 있다는 말과 같았다. 그랬기에 서로의 육체를 섞는 데 있어 카르텔은 언제나 스스로를 억제해 왔다. 혹여나 내가 다칠까 봐. 하지만 오늘 밤은 온전히 안기고, 또 안고 싶었다.

"너야말로. 날 후회하게 만들지 마."

숨 막히는 키스가 이어졌다. 카르텔의 육체를 지탱하는 팔이 보였다. 잔뜩 힘이 들어간 팔에 푸른 힘줄과 조각 같은 근육이 도드라져 있었다. 나는 그것을 손으로 더듬었다. 고작 팔을 문지른 것뿐인데도 그의 입술에서 나른한 한숨이 터져 나왔다.

나는 더 나아가 셔츠 단추를 하나하나 풀어냈다. 단단한 가슴팍과 유려한 복근이 매끄럽다. 나는 마른침을 삼키고는 그의 몸을 천천히 쓸어내렸다.

"자극하지 마."

카르텔이 으르렁거리며 목덜미를 깨물었다. 근육이 붙은 육체가 꿈틀거리며 풀어헤쳐진 셔츠를 벗어 던졌다.

"공평해야지. 응?"

카르텔이 악당처럼 짓궂은 말을 내뱉었다. 그의 간단한 손짓만으로도 내 어깨에 걸려 있던 끈이 아래로 떨어져 내렸다. 작고 여린 어깨와 쇄골, 그 아래가 짐승에게 고스란히 노출되었다. 만족스러운 목울림이 귀를 간지럽혔다.

그는 부드러운 계곡에 얼굴을 묻었다. 오똑한 콧날과 입술, 반듯한이마와 뺨 모두가 부드러운 피부를 자극하는 도구가 되었다. 잇새로문 살점을 혀로 훑고 달콤한 살 내음을 흠뻑 들이마시는 남자를 보자니 정신이 나갈 것만 같았다. 버티고 있던 고개가 꺾이고, 도리질을치기까지는 그리 오랜 시간이 걸리지 않았다.

"흣……!"

"맛있어."

커다란 손이 포근한 살을 움켜쥔다. 혀로 훑고, 깨물던 카르텔이군침을 삼켰다.

더, 좀 더.

탐하고 탐해도 부족하다는 듯 입술의 낙인이 곳곳에 퍼져 나갔다.그곳에서 겨우 빠져나온 입술이 배 중앙을 타고 내려갔다. 오목한 배꼽에 혀를 넣고 입술로 살점을 오물거리며 씹었다.

"카르, 텔……! 아!"

살을 주무르던 손이 아래로 내려갔다. 허리를 안고 있던 다리에 힘이 풀어졌다. 햇빛 한 번 닿지 않은 새하얀 피부가 카르텔을 유혹하고 있었다.

그저 보고만 있다면 사내가 아니다. 새하얀 설원에 입술 자국이 닿아 붉은 꽃이 피었다.

그 안쪽, 가장 은밀한 곳에 도착한 카르텔이 황홀하다는 듯 숨을들이켰다. 만개한 꽃의 꿀이 그의 입술을 적시고 혀 안쪽 깊숙한 곳으로 흘러 들어갔다.

"하아…… 하."

"더 이상은 못 참아."

이를 악물었는지 잇새 부딪히는 소리가 났다.

섬세한 손길이 시작을 알렸다. 그러나 이 행위는 더 거대한 것을 받아들이기 위한 준비일 뿐이었다.

두툼하게 부풀어 오른 페니스가 질 입구를 문질렀다. 그것은 이윽고 느릿하게 첫 진입을 시작했다.

"흐……."

긴 신음이 입술을 타고 토해졌다. 처음도 아니건만 언제까지고 익숙해지기 어려운 크기였다. 푸욱, 푹. 박혀 드는 소리와 함께 질구가 오물거리며 불기둥을 집어삼켰다. 그 순간 안쪽의 것이 크기를 키워 갔다. 그러나 뭔가 평소와 달랐다. 그 차이점을 알아차렸을 땐, 행위는 이미 시작되고 있었다.

"리아. 나의 아내."

"훗……!"

안의 것이 팽창을 계속하고 있었다. 진즉 멈췄어야 할 크기였다. 대체 언제까지 부풀 생각인지 알 수 없었다. 불현듯 짐승에 대한 상식이 머리를 스치고 지나갔다.

자신의 것에 흔적을 남기기 위한 짐승의 노팅. 바로 그것이었다.

"쉬이, 나를 안아."

그가 제 목에 내 팔을 둘렀다. 나는 그것을 끌어안고 커다란 등에 손톱을 박았다. 그러지 않고서는 이 뜨거움을 견딜 자신이 없었다. 안쪽의 것이 크기를 키워갈수록 그의 등에는 상처 자국이 가시 줄기처럼 번져 나갔다.

"아……!"

크기를 따라가지 못해 들썩이던 허리가 높다랗게 휘었다. 격동은 거대한 파도가 되어 걷잡을 수 없는 속도로 밀려 들어왔다.

커다랗게 팽창하던 것이 터져 나갔다. 한쪽 눈에서 흐른 눈물이 뺨을 타고 흘러내렸다. 카르텔이 또르르, 뺨을 타고 흐르는 눈물을 나른하게 핥아 올렸다.

"하아…… 하아……."

새어 나가는 숨도 용납할 수 없다는 듯 진득한 키스가 이어졌다. 그는 온전히 나를 가지고 말았다. 그리고 나 또한 그를 가졌다.

* * *

지하 세계로 들어오는 지상의 빛은 귀하디귀했다. 곳곳에 놓인 수정이 그 빛을 반사하여 내부에 고루 퍼트렸다.

"좀 어떤가요?"

낙원의 중앙, 원래라면 장로의 거처가 있어야 할 곳에는 거대한 세쿼이아 나무가 뿌리를 박고 있었다. 순혈 목인인 오르하스의 태목이었다.

"상태는 점차 호전되고 있어요. 나무로 변하지 않더라도 손이 회복될 가능성이 커요."

화인 페르디아가 안심하라는 듯 말을 전했다.

세쿼이아 나무 아래에는 아르덴이 누워 있다. 새파랗게 돋아난 잔디 사이로 연두색 줄기가 아르덴의 손목을 감싸고 있었다.

이곳에 머문 지도 어언 두 달이었다. 태목으로 변화한 오르하스가 그동안 아르덴을 치료했다. 주변의 식물들도 순결한 기운을 통해 그를 돕고 있었다. 생명들 모두가 아르덴의 편에 서 있다. 아주 조금 마음이 놓였다.

"……다행이에요. 고마워요. 페르디아."

"오르하스가 힘써 주고 있는 건데요. 그리고 오히려 저희가 고마워해야죠. 우리들의 목숨을 두 번이나 구해 주셨으니까요."

나는 그녀의 다정한 말에 멋쩍게 웃어 보였다. 감사 인사를 받기는 부담스러웠다. 정작 내 사람이 고통당하고 있을 때는 돕지 못하지 않았나. 다친 아르덴을 보면 드는 씁쓸함은 어쩔 수 없는 것이었다.

내 심정을 눈치챈 것일까. 페르디아는 달리아의 일에 대해 더 이야기하지 않았다. 그녀가 거론한 것은 전혀 다른 방향이었다.

"성장하셨군요."

나는 페르디아의 말에 눈을 깜빡였다. 그녀는 고요한 눈을 하고서 나를 바라보았다. 이윽고 숙이는 머리와 정중한 인사는 나를 당황하게 만들었다.

"꽃들의 여왕에게 경배드립니다."

"잠깐만요. 페르디아. 이럴 필요 없어요."

나는 황급히 그녀를 일으켰다. 내가 개화했다고 해서 이렇게 극진한 대접을 받을 이유는 없었다.

"몇 남지 않은 화인이지만, 하나의 일족. 여왕이 된 당신을 경배하는 건 당연해요."

"그렇지만."

내 만류에도 불구하고 페르디아는 태연하기만 했다. 다시 말려 보려 했지만 태도가 강경하다.

개화했다고 해서 갑자기 달라지는 건 없었다. 크게 보자면 능력을 쓸 수 있고 없고의 차이였다. 나는 그녀가 하고 싶은 대로 하게 내버려 두는 대신 천으로 감싸고 있던 것을 꺼내 들었다. 황금의 장미가 품고 있는 오색의 보석이었다.

"페르디아. 혹시 이게 뭔지 아세요?"

나는 황금 장미를 조심스럽게 건네주었다. 그것을 받아 든 페르디아는 장미와 안의 보석을 유심히 관찰했다.

"정순하고 맑은 힘이 담긴 보석이네요."

화인인 만큼 그녀 또한 기운을 읽는 데 예민했다. 한참이나 그것을 들여다보던 페르디아는 빙그레 웃어 보였다.

"……확실하지는 않지만."

어딘가 은밀함이 엿보이는 웃음이다. 그녀는 비밀을 간직한 이처럼 자그맣게 속삭였다.

"곧 알게 될 거예요."

"그게 무슨……."

페르디아에게 되물으려던 순간이다. 멀리서 불어온 바람이 내 머리카락을 쓸고 지나갔다.

"플로리아."

"아, 오라버니."

나는 바람이 부는 방향을 따라 고개를 돌렸다. 그곳에는 리카엘이 서 있었다. 공작성이 무너지면서부터 정리하지 않은 은빛 머리카락이 눈을 가리며 흔들렸다.

"벨르하트 대공이 도착했다."

"오셨군요……."

나는 고개를 끄덕이며 리카엘에게 다가갔다.

벨르하트 대공과는 계속해서 서신을 주고받고 있었다. 그런 도중 중요하게 전할 말이 있다며 근처를 방문하겠다고 한 것이 이 주 전 편지에 담긴 내용이었다. 어떤 일이기에 별장으로 휴양을 가는 척까지 하며 나를 만나려는 걸까. 모르긴 몰라도 편지로는 주고받을 수 없는 내용일 것이다.

"바로 갈게요. 페르디아는……."

"다녀오세요. 저는 아르덴 님을 살피고 있을게요."

그녀까지 등을 떠미는 통에 잠시도 머무를 수 없었다. 페르디아에게서는 끝끝내 보석의 정체를 듣지 못했다.

'분명 뭔가를 알고 있는 얼굴이었는데.'

이 보석에 무엇이 담겨 있는 걸까. 나는 궁금증을 뒤로 한 채 리카엘을 따라가야만 했다.

"왔군."

카르텔은 낙원의 문 앞에서 나를 기다리고 있었다. 나와 카르텔, 그리고 리카엘은 벨르하트가 기다리는 숲속으로 향했다.

새가 지저귀는 평화로운 숲 안쪽. 눈에 띄지 않는 평범한 나무 마차가 대기하고 있었다. 우리를 알아본 마부가 마차에서 뛰어내렸다. 아버지의 제물이 될 뻔했던, 그리고 벨르하트 대공의 성에 맡겨졌던 이종족 중 한 명이었다. 훤칠한 키를 가진 늑대족 청년은 우리를 향해 다가왔다. 그의 목에는 검은 구속구가 걸려 있었다.

"오랜만입니다. 플로리아 님. 대공님께서는 안에서 기다리고 계십니다."

"저, 그 목걸이는……."

"하하. 그냥 위장입니다. 이종족들이 돌아다닐 수 있는 세상이 아니니까요."

그는 손을 저으며 너털웃음을 지었다. 비록 위장을 해야 했지만 늑대 수인은 폐 저택에 붙잡혀 있던 때보다 많이 밝아 보였다. 한결 편안해 보이는 그를 마주하고 있자니 대공저에 두고 온 다른 이종족들이 떠올랐다. 인간에게 반발심을 가진 이들이 대부분이었고, 그들 중에는 쌓였던 분노를 표출하려는 자들도 있었다.

'사고가 일어났을 수도 있어.'

벨르하트가 전하지 않았을 뿐, 크고 작은 사고들이 일어나기 충분한 상황이었다. 혹여나 대공이 피해를 입지는 않았을까, 끝내 적응하지 못한 이들이 있지는 않을까 걱정스러운 마음이 일었다. 나는 그것을 내색하지 않으며 물었다.

"다들 어떻게 지내고 있나요?"

"아, 그게."

내 질문에 늑대 수인이 의외라는 표정을 지었다. 아마 안부조차 묻지 않으리라 생각했던 모양이었다.

어색한 침묵이 감돌았다. 괜한 것을 물은 걸까 생각하던 찰나다. 늑대 수인의 얼굴에 환한 웃음이 폈다.

"놀랍도록 잘 지내고 있습니다. 인간을 어떻게 믿느냐며 반발하던 놈들도 대공님과 대공비님께 푹 빠져 있지요. 각자 성안에서 할 일을 찾아 이것저것 돕고 있습니다."

명랑한 목소리가 또박또박 이어졌다. 물어봐 준 것이 몹시 기쁜 듯 호수처럼 새파란 눈이 물결처럼 반짝거렸다. 나는 짧은 간극에 당황하면서도 고개를 끄덕였다.

"잘…… 되었네요."

꼬리가 있다면 열렬히 흔들었을 듯 격한 반응이 나를 놀라게 했다. 하지만 모두에게 탈이 없다니 그것만큼 다행인 건 없었다.

"걱정해 주셔서 감사합니다."

"……아뇨. 상황을 물어봤을 뿐이니까요."

나도 모르게 조금 딱딱한 말이 새어 나갔다.

전부 잘 지내는 건 내 욕심일 거라 생각했었다. 그런데 모두 내 생각 이상으로 노력해 주고 있었다. 그것이 나를 들뜨게 했다.

"초반에는 분명 분위기가 좋지 않았습니다만, 제법 빠르게 적응이 되었습니다."

순간적으로 당황한 것이 눈에 보였는지 늑대 수인이 멋쩍게 웃었다. 그러면서도 기쁜 기색을 숨기지 않았다.

"인간들은 모두 나쁘다고 생각했었습니다. 그런데 성에 머물며 고민해 보니 그게 아니더군요. 음, 이런 말은 조금 부끄럽지만……."

그는 한참 뜸을 들이다 말했다.

"인간이건 이종족이건, 그 일부가 잘못된 마음을 품고 있을 뿐이라는 걸요. 그러니까, 그 외엔 모두가 함께할 수 있을 것 같다는 생각이 들었습니다."

자신이 한 말이 민망한 듯 늑대 수인이 뒷머리를 긁적였다. 둥근 귀 끝은 붉어져 있었다.

나는 잠시간 대답하지 못했다. 인간에게 핍박받은 이종족이 하는 말이라기엔 믿기 어려운 것이었다.

"과거에는 인간과 이종족의 화합이 당연했다고 하지요. 제가 사는 시대에서도 언젠가 그럴 날이 왔으면 좋겠습니다."

나는 그의 말에 주먹을 꽉 쥐었다.

모두가 바라는 시대. 다가올 여명의 문턱은 우리 모두가 넘어야 할 과제였다.

"반드시……."

꾹 눌러 왔던 다짐이 입 밖으로 새어 나갔다. 내 앞을 흔들었던 혼란 속에 흐려졌던 초점이 또렷해졌다.

"반드시 도래할 거예요. 모두가 함께할 수 있는, 화합의 날이요."

내가 그 시작을 열 테니까.

나는 늑대 수인을 마주 보았다. 그러나 내가 바라보고 있는 건 그뿐만이 아니었다. 모든 이종족의 미래 그리고 나와 카르텔이 그려 나갈 신세계. 아주 잠깐이지만, 저 먼 편의 이야기가 눈앞에 선명하게 그려졌다.

"과연."

늑대 수인이 고개를 끄덕였다. 가만히 내 말을 경청하던 그는 어느새 진지한 얼굴이 되어 있었다.

"믿겠습니다. 플로리아 님이 앞으로 그려 나갈 미래를요."

그의 말이 내 마음 한구석으로 파고들었다. 그것은 나에 대한 지지였으며 응원이었다. 은은한 파동이 나를 들뜨게 만든다.

리카엘의 시선이 내게 향한다. 하늘빛 눈동자 안에는 나에 대한 믿음이 가득 담겨 있었다.

이뿐만이 아니다. 카르텔이 내 어깨를 끌어안았다. 그는 지금 이 순간, 그리고 앞으로 나아갈 길이 혼자가 아니라는 걸 말해 주고 있었다.

"들어가시죠. 대공님께서 기다리고 계십니다."

늑대 수인이 한걸음 옆으로 물러서 마차 문을 열어 주었다. 귀족용 마차가 아니라 발을 디디는 받침대가 없었다.

"기다려."

높이가 있는 턱을 디디려고 하니 긴 팔이 뒤에서 나를 안아 왔다. 몸이 가볍게 들리더니 어느새 두 발은 마차 안을 디디고 있었다. 워낙 순식간이라 꼭 깃털이라도 된 것 같았다. 자리를 잡으니 뒤이어 카르텔과 리카엘이 안으로 들어왔다.

"허허, 언제나 열렬하시구요."

마차 안쪽, 커튼을 걷지 않아 그림자가 진 구석 자리에서 중년의 목소리가 들려왔다. 그 목소리를 모르는 사람은 없었다.

문을 닫으니 마차는 완연한 어둠에 잠겼다. 얼마 지나지 않아 딸깍, 하는 소음과 함께 천장의 조명에서 불이 들어왔다. 빛과 함께 인자한 미소를 띤 얼굴이 드러났다.

"오랜만에 뵈어요. 벨르하트 대공님."

"그래. 석 달쯤 되었나."

벨르하트는 부드러이 웃으며 내 인사를 받아 주었다. 카르텔에게 고개를 숙인 그의 얼굴은 유난히 피곤해 보였다. 잠을 자지 못한 것일까. 벨르하트는 검게 변한 눈가를 손으로 몇 번이고 쓸어내렸다.

늘대 수인에게 들은 것처럼 아무 일도 일어나지 않았다기엔 안색이 좋지 않다. 나는 조명 하나에 의지한 마차 안을 가만히 훑어보았다.

'방음석.'

마도학의 물품 중 하나인 방음석이 마차 안 곳곳에 설치되어 있었다. 저것이 있는 이상 이 안의 소리는 바깥으로 새어 나가지 못한다.

'듣지 못하게 하려는 거야.'

함께 온 늘대 수인에게조차 말하지 못할 비밀이 있다. 그만큼 위중한 사항이라는 뜻이다. 눈빛이 낮게 가라앉았다. 내가 방음석의 존재를 알아차리자 벨르하트는 보다 본격적인 자세가 되었다.

"인사는 이쯤하면 되었고, 본론으로 들어가도록 하지. 플로리아양. 오로라 왕국에 대해 아는가?"

"조금이라면요."

기억을 더듬으니 사례로 들은 왕국이 생각났다. 오로라 왕국은 레오플론 제국의 동쪽 너머 해안가에 위치한 나라로, 제국의 수도 크기를 간신히 넘을 정도의 소국이었다.

"다섯 해 전 제국의 속국으로 들어왔다고 알고 있어요."

농경이 불가한 지대라 무역으로 식량을 해결하는 나라였다.

이번 대의 왕은 유난히 방탕했고, 그에 따라 해적들의 세력은 날로 늘어났다. 나라의 꼴을 더 보지 못한 왕국의 공주는 가장 가까운 제국인 레오플론의 황제를 찾아가 읍소한다. 자신의 나라를 속국으로 받아 달라고.

해적이 골치였지만 왕국만 본다면 무역 산업으로 발전 가능성이 풍부한 나라였다. 왕국에는 더 큰 부를 불러올 가능성이, 제국에는 해적을 퇴치할 힘이 있었다. 황제는 요청을 수락했고, 공주는 관료들의 마음을 돌려 왕을 폐위시켰다.

"지금은 여왕이 통치하고 있다죠."

제국의 황제를 앞세워 아버지를 몰아낸 공주는 왕이 되어 나라를 지켰다. 여성이 나라를 다스리는 곳은 많지 않다. 거기다 여자의 몸으로 기존의 왕을 몰아낸 전적은 손에 꼽았다. 덕분에 머릿속에 뚜렷하게 남아 있던 선례였다.

"그래. 잘 기억하고 있군. 그곳에 문제가 생겼네."

"문제라니요?"

몇 년 정도는 소란스러웠을지 몰라도, 지금은 안정화되어 있을 나라였다.

남아 있던 왕자들이 분란이라도 일으킨 걸까. 만약 그렇다고 해도 약소한 속국. 대공이 문제를 심각히 여길 정도의 사안은 아니었다.

"이종족들이 그곳을 점령했어."

"그게 무슨."

잠자코 이야기를 듣던 리카엘이 말을 뱉었다. 나 또한 당황한 건 마찬가지였다. 아무리 작은 왕국이라지만 이종족들이 나라를 점령한 일은 그들이 노예로 전락한 이후 단 한 번도 일어나지 않았다.

"바다의 일족들과 상당수의 이종족이 섬을 점령했네. 속국민들보다 그들의 수가 더 많을 정도야."

바다의 일족은 인어를 포함해 바닷속 깊은 곳에서 살아가는 이종족들이다. 애초부터 인간의 영역 외의 종족들. 그들이 육지의 종족들과 손을 잡아 인간을 친 사례는 이번이 처음이었다.

"나도 자세한 내막은 모르네. 가장 큰 문제는 이 일로 황제가 군대를 준비하고 있다는 거야."

벨르하트가 거뭇한 눈가를 문질렀다. 이에 내 표정도 굳어졌다. 이종족들이 세력을 모아 나라를 점령했다고 해도 대륙의 모든 인간을 상대할 수 있는 건 아니었다.

오로라 왕국은 레오플론의 속국. 제국이 비호해야 할 영역은 곧 황제의 자존심과 직결되었다.

'모두 다 죽게 될 거야.'

황제가 군대를 준비하고 있다는 대공의 말은 거짓이 아닐 것이다. 그토록 고결한 자존심이 제게 칼을 겨누는 이들을 그냥 두고 볼 리가 없었다.

"내가 막아 보려 했지만, 그 자체가 황제를 부추기는 꼴이 되고 말걸세."

황제는 어린 시절부터 벨르하트에게 심한 열등감을 가지고 있었다. 혼자만의 지독한 악감정은 썩어 들어간 뿌리처럼 깊고도 지독하게 얽혀 있었다.

"신학파 무리에 내가 심어 놓은 이들이 몇 있네. 효과가 얼마나 있을지는 모르겠지만, 우선은 연락을 취해 두었다네."

황실 회의에 참석할 수 있는 이들은 고위 귀족들뿐이다. 발언권을 가지고 있는 귀족들일 테니 없는 것보다는 나았다.

벨르하트는 스스로를 탓하듯 고개를 내저었다.

"별들의 움직임이 심상치 않았는데…… 내가 돌발적인 상황을 헤아리지 못했어."

"대공님의 탓이 아니에요."

그 누구도 벨르하트에게 손가락질할 수 없었다. 그는 내 말에 쓴웃음을 지었다.

"이런 일이 일어날 줄 알고는 있었지만 너무 일러. 악의에 찬 별이 분란의 장을 더욱 어지럽히고 있다네. 이대로 가다간 수많은 이종족이 목숨을 잃고 말 거야."

주변의 개입으로 군대를 늦춘다 하여도 시간문제였다.

'악의에 찬 별이라면.'

어떤 무리에도 중심은 있다. 왕국을 점령한 이종족 무리에도 모든 것을 계획한 수뇌가 있을 것이다. 바다의 이종족들까지 끌어들인 장본인이.

'어떻게 설득한 거지?'

수면 저 너머의 이들은 미지의 일족이라 불릴 정도로 인간 사회와 멀리 떨어져 있다. 그들은 인간에게 굴복해 노예가 되지도, 육지의 것들을 탐하려 들지도 않았다. 그저 바다의 미물들을 돌보며 해저 깊숙한 곳에서 살아 나갈 뿐이다.

"수인이나 육지에 사는 이종족들이라면 몰라도 바다의 이들이 섞여 있다니, 뭔가 이상해요."

"나도 그렇게 생각하네. 그동안 모습조차 드러내지 않던 종족들이 대체 무슨 일로."

깊은 고민에 빠진 듯 벨르하트의 이마에 주름이 졌다.

아무리 생각해 보아도 반란을 일으킨 이종족과 바다의 일족 간에 닿을 만한 접점이 떠오르지 않았다.

"시간은 얼마나 벌 수 있나요?"

"길어 봤자 삼 주 정도네. 그들이 황제를 대상으로 이종족 노예 해방을 주장하고 있어. 불붙은 분노에 기름을 끼얹은 격이지."

"……곤란하게 되었군요."

절로 눈을 질끈 감게 하는 말이었다. 이종족 노예는 제국에 이득을 가져다주는 희소성 높은 상품이다. 잡아들인 노예는 상당한 세금을 붙여 귀족, 각종 탑, 연구소에 넘겨질 뿐만 아니라 무역으로서 타국에 수출되기까지 한다.

작은 소국 하나를 점령당했다고 해서 황제가 그런 금싸라기 제도를 포기하리라 생각하는 것 자체가 몹시도 어리석었다.

'괜한 자극제 역할만 하고 있어.'

아무리 항해를 여는 데 이득인 왕국이라 하여도 당장 국사가 돌아가는 데는 지장이 없다. 황제가 땅을 되찾는 건 시간문제. 이미 자존심 싸움으로 번져 버렸다. 반란군들이 내건 협상은 그 시기를 앞당기는 것밖에 되지 않았다.

"이종족들의 해방은 언젠가 이루어져야 할 숙제나 다름없네. 하지만 지금 당장은 아니야. 황제가 군대를 이끌고 가기 전에 그들을 해산시켜야만 해."

나 또한 그 말에 동의했다.

인간과 이종족의 화합. 그것을 이루기 위해서는 현 황제를 끌어내려야만 한다.

벨르하트는 망설이는 듯 입술을 달싹거렸다. 하지만 끝내 말하지 못한다. 그건 나와 모두를 사지로 몰아넣는 짓이나 마찬가지였으니까.

"시간이 얼마 남지 않았습니다. 만약 이종족들을 설득하는 데 성공한다고 해도, 그들을 안전한 곳으로 이동시키는 건……."

리카엘이 미간을 찌푸렸다. 그는 불가능한 일이라는 말을 간신히 삼키고서 천천히 고개를 내저으며 나에게 청을 거절하라 말하고 있었다.

'하지만.'

나 또한 이 일의 위험성을 잘 알고 있다. 제국을 상대로 쫓기는 주제에 황제가 예의주시하는 곳으로 걸어가다니. 스스로 불구덩이에 뛰어드는 꼴이나 다름없었다.

'피해서는 안 돼.'

불가능하다 여겨 모르는 척했다가는 결국, 모든 건 황제가 원하는 대로 되어 버리고 만다.

나는 카르텔을 바라보았다. 금빛 눈동자는 황금으로 물든 숲을 들여다보는 것처럼 고요했다. 그는 나와 벨르하트의 이야기를 경청할 뿐, 별다른 발언을 내걸지 않았다.

나른한 시선의 끝에는 내가 있다. 뼈마디가 굵은 손이 내 손등을 덮어 왔다. 적당한 압박감이 손을 타고 전해져 왔다. 데일 듯 뜨거운 온기는 언제나 나에게 믿음을 주었다. 그가 옆에 있었기에 나는 선택의 길목에 설 때마다 두려움 없이 원하는 방향으로 나아갈 수 있었다.

'무엇이든 네가 원하는 대로.'

내가 유일하게 의지하는 버팀목은 나를 바른길로 이끌었다. 마음의 결정을 내린 나는 벨르하르트에게 시선을 돌렸다.

"저희가 갈게요."

"……리아!"

리카엘이 다급하게 나를 막아섰다. 그는 아직 달리아가 만든 악몽의 나라를 잊지 못하고 있었다.

'아르덴의 상처도 마음에 두고 있었지.'

깊은 어둠, 희미한 빛에 의지한 밤. 나는 오르하스의 태목 근처에 서 있던 리카엘을 보았다. 그는 잠들어 있는 아르덴을 가만히 내려다보고 있었다. 눈가를 일그러트린 표정에서 깊은 감정이 배어 나왔다. 그건 리카엘이 깊게 숨겨 놓았던 가족에 대한 사랑이었다.

"오라버니. 언제까지나 도망만 다닐 수는 없어요."

나는 그의 무릎에 손을 얹었다. 내가 리카엘에 대해 아는 것이 없을 때, 그는 나와 모두를 지키기 위해 홀로 강해져야만 했다. 외롭고도 긴 시간이었을 것이다. 그에 대한 방증이다. 리카엘은 겨우 지켜 온 자신의 사람들을 잃을까 봐 두려워하고 있었다.

"등잔 밑이 어둡다죠. 혹시 아나요. 이게 황제를 칠 좋은 기회가 될지도요."

"하지만."

푸른빛의 동공이 어지럽게 흔들렸다. 그가 걱정하는 만큼 나도 두려웠다. 내 결정이 모두를 위험으로 몰아넣는 건 아닐지. 혹여 누군 가가 희생당하는 일이 벌어지진 않을지. 그만큼 두려웠지만 결심을 바꿀 수는 없었다.

"지키기 위해서는 부딪칠 수밖에 없어요."

나와 카르텔이 서로의 달빛이듯이, 리카엘도 어둠 속을 헤쳐 갈 불 빛이 필요했다. 그리고 그건 내가 될 것이다.

나는 떨리는 눈동자를 곧은 시선으로 얽어매었다. 내가 사랑하는 사람이 어두운 밤을 두려워하지 않도록, 나를 믿고 따를 수 있도록.

"……그래. 네 말이 맞아."

리카엘이 천천히 고개를 끄덕였다. 불안정했던 눈빛이 차츰 제자리 를 찾아 들었다. 등대에 의지해 밤바다를 헤치는 한 척의 배처럼, 그 의 시선이 나에게 고정되었다. 따스한 빛이 가슴 깊숙한 곳에서부터 차올랐다.

"고마워요. 믿어 줘서."

그가 작게 웃어 보였다. 상황의 심각성과는 다르게, 그의 얼굴은 동생에게 이기지 못하는 오라버니의 미소를 띠고 있었다.

그의 버팀목이 되어 주겠노라 결심했는데 어쩐지 내가 기대고 있 는 느낌이었다. 나는 어린아이가 된 기분을 지우지 못한 채 벨르하트 를 마주 보았다.

"이런 결정을 하게 해서 미안하네."

"아니요. 앞당겨졌을 뿐, 언젠가 벌어졌을 일이에요."

그의 목소리에는 미안함이 가득 담겨 있었다. 애초부터 무리한 부 탁이었음을 아는 것이다. 그러나 이 일을 할 수 있는 사람은 나와 내 사람들밖에 없었다. 당연한 일이었다. 그러니 벨르하트가 미안해하지 않았으면 했다.

'그리고.'

나는 반란이 일어났다는 사실을 들었을 때부터 이 소설의 원작을 떠올리고 있었다. 최종 목표 이전에는 늘 커다란 사건이 일어난다. 불가능한 것처럼 보이는 시련을 이겨 내고 비로소 승기를 잡아내는 것이다.

'그게 이번 일지도 몰라.'

새로운 제국을 여는 발판은, 어쩌면 아주 가까운 곳에서 우리를 기다리고 있을지도 모른다.

"……이상하지."

홍옥 같은 눈동자는 저 깊은 심연을 넘어 보는 것처럼 이지적이다. 그는 운명을 읽는 시선으로 나를 마주 보았다.

"꼭 자네가 나처럼 별의 움직임을 읽는 것 같은 기분이 들어."

"……그럴 리가요."

그는 표정이 아닌 사람의 내면을 읽어 내는 재주가 있었다. 벨르하트의 말을 부정하면서도 내심 한구석이 찔리는 건 어쩔 수 없는 일이었다.

"그러면 부탁하지. 나는 황제의 발을 늦추도록 최선을 다하겠네."

"알겠습니다."

이야기는 비로소 종결되었다. 이제는 각자의 영역에서 최선을 다하는 것이 순서였다.

리카엘과 카르텔이 마차 밖으로 나갔다.

"플로리아."

나 또한 카르텔의 도움을 받아 마차에서 내리려는 순간이었다. 뒤에서 들려오는 부름에 무심코 고개를 돌리니 벨르하트와 눈이 마주쳤다. 주름진 눈이 나를 향해 부드럽게 휘어졌다.

"별의 운명이 바뀌었더군."

나는 그의 말을 이해하기 위해 잠시 움직임을 멈추어야만 했다. 바뀐 운명이라면.

'아르덴이 가진 운명은 희생의 별.'

문득, 내가 가장 바꾸고 싶었던 운명을 지닌 이가 떠올랐다. 나는 비가 그친 하늘의 태양처럼 환하게 웃어 보였다.

다급한 부탁을 남긴 벨르하트는 곧바로 자신의 영역으로 돌아갔다. 대공은 그의 영지 밖으로 나오면 황실의 감시를 받게 되어 있었다. 황제의 시선이 오로라 왕국에 집중되어 있어 몰래 빠져나올 수 있었지만 대공저를 오래 비웠다가는 의심을 사고 말 것이다.

'그렇다면 우리를 쫓는 추격단도 마찬가지겠지.'

모든 이목이 다른 곳에 몰려 있으니 우리를 찾아내려는 세력의 열기도 덜할 것이다.

나무집으로 돌아온 나는 커다란 테이블에 제국 지도를 펼쳐 놓았다. 제국의 동쪽 끝에 오로라 왕국이 자그맣게 표시되어 있었다.

왕국의 바다는 달빛이 환하게 드는 밤이면 천연한 색으로 반짝거렸다. 이에 대한 설화는 여러 가지였으나, 가장 유명한 이야기는 바다와 달의 사랑이었다.

'달을 연인으로 둔 바다가 그녀에게 보내는 선물이라지.'

닿을 수 없는 달님을 그리워하며 바다가 띄운 오로라는 증표라 불렸다.

신비로운 설화가 전해 내려오는 왕국은 실제로도 많은 비밀에 감싸여 있었다.

'인어의 영역.'

나는 지도에 표시된 왕국의 해안선을 더듬었다. 배를 타고 서쪽으로 이동하면 인어들이 사는 영역이 나온다. 다행히도, 무역을 위한 항해로는 그곳을 거쳐 가지 않았다. 일부러 그들의 영역을 건드리지 않는 한 문제가 일어나지 않던 곳이었다.

'인어들이 중심이 되어 있을 거야.'

인어는 바다를 다스리는 신의 자식이다. 바다에 사는 종족이 움직인다면 그것을 지도하는 세력은 인어일 확률이 높았다.

'폐쇄적인 종족이 움직이는 데는 분명 이유가 있을 거야.'

오로라 왕국은 레오플론 제국의 도움으로 강력한 해상 군대를 지니고 있었다. 반란군의 힘만으로는 그들을 짓누르지 못한다. 필시 바다 세력이 도움을 주었을 것이다. 인어들이 반란군을 돕는 이유를 알아내기만 한다면 해결 방법이 보일 것 같았다. 나는 귓불에 걸린 진주를 만지작거렸다.

"아실리드."

푸른 아지랑이가 허공에 피어났다. 나는 희미하게 퍼지는 물기를 느끼며 부름에 응답한 이를 바라보았다.

[안녕. 내 꽃.]

간질거리는 음성이 귓가에 스며들었다. 아실리드는 나른하게 눈을 껌뻑이며 내 주위를 천천히 맴돌았다. 갈라졌던 꼬리는 이제 완전히 아물었다.

내게 있어 아실리드는 비밀에 겹겹이 감싸인 존재였다. 하지만 이제는 아니다. 나는 그가 어떤 이유로 나를 보호하려 했는지, 그리고 내 안에서 어떤 이의 흔적을 찾으려 했는지 알고 있었다.

"아실리드. 오로라 왕국에 대해서 알고 있어?"

[내 고향 근처에 있는 영토 말이군.]

그는 쉬이 수긍하며 고개를 끄덕였다. 고향을 입에 담아낸 이 치고는 그리움을 전혀 찾아볼 수 없는 얼굴이었다. 아실리드는 화인의 마을이 존재하던 시절부터 바다를 떠나 있었다.

내가 유리 온실에서 아실리드를 마주한 건 우연이 아닌 운명이었다. 모든 걸 알고 있으니 더욱 입이 떨어지질 않는다. 나는 조심스러운 심정으로 물었다.

"나는 그곳으로 갈 거야. 어쩌면 네 종족을 만날 수도 있겠지."

힘든 싸움이 될지도 몰랐다. 하지만 그들을 만나기 전 아실리드의 의사를 묻는 게 더 중요했다.

"고향으로 돌아가고 싶지 않아?"

카르텔이 오감으로 느꼈듯, 인어들도 아실리드의 존재를 단번에 알아차릴 것이다. 최악의 경우 아실리드는 동족들에게 창을 겨누어야만 한다.

그는 내 곁에 너무 오래 있었다. 이제는 동료들이 그리울 때도 되었다.

[……우리는 본디 한 곳에 터를 두지 않는 종족이야. 바다 전역이 인어의 안식처지.]

아실리드는 내 머리카락을 천천히 쓸어내렸다.

다정다감한 음성이었지만 쓴맛이 묻어났다.

[신이 떠나간 후, 인어의 왕은 본능보다 안전을 택했어. 한 곳에 고여 버린 거지.]

인어는 신으로부터 바다를 순환시키라는 명령을 내림받았다. 하지만 그것마저도 머나먼 시대의 일이 되어 버린 지금이다.

[그건 어리석은 짓이야. 바다는 순환해야 하고 그렇기에 우리 인어도 멈춰 있어서는 안 돼.]

조곤조곤한 어조에는 뼈가 있었다. 아실리드는 내가 그곳으로 향하기를 바라고 있었다. 혹여 자신이 종족과 대적하는 일이 생기더라도 말이다.

[나는 네가 그들을 움직여 줄 수 있을 거라 생각해.]

에메랄드빛 눈동자는 그 어떠한 보석보다 견고해 보였다.

인어들에게 무슨 일이 있었는지는 모른다. 하지만 그들 또한 움직여야 할 운명이라면, 이번 일이 시발점으로 작용하지 않을까. 나는 천천히 고개를 끄덕였다.

[플로리아. 내 어린 꽃.]

아득한 음성은 그리움에 젖어 있었다. 그는 나를 통해 아그노스를 떠올리고 있었다.

"아실리드. 나는 아그노스가 아니야."

그에게 상처가 될 발언일지도 모른다. 그러나 꼭 한 번은 짚고 넘어가야 할 문제였다.

[하하. 그게 아니야.]

의아한 듯 나를 바라보던 아실리드가 웃음을 터트렸다. 당황한 건 오히려 내 쪽이었다.

[너는 아그노스가 남긴 흔적 그 자체야. 그녀의 손이 닿은 꽃, 그녀가 좋아하는 모든 것. 나는 아그노스와 관계된 모든 것들을 사랑하고 있어.]

사랑에는 수많은 종류가 있다. 아실리드가 느끼는 것은 성애나 연인 간의 사랑이 아니었다. 그는 나를 통해 아그노스를 투영하는 것이 아닌, 그녀가 남긴 흔적 그 자체를 사랑하고, 또 아끼고 있었다.

[그게 우리 인어들의 사랑이야.]

아실리드는 나와 비교도 할 수 없을 만큼 오랜 세월을 살아왔다. 내가 좀 더 나이를 먹는다면 아실리드가 말하는 사랑을 이해할 수 있을까. 알 수 없는 일이었다.

[오로라 왕국의 수로는 바다와 강이 같이 연결되어 있어. 핀타 강을 통한다면 안으로 들어가기 쉬워지겠지. 내가 도와줄 수 있으니, 너무 걱정하지 마.]

아실리드는 조곤조곤 말하며 지도 위를 더듬었다. 부드럽게 말을 돌리려는 걸 느낄 수 있었다. 방금 전 자신이 한 말을 이해하지 않아도 된다는 듯이.

"하."

"……카르텔."

나무 문 아래로 짙은 그림자가 졌다. 커다란 키 때문에 머리를 숙이며 들어온 카르텔이 싸늘한 눈으로 아실리드를 노려보고 있었다. 미묘한 대치가 이어졌다. 어디서부터 듣고 있었던 걸까. 어쩌면 처음부터 문 앞에 와 있었는지도 몰랐다.

"바다에 도착할 때까지만 봐주지. 이만 꺼지도록 해."

[어린 꽃의 연인은 질투도 많지.]

아실리드는 사납게 으르렁거리는 카르텔에게 태연히 응수했다. 그는 나와 눈을 맞추고는 푸른 신기루처럼 흩어졌다. 카르텔이 아실리드가 사라진 허공을 노려보았다.

하필이면 이런 때. 오해를 살 수도 있는 상황이었다. 나는 그에게 다가가 단단한 가슴팍에 손을 얹었다.

"그런 거 아니야."

"……알아."

그는 순순히 수긍하면서도 눈썹을 일그러트렸다. 심기가 뾰족하게 돋아난 짐승이 내 목덜미에 얼굴을 묻었다.

"아!"

따끔한 송곳니가 여린 피부를 깨물었다. 앙다문 입술이 살점을 빨아들이며 붉은 흔적을 남겼다.

"네 곁에 다른 놈이 붙어 있다는 게 미칠 듯 화가 나. 그 새끼가 널 자식 정도로 생각하건 말건 간에 말이야."

금빛 눈동자가 흉포하게 번뜩였다. 온몸의 솜털이 설 만큼 섬뜩한 기운이었다. 하지만 겁은 나지 않았다. 오히려 등줄기에서 짜릿한 전

율이 일었다.

"그거, 질투야?"

"아니. 그보다 더한 것."

그 대답을 끝으로 내 입술은 그에게 삼켜졌다. 잡아먹을 듯 소유욕 강한 키스가 점막 곳곳을 달구었다. 누구의 것인지 모를 액체는 그 어느 때보다 다디달았다.

"난 너에게 미쳐 있는 개새끼니까."

말캉한 입술이 벌어지며 더운 숨을 허덕인다. 그가 안달복달하는 것이 좋았다. 나는 아무렇지 않은 척 눈가와 광대뼈, 뺨에 차례대로 입을 맞추었다.

"그래. 나를 허락해 주는 건 너뿐이고."

나는 눈을 가늘게 접어 웃으며 성난 짐승처럼 들썩거리는 가슴팍을 손으로 밀어붙였다. 나는 카르텔을 벽에 기대게 만든 후 그의 다리 사이로 내 허벅지를 끼워 넣었다. 헐떡이는 짐승을 구속하는 기분이었다. 묘한 승리감에 고양된 정신이 몽롱했다.

"정말이지."

카르텔이 다른 의미로 얼굴을 찡그렸다. 나는 불씨를 자극하듯 그의 목덜미를 깨물었다. 일자로 다물린 입술에서 신음이 옅게 배어 나왔다.

"그래. 허락해 주셨으니 성심성의껏 모시죠."

"읏······!"

분명 손으로 그를 밀고 있었는데, 정신을 차리고 보니 벽에 등을 댄 건 나였다.

"그놈이 들을 수 있도록 말이야."

카르텔이 내 목덜미를 진득하게 핥아 올리며 말했다. 지독히도 낮은 저음이 귓가를 할퀴고 지나갔다. 아실리드는 진주를 안식처 삼아 부름이 있기 전까지 그 안에서 잠든다. 그러니 밖을 볼 수도, 외부의 소리를 들을 수도 없었다.

"말도, 안 되는 소리……!"

카르텔도 이 사실을 알고 있을 터. 하지만 장난이라기엔 그 수위가 지나쳤다.

"혹시 알아? 네가 예쁘게 울면, 그놈이 깨어날지도."

"카르, 아……!"

움푹 팬 쇄골 안쪽을 뜨거운 혀가 파고들었다. 볼록 솟아난 뼈대를 자근거리는 송곳니가 날카로웠다. 옅은 아픔은 지독한 열락을 낳았다. 나는 깊은 곳에서 치솟는 감각에 몸서리쳤다.

"하긴. 정말로 그랬다간 내가 그 새낄 죽여 버리겠지."

카르텔은 비뚜름한 웃음과 함께 내 옷자락을 아래로 흘려보냈다. 어깨를 타고 내려온 드레스는 허리 아래 장골에 걸쳐졌다.

그의 눈동자에 핏발이 섰다. 허기진 시선이 진주같이 뽀얀 피부를 탐하고 있었다.

"이걸 볼 수 있는 건 나뿐이니까."

유려한 손가락이 내 목덜미부터 어깨, 허리선을 매끄럽게 쓸어내렸다. 그의 손길이 지나간 자리마다 피어난 열기가 오감을 곤두세웠다. 짜르르한 감각에 허리를 들썩이는 건 결국 내가 되었다.

"흐음, 어딜."

"읏……!"

다리 사이에 끼우고 있던 무릎을 슬그머니 뒤로 물릴 때였다. 그가 양쪽에 힘을 주며 다리가 빠져나가지 못하게 만들었다.

몸이 앞으로 기울었다. 그는 제 몸 위로 오르는 무게를 태연히 지탱하고는 내 눈가를 느릿하게 매만졌다.

"나를 가지는 너도 예쁘지만, 오늘은 조금 다른 걸 해 보고 싶은데."

그의 시선에는 정염이 묻어 있었다. 눈길을 놓치고 싶지 않아 시선이 닿는 곳으로 도르르 눈동자를 굴렸다. 그 위를 엄지가 눌러 왔다. 눈두덩을 문지르는 손길 탓에 절로 눈이 감겼다.

"착하지?"

언젠가 내가 그에게 한 말이었다. 짓궂은 미소와 함께 부드러운 질감이 시야를 가렸다. 손으로 더듬어 보니 천 같은 것이 눈 위를 지나 머리 뒤로 묶여 있었다.

"손 내려야지."

"……!"

다정한 목소리에 온몸의 솜털이 곤두섰다. 언제 다가왔는지 모를 손길이 내 손을 친절히 아래로 내려 주었다.

"이렇게, 손목을 뒤로 모으고."

시야는 온통 어둠이었다. 내가 움직이지 않는데도 양손은 타의에 의해 뒤로 모아졌다. 얇고 긴 끈이 겹쳐진 손목을 묶기 시작했다. 아프지는 않았지만 묶인 매듭은 단단했다.

"예쁘다."

이마에 입술이 포개졌다. 가벼운 키스일 뿐이었는데 움찔 몸을 떨었다. 시야가 가려지니 촉각으로밖에 느낄 수 없었다. 모든 감각이 예민하게 곤두섰다.

"뭐 하는 거야……."

목소리는 제어당하지 않았는데도 말꼬리가 절로 늘어졌다. 잘 참았다는 듯 뺨에 버드키스가 내려앉았다. 그가 귓바퀴를 핥아 올리며 낮게 속삭였다.

"혼날 짓."

귓불을 깨문 그는 나를 단번에 안아 올렸다. 손목이 뒤로 묶여 있어 그의 목에 팔을 두를 수 없었다. 혹시나 떨어지진 않을까 했지만 괜한 기우였다. 어깨를 두르고 있는 팔이 그의 것이란 사실에 안심이 되었다. 나는 가는 한숨을 내쉬었다.

"괜찮으니까."

부드러운 목소리가 나를 달랬다. 그와 동시에 엉덩이에 푹신한 것이 닿는다. 뒤로 묶인 손을 뻗어 만져 보니 이불이었다. 카르텔은 그 위에 나를 눕히고 목덜미에 입을 맞추었다.

여전히 시야는 암전이었다. 그러나 무섭지는 않았다. 그건 이 모든 행위의 주도자가 카르텔이기 때문이다.

"부드러워."

"아……!"

피부를 만지는 손길과 함께 나른한 한숨이 쇄골 아래에 닿았다. 고작 그것만으로도 몸을 비틀게 된다.

나도 모르게 손가락을 꼼지락거렸다. 두려움 대신 뜨거운 감각이 머릿속을 지배했다. 풍성한 골을 타고 내려간 입술이 말캉한 살점을 깨물었다. 나도 모르게 입술을 깨물며 신음을 참아 넘겼다.

"하아……."

얼마 지나지 않아 톡톡, 손가락이 아랫입술을 두드렸다. 살짝 벌어진 입술 안쪽으로 손가락이 들어왔다. 손가락 마디가 입천장을 긁고 지나 혀를 얽었다. 작게 벌어진 입술 사이로 습한 음이 새어 나갔다.

"핥아야지."

뇌로 전해지는 명령이 낯설었다. 그와 반대로 몸은 충실하게 그의 말을 따르고 있었다.

혀와 손가락이 얽혔다. 달아오른 체온이 모든 것을 녹여 버릴 것만 같았다. 이윽고 손가락이 입술 밖으로 빠져나갔다. 장골을 더듬던 손이 아래로 내려갔다. 매끈한 허벅지와 무릎의 안쪽, 종아리를 타고 내려간 손이 발을 들어 올렸다.

"아, 잠깐……!"

뜨거운 입술이 발등에 닿았다. 발가락뼈에 입술이 닿자 신음도 내뱉지 못할 만큼 부끄러웠다.

고작 깨물고 핥는 단순한 행위였다. 그런데도 무어라 표현하지 못할 감각이 발등을 타고 올라왔다.

종아리의 선을 탄 입술은 결국 허벅지 안쪽의 가장 깊숙한 곳에 도착했다. 허리가 몇 번이고 위로 치솟았다. 한계에 다다른 육체가 파르르 떨렸다. 관능이 머릿속을 절절 녹이고 있었다.

"흐……."

온몸에 힘이 들어가지 않았다. 눈가로 열이 몰렸다. 그를 보고 싶었다. 나를 바라보는 상기된 표정을, 땀에 젖은 육신 그 모든 것을 소유하고 싶었다.

나는 물기 어린 목소리로 그에게 매달렸다.

"안고…… 얼굴 보고 싶어."

나는 뒤로 묶인 손목을 비틀며 말했다. 그러나 답은 돌아오지 않았다. 잠시간의 침묵이 나를 불안하게 했다. 혹시 홀로 남겨지기라도 한 걸까 그렇게 생각하니 덜컥 겁이 났다.

억지로라도 몸을 일으키려던 때였다. 몸이 옆으로 돌려지며 손목의 끈이 풀어졌다. 곧이어 눈가를 가린 천이 사라지며 희붐한 빛이 시야를 적시기 시작했다.

"더 못되게 굴고 싶었는데. 내 아내에겐 정말이지 못 이기겠어."

카르텔, 그의 얼굴이 눈 안에 담겼다. 나는 참지 못하고 그를 끌어안았다.

"무서웠어?"

"……아니. 이런 것보다, 너를 보는 게 더 좋아."

나는 솔직하게 털어놓았다. 그러자 카르텔의 눈이 크게 뜨였다. 그는 더 참을 수 없다는 듯 나를 품에 가두었다.

벌어진 다리 사이로 그가 자리를 잡았다. 붉은 기가 감도는 수풀 위로 그의 것이 나른하게 비벼졌다. 그러나 느긋함은 잠시였다. 질척이는 입구에 머리를 비비던 그것은 순식간에 아래를 뚫고 들어왔다.

"아······!"

단말마의 비명이었다. 거대한 열기가 몸을 덮쳤다. 그것은 잠깐의 휴식도 용납지 않았다.

녹아 버린 머리가 절절 끓어넘쳤다. 어지러이 흔들리는 중심에서 불티가 튀었다. 순간적으로 숨이 멈췄다. 잠시 이명이 들린 것도 같았다. 백아에 잠식된 시야가 현실 세계로 흐릿하게 이어졌다.

"아아······."

목을 잡았던 팔이 침대 위로 힘없이 늘어졌다. 손목에는 끈 자국이 붉게 남아 있었다. 카르텔이 그 위에 입을 맞추었다.

지독한 소유의 방증이었다.

* * *

나를 깨운 건 두들겨 맞은 듯한 둔통이었다. 눈이 쉽게 떠지지 않아 몇 번이고 시도해야만 했다. 겨우 몸을 일으키니 이번엔 목이 말라 왔다. 나는 어둠 속에서 손을 더듬었다. 물 잔이 손에 닿기도 전에 깨달은 건 내 옆자리가 비어 있다는 사실이었다.

"······카르텔?"

격한 행위로 인해 목이 잔뜩 잠겨 있었다. 목을 다듬고서 한 번 더 그의 이름을 부르기 직전, 어둠 속에서 인기척이 들렸다.

다가온 인형이 내 머리 위로 손을 올렸다. 그리고는 손을 잡아 물이 든 잔을 쥐여 주었다. 아마도 물을 가지러 나갔다 온 모양이었다.

그것으로 목을 축이니 정신이 맑아졌다. 아무것도 보이지 않던 시야가 조금씩 어둠에 익숙해졌다.

"아직 새벽이야. 더 자도 돼."

나는 그의 말에 고개를 저었다. 옆자리가 비었다는 걸 알았을 때부터 잠은 달아나 버렸다.

"……흠, 그러면."

무언가를 가늠하듯 말꼬리가 길게 늘어졌다. 이윽고 달칵이는 소리와 함께 방 안이 밝아졌다. 그는 테이블 위의 등에 불을 밝히고 내 옆에 앉았다. 나는 그의 어깨에 가만히 머리를 기대었다.

"잠시만."

내 머리칼을 한참이고 매만져 주던 카르텔이 품을 뒤적여 무언가를 꺼냈다. 그는 주먹을 쥔 손을 펴 안에 든 것을 나에게 내밀었다.

"이건……."

"지니고 다니기 좋도록 만든 거야."

그가 건넨 건 내가 피워 낸 황금 장미였다. 잎사귀에 뚫린 작은 구멍으로 통과한 금실이 목걸이 역할을 했다.

카르텔은 내 머리카락을 옆으로 넘겨 그것을 목에 걸어 주었다. 황금색으로 빛나는 장미는 여전히 살아 숨 쉬고 있었다. 그것의 중앙에서 오색으로 빛나는 보석이 제 존재를 과시했다. 어쩐지 처음보다 크기가 조금 더 커진 것 같았다.

'기분 탓이겠지.'

보석의 윗부분을 엄지로 문지르니 빛이 일렁였다. 꼭 손길을 느끼는 것 같은 모양새였다. 요즘 감정이 풍부해진 탓인지 살아 있지 않은 것에도 마음을 쓰게 된다. 나는 목에 걸린 장미를 만지작거리다 고개를 들었다.

"고마워."

이렇게 걸려 있으니 예쁘기도 했고, 잃어버릴 걱정도 덜 수 있었다. 아직은 이것에 대해 아는 게 없었지만, 절대 잃어버려서는 안 된다는 생각이 머릿속에 깊숙이 박혀 있었다. 목걸이를 매만지던 손이 왼쪽 손목으로 옮겨 갔다.

"두 번째네. 네가 이렇게 선물을 주는 거."

나는 그에게 손목을 내밀어 보였다. 그곳에는 은은하게 빛나는 월석이 팔찌처럼 걸려 있었다. 카르텔의 어머니가 남긴 유품인 그것은 두 번 감으면 팔찌로, 끈 자체의 길이로 걸면 목걸이가 되곤 했다. 늘 목과 손목에 번갈아서 착용했었는데 이제는 자리가 고정될 모양이었다.

"전부 내가 만든 건 아니지만."

따스한 입술이 손목에 닿았다. 살을 살짝 깨문 잇새의 틈으로 말캉한 혀가 피부를 느릿하게 핥아 올렸다.

"보석을 만들어서 주는 게 어디 있어."

그의 말에 실없는 웃음이 나왔다.

반쯤 덮고 있는 이불을 제외하자면 내 몸은 전라였다. 점차 손목을 타고 올라오던 입술은 팔과 어깨를 따라 목덜미에 닿았다.

밤의 자욱은 붉디붉어 새벽이 내렸음에도 꽃잎과도 같이 내 피부 곳곳에 남아 있었다. 짐승의 키스는 그 자국을 따라 발을 디뎠다. 자신의 흔적이 영원히 지워지지 않기를 바라는 것처럼.

"네가 입는 옷, 보석, 신발…… 그 외 걸치는 모든 것들."

나른한 음성이 귓속을 파고들었다. 다정한 목소리에는 깊이를 알 수 없는 소유욕이 진하게 녹아 있었다.

"네게 닿는 모든 건 나로 인해 나온 것이었으면 좋겠어."

손등에 키스하며 요요히 나를 올려다보는 남자를 무어라 설명해야 할까. 카르텔은 나에게 한정하여 맹목적인 순종을 자처한 짐승이었다.

"오직 나뿐이라면 더 좋고."

그가 탐하는 먹이는, 유일한 먹이는 오직 나뿐.

짐승은 어쩌면 농담이 아닐 말을 흘리며 키득거렸다.

남빛을 엮은 새벽에 어둠이 물러간다. 내 위의 남자도 그것을 알고 있으련만, 물러설 기미는 보이지 않았다.

새하얀 나신을 붉은 머리카락이 가리고 있었다. 퍼져 있는 머리카락을 한데 모은 카르텔이 그 위에 입을 맞추었다.

"내가 왜 말리지 않았는지 알아?"

"뭘?"

"벨르하트가 떠안긴 것 말이야."

카르텔은 눈썹을 찡그리며 대답했다. 황금색 눈빛이 낮게 가라앉아 있었다.

"떠안겼다니. 그건 부탁이었······웃!"

더 말하지 말라는 듯 목덜미에 이를 박아 온다. 아무래도 벨르하트가 마음에 들지 않는 눈치였다. 분명 마차 안에서는 티를 내지 않았는데, 참고 있었던 것일까.

나는 칭찬의 뜻으로 그의 머리칼을 쓰다듬어 주었다. 그르렁거리는 목 울림이 상체를 타고 전해져 왔다.

어린 짐승이 된 그는 살로 덮인 언덕에 얼굴을 파묻었다. 날카로운 콧대가 문지르고 간 피부가 간지러워 나는 몸을 조금 비틀었다. 한참 살 내음을 들이마신 뒤에야 진정이 된 모양인지, 고개를 든 카르텔이 말을 이었다.

"황실의 핏줄들은 하나같이 영악함을 타고났어. 그 작자는 네가 거절하지 못할 것을 알고 온 거야."

"그건······."

"전하는 게 목적이었다면 편지로 끝냈을 것을. 몸소 여기까지 찾아

온 이유가 뭐겠어?"

기가 막힌다는 듯 혀를 차는 카르텔의 목소리에는 짜증이 묻어 있었다. 그의 말이 맞았다. 어렴풋이 알고도 있었고. 하지만 어떤 방법으로 알게 되었든 간에 나는 오로라 왕국으로의 발걸음을 자처했을 것이다.

"……그럼 왜 말리지 않았는데?"

카르텔도 이런 나를 잘 알고 있었다. 말려 봤자 소용이 없어서 그런 걸까. 그게 아니라면…….

"네 검이 되어 주고 싶었으니까."

맑은 눈동자가 시선을 부딪쳐 왔다. 어쩌면, 리카엘처럼 카르텔 또한 달리아의 나라에서 있었던 일의 충격에서 벗어나지 못했을 거라 생각했다. 하지만 그게 아니었다. 그는 한 번의 상처로 더욱 견고해진 검이었으며 방패였다.

"이번에야말로 지킬게."

그의 눈빛은 순결하리만치 맑았다. 스스로를 가다듬고 다시 일어난 자에게 패배란 없다. 나는 그를 품으로 끌어안았다. 강인하고도 사랑스러운 남자는 오직 나만의 것이었다.

"그러니 배를 채우게 해 줘. 날이 밝을 때까지."

손등에 뺨을 비비는 남자는 몹시 허기져 보였다. 그러나 쉬이 덤비지는 않는다. 허락을 갈구하는 것이다.

"어서."

거친 음성이지만 보채는 기운이 가득하다. 나는 그런 카르텔이 좋았다. 헐떡이는 짐승은 가엽고도 아름다웠다.

"먹어 줘."

나는 그의 얼굴을 붙잡아 볼우물에 입을 맞추었다. 허락의 증표였다. 배고픈 짐승이 나에게 달려들었다.

나도 그리고 그도, 행위의 탐식이 허기를 채우지 못함을 안다. 그러니 언제까지고 함께 하는 것이다.

먹이를 주는 자와 먹는 자, 완벽한 사랑의 탐미였다.

* * *

벨르하트가 다녀간 지 하루가 지났다.

소식을 들은 벨루스가 나무집으로 찾아왔다. 벨루스는 낙원의 망가진 부분을 수리하고 있었다. 워낙 힘이 좋은지라 금방 다른 늑대족과 어울려 부서진 것들을 보수했다. 하지만 그것도 이제 마무리 단계였다.

강제 수면 상태인 아르덴을 제외하고, 리카엘까지 모였으니 더 빠진 사람은 없었다. 테이블엔 제국 지도 대신 오로라 왕국을 중심으로 한 확대 지도가 놓여 있었다.

'핀타 강.'

나는 지도를 손끝으로 짚으며 강줄기를 따라 거슬러 올라갔다. 핀타 강은 바다와 연결된 강으로 오로라 왕국을 수직으로 거쳐 지나간다.

다행스럽게도 강은 낙원과 멀지 않다. 당장 내일 출발한다면 일주일 내로 도착할 수 있는 거리였다. 아실리드의 힘을 빌리면 강을 길로 이용할 수 있을 것이다. 그렇게 되면 열흘 안으로 왕국에 도착할 수 있게 된다. 그러나 상황은 이보다 더 급박하다.

벨르하트가 심어 놓은 사람들이 황제의 발목을 붙잡을 것이다. 그기간이 최대 이 주 정도였다.

'이동 시간을 제외하자면 남은 시간은 고작 닷새야.'

그 시간 안에 성안의 이들을 설득하고 모두를 안전한 곳으로 이동시켜야만 한다. 대화를 시도하는 데만 며칠이 걸릴지 모르는 상황에서 시간이 절대적으로 부족했다.

"시간을 더 벌어야 해요."

톡톡. 손톱 끝이 테이블 위를 두드렸다. 이대로는 불가능하다. 해결책도 없는 곳에 모두를 데려가는 건 자살 행위나 다름없었다.

'더 큰 사건이 필요해.'

황제가 전면전에 나선 이유는 반란군이 그의 자존심을 건드렸기 때문이다. 그가 자존심을 굽히고도 남을 정도로 신경이 쓰이는 사건을 만들어야만 했다.

고민이 깊어져만 갔다. 이미 답을 알고 있었지만 쉬이 내뱉을 수 없었다.

"내가 갈게."

"뭐?"

한참을 갈등하던 순간이다. 나는 벨루스의 말에 놀라 눈을 깜빡였다.

"미끼가 필요한 거잖아. 아니야?"

벨루스는 스스로를 미끼 운운하는 데 아무런 거리낌이 없어 보였다. 하지만 나는 그렇지 못했다.

"……황제의 시선을 돌릴 방법이 필요한 거야."

나는 한숨을 쉬듯 말했다.

황제가 자존심까지 굽히고 움직일 사항은 황실의 비밀을 알고 있는 우리밖에 없었다. 이 경우, 가장 좋은 방법은 인원을 둘로 나누는 것이다. 한쪽은 오로라 왕국으로, 다른 한쪽은 황제의 시선을 돌릴 방향으로.

누군가는 따로 움직여야만 했다. 내 동생은 그 미끼를 자처하고 있었다.

"여길 보수하는 건 이제 질렸어. 몸도 좀 움직이는 편이 좋고. 무엇보다 리아에게 도움이 되는 일이니까."

벨루스는 무감하게 말했다. 달리아의 죽음을 본 후, 한동안 말수가 줄었던 동생이다. 어쩌면 그 일을 잊기 위해 더욱 바삐 몸을 움직였는지도 모르겠다.

"믿어. 부탁할게. 내 동생."

"맡겨 둬."

쉬이 입을 떼기 어려웠지만, 그래도 해야만 했다. 내 동생이기 이전에 다 자란 늑대족의 혼혈이었으며 타고난 사냥꾼이다. 이제는 동생이 장성한 사내임을 인정해야만 했다.

"그럼 작전을 짜 보도록 하지."

리카엘이 손가락의 두 마디만 한 말을 꺼내 지도 위에 올려놓았다. 각기 색이 다른 말은 우리의 대화에 따라 강에 오르기도, 육지에 오르기도 하며 여기저기 옮겨 다녔다.

해가 뉘엿거리며 저물었다. 때가 다가오고 있었다.


나와 카르텔은 오로라 왕국으로, 리카엘과 벨루스는 서쪽으로 향하기로 했다.

대략적인 계획은 짜였다. 남은 건 돌발 상황을 어떻게 대처하는가에 달렸다.

'왕국 안까지는 아실리드의 도움을 받아 잠입할 수 있다지만, 그 이후가 문제야.'

벨루스가 함께하지 못하니 어둠으로 몸을 숨길 수 없었다. 거기다 겉핥기식의 정보만 있을 뿐, 정확한 내막을 모르니 협상을 시도하는 것조차 어려웠다. 할 수 있는 데까진 모두 계획해 놓았지만 하나하나가 다 아쉬운 상황이었다.

"그럼 이만 해산하도록 할까요? 내일 아침 일찍 출발해야 할 테니까."

"그러도록 하지."

리카엘과 벨루스에게 건넨 말이건만 대답은 엉뚱한 곳에서 날아왔다. 나는 고개를 끄덕이는 카르텔을 어이없는 눈길로 바라보았다.

"어차피 다 짠 판에. 더 손 쓸 곳 없다는 거 너도 알고 있잖아. 일찍 돌려보내는 게 나아."

내 눈초리에도 카르텔은 꼿꼿하기만 했다. 사실 그의 말이 맞았다. 두 명을 내쫓듯 보낸 후 무얼 하려고. 이럴 때만 맞는 말을 하는 카르텔이 얄미웠다. 나는 맞받아치는 대신 그를 흘겨보고는 눈길을 돌렸다.

"오라버니. 이만 가서 쉬세요. 벨. 너도."

내가 아쉽다고 붙들어 봐야 되는 일은 없었다. 차라리 서둘러 돌아가 조금이라도 체력을 비축해 두는 게 남는 장사였다.

"그래. 벨루스. 돌아가지."

"잠깐만."

봄의 아지랑이같이 부드러운 목소리가 내부를 물들였다. 나는 반사적으로 고개를 돌렸다. 나무 문턱에 선 아르덴이 햇살처럼 웃고 있었다.

"리아."

그는 머쓱한 듯 긴 머리카락을 귀 뒤로 넘겼다. 아무것도 생각할 수 없었다. 나는 사랑하는 이를 향해 달려갔다.

"이런."

품으로 뛰어든 나를 안으며 아르덴이 조금 밀려났다. 원래도 마른 몸에 살이 더 빠진 것 같았다. 나는 가는 버드나무 가지처럼 휘청거리는 몸을 보고 당황해 뒤로 물러났다.

"아, 미안해."

언제 잠에서 깨어난 걸까. 일어나자마자 나를 찾아온 것 같은데 너무 기쁜 나머지 환자를 배려하지 못했다.

"아니야. 이렇게 달려와 주다니. 기쁜걸."

혹시라도 내가 다치게 하진 않았을까 아르덴의 몸을 살피던 차였다. 그는 마른 팔을 하고선 나를 꼭 끌어안았다.

아르덴의 품에선 늘 따스한 나무 향기가 났다. 나는 오랜만에 맡는 다정한 향기를 흠뻑 들이마셨다.

"몸은…… 괜찮은 거야?"

무의식적인 시선이 다친 손목으로 옮겨 갔다. 비어 있던 손목은 엉겅퀴 같은 잎사귀들이 감싸고 있었다.

팔은 사람의 피부인데 아래로 내려갈수록 나무와 손이 섞여 있는 듯한 형상이었다. 분명 손과 같은 모양이었지만 나무 넝쿨이 손목과 손가락뼈를 감싸고 있었다.

"아, 이거. 나무들이 만들어 줬어."

아르덴은 이질적인 손을 천천히 움직여 보였다. 느리지만 손 역할을 제대로 해내고 있었다.

"오르하스 덕분이야. 그의 태목이 강하다 보니 이 정도로 회복할 수 있었어."

오르하스의 태목은 세쿼이아 나무로 생명력을 강하게 끌어당긴다. 그 아래에서 잠든 아르덴 또한 목인의 혼혈이었다. 모든 자연이 아프고 병든 자를 도와 선물을 내어 주었다.

"하지만."

나는 그의 새로운 손을 조심스레 감싸 쥐었다. 손등을 타고 오르는 넝쿨에는 파릇한 잎사귀가 올라오고 있었다. 깎이지 않아 투박한 나무의 질감이 고스란히 느껴졌다.

자연으로 만들어진 손은 살아 숨 쉬는 하나의 개체였다. 그래도 원래의 손보다는 못할 것이 당연했다.

낙원을 떠나기 전, 내가 그를 데리고 갔었더라면 이런 일은 없지 않았을까. 오래전부터 생각했던 후회가 물밀 듯 밀려왔다. 나는 고개를 떨구었다.

"오랜만에 만났는데. 얼굴 안 보여 줄 거야?"

"……아니."

뺨을 부드럽게 다독이는 손길에 나를 탓하는 감정은 없었다. 그렇기에 더욱 가슴이 아팠다. 나는 내가 지을 수 있는 가장 환한 웃음을 얼굴에 걸었다.

"보고 싶었어. 오빠."

"……리아."

나는 웃는 얼굴 뒤로 나를 숨겼다. 아르덴 역시 내가 아파하는 표정을 지으면 달가워하지 않을 테니 이게 나았다.

"그러지 않아도 돼. 리아, 여긴 성이 아니고 우리를 해할 이도 없으니까."

마른 손이 내 머리를 천천히 쓰다듬었다. 꼭 어린 시절로 돌아간 것만 같았다. 탑에 갇히지 않았던, 새 삶을 얻은 줄만 알았던 아무것도 모르던 어린아이로.

나는 아르덴을 올려다보았다. 그도, 나도 그리고 내 가족 모두. 아픈 과거를 딛고 훌쩍 커 버렸다.

나는 아르덴의 어깨에 얼굴을 묻었다. 더 이상 표정을 관리하거나 억지로 연기하지 않아도 되었다. 그런데도 이런 얼굴은 보여 주기 싫었다. 아르덴도 나를 억지로 떼어 내려 하지 않았다.

얼마 동안이나 그의 품에 안겨 있었을까. 나는 천천히 어깨에서 얼굴을 떼어 냈다. 그가 입고 있던 셔츠 일부분이 방울 모양으로 젖어 있기는 했지만 그 누구도 신경 쓰지 않았다.

"몸은 이제 괜찮으니 걱정하지 마."

"……응."

나는 애써 알겠다며 고개를 끄덕였다. 물론 거짓말이었다.

"이제 좀 멀쩡한가 보네. 내내 누워 있기에 정말 어떻게 되는 줄 알았잖아."

벨루스가 툴툴거리며 고개를 돌렸다. 흰 뺨에 걸친 붉은 기가 귓바퀴까지 이어져 있었다. 말은 저렇게 해도 내심 걱정했던 것이다. 나는 벨루스가 태목 아래 누워 있던 아르덴 근처를 몇 번이나 지나는 것을 보았다.

리카엘도 낮은 한숨을 내쉬었다. 아무 말 않고 있었지만 그의 얼굴에 안도의 기색이 드리워져 있었다.

"깨어난 지는 하루도 안 지났어. 오르하스도 태목에서 인간 형태로 돌아왔고, 두 달…… 정도가 지났다는 건 들었는데."

기억을 떠올리기 위함인지, 아르덴이 눈가를 찌푸리며 중얼거렸다. 그의 시선이 테이블 위의 지도를 훑었다. 그 위에는 색색의 말들이 어지럽게 놓여 있었다.

"아르덴도 알아야겠지."

그가 잠들어 있는 동안 벌어진 일이 많았다. 나는 리카엘의 말에 고개를 끄덕였다.

달리아의 죽음과 클로디온, 벨르하트의 능력과 그가 가지고 온 오로라 왕국의 소식들 그리고 갈라져 움직여야 하는 상황까지. 잠시간 오간 이야기들의 무게는 결코 가볍지 않았다.

"그런……."

모든 이야기를 전해 들은 아르덴이 침음을 삼켰다. 복잡한 시선이 나에게로 향했다. 내가 아르덴을 걱정하는 만큼 그 또한 내 안위를 최우선으로 했다. 동생이 사지로 걸어가겠다는데 반가워할 이가 어디 있을까.

"리아."

아르덴이 내 어깨를 잡았다. 분명 말리려는 것이겠지. 내가 그의 팔을 잡아 내리며 거절을 준비할 때였다.

"나도 같이 가자."

"뭐?"

당황한 나머지 반문하고 말았다. 이런 나에 비해 아르덴은 한없이 평온했다.

"나무들은 많은 것을 듣고, 또 보고 있지. 나는 그들과 이야기를 나눌 수 있으니 도움이 될 거야."

나무 그늘 아래 숨어 음습한 일을 모의하는 자들은 숲의 안쪽으로 모여든다. 나무들이 듣고 있다는 생각은 전혀 하지 못한 채로 말이다.

"하지만."

아르덴이 함께 가 준다면 반란군의 속내를 알아차릴 수 있을지도 모른다. 그러나 그는 막 깨어난 환자였다. 당장 내일 출발해야 하는 마당에 몸에 무리가 갈 수도 있었다.

"수로를 제외한 곳은 모두 숲이니 괜찮아."

숲은 아르덴의 안식처였다. 어떻게든 그에게 힘을 전하기 위해 안달일 것이다.

따스한 손이 걱정스러운 시선을 덮었다.

"동생이 그 위험한 곳까지 가는 마당에 오빠로서 가만히 있을 수 없지."

제법 힘이 실린 목소리에 웃음이 났다. 작게 웃으니 누군가가 뒤에서 나를 끌어당겼다. 시야가 트이며 익숙한 향기가 코끝을 간지럽혔다.

"가는 건 목인의 선택이고. 상봉은 이쯤 하지."

어깨를 단단히 감싸 안은 카르텔이 아르덴에게 시선을 주었다. 내일 아침 길을 떠나면 또 언제 둘만의 시간을 가지게 될지 몰랐다. 카르텔은 귀찮은 눈길로 모두를 내쫓으려 하고 있었다.

"……카르텔."

"하하. 그래요. 그럼 나도 가는 것으로 하고. 내일 아침에 보자. 리아."

잠시 멍한 표정을 짓던 아르덴이 웃음을 터트렸다.

"재수 없는 놈. 리아. 먼저 갈게."

벨루스가 질렸다는 듯 고개를 푸르르 털고는 나무 문 밖으로 나가 버렸다. 문 아래로 벨루스의 그림자가 아른아른 비쳤다. 아르덴을 기다리고 있는 것이다.

"그럼, 나도. 리아. 내일 봐."

아르덴도 벨루스의 그림자를 보았는지 눈을 휘고는 밖으로 걸음을 재촉했다. 뒤이어 리카엘까지 나가 버리니 나무집 안에는 나와 카르텔만이 남게 되었다.

* * *

모두가 물러간 밤은 온전히 나와 그의 차지였다. 짐승이 할퀴고 지나간 밤의 자리는 지워지지 않을 것처럼 내 안에 남았다. 그렇게 어슴푸레한 새벽이 밝았다.

선잠을 자고 일어난 터라 몸이 나른했다. 그런 나에 비해 카르텔은 지나치게 멀쩡해 보였다. 꼭 배부르게 포식한 짐승을 보는 것 같았다. 평소답지 않게 얄미운 마음이 솟았다. 나도 모르게 그를 흘겨보니 비뚜름한 미소만이 되돌아왔다.

"왕국에 가겠다고는 했지만 출발이 너무 이른걸. 아쉽게 말이야."

방금 전만 해도 포만감이 가득해 보였던 카르텔은 먹음직스러운 사냥감을 앞둔 것처럼 굴었다. 그런 남자에게 무얼 더 말하겠는가.

나는 천천히 몸을 일으켜 침대에서 빠져나왔다. 카르텔이 비틀거리는 몸을 붙잡아 주었다. 커다란 손이 뭉친 몸 여기저기를 주물렀다. 샤워 룸을 코앞에 두고서도 어깨를 뭉근하게 쓸어내리는 손길은 떠날 생각을 하지 않았다.

"씻고 준비할 시간이야."

"알아. 같이 씻어."

목덜미에 코끝이 비벼진다.

샤워 룸의 차가운 공기가 우리를 맞이했다. 나무 손잡이를 위에서 아래로 내리니 천장에서 따뜻한 물이 쏟아져 나왔다. 뒤에서 나를 끌어안은 카르텔이 더운 물줄기 속으로 나를 데려갔다.

나는 카르텔의 품 안에서 쏟아지는 물줄기를 맞았다. 피부를 달굴 온도의 물은 몸을 나른하게 풀어 주었다. 뭉친 몸과 긴장이 천천히 씻기며 머릿속이 맑아졌다.

'생각보다 더, 쉽지 않은 여행이 될 것 같아.'

황제의 눈을 돌리는 일, 그리고 오로라 왕국의 반란군을 설득시키는 과정, 어느 하나 쉬운 것이 없었다. 더군다나 기민해진 감각이 말하고 있었다. 내 시야에 닿은 사건들보다 더한 악몽이 나를 기다리고 있을 것이라고.

"카르텔."

눈을 감고 기댄 품은 내 몸을 온전히 받쳐 주었다. 나는 나를 아늑하게 받아 주는 남자의 목을 끌어안으며 속삭였다.

"……모든 일이 끝나면."

더 이상 황제의 눈을 피해 다니지 않아도 될 때, 이종족들이 자유로이 오가는 세상이 오면.

"상을 줄게."

책의 내용을 모두 바꾸고, 그 끝으로 또 다른 시작을 이루는 날이 오면 나와 카르텔, 그리고 모든 이들이 각자의 행복을 찾을 수 있을 것이다.

"좋아."

벽에 부딪힌 목소리가 울리며 내 귓가를 적셨다. 뜨거운 수증기가 피어올라 우리 두 사람의 몸을 감쌌다. 시야가 흐렸지만 그의 눈동자만큼은 이렇게나 선명했다.

"네가 바라는 게 무엇이든, 내가 이루어 줄게."

형형한 금안이 맹세의 말을 뱉었다. 나는 모든 일을 참아 내고 넘기며, 두렵지 않았던 게 아니었다. 끝까지 홀로 이루어야 할 것들이라 생각했었다. 그러나 지금은 모두가 내 곁에 있다. 나는 가장 의지하는 나의 반쪽에게 몸을 기대었다.


"조심해야 해요. 리카엘 오라버니. 벨루스."

동이 트기 직전의 시각. 나와 카르텔, 그리고 아르덴은 리카엘과 벨루스를 배웅했다. 우리와 반대 방향으로 가야 하기에 출발선부터 다른 길을 택해야 했다.

"맡겨 둬."

"물론. 이놈은 내가 돌보지."

"뭐라는 거야?"

리카엘과 벨루스는 출발 직전부터 아웅다웅했다. 리카엘의 입꼬리가 묘하게 올라간 것이 눈에 보였다. 막냇동생을 대하는 리카엘의 태도가 아주 조금 말랑해져 있었다. 물론, 길길이 날뛰는 벨루스의 눈엔 보일 리 없는 것이었다.

"리아는 왜 이렇게 재수 없는 놈들만 곁에 두는 거야?"

"너처럼 철없는 놈보다는 나을 거다."

한참이나 입씨름하던 둘은 말 위에 올라탔다. 나는 말이 만들어 내는 흙먼지가 인형을 가릴 때까지 한참이고 내 가족들을 눈에 담았다.

"그럼, 우리도 움직일까?"

아르덴도 나와 마찬가지였다. 두 사람이 모두 사라진 것을 확인한 그가 빙그레 미소 지었다. 하얗다 못해 유난히 창백한 피부였다. 아직도 아르덴을 데리고 가도 될지 확신이 서지 않았다.

"……응. 그러자."

하지만 본인의 의지가 워낙 강경했다. 또다시 홀로 남겨 두는 것보다 함께 가는 게 지켜 줄 수도 있겠지. 나는 그렇게 생각하며 고개를 끄덕였다.

"그런데 우리가 탈 말은?"

"아, 말은 필요 없어."

핀타 강은 자칫 바다라고 착각할 정도의 규모로, 그것을 중심으로 여러 가닥의 강들이 연결되어 있었다. 마침 낙원의 근처에도 작은 강이 하나 있다. 그곳을 통해 간다면 시간을 더 단축할 수 있었다.

"따로 방법이 있는 거야?"

아르덴이 고개를 기울이며 물었다. 나는 그 말에 웃음으로 답했다.

잠깐 걷는 것만으로도 강의 줄기에 닿았다. 폭은 작았지만 장정이 들어가 바닥을 디디면 머리가 보이지 않을 정도로 깊었다. 나는 바닥이 보이지 않는 강을 바라보다 입술을 달싹였다.

"아실리드."

[리아.]

부름 끝에 내 곁으로 은은한 물보라가 피어났다. 바다를 닮은 물결은 곧이어 상체는 사람, 아래는 물고기의 형상으로 자리 잡았다.

"……인어?"

하나의 생명이 된 물결을 보며 아르덴은 멍하니 중얼거렸다.

[안녕. 나무의 아이.]

"나와 계약했어. 물길을 통해 오로라 왕국까지 우리를 데려다줄 거야."

아르덴에게 자세한 내막을 이야기해 줄 생각은 없었기에 본론만 전했다. 어안이 벙벙한 것으로 보아 그도 인어를 보는 건 처음인지 인사를 받아 줄 생각도 못 한다.

[나무와 꽃은 물과 상성이 좋지. 마수는…… 어떨지 모르겠지만.]

"잔말이 많군."

아실리드와 카르텔 사이로 미묘한 공기가 감돌았다. 안면이 있는 사이였지만 둘의 사이는 빈말로라도 좋다고 표현할 수 없었다.

"부탁할게."

나는 둘 사이에 끼어들어 흐름을 갈라놓았다. 아실리드는 흐음, 가벼운 비음을 내뱉더니 허공에 손가락을 튕겼다. 동시에 내 몸에서 마력이 빠져나갔다.

흐름을 따라 움직이던 강줄기가 아실리드의 힘에 의해 공중으로 날아올랐다. 춤추듯 나부끼던 강물은 나와 카르텔, 아실리드의 몸을 감싸 강 안으로 끌어 들였다.

나는 본능적으로 눈을 감았다. 뺨 위로 차가운 감각이 느껴졌다. 다리가 평소보다 느리게 움직여 발끝을 세우니 바닥에 발이 닿지 않는다는 걸 알 수 있었다.

천천히 눈을 뜨니 보이는 건 푸른 물결. 그 아래에서 헤엄치던 물고기들이 우리 곁을 빙 돌아 빠르게 달아났다. 분명 물속인데도 눈을 뜨거나 숨을 쉬는데 아무런 불편함이 없었다.

손으로 얼굴 위를 더듬어 보니 얇은 막이 눌러졌다가 다시 볼록하게 튀어 올랐다. 공기 방울 같은 것이 머리를 감싸고 있었다.

"이건."

아르덴의 음성이었지만 뭔가 다르게 들렸다. 평소엔 소리로 들었다면, 지금은 파동을 타고 피부로 전해지는 것 같았다.

[물길 아래로 움직일 거야. 힘을 빼. 강물이 몸을 밀어줄 테니까.]

어색한 움직임 속에서 아실리드만이 자유로웠다. 하체의 지느러미를 부드럽게 살랑인 그는 손짓을 통해 물길을 앞으로 밀어냈다.

아실리드의 말대로 힘을 빼니 몸이 저절로 앞을 향해 나아갔다. 느릿하던 움직임은 점차 속도를 얻었다. 강물을 유영하는 생물이 된 것만 같았다.

아실리드는 본능적으로 바다의 냄새를 맡았다. 그에게 맡긴다면 아무런 방해 없이 오로라 왕국에 도착할 수 있을 것이다.

'막아낼 거야.'

나는 물결의 흐름에 몸을 맡기며 중얼거렸다.

* * *

"비천한 것들이 어딜 감히!"

신학파의 수뇌부들이 모두 모인 자리 중앙에는 황제가 있었다. 주름진 얼굴이 분노로 발갛게 물들어 있었다. 핏발 선 눈을 본 신하들이 앞다투어 목소리를 높였다.

"당장 군대를 보내야 합니다, 폐하!"

신의 날의 모욕도 채 씻지 못한 황실이다. 그날의 사건 이후 신민들의 불안은 점점 더 높아지고 있었다. 그런 마당에 속국인 오로라 왕국이 점령당하다니. 그것도 인간이 아닌 이종족들의 소행이었다.

"내 가만있지 않으리라."

산트쿠스가 분노로 몸을 떨었다. 신하들은 그런 황제의 비위를 맞

추기 위해 애를 썼다. 극도로 예민해진 황제의 신경줄이 어디로 튈지
몰랐기 때문이다.

"폐하, 고정하시옵소서."

푸른 머리칼의 남자가 황제를 만류했다. 산트쿠스를 재촉하는 신하
들과는 엄연히 다른 태도였다.

"루크 백작."

노기로 일렁이는 눈길이 남자에게 향했다. 그는 황제의 눈길을 받
고도 덤덤한 표정을 유지했다.

저자가 또. 얼음처럼 차갑게 굳은 공기에 신하들이 바짝 긴장했다.

루크 백작, 성과 이름을 하나로 쓰는 남자는 몇 안 되는 평민 출신
귀족 중 하나였으며, 물려받은 혈통 없이 신학 회의에 참석하는 유일
한 남자였다.

평민 병사의 몸으로 참전한 전쟁에서 적진의 식량 노선을 알아내
어 공을 세웠고, 기사 직위를 인정받은 후 두 번째 전쟁에서 적장의
목을 베었다.

기사부터 백작까지 전쟁 공으로 단계를 밟아 온 남자, 그의 또 다
른 칭호는 레오플론의 푸른 맹수였다.

혈통을 중시하는 제국에서 그의 대성은 유명했다. 루크 백작의 태생
이 준귀족만 되었어도 지금쯤 공작으로 불렸을 거란 후문도 많았다.

"기껏해야 개들의 짖음일 뿐입니다. 그런 개들에게 밀려 꼬리를 말
고 도망친 이에게 벌을 주면 그만이지요."

루크 백작의 덤덤한 목소리에 장내가 술렁였다.

오로라 왕국의 보호를 명령받은 이는 같은 무신 계열의 귀족, 레블
리톤 백작이다. 본래 회의에 참가할 자격이 되지 않았으나 사건의 책
임자로서 장내에 소환되어 있었다.

"갑작스러운 침입인 것을 어찌 나를 보고……!"

레블리톤 백작이 붉어진 얼굴로 언성을 높였다.

황제의 고개가 그에게 돌아갔다. 핏발이 선 눈동자가 레블리톤 백작을 갈기갈기 찢어 놓을 듯 살기등등했다.

"그래. 오로라 왕국의 보안 책임자가 자네였지."

"폐, 폐하."

레블리톤 백작은 현 황후의 친정과 사촌 지간이었다. 그동안 사촌 관계를 빌미로 단물을 잘도 빨아 먹은 자다.

속국에서 제국의 귀족은 왕이나 다름없다. 그 권력을 달게도 즐겨 놓고서는 제 목숨이 어떻게 될까 제대로 맞서지도 않고 꽁지가 빠지게 황성으로 도망 온 작자이기도 했다.

"저놈을 평민으로 강등하고 모든 재산을 몰수하도록."

"폐하!"

왕국이 점령당했다는 사실에 진노해 등잔 밑을 보지 못했던 황제가 명을 내렸다. 순식간에 백작에서 평민이 된 남자가 기사들 손에 의해 회의장 밖으로 끌려 나갔다.

"그래. 쓰레기는 정리가 되었고. 루크 백작. 그만한 방책이 있어 발언한 것이겠지."

쓸모없는 쥐를 정리한 황제가 루크 백작에게 시선을 주었다. 작은 실언이라도 했다가는 방금 전 평민으로 전락한 남자처럼 밖으로 내쳐질 것 같은 분위기였다.

"그저 폐하의 건강이 상하실까 염려되었을 뿐입니다. 레오플론의 황제는 고귀한 신의 핏줄. 개들의 일에 언성을 높이실 이유가 없지요."

심지가 서 있던 황제의 눈가가 미묘하게 누그러졌다. 그것을 눈치 챈 루크 백작이 말을 이었다.

"본디 작고 약한 개가 목청을 높여 짖는 법입니다. 개의 짖음은 같은 개가 처리해야 마땅하지요. 그러니 폐하의 개인 저를 믿고 맡겨 주시길 간청 드립니다.”

소리 없는 혼란이 장내에 일었다. 오직 자신의 힘으로 이 자리까지 올라온 남자는 스스로를 개라 칭하는 데 아무렇지 않아 했다.

“흐음.”

황제는 침음을 흘리며 제 턱을 문질렀다.

루크 백작을 신학회에 들이도록 허락한 것은 황제 본인이었다. 자신이 평민 출신이라는 사실을 잊지 않고 머리를 숙이는 데 스스럼없는 자세가 그의 마음에 들어찬 것이다.

“좋다. 내 자네에게 권한을 주도록 하지.”

“황공합니다. 폐하.”

본토가 점령당한 것도 아니고, 신민이 있는 것도 아닌 곳에서 속국의 평민을 보호할 의무는 없다. 어차피 군대가 출두하면 진압될 상황. 개들의 짖음에 더 큰 개를 보내 마무리 짓는 것도 나쁘지 않을 것이라는 데 결론이 났다.

“너무 서두르지 않아도 좋을 것 같습니다. 그들의 오만이 정점을 찍을 때 고통스레 숨통을 끊어 놓는 것도 나쁘지 않지요.”

루크 백작은 무표정한 얼굴로 살육을 이야기했다. 이 또한 황제가 마음에 들어 하는 점이었다.

황제는 그 무감한 얼굴을 두고 잠시 고민했다. 그가 신경을 쓰는 건 신민들의 반응과 타국의 눈이었다. 어차피 이종족들의 목은 꺾인다. 서둘러 치느냐, 아니면 시간의 여유를 두느냐의 고민일 뿐이다.

“좋네. 시간을 주도록 하지. 이 주면 충분하겠지.”

전자를 택하려던 황제는 루크 백작의 말에 노선을 바꾸었다. 어차피 이종족들의 목은 꺾일 것이니 꽁지에 불붙은 망아지처럼 움직이지 않아도 된다. 느긋한 움직임을 보여 주는 것도 좋을 것이란 결론이 나왔다.

"회의는 종결되었네. 모두 돌아가 보아도 좋아."

황제의 허락에 모두가 자리에서 일어나 예를 갖추었다. 혹여나 자신에게 불똥이 튈까, 귀족들은 절도 있는 인사와 달리 앞다투어 회의장을 빠져나갔다. 남은 것은 황제와 그의 시종뿐이었다.

"황태자를 불러와라."

"예. 폐하."

머리를 조아린 시종이 뒷걸음질 치며 작은 뒷문으로 빠져나갔다. 얼마 지나지 않아 귀족들이 나갔던 앞문이 열렸다. 황태자 레이븐이 회의장 안으로 들어왔다. 대기라도 하고 있었다는 듯 빠른 등장이었다.

"부르심을 받고 왔습니다."

황제와 레이븐 사이에 보이지 않는 막이 생겼다. 신분을 떠나서도 부자 사이라는 게 믿기지 않을 정도의 싸늘함이었다.

"찾았나?"

"……송구합니다."

주어 없는 물음에 레이븐이 고개를 숙였다.

황제의 얼굴이 붉게 달아올랐다. 그는 테이블을 더듬어 손에 잡히는 것을 던졌다.

쨍그랑-!

"윽……!"

유리가 깨지는 소리와 함께 레이븐이 한쪽 눈 위를 짚었다. 작은 유리 조각상은 그의 피부를 찢어 놓고 바닥으로 추락해 산산이 부서졌다. 황제의 시종은 그것을 못 본 척 눈을 바닥에 두었다.

"전국에 수배령을 내리고 국경의 검문도 최대로 강화했다. 그런데 왜 찾지 못하느냔 말이야!"

회의 때와는 비교도 안 되는 고함이 천장을 때렸다. 작은 조각상으로는 모자랐는지 친히 자리에서 일어난 황제가 레이븐 앞에 섰다.

"컥……!"

두터운 손이 레이븐의 목을 감쌌다. 황제는 벽을 지지대 삼아 레이븐을 들어 올렸다. 커억, 숨넘어가는 소리가 적막한 회의장 내부를 울렸다.

귀족, 군사, 뒷골목의 길드. 황제는 갖은 방면으로 베논가의 일당을 쫓고 있었다. 하지만 지금까지 들어온 보고는 모두 허위일 뿐. 그들에 대한 흔적은 조금도 찾을 수가 없었다.

"송, 구……합니다. 폐하."

레이븐은 그 말만을 앵무새처럼 반복했다. 황제는 아무런 반항도 하지 않는 레이븐에게 흥미가 떨어졌는지, 그를 짐짝처럼 내던져 버렸다.

황제가 레이븐을 탓한 이유는 순전히 화풀이였다. 레이븐은 어렸을 때부터 그의 화를 녹이기 위한 대상으로 이용되어 왔다. 구석으로 던져진 몸도 이에 익숙해졌다. 레이븐은 벽을 짚고 일어서 자세를 바로 했다.

"반드시 그놈들을 잡아야만 한다. 너도 대책을 강구하도록 해."

"알겠습니다. 폐하."

황제는 레이븐이 미덥지 않은지 혀를 찼다. 수십 번도 더 했던 말이었지만 몇 번을 당부해도 부족했다.

그는 눈앞에 서 있는 레이븐을 보며 다른 이를 떠올렸다.

'그놈을 잡아들여야 탄로 나지 않아. 아니, 아예 죽여서 흔적도 남지 않게 태워 버려야 해.'

황실의 상징인 검은 머리칼, 금수처럼 번뜩이는 금색 눈. 분명 짐승의 형상이었던 그것은 인간이 되어 두 발로 제국을 활보하고 있었다.

'애초에 우환을 제거했어야 했어.'

황제는 황실의 수치를 살려 둔 것을 뼈저리게 후회했다. 그것을 베논가에 넘긴 것은 더더욱.

"이만 나가 보거라. 다음번에 불러들였을 때 아무런 수확이 없다면 어디 하나 부러질 각오를 해야 할 것이다."

"……알겠습니다."

황제가 일방적으로 축객했다. 레이븐은 이번에도 그의 명을 순순히 따랐다. 숙인 고개 틈으로 핏발 선 눈동자가 황제에게 향했지만, 황제는 보지 못했다.

홀로 남은 회의장 안, 황제 또한 채비를 위해 몸을 일으켰다. 직속 시종이 뒤를 따랐다. 이윽고 복도에는 그를 따르는 시종의 줄이 꼬리처럼 길게 이어졌다.

자신을 위해, 그리고 황실의 존속을 위해서라면 황제는 무엇이든 할 수 있었다.

속국을 점령한 이종족들, 그리고 베논가의 일당들을 반드시 소탕하리라. 그렇게 다짐한 황제는 걸음을 내디뎠다.


'좋은 욕망이야.'

복도를 걸음 하는 황제의 뒤, 천장을 받치는 기둥의 그림자 안으로 일렁이는 인형이 보였다. 긴 금발이 어렴풋이 보인 것도 같았다.

'천 번째 욕망.'

그가 간절히 기다려왔던 때가 코앞으로 다가오고 있었다.


\* \* \*


물결을 가르는 동안에는 배가 고프지도, 잠이 오지도 않았다. 그의 원천인 물속이기 때문일까. 마력은 빠져나갔지만 스스로 회복할 수 있을 정도였다.

그렇게 얼마나 이동했을까. 아가리를 벌린 듯 커다란 구멍이 우리를 맞이했다. 겉엔 굵은 쇠창살이 쳐져 있었다. 아실리드가 창살을 밀어 버리자 그것은 부드러운 식빵처럼 일그러졌다.

[여기야.]

오로라 왕국으로 통하는 수로였다. 지하수로는 미로처럼 어지러웠다. 아실리드는 바다의 물결이 흐르는 쪽으로 움직였다. 그의 안내가 아니었다면 분명 길을 잃고 말았을 것이다.

"여기가……."

수로에서 빠져나오니 드러난 곳은 인근의 숲속. 숲의 끝이 되는 절벽 아래에는 푸르른 바다가 드넓게 펼쳐져 있었다.

파도가 메아리치는 소리가 들렸다. 찬란한 물빛 장막이 태양의 빛을 반사하며 천연한 색을 만들어 냈다.

[아름답지.]

나는 아실리드의 말에 멍하니 고개를 끄덕였다. 내가 이 세계에서 바다를 본 적이 있었던가? 아니, 없었다. 바다에 대한 기억은 원래 세계의 것. 이제는 나의 세계가 된 육지의 끝자락. 나는 처음으로 만난 바다에서 눈을 떼지 못했다.

[저 수평선 가까이에 내 고향이 있어. 오랫동안 가 보지 못했지만…….]

오래된 그림을 그리듯 느릿한 목소리였다. 바다와 하늘의 경계선을 한참이고 바라보던 아실리드의 시선이 나에게로 향했다. 그는 내 머리카락을 감싸 쥐고는 그 위에 입을 맞추었다.

[네가 그들을 바꿀 수 있을까.]

에메랄드빛 눈동자가 미미하게 떨렸다. 그의 눈에는 의문이 담겨 있었다. 그러나 그것도 잠시였다.

[부탁할게. 나의 꽃. 그녀의 흔적.]

무엇을 부탁한다는 걸까. 아실리드 자신? 아니면 그의 동족? 그는 나로 하여금 많은 의문이 들게 한다. 정말이지, 인어는 마주하면 할수록 이해하기 어려운 생물이었다.

내 뺨을 어루만지려는 것인지. 물기 어린 손이 나를 향해 뻗어 왔다. 그러나 그것은 나에게 닿지 못했다.

"네가 가진 기억을 리아에게 대입하지 마."

내 앞을 막아선 카르텔은 날카로운 목소리로 일침을 가했다. 부득이를 가는 소리가 연이어 들렸다. 그는 나 하나만을 보며 참고 있었다. 하지만 얼마 지나지 않아 폭발할 것 같은 낌새였다.

[……그럴지도.]

나에게 향하던 손이 뒤로 물러났다. 아실리드는 작은 목소리로 중얼거렸다. 그의 형태를 유지하기 위해 빠져나가던 마력이 내게로 천천히 돌아오고 있었다.

[모든 것은 연결되어 있어.]

그 한마디를 남긴 인어는 물보라가 되어 빛의 잔해처럼 산산이 부서졌다.

해가 반쯤 가라앉은 바다는 은근한 붉은빛을 띠었다. 나는 카르텔의 등에 이마를 기대며 아실리드의 말을 곱씹었다. 나도, 그리고 모두의 운명도 복잡하게 얽혀 한 곳을 향해 뻗어 가고 있었다.

앞은 바다, 뒤는 숲.

숲속을 넘어가면 오로라 왕국의 성이 보일 것이다.

"가 보자."

아르덴이 내 어깨에 손을 올렸다. 나는 천천히 고개를 끄덕이며 등을 돌렸다. 저 먼 곳, 높게 솟은 첨탑의 끄트머리가 보였다.

언제 햇볕이 내리쬐었냐는 듯 나무가 만들어 낸 그림자가 숲 내부를 어둡게 물들였다.

정리되지 않아 마구잡이로 뻗은 잎사귀들이 발목에 엉겨 붙었다. 잎끝이 제법 날카로워 조심히 발을 뻗는 찰나, 뒤에서 뻗어 온 팔이 내 허리를 감싸 왔다.

"잠깐. 안 들어 줘도."

"가만히 있어."

카르텔이 단숨에 나를 안아 들었다. 그의 가슴을 밀어내던 나는 단호히 자르는 말에 내려가려던 것을 포기하고 말았다. 단단한 품은 마차보다 아늑하고 편안한 느낌이었다. 이래도 되는 걸까 싶었지만, 아까 아실리드의 일로 삐뚤어진 마음을 풀어 주려면 이 방법뿐인 것 같았다. 나는 잠자코 그의 목에 팔을 감았다.

안긴 채로도 예민하게 감각을 세웠지만 우리 외 다른 인기척은 느껴지지 않았다.

이곳은 성의 뒤편. 뒷문으로 연결된 성을 지나면 왕국의 수도가, 더 나아가면 작은 마을들이 나올 것이다. 반란군은 앞쪽을 신경 쓰느라 절벽 근처의 숲은 버려둔 것 같았다. 우리에겐 잘된 일이었다.

"잠깐만."

아르덴의 목소리가 적막을 깨뜨렸다. 걸음을 멈춘 그는 오크 나무 위에 손을 얹고 눈을 감았다. 그는 아까부터 나무들의 속삭임을 듣고 있었을 것이다. 저 행위는 정신을 집중해 그들과의 교감을 더욱 높이기 위함이었다.

"……코르칸?"

잠자코 아르덴을 기다리던 나는 뜻밖의 이름에 눈을 깜빡였다. 코르칸, 그자는 낙원의 장로였던 부엉이 이종족이었다. 왜 그자의 이름이 이곳에서 나오는 것일까. 눈썹을 찌푸리던 아르덴이 나무 위에서 천천히 손을 떼었다.

"아르덴 오빠. 코르칸이라니. 무슨 일이야?"

"……그자가, 이곳에 있어."

코르칸은 낙원 안의 동굴 속에 갇혀 있어야만 했다. 그런 자가 어떻게 이곳까지 와 있단 말인가.

"탈출했군."

나는 카르텔의 목소리에 고개를 들었다. 그 순간 코르칸에 대한 기억이 머릿속을 빠르게 스치고 지나갔다.

그는 부엉이 일족의 고귀한 피로써 예지력을 타고났다. 앞날을 볼 수 있었으니 달리아가 올 것을 미리 알고 탈출 계획을 세운 것이 틀림없었다.

"그렇다 해도 단시간 안에 군대를 모으는 건 불가능해."

그가 탈출하여 오로라 왕국에 도착했다고 해도 겨우 몇 달 만에 왕국을 점령할 반란군을 모으는 건 불가능하다.

'반란을 기획한 자는 따로 있어.'

코르칸은 그자를 부추겨 도화선에 불을 붙였을 것이다.

"그가 있는 한 대화 자체를 거부할 거야."

반란군에 대장이 있다면 코르칸은 그의 책사 역할을 하고 있을 터. 정면으로 대화를 잇기는 불가능했다.

'우리가 올 걸 알고 있을까?'

벨르하트가 별의 움직임으로 가까운 앞날을 읽어 낼 수 있다면, 코르칸은 예지 능력을 통해 먼 미래를 예측할 수 있었다. 그러므로 코르칸이 우리의 행동반경을 예측하고 있느냐가 관건이었다.

그의 예지가 얼마나 맞아떨어지는지 알 수 없었다. 거기다 나는 그의 능력을 크게 비튼 적이 있었으니, 더욱 예측하기 어려울 것이다.

"……몰래 잠입해서 반란군의 대장과 독대하는 편이 낫겠어요."

아르덴도 내 말에 동의하는 듯 고개를 끄덕였다. 코르칸이 없을 때 그와 만나 이야기를 나누어야 했다.

"대장이 누구인지 알아내는 게 문제네."

나무들에게 수소문해 보았지만 우두머리로 보이는 자의 이야기는 들을 수 없었다. 아마도 그는 뒤편 깊숙한 곳까지 나다닌 적이 없는 듯했다.

'벨루스가 있었으면 좋았을 텐데.'

대장이 누군지 알아내기 위해서는 성에 잠입해야만 한다. 벨루스도 중한 임무를 수행하고 있었지만, 이럴 때면 그의 부재가 한없이 아쉬웠다.

"흐음."

가벼운 비음이 뒷덜미에 닿았다. 카르텔이었다. 그는 내가 무슨 생각을 하는지 훤히 알고 있다는 표정이었다.

"아!"

순식간에 일어난 검은 불길이 나를 덮쳤다. 놀라 비명을 지른 것과는 달리 불꽃은 뜨겁지도, 나에게 해를 입히지도 않았다.

"너무 늑대 새끼만 찾지 마."

막 역할을 하는 불길 덕분에 그의 목소리가 동굴 속같이 웅웅 울렸다. 나를 끌어당긴 카르텔은 나무 그림자 속으로 몸을 숨겼다. 검은 불꽃이 일렁이는 틈으로 바깥이 보였다.

"……안 보여."

아르덴의 목소리였다. 불꽃 바깥에 서 있던 그는 당황한 채 그림자 속으로 손을 밀어 넣었다.

"나 여기 있어."

나는 불안해하는 아르덴을 위해 손을 잡아 주었다. 온기가 닿자마자 그의 표정이 눈에 띄게 밝아졌다.

카르텔은 검은 불꽃을 그림자처럼 사용했다. 그가 다루는 불꽃은 어둠보다 짙고 순수하리만치 검어 몸을 숨기기에 안성맞춤이었다.

"밤이 되길 기다려. 절벽 길을 돌아서 성문 앞에 가면 누가 우두머리인지 알 수 있겠지."

카르텔이 나긋하게 속삭였다. 아르덴과 맞잡았던 손이 검은 불꽃의 장막으로 빨려 들어갔다. 안으로 들어가면 바깥에서는 나와 카르텔을 볼 수 없었다.

마주 보는 시선이 농익어 갔다. 옆으로 기울어진 얼굴이 점점 더 가까이 다가왔다. 아르덴에게 보이지 않는다는 사실을 알면서도 마른 침이 넘어갔다.

"읏."

결국 겹쳐진 입술은 신음의 자국만을 남기고 먹어 치워졌다. 깨물린 아랫입술 사이로 들어온 것은 치열을 훑고 깊은 안까지 탐하며 입천장의 가장 예민한 곳을 쓸어내렸다.

"흐……."

슬며시 눈을 떠 옆을 흘겨보니 아르덴이 보였다. 그는 다시 한번 손을 넣어 볼까 고민하는 것 같았다. 혹시나 이런 모습을 들켰다간, 정신이 아찔했다. 가슴팍을 밀어내려 할수록 억센 손아귀가 내 머리와 어깨를 쥐고 놓아주지 않았다.

"하아, 하."

짧은 시간이었지만 길고도 아득하게 느껴진다. 몇 번이고 삼켜진 혀뿌리가 얼얼했다. 카르텔을 쏘아보자 나른한 눈빛만이 내게 돌아왔다.

"여기서 잡아먹히고 싶으면 말해."

허기진 포식자는 더 큰 상을 바라고 있었다. 칭찬받을 만한 행동에 대해 보상을 조르는 것이다.

짧은 한숨이 터져 나왔다. 아아. 정말이지. 이 맹수는 이런 식으로밖에 조련할 수가 없는 생물이었다. 나는 턱을 치켜올리며 명령을 내렸다.

"입 벌려."

검은 장막 속, 불꽃의 극점처럼 뜨겁고 짙은 키스는 긴 여운을 남겼다. 그곳을 빠져나왔을 때도 끓어오른 온도는 쉬이 내려가질 않았다.

아르덴은 빨갛게 익은 내 뺨을 보고 어디 아프냐며 걱정했다. 자연처럼 순수한 마음을 가진 그로서는 불꽃 안에서 어떤 일이 일어났는지 알 길이 없을 것이다.

"해가 지고 있어."

수평선 너머로 내려앉은 태양이 푸르렀던 바다를 다홍빛으로 달구었다. 끝없이 펼쳐진 새파란 바다도 장관이었지만 해의 시각에 따라 달라지는 색깔을 보고 있는 것도 나쁘지 않았다.

그 풍경을 가만히 바라보던 나는 눈을 깜빡였다. 잔잔하던 수면에 작은 물결이 튀었다. 몇 차례 둥근 선을 그려 내던 중심으로 작은 구체가 솟아올랐다. 이내 바위 위로 사람이 올라왔지만 하체는 다리가 아니다.

'인어?'

여인으로 보이는 인어가 바위 위에 앉아 긴 머리칼을 정돈하고 있었다. 그녀의 옆으로 몇 개의 머리가 더 튀어나왔다. 신화에나 나올 법한 장면이었다.

인어는 사람을 홀린다지. 한참이나 시선을 떼지 못하던 나는 뒤에서 끌어안는 팔에 정신을 차렸다.

"뒤쪽으로 와."

그가 낮게 속삭였다. 나는 카르텔의 품에 안겨 수풀 쪽으로 몸을 숨겼다. 마찬가지로 바다가 보이는 위치였지만 아래에서는 우리를 보지 못하는 곳이었다.

저 먼 곳에서도 기척을 느낀 것일까. 인어들의 시선이 절벽 위로 향했다. 조금 더 그대로 있었다간 들키고 말았을 것이다. 나는 가는 한숨을 내쉬고는 벨르하트가 전한 정보를 떠올렸다.

'육지의 이종족을 돕고 있다고 했었지.'

대륙에서 무슨 일이 일어나든 아무런 관심을 주지 않던 일족이었다. 그런 이들이 왜 반란군을 돕고 있는 걸까. 해가 완전히 저무는 동안에도 뚜렷한 접점은 떠오르지 않았다.

'시간이야.'

밤에 잠긴 시각. 해를 쬐러 나왔던 인어들도 바닷속으로 들어가 버렸다. 어둠을 품은 바다는 모든 것을 집어삼킬 듯 거칠게 일렁였다. 이제는 아무것도 보이지 않게 되어 버린 풍경 위, 가는 손톱달만이 잔잔한 빛을 내었다. 손목에 걸어 두었던 월석이 달에 반응해 일렁였다. 나는 새카만 밤을 뒤로하고 카르텔의 목을 끌어안았다.

"가자."

익숙하게 나를 안아 든 카르텔의 뒤를 아르덴이 따라서 움직였다. 늘 유약하게만 보이는 아르덴도 아버지의 명을 수행하기 위해 어릴 적부터 특수한 교육을 받았다. 그는 카르텔이 디딘 자리를 밟으며 뒤처지지 않고 곧잘 따라왔다.

"이쯤이 좋겠어."

카르텔이 절벽 길을 박차고 단단한 나뭇가지 위에 안착했다. 나무에서 나무로 몇 차례 옮겨 다니던 그는 성문이 잘 보이는 곳에 자리를 잡았다.

곧이어 아르덴이 도착했다. 그를 흘기던 카르텔은 손짓으로 검은 불꽃을 일으켰다. 살아 있는 것처럼 일렁이던 불꽃은 우리를 빛으로부터 숨겨 주었다.

오로라 왕국의 성은 제국의 황성과 비교도 하지 못할 정도로 작았다. 제법 부유한 귀족의 영지와 비슷해 보이는 규모다. 그것과 다른 점이 있다면 주변을 철통같이 수비하는 이들이었다. 그것도 인간이 아닌 이종족들이다.

늘대 수인, 개 수인, 고양이 수인. 비교적 흔하게 볼 수 있는 이들 중 단연 많은 숫자를 자랑하는 건 사자 수인이었다.

횃불 아래에서 그들의 금발이 반짝거렸다. 사자 수인 중에는 머리는 사자, 몸은 인간인 이들이 압도적으로 많았다. 나는 눈살을 찌푸리고 말았다.

'마도학의 작품.'

사자 일족은 반인반수로 태어나지 않는다. 체내에 사자의 피가 흐르고 있을 뿐, 종의 공통점인 금발이 아니라면 인간과 똑같은 외형이다.

저런 반인반수의 모습으로 태어나게 된 책임은 전적으로 인간에게 있었다. 그것도 마도학에 말이다.

사자족들은 서커스나 공연 같은 조련용으로 쓰였다. 한때 큰 인기가 있었지만, 다양한 이종족이 잡혀 올수록 그들을 찾는 손님은 크게 줄었다.

공연용으로 사자족을 대량 수입했던 쇼 단장은 처치 곤란한 입장에 빠졌다. 그들의 인기가 하늘을 찌를 적, 지나치게 높은 가격으로 수입해 왔기에 애완용이나 호위용으로 되파는 건 곤란했다. 어떻게든 이윤을 낼 방법을 강구하던 그는 특별한 방법을 떠올렸다.

지금의 사자족이 값어치가 떨어진다면 새로운 형태의 이들을 만들면 되지 않겠느냐는, 말도 안 되는 해결책이었다.

그는 마도학과 손을 잡고 사자족을 실험대 위에 세웠다. 신체의 오장육부가 개조된 이들은 계속해서 자식을 낳길 강요당했다.

'다리 하나가 없는 아이, 다리가 다섯 개 달린 아이, 온몸은 사자지만 한쪽 다리가 사람의 형태인 아이.'

많은 아이가 끔찍하기 짝이 없는 탑 안에서 죽어 나갔다. 그렇게 많은 사자족을 희생해 만든 이들이 바로 반인반수 형태의 이들이었다.

사자의 머리, 아래로는 인간의 몸. 지적 능력도 같아 의사소통에 무리가 없었다. 사람들은 새로운 형태의 사자족에게 환호했고, 실험에 투자한 쇼 단장은 어마어마한 돈을 벌어 들였다.

새로운 외형의 사자족과 순혈의 사자족이 낳은 자식은 무조건 전자의 형태로 태어났다. 그 덕분일까. 이제 순혈의 사자족은 몇 남지 않았다. 한 사람의 욕심으로 인해 종 자체가 변질되어 버린 끔찍한 사례다.

'수요가 줄어서 이제는 잘 보이지 않는 이들인데.'

제국에 있던 모든 사자족이 이곳에 모여 있는 것 같았다.

종이 망가진 것도 꽤 오래전 일이었다. 수인족을 이용한 쇼가 한 김 식어 있었기에 형태가 바뀐 사자족들은 갈 곳을 잃었다. 견족처럼 정신을 개조해 호위용으로 팔려 나가기는 했지만 그것도 드물었다. 종 자체가 줄었다고 보는 게 옳을 것이다.

"온다."

카르텔의 목소리였다. 사자족에게 한 눈이 팔렸던 나는 퍼뜩 고개를 들었다. 어둠이 깔린 반대편의 숲속, 길게 난 길을 따라 인형의 그림자가 보였다.

규칙적으로 이어지는 발걸음 소리와 병장기 부딪히는 소리가 점점 더 가까워지고 있었다.

"문을 열어라."

중후한 목소리에는 힘의 무게가 실려 있었다.

선두에 선 이의 명령에 따라 성의 도르래가 요란한 소음을 내었다. 성 앞에는 넓은 강이 지나고 있었다. 이윽고 성문이 열리며 문과 연결된 다리가 강물 위로 드리웠다.

'사자족……? 아니면.'

은색 머리칼을 지닌 남자가 숲의 그림자 속에서 빠져나왔다. 붉은 눈동자는 먹잇감을 쫓는 것처럼 섬뜩한 빛을 품고 있었다. 한쪽 눈 위를 가로지르는 검상이 특징처럼 자리한 남자가 다리를 밟자, 그 뒤로 무장한 이종족들이 긴 꼬리처럼 따라붙었다.

"고귀한 피구나."

나는 아르덴의 말에 은발의 남자를 자세히 훑었다. 단순한 이종족이라 보기에는 그 기백이 용맹한 장수 그 이상이었다. 그렇다고 사자족이라 보기에는 그들의 특징에서 벗어나 있었다.

"백사자야. 언젠가 들은 적이 있어. 맹수 중에 고귀한 피를 타고나는 이는 종의 특징에서 벗어난다고 말이야."

"……그래서."

나는 은발의 장수를 가만히 내려다보았다. 혹여 그가 마도학의 또 다른 희생양은 아닐까 했던 걱정이 지워졌다. 그러나 해결해야 할 문제는 그대로였다.

'저자가 반란군의 대표라면.'

이종족이 인간에게 대항할 이유는 넘치도록 많았다. 그중 사자족의 원한은 깊디깊은 수렁과도 같다.

내가 저자를 설득할 수 있을까. 나는 고결한 피를 지닌 남자의 등을 보며 흔들렸다. 그때였다.

"걱정하지 마."

검은 불꽃 안에 있어서일까. 카르텔의 목소리가 평소보다 더욱 낮게 느껴졌다.

"말이 안 통한다면 내가 밀어 버릴 테니까."

"무슨 소리야."

그러면 안 되는 줄 알면서도 웃음이 났다. 나는 이종족들을 설득하러 왔지 그들과 대치하러 온 게 아니었다. 순간적으로 흔들렸던 마음이 카르텔이란 지지대에 받쳐졌다. 진담 반 농담 반인 듯한 말에 긴장이 풀렸다.

"네가 해낼 수 없는 일은 아무것도 없어. 그러니 긴장 풀어."

"······알겠어."

내가 천천히 고개를 끄덕이니 옆에서 새의 지저귐 같은 웃음소리가 들렸다. 아르덴이 나와 카르텔을 보며 잔잔한 미소를 띠고 있었다.

"처음에는 불안했습니다. 당신이 내 동생의 곁에 있다는 사실이요."

그는 솔직한 심정을 토해 냈다. 나는 내가 그와 결혼하겠다고 선고한 날, 아르덴이 지었던 표정을 똑똑히 기억하고 있었다.

"그렇지만 이제는 안심이 됩니다."

"네 인정 따위는 필요 없지만."

카르텔이 싸늘하게 맞받아쳤다. 나는 그에게 무어라 말하려 했지만 관두었다. 애초에 카르텔은 나를 제외한 누구에게도 친절하지 않은 성격이었다.

아르덴은 카르텔의 차가운 반응에 개의치 않아 했다. 그럴 줄 알았다는 듯 쓴웃음이 흐릿하게 번졌다.

"움직이는구나."

아르덴의 말에 모두의 시선은 다시금 아래로 향했다. 반란군의 우두머리로 보이는 백사자가 성안으로 들어가고 있었다.

"지금 따라가야······."

"리아. 굳이 그러지 않아도 될 것 같아."

나는 아르덴의 말에 귀를 기울였다. 늘 부드러운 성미를 지닌 나의 오빠는 깊은 곳 안에 날카롭게 닦아 온 예민함을 숨기고 있었다.

"사자족은 마도학이라면 끔찍이 여기지. 성문을 자세히 봐. 그 어디에서도 마도구의 기운은 느껴지지 않아."

나는 거의 닫혀 가는 성문을 보았다. 강물 위에 선 다리가 도르래에 의해 당겨질 때도 내 신경은 성문과 벽에 쏠려 있었다. 아르덴의 말대로, 경비용으로 쓰는 마도구는 단 하나도 느껴지지 않았다.

"조금만 더 기다렸다가, 경비가 교대하는 시간이 오면 그때 네……
반려의 능력을 통해 안으로 들어가자."

카르텔을 뭐라고 불러야 할지 모르겠다는 듯, 아르덴은 그를 지칭
하는 말에 말꼬리를 늘어트렸다.

성벽에 마땅한 장치가 없다면, 그곳을 타고 올라도 경보음 따위는
울리지 않을 것이다. 결국 몸만 잘 숨기면 된다는 뜻이었다.

"좋아. 그렇게 하자."

나는 아르덴의 말에 동의하며 고개를 끄덕였다.

착각일까. 나를 끌어안고 있던 카르텔의 팔이 반려라는 단어에 반
응한 것 같았다. 하지만 이내 약간의 움직임을 잊을 정도로 꽉 끌어
안아 왔다. 나는 속으로 웃음을 삼키고는 그것을 느끼지 못한 척, 내
배 위에 올려진 그의 손을 감싸 쥐었다.


성문이 완전히 닫히고, 더욱 깊은 밤이 된 시각이었다. 아래를 예
의주시하던 나는 반대편 숲에서 사자족 몇이 문 쪽으로 다가오는 걸
발견했다. 뒷문이 따로 있거나 숲 안에 막사가 있는 모양이었다.

"교대 중이네. 지금 움직이는 게 좋겠어."

"그래."

고개를 주억이던 카르텔이 허공에서 손가락을 튕겼다.

우리가 앉아 있는 나뭇가지 위는 상당한 높이를 자랑했다. 불꽃을
거두어도 밑에서 우리를 찾아내기란 쉽지 않을 것이다. 카르텔은 그
점과 어둠을 적절히 이용했다. 그가 손가락을 튕긴 자리에 불꽃으로
만든 검은 길이 열렸다. 허공에 검은 융단이 깔린 것만 같았다. 그
끝은 성벽 너머로 연결되어 있었다.

에스코트하듯 카르텔이 내 손을 잡아 주었다. 나는 처음 사교계에

데뷔하는 영애처럼 조심스럽게 불꽃 위로 발을 내디뎠다.

'포근해.'

불꽃은 검은 아지랑이처럼 내 발끝을 감쌌다. 내딛는 걸음마다 포근한 감촉에 감탄이 나올 정도였다.

저 먼 아래에는 검은 숲이 펼쳐져 있었다. 그 안쪽으로 손톱만 한 불꽃을 든 인형들이 움직인다. 모두 아기자기한 병정처럼 보였다.

"무섭지 않아?"

높다란 하늘 위라 그런지 바람이 제법 거셌다. 카르텔은 자신이 입고 있던 겉옷을 내 어깨 위로 둘러 주며 물었다.

"당연하지."

오히려 즐거웠다. 밤하늘을 디디는 산책이라니. 쉽게 경험할 수 있는 일이 아니지 않나.

앞서 나가려는 나를 카르텔이 끌어다 제 옆에 붙였다. 불꽃의 폭이 좁지는 않지만 자칫 발을 잘 못 디디면 곧장 아래로 추락할 위험이 있었다.

문득 고개를 돌리니 멀찍한 곳에 서 있는 아르덴이 보였다. 그는 출발 지점에서 거의 벗어나지 못한 채 우리 뒤를 조심스럽게 따라오고 있었다. 체질 자체가 땅에 뿌리를 박은 나무인 만큼 허공이 익숙하지 않은 탓이다.

"아르덴 오빠."

손이라도 잡아 주면 좀 낫지 않을까. 내가 아르덴을 부축해 주기 위해 걸음을 멈추었을 때였다.

"어, 어?"

"오빠!"

곱게 깔려 있던 불꽃 융단이 시작점에서부터 말려 오기 시작했다. 근처에 서 있던 아르덴은 어쩔 줄 몰라 하며 잡을 것을 찾아 손을 뻗었다. 그러나 허공에 그런 게 있을 리 만무했다.

"……리, 아!"

균형 감각으로만 버티던 아르덴은 결국 발을 헛디디고 말았다. 그를 붙잡기 위해 달려가려던 나는 카르텔에게 저지당하고 말았다. 이게 무슨 짓이냐는 듯 쏘아보니 그는 덤덤한 표정으로 아르덴이 있던 곳을 향해 고개를 까딱였다.

검은 불꽃이 허공으로 떨어지려던 아르덴의 몸을 감싸고 있었다. 카르텔의 손이 악단을 지휘하는 것처럼 움직였다. 천천히 말려 오던 불꽃은 두 갈래로 나뉘어 감싸고 있던 아르덴을 앞으로 데리고 나갔다.

"……놀랐잖아."

정말이지 떨어지는 줄 알고 깜짝 놀랐다. 나는 멀찍이 앞으로 떠밀려 간 아르덴을 보며 한숨을 내쉬었다.

"내가 떨어트릴 줄 알았어?"

"그건 아니지만."

그는 타인에게 친절하지 않았지만 이유 없이 누군가에게 피해를 주는 성격도 아니었다.

아르덴이 먼저 성벽을 넘어간 터라 이제 그의 모습은 보이지 않게 되었다. 나와 카르텔도 서둘러 가는 게 좋지 않을까 생각하던 차, 카르텔이 말을 붙여 왔다.

"불꽃이 왜 이렇게 너에게만 살랑이듯 구는지 알아?"

나는 그의 물음에 아래를 바라보았다. 유순한 불꽃은 거센 바람결에도 굽히지 않고 길을 뻗어 내고 있었다. 꼭 나를 대하는 카르텔처럼 보였다.

"……네가 부리는 것이라서?"

"맞아. 정확히는 내가 누구를 그리면서 능력을 쓰느냐에 따라 달라지지."

그 말은 즉, 허공 위의 밤길은 오직 나만을 위해 준비했다는 뜻이 되었다. 그렇다고 아르덴을 저렇게 보내는 건 좀 너무하지 않은가. 나는 눈을 샐그러지게 뜨고는 그를 올려다보았다.

"그런 표정 하지 마. 오히려 내게 고마워할걸."

그는 뻔뻔한 얼굴로 입꼬리를 비틀었다. 길 위를 거의 기어서 오던 아르덴이었으니 카르텔의 말이 맞을지도 모르겠다.

이 짐승을 대체 어찌해야 할까. 나는 연거푸 한숨을 내쉬었다.

"그래도 나쁘진 않았어."

"……아르덴 말이야?"

그의 손을 잡고 차분히 걸음을 옮길 때였다. 중간치쯤 갔을까. 아직 반 정도가 남아 있는 길 위에서 카르텔이 멈춰 섰다.

"그래. 나를 네 반려라고 했던 거."

사실, 서로가 완전하다면 누군가에게 인정받지 않아도 된다고 생각했다. 그러나 주변의 인정은 생각보다 더 마음의 안녕을 가져왔다. 카르텔도 그것을 느낀 모양이었다. 그래서 아르덴에게 조금 과격한 친절을 베풀었는지도 모르고 말이다.

"……모든 게 다 끝나면 누구에게나 인정받게 될 거야."

"그걸 바라는 건 아니지만, 그렇게 된다면 널 탐하려 드는 새끼들이 줄어들 테니 그것도 좋을 테지."

카르텔이 내 눈가에 입을 맞추었다. 나는 가만히 그의 숨결을 받아들였다. 눈과 코, 뺨을 타고 내려간 입술이 목덜미에 닿았다. 내가 피워 낸, 그리고 그가 만들어 준 장미 목걸이가 목에 걸린 채 달랑거렸다. 그것은 월석처럼 희미한 빛을 뿜는다. 그리고 카르텔이 옆에 있을 때면 그 빛은 더욱더 환해졌다.

'아주 잠깐만.'

저 길의 끝으로 가면 아르덴이 우리를 기다리고 있을 것이다. 그러니 서둘러 가야겠지. 하지만 잠깐이라면 괜찮을지도 모른다. 나는 그렇게 변명하며 고개를 살짝 들어 올렸다.

닿을 듯 말 듯 한 입술 사이의 간격이 아찔했다. 입술이 닿기 전 숨을 읽는 것은 달콤한 의식을 위한 애피타이저였다. 천천히 다가온 입술을 먼저 삼켜 버린 것은 나였다.

그의 눈이 놀란 듯 조금 커졌다. 나는 눈을 가느스름하게 접어 웃고는 말캉한 입술을 야금거리며 빨아들였다. 부드러운 입술 안쪽으로 녹아내릴 듯한 감촉이 나를 기다렸다. 나는 천천히 혀를 밀어 넣으며 따스한 안쪽을 즐겼다.

"하……."

뜨거운 숨이 입가의 틈으로 빠져나왔다. 카르텔은 더 참지 못하겠다는 듯 내 어깨를 쥐고 끌어당겼다.

"아니."

나는 재빨리 입술을 떼어 내고는 고개를 저었다. 으르렁, 사나운 울음이 들렸지만 이제는 그것을 모른 척할 깜냥이 되었다.

그가 얌전해질 때를 기다려 다시금 입술을 부딪쳤다. 카르텔에게는 끊임없는 조련이, 나에게는 짐승의 순종이 필요했다.

얇은 달이 우리를 내려다보고 있었다. 월광을 받은 팔찌의 월석이 은은하게 빛났다. 하지만 그보다 환한 빛을 띠는 것은 목에 걸린 장미 속 보석이었다. 그러나 키스에 흠뻑 빠진 나로서는 알 재간이 없었다. 그것은 내가 모르는 새 작디작은 형체를 띠기 시작했다. 그리고 그걸 알게 된 때는 지금으로부터 먼 시점이었다.

여러 번의 입맞춤이 오간 뒤에야 길의 끝에 다다를 수 있었다. 아르덴은 창백한 얼굴로 나무에 기대어 있었다. 아까의 충격이 가시질 않는 모양이었다.

나는 그의 어깨를 다독여 위로하고는 성을 둘러보았다. 대부분 불이 꺼져 있었지만 맞은편의 바로 아래쪽 방은 유난히도 환했다.

"딱 맞게 도착한 모양이군."

유리창 사이로 얼핏얼핏 그림자 같은 인형이 비쳤다 사라지기를 반복했다. 샹들리에의 불빛으로 새하얀 백발이 반짝거렸다. 백사자. 현 반란군의 우두머리였다.

'다른 사람이 더 있는 것 같은데.'

창가에 비친 인형은 하나가 아니었다. 애석하게도 얼굴이 보이지 않아 누구인지 확인이 불가능했다.

잠시 후, 다른 이가 방 밖으로 빠져나갔는지 인형은 다시 하나가 되었다. 객이 나간 뒤 얼마 지나지 않아 방의 불도 꺼졌다. 이윽고 안쪽은 아무것도 보이지 않게 되었다.

'지금일까.'

나는 불 꺼진 방을 한참이고 바라보았다.

상대는 사자족. 그것도 마도학에 뿌리 깊은 환멸과 증오를 가지고 있는 종족의 수장이었다. 들끓는 감정을 가진 자이니만큼 베논가, 그곳에 뿌리를 두었던 나를 모를 리가 없었다. 그런 자를 설득해 왕국을 빠져나갈 수 있을까.

나는 긴장한 채 나뭇가지를 밟아 아래로 내려갔다. 바람에 부딪히는 잎사귀의 소음만이 들릴 뿐, 내부에서 전해져 오는 소리는 없었다. 가만히 귀를 기울이던 나는 카르텔과 아르덴을 번갈아 바라보았다.

"나 혼자 들어갈게."

"리아."

아르덴이 만류하듯 내 이름을 불렀다. 나는 덤덤한 얼굴로 고개를 저었다. 인원이 많을수록 경계심은 더 높아질 것이다.

능력이 있지만 겉으로는 유약해 보이는 몸이니 어쩌면 이야기를 들어 줄 가능성이 컸다.

"향기를 쓰면 되니까. 그래도 안 되면⋯⋯ 날 구해 줄 사람도 있으니 괜찮아."

나는 눈짓으로 카르텔을 가리켰다. 아르덴이 움찔, 어깨를 떨었다. 아까 내던지듯 앞으로 나아간 것이 트라우마로 남은 것 같았다.

"나 믿지?"

"⋯⋯그럼. 믿고말고. 하지만 꼭 조심해야 해. 알겠지?"

"물론이지."

당부하는 목소리에 걱정이 가득했다. 그러면서도 카르텔을 힐끗거리는 것이 그의 눈치를 보는 것만 같은 기분이 들었다.

'저런 걸 바라지는 않았는데.'

괜히 탓하는 마음이 들어 카르텔을 노려보게 된다. 그는 모르는 척 어깨를 들썩이고는 내가 서 있는 나뭇가지 위에 내려앉았다.

"조심해."

가는 나뭇가지는 창가를 향해 뻗어 있었다. 그는 나를 끌어안고 그 위를 걸어갔다. 곡예를 하듯 아슬아슬한 걸음이 이어졌다.

한 치의 흔들림도 없이 움직이던 카르텔은 나를 조심스럽게 창틀 위에 내려 주었다. 예상대로 창문은 굳건히 잠겨 있었다.

카르텔이 부리는 불꽃이 작은 틈으로 들어가 잠금쇠를 풀어내기 시작했다.

자신이 부리는 불꽃을 지켜보던 카르텔이 고개를 돌렸다. 금색 눈동자가 물끄러미 나를 훑는다. 무언가 할 말이라도 있는 걸까.

"설득하는 건 좋은데. 홀리면 혼나."

"뭐?"

그의 말을 이해하지 못해 되물었을 때였다. 뜨겁고 부드러운 것이 내 입술에 겹쳐졌다. 입맞춤은 짧았으나 소유의 깊이를 알 수 있을 정도로 짙은 향기를 품고 있었다.

"들어가. 내가 지켜 줄 테니."

창가를 디디던 발이 사라졌다. 더 높은 나뭇가지로 옮겨 탄 그는 고고한 눈빛으로 나를 내려다보고 있었다. 그의 품을 떠나 있는데도 그에게 갇힌 기분이 들었다. 이런 구속감은 나쁘지 않았다. 나는 모아 둔 온기에 기대어 창문을 밀었다.

창은 소리 없이 열렸다. 그 안으로 몸을 밀어 넣은 뒤 조심스럽게 발을 디뎠다. 어둠에 익은 눈이 사물을 구분해 냈다. 방은 넓지도 작지도 않았다. 필요한 가구들로만 채워져 있을 뿐, 특별한 것이 없다. 아마도 성 내의 객실 중 하나인 것 같았다.

'조용해.'

나는 긴장을 느슨하게 하는 향기를 풀어내며 느릿하게 움직였다. 초대받지 못한 밤손님이 된 기분이었다. 그리고 그 기분은 곧 현실로 이루어졌다.

"도둑고양이로군."

불시에 조명이 켜졌다. 갑작스러운 밝기에 눈살이 찌푸려졌다. 형형한 붉은 눈동자의 장수가 내 앞에 서 있었다.

"……실례해요. 그렇지만 당신과 대면하려면 이 방법밖에 없어서요."

나는 차분하게 목소리를 낮추었다. 중년의 남자가 나를 탐색하고 있었다. 당장 죽일 생각은 없는 것 같았다. 그렇지 않다면 들어온 걸 알아차리자마자 목부터 베어 버렸을 테다.

"……걸음 소리를 들으니 암살자는 아닌 것 같고. 인간의 냄새가 나지만 다른 종족의 향도 섞여 있군. 넌 누구지?"

그는 나에 대한 탐색을 끝냈는지 가만히 물어 왔다.

내가 베논가의 딸이라는 걸 밝혀도 되는 걸까. 백사자를 마주하기 전부터 내내 고민해 왔던 일이다. 그러나 그를 마주한 순간 결심이 섰다. 나는 주먹을 말아 쥐며 말했다.

"저는 플로리아 베논. 마도학자로 명성 높던 베논 공작의 딸이며, 그가 벌인 실험의 희생양이기도 하지요."

"……죽고 싶나 보군."

붉은 눈이 번뜩였다. 그 순간 커다란 손이 내 목을 쥐었다. 무서운 힘으로 벽까지 밀쳐진 나는 그의 손에 의해 들어 올려졌다.

"……윽!"

"감히 베논가의 핏줄이 나를 찾아와?"

깊은 구덩이 속에서 말하듯 웅웅거리는 목소리가 분노로 끓어올랐다. 나는 목을 조이는 고통에 몸을 떨었다. 마음을 온화하게 물들이는 향기도 그의 분노는 이길 수 없었다. 서서히 가무러지는 눈동자가 창가의 불꽃을 잡아냈다. 카르텔이 움직이려 하고 있었다.

'안 돼.'

나는 뜻을 전하기 위해 간신히 손을 들어 올렸다. 그리고는 내 목을 조른 사내에게로 시선을 돌렸다.

"……제, 말을."

제 말을 들어 주세요.

목소리가 웅얼거리듯 흘러나왔다. 그 순간 내 안에서 짙은 장미 향이 폭발하듯 터져 나왔다. 날카로운 가시넝쿨이 내 목을 쥔 손목을 휘감았다. 독을 품은 장미가 거칠게 피어나 남자를 밀어냈다.

"이건."

"컥, 콜록, 하……!"

목을 조르던 손이 풀어졌다. 나는 허물어지듯 바닥에 주저앉았다. 벽에 기대어 간신히 숨을 몰아쉬니 내 주변으로 향기가 피어났다. 장미, 프리지어, 라벤더 등 색색의 화원이 기운을 북돋아 주고 있었다.

"넌, 뭐지?"

짙은 눈썹이 꿈틀거렸다. 뒤로 밀려난 백사자가 괴이한 것이라도 보듯 나를 훑었다.

"말했잖아요. 저는 베논가의 딸. 그의 실험으로 태어난 화인의 혼혈이에요."

나는 호흡을 추스르며 말했다. 수많은 이종족의 희생을 언급하는 건 그 자체로 고통이었다.

"……."

그는 잠시 할 말을 잃은 듯했다. 어쩌면 뒤이을 설명을 기다리는 걸지도 몰랐다. 졸린 목구멍이 화끈거렸다. 나는 그것을 참아 내며 말했다.

베논 공작에게 희생당한 이종족 여인들, 황궁에 쫓기는 신세가 된 비화와 슈타쿠스 베논의 최후까지 모두.

"……마도학파의 수뇌가 사라졌다는 소문은 들었는데. 그렇게 된 거였나."

남자의 중얼거림과 함께 살기가 거두어졌다. 흉흉한 기운이 사라지자 나를 보호하려 들었던 꽃들의 기세도 유순하게 풀어졌다.

이제 제대로 된 대화를 나눌 수 있을 것 같았다. 나는 벽을 짚으며 자리에서 일어났다.

"당신에게 부엉이 이종족이 찾아왔겠죠."

"……."

침묵은 곧 긍정. 나는 내가 알고 있는 정보를 쏟아 내었다.

"군대는 미리 모아 두었고. 언제 제국을 칠까 고민하던 차, 부엉이 수인이 부추긴 것 아닌가요?"

그의 눈동자가 미묘하게 흔들렸다. 내 예상이 맞아떨어졌다.

코르칸, 그자가 이곳에 있었다.

"그는 당신과 사자족을 이용하려는 거예요. 황제의 군대가 이곳으로 향하고 있어요. 모두 죽임을 당하고 말 겁니다."

우두머리인 그뿐만이 아니라, 이곳에 있는 이종족을 모조리 몰살시켜 버릴 것이다.

내 표정이 절로 굳어졌다. 그에 반해 선고를 받은 남자는 지나치게 덤덤한 얼굴이었다.

"알고 있다."

"뭐, 라구요?"

"이용당할 거란 것도, 모두 죽을 거란 것도 알고 있었단 말이다."

나는 할 말을 잃고 말았다. 알고 있으면서, 자신의 일족을 모두 불구덩이로 밀어 넣겠다는 말인가?

"너 또한 마도학의 희생양이지. 아니, 이 시대에 태어난 우리 모두가 인간 세상을 유지하기 위한 제물이지 않나."

그가 자조적으로 웃었다. 커다란 덩치를 가진 남자는 타고 난 장수였으며 대단한 기백을 가진 사자족의 수장이었다. 그런 사내의 미소엔 수렁처럼 깊은 슬픔이 담겨 있었다.

"굴복할지언정."

억눌러 왔던 증오가 화산처럼 터져 나왔다.

"불 속에 달려드는 불나방이 되고 말겠다."

허리춤의 검집이 흔들렸다. 남자가 검을 빼 들고 있었다.

"……!"

나는 백사자의 기에 전신이 압도당했다.

내 몸집만큼이나 거대한 검이 나를 향해 휘둘러졌다. 몸이 굳어 움직이지 않았다. 내가 할 수 있는 일이라고는 섬뜩하게 벼려진 날을 눈으로 좇는 것뿐이었다.

째앵-!

거친 파열음이 고막을 울렸다. 나도 모르게 몸을 웅크렸는지 앞이 제대로 보이지 않았다. 뻣뻣하게 굳은 고개를 간신히 들어 올렸다.

낭떠러지를 향해 구르는 마차에 탄 듯 심장이 마구 날뛰었다. 내 앞을 막고 있는 건 검은 옷자락으로 감싸인 등이었다.

"설득하라고 했지, 당하고 있으란 소리는 안 했는데."

낮고 풍부한 울림의 목소리가 나를 진정시켰다. 그 음을 들은 것만으로도 몸이 말랑하게 허물어져 내린다.

"카르텔."

"기대고. 정신 차려."

회색 빛깔 같은 목소리에는 미미한 화가 섞여 있었다. 백사자가 내 목을 졸랐을 때 그 폭력을 막지 못하게 한 건 나였다. 카르텔이 다가오지 못하게 말리기까지 했으니 화를 내는 건 당연했다.

"미안."

사과의 말이 자그맣게 튀어나왔다. 그는 끝내 뒤를 돌아보지 않았다.

"잡아."

검을 막고 있는 손대신 비어 있는 손이 나를 향해 내밀어졌다. 나는 그 위로 조심스레 손을 올렸다.

"……기척이 전혀 없었는데."

대검의 끝이 미미하게 떨렸다. 카르텔은 작은 단도 하나만으로 그 검을 막아내고 있었다. 힘겨루기는 이제 시작이었다.

단도를 밀어낸 그는 한 차례 더 대검을 휘둘렀다.

챙―!

날카로운 소음에 고막이 쩽하고 울렸다. 몇 번의 겨루기에도 카르텔이 들고 있는 단도는 부러지지도, 튕겨 나가지도 않았다. 이에 눈썹을 찌푸린 것은 백사자였다.

"뭐냐. 너는."

사냥감을 놓친 수사자의 심기가 뒤틀렸다. 카르텔은 맹수 과의 남자와 마주하며 비틀린 미소를 지었다.

"내 꽃의 반려지."

".......혼혈인 주제에 화인의 능력을 쓰는 여자와 인간의 껍데기에 맹수를 숨긴 자라. 하나 같이 이상한 놈들이야."

고귀한 피를 타고 난 만큼 예민한 감각을 지닌 사내는 카르텔의 본질을 단박에 꿰뚫어 보았다. 자신과 같은 포식자임을 알아챈 것이다.

"너야말로. 무리를 이룬 우두머리치고는 별 볼 일 없는 놈이었군."

"뚫린 입이라고 잘도 짖는군. 애송이."

백사자가 카르텔의 도발을 받아쳤다. 붉은 눈동자에는 깊이를 알아차리기 힘든 관록이 묻어 나왔다. 그는 겉으로 보는 것보다 훨씬 더 오랜 세월을 보내왔을 것이다.

"일족에게 우두머리가 어떤 존재인지. 백사자. 네가 제일 잘 알고 있을 테지."

카르텔이 차분히 응수했다. 백사자의 눈가가 미미하게 찌푸려졌다.

"그런 놈이, 알면서도 일족을 사지로 몰아넣으려 하다니. 생각하는 수준이 뻔해."

"네 이놈!"

백사자가 거친 포효를 내뱉었다. 하찮은 취급에도 내색하지 않던 그가 자신의 일족을 운운한 것만으로 잔뜩 흥분해 있었다.

"그렇지 않나. 복수에 눈이 멀어 불나방이 된다? 하. 어리석기 짝이 없어."

"감히 애송이가……! 닥치지 못해!"

대검을 쥔 손이 분노로 떨렸다. 거친 광풍과 함께 쇠붙이가 휘둘러졌다. 한 팔로 나를 끌어안은 카르텔은 단도로 대검의 움직임을 부드럽게 쳐내며 뒤로 물러났다.

"알만큼 살아온 자가 사실에 발끈하는군."

"네 놈이 뭘 안다고 지껄이느냐!"

카르텔이 겉옷으로 나를 감쌌다. 검이 일으키는 바람만으로도 살이 베일 것만 같았다.

거대한 백사자가 흉포하게 날뛰고 있었으나 두렵지는 않았다. 오히려 그의 포효가 한없이 슬프게만 느껴졌다.

"마도학으로 인해 더럽혀진 피! 사자족의 긍지는 이미 망가질 대로 망가졌다. 노리개로 부려지다 비참히 죽는 것, 용맹하게 송곳니를 세우다 죽는 것. 나는 후자를 택한 것뿐!"

"……큭!"

카르텔의 손목이 떨렸다. 대검을 막아내던 단도에 금이 가고 있었다.

"그것이 나의 긍지이며 내 일족의 구원이다."

그의 목소리는 풍파에 깎인 암석과 같았다.

수치의 역사. 자욱하게 낀 안개처럼 앞이 보이지 않는 일족의 미래. 그 속에서 백사자는 죽음이라는 길을 택했다.

"우습기 짝이 없어. 용맹한 죽음이라고? 그건 눈앞의 것을 피해 도망가는 것일 뿐. 그중에서도 더없이 어리석은 선택지지."

얼음송곳처럼 날이 선 목소리였다.

카르텔의 첫 기억은 어미의 죽음과 감금으로 시작된다. 목줄이 채워진 채 이어진 기나긴 감금은 치욕과 분노로 얼룩져 있었다. 황제는 그에게 입마개를 채우지 않았다. 원한다면 언제든지 스스로 목숨을 끊어도 좋다는 뜻이었다. 하지만 카르텔은 그러지 않았다. 그는 끝나지 않을 것 같은 어둠을 견뎌 냈고, 목줄마저 끊어 내었다.

"명예로운 죽음 따위는 없어. 때로는 끝까지 살아남는 게 복수가 될 때도 있는 법이지. 나에게 해를 가한 놈의 목을 따 버리면 더 좋고."

카르텔이 떠올리는 대상은 명백했다. 그는 숨겨 놓은 분노를 마음껏 표출하고 있었다.

"너……."

백사자의 대검이 멈추었다. 흔들리는 시선이 카르텔에게 향했다. 그는 혼란스러운 듯 대검을 갈무리하지 못하고 있었다.

"개죽음당하고 싶지 않다면 내 반려의 제안을 깊이 고민해 보는 게 좋을 거야."

카르텔이 금이 간 단도를 던져 버렸다. 벽에 꽂힌 단도는 금이 간 모양새로 부서지며 아래로 떨어졌다.

"가자."

카르텔이 나를 안아 들었다. 나는 그와 눈을 마주칠 겨를도 없이 안겨 창문을 빠져나가야만 했다.

검은 불꽃이 나무 한편을 감싸고 있었다. 우리가 빠져나오는 것을 본 아르덴이 그 속에서 몸을 일으켰다.

"어떻게 된 거야?"

"협상은 결렬됐어. 움직여야 해."

아르덴의 표정이 굳어졌다. 성 곳곳에 불이 켜지고 있었다. 우리를 찾아내려는 움직임이었다

카르텔이 불꽃을 움직여 모두의 몸을 감쌌다. 그는 왔던 길과 똑같이 불꽃의 융단을 만들어 내었다. 그 길은 성 뒤편의 벼랑길로 이어져 있었다. 등잔 밑이 어둡다지. 쫓는 이들은 우리가 성 바로 뒤에 숨어 있으리라고는 생각지 못할 것이다.

절벽 길을 따라 한참을 움직였을까. 수로 근처의 숲에 도착한 카르텔은 풀숲 위에 나를 내려놓았다.

"카르……."

"아무 말 하지 마."

카르텔은 나를 바라보지 않았다. 화가 많이 난 걸까. 이런 적은 처

음이라 당황스러웠다.

내 시선은 자연히 아르덴에게로 돌아갔다. 난감한 듯 어쩔 줄 몰라 하던 아르덴은 나와 카르텔 사이에서 슬며시 발을 빼 버렸다.

"밤이 늦었고 하니, 이야기는 내일 들을게. 우선은 눈을 붙이도록 하자."

"아무것도 없는데 괜찮아?"

"이렇게나 나무가 많은걸. 모두가 편히 잠들 수 있도록 도와줄 거야."

아르덴의 태도에 당황한 나머지 그가 목인의 혼혈이라는 사실을 깜빡 잊고 말았다. 천천히 고개를 끄덕이니 그가 조심스럽게 움직였다. 잠시 멈춰 카르텔을 바라보던 아르덴은 이내 완전히 등을 돌려 버렸다. 나와 카르텔을 부부로 인정한 탓인지 끼어들지 않겠다는 의지가 명백했다.

"카르텔."

나는 아르덴이 완전히 사라졌는지 확인한 후 카르텔을 불렀다. 등을 진 그는 끝까지 대답하지 않았다. 나는 팔을 벌려 커다란 등을 끌어안았다. 낮은 한숨이 귓가를 파고들었다.

그가 염려하는 바를 알고 있다. 그래서 더 미안한 마음이 들었다.

"미안해. 그때는 그럴 수밖에 없었어."

"플로리아."

미묘한 기분이었다. 그의 입술로 진명을 들은 건 오랜만이었다. 팔을 풀어낸 카르텔이 나를 향해 돌아섰다. 그의 눈에 미미한 화가 서려 있었다. 나는 손을 뻗어 그의 눈가를 어루만졌다.

"이렇게 될 거라는 걸 알고 있었어. 그래도, 전하고 싶었던 것뿐이야."

백사자가 스스로 죽음을 자초했을 줄은 몰랐지만, 협상의 결렬은 익히 예상하던 것이었다.

"알고 있어. 내가 화가 났던 건……."

출렁거리는 밤바다의 물결과 함께 그의 눈동자가 요요하게 빛났다. 금실이 얽힌 듯 어지러이 이어진 눈빛은 그의 복잡한 심경을 대변했다.

"넌 다른 무엇보다, 너 자신을 소중히 여기지 않고 있어."

쿵, 커다란 무언가가 머리를 강타했다.

나는 그에게 대답하지 못했다. 방치와 학대를 밥 먹듯 당했던 현실 속의 기억. 책 속의 인물로 빙의한 후에는 목적을 위해 나 자신을 내던졌다. 그게 당연했다. 모든 걸 나 혼자 이겨 내야 한다고 생각했다. 그렇게 움직이지 않고서는 무엇도 이룰 수 없었으니까.

"너를 좀 더 소중히 하도록 해. 난 내 것에 흠이 나는 걸 보고만 있을 생각 없어."

"……응."

나는 고개를 끄덕이며 그의 품에 얼굴을 묻었다. 모르던, 모른 척 하던 사실을 직면한 기분이었다. 어쩐지 부끄럽기도 하고 안심이 되기도 했다. 단단한 가슴팍에 뺨을 비볐다. 따스한 감촉에 언 뺨이 녹는다. 꼭 어리광을 부리는 모양새였지만 지금은 아무래도 괜찮았다. 그렇게 한참을 품에 안겨 있었을까. 커다란 손이 내 뺨을 감쌌다. 자연히 시선이 맞닿았다. 천천히 들어 올린 고개에 서로의 입술이 가까워졌다.

찰랑—!

"……무슨."

바다의 움직임과는 다른, 여린 물결이 움직이는 소리였다. 나와 카르텔의 눈길이 바다로 향했다. 파도가 몰아치는 절벽 끝에 작은 인형이 보였다.

'저건.'

인간의 상반신과 물결처럼 살랑거리는 하체, 인어였다. 인어는 옅은 분홍빛이 도는 머리칼을 길게 늘어트리고 있었다.

인어의 시선이 내게 향했다. 멀리 떨어져 있는지라 얼굴이 잘 보이지 않았다.

풍덩! 물소리와 함께 바위 위에 앉아 있던 인어가 바닷속으로 사라졌다. 인어는 긴 물결을 그리며 내가 있는 절벽 쪽을 향해 다가오고 있었다.

'혼자잖아.'

인어는 무리 지어 행동한다. 홀로 움직이는 이는 별난 취급을 받았다. 마치 아실리드처럼 말이다.

인어가 절벽 아래로 들어간 터라 모습이 보이지 않았다. 나는 절벽 끝으로 다가가 아래를 내려다보았다. 고개를 숙이자마자 시선이 닿아 왔다. 수면에 멈춰 선 인어는 나와 눈이 마주치자마자 함박웃음을 지었다. 몸체로 보나 표정으로 보나 아직 어린 인어 같았다.

[안녕!]

인어가 천진난만한 표정으로 손을 흔들었다. 실로폰을 튕기는 것처럼 맑고 청아한 음성이다. 악의라고는 눈 씻고도 찾아볼 수가 없었다.

"저건 뭐야?"

카르텔이 신경질을 냈다. 물비린내가 나는 듯 호흡기를 가린 그는 인상을 한껏 찌푸리고 있었다.

"나한테 할 말이 있나 봐."

인어는 현재 반란군의 편을 들고 있었다. 아무리 어린 개체라고는 해도 나에게 저리 사심 없이 다가오다니. 당황스러웠지만, 호기심이 일었다.

"내려가 봐야겠어."

"······그래."

한숨 섞인 목소리였다. 나는 그의 뺨에 입을 맞추었다. 카르텔은 인어라면 치를 떠니 혼자 내려가야 할까 생각하던 때였다.

"팔 둘러."

절벽 아래를 보기 위해 숙였던 몸이 허공으로 떠올랐다. 그렇게 질색을 하면서도 데려다줄 모양이다. 나를 위해 행동하는 그를 보면 언제나 웃음이 났다. 나는 잠자코 그의 목에 팔을 둘렀다.

바닷바람이 뺨을 스쳤다. 카르텔은 나를 안아 든 채 절벽 아래로 뛰어내렸다. 튀어나온 바위를 차례로 디디니 아래로 내려가는 건 금방이었다.

고운 모래와 물결이 만나 뒤엉켰다. 카르텔의 품에서 빠져나와 해변에 발을 디뎠다. 발아래에서 부드럽게 사각대는 감촉이 선연했다. 나는 발자국을 찍으며 인어에게 다가갔다.

[나를 봐도 별로 놀라지 않네?]

바위에 기댄 인어는 꽃받침을 한 채 방긋거렸다. 인어는 장난기가 많다고 들었다. 먼 옛날에는 뱃사공을 놀라게 해 물에 빠트리기도 했다지, 인간과 소통이 단절된 지금도 성미는 그대로 남아 있는 듯했다.

"응. 다른 인어를 알고 있거든."

[어머, 우린 만나기가 쉽지 않은데.]

인어가 기분 좋은 듯 깔깔댔다. 미약하게 남아 있던 긴장감마저 녹여 버릴 듯 경쾌한 웃음이었다.

"날 부른 거지?"

[그럼. 너한텐 짐승 냄새가 나지 않거든.]

인어가 눈을 휘며 웃었다. 고양이 같은 미소는 봄볕처럼 나른했다. 그런 얼굴을 하면서도 중간중간 카르텔을 샐쭉하게 흘기는 모습이 제법 볼만 했다. 그녀가 말한 짐승 냄새라는 게 카르텔에게도 풍기는 걸까. 갑자기 궁금해졌다.

[꽃향기가 이런 거구나. 우리들의 냄새와 섞여 있는 게 마음에 들어. 나는 로라. 바다의 인어야.]

"……플로리아. 화인의 혼혈이야."

카르텔의 입가가 비틀렸다. 우리들의 냄새라는 건 분명 아실리드를 뜻하는 거겠지.

로라가 악수를 청했지만 부드럽게 거절했다. 그의 심기를 더 자극했다가는 인어와 이야기를 나누기도 전에 벼랑 위로 올려질 것이 뻔했다.

[이상하네. 인간과 인사할 때는 손을 잡고 흔드는 거라고 했는데.]

"그렇게 하지 않아도 인사할 수 있어."

로라가 그렇냐며 웅얼거렸다. 그녀의 손가락 사이사이에 접혀 있던 막이 달빛을 받아 무지개색으로 반짝거렸다.

그녀는 왜 나에게 접근한 걸까. 단순한 호기심은 아닌 것 같았다. 나는 단도직입적으로 물어보기로 했다.

"인어는 수인의 편을 들고 있다고 들었는데. 내가 그들의 편이 아닐지도 모르잖아?"

[네가 그들의 적이라는 건 알고 있어. 아까부터 쭉 지켜봤는데, 너희들이 움직인 후, 성 곳곳에 횃불이 걸리던걸?]

자색 눈동자가 은구슬처럼 기묘한 빛으로 빛났다.

카르텔의 불꽃 속에 가려진 우리를 어떻게 발견했는지는 모른다. 다만 추측은 할 수 있었다. 마도학에서도 바다의 일족은 미지의 생물로 평가된다. 인어가 먼 미래를 읽을 수 있다고 알려져 있었지만, 그 외의 다른 능력을 가지고 있을 확률도 배제할 수 없었다.

[잘된 일이지. 인간들은 정복당했고, 다른 이종족들은 전부 짐승놈의 편이거든. 우리는 그들과 척을 진 이들이 필요해.]

장난스럽던 태도가 진지해졌다. 로라의 시선이 차게 식어 있었다.

그녀의 몇 마디에 인어가 자의로 반란군을 돕는 것이 아니란 사실을 알 수 있었다. 그 이유를 알아야만 했다. 나는 모르는 척 물었다.

"뭐 때문에?"

[여기선 안 돼. 나를 따라오면 알려 줄게.]

바위에 기대어 있던 몸이 물결 속으로 사라졌다. 얼굴만 빼꼼히 내민 로라는 긴 꼬리를 살랑거리며 웃었다.

성체가 아니라고는 해도 인어는 인어. 먼 옛날 유혹에 넘어간 사공의 심정을 이해할 수 있을 것 같은 자태였다.

"홀리지 말고."

"아."

카르텔이 내 어깨를 잡아챘다. 천천히 눈을 깜빡이니 홀린 듯 어지러웠던 기운이 연기처럼 사라졌다.

[칫.]

로라가 혀를 찼다. 나를 홀리기로 작정한 듯싶었다.

[그럼 간단하게만 말해 줄게. 듣고 결정해. 나를 따라올 건지 말 건지 말이야.]

로라가 한 발짝 물러서는 수를 두었다. 사연을 알아야 했으니 나쁠 것은 없다. 나는 고개를 끄덕였다.

[우리 인어족에게는 신물이 있어. 대대로 내려오는. 아주 진귀한 것이지.]

각 종족에게는 오래전부터 전해 내려오는 보옥이 있다. 인간들에 의해 터가 파괴되어 이제는 보존하고 있는 종족이 거의 없지만, 바다의 일족만큼은 예외였다.

[그걸 수인 놈들이 빼앗아 갔어.]

자색 눈동자가 스산했다. 그녀는 증오하는 상대를 앞둔 것처럼 부득 이를 갈았다.

[놈들은 협상이라고 하지만 그게 협박이지 뭐겠어. 우린 그것 때문에 수인들을 도와주고 있는 거야.]

물결 사이로 움직이는 꼬리가 거칠게 수면을 쳐냈다. 어린 인어는 분을 참지 못하겠다는 듯 주먹을 쥐었다.

'그래서.'

대대로 보호하고 있던 신물이라니. 인어가 수인을 따르는 것도 이해가 되었다.

[얼마 전에 그놈들의 뒤를 쫓았어. 일족들 몰래 말이야. 그랬더니 웬걸.]

로라가 손뼉을 쳤다. 화로 가득 찼던 눈동자가 반짝거렸다.

[그놈들이 신물을 숨기고 있더라고.]

배를 타고 움직이는 수인을 몰래 쫓는 건 그녀에게 일도 아니었을 것이다. 뜻밖에도, 그들이 멈추어 선 곳은 빼앗긴 신물을 보관하는 장소였다.

[무슨 짓을 했는지 나는 들어갈 수가 없었어. 인어들은 접근할 수 없도록 조치한 모양이야.]

그럴 만도 했다. 혹시나 위치가 발각될 경우 그에 따른 방책을 마련해야 했을 테니.

[어떻게 할까, 고민하던 중에 너희들을 발견했지. 신물만 찾으면 우리 인어들이 짐승들의 편을 들 일은 없어. 그들과 척을 진 너에게도 나쁘지 않은 조건일 거야.]

로라의 말이 맞았다. 백사자의 목적은 인간에게 얼마나 큰 피해를 주는 가에 있다. 패배할 싸움이란 걸 알면서도 인어와 손을 잡은 까닭은 더 많은 인간을 죽음으로 몰아넣기 위해서일 거다.

'더 큰 피해를 막아야만 해.'

황제는 지상뿐만 아니라 해상에도 군대를 풀어 둘 것이다. 모두 인어의 놀잇감으로 전락할 것이 눈에 선했다.

[그들이 언제 신물을 옮길지 몰라. 아예 육지로 숨겨 두면 그때는 내가 찾을 수 없어. 그 전에 신물을 빼앗아야만 해.]

로라의 눈빛은 더없이 진지했다. 그녀 말대로 수인이 신물을 옮기기 전에 움직여야 할 것 같았다.

"……좋아. 안내해."

내 말에 로라가 환한 미소를 띠었다.

인어들이 품은 신물이라면 먼 고대 바다신이 남긴 보물일 확률이 높았다. 그것을 빼앗겼으니 인어들의 속이 얼마나 타들어 갔을지 눈에 선했다.

[좋아. 그런데 너만 와야 해. 나는 아직 어려서 모아 둔 마력이 적어. 바닷길을 헤쳐야 하는데 두 명은 감당하지 못하거든.]

로라는 카르텔을 마음에 들어 하지 않았다. 하지만 거짓말을 하는 것 같지는 않다.

"그럴 필요 없어."

카르텔이 나를 끌어안았다. 나 역시도 그와 함께 가는 것이 아니라면 거절할 생각이었다. 하지만 우리에겐 다른 방책이 준비되어 있었다.

"그놈을 불러."

나는 그를 언급하는 카르텔을 조금 놀란 눈으로 올려다보았다. 그는 낮게 가라앉은 목소리로 중얼거렸다.

"얼른 끝내고 돌아가야지. 여긴 널 꼬드기는 놈들이 너무 많아."

여자든, 남자든 가릴 것 없이 말이야.

굳은살이 박인 엄지가 내 귓바퀴를 쓸어내렸다. 느릿한 동작에 뺨이 붉어졌다. 이대로 짐승에게 홀린다면 꼼짝도 할 수 없을 것 같았다. 나는 서둘러 그를 불러냈다.

"아실리드."

미약한 마력이 빠져나가며 허공에 물결이 떠올랐다. 곧이어 형체를 잡은 인어는 나른한 눈빛으로 내게 인사를 건넸다.

[뭐, 뭐야?]

당황한 로라가 눈을 깜빡였다. 카르텔은 어린 인어를 보며 턱짓으로 바다를 가리켰다.

"안내해."

로라는 영문을 모르겠다는 듯 나와 아실리드를 번갈아 바라보았다. 그러면서도 아실리드를 아는 눈치는 아니었다. 상대적으로 어린 인어인지라 그를 처음 보는 것 같았다.

"아실리드. 이 인어가 움직이는 곳으로 우리를 데려다줘."

[······좋아.]

아실리드가 눈을 가늘게 뜨며 대답했다. 로라에게 잠깐 시선이 닿았을 뿐, 그는 특별한 관심을 느끼지 못한다는 듯 금세 고개를 돌리고 말았다.

[아실리드. 아실.]

로라가 그의 이름을 중얼거렸다. 이윽고 알았다는 듯 눈을 번뜩였다.

[너구나. 지상의 꽃에 홀려서 바다로 돌아오지 않는다던 인어가.]

어린 인어의 입술 안쪽에서 송곳니가 반짝인다. 무리를 떠났던 인어에 대한 흥미와 적개심이 담뿍 묻어났다.

아실리드는 빙그레 웃기만 할 뿐 침묵으로 일관했다. 로라가 입술을 삐죽였다. 원하는 반응이 아니었던 거다.

[그 꽃은 결국 죽었다고 하던데.]

"로라."

서둘러 주의를 주었지만 내뱉어진 말을 주워 담을 수는 없었다.

인어들에게 어떤 소문이 돌고 있는지는 모르겠지만, 그런 것까지 알고 있을 줄은 몰랐는데.

나는 꽤 당황해 아실리드의 눈치를 살폈다. 그는 사랑하던 여인의 죽음을 타인의 입으로 전해 듣고 있었다. 그러나 에메랄드빛 눈동자는 무감각하기만 했다.

[ 괜찮아. ]

일자로 다물려진 입술이 조금 말려 올라갔다. 아실리드는 나를 향해, 그리고 지금은 볼 수 없게 되어 버린 아그노스를 향해 말했다.

[ 그녀는 스스로의 선택으로 죽었으니까. ]

비록 그 선택이 어떤 비참한 말로를 불러들였다고 해도, 그것 또한 아그노스 자신이 선택한 갈래였다.

아실리드는 대상을 원망하는 법이 없었다. 그는 다가올 운명을 받드는 순교자였다.

[ ……그게 뭐야. 이상해. ]

로라가 눈살을 찌푸렸다. 조금 투덜거리더니 고개를 돌려버린다. 이기지 못할 상대라는 걸 알고 흥미를 거두어 버린 것이다.

[ 그럼 갈까. ]

"부탁할게."

마력이 느릿하게 빠져나갔다. 나와 카르텔의 위로 물의 장벽이 씌워졌다. 아실리드의 솜씨였다.

해변으로 밀물이 밀려들고 있었다. 나는 하얗게 몰아치는 물보라에 발끝을 담갔다. 차가운 감각이 발목을 타고 올라왔다. 하지만 생각만큼 한기가 들지는 않았다. 물의 장막 때문인 것 같았다.

[ 들어가자. ]

아실리드가 물의 형체로 변해 흩어졌다. 나와 카르텔은 바다 안으로 끌어당겨졌다.


'캄캄해.'

밤이 모든 빛을 삼켜 버렸다. 해수면 아래는 고요만이 가득했다. 어둠을 유영하는 느낌이다. 낮과는 다른 스산함에 몸을 떨게 된다. 카르텔이 나를 끌어안아 온기를 나누어 주었다.

우리는 아실리드가 움직이는 물결에 몸을 맡겼다.

"……하아."

얼마나 이동했을까. 물살이 나를 수면 위로 끌어 올렸다. 어두운 곳에서 움직였던 탓인지 제자리 돌기를 한 듯 감각이 모호했다. 나는 갑갑증에 거친 숨을 내뱉으며 물 자락 끝에 걸린 달을 바라보았다.

카르텔이 물에 젖은 머리칼을 뺨에서 떼어 내 뒤로 넘겨 주었다. 나는 그의 손길을 느끼며 고개를 돌렸다.

로라가 가리키는 방향엔 작은 섬이 있었다. 꼭 동굴이 바다 위에 떠 있는 모양새였다.

"저기야?"

[응. 저기 굴 입구 보이지? 나는 그 안으로 들어갈 수 없어.]

로라가 답답하다는 듯 눈살을 찌푸렸다. 나는 동굴에 신경을 집중했다. 마력석의 기운이 느껴졌다. 보호를 위한 마도구가 설치된 것 같았다.

"우선 저것부터 없애는 게 좋겠어."

팔이 잔잔한 물결을 갈랐다. 동굴 가까이 헤엄쳐 간 나는 입구 바로 앞에서 움직임을 멈추었다. 벽면에는 장치된 것이 없었다. 그렇다면……

나는 눈을 가느스름하게 뜨고 수면 아래로 잠수했다. 물의 막이 나를 보호해 주고 있었다. 하지만 이 또한 인어의 힘. 혹여 경보음이 울리지 않을까 싶어 아실리드마저 들여보냈다.

물속에서 눈을 뜨는 건 제법 힘겨운 일이었다. 나는 팔목에 걸려 있는 월석의 힘을 빌려 아래로 유영했다.

'저거구나.'

동굴 아래에서 붉은 불빛이 반짝였다. 가까이 다가가니 마력석이 배열되어 바위에 박혀 있었다.

'이 정도면 풀 수 있겠어.'

마력석은 어떤 술식을 거는가에 따라 용도가 다르게 분리되었다. 거는 법을 안다면 푸는 법도 알아야 했다. 물론 배로 어려운 조건이었지만, 오랫동안 공부했던 만큼 해제가 가능할 것으로 보였다.

"푸하."

마력석의 위치를 알아낸 것만으로도 숨이 막혔다. 수면 위로 올라간 나는 참았던 숨을 토해 냈다. 그리고는 깊이 들이마셨다.

두 번째 잠수는 좀 더 수월했다. 손끝에 모은 마력으로 마력석의 위치를 이리저리 움직였다. 누군가 건 술식은 내 손짓 아래에서 해제되었다. 경보음은 걸려 있지 않았지만, 만약의 상황에 대비해 다른 술식을 걸어 둔 나는 발장구를 쳐 몸을 위로 끌어 올렸다.

"됐어. 이제 너도 들어갈 수 있을 거야."

[……정말? 저기에 닿으면 엄청 따갑단 말이야.]

한 차례 호되게 당한 전적이 있는지 로라가 몸을 움츠렸다. 그래도 궁금하기는 한지, 슬쩍 꼬리를 움직여 동굴 입구에 가까이 다가갔다.

[으으……]

눈을 꼭 감고 손끝을 뻗는다. 제 몸에 아무런 이상이 없자 어깨까지 들이밀었다.

[진짜잖아?! 어떻게 한 거야?]

"푸는 방법이 있어. 들어가자."

아무렇지도 않게 말했지만 술식을 역으로 풀어 나가는 건 많은 기력이 소모된다. 로라는 감탄사를 내뱉으며 허공을 더듬었다. 막아서는 것이 없자 곧장 안으로 들어가는 것이 보였다.

기운을 소비하더라도 같이 들어가는 것이 나았다. 안에 무엇이 있을지 몰랐다. 혹여 많은 귀중품이 숨겨져 있다면 그 사이에서 신물을 찾아내는 것도 고역일 것이다.

동굴은 짐승의 목구멍처럼 검었다. 나와 카르텔은 옅은 분홍빛 머리카락을 쫓아 안으로 들어갔다.

'신물이라.'

물살을 가르며 앞으로 나아가던 나는 인어의 신물을 떠올렸다. 각종족이 귀히 보관하던 그것은 신의 힘이 담겨 있다. 그것들은 드물게 인간의 손에 들어가 경매장에 출몰하기도 했다.

지니고 있으면 활력을 불어다 주는 사슴족의 신물, 일대의 기온을 낮게 만들어 주는 은색 늑대의 신물 등 각 종족의 신물은 특별한 힘을 담고 있었다.

'그건 신들이 있었다는 증거야.'

나는 먼 황금시대를 떠올렸다. 종족을 비호하며 그들을 자식처럼 아꼈던 신들은 이제 없다. 이후는 인간들만의 시대였다.

'신은 어째서 대륙을 떠났을까.'

그들은 이 땅을 창조했고 새로운 생명을 불어넣었다. 적어도 그들이 있었을 때만큼은 운명의 저울도 공평하게 작용했다.

[이리로 와!]

한참 과거의 신들을 떠올리고 있을 때였다. 나는 로라의 부름에 고개를 들었다. 바닷물이 고여 있는 동굴의 중앙, 볼록하게 올라온 석순 위로 투명한 크리스털이 놓여 있었다.

"저게."

수정은 어둠 안에서도 영롱한 빛을 뿜어내며 수면에 아름다운 오로라를 그려 냈다. 나는 오로라 왕국의 나라 명을 떠올렸다. 바다를 빛내며 반짝였던 오로라는 인어 신물의 힘이었다.

[예쁘지? 저게 바다 안에 있으면 물결이 스스로 순환하게 돼. 물론, 인어들이 직접 움직이는 것보다 못하지만 말이야.]

로라가 자랑스럽다는 듯 턱을 치켜올렸다. 인어는 오랜 시간 같은 바다에 고여 있었다. 그럼에도 바다가 스스로 움직일 수 있었던 까닭은 저 수정 때문이었다.

나는 멍하니 수정 곁으로 다가갔다. 인어의 신물은 사람을 홀리는 힘이 있었다. 그래서인지 석순 위의 신물에 손을 뻗는 데 망설임이 없었다. 그때였다.

끼이익-!

"……윽!"

철을 손톱으로 긁어내리는 소리가 고막을 찢었다. 경보음이 울리자마자 수정 아래에서 술식이 떠올랐다. 이런, 함정이었다. 급히 손을 물렸으나 굉음은 그칠 생각을 하지 않았다.

[윽, 시끄러워. 이 정도라곤 얘기 안 했는데.]

"뭐?"

고막을 어지럽히는 소란 속에서도 로라의 중얼거림은 칼처럼 꽂혀 왔다. 로라는 내 물음에 혀를 쏙 내밀고는 슬그머니 뒤로 물러났다.

[미안. 이러지 않으면 우리 일족이 곤란해지거든.]

"……너!"

소리를 질러 봤자 부질없는 일이었다. 황급히 동굴을 나서려 했으나 로라가 입구를 막고 있었다. 카르텔이 눈썹을 찌푸렸다. 그와 동시에 검은 불꽃이 사방에서 피어올랐다.

[꺄악!]

구체가 로라를 노리며 달려들었다. 어린 인어는 서둘러 물속으로 들어갔다.

"츳."

카르텔이 혀를 차며 검을 뽑아 들었을 때였다. 로라의 뒤편, 작은 나룻배가 동굴 안으로 들어오고 있었다.

부엉이 일족, 낙원의 장로였던 코르칸이었다. 나룻배가 로라의 옆에서 멈춰 섰다. 코르칸이 주름진 눈가를 움찔거렸다. 안개가 낀 것처럼 흐릿한 눈이다. 노쇠한 시선이 나와 카르텔에게 향하고 있었다.

"……코르칸."

"오랜만일세."

순간이나마 지난 일을 잊을 정도로 덤덤한 인사였다. 마지막으로 마주한 것보다 곱절은 더 야위어 보였다.

나는 로라와 코르칸을 번갈아 보았다.

[너희만 이쪽으로 끌어들이면 신물을 돌려준다고 했단 말이야.]

로라가 뺨을 부풀렸다. 신물을 훔쳐 인어의 힘을 빌린 건 백사자가 아닌 코르칸의 뜻이었다.

"당신, 아직도 포기 못 한 건가요?"

"할 수가 없지."

코르칸이 키들거렸다. 쿨럭, 마른기침과 함께 가래 끓는 소리가 요란했다. 그가 몸을 웅크렸다. 겨우 호흡을 골랐지만 그마저도 힘겨워 보였다.

[뭐, 부탁을 들어주지 않았어도 신물을 찾을 수 있었겠는걸?]

로라가 고양이처럼 눈을 치켜뜬 채 숨을 헐떡이는 코르칸을 퍽 즐거운 시선으로 바라보았다.

"웃기는 소리. 저 술식은 내가 아니면 풀 수 없게 되어 있어."

"어떻게 된 거죠?"

신물에 걸려 있는 술식은 마도학의 것, 이종족이 흉내 낼 수 있는 것이 아니었다.

"오로라 왕국에 있던 마도학자를 협박했지. 그자의 피와 내 피를 섞어서 만들었어. 마력석을 쓰지 않아도 되니 편하더군."

나는 미간을 찌푸렸다. 마도학은 복잡한 술식을 기반으로 한다. 거기에 마력석을 에너지원으로 사용하는 것이다. 그러나 단점은 있었다. 커다란 힘 때문에 술식의 흔적이 남는다.

마력에 예민하게 반응하는 자들은 마도의 흔적을 곧바로 알아차릴 수 있었다. 다만 사람의 피로 이루어진 술식은 다르다. 모든 피에는 마력이 흐르고, 그것으로 술식을 그리면 마력석과 같이 커다란 흔적이 남지 않는다.

'금지된 방법이야.'

그러나 이는 대륙 전역에서 금지하고 있는 방법이다. 피로 술식을 그린 자가 죽어야 그것이 발동되기 때문이다. 코르칸의 협박에 술식을 그린 마도학자는 죽음을 맞이했을 것이다. 신물에 마력의 기운이 느껴지지 않았던 까닭은 거기에 있었다.

"……당신은 죗값을 치르게 될 거예요."

얼어붙은 시선이 코르칸에게 향했다. 생명을 죽인 대가는 반드시 치르게 될 것이다.

'마도학의 기원이 흑마법이라고.'

나는 클로디온의 말을 떠올렸다. 그는 분명 흑마법을 운운했다. 처음에는 그의 말을 부정하려 했지만, 마도학을 대면할수록 수긍할 수밖에 없었다.

"내가 대가를 치러야 한다면 우리의 희생으로 세상을 먹어 치운, 너희 인간들의 죄는 무엇으로 치르지?"

코르칸의 입술이 비틀렸다. 잘게 웃던 그는 이윽고 실소를 내뱉었다. 처연한 웃음이 동굴 벽을 두드렸다.

"……누구도 죄를 피해 갈 수는 없어요. 모두가 대가를 치를 겁니다."

입안에 쓴맛이 돌았다. 마주한 시선은 서로 다른 의미를 담고 있었으나, 그 실상은 같았다. 깊은 상처를 받은 눈. 그래서일까. 나는 코르칸을 외면하지 못했다.

"아무렴 어떻겠나."

코르칸은 쓰게 웃으며 신물에 손을 뻗었다. 주름진 손이 수정을 감쌌다. 손아귀에 힘이 들어가자 맑은 수정에서 푸른빛이 돌았다. 바다가 신물에 반응해 일렁인다.

"커억, 쿨럭!"

신물에 마력을 불어넣던 그가 피를 토했다. 눈동자는 더욱 희뿌옇게 변했다. 나는 그의 눈이 거의 보이지 않는다는 사실을 깨달았다. 어떤 능력이든 대가가 있기 마련, 고귀한 피로 전해 내려오는 힘 또한 그렇다. 그는 지금껏 자신의 생명을 대가로 미래를 읽어 왔다. 낙원이 습격당할 것과 사자족의 움직임. 그리고 지금까지. 너무나 많은 미래를 읽어 온 그의 목숨은 일각도 남지 않았다.

"반란군이 사자족 뿐일 거라 생각하는가?"

해일이라도 일어난 것처럼 동굴 속 바다가 거센 물보라를 일으켰다. 턱에 묻은 피를 닦아 낸 그는 조소했다. 파스스 부서질 것만 같은 손이 신물을 높이 들어 올렸다.

"각지의 종족들이 반란을 준비하고 있다네. 사자족의 일은…… 그들을 일깨우는 신호탄이 될 걸세."

불안했다. 그가 무슨 짓을 벌이고 있는지 예측할 수 없어서였다. 우웅, 마력이 담긴 신물이 진동했다. 내 표정을 본 로라가 장난스럽게 키득거렸다.

[인어의 신물은 바다를 순환시키지. 그 원리가 뭔 줄 알아? 시간을

움직여서 물결의 흐름을 조정하는 거야.]

"뭐?"

혼란 속에 로라의 말을 이해하지 못했다. 그녀는 어린아이를 대하 듯 차근히 설명을 이어 갔다.

[한 마디로, 시간을 조종할 수 있다는 말이야. 일 분이 한 시간이 되도록. 혹은 하루가 일 분이 되도록.]

나는 그녀의 말을 곱씹었다. 눈동자가 크게 뜨였다. 그렇다면.

"자네가 사자족을 말릴 시간 따위는 없을 걸세. 내가 그렇게 두지 않을 테니까."

나는 코르칸의 의도를 뒤늦게나마 알아차렸다. 그가 우리를 동굴 안으로 몰아넣은 이유도 말이다.

"동굴과 바깥은 서로 다른 시간대로 움직이지. 이곳에서의 일 분이 바깥에서는 하루로 변질될 걸세."

마력을 지나치게 운용한 탓인지 코르칸의 얼굴이 새하얗게 질려 있었다. 이제 입가에 흐르는 피조차 닦을 힘이 없는 것 같았다. 그 럼에도 그는 아무래도 좋다는 듯 짙게 웃었다.

"……나가야 해."

등줄기로 소름이 돋았다. 늦어도 보름 안에 황제의 군대가 당도할 것이다. 이곳에서 시간을 조금이라도 허비한다면 미처 말릴 틈도 없 이 모두가 전멸당하고 만다.

나는 서둘러 마력을 끌어 올렸다. 날카로운 가시넝쿨이 내 손목 아 래에서 흘러나왔다. 닿는 것만으로도 살을 찢을 듯 가시넝쿨은 사나 운 기세로 코르칸을 향해 달려들었다.

채앵-!

"……!"

거센 물보라가 코르칸을 감싸 안았다. 그것은 굳건한 방패처럼 신물의 사용자를 보호했다.

[소용없어. 신물을 운용하는 동안은 바다의 보호를 받게 되어 있거든.]

로라는 제 곁으로 날아오는 물살을 잔잔하게 가라앉히며 콧노래를 불렀다. 그녀는 신물을 돌려받기만 하면 아무래도 좋다는 듯 굴고 있었다.

코르칸을 보호하던 파도는 나를 향해 덮쳐 왔다. 동굴 천장에 닿을 듯 높이 치솟은 파도를 보고 눈을 감을 때였다.

"웃기는 소리."

커다란 손이 내 앞을 막아섰다. 그 순간 눈앞으로 거센 불길이 피어올랐다. 순결하리만치 검은 불꽃은 물보라를 잡아먹을 듯 거칠게 일렁였다. 서로 맞닿아 버린 둘은 새하얀 연기를 피워 내며 상쇄되고 말았다.

"바다의 보호를 받게 되어 있다고? 그렇다면 부수면 그만이지."

카르텔이 사납게 으르렁거렸다. 나를 향한 바다의 적의가 그의 심기를 건드리고 만 것이다.

"아무리 당신이라도 신물을 상대할 순 없을 겁니다."

코르칸이 창백하게 질린 얼굴로 입술을 달싹였다. 가만히 둔다면 한 시간을 넘기지 못하고 죽을 이였다. 하지만 안에서 한 시간이 지난다면 바깥에서는 며칠이 지나 있을지 알 수 없었다. 최대한 빨리 이곳을 나가야만 했다.

"그래? 정말인지, 한 번 시험해 보자고."

카르텔이 코르칸의 도발에 응수했다. 웅웅 낮게 울리는 목소리가 나에게로 향했다.

"나를 끌어안아."

이유를 물을 새도 없었다. 나는 눈앞에 보이는 등을 한껏 끌어안았다. 그가 기다렸다는 듯 주변의 바위를 디디며 뛰어올랐다.

물의 창으로 변한 바다가 살벌한 기세로 카르텔이 남긴 발자취를 좇았다. 동굴은 제법 깊었으나 움직임을 이어 나가기에는 불리했다.

"당신이 이해해줬으면 좋으련만."

코르칸은 앞이 보이지 않게 된 눈을 끔뻑거렸다. 그는 카르텔이 자신의 편이 되어 인간 세상을 쓸어버리기를 바랐을 것이다. 자신의 예언대로 말이다.

"그러지 않을 거라면, 당신도 이곳에서 죽는 편이 낫겠습니다."

로라가 그의 말에 까르르 웃었다. 어린 인어에게는 이 모든 상황이 재미있는 희극 정도로밖에 느껴지지 않았다.

파도가 카르텔이 디딜 바위를 덮쳤다. 거칠게 튀는 물방울이 그의 얼굴을 긁어내렸다. 하얀 뺨에 붉은 핏방울이 얼핏 맺혔다. 그때였다.

우득, 득. 뼈와 근육이 움직이는 소리가 고막을 파고들었다. 그의 피부를 감싼 옷자락이 움직이는 신체를 견디지 못하고 찢겨 나갔다.

"카르텔……!"

거친 변화에 몇 번이고 그의 몸을 놓칠 뻔했다. 나는 온 힘을 다해 카르텔에게 매달렸다.

손아래로 부드러운 털이 올라왔다. 새카만 윤기가 흐르는 털은 곧 영역을 확장해 동굴을 가득 메웠다.

투둑, 툭. 돌가루가 천장에서 떨어져 내렸다. 커다란 지진이 일어난 것처럼 동굴 전체가 흔들렸다. 그리고…….

까드득-!

날카로운 발톱에 바위가 부서진다. 말 두 필을 합쳐 놓은 듯 거대한 발이 동굴 벽면을 후려쳤다.

콰앙-!

동굴이 허물어져 내리고 있었다.

[이렇게 말이야.]

붉은 노을이 지는 하늘과 바다가 맞닿은 경계선. 거대한 흑표범이 고고히 서 있었다. 매끄러운 가죽이 손아래에서 검게 빛났다. 카르텔은 본체인 흑표범으로 변해 있었다. 나는 그의 뒤, 목덜미쯤에 매달린 채였다. 거대한 흑표범이 동굴의 잔해를 밟고 일어섰다. 그의 아래, 부스러진 바위 위에 코르칸이 쓰러져 있었다.

"아아, 마수시여……."

힘없이 떨어져 있던 고개가 들렸다. 부옇게 번진 시선이 카르텔에게 향하고 있었다.

마수에게는 모시는 신이 없었다. 그들은 순결한 어둠 속에서 스스로 생명을 틔워 낸 종족이기 때문이다.

각 종족이 모시는 신들이 모두 떠난 지금 마수의 존재는 유난히도 선명했다. 코르칸이 카르텔에게 집착한 이유도 그 때문이었다. 신의 비호를 받지 않고도 홀로 고결함을 유지하는 이라니. 그 순고함은 이루 말할 수 없었다.

샛노란 금안이 코르칸을 느릿하게 훑었다. 그 눈빛은 코르칸을 사냥감으로조차 취급하지 않았다.

[주인의 비호가 거두어지자마자 움츠러든 개가 되다니. 그게 무슨 뜻일 것 같나.]

흑표범은 늙고 병든 노인에게 얼굴을 가까이했다. 거대한 눈동자가 느릿하게 깜빡였다. 코르칸이 멍하니 입을 벌렸다. 카르텔은 가만히 말을 이었다.

[그들은 너희들을 창조했을 뿐, 살아가는 것은 온전히 각자의 몫이란 사실을 아직도 모르고 있군.]

카르텔의 뒤에 올라타 있던 나는 그의 말을 경청했다.

인간을 창조한 신도, 이종족을 만들어 낸 신들도 모두 한 시대에 사라졌다.

'어쩌면.'

세상을 창조하고 자신의 아이들을 키워 낸 그들은 각자의 소임을 다하고 물러간 것일지도 몰랐다.

[너희들이 아래 계급으로 밀린 걸 신의 탓으로 돌리지 마라.]

코르칸의 눈이 커다랗게 뜨였다. 모든 이종족은 자신을 떠난 신을 원망하고 또 미워했다. 그들은 어린아이의 순수를 그대로 간직했기에 잔악하게 변해 버린 인간들을 이겨 내지 못했다. 그렇게 수모를 당하면서 이종족들이 행한 일은 떠나간 신을 부르짖는 것이었다. 어른이 되길 거부하는 아이처럼, 독립하지 못해 부모에게 매달리는 소년처럼 말이다.

"신이, 신이 우리를 만들었어……! 그렇다면 마땅히 책임을…… 쿨럭, 커억……!"

거친 기침과 함께 피가 동반되었다. 울컥거리는 핏물은 멈출 기미가 없었다. 힘이 다했다는 신호였다. 나는 코르칸에게서 눈을 돌리지 않았다. 그의 마지막을 끝까지 지켜봐야만 했다.

"아아…… 루여 당신 품으로 갑니다."

루는 혜안의 신. 부엉이 일족을 만들어 낸 남신이었다. 코르칸은 신의 이름을 내리 불렀다. 그리고는 숨을 멈추었다.

"내려 줘."

카르텔이 몸을 낮추었다. 나는 그의 몸에 기대어 미끄러지듯 아래로 내려왔다. 무너진 동굴은 느린 속도로 바다에 잠기고 있었다. 그 전에 해야만 하는 일이 있었다.

나는 코르칸에게 다가갔다. 그는 죽어서도 핏발 선 눈을 감지 못하고 있었다.

"안식을 찾기를."

나는 고개를 숙여 그의 눈을 감겨 주었다. 눈꺼풀이 덮인 그의 표정은 누구보다도 평안해 보였다.

툭, 물에 잠긴 돌무더기가 아래로 가라앉았다. 덩달아 코르칸의 팔이 떠오른다. 그의 손아귀에서 무언가가 반짝거렸다.

"이건……."

그것에 손을 대려던 찰나였다. 튀어 오르는 물보라와 함께 사나운 음성이 고막을 두드렸다.

[그거 내놔!]

로라였다. 소란을 피해 바닷속에 숨어 있던 그녀는 단박에 물을 가르고 튀어나와 코르칸에게 손을 뻗었다.

물갈퀴가 달린 손가락이 그의 육체에 닿기도 전이었다.

[꺄악-!]

발톱이 달린 발이 로라의 몸을 짓눌렀다. 꼬리를 버둥거리던 그녀가 서둘러 물을 끌어당겼지만 카르텔의 불꽃이 먼저였다.

[씨이, 더러운 발 치우지 못해?! 어차피 너네 꺼 아니잖아!]

검은 불꽃에 감싸인 로라가 볼멘소리를 냈다. 진심으로 억울해하는 기색에 기가 막혔다. 더 고민하고 있을 이유가 없었다.

"카르텔. 이거 부숴 버려."

[뭐, 뭐라고?!]

나는 소리를 지르는 로라를 무시한 채 코르칸의 손에서 신물을 빼내었다. 수정 안쪽에 오로라의 빛이 번들거렸다. 힘의 주체가 되는 신의 흔적이었다. 그러나 그 힘을 담아내고 있는 모체는 평범하기 짝이 없는 보석일 뿐이었다.

[물론.]

나는 그것을 카르텔에게 건넸다. 고개를 숙인 카르텔은 수정을 잇새 사이에 물었다.

[안 돼!]

까득—!

허망한 비명과 함께 수정이 산산 조각났다. 보석 안에 담겨 있던 신의 힘은 허공을 유영하다 그대로 사라져 버렸다.

[미쳤어?! 저게 없으면 바다를 순환시킬 수 없다고!]

카랑카랑한 목소리가 바다에 울렸다. 나는 무심한 표정으로 아실리드를 불러냈다. 내 부름에 흘러나온 아실리드는 천천히 눈을 깜빡였다. 사라져 버린 신의 기운을 그도 느끼고 있을 것이다.

"아실리드. 인어들은 바다를 순환시킬 수 있는 힘이 있지?"

[맞아. 그건 우리들의 숙명이자 태어난 이유이기도 하지.]

그의 입꼬리가 부드럽게 말려 올라갔다. 더없이 만족스러운 미소였다.

모름지기 고인 것은 썩기 마련, 바다는 끊임없이 흘러가야만 한다. 나는 이 자리에서 선고했다.

"이제 너와의 계약을 끝낼 때가 된 것 같아. 아실리드. 마지막으로 부탁할게. 인어들과 함께 바다를 움직여 줘."

그 순간, 내 안에 존재했던 운명이 또 한 번 움지였다.

아실리드의 몸이 푸른빛으로 뒤덮인다. 내 귀에 걸려 있던 진주가 사라지면서 그의 형체가 더욱 뚜렷해졌다.

[함께해서 기뻤어. 사랑스러운 꽃아.]

나와 아실리드를 잇고 있던 마력의 연결고리가 끊어졌다. 바다에 몸을 담근 아실리드는 그 누구보다 행복한 미소를 짓고 있었다.

[로라. 인어 왕의 딸아. 이제 우리 인어들은 움직일 수밖에 없어. 언제까지 고여 있을 셈이니.]

[……신물만 있어도 우린 계속 여기 머물 수 있었어!]

로라가 악다구니를 내질렀다. 아실리드는 어린 동생을 어르듯 부드럽게 속삭였다.

[우리도 벗어나야 해. 신의 품에서 말이야.]

그는 눈짓으로 육지를 가리켰다. 이만 헤어져야 할 시간이었다. 카르텔이 몸을 숙였다. 흑표범의 등에 올라탄 나는 아실리드를 내려다보았다.

져버린 꽃의 흔적을 따라 나를 만나러 왔던 내 친구. 나는 마지막이 아닐 인사를 건넸다.

"만나러 올게."

[기다릴게.]

처음 만났을 때처럼 유순한 표정이었다. 언젠가 내가 다시 바다를 찾아올 때도 그는 나를 같은 얼굴로 맞이해 줄 것이다.

"가자. 카르텔."

말이 끝나기 무섭게 검은 불길이 일었다. 양탄자처럼 길게 이어진 불의 길은 저 먼 육지까지 이어져 있었다.

거대한 몸이 바다 위를 가로질렀다. 나는 떨어지지 않기 위해 그의 털을 꽉 쥐었다. 속도만큼이나 거친 바람이 내 뺨을 할퀴고 지나갔다.

'서둘러야 해.'

시간을 움직이는 신물의 힘은 강력했다. 동굴 안에 있는 동안 바깥의 시간이 얼마나 흘렀는지 짐작조차 되지 않았다.

그사이 군대가 당도한다면. 상상만 해도 아찔했다. 육지가 점점 더 가까워졌다. 절벽 길 너머로 성의 형체가 보였다. 그 위로 검은 연기가 솟구쳐 올라왔다.

"불이······!"

성이 불타고 있었다. 나는 하늘을 물들이는 연기를 멍하니 바라보았다.

"리아!"

불꽃이 닿은 육지에서 나를 부르는 소리가 들렸다. 아르덴이 해변에 서 있었다.

거대한 육체가 박차를 가했다. 하늘을 향해 도약한 카르텔이 긴 발자국을 그리며 해변에 멈춰 섰다.

나는 서둘러 그의 몸에서 내려왔다. 사방으로 모래바람이 일었다. 그 사이를 헤집고 들어온 아르덴이 나를 끌어안았다. 애끓는 목소리가 가슴을 파고들었다.

"대체, 어딜 갔었던 거야. 리아."

"……미안해. 사정이 있었어. 며칠이나 흐른 거야?"

아르덴의 얼굴이 창백해졌다. 그는 심각한 표정으로 대답했다.

"네가 없어진 지 보름이 다 되어 가."

"……저 연기는?"

아니기를, 제발 아니기를. 붙잡혀 있는 인간과 사자족들의 실랑이가 아닐까. 그렇게 간절히 바라며 물었지만 아르덴은 고개를 내저을 뿐이었다.

"이미 늦었어."

덜컹, 심장이 내려앉았다. 황제의 군대가 당도한 것이다. 코르칸의 소원은 결국 이루어졌다.

"가서 조금이라도 살려야……!"

"리아, 진정해. 지금 가면 우리 정체가 발각되고 말 거야."

황제에게 자비란 존재하지 않았다. 그의 군대는 왕국에 있는 모든 이종족을 몰살시키고 말 것이다.

참담한 심정이었다. 코르칸은 사자족 외에도 많은 종족이 반란을 준비하고 있다 말했다. 오로라 왕국의 일은 그들이 일어날 시발점이 되고 말 것이다.

전쟁의 시작이었다.

# 14. 전쟁의 서막

검은 연기가 더욱 짙어졌다. 나는 허망한 마음으로 타들어 가는 성을 바라볼 수밖에 없었다.

아르덴이 내 어깨를 끌어안았다. 그 또한 어두운 표정이다. 아무것도 할 수 없다는 무력감이 나와 아르덴을 집어삼키고 말았다.

"······리카엘과 벨루스에게서 온 연락은?"

"무사해. 매를 이용해서 계속 연락을 주고받고 있었으니까. 네가 없어졌다는 소식을 듣자마자 이곳으로 오겠다고 했어."

둘은 황제의 시선을 돌리려 반대쪽에서 움직이고 있었다. 다행히 그들 쪽에선 큰 문제가 없는 것 같았다. 작게나마 안심하려던 찰나였다. 아르덴이 머뭇거리고 있었다.

"다른 문제가 있어?"

"······짐작하는 것 이상으로 상황이 좋지 않아."

성공과 실패는 양면의 종이와 같았다. 하나를 짐작했다면 다른 하나도 예상해 두어야만 했다.

반란군을 이동시키는 데 실패했을 시 가담한 이종족은 모두 죽음을 맞이한다. 이보다 더 나쁜 상황이 존재할 수 있다는 말인가. 내 허망한 시선에 아르덴이 아랫입술을 깨물었다.

"황제가 이종족들을 상대로 탄압을 선고했어. 제국 내 숨어 있는 모든 이종족을 잡아들이라는 명령이야."

"뭐, 뭐라고?"

혀끝이 파르르 떨렸다. 나는 그의 말을 알아듣지 못한 것처럼 되물었다. 그럴 수밖에 없었다. 황제의 선언은, 이종족을 모두 몰살하겠다는 것이나 다름없었다.

"덕분에 몸을 숨기고 있던 이종족들도 위험해졌어. 그들을 상대로 큰 현상금이 걸린 데다가, 이종족을 몰래 보호하는 이들까지 모두 반역죄로 처리할 모양이야."

"그럼 벨르하트와 수에노도······."

"대공께선 의심을 사지 않으셨으니 지금 당장은 괜찮을 거야. 하지만 그것도 시간문제겠지. 황제가 마음을 단단히 먹었어."

대공이 보호하는 이종족은 성안에 있는 이들만이 아니었다. 수에노 또한, 그녀의 아래에서 일하는 이종족 및 혼혈 외 많은 이들과 거미줄처럼 이어져 있었다.

'만약 들킨다면.'

끔찍한 비명이 메아리가 되어 머릿속에서 번졌다.

아비규환이다. 죄 없는 생명이 정화라는 명목 아래 참혹히 살육당할 것이다. 반역죄를 묻겠다고 하니 황족인 벨르하트도 무사하지 못할 것이다. 어쩌면 죽음이 자비로울 만한 고초를 당할 수도 있을 테다. 나는 굳게 다물렸던 입술을 힘겹게 떼어 냈다.

"나가 있는 동안 코르칸을 만났어. 그는 사자족의 죽음으로 다른 이종족들이 일어날 거라고 했어."

"……전쟁이구나."

아르덴의 낯빛이 어두워졌다. 나는 그의 말을 부정할 수 없었다. 반역을 준비하는 이종족들. 그리고 황제의 선언까지. 운명의 수레바퀴가 끔찍한 쇳소리를 내며 굴러가고 있었다.

투툭, 툭. 깊은 어둠과 함께 비가 쏟아졌다. 덕분에 성의 불길은 꺼졌지만 탄내가 온 사방에 진동했다. 아르덴이 괴로운 듯 눈을 찡그렸다.

'죽음의 냄새.'

단순히 자재가 탄 냄새가 아니었다. 살과 뼈, 수백 명의 피가 타들어 간 끔찍한 냄새는 증오의 기운을 낳았다.

무구한 나무인 그에게는 이것만큼 고통스러운 냄새가 없을 것이다. 나는 느릿하게 정화의 향기를 피워 냈다. 죽음의 냄새는 나를 피해 저 먼 어둠의 깊은 곳으로 숨어 버렸다.

"이곳도 들킬 가능성이 있어. 서둘러 움직여야만 해."

아르덴이 초조한 기색으로 숲 너머를 바라보았다. 아직 성 뒤편의 절벽 길 쪽으로는 병력을 풀지 않았다. 하지만 이종족을 전부 잡아들이라는 명을 받았으니 구석구석 빼놓지 않고 뒤져보겠지.

"조금만 더 기다려 보자."

나는 아르덴의 손을 잡아 그를 진정시켰다. 이쪽으로 오겠다는 리카엘에게 답변을 보냈다지. 그것을 들고 날아간 매는 아직 돌아오지 않았다. 까딱하면 길이 엇갈려 더 멀어질 수가 있었다.

가족들과 너무 오랫동안 떨어져 있었다. 그것이 내 불안을 가중시킨다. 서둘러 만나지 않는다면 더 나쁜 일이 일어날 것만 같았다.

"괜찮아."

"……카르텔."

절벽 길 너머의 차가운 바닷바람이 쌩하니 불어왔다. 어느새 움츠러든 어깨를 카르텔이 감싸 안았다. 그는 평균보다 더 높은 온도를 지니고 있었다. 본체가 인간이 아니니 당연했다. 나는 온기를 찾는 어린 짐승처럼 그의 품을 파고들었다.

"왔군."

쏴아아, 해풍이 숲을 헤치고 지나간 순간 저 깊은 곳을 바라보던 카르텔이 중얼거렸다. 나무의 속삭임을 들을 수 있는 아르덴 또한 뭔가를 눈치챘는지 같은 곳으로 시선을 두고 있었다.

"리아!"

사내다운 목소리가 어둠 속에서 들려왔다. 사특한 기운이 아닌, 밝고도 활기찬 힘이 느껴지는 목소리였다. 나는 그 목소리가 들리는 방향으로 내달렸다.

"벨루스!"

여전히 사람의 인형은 보이지 않았다. 앞에서 손이 뻗어 왔다. 그림자를 걷어 낸 벨루스가 나를 제 품 안으로 끌어안았다.

"리아. 보고 싶었어."

"……나도. 몸은, 괜찮은 거야? 어디 다친 곳은 없고?"

나는 벨루스를 마주 안았다. 근육으로 뒤덮인 육체가 느껴졌다. 사랑스러운 동생은 못 본 사이 더욱 남자다워져 있었다.

"응. 내가 누군데. 그런데, 리아가 이렇게 맞아 주는 건 처음이네. 언제나 내가 먼저 안겼었잖아."

그랬었던가? 달려와 안은 것이 퍽 기뻤는지 벨루스의 입가에서 웃음이 새어 나왔다.

동생은 나에게 애정 표현을 아끼지 않았다. 그에 비교하자면 내 표현은 인색하다 할 만한 것이었다. 늘 감정을 절제해 왔기 때문이다. 앞으로는 조금 더 나 자신을 드러내도 괜찮지 않을까. 그렇게 생각하던 순간이었다.

벨루스의 커다란 육체 뒤에서 인형이 나타났다. 달빛에 비친 은발이 아름답게 반짝인다. 또 한 명의 그리운 이였다. 벨루스의 품에서 한쪽 팔을 빼낸 나는 리카엘을 끌어안았다.

"오라버니. 어서 와요."

연하늘색 눈동자가 일렁였다. 벨루스와의 표현은 늘 있는 일이었지만, 그와의 포옹은 이번이 처음이나 마찬가지였다.

"……그래."

그가 목석처럼 굳는 건 처음 보았다. 힘을 빼려고 노력하는 것이 눈에 보일 정도다. 가라앉았던 기분이 조금이나마 풀어졌다. 나는 입가에 미소를 매달았다. 카르텔은 가만히 그 모습을 바라보기만 했다.

따뜻한 재회가 끝났다. 나는 가족들과 함께 달빛이 잘 드는 절벽가로 나왔다.

리카엘과 벨루스의 몸 곳곳에는 먼지와 잿가루가 묻어 있었다. 황제의 시선을 돌리면서도 이곳까지 찾아온 게 용했다. 그래서 더욱 미안한 감정이 들었다.

"고생해 주었는데, 미안해요."

내 곁으로 모두가 모여들었다. 절벽 뒤에서 나와 카르텔을 기다리던 아르덴 또한 듣지 못했던 이야기였다.

어린 인어 로라에 대한 이야기부터 코르칸이 훔쳐 간 신물, 그리고 곳곳에서 반란을 준비하는 이종족들까지.

"네 탓이 아니야."

이야기를 모두 마쳤을 때, 리카엘이 가장 먼저 한 말이었다. 가슴

한쪽이 시큰거렸다. 나는 천천히 고개를 끄덕였다. 죄책감은 서둘러 씻어 내야만 했다. 그래야 잘못된 것을 바로잡고 앞으로 나아갈 수 있었다.

"반란을 준비하는 종족들이라면 우리도 마주친 적이 있어."

"어디서?"

놀라 고개를 돌린 곳에는 벨루스가 서 있었다. 그는 멋쩍은 듯 머리를 긁적이며 말했다.

"황제의 시선을 돌리려고 온갖 곳을 다 돌아다녔거든. 그때 서너 종족이 연합해 사는 곳을 발견했어. 서로 다른 종족이 자의로 모여 있는 건 보기 힘든 광경이라 기억해. 그 이유가 반란 때문인 건 몰랐지만."

놀라운 사실이었다. 이종족들은 제국에 직접 대항하기 위해 힘을 모으고 있었다.

"어떤 종족들인지 기억해?"

"육식계였어. 식물계는 더 멀리 떨어진 곳에 모여 있었고. 그나마 교류가 있는 종족끼리 모인 것 같던데."

이종족들도 사이가 좋은 종족과 그렇지 않은 종족이 있다. 황제를 치기 위해 힘을 합한 건 잘한 일이지만, 그 와중에도 편을 달리 한다면 모두 허사로 돌아가 버릴 것이다.

"……모두 목적은 같아."

벨르하트와 그의 비호를 받는 이종족들, 편이 갈린 육식계와 식물계, 그리고 그 밖의 이종족들까지 모두. 목적은 단 하나. 제국을 무너뜨리고 황제를 치는 것이었다.

"움직여야겠어. 벨루스. 이종족들이 모여 있는 곳으로 나를 데려가 줘."

이미 전쟁이 시작되었다면, 나는 이것을 승리로 이끌어야 할 의무가 있었다.

나는 밤하늘 위로 촘촘히 떠 있는 별들을 바라보았다. 그중에서도 가장 빛나는 별이 있었다. 어쩐지, 내 운명의 별이 움직이고 있는 것만 같았다.

달빛이 찬 바다에는 인어들이 몰려 있었다. 바다의 신물이 없어진 지금, 그들은 바다를 순환시켜야 할 의무가 있었다. 나로 인해 그들의 운명도 바뀌었다.

어째서 책 속에 들어온 걸까. 늘 이어졌던 고민이었다. 이제 조금 알 것만 같았다. 나는 주먹을 말아 쥐었다.

* * *

붉은 융단이 깔린 적막한 복도, 정예 기사들이 일정한 거리를 둔 채 길목을 수호하고 있었다.

그 중심 단장이 지키고 있는 거대한 방.

나라의 신수인 유니콘과 신의 상징이라 불리는 태양이 조각된 양 문의 너머 레오플론 제국, 거대한 대지를 다스리는 황제의 침실이 존재했다. 황금과 루비, 사파이어로 장식된 방은 침실이라기보다는 하나의 연회장처럼 보였다.

어두운 침실의 중앙, 희미한 불빛 곁에 황제가 앉아 있다. 와인을 기울이던 그는 잔을 거칠게 내려놓았다.

"빌어먹을 것들."

황제는 제국 지도를 내려다보고 있었다.

테이블 위 펼쳐진 양피지에는 붉은 핀이 꽂혀 있었다. 각 지역에 꽂힌 핀은 베논가와 마수의 씨가 발견되었던 장소였다. 보고가 들어오는 대로 병력을 내보냈지만 그들의 자취만 확인했을 뿐, 머리카락한 올 손에 넣지 못했다.

"일부러 수를 쓴 게야."

주름진 눈가가 일그러졌다. 오로라 왕국으로 병력을 보내기 직전, 제국 곳곳에서 베논가의 일당이 나타났다는 속보가 들어오기 시작했다.

그동안 흔적조차 보이지 않던 이들이다. 때마침 들려온 희소식에 눈이 돌아간 것은 당연했다. 황제는 오로라 왕국의 일을 모두 루크 백작에게 위임하고 모든 신경을 베논가와 마수에게 기울였다.

'그때 알아챘어야 했다.'

잔당들은 기민하게 움직였다. 보고를 받으면서 유인당하는 느낌을 지울 수 없었다.

신기루를 좇는 기분이었다. 그렇지만 손을 뗄 수는 없었다. 그만큼 조바심이 들끓었기 때문이다.

건국 당시부터 내려오던 혈통이다. 마수의 피를 신의 후손으로 포장하기까지 얼마나 많은 노력이 들어갔던가. 저 먼 선대 때부터 지켜왔던 비밀을 자신의 대에서 망가트릴 수는 없었다. 그렇기에 갖은 애를 기울였건만. 그들 손에 놀아났다는 걸 알게 되기까지는 그리 오랜 시간이 걸리지 않았다.

"이종족들에게 정을 쏟고 있는지는 몰랐지."

잔혹한 미소가 입가에 걸쳐졌다. 그들이 여섯 번째 흔적을 남겼을 무렵 깨달은 사실이었다. 오로라 왕국의 반란과 베논가의 움직임, 시기가 지나치게 공교롭지 않은가. 황제는 그 즉시 루크 백작에게 명을 내려 군대를 파견했다. 오로라 왕국에 있는 이종족. 그리고 스스로를 지키지 못한 왕국의 사람들까지 전부 쓸어버리라고 말이다.

"그놈들을 빼내려고 하다니. 분수도 모르고."

군대를 파견하면 반란군은 전부 몰살이다. 병력의 차이는 뚜렷했다. 베논가의 잔당들은 그전에 이종족을 빼내려고 했을 것이다. 어림도 없는 일이었다.

루크 백작에게 보고를 받은바, 오로라 왕국은 전멸했다. 이종족은 물론이요, 왕국을 지키지 못한 왕족과 미흡한 병력, 쓸모없는 왕국민까지 모두 죽여 없앴다는 말이었다.

'쓸모가 있는 곳이니 땅만 남겨 두면 그만이야.'

제국에 비하면 조그마한 땅이었지만 중요한 것은 왕국이 가진 해안선 반경이었다. 애초부터 왕국의 이들을 밀어 버리고 제국민과 귀족민들로 채우려던 계획을 실행할 기회였다.

베논가의 수작을 막아 내고 오로라 왕국의 반란군을 완벽하게 제압하였으니 한결 마음이 편안했다. 이제 남은 것은 쥐새끼처럼 숨어 있는 놈들을 땅굴 속에서 끄집어내는 일이었다.

"이종족들의 몰살."

제국 지도 곳곳에는 파란색 핀들이 꽂혀 있었다. 이종족들이 모여 있는 위치를 표시해 놓은 곳이었다.

오로라 왕국을 제압한 후, 황제는 이종족 탄압 선포령을 내렸다. 귀족들이 소유한 이종족 외 모두를 국가에 귀속시키겠다는 것이다. 물론, 국고에 쓸모가 되는 것들만이다. 그 외에는 전부 몰살이었다. 애초부터 살려 둘 필요가 없는 이단의 피였다.

'능력을 쓸 수 있는 종족은 인간. 그 안에서도 황족의 피면 족하다.'

수많은 능력 중에서 하나를 신성시하는 것은 생각 외로 간단했다. 다른 능력을 가진 이들을 소수로 만들고 배척하여 하나의 능력만을 남겨 두는 것이다. 가장 신성한 것은 늘 그렇게 만들어져 왔다.

"그놈들을 처단하고 신의 날을 더욱 견고히 해야겠어."

황제가 눈을 빛냈다. 한 번은 실패했지만 차후가 남아 있었다. 그는 마도학이라는 학문 자체를 제국의 산하 기관으로 만들어 버릴 생각이었다.

더 이상 귀족 가문 하나에 왈가왈부 되지 않게끔 자신이 직접 다스리면 되었다. 명칭도 다시 지어 주어야겠지. 신의 후계 아래 있는 또다른 힘에 어울리게끔 말이다. 그렇게 마음을 다잡고 나니 조금 편안해졌다. 그러나 마음 한구석, 허한 감각이 들었다. 그 안으로 바람이 드나드는 것만 같았다.

'이상하군.'

베논가의 잔당들과 이종족들이 연관되어 있으니, 이제는 그 약점을 들쑤시기만 하면 되었다. 다 잡아 놓은 먹이인데 어째서 이렇게 허전한 기분이 드는 것이냔 말이다.

"꼭 지금뿐만이 아니었지."

황제가 되기 전에도, 즉위하여 이 커다란 제국을 통치하던 때에도 허기진 감각은 언제나 있어 왔다.

원인 모를 허기다. 황제는 와인 잔을 기울였다.

태양이 빛나는 낮은 그에게 화려한 권력을 가져다주었다. 그러나 혼자된 밤은 다르다. 그는 새벽 내내 뜬 눈으로 태양을 기다렸다. 혹여나 내일의 해가 뜨지 않을까 봐, 제 손에 거머쥔 권력이 사라질까 봐 한시도 불안하지 않은 적이 없었다.

"완전하면 좋으련만."

낮은 한숨이 거대한 방에 감돌았다. 화려하게 치장된 곳이었지만 이 또한 완전하지 않다. 잠시라도 방심하면 자신의 목에 칼을 들이댈 것들이 사방에 도사리고 있었다.

자리에서 일어난 황제는 거울 앞으로 다가갔다. 핏발선 중년의 남자가 그를 노려보고 있었다. 그 자신이다. 절대자도 세월을 비껴가지 못했다. 황제는 거울에 손을 대었다. 차가운 감촉은 붙잡을 수 없는 시간처럼 섬뜩했다.

누구도 알지 못했다. 황제가 가장 두려워하는 것은 갈수록 늙고 병약해지는 자기 자신이라는 사실을.

'……분명 내 것인데. 어째서.'

죽고 싶지 않았다. 병들어 낡은 몸이 되고 싶지 않았다. 그는 언젠가 자신의 권력이 다른 이에게 넘어간다는 사실을 이해할 수가 없었다. 그 방증일까. 황제는 제 자식을 보며 지독한 질투를 느꼈다.

젊음, 자신이 죽고 난 뒤에 황태자 레이븐이 가질 절대 권력, 황금으로 일렁이는 제국, 새로운 태양을 찬양하는 신민들의 환호성.

쨍그랑-!

그는 참지 못하고 거울을 깨트렸다. 금이 간 유리 조각이 남자를 비추었다. 언젠가 죽어 없어질 자신의 미래를 보는 것만 같았다.

"……진짜가 될 수 있다면."

포장해 만든 신의 핏줄 따위가 아닌, 진짜 신이 될 수만 있다면. 진짜 신으로서 영생을 누리며 찬양받는 삶을 살 수만 있다면 그는 뭐든지 할 준비가 되어 있었다.

"그렇군요."

"……누구냐!"

부드러운 음률이었다. 그러나 섬뜩한 느낌을 주었다. 애초부터 황실의 침실에 타인의 목소리라니. 말도 안 되는 일이다.

황제가 주변을 노려보았다. 암살자인가.

그는 테이블 위의 종을 황급히 흔들었다. 그러나 인기척은 없었다. 방 안에서 그림자처럼 자신을 수호하는 친위대조차 말이다.

"진정하십시오. 황제시여. 저는 당신에게 도움을 드리려고 찾아온 것뿐이랍니다."

창문이 저절로 열렸다. 밤바람에 붉은 커튼이 피 웅덩이처럼 일렁였다. 그 뒤로 한 남자가 나타났다.

"무엇이냐."

황제는 침착하게 대응했다. 하지만 덤덤한 표정 뒤로 식은땀이 흐른다. 제 침실에 침입한 자객은 열 손가락을 다 꼽고도 넘쳐 났다. 그러나 지금처럼 친위가 나타나지 않은 적은 없었다.

"영원할 방법을 찾고 계시지요."

"……."

침입자는 고양이처럼 은밀하게 속삭였다. 커튼 앞으로 몸을 드러낸 사내의 입가에 웃음이 걸렸다. 악마의 간교요, 사특하기 그지없는 미소다. 그러나 분명 아름다웠다.

영원할 방법이라니. 혹여 자신이 꿈을 꾸고 있는 건 아닐까. 황제는 홀린 듯 사내를 바라보았다.

"제가 알고 있답니다."

"……무, 무얼 말이냐."

사내가 다가와 손을 뻗었다. 굳은 듯 몸이 움직이질 않았다. 시체처럼 창백한 손이 주름진 뺨에 닿았다.

"……!"

깨진 거울이 황제의 얼굴을 비추었다. 주름과 검버섯으로 뒤덮인 피부에 새살이 돋고 있었다. 뒷걸음친 그는 제 얼굴을 더듬었다. 반대쪽 뺨은 여전히 주름투성이에 거칠거칠했다. 그에 비해 사내의 손이 닿은 쪽은 어린아이의 그것처럼 매끄러웠다.

'믿을 수 없어.'

몇 번이고 매만져도 감각은 같았다.

"너는……."

눈앞의 남자는 정녕 신인 것일까.

사내는 멍청히 서 있는 황제의 곁에 다가와 속삭였다.

"제가 알려드릴 수 있습니다. 진짜 신이 되는 방법 말입니다."

열린 창문으로 스산한 밤바람이 불어 닥쳤다.

진득한 피 냄새가 앞날을 예고했다.

* * *

검은 밤, 우리는 타들어 가는 성을 뒤로 한 채 오로라 왕국을 빠져
나갔다.

아실리드와의 계약이 끊어졌기에 더 이상 그의 힘을 빌릴 수는 없
었다. 수로로 이동하지 못하게 되었지만 벨루스와 리카엘이 숨어들어
온 길이 있었다. 그림자 장막으로 기척까지 감추니 빠져나가는 데 어
려움은 없었다. 문제는 지금부터였다.

"이쯤이었는데."

코를 킁킁거리던 벨루스가 인상을 찌푸렸다. 며칠을 움직여 도착한
숲에는 자욱한 안개가 끼어 있었다. 어찌나 짙은지 한 치 앞도 보이
지 않을 정도였다.

"개 코도 소용없다니."

"뭐라고?"

카르텔의 중얼거림에 벨루스가 고개를 치켜들었다. 나는 그에게 달
려들려는 동생을 간신히 말리고 주위를 둘러보았다.

"이 나무, 아까 봤던 아이야."

아르덴이 나무의 주름진 표면에 손을 올리며 말했다. 비슷해 보인
다 했는데 정말로 같은 자리를 돌고 있었던 모양이다.

"기분 나쁘군."

카르텔은 눈썹을 찡그리며 중얼거리다 눈을 감고 다른 감각에 신
경을 곤두세웠다.

숲에는 바람도, 동물의 움직임도 느낄 수 없었다. 비정상적인 일이

었다.

'확실히 이상해.'

모두 감각이 예민한 이들이다. 안개 때문에 시야를 포기한다고는 해도 냄새나 기척까지 감지할 수 없다는 건 말이 안 되었다.

"이대로 가다간 날 새겠어."

벨루스는 수인족의 피가 섞인 만큼 시각보다는 청각이나 후각에 의존했다. 그것이 모두 막혀 버리니 예민해진 모양이었다.

'서둘러야 하는데.'

나 역시 초조하기는 마찬가지였다.

이 숲에 몸을 숨긴 이종족은 정확히 두 부류로 나뉜다. 수인 계열과 자연 계열이 바로 그것이다. 대대로 수인족과 자연계의 이들은 사이가 좋지 않았다. 수인족은 화인과 목인 같은 자연계의 이들을 고상만 떠는 예민한 족속이라 폄하했고, 자연계는 수인족을 교양이라고는 없는 무식한 종족으로 취급했다.

인간에게 밀려난 지금이야 본연의 생각을 잘 드러내지 않는 분위기지만, 반란을 도모해 모이게 된 지금은 각 종족의 특성이 두드러질 수밖에 없었다.

그들은 각각 숲의 남쪽과 북쪽에 자리하고 있다 들었다.

"리아. 우선 수인족들부터 만나 보는 게 어때."

안개는 북쪽으로 향할수록 더 짙어졌다. 그곳에는 자연계의 이들이 자리하고 있었다.

"그러는 게 좋을까요? 저에게 화인의 피가 섞여 있으니 자연계 이들부터 설득하는 게 좋을 거라고 생각했는데……."

한숨이 흘러나왔다. 한쪽을 완전히 내 편으로 만들면, 다른 쪽을 설득하기 좋은 법이다. 그걸 알고 있었기에 안개가 걷힐 때까지 기다릴 시간이 없었다.

이 점을 감안하고서라도 수인족을 먼저 만나 보는 게 나을까. 고민하던 찰나였다.

[……리아.]

"……어?"

안개꽃처럼 하얗고도 아득한 음성이었다. 나는 그것이 들린 방향으로 고개를 돌렸다. 그러나 시야에 드는 건 희뿌옇게 물든 숲뿐이었다.

다시금 정적이었다. 나는 양 귀를 매만졌다. 흐릿한 음성이 잔향처럼 남아 있었다. 잘 못 들었다 여기기에는 지나치게 뚜렷했다.

[플로리아.]

다시 한번 더. 이번엔 더욱 뚜렷한 목소리다. 여자의 것인지, 남자의 것인지도 모를 음성에는 향기가 묻어 있었다. 진하고도 달콤한, 꿀을 품은 꽃도 홀릴 정도의 매력적인 향기다.

'나를 부르고 있어.'

나도 모르게 발을 내딛게 된다. 잘했다는 듯 목소리가 내 귓바퀴를 어루만졌다. 한번 발을 디디기 시작하니 멈출 수가 없었다.

'하얀…… 방?'

정신을 차렸을 때는 온통 백색이었다. 눈을 몇 번이나 깜빡이고서야 이것 또한 안개라는 걸 깨달을 수 있었다.

"리아!"

"……내가, 왜 여기."

카르텔이 내 어깨를 쥐고 있었다. 꽤 오래전부터 붙잡은 것 같은데, 이제야 감각이 제대로 느껴졌다.

여우에게 홀린 기분이었다. 그러나 몽롱한 여운은 계속되었다. 나는 백지 같은 안개 너머로 이끌리듯 걸음 했다.

"뭐야. 이건."

겨우 몇 발자국을 디딘 참이다. 어깨에 놓여 있던 손의 무게가 사라졌다. 카르텔의 손이 허공에 부딪혔다. 뭔가가 그를 가로막고 있었다. 리카엘도, 벨루스도 상황은 마찬가지였다.

"결계군."

카르텔이 혀를 찼다. 결계라고? 그가 있는 방향으로 손을 뻗어 보았지만 나를 막는 건 아무것도 없었다.

"······나도 들어갈 수 있어."

세 사람 사이, 내 곁으로 다가온 아르덴이 얼떨떨한 목소리로 말했다. 이로써 뭔가가 편을 가르고 있다는 게 확실해졌다.

"부수려면 시간이 걸리겠는데."

"잠깐만. 부수면 안 될 것 같아."

각자의 능력을 끌어 올리던 세 남자가 멈칫, 몸을 굳혔다. 기척을 느끼지 못하게 하는 안개, 아르덴과 나만이 통과할 수 있는 결계까지. 무언가가 나를 부르고 있었다.

"나랑 아르덴 오빠 둘이서 다녀올게."

"······너."

카르텔의 눈이 낮게 가라앉았다. 나는 천천히 고개를 저으며 말했다.

"무리하는 거 아니야. 확신이 있어서 그래."

무언의 확신은 강력했다. 나를 부르던 목소리도, 희뿌연 안개도 나를 해치지 않을 것이다.

그의 눈동자는 고저 없이 나에게 향했다. 내가 고개를 끄덕이니 그의 턱도 아래위로 느릿하게 움직였다.

"다녀올게. 가자."

"그래."

결계 밖의 이들과 나 사이에서 망설이던 아르덴이 발걸음을 뗐다. 카르텔과 떨어져 있어도 마음이 편안했다. 안으로 들어갈수록 아늑한 감각이 내 피부 위를 부드럽게 감싸 안았다.

"안개가……."

한 치 앞을 가리던 안개가 어느새 사라져 있었다. 달콤한 햇빛에 반짝이는 나무들 위로 무지개가 여럿 걸렸다. 나뭇잎 위의 이슬이 다이아몬드처럼 반짝였다. 까르르. 어디선가 어린아이의 웃음소리가 들려오는 것 같았다.

"저기 봐."

아르덴이 손짓으로 먼 곳을 가리켰다. 바람결에 흩날리는 분홍빛 꽃잎, 거대한 나무 아래에는 사람들과 이종족, 다양한 동물들이 한데 어우러져 있었다. 그들의 주변으로 손바닥만 한 무언가가 금빛 가루를 뿌리며 파르르 쏘다닌다.

'동화 같아.'

먼 황금시대에나 볼 수 있을 법한 아름다운 광경이다. 나는 조화로운 풍경을 넋 놓고 바라보았다.

"오셨군요."

오래된 고목처럼 힘이 있는 목소리였다.

정신이 깨인 것처럼 눈을 깜빡이니 다시금 자욱한 안개가 보였다. 인간과 어울리던 이종족도, 반짝이는 금가루도 모두 환상이었다.

내 눈앞에는 노인이 있었다. 빛바랜 녹색 머리칼을 지닌 노인의 뒤로 이종족들이 보였다. 그들은 거목 뒤에 숨어서 나와 아르덴을 지켜보았다.

'자연계의 이종족들.'

목인과 화인, 그리고 바위와 토지의 종족들이 기다렸다는 듯 거목을 돌아 나왔다.

얼마나 오랜 세월을 살아온 것인지. 이름 모를 나무는 내가 본 나무 중 가장 거대했다.

"이곳은……."

"거목의 영역이지요. 신력이 고인 나무가 우리를 지켜 주고 있답니다."

허허, 웃는 노인의 눈동자가 지혜로 반짝였다. 그의 말대로, 거목이 내뿜는 기운이 심상치 않았다. 오랜 세월을 살아온 영물만이 가질 수 있는 힘이다.

"저희를 찾느라 헤매셨겠지요. 북쪽 숲 자체가 곧 결계. 이곳은 그저 지나가기만 하면 볼 수 있고, 찾으려 하면 안개 때문에 아무것도 보이지 않게 됩니다."

그제야 헤맸던 이유를 알 수 있었다.

이런 영물이 아직도 존재한다는 것은 놀라운 일이었다. 대부분 인간의 손에 죽어 버렸으니까.

"제가 이곳에 온 이유를 알고 계신가요?"

모두가 나를 기다린 눈치였다. 반란을 도모하고 있으리라 생각했는데, 그런 분위기가 전혀 느껴지지 않아 이상했다.

"아니요. 저희는 그저 기다렸을 뿐입니다. 이 거목처럼요."

노인이 고개를 저으며 나무를 가리켰다. 자연계의 이종족들이 거목을 중심으로 길을 터 주었다.

"나무가, 저를요?"

무언의 이끌림이었다. 나는 그들이 물러난 길을 따라 걸었다. 나는 목인이 아니니 나무의 목소리를 들을 수 없었다. 그런데도 딱딱한 겉 위로 손을 얹게 된다.

[플로리아.]

아, 이 음성이었다. 이제는 완전히 나의 이름이 된 단어.

나는 나무에 몸을 기대었다. 느릿하게 눈이 감긴다. 감긴 눈두덩으로 보이는 것은 어둠이 아닌 빛. 그리고 또 다른 인형이었다.

햇볕처럼 따스한 눈빛이 나에게 향한다. 길게 늘어뜨린 붉은 머리칼, 홍옥 같은 눈동자의 여인에게서 수만 가지 꽃의 향기가 뿜어져 나왔다.

[와 주었군요.]

그녀가 나를 향해 손을 뻗어 왔다. 여인의 곁엔 진녹색 머리카락의 남성이 서 있었다. 푸른 수목의 향에 머릿속이 청량해진다.

"······화인과 목인의 신."

나를 기다리고 있었던 건 먼 옛날 사라졌던 신들이었다.

나는 그들이 누구인지 알고 있었다. 내 안에 흐르는 붉은 피의 절반, 그건 화인으로서의 본능이었다. 두 신에게서 희미한 빛이 흘러나왔다. 먼 과거에 더욱 찬란했을 힘은 옛 영광처럼 사라지고 말았다.

[당신이 보고 있는 우리는 기억의 잔상. 미리 저장해 둔 시간.]

목소리에 화려한 향기가 돋아났다. 여신의 입술에서 흘러나온 단어 하나하나는 막 개화하려는 봉우리와 같았다. 그 달콤한 내음에 오색 빛깔의 나비들이 공중으로 파르르 날아올랐다.

[우리와 그대의 만남도 겨우 마련된 것.]

무슨 말을 하는 걸까. 모든 게 갑작스러웠다.

[당신을 데려오기 위해, 그리고 먼 미래에 만나기 위해 신들의 힘을 전부 끌어모은 결과가 바로 이 순간이니까요.]

"저를 데려오기 위해서······ 라니요?"

나비들은 내 곁으로도 모여들었다. 날갯짓할 때마다 금빛 가루들이 떨어졌다. 비현실적인 장면이다. 몽롱한 기류에 잠긴 나는 그녀에게 반문했다.

[수백의 차원과 우주, 우리가 만든 이 세계도 그중 하나일 뿐이죠.]

오래된 숲에 퍼지는 메아리 같은 음성이었다.

여신의 목소리가 꿈결에 젖게끔 한다면, 나무의 남신은 정신을 깨우치게끔 하는 힘이 담겨 있었다.

[모든 이야기는 하나의 세계가 만들어지는 기반이 됩니다. 그렇게 탄생한 세계는 생명의 힘을 얻어 우리 같은 신들을 만들어 내지요.]

나는 그의 말을 곱씹었다. 늘 이곳이 책 속의 세계라고만 생각했었다. 하지만 그게 아니었다. 내가 원래 세계라고 여겼던 곳도 결국 다른 차원에 속했던 세계 중 하나일 뿐이었다.

"……당신들이 저를 데려온 건가요?"

[그렇습니다. 운명을 움직이는 힘을 가진 자가, 너무나 절실히 필요했으니까요.]

신들은 순순히 인정했다. 숲의 색을 간직한 눈동자가 옅게 흔들렸다. 그는 자신의 이기심을 고하고 있었다.

"어째선가요?"

나는 이세계의 사람이었고, 다른 세계의 신들에 의해 이곳으로 끌려 들어온 것이나 마찬가지였다.

[책 속의 이야기는 마지막이 있습니다. 하지만 이야기로 인해 만들어진 세계의 끝은 정해져 있지 않죠.]

'꽃에게 복종하세요.' 그 책은 여주인공이 달리아와 카르텔이 새로운 제국을 건설하는 것으로 끝이 난다. 그 이후의 일은 나와 있지 않았다.

[인간과 화인, 목인, 인어……. 이야기의 힘으로 태어난 우리는 세계를 구성하는 이들을 만들기 위해 모든 힘을 쏟았습니다. 인간들의 언어로는…… 황금시대 이후의 일이지요.]

황금시대, 이 땅에 신들이 머물렀던 가장 찬란한 시간. 귀족 영애로서 대륙의 역사를 배웠던 나도 잘 알고 있는 시기였다. 그 시대는 신들이 대륙을 떠남으로써 끝난다. 이후는 전쟁의 연속으로, 여러 개의 제국과 왕국이 만들어졌다 사라지기를 끊임없이 반복했다.

[우리에게 주어진 힘이 거의 다 떨어졌으니 이제는 떠날 때라고 입을 모았죠. 그렇게 이 세계를 떠나 영원한 안식으로 가려는 때…….]

남신의 표정이 어두워졌다. 그들은 모든 것이 완벽해졌다고 느꼈을 때, 세계를 떠나려고 했을 것이다. 그때 뭔가가 잘못되었던 걸까.

[신 중 한 명이 반발했습니다. 자신이 창조했으니 그들의 주인도 자신이라고 말이죠.]

그는 창조한 개체들에게 주인이 있어야 한다고 주장했다. 다른 신들이 모두 떠난다면 자신이 모두의 주인이 되겠노라는 선포였다.

[그는 마신. 이 땅의 모든 마족과 악, 그리고 욕망의 감정을 만들어 낸 창조자입니다.]

나는 멍하니 입을 벌렸다.

마족도, 그들이 섬기는 신도 먼 과거에는 분명 존재했었다. 하지만 어느 순간 마족은 사라져 버렸고, 마족을 모시던 흑마법사들도 인간들의 지탄에 맥이 끊어졌다.

[악과 욕망을 만든 신인만큼, 그가 세상에 집착하는 정도는 엄청났습니다. 마신은 계속되는 만류에 신의 이름을 걸고 맹세했습니다. 다스릴 수 없다면, 모두 없애 버리고 말겠노라고.]

이름에는 강한 힘이 있다. 하물며 신명을 걸고 내뱉은 맹세라면 그것은 가히 절대적이라 할 수 있었다.

[우리는 마신을 없앨 수밖에 없었습니다. 이 세계의 모든 생명에게 종말을 안겨 줄 수는 없었으니까요.]

모든 마족과 그들의 신이 없어진 이유가 여기에 있었다.

다른 신들의 개입이 있었으니 마족을 모시는 이들이 탄압받는 건 자연스러운 수순이었을 것이다.

[……그러나 완전히 없애지는 못했죠.]

여신이 음울한 목소리로 말했다. 그의 목숨은 끊어졌으나 육체는 고스란히 이 땅에 남아 버린 것이다.

갈기갈기 찢긴 육체는 사악한 욕망이 되어 대륙 전역으로 퍼져 나갔다. 그에 잠식된 종족은 인간이었다.

[우리는 그의 육체를 정화할 힘이 없었습니다. 마신이 죽었어도 그의 증오는 고스란히 남아 있으니 신들이 이 땅에 머무는 자체가 그를 부추기는 것밖에 되지 못했죠.]

가장 차선의 선택은 세계를 떠나 영원한 안식의 길에 드는 것밖에 없었다. 그 외 신들이 할 수 있는 일이라고는 인간에게 억압받는 자신의 아이들을 지켜보는 것뿐이었다.

[처음에는 떠나려고만 했습니다. 마신의 마지막 씨앗이 남아 있다는 걸 알기 전까지는.]

"……설마."

신들의 이야기를 듣던 나는 누군가를 떠올렸다. 인간의 욕망을 모으던 베논가의 집사, 클로디온 밀턴을.

[사악한 욕망은 곧 마신의 육체. 그 마족은 인간에게 퍼져 있는 욕망을 모아 마신을 부활시키려 하고 있습니다.]

아버지와 달리아의 욕망을 수집하던 그를 기억한다. 나는 침음을 내뱉었다.

[그때 우리에겐 마족 하나를 죽일 힘조차 남아 있지 않았죠. 이대로 가다가는 세계가 멸망할 게 분명했습니다.]

[하지만 단 한 가지, 할 수 있는 일이 있었지요.]

두 신의 시선이 내게로 향했다. 입안이 바짝 말랐다. 나는 선고를 기다리는 이처럼 그들을 마주 보았다.

[운명을 바꾸는 능력을 가진 영혼을 이 세계로 끌어오는 것.]

생명을 창조하는 능력은 각 신의 것이었으나, 우주와 차원을 유영하는 영혼의 수는 정해져 있었다. 신들은 마지막 힘을 끌어모아 세계의 운명을 바꿀 영혼을 데려다 놓았다.

'그게 나라고?'

믿을 수가 없었다. 원래 세계의 내가 그렇게 대단한 영혼이었다는 것도, 이 세계의 운명을 바꿀 마지막 희망이라는 것도 말이다.

[마신이 깨어나기까지 얼마 남지 않았습니다.]

클로디온, 그는 자신의 신을 이 땅에 부활시키기 위해 움직이고 있었다. 마신이 다시 돌아온다면 그때야말로 세계는 멸망의 기로에 들어서게 될 것이다.

[부디 지켜 주십시오. 모두의 세계를.]

꽃의 여신과 나무의 남신 뒤로 인형들이 하나둘 드리워졌다. 세계의 생명을 창조한 신들의 잔영이었다. 나는 수많은 신을 마주 보았다.

이유도 모른 채 이 세계로 끌려와 타인의 몸으로 살아왔다. 아이에서 어른으로 성장하는 동안 나를 위한, 그리고 내 소중한 사람들을 위한 목표가 생겼고 그것을 이루기 위해 쉬지 않고 달려왔다.

'이제는 오롯한 나의 세계야.'

지금의 나보다 나 자신을 부정하면서 살아온 날들이 훨씬 더 길었다. 그러니 세계를 구원해야만 한다.

진짜 나로서 살아갈 날들이 더욱 많아지게끔, 사랑하는 사람들의 곁에서 숨 쉴 날들이 언제까지고 펼쳐지게끔 말이다.

"내가 이곳에 있는 건 당신들을 위해서가 아니에요."

자의 없이 끌려온 곳이지만, 이 세계에서 진정한 나를 찾아냈다. 그러니 구할 것이다. 나를 일으켜 준 사람들을 위하여.

"나는 사랑하는 이 모두를 지키겠어요."

꽃의 여신이 눈을 깜빡였다. 고혹적인 외양이었으나, 그 미소는 풀잎에 맺힌 아침 이슬처럼 순수했다.

[고마워요. 우리를 미워하지 않아 줘서.]

그녀는 백합과도 같은 향기를 풍기며 내게 다가왔다. 새하얀 손이 내 손을 감쌌다. 잔영인 탓일까. 온기는 느껴지지 않았다.

[부탁해요.]

여신의 손에 깃들어 있던 빛이 나에게로 옮겨 왔다. 그 순간, 공간을 유영하던 나비들이 모두 내 곁으로 몰려들었다.

꽃이 사방에서 피어났다. 날리는 잎들 사이로 신들의 인형이 흐릿하게 번지며 사라져 갔다.

'이건.'

하나둘 내 몸 위로 내려앉은 나비들이 금빛으로 빛났다. 손바닥만 한 크기로 자라난 그것은 어린아이의 형상이 되어 투명한 날개를 달고 있었다. 무지갯빛으로 반짝이는 날개를 가진 이들은 까르르, 순수한 웃음을 터뜨렸다.

'요정?'

가장 순수한 존재.

꽃의 여신을 모시는 이들이었지만 그녀의 힘이 줄어들며 끝내 사라진 종족이었다. 모든 나비가 요정으로 바뀌었을 때, 눈 부신 빛이 공간 전체에 번져 나갔다.

"아……."

빛무리 사이로 거목이 보였다. 신들의 환영을 담고 있던 영물은 더욱 생생하게 잎을 틔웠다.

나는 천천히 뒤를 돌아보았다. 경계선처럼 걸쳐져 있던 안개가 사라져 있었다.

숲 전역의 새와 모든 동물이 내 곁으로 모여든다. 작은 생명 위로 수백의 요정들이 날아다녔다. 동물들의 이동에 놀란 듯, 반대편 숲에 터를 잡고 있던 수인족들이 모두 북쪽으로 몰려오고 있었다.

"……구원자여."

노인이 내뱉은 말을 끝으로, 식물계의 모든 이들이 환호성을 터트렸다. 그 사이에는 리카엘과 아르덴, 벨루스. 그리고…….

　"카르텔."

　풀린 결계 안으로 내 사람들, 그리고 나의 연인이 들어와 있었다. 카르텔의 시선이 나에게 향하고 있었다. 나는 참지 못하고 그의 품으로 뛰어들었다.

* * *

　수인족과 자연계의 이종족이 한자리에 모였다.

　꽃의 여신을 모시는 요정은 가장 순수한 존재. 서로가 다르다는 이유로 화합을 거부했던 이들이 그들의 순수에 녹아들어 저도 모르게 화합을 기도했다.

　수인족은 본래 호전적인 성향이다. 반란을 기획하여 이 숲에 모여들었지만 역시 쉽지 않은 시도였다. 그사이 사자족의 소식을 전해 들은 것이다. 그들은 다른 종족의 멸망으로 억눌러 왔던 지난날을 터트리려 하고 있었다.

　반면 자연계 이종족은 서로를 보호하기 위해 이 숲으로 모여들었다. 그들은 본능적으로 고목에 이끌렸다. 그러던 중 신의 흔적을 발견하게 된 것이다.

　"플로리아."

　목인의 노인이 내게 다가왔다. 그는 오래된 단풍나무를 품은 자로 모여 있는 자 중 가장 긴 세월을 보냈다. 더군다나 신의 흔적을 가장 잘 해석할 수 있는 이이기도 했다.

　"신들이 기다리던 구원, 그건 당신이었습니다."

　나는 모인 이들 하나하나에 시선을 두었다.

수인족은 요정을 통해 신의 흔적을 전해 들었다.

공중을 맴돌던 요정들이 내 곁으로 모여들었다. 그들은 내가 걸고 있는 장미 목걸이의 보석 안으로 하나둘 사라졌다.

수백 쌍의 눈동자가 내게 향했다. 이들을 떠난 신들이 마지막으로 남긴 희망에는 내가 있었다.

"인간들이 전쟁을 반복하고, 이종족을 탄압하는 건 그들을 부추기는 힘이 있기 때문이에요."

욕망과 악의 감정을 창조해 낸 마신의 육체, 그것은 갈기갈기 찢겨 이 세계 곳곳으로 퍼져 나갔다.

그 시대에 가장 먼저 힘을 잃은 신은 인간을 만들어 낸 창조신이었다. 악은 신의 보호에서 가장 먼저 비껴간 종족에게 붙어 사악한 욕망을 부추겼다. 전쟁, 기아, 탄압, 죽음. 아주 긴 세월 동안 이루어진 작업이었다.

그중 강력한 운명을 지닌 자들이 만들어 낸 욕망에는 마신의 조각을 뚜렷하게 만드는 힘이 있었다. 그리고 지금 이 순간, 마신의 육체를 모아 그를 부활시키려는 자가 있다.

"인간도, 이종족도. 더는 상처 입는 자가 나와서는 안 돼요. 그러기 위해서는 움직여야만 합니다."

클로디온, 그가 마지막 욕망의 조각을 모으려 하고 있다.

절대적인 권력에는 강력한 욕망이 깃들기 마련이다. 나는 마지막 조각을 가진 이의 이름을 알고 있었다.

"레오플론 제국의 황제. 그를 막아 내고 가장 악한 것에서 우리를 지켜 내야 해요."

수백 명이 모여 있는 숲은 고요했다. 새나 작은 벌레까지 내 말에 귀를 기울이고 있었다.

"나는 운명을 움직이는 자. 사랑하는 이들을 위해 이 세계를 지키겠어요."

수 세기 끝에 마신이 부활하려 하고 있다. 클로디온을 막지 못한다면 인간도, 이종족도 전부 끝이었다.

모두에게는 살아갈 시간이 필요했다. 죄를 지은 자가 속죄하고, 슬픔을 간직한 자가 머리 숙인 이들을 사하여 다시금 조화로이 살아갈 기회가 말이다.

우레와 같은 환호성이 숲을 뒤흔들었다.

긴 세월 자신의 시간을 빼앗긴 자들이 가장 사랑하는 이들을 위해, 자신을 위해 움직이려 하고 있었다.

'이종족을 더 모아야 해.'

클로디온을 제외하고도, 황제에게는 수천이 넘는 군대가 있었다. 잘 훈련된 검은 황제의 시선이 향하는 방향대로 움직일 것이다.

낙원의 이들을 모아도 병력의 차이를 줄일 수는 없었다.

내게 주어진 시간은 그리 많지 않았다. 어떻게 하면 더 많은 이들을 모을 수 있을까 고민하던 찰나였다.

"늦지 않아 다행입니다."

이질적인 목소리에 숲이 술렁였다.

레오플론 제국에서는 보기 힘든 건강한 갈색 피부, 타오르는 듯한 붉은 머리칼이 눈에 띄었다. 낯선 종족의 침입에 모여 있던 이들이 날을 세운다. 나는 손을 들어 올려 그들의 긴장을 풀어 주었다.

"제 친구예요. 길을 열어 주세요."

머뭇거리던 이종족들은 내 요청에 한 발자국씩 뒤로 물러났다.

수인족과 자연계 이종족 사이로 길이 생겼다. 홍해처럼 갈라진 안쪽으로 붉은 머리칼을 가진 이들이 줄지어 들어왔다. 가장 앞에 선 이는 익히 알고 있는 얼굴이었다.

"오랜만이야. 바하리."

용의 사막을 건너 무언가를 찾으러 왔던 홍사족, 바하리였다. 분명
처음 만났을 때는 아이를 내려다보듯 보았는데, 이제는 나보다 한 뼘
이나 더 커 그를 올려다보아야 했다.

"이제는 아이라고 부르지도 못하겠구나."

내 말에 바하리가 낮게 웃었다. 그 짧은 시간에 목소리까지 어른이
되어 버린 것 같았다. 사막으로 돌아간다고 했었는데, 어째서 이곳에
있는 걸까. 나는 의문스러운 얼굴로 그를 바라보았다.

"저희 일족의 신은 신 중 가장 마지막에 지상을 떠났습니다. 그는
떠나기 직전, 우리에게 구원자가 내려올 때를 알려 주는 신물을 남겨
주셨지요."

바하리가 작은 주머니를 꺼내 내게 보여 주었다. 그 안에는 황금색
용의 조각이 들어 있었다. 내 손 위로 올려진 그것은 밝은 빛을 내며
깜빡거렸다.

"전설에 따르면, 용의 조각이 빛으로 물들 때 구원자가 내려올 것
이라 했습니다. 나를 포함한 모든 일족이 당신을 찾고 있었어요."

로브를 벗은 홍사족이 정중히 고개를 숙여 왔다. 당황한 나는 그들
의 인사를 제대로 받아 주지 못했다

"용의 조각이 빛날 때 구원자를 찾아라. 그리고 다른 종족을 모아
악에 대비하라. 우리는 신의 유언에 따라 움직였습니다."

홍사족 뒤에는 또 다른 종족이 여럿 모여 있었다. 제국 내에서 볼
수 있는 종족도 있었고, 저 먼 북쪽에 터를 잡은 이들도 있었다. 여
러 나라를 돌아다니며 나를 찾는 동안 그곳에 살고 있던 이종족을 이
끌고 온 모양이었다.

"아마 이러한 유언을 받은 일족은 우리뿐만이 아닐 겁니다. 다른
제국과 나라에서도 이종족들이 대규모로 움직이고 있어요."

그 말을 들으니 머릿속이 멍해졌다. 제국 내만 신경을 기울이다 보

니, 다른 땅의 소식을 듣지 못했다.

'나한테만 맡긴 게 아니었어.'

신들은 힘이 다했고, 자신들이 창조한 생명을 지킬 수 없었다. 하지만 안식의 길에 들면서도 생명을 포기하지 않았다. 자신들이 없는 미래에도 세계가 숨 쉴 수 있도록, 대륙의 곳곳에 그 흔적들을 남겨 둔 것이다.

신들을 원망하는 이종족도 많았다. 하지만 끝까지 그들을 믿고 버텨 왔던 이들도 있었다.

결국 작은 빛들이 모여 세계를 밝히는 힘이 되었다. 어느새 나는 수많은 이종족에 둘러싸여 있었다. 그들 중 가장 가까이에 있는 건 내 가족. 그리고 카르텔이었다.

"……조금 불안하기도 해."

나는 그에게만 들리게끔 아주 작은 목소리로 말했다. 이렇게 많은 이들이 힘이 되어 주고 있었지만, 눈앞의 상황을 이겨 내야 한다는 부담감은 여전했다.

그는 아무 말 없이 나를 끌어안아 주었다. 황금색 눈동자가 오늘따라 찬란하다.

카르텔의 시선은 언제나 나만을 향하고 있었다. 그 시선은 믿음이 흔들리는 마음을 붙잡아 주었다. 나는 시선이 전하는 마음에 고개를 끄덕였다.

결전의 시작이었다.


거점으로 둔 숲에 방대한 결계가 쳐졌다. 리카엘과 벨루스의 합작품으로 우리를 찾으려 하면 할수록 안개에 둘러싸여 길을 잃게 만드는 술식이었다.

인원이 늘어난 만큼 조직은 각 목적에 맞게끔 세분화되었다. 그중

밀수단과 행동단이 중요한 역할을 맡았다.

밀수단은 다른 나라에 있는 이종족을 제국 안으로 들어오게 하는 역할로 수에노의 도움을 받는다. 행동단은 재국 내 이종족을 보유한 노예 상단을 점령하여 붙잡힌 이들을 이곳으로 데려왔다.

황제의 명이 떨어진바, 귀족들은 그에게 눈도장을 찍기 위해 노예 상단 자체를 사들이고 있었다. 그런 가운데 행동단의 움직임은 그들에게 상당한 피해를 입혔다. 이러한 움직임에는 요정들의 도움이 컸다. 요정들에게는 여러 능력이 있었는데, 그중 하나가 기척을 감추는 것이었다.

"모두 조심해요."

나는 열 명 단위로 구성된 행동단에게 요정들을 붙여 주었다. 목걸이 안으로 스며든 요정들은 오직 내 명령만을 따르고 있었다.

"그럼 다녀오겠습니다."

바하리는 행동단의 대장이었다. 클로디온에게 붙잡혔던 기억이 있는 만큼 그의 움직임은 아주 은밀하고 섬세한 구석이 있었다.

떠나는 이들을 배웅한 나는 차가운 시선으로 숲을 바라보았다. 숲의 테두리에 안개가 걸쳐져 있었다. 악의를 가진 누군가가 우리를 찾고 있다는 증거였다.

"조금만 더."

숲의 절반이 찰 정도로 많은 이종족이 거점에 모여 있었다. 계속되는 테러 때문에 제국의 분위기도 심상치 않게 들끓었다. 이건 힘을 모으는 행위이자, 가장 깊숙한 곳에 숨어 있는 이를 향한 미끼이기도 했다.

"황제, 그리고……."

이종족을 제물로 삼는 클로디온을 자극하기 위한 행위 말이다.

수십의 새 떼가 숲으로 날아들었다. 바깥소식을 물어다 주는 정보통이었다. 그들의 대장 격인 새가 리카엘의 팔 위에 앉아 무어라 속삭였다. 리카엘의 눈빛이 낮게 가라앉았다. 그가 나를 향해 고개를 끄덕였다.

* * *

하늘 중앙에 해가 걸려 있는 시각이었다. 활발해야 할 수도의 거리로 먼지바람이 불었다. 문을 걸어 잠근 가게도 심심치 않게 보였고, 오가는 사람들마저 얼굴을 가린 채 조심스러운 걸음을 재촉했다. 그들 옆으로 중무장한 병사들이 열을 맞춰 움직이고 있었다. 투구 사이로 보이는 눈빛에 날이 서 있다. 그들은 예민하게 주변을 경계했다.

수도는 연이은 테러에 몸살을 앓는 중이었다. 처음 시작은 이종족을 잡아 황실에 바치라는 황제의 포고였다. 당시에는 좋은 기회라고 생각했다. 황실과 연이 닿을 수 있는 상황은 많지 않았으니까.

귀족과 상인들은 신분에 상관없이 앞다투어 이종족을 끌어모았다. 그들끼리의 경쟁이 계속되니 물밑으로 움직이는 이들은 국경선 너머의 이종족까지 모두 잡아들였다.

황제는 이종족의 머릿수 당 큰 상금을 걸었다. 상금에 취하여 나라의 부흥에 경배하던 그 날 밤, 테러가 시작되었다.

귀족과 결탁한 노예 상단에 불이 번졌다. 이유 모를 불길에 날뛰던 이들은 황급히 이종족을 잡아 둔 막사를 뒤졌다. 안을 확인했을 때는 이미 텅 비어 버린 후였다.

처음에는 경쟁이 붙은 타 상단의 계략일 것이라 생각했다. 하지만 그게 아니었다.

경매장, 노예 상단, 그들을 사들이던 귀족들의 저택까지.

밤이 시작되는 순간 모든 이종족이 눈 깜짝할 사이에 사라졌다. 아무리 많은 경비를 세워도 소용없었다. 기행은 밤마다 계속되었고, 그들은 사람들이 혼란에 빠졌을 때 흔적을 남겼다.

## [가짜 황제에게 진실의 꽃을.]

이종족이 사라진 자리, 그 위에는 편지와 함께 붉은 장미꽃이 놓여 있었다. 제국에 흉흉한 소문이 돈 것은 이때부터였다.

신의 날에 일어난 검은 불길, 사라져 버린 유니콘. 황실은 그날의 일을 황제에 대한 공작가의 반란이라 표명했다. 그러나 그 말을 곧이곧대로 믿는 이는 아무도 없었다.

모두가 검은 불길에 대해 수군거렸으나 명확한 해답은 없었다. 소문이 줄어들었을 때, 이종족에 대한 포고가 떨어진 것이다. 그리고 지금, 황실에 대한 소문이 다시금 퍼져 나갔다.

'황실은 정녕 신의 피를 잇고 있는 이들인가?'

일파만파로 움직인 소문은 꼬리에 꼬리를 물었다.

가짜 황제, 진실의 꽃.

계속되는 테러가 남기고 간 흔적이 흉문에 기름을 끼얹은 것이다.

제국 수도에 거주하는 신민들의 자부심은 대단했다. 자신들은 타 나라의 사람들과 다르며 신의 피를 이어받은 황실에 보호받고 있다 믿었다. 그런데 신의 날 이후 일어난 이 테러는 제국민들로 하여금 황실에 대한 의심을 품게 만들었다. 물론, 이러한 흉문은 황제의 귀에도 들어갔다.

쾅-!

마호가니 테이블 위에 올려진 음식이 잘게 진동했다. 회의장에 모여 있던 귀족들이 어깨를 움츠렸다. 황제는 핏발 선 눈으로 귀족들을 하나하나 꿰뚫듯 노려보았다.

"고작 흉문 하나 막지 못해서는……!"

"송구하옵니다."

귀족들이 서둘러 머리를 조아렸다. 그럼에도 흉흉한 기운을 피할 수는 없었다.

황제는 계속된 테러를 황실에 대한 반역이라 보았다. 다시금 내려진 공표에는 테러를 자행하는 이들을 모조리 잡아들이라는 명령이 담겨 있었다.

귀족들은 그들을 붙잡기 위해 백방으로 뛰었으나 얻어낸 것은 편지와 장미꽃뿐, 그들의 머리털 하나 확인할 수 없었다.

"멍청한 놈들."

황제가 이를 갈며 중얼거렸다. 그는 테이블을 더듬어 구운 돼지 넓적다리를 게걸스럽게 뜯어 먹었다. 순간 고개를 들어 그를 바라보던 귀족이 서둘러 눈을 내리깔았다. 돼지와 소, 어린 새를 구운 것부터 각종 수프와 과일까지. 갖가지 음식 냄새가 장내에 떠돌았다.

어느 순간부터 황제는 크게 달라져 있었다. 푸르르, 살이 붙어 늘어진 볼이 경련하는 입술에 따라 흔들렸다. 핏발 선 눈은 차라리 멀쩡해 보이기까지 했다. 갑작스럽게 찐 살 때문에 본래의 얼굴을 알아볼 수 없을 지경이었다.

밤부터 새벽까지 황제의 침실엔 끊임없는 음식의 행렬이 이어졌다. 황제는 그것을 남김없이 먹어 치웠고, 음식이 끊기기라도 하면 시녀의 목까지 베어 가며 난리를 쳤다.

그뿐만이 아니다. 무엇에 쓰려는 지, 황제는 미리 보유하고 있던 이종족을 지하 감옥에 가두고 누구도 그곳에 출입하지 못하게 만들었다. 황제는 업무까지 내팽개치며 그 안에 드나들었고, 피를 뒤집어쓴 악귀 같은 모양새로 빠져나왔다.

'기행은 황제가 하고 있는 것 아닌가.'

귀족들 몇몇은 그가 미쳤다고 생각했다. 그보다 더한 건 흉문이 사실이라는 수군거림이었다. 회의장에 모인 귀족들은 황제를 받드는 신학파로 뼈대가 굵은 가문이었다. 그들의 자부심은 뿌리 깊었고, 실제로 황실이 신의 피를 이어받았다 굳게 믿는 이들이었다.

'제국에 불운이 드는가.'

괴이하게 변해 버린 황제와 제국 내에서 자행되고 있는 테러. 귀족들은 나라에 도는 불운에 한껏 예민해져 있었다. 물론 그것은 제국의 안녕을 위한 것이 아닌, 각자의 몫이 없어질까 몸을 사리는 승냥이의 움츠림이었다.

"배후는 분명하다. 이대로는 아니 돼. 루크 백작. 황실 군대 전부를 다스릴 권한을 주지. 그들을 풀어 놈들의 본거지를 찾아내도록 해. 그리고……."

황제의 두 눈이 광기로 번들거렸다.

"귀족이든 신민이든 상관없다. 소문을 믿는, 그리고 퍼트리는 모든 자는 잡히는 즉시 목을 베어 성문에 걸도록 하여라."

고개를 숙인 귀족들이 서로를 훑었다.

황실 군대 전부를 움직일 권한이라니. 일개 백작이 지휘하기에는 터무니없는 것이었다. 더군다나 신민을 운운하는 것은 처음 있는 일이었다. 그동안 황제는 잔혹한 구석이 있었으나 신민을 건드리는 일은 없었다.

"예. 폐하."

루크 백작이 머리를 조아렸다. 굳건한 눈동자는 흔들림 없이 황제에게 향했다. 귀족들은 그를 보며 대단한 충성심이라 수군거렸다.

소문은 백성들 사이에서만 도는 것이 아니었다. 그것을 알기라도 하듯 황제의 명령에는 귀족들도 포함되어 있었다. 과연, 루크 백작은 그러한 가운데 몸을 움츠리지 않는 유일한 사람이었다.

회의장에 적막감이 감돌았다. 귀족들이 눈치를 보건 말건 황제는 제 할 말만을 계속했다.

"레이븐 황태자. 너는 짐을 대신하여 정무에 힘쓰도록 하여라."

황제의 돌발적인 발언에 귀족들이 술렁거렸다. 그의 옆에서 입을 다물고 있던 레이븐도 퍽 놀랐는지 즉답을 하지 못하고 있었다.

"……예. 소임을 다하겠습니다."

황제는 결코 황태자에게 직무를 넘기는 일이 없었다.

황제를 끝까지 믿고 있던 귀족들이 일순간 흔들렸다. 정무까지 내팽개치고 지하의 이종족에게 미쳐 있을 생각인가. 그 안에 무어가 있기에.

"그럼 회의는 이만하도록 하지."

테이블 위에 남아 있는 음식까지 모조리 먹어 치운 황제가 자리에서 느릿하게 일어났다. 시종들이 재빨리 다가와 황제의 비대한 몸을 부축했다. 원래 그의 체형에 맞춘 옥좌는 이제 지나치게 작아져 있었다.

"정신들 차리도록 하게. 곧 광명의 시대가 도래할지니."

황제는 의문스러운 말만 남기고 회의장을 빠져나갔다. 레이븐 황태자까지 장내를 빠져나가자 남아 있던 귀족들 사이에서 파벌이 갈라지고 있었다.

복도와 방을 가르는 문이 닫혔다. 레이븐은 그들을 뒤로 한 채 복도를 가로질렀다. 그들이 무어라 떠들던 관심 없었다. 그의 신경은 모두 황제에게 기울어 있었다.

바깥으로 나간 레이븐은 곧장 지하 감옥으로 향했다. 당연하게도, 그 앞은 기사들이 지키고 있었다.

"황태자 전하, 이곳은……."

"죽고 싶지 않다면 비켜라."

기사의 만류가 끝나기도 전이었다. 칼을 뽑아 든 레이븐이 기사를 겨누었다. 눈가에 흉흉한 살기가 감돌았다. 이건 진심이었다.

"그, 그런."

차마 검을 뽑아 대적하지 못한 기사들이 말을 더듬었다. 얼마 지나지 않아 지하 감옥으로 내려가는 길이 열렸다.

항상 피 칠갑을 한 채 이곳에서 나오는 황제는 이미 신뢰를 잃어버린 지 오래였다.

레이븐은 어두운 나선 계단을 따라 내려갔다. 아래로 내려갈수록 피비린내가 자욱했다. 그는 입가를 손으로 틀어막으면서도 걸음을 멈추지 않았다.

"……!"

레이븐을 기다린 것은 세상에 마련된 지옥이었다.

그곳의 주인공은 황제였다. 돼지 같이 무언가를 먹는 황제의 뒤로 금발의 악마가 도사리고 있었다.

악마가 레이븐을 보며 화사한 미소를 꽃피웠다.

\* \* \*

팔 위에 새를 얹은 리카엘이 내게 다가왔다.

"황실의 군대가 제국 각지를 살피려 배정되었어."

입가로 미소가 번졌다. 내가 바라던 결과였다.

가장 많은 이종족을 보유하고 있는 건 당연히 황성이었다. 하지만 그곳을 건드렸다가는 경계만 심해질 뿐, 우리 쪽에도 큰 피해를 입을 수 있었다.

황제의 손발이 되는 검들이 흐트러진 지금이 기회였다.

"좋아요. 움직여요."

기다렸던 결전이 성큼 다가왔다.

# 15. 정화의 행진

하늘이 보고 있기 때문일까.

제국의 수도 위로 검은 먹구름이 가득 끼어 있었다. 비라도 쏟아지려나. 길을 걷던 사람들은 목적지를 향해 종종걸음쳤다. 길거리를 지키는 병사들이 그런 신민들을 날카로운 눈빛으로 훑었다.

툭, 투툭. 한 방울, 두 방울씩 내리기 시작한 빗방울이 그들의 어깨를 적셨다.

폭우인가. 그저 지나가는 빗줄기인가.

병사 하나가 목을 꺾으며 긴장을 털어 냈다. 바로 그 순간, 그의 시선에 무언가가 포착되었다.

"뭐, 뭐야."

기세를 부풀리던 소낙비가 허공에서 튕겨 나갔다. 물방울이 떨어져 나간 자리에는 아무것도 보이지 않았다.

장시간 서 있어 헛것이라도 본 것인가. 병사가 투구에 난 구멍으로 손을 넣어 눈을 닦았다. 그래도 마찬가지였다. 보이지 않는 무언가는 빗물을 튕겨 내며 앞으로 이동하고 있었다.

더는 참지 못한 병사가 제 옆에 서 있는 동료를 쿡쿡 찔렀다. 동료 또한 보이지 않는 그것을 확인한 뒤였다.

"누구냐!"

병사가 허공을 향해 호통쳤다. 건물 지붕 아래에서 빗물을 피하던 이들이 의아한 눈빛을 했다. 들려오는 대답은 없었다.

얼굴을 붉힌 병사가 씩씩 콧김을 내뿜었다. 그는 자신을 향해 쏟아지는 시선도 아랑곳하지 않은 채 빗물을 튕기는 허공으로 손을 뻗었다.

"이런."

그때 숲의 바람을 그대로 끌어모은 듯 부드러운 미성이 들렸다. 그 음에 따라 빗방울을 튕기던 막이 무지개를 머금으며 모습을 드러냈다.

"이게 마지막인 것 같구나."

"어쩔 수 없지. 애초에 요정들이 아니었으면 수도 안으로 들어오는 것 자체가 무리였을 거야."

포르르, 맞다는 듯 손바닥만 한 요정이 아르덴의 어깨 위로 내려앉았다. 반짝이는 날개를 가진 요정들이 수많은 인파 위를 날고 있었다.

개체 하나당 모습을 감출 수 있는 범위가 정해져 있었다. 그렇게 요정들이 만든 막 안으로 들어가면 바깥과 다른 차원에 속하게 된다. 밖에서 손을 넣어도 무엇도 만질 수 없게 되는 것이다. 하지만 모든 힘이 한계가 있듯 요정도 마찬가지였다. 숲에서부터 이곳 수도로 오는 동안 요정들의 힘이 다했다. 떨어지는 비를 아래로 흘려보내지 못하고 튕긴 것이 그 시작이었다.

"들어왔으니 됐지. 뭐."

벨루스가 성가신 표정을 지으며 저에게 달라붙는 요정을 밀어냈다.

나와 카르텔, 그리고 리카엘과 아르덴, 벨루스가 선두를. 그 뒤로는 수많은 이종족이 뒤를 따르고 있었다.

크응, 곰족의 병사들이 탄 그레즐리 베어가 성난 콧바람을 뿜어냈다. 곰족은 태생적으로 커다란 몸을 타고난다. 그들이 탄 곰 또한 평균적인 크기를 훌쩍 넘어섰다.

히익, 거대한 육식 곰의 등장에 사람들이 기겁하며 뒤로 물러났다. 이뿐만이 아니다. 호랑이족과 범족들의 옆에는 호랑이와 표범이 줄지어 있었다. 앞발을 내디딜 때마다 단단한 근육이 꿈틀거렸다. 어쩌다 입을 벌리기라도 하면 뼈를 가볍게 아작 낼 만큼 날카로운 송곳니가 모습을 드러냈다.

초식계의 수인족조차 만만치 않았다. 그들이 부리는 사슴은 곰에 견줄 만큼 거대한 덩치와 뿔을 가졌다. 그대로 돌진하면 벽을 무너트릴 정도였다.

"곧 기사들이 몰려올 거다. 성에는 근접했으니 좀 더 서두르지."

"네. 오라버니."

우리를 발견한 병사들이 엉거주춤 검을 뽑아 들었다. 그럼에도 쉬이 덤벼들지 못했다.

수인족들의 뒤에는 자연계의 이종족들이 있었다. 그들의 사이, 보랏빛 머리칼을 가진 화인 하나가 까르르 웃음을 터트렸다.

"이런 건 처음이에요. 늘 쫓기고만 살았는데."

그녀의 탄생화는 투구꽃, 진득한 독을 품고 있는 독초다.

여인은 행렬 밖으로 손을 뻗었다. 달콤한 꽃향기가 바람을 타고 병사들을 품에 안았다. 향기는 그들의 폐를 녹진하게 적셨다. 병사들이 두 눈을 부릅뜨는 동시에 단련한 육체가 하나둘 바닥으로 쓰러졌다.

투구꽃의 독은 그들의 몸에 스며 사지를 굳게 만들었다.

"……꺄아악! 괴, 괴물이야!"

"병사, 병사를 불러라!"

사태를 지켜보던 사람들이 비명을 질러 댔다.

제국은 이종족을 사특한 괴물이라 선포했다. 얼마 전 오로라 왕국의 사건을 보라. 그런 사달이 있었기에 황제가 그들을 잡아들이라는 명을 내린 게 아니겠나.

"재미있군."

곰족의 우두머리가 그들을 비웃었다.

곰족의 역사는 사자족과 비슷한 부분이 있었다. 생체 실험을 당하지는 않았지만 각종 쇼에 나갔던 전적이 있다. 정신을 놓게 하는 목걸이를 채우고 바닥을 기게 만들며 동족들과 싸움을 붙여 댔다. 잡아들인 자들도, 구경꾼들도 모두 저들, 인간이었다. 아직 아무 짓도 하지 않았음에도 불구하고, 쇼에서 보던 조롱 섞인 눈빛은 두려움으로 바뀌어 있었다.

"칼리드. 싸움은 우리를 공격하는 자들만입니다."

"알아, 안다고, 내가 앞발을 휘둘렀나 뭘 했나, 왜 나한테만 그러냐는 말이야."

바하리의 호통에 칼리드가 불만 어린 목소리로 투덜거렸다.

수도로 진격하기 전, 이종족들을 한 자리에 모은 플로리아가 미리 경고했다.

'될 수 있으면 피를 피할 것. 싸움은 적의를 드러내는 자들에게만.'

물론, 대부분의 이종족이 이에 반발했다.

이종족들은 죄가 없었다. 인간을 해치지도 않았다. 그럼에도 불구하고 인간들은 그들을 억압하고, 노예로 만들었으며 각종 실험과 쇼에 내세웠다. 그랬기에 이종족이 쌓아 왔던 분노는 상상을 초월했다.

이번 전쟁은 그들의 분노를 터트릴 기회였다. 그런데 그걸 막으려 들다니.

분노의 화살이 플로리아에게 향하려 할 때였다. 카르텔이 이를 드러내며 앞으로 나섰다. 그가 본체로 변신하지 않았음에도 먹이사슬 최정상에 있는 맹수의 기는 대단한 것이었다.

숲이 술렁이는 순간, 플로리아가 말을 이었다.

'신의 목적은 화합. 인간들과 똑같은 행동을 한다면 역사는 계속해서 반복될 거예요.'

그들의 복수심, 절망은 타당했다. 하지만 방식만큼은 달라야 했다. 그들이 죄를 인정하도록, 아픔의 역사가 반복되지 않도록 말이다.

칼리드는 그날의 숙연함을 기억한다. 그는 제 손을 내려다보았다. 커다란 손 자체가 무기인지라 따로 병장기가 필요 없었다.

칼리드는 이종족들의 후손을 떠올렸다. 자신이 낳은 아이들. 그리고 그들의 아이까지 전부. 자신과 같은 아픔을 겪지 않기만을 간절히 바랐다.

"이종족들이 날뛰고 있다! 지원을 요청해!"

순찰하던 병사들이 소리를 질러 댔다. 칼리드를 비롯한 육식계 수인족들이 씨익 웃었다. 업을 되돌리기 위해서는 희생이 불가피한 법이었다.

각 방향에서 기사와 병사들이 몰려오기 시작했다. 상대를 압박하기 위해 진을 치는 방식이었지만 겁은커녕 모인 이들의 기백만 돋을 뿐이었다.

"가자고!"

크오오-!

칼리드가 탄 곰이 포효를 내지르며 진격했다. 거대한 체구를 가진 곰들이 앞다투어 그 뒤를 따랐다.

이에 당황한 인간들이 검을 휘두르기도 전이었다.

퍼억-!

박 깨지는 소리와 함께 기사의 머리통이 터져 나갔다.

"어...... 어어."

달려오던 병사들이 걸음을 서서히 멈추었다. 고작 이종족이었다. 목줄을 차고 노역을 하며, 가끔은 인간들을 즐겁게 할 쇼에 나가는 노예들. 죽느니만 못한 삶을 사는 게 당연한 이들이다.

병사는 혼란스러운 눈동자로 주변을 둘러보았다. 자신보다 앞서 나갔던 이들이 머리가 깨지고, 온몸이 물어 뜯겼다. 그들 중에는 독에 당해 정신을 놓은 이들도 있었다.

'무엇인가.'

이종족들에게서 강렬한 열기가 느껴졌다.

내가, 그리고 우리가 알고 있던 비천한 노예들이 맞는가?

"뭐 하는 거냐! 물러서지 마라!"

그는 비틀거리며 뒷걸음질 쳤다. 말을 탄 기사의 호통에도 그의 정신은 쉽게 돌아오지 않았다.

병장기 소리와 짐승들의 포효 죽음과 삶이 앞다투어 엉키다 정화의 행진에 걸맞은 혼돈의 장이었다.

"수인족들이 제법 해 주는구만."

벨루스가 어둠을 움직이며 다가오는 병사들의 숨을 끊어 놓았다.

수인족과 자연계 이종족을 앞뒤로 배치한 것은 그만한 이유가 있어서였다. 육식계 수인족이 황성으로 향할 길을 뚫어 주면 그 뒤를 초식계 이종족이 보좌했다. 자연계 이들은 땅과 날씨를 움직여 사람들을 혼란케 했다. 덕분에 나와 카르텔, 그리고 내 가족들은 수월히 황성 쪽으로 향할 수 있었다.

개방된 성문으로 수백의 기사들이 쏟아져 나왔다. 아무리 병력을 분산시켰다고 해도 많은 수의 이들이 황성에 기거 중이었다.

"내가 처리하지."

리카엘의 손끝으로 바람이 고였다. 부드럽게 달라붙던 바람은 곧 날카로운 칼날이 되어 기사들의 목을 베어 나갔다.

히이잉-!

주인을 잃은 말들이 놀라 거칠게 날뛰었다. 사람을 태우고 있던 말들도 지레 놀라 말을 듣지 않고 앞으로 튀어 나갔다.

'도착했어.'

나는 말에 탄 채로 황성을 노려보았다. 흘러나오는 사특한 기운에 머리가 어지러웠다.

검은 먹구름이 황성을 중심으로 진득하게 퍼져 나갔다.

'이상해.'

기사들은 기다렸다는 듯 황성 밖으로 뛰쳐나왔다. 우리는 그들을 모두 가른 후에야 성문 안으로 발을 디딜 수 있었다. 모든 것이 수월했고 계획과 맞아떨어졌다. 그래서 더 수상했다.

인파들이 빠져나간 성의 안쪽은 텅 비어 있었다. 기이한 일이었다. 그 흔한 시종, 시녀. 그들이 돌보는 귀족들까지 코빼기도 보이지 않았다. 분명 막아서는 것이 없건만, 내가 탄 말은 이 이상 안으로 들어가길 거부했다. 어쩔 수 없이 말에서 내려야만 했다. 나를 포함한 다른 이들도 마찬가지였다. 말들은 기다렸다는 듯 성문 밖으로 도망가 버렸다.

"피 냄새가 나."

카르텔이 눈썹을 찡그리며 말했다. 뛰어난 후각을 가진 벨루스와 리카엘도 인상을 한껏 찌푸리고 있었다. 나는 피 냄새는 맡지 못했지만, 섬뜩하리만치 검붉은 기운을 느끼고 있었다.

'분명, 느껴 본 적이 있어.'

아버지가 죽었을 때, 그리고 달리아의 세계에서 말이다. 나는 본관으로 들어가는 진입로를 노려보았다. 확실했다. 저 안에는 악마가 있었다.

"이대로는 어렵겠어."

아르덴의 얼굴이 창백해졌다. 조금 더 들어갔다가는 살가죽이 녹아 버릴 것 같았다. 나는 정화의 향기를 퍼트려 주변 사람들을 보호했다. 검붉은 기운이 느릿하게 물러났다.

향기를 널리 퍼트려 보았지만 그것은 맑은 기운을 피하기만 할 뿐, 제대로 정화되지 않았다.

"들어가자."

기운이 물러간 만큼 안으로 진입할 수 있었다. 우우웅, 검은 아가리 그 끝에서 바람 소리가 장송곡처럼 울려 퍼졌다.

고작 한걸음 내디뎠을 뿐인데 피부가 따끔거렸다. 나는 벽에 걸린 촛대를 빼내 불을 붙였다. 일렁이는 불꽃은 앞을 밝혀 주는 빛이 되었다.

우리는 작은 촛불에 의지하여 앞으로 나아갔다. 황제는 어디 있을까. 그가 읽은 곡을 떠올려 보며 움직이던 때였다.

철퍽, 발끝으로 웅덩이가 밟혔다. 빗물이 고여 있다기엔 지나치게 진득한 감각이었다.

"피야."

카르텔이 중얼거렸다. 나는 눈가를 찡그리며 바닥을 내려다보았다. 웅덩이에 촛대와 내가 비쳤다. 내가 디딘 곳부터 저 먼 보이지 않는 끝까지 검붉은 길이 이어져 있었다.

누구의 피인지는 불분명했다. 아마 아주 많은 이들이 희생되었을 것이다. 향기로 사특한 것을 밀어내어 냄새는 맡아지지 않았다. 그럼에도 구역질이 올라왔다.

"기다리고 있구나."

피의 길은 명확했다. 나는 이를 악물고 젖은 길을 밟아 나갔다. 철 퍽이는 소음이 적막을 깨트리길 반복했다.

"저곳은."

끝나지 않을 것 같던 피의 길에도 종착점은 존재했다. 굳게 닫혀 있는 양 문은 복도와 연회장을 가르고 있었다.

원목을 깎아 만든 나무 문은 과거 화려한 외관만으로도 그 존재를 과시했을 것이다. 하지만 모든 것이 어둠에 잠긴 지금, 알알이 박힌 보석은 아무짝에도 쓸모없는 것이 되었다.

'이 안에 있어.'

나는 금을 두른 문손잡이에 손을 얹었다. 묵직한 무게가 느껴졌다. 그 위를 크고 따스한 것이 감쌌다. 내 손을 감싸 쥔 카르텔은 힘주어 문손잡이를 잡아당겼다. 기름칠이 된 문은 소리도 없이 열렸다.

혹, 붉은 연기가 문틈으로 새어 나왔다. 기세를 이기지 못한 촛불이 흔들리다 꺼졌다.

"……읏."

빠르게 밀어내기는 했지만, 순간 붉은 연기가 닿은 손등이 발갛게 달아올랐다.

타닥, 정화의 향기가 붉은 연기와 마찰하며 타들어 갔다. 향기가 산화될 때마다 마력이 빠르게 빠져나갔다. 마력을 절반쯤 개방하고 나서야 연기를 밀어낼 수 있었다.

온통 어둠이다. 카르텔이 꺼진 초에 다시금 불을 붙였다. 모두가 안으로 들어왔을 때 나는 무심코 뒤를 돌아보았다.

"……!"

유니콘 조각이 섬세하게 새겨진 양 문 위로 손자국이 뒤덮여 있었다. 어른, 노인, 어린아이의 것. 크고 작은 손자국과 손톱자국은 모두 피로 이루어졌다. 바닥도 다르지 않았다. 모두 이곳에서 살아나가려 발버둥 친 흔적들이었다.

'사람들이…… 없었지.'

황성에 들어설 때부터 무력을 제공하는 기사들 외에 보이는 사람은 없었다. 그 사람들이 어떻게 되었을지 나는 쉬이 짐작할 수 있었다.

우적, 우적.

양 문을 뒤덮은 손자국에 넋을 놓고 있을 때였다. 어디선가 까드득, 무언가를 씹는 소리가 연회장에 메아리쳤다. 모두의 눈길은 자연히 소음을 쫓았다.

"……사람?"

눈을 가늘게 뜬 리카엘이 거대한 형체를 훑었다. 그건 사람의 뒷모습이었다. 사람인지, 짐승인지를 구별할 수 있게끔 도와준 건 형체가 걸치고 있는 망토였다.

누군지 모를 이는 비대한 몸을 들썩여 가며 허겁지겁 손을 움직였다. 까드득, 우적거리며 씹는 소리는 멈추는 법이 없었다.

피로 얼룩진 곳에 시체는 없었다. 그 중앙을 차지하고 있는 건 단 한 사람뿐,

누구도 걸음을 옮기지 못했다. 차마 저것의 등을 두드려 자신이 지금 떠올리고 있는 생각이 맞음을 확인할 자신이 없었기 때문이다.

"……."

도르륵. 머뭇거리던 순간이었다. 둥근 무언가가 굴러와 내 발치에 멈춰 섰다. 그것을 확인하려 고개를 숙였지만 보지는 못했다. 카르텔이 양손으로 내 눈을 가리고 있었다.

"보지 마."

낮은 음성과 함께 천천히 고개가 들렸다. 무엇이기에.

그것을 확인할 틈도 없었다. 카르텔은 구체를 발로 차 멀리 날려 버

렸다. 말랑하면서도 단단한 무언가를. 나는 구체가 발에 차이는 소음을 들으며 그것의 정체를 짐작할 수 있었다. 그건 사람의 머리였다.

"……것이다."

등줄기로 흐르는 소름을 덜어 내기도 전이었다. 망토를 걸친 등이 크게 들썩였다. 나는 비대한 몸에서 시선을 떼지 못했다.

"모두 내, 것이다."

살로 덮인 형체가 비틀거리며 일어났다. 그가 일어난 자리 아래로 고깃덩이가 가득했다. 누군가의 삶으로 이루어졌을 살점, 뼈, 머리.

뚝, 뚝. 거구의 몸을 타고 무언지 모를 액체가 흘러내렸다. 마침내 그것이 뒤를 돌아보았다.

"……황제?"

벨루스가 의문스러운 목소리로 중얼거렸다. 나 또한 혼란스럽기는 마찬가지였다. 붉게 충혈된 눈, 늘어진 눈두덩과 무언가를 씹어 부푼 뺨, 피 칠갑을 해 얼굴을 알아보는 데만 한참이 걸렸다.

황제는 체면에 목숨을 거는 자였고, 그만큼 보여 주는 것에 집착하는 자였다. 그런데 저 몰골이라니.

나는 연회장을 둘러보았다. 살아 있는 자는 아무도 없다. 황제가 먹고 있던 것과 비정상적으로 변해 버린 몸, 피 칠갑을 한 주변까지. 나는 차마 말을 잇지 못했다.

"하하. 귀엽지 않나요?"

"……클로디온."

초 하나만으로 거대한 연회장을 밝히는 것은 불가능했다.

짝짝짝, 어둠으로 둘러싸인 모퉁이에서 박수 소리가 울려 퍼졌다. 동시에 천장의 샹들리에에 불이 들어왔다. 완전히 들어온 것은 아닌지 불빛은 희미했지만 홀의 참상을 그대로 보여 주었다.

그 아래에서 클로디온의 금발이 반짝거렸다. 그가 환한 웃음을 지으며 황제의 곁에 섰다.

"가장 거대한 욕망을 가진 자이니만큼 원하는 것도 엄청나더군요. 신이 되고 싶다니. 웃기지도 않지."

클로디온은 멍청히 서 있는 황제를 다독였다. 어여쁜 인형을 다루듯 다정한 손놀림은 희극적이기까지 했다.

"당신이 원하는 건 이룰 수 없을 거예요."

목에 걸린 장미의 중앙에서 빛이 흘러나왔다. 부름에 응답한 요정들이 오색 빛깔의 날개를 움직이며 연회장의 하늘을 메웠다.

"이런."

클로디온은 얼굴을 더듬었다. 그는 습관적으로 안경을 들어 올리는 행위를 하며 눈가를 찡그렸다. 여신을 보좌하는 요정의 존재를 알고 있었던 탓이다.

"신들이 당신에게 쪼르르 일러바친 모양이지요?"

성가시다는 듯한 얼굴이었다. 요정은 공중을 날아다니며 붉은 기류를 정화하고 있었다. 그것을 가만히 바라보던 클로디온은 황제를 앞으로 내세웠다.

황제의 눈동자는 욕망으로 번득거렸다. 그를 인형처럼 움직이던 클로디온의 손에는 무언가가 들려 있었다.

'붉은 구슬.'

가장 강렬한 욕망을 실체화한 것. 그것은 전에 보았을 때보다 완전한 모양을 갖추고 있었다.

클로디온이 황제의 턱을 잡아챘다. 망설임 없는 손길이 검붉은 구슬을 벌어진 입안으로 넣으려 했다.

"안 돼!"

욕망이 완성되면 마신이 부활하고 만다. 그 전에 막아야만 했다. 내 부름에 요정들이 황제를 둘러쌌다. 치이익, 살 타는 소리가 울려 퍼졌다.

클로디온이 요정들을 피해 한발 물러섰다. 그는 인두겁을 쓴 마족이었다. 그에게 요정은 자체만으로 독일 것이다.

"하하."

구슬을 먹이는 데 실패했음에도 불구하고, 클로디온의 입가는 미소로 가득했다.

요정의 빛이 발하였으니 그는 더 이상 황제에게 손댈 수 없었다. 황제를 둘러싼 요정들이 정화를 시작하는 순간이었다.

"......!"

빛이 닿지 않는 어둠 속 모퉁이, 그림자를 가르고 나온 인형이 황제를 향해 달려들었다. 그가 마족이라면 황제에게 접근하지 못했을 것이다. 하지만……

"드디어."

붉은 입꼬리가 비틀렸다.

푸욱, 고깃덩이에 칼이 꽂히는 소리가 이명처럼 울려 퍼졌다. 황제의 뱃가죽에서 검은 피가 분수처럼 터져 나왔다. 그것을 송두리째 뒤집어쓴 것은 황제의 아들. 레이븐이었다.

레이븐은 무표정하게 황제의 배 속으로 손을 집어넣었다. 검붉은 구슬. 그가 꺼내 든 것은 황제의 욕망이었다.

"제 아비를 집어삼킬 만큼, 더럽고 추악한 욕망을 가진 자여."

노랫말 같은 목소리였다. 레이븐은 클로디온을 향해 다가가 황제의 욕망을 건네주었다. 커다란 구체가 그것을 집어삼킨다. 두 구슬은 하나가 되었다. 레이븐은 완벽한 구체가 된 욕망을 제 목구멍으로 삼켜 버렸다.

"설마."

클로디온이 노린 건 황제가 아니었다. 마족의 마지막 퍼즐이 되어 줄, 지상 최대의 욕망을 가진 자. 그건 황태자 레이븐이었다.

욕망을 먹어 치운 레이븐의 주변으로 검붉은 기류가 폭발하듯 터져 나왔다.

꺄아악-!

그의 주변을 맴돌던 요정들이 비명을 지르며 뒤로 물러났다.

간신히 유지하던 정화의 향기가 붉은 연기에 부딪혀 타들어 갔다. 남은 것이라고는 나와 다른 이들을 간신히 보호할 정도의 향뿐이었다.

[크, 으윽.]

뚝, 뚜욱. 검붉은 기류 안에서 관절이 부러지는 소리가 났다. 인대가 끊어지고, 벗겨진 살가죽 위로 인간이 가져선 안 될 것들이 엉겨붙는다. 레이븐의 육체가 재구성되고 있었다.

"아아."

검붉은 장막에 가려진 안쪽은 볼 수 없었다. 어쩌면 인간의 시야로는 볼 수 없는 것일지도 모른다. 클로디온은 그 안쪽을 황홀한 눈빛으로 들여다보았다.

찬란했던 금발이 녹아내린다. 거짓된 색이 지워지고 핏빛이 도는 바이올렛 머리카락이 드러났다.

은회색 눈동자도 붉은색으로 변했다. 욕망과 닮은 눈동자는 쾌락에 번들거렸다. 지나치게 달콤해 맛보고 싶지만, 그랬다가는 죽음을 겪게 될 극락 같은 얼굴. 마족은 매혹적일수록 강한 힘을 지닌다.

'지상에 남은, 유일한 마족.'

클로디온은 고위급 마족으로서도 유별난 이였다.

그는 자신의 신을 사랑했다. 그 사랑만큼은 경애를 넘어서 지독하게 순수했다. 그렇기에 자신의 신을 배척한 이들을 용서하지 못했다. 그는 배척한 다른 신들을 미워하고 또 미워했다.

'디오라. 살아남거라.'

마신이 남긴 마지막 유언이었다.

신의 육체가 갈기갈기 찢어짐에 따라 마족 또한 하나둘 죽어 나갔다. 그가 할 수 있는 일은 최후의 최후까지 살아남는 것이었다.

클로디온은 피의 맹세를 했다. 다른 신들이 사랑했던 것들을 모두 무너트리고, 경애하는 마신을 다시 이 땅에 불러들이겠노라고.

[끄어어억-!]

고통에 찬 비명이 연회장에 울려 퍼졌다. 이제 뼈가 부서지는 소리는 들리지 않았다. 인간의 육체가 거의 다 소멸했다는 뜻일 테다.

'어째서.'

나는 정화의 향기를 유지하는 것만으로도 힘겨워 앞으로 나아갈 수 없었다.

검붉은 기류는 점점 더 광폭해졌다. 붉은 기둥 안에 들어 있는 건 레이븐, 아니. 레이븐이었던 무언가다.

클로디온이 제물로 삼을 인간은 틀림없이 황제라고 생각했다. 그렇기에 마지막까지 황제만을 주시했던 것이다.

레이븐의 욕망이 황제가 가진 것 그 이상이라는 말인가?

혼란스럽게 기둥을 주시하던 순간, 나는 마족으로 돌아간 클로디온과 눈이 마주쳤다.

"궁금하겠지요. 왜 황제가 아닌 그의 아들이 마지막 제물이 되었는지."

클로디온이 길게 자란 손톱을 까닥이며 웃었다. 붉은 연기가 그의 곁을 맴돌며 춤췄다. 나에게는 치명적일 기류가 그에게는 달콤한 꿀이 되었다.

"제 아비를 향한 존경, 증오, 분노가 욕망이 되었던 겁니다."

나는 흔들리는 눈으로 붉은 기둥을 바라보았다. 레이븐이 황제의 억압을 받고 있었다는 건 익히 알고 있었다. 그것이 아버지를 죽이고 그 위에 오를 만큼 강력했다는 사실이 놀랍기만 했다.

"황제의 욕망은 신이 되는 것. 그의 아들은 아버지를 꺾고 그 위로 올라가는 것이었으니, 당연히 욕망으로써 더욱 우세하지요."

일순간 머리를 얻어맞은 충격이 인다. 레이븐은 결국 제 아버지를 꺾었다. 그리고 클로디온의 제물이 되고 말았다.

"인간들은 솔직하지 못해요. 억압하고 억눌리는 게 그들의 본성. 인간들에겐 마신이 필요합니다. 그의 힘이 인간을 더욱 진실되게 만들어 줄 거예요."

노래를 부르는 듯 경쾌한 목소리였다. 그러나 그 속에는 악의가 가득했다.

전쟁, 기근, 폭력과 다툼. 마신의 육체 조각이 발휘하는 영향력은 엄청났다. 그가 완전한 형태로 부활한다면 이 땅에 상상을 초월하는 재앙이 일어나고 말 것이다.

"시작되었군요."

일순간 귀곡의 신음처럼 울려 퍼지던 비명이 뚝 끊어졌다.

붉은 장막 너머로 거대한 형체가 일렁거렸다. 웅크려 있던 그것이 부르르 몸을 털었다. 아주 조금 움직인 것만으로도 천장에 닿아다 머리로 보이던 것이 위를 향해 움직인다.

그것이 몸을 일으켰다. 천장이 무너지며 우수수, 돌무더기가 아래로 떨어져 내렸다.

리카엘이 황급히 바람의 장막을 쳐 그것을 막아 냈다.

천장에 장식되어 있던 사파이어, 루비 같은 진귀한 보석들이 잔해와 함께 뒤섞였다.

형체를 가리던 안개가 서서히 사라졌다. 보이는 것은 검은 나신. 그것은 장인의 손길을 거친 듯 완벽한 모양새였다. 클로디온이 온 마음을 다 바쳐 사랑하던 이의 부활이었다.

오랜 세월 보존됐던 황성은 그 자체가 고아한 유산이었다. 마신은 그것의 잔해를 짓밟고 있었다.

마신의 거대한 육체가 만천하에 공개되었다.

"뭐, 뭐야."

쇠 부딪히는 소음이 일순간 멎었다. 황성 밖. 편을 가르며 싸우던 인간과 이종족이 못 박힌 듯 그 자리에 멈춰 섰다. 클로디온은 그러한 이들의 반응을 자랑스러워했다. 그는 자신의 신에게 두 팔을 벌렸다.

"신이시여."

어둑한 먹구름이 형체의 얼굴을 가리고 있었다. 거대한 머리가 옆으로 기울었다. 마신이 클로디온의 목소리에 반응하고 있었다.

"저를 기억해 주시는군요⋯⋯!"

클로디온의 얼굴이 환희에 젖은 순간, 흐릿한 기류 사이에서 무언가가 뻗어 나왔다.

짙은 피 냄새가 일렁인다. 새카맣게 그을린 검은 손. 그것이 클로디온의 육체를 감싸 쥐었다.

"아아."

젖은 목소리가 허공에 울려 퍼졌다. 그 음을 따라 따닥, 따닥 길고 검은 손톱이 서로 부딪히며 소음을 냈다.

마신이 클로디온을 확인하려 고개를 숙이고 있었다. 거대한 눈이 깜빡이며 그의 얼굴을 들여다보았다.

"사랑합니다. 이 몸을 바쳐 사랑⋯⋯."

클로디온의 말은 끝맺어지지 못했다. 마신이 그의 몸을 터트릴 듯 움켜쥔 탓이다.

"아윽⋯⋯!"

몸을 옥죄는 악력이 뼈를 으스러뜨리고 있었다. 클로디온이 본능적으로 몸을 버둥거렸다. 그러나 마신의 손안에서 빠져나올 수는 없었다.

검은 손은 제 입가로 클로디온을 옮겨 갔다. 끝이 말려 올라간, 완벽한 형태의 입술이 느릿하게 벌어졌다. 일련의 행위는 지나치게 단순했으며, 또 명백했다.

"왜, 어, 어째서……!"

마신이 눈을 껌뻑였다. 검은 눈동자는 맑고 투명했다. 마치 악의 따위는 존재하지 않는다는 듯이.

'……마신은 분명 소멸했다고.'

나는 신들의 말과 현재에서 혼란을 느꼈다. 마신은 죽어 없어지고 남은 육체만이 산산이 찢겨져 대륙 곳곳에 흩어졌다지.

한 번 소멸한 혼을 다시 살릴 방법은 없다. 그런데도 신들과 클로디온은 마신의 부활을 예고했다. 그렇다면, 저기 서 있는 것은 대체 무엇이란 말인가.

"아으, 아아악―!"

허공에 뜬 육체가 버둥거렸다. 피를 튀기던 그것은 몸의 절반이 사라지고 나서야 조용해졌다.

마신의 혼은 소멸했다. 클로디온이 만들어 낸 것은 그의 몸뚱이일 뿐이었다.

[끄윽. 끄으윽.]

남은 반신마저 먹어 치운 마신이 섬뜩한 울음을 내며 입맛을 다셨다.

육체와 함께 갓 태어난 자아는 어린아이와 같았다. 커다란 눈동자가 도르르 굴러갔다. 붉은 혀가 제 입가에 묻은 피를 핥았다.

다이아몬드처럼 아름다운 얼굴이 미소를 띠었다. 사특한 욕망으로 완성된 육체에서 검붉은 기류가 일렁였다. 인간들을 재앙으로 몰고 가는 악마의 힘이었다.

거대한 육신이 움직인다. 쿠웅, 성의 잔해에서 빼낸 발이 인파가 들끓는 방향으로 향했다.

"……죽어, 죽어라!"

붉은 기류는 인간뿐만 아니라 이종족에게까지 옮겨붙었다. 마신을 보며 아연실색하던 이들의 눈동자가 붉게 물들었다.

대재앙을 예고하던 마신의 힘이 그들의 감정을 조종하고 있었다. 인간과 이종족은 다가오는 육체를 아랑곳하지 않고 저들끼리 죽이고 죽기를 반복했다. 거대한 육체가 서로를 죽이는 인간과 이종족들을 짓밟고 닥치는 대로 움켜쥐어 터트렸다.

마신의 눈동자에 깃든 건 즐거움이었다. 순수한 악의보다 무서운 것은 없다. 마신의 형태로 탄생한 건 괴물, 그 자체였다.

지상은 그야말로 아비규환이었다.

클로디온은 그의 마신, 아니 마신의 육체로 탄생한 무언가에 잡아 먹히고 말았다. 그러나 그의 바람만큼은 완벽하게 이루어졌다.

마신의 기운은 종을 가릴 것 없이 물들였다. 붉은 안광이 선연한 이들의 얼굴에는 미소가 걸려 있었다. 광기 어린 웃음이 핏물과 함께 녹아들었다. 그들은 검을 들고 서로를 베어 내는 데 거리낌이 없었다. 살을 가르고 피를 뒤집어쓰는 것은 성대한 축제요, 최고의 쾌락이었다.

'동화되고 있어.'

마신에게 있어 제 발치에서 웅성거리는 이들은 모두 장난감에 불과했다. 갓 태어난 아이의 눈앞에 널린 노리개라니.

마신에게 망설임이나 자제력 따위는 존재하지 않았다. 오히려 그들을 터트리고 짓밟는데 즐거움을 느꼈다.

'어떻게 해야…….'

마력을 최대로 끌어 올려도 저들을 전부 정화할 순 없었다. 나와 카르텔, 가족들에게 붉은 기운이 닿지 않도록 막는 게 최선이었다.

부서진 성벽 너머로 살기에 들끓는 이들이 훤히 보였다. 지옥의 입구를 보는 것만 같았다.

고막이 찢어질 듯한 소음이 울렸지만, 무엇도 듣지 못했다.

육체에 불과하더라도 마신은 부활했다. 신들은 내게 그의 부활을 막아 달라 부탁했다. 그런데 저 광경을 보라. 이미 이 땅은 나락으로 떨어진 상태였다.

"플로리아."

나는 붉은 광경에 넋을 놓고 있었다. 그런 나를 부른 건 카르텔이었다. 황금빛 눈동자는 여느 때와 다름없이 차분하게 가라앉아 있었다. 바삐 흔들리던 내 시선도 덩달아 그에게 고정되었다.

"아직 끝난 게 아니야."

커다란 손이 뺨을 감쌌다. 나는 또박또박 움직이는 입술을 보며 눈을 깜빡였다. 살육의 함성도, 마신의 웃음소리도 들리지 않던 순간, 카르텔의 목소리만이 내 귓가를 적셨다.

나를 가로막고 있던 희뿌연 막이 걷히는 느낌이었다. 나는 입술을 꾹 깨무는 대신 그의 손을 겹쳐 쥐었다. 뜨거운 체온이 언 손을 녹였다. 낮은 음성이 내 정신을 잡아채고 있었다.

파르르 손끝이 떨렸다. 죄책감은 언제나 나를 주저앉게 만들었다. 그건 이번에도 마찬가지였다.

나는 뻣뻣하게 굳은 손마디를 움직였다. 아직 끝이 아니다. 포기해서는 안 됐다.

'막아야 해.'

나는 맑아진 시야로 성벽 너머를 바라보았다. 모여 있는 모두가 광기에 사로잡혔다. 하지만 수도에 국한되어 있었다.

마신이 거대한 몸을 이끌고 앞으로 나아갔다. 저 기운이 수도를 넘어 제국 그리고 대륙 전체에 퍼지기 전에 막아야 한다.

"······고마워."

미안하다는 말은 삼켰다. 나는 카르텔의 손을 쥔 채 가족들을 둘러보았다. 그들은 묵묵히 나를 기다리고 있었다.

벨루스의 눈썹이 일그러졌다. 물기 어린 눈이다. 걱정되는 마음에 입을 달싹거리면서도 보채는 것이 될까 봐 꾹 참는 것이 보였다.

아르덴의 시선이 내게 닿았다. 아니, 언제나 그의 눈빛은 내게 머물러 있었다. 하얀 팔이 나를 향해 뻗어 왔다. 안긴 품 안에서는 청량한 나무의 향기가 났다.

"네 곁에는 언제나 우리가 있으니까."

어릴 적부터 나를 안심시켰던 목소리였다. 아르덴에게 안긴 너머로 리카엘이 보였다. 자신을 숨기면서까지 나를 지키려 했던 내 가족이다.

왜 몰랐을까. 나는 이미 완전함을 얻었다. 그러니 그걸 지켜야만 한다.

"가요."

내 눈에 이채가 감돌자 가족들의 표정도 굳건해졌다. 모두 내가 명령을 내리길 기다리고 있었다.

검은 먹구름이 마신의 얼굴을 가리고 있었다. 머리가 하늘에 가려질 만큼 마신의 육체는 거대했다. 한 걸음 디딜 때마다 인간과 이종족이 짓밟혀 죽어 나간다. 그만큼 강력했지만 움직임은 더딜 수밖에 없었다.

"리카엘 오라버니. 각자의 능력으로 마신의 육체를 묶어 주세요. 벨루스. 너도 부탁해. 저것이 수도 밖으로 나가지 않도록."

리카엘과 벨루스가 차례로 고개를 끄덕였다. 광장은 지옥이 돼 버렸으나 그 너머는 아직 무사했다.

"아르덴 오빠. 오빠는 아직 제정신인 인간과 이종족을 수도 밖으로 이끌어 줘. 마신이 활보하고 있으니 인간들도 따를 수밖에 없을 거야."

"알겠어."

아르덴이 표정을 굳혔다. 모두를 불러 모은 나는 그들 앞에서 세 송이의 장미를 꽃 피웠다. 평소 꽃을 피울 때보다 훨씬 많은 마력이 빠져나갔다.

"한 송이씩 가지고 있어."

안에는 정화의 향기가 가득 담겨 있었다. 장미를 몸에 지니고 있으면 마신의 기운에 오염되지 않을 것이다.

뻗어 온 세 개의 손들이 장미를 갈무리했다. 나는 조금이나마 안도하며 그들을 마주 보았다.

"꼭 조심해야 해."

아르덴이 내 손을 꼭 쥐며 말했다. 그와 리카엘, 벨루스마저도 내 웃음을 보고 나서야 등을 돌렸다.

숲은 미약하게나마 정화의 기운을 갖추고 있다. 수도 너머의 숲, 그 안에는 아직 출격하지 않은 이종족 2군단, 3군단이 숨어 있었다. 그들과 함께라면 수도의 사람들을 대피시킬 수 있을 것이다.

모두가 각자 맡은 임무를 수행하러 떠났다. 남은 건 나와 카르텔 둘뿐이었다.

"카르텔."

나의 짝, 영혼으로서 하나가 된 내 운명.

우리 두 사람의 진명은 서로가 있기에 밝게 빛날 수 있었다.

뜨거운 입술이 내 눈, 뺨, 입술에 닿았다. 두 눈빛이 허공에 얽히는 순간이다. 뒤로 물러난 카르텔의 그림자가 일렁였다. 검은 불꽃이 그의 몸을 감쌌다.

그가 다루는 건 가장 순수한 어둠. 검붉은 것과 비슷해 보일지 모르나 그 근본은 전혀 다른 것이었다.

인간의 육신이 꿈틀거린다. 손끝부터 시작된 변화는 어느새 거대한 마수를 이 땅에 불러냈다.

[올라타.]

내 얼굴만큼이나 커다란 황금빛 눈동자가 눈앞에서 깜빡였다. 흑표범의 형상을 한 마수가 나를 위해 몸을 낮추었다. 그 위에 올라탄 나는 윤기 나는 검은 털을 꽉 쥐었다.

"가자."

카르텔이 내 목소리에 응답했다. 몸을 웅크린 마수는 폭발할 듯 거친 도약을 선보였다. 커다란 움직임이었지만 군더더기 하나 없이 아름다운 동작이다.

그 위에서 버티는 건 쉽지 않았다. 나는 넝쿨을 소환해 카르텔의 등에 내 몸을 고정했다.

날랜 움직임은 나를 순식간에 성벽 너머로 인도했다. 황성 근처에 있던 이들은 모두 시체가 되어 있었다. 그중 신체가 멀쩡한 이들도 많았다. 아마 마신의 기를 이기지 못하고 그대로 죽어 버린 사람들일 것이다.

[끄으윽-! 끅!]

바로 앞에서 마신의 뒷모습이 보였다. 거대한 육체가 고통에 버둥거렸다. 눈을 가늘게 뜬 나는 허공에서 움직이는 이를 발견할 수 있었다.

이종족 군대에는 그들이 부리는 동물들도 다량 섞여 있었다. 그중에는 가장 강한 새 콘도르도 있었다.

본진인 숲에서 리카엘이 길들인 새 중 하나인 콘도르는 사람을 태울 수 있을 정도로 거대했다. 그 위에 올라탄 리카엘은 바람을 조종해 마신의 손을 묶었다.

바닥에 널린 것이라면 사람이든 이종족이든 가리지 않고 입에 가져다 대던 마신의 움직임이 멈춰 버린 것도 이 때문일 것이다.

지상은 벨루스가 맡고 있었다. 그의 특기는 그림자를 조종하는 것. 거대한 마신의 육체만큼 벨루스가 다룰 수 있는 어둠 또한 넓었다. 마신의 그림자가 느릿하게 몸을 일으켰다. 손을 몇 번 쥐락펴락하던 그것은 제 육신의 발목을 잡아챘다.

[끄으-!]

마신의 다리가 엉키며 커다란 소음과 함께 그의 육신이 바닥으로 고꾸라졌다. 먹구름에 가려져 있던 마신의 얼굴이 드러났다. 살육의 즐거움에 취해 있던 표정이 짜증스럽게 일그러졌다.

[끼이이익-!]

"윽……!"

고막을 긁는 비명과 함께 검붉은 연기가 마신의 몸에서 뿜어져 나왔다. 리카엘이 탄 콘도르가 사특한 기류를 버티지 못하고 바닥으로 추락했다.

아래도 상황은 마찬가지였다. 벨루스가 다룰 수 있는 그림자는 한정되어 있었다. 정확히는 그의 마력에 끝이 있기 때문이다.

마신 만큼이나 거대한 그림자를 다룰 수 있는 건 이번 한 번뿐이었을 것이다. 하지만……

'고통스러워하고 있어.'

신의 육체는 완벽하며 아픔을 느끼지 못한다. 그런데 마신이 고통을 느낀다는 건 그의 육체가 완전하지 않다는 뜻이다.

나는 서둘러 요정을 불러냈다. 마신이 탄생할 때 대부분 소멸한지라 그 수가 몇 남지 않았다.

[끄으으-!]

가장 순수한 것은 악에 치명상을 남긴다. 요정들이 마신의 곁을 맴돌며 자신들의 가루를 흩뿌렸다. 요정의 가루에 닿은 살가죽이 검은 연기를 내며 녹아내렸다.

육체를 일으키려던 마신이 고통스러운 비명을 질러 댔다. 거대한 손이 광풍을 일으키며 허공을 휘저었다. 마신의 육체에 닿은 요정들 몇이 또다시 소멸했다.

'효과가 있지만 치명상은 아니야.'

대부분의 요정이 마신의 손짓에 사라지고 만다. 나는 그것을 놓치지 않고 지켜보았다. 가장 순수한 것이 마신에게 심각한 타격을 입혔다.

'요정보다 순수한 것.'

그들보다 더 밝고 환한 빛이 필요했다.

가장 순수했기에 여신을 보좌할 수 있었던 요정들. 그보다 순수한 존재가 있을까 의문을 가지던 순간이었다. 내 목에 걸린 황금의 장미, 그 가운데에 박혀 있던 보석이 오색으로 빛나고 있었다.

'이게 왜 지금.'

장미가 품고 있던 보석은 종종 홀로 빛을 내곤 했다. 하지만 이렇게 환하고 따스한 빛은 처음이었다.

영롱한 빛이 마신의 기운을 밀어냈다. 그것은 내 마력에 깃든 정화의 향기보다 훨씬 강력한 힘을 발휘했다.

나는 가슴팍을 더듬어 장미를 들어 올렸다. 황금빛으로 피어난 장미가 품고 있던 보석이 이에 반응하듯 웅웅거렸다.

'이건…….'

오묘한 감각이었다. 나는 이끌리듯 보석에 마력을 불어 넣었다. 무지개가 일렁이듯, 보석 안에 깃든 빛이 내 마력을 흡수했다.

나는 보석이 홀로 빛을 내던 순간을 떠올렸다. 은연중 내 마력이 보석 안에 들어갔을 때였다.

마력을 받았다며 일렁거리는 모양새가 퍽 기분이 좋은 듯 보였다.

나는 보석의 표면을 천천히 쓰다듬었다. 내부의 빛이 내 손끝을 따라 움직였다. 꼭 더 쓰다듬어 달라는 듯이 말이다.

'살아 있어.'

보석 너머로 온기가 느껴졌다. 어루만지는 건 나인데 꼭 빛에게 위로받는 느낌이다. 봄날의 햇살, 나비처럼 팔랑거리던 순풍이 내 마음을 간질이고 지나갔다.

— ……잖아.

입술이 벌어졌다. 갓 자라난 여린 새싹처럼 모든 것을 포용하는 사랑을 닮은 목소리였다. 그러나 음성은 더 이어지지 않았다.

'설마.'

혹시나 하는 심정이었다. 나는 내 남은 마력을 보석에 쏟아부었다. 보석 안의 빛은 가뭄에 내린 단비처럼 그것을 흡수했다. 결국 먼저 떨어진 것은 내 마력이었다.

바닥까지 쏟아부어 더는 넘겨줄 것이 남지 않은 순간, 내부의 빛이 자그마한 형태를 만들어 냈다. 손톱보다 조금 더 큰 형체는 요정을 닮은 것 같았다. 점을 찍은 것처럼 작은 손이 내 손끝에 닿았다. 그 것이 나를 보며 웃었다.

— 괜찮아.

접해 본 적 없는 음성에 마음이 녹아내렸다. 어쩐지 울음이 나올 것만 같았다. 나는 입술을 꾹 깨물며 참아 넘겼다.

저 너머로 마신의 육체가 보였다. 거대한 탑을 엮어 놓은 듯한 크기의 팔이 땅을 짚었다. 몸을 일으키려는 것이다.

리카엘과 벨루스가 고군분투하며 방해했지만 아까의 타격으로 큰 힘을 쓸 수 없는 상황이었다.

[끄윽. 끅.]

결국 마신이 몸을 일으키는 데 성공했다.

먹구름에 닿을 만큼 거대한 육체지만 정신은 어린아이와 같았다. 잔뜩 뿔이 난 마신이 발을 들어 올렸다. 쿠웅, 육중한 굉음과 함께 정갈하게 깔려 있던 수도의 거리가 박살 났다.

마신이 앞으로 나아가고 있었다.

"리카엘 오라버니! 한 번만 더 마신을 붙잡아 주세요! 벨루스도 부탁할게!"

나는 목청껏 그들의 이름을 불렀다. 잔해 위에서 숨을 헐떡이던 리카엘이 고개를 끄덕였다. 벨루스도 내 목소리에 즉각 반응했다. 그가 다시 한번 마신의 그림자를 건드렸다. 아까처럼 그림자 전체를 지배할 순 없었지만 일부분은 움직일 수 있었다.

리카엘이 콘도르를 타고 날아올랐다. 그를 태운 콘도르가 마신의 허리 근처에서 날개를 퍼덕였다.

리카엘의 손이 대기의 바람을 엮었다. 그는 날카로운 바람을 억눌러 보이지 않는 밧줄을 만들어 냈다.

"벨루스! 그림자를 넘겨!"

그러나 바람만으로는 부족했다. 그림자를 끌어모으던 벨루스가 고개를 들었다. 검붉은 기류 탓에 투명한 밧줄이 언뜻언뜻 육안으로 드러났다.

"내려!"

벨루스가 밧줄의 위치를 확인하고 고함을 질렀다. 리카엘이 기다렸다는 듯 밧줄을 움직였다. 벨루스가 잡고 있던 그림자가 꿈틀거리더니 허공으로 박차 올랐다.

바람의 밧줄과 그림자의 끝이 서로 묶였다. 밧줄이 단단히 묶였음을 확인한 리카엘이 콘도르를 움직여 왼쪽으로 날아올랐다. 그 모습을 본 벨루스가 그림자의 끈을 쥐고 반대 방향으로 내달렸다.

[끄으으-!]

양쪽으로 이어진 밧줄이 마신의 육체를 옭아맸다. 팔과 몸이 묶인 마신이 균형을 잡지 못해 비틀거렸다. 리카엘은 공중에서, 벨루스는 땅에서 밧줄을 붙잡고 버텼다.

"리아! 서둘러!"

포박한 것은 상체뿐이다. 함선을 수십 척 이어 놓은 듯한 다리가 쿵쿵 발을 굴렀다. 그때마다 마신을 붙들고 있는 리카엘과 벨루스가 힘겨운 신음을 내뱉었다. 그것을 지켜보던 카르텔이 힘을 개방했다. 바람과 그림자로 만들어진 밧줄에 검은 불길이 일었다.

[끼아아아악-!]

고막을 갈기갈기 찢을 듯 날카로운 비명이었다.

마수는 가장 순수한 어둠에서 태어난 존재. 마신과 비슷하다 생각할지 모르나 그 실상은 전혀 달랐다. 순수한 것은 마신에게 타격을 준다. 거대한 육신이 고통에 발버둥 쳤다.

카르텔의 힘으로 리카엘과 벨루스가 마신을 붙잡고 있는 것이 한결 수월해졌다. 하지만 임시방편일 뿐이다. 나는 마수의 검은 털을 꽉 쥐었다.

"카르텔. 마신의 심장부로 가자."

검은 불길이 허공에 길을 만들었다. 카르텔은 그 위로 올라타 불길을 내달렸다.

버둥거리던 마신이 우뚝, 걸음을 멈췄다. 먹구름에 가려져 있던 얼굴이 숙여졌다. 마신의 심장부로 다가가던 나와 카르텔은 번들거리는 눈알을 맞이해야만 했다.

[끄으으-!]

마신의 시선이 우리에게 향했다. 아니. 정확히는 내가 들고 있는 보석일 것이다.

"이 보석에 네 마력을 옮겨 줘."

카르텔은 내 부탁에 이유를 묻지 않았다. 곧이어 장미 속 보석으로 그의 마력이 흘러들었다. 보석 안의 빛은 마력을 꿀떡꿀떡 받아 삼켰다. 카르텔의 눈가가 가늘어졌다. 내가 느낀 온기를 그도 똑같이 느끼고 있을 것이다.

보석을 품고 있던 장미꽃이 하나둘 잎사귀를 떨구었다. 붉은빛과 연한 옥빛, 오색으로 빛나는 보석은 내 손안에서 더욱 완전해졌다.

내가 보석 안을 보듯, 이 아이의 시선도 나와 카르텔에게 향하고 있었다. 작은 아이가 천천히 고개를 끄덕였다. 나는 목에 걸린 끈과 보석을 불리해 손에 쥐었다.

'요정보다 더 순수한 건, 처음 태어난 생명.'

형체를 이룬 빛은 나와 카르텔의 마력을 하나로 만들었다. 불투명했던 겉모습이 점점 더 뚜렷해졌다. 투툭, 아이를 담은 보석의 겉면에 금이 갔다. 아이가 밖으로 나오려 몸을 버둥거리고 있었다. 나와 카르텔은 얼마 남지 않은 마력을 짜 모아 아이의 품에 안겨 주었다. 마침내…….

– 안녕.

환한 빛이 세상을 덮었다. 점차 크기를 줄이는 빛 안으로 작은 어린아이가 보였다. 마치 봉우리에서 꽃이 피듯, 보석을 깨고 나온 아이가 방긋 미소 지었다. 속눈썹 사이로 눈동자가 보인다. 황금과 붉은 장미를 섞어 놓은 듯 자줏빛으로 반짝이는 신비한 눈동자.

분홍빛 머리카락의 사랑스러운 아이 주변으로 요정들이 모여들었다. 분명 대부분이 소멸했을 텐데. 하나둘 모여든 요정의 수는 처음 여신에게 받았던 때보다 더 많았다.

– 엄마.

아이의 웃음이 내 가슴 속 깊이 스며들었다. 아이가 내게 손을 내밀었다. 조금 주저하던 나는 자그마한 손을 마주 잡았다.

까르르, 기분 좋은 웃음이 맴돌았다. 속내가 뭉클했다. 이루 말할 수 없는 감정이다. 아이는 나와 카르텔의 힘으로 탄생했다. 그 때문일까. 아이는 카르텔의 감정을 거울처럼 비추어 주었다.

완전한 하나.

눈가가 붉어졌다. 결국 눈물이 도르르 뺨을 타고 흘러내렸다. 카르텔과 이어져 있던 넝쿨이 스르르 풀렸다. 아이의 손을 잡은 몸이 공중으로 떠올랐다. 수많은 요정이 우리를 둘러쌌다. 눈부시도록 아름다운 빛이다.

[끄윽, 끼이이익-!]

마신의 얼굴이 일그러졌다. 빛이 닿은 것만으로도 고통스러운지 완벽하게 조각난 얼굴은 끔찍한 표정을 짓고 있었다.

방해되는 것이 있으면 밟거나 씹어 먹던 마신이 처음으로 뒷걸음질 쳤다. 그건 또 하나의 신호였다.

"아가."

이렇게 불러도 되는 걸까. 조심스러운 부름에 아이가 방긋 웃음을 터트렸다.

나는 아이와 마주 잡은 손을 마신에게 내밀었다. 보석에서 보았던 오색의 빛이 우리의 손에 고였다. 마침내 겹쳐진 손이 마신의 심장부에 닿았다.

[끼아아아악-!]

끔찍한 비명이 터져 나옴과 동시에 새하얀 빛이 마신의 전신을 감쌌다. 갓 태어난 순수, 가장 순결한 정화의 빛이 악을 녹여 버린다. 너무도 환해 눈을 뜰 수 없었다.

나는 아이를 끌어안았다. 카르텔이 나와 아이를 품 안으로 감추는 것이 느껴졌다.

세상은 빛에 잠겼다.

# 16. 새로운 제국

몽롱한 꿈결.

깊은 잠은 영원히 깨어나고 싶지 않을 정도로 달콤하다.

[……리아.]

얼마나 꿈에 취해 있었을까. 아득히 먼 곳에서 나를 부르는 목소리가 메아리쳤다. 하지만 깨고 싶지 않았다. 조금만 더 쉬고 싶다. 그렇게 생각하며 몸을 웅크렸다. 시간이 얼마나 지나갔는지도 모르는 채로.

[플로리아.]

강한 목소리는 파문을 일으켰다. 내가 아는, 그리움이 가득 담긴 음성이 가슴 깊숙이 스며들었다.

멈춰 있던 심장이 뛴다. 온몸으로 퍼져 나가는 피는 다시금 나를 숨 쉬게 만들었다.

'아.'

손끝을 움찔거리는 동시에 입술을 달싹였다. 혀를 빼내어 핥은 입술은 조금 말라 있었다. 막이라도 낀 것처럼 눈두덩이 무거웠다. 다시 한번 나를 부르는 목소리가 들린다.

'일어나야 해.'

지독한 그리움이 번져 나갔다. 그를 만나야만 했다. 더 이상 웅크려 있을 수만은 없었다. 나는 마침내 눈을 떴다.

"⋯⋯리아."

시야가 희뿌옇다. 몇 번 더 눈을 깜빡인 나는 억센 힘에 깜짝 놀라고 말았다. 허리를 감싼 팔이 나를 강하게 안아 왔다. 나는 나를 끌어안은 팔의 주인을 알고 있었다.

"카르텔."

귓가에서 그의 숨결이 느껴졌다.

애달픈 음성으로 나를 부른 카르텔은 내 몸을 옥죄었다. 강한 힘에 숨을 토해 내야만 했다. 하지만 그를 밀어내지는 못했다. 낮은 목소리에 녹아 있는 간절함을 봐 버렸기 때문이다.

"이대로 깨어나지 않는 줄 알았어."

초조함이 느껴지는 목소리다. 그의 슬픔을 덜어 주고 싶었다. 나는 내 허리를 안은 팔을 느릿하게 다독였다.

꽤 오랜 시간이 흐른 것 같았다. 팔의 힘이 아주 조금 풀어졌다.

'뭔가 잊은 것 같은 기분이 들어.'

그가 왜 이렇게 초조해하는지 알 길이 없었다. 잠들기 전 내가 뭘 하고 있었지. 기억을 역행하려 하자 머리가 아파 왔다.

커다란 손이 찌푸려진 미간을 쓸며 이마 위를 덮어 주었다. 그의 손바닥에 시야까지도 차단되었다. 나는 조금 더 수월하게 과거를 기억할 수 있었다.

'기억났어.'

클로디온의 계략, 제물로 바쳐진 황족들과 마신의 탄생까지.

마지막 순간, 환한 빛이 나를 잠식했었다.

"……내가 얼마나 잠들어 있었어?"

"한 달하고도 삼 일 째야."

그렇게 오랜 시간 잠들어 있었다니. 나는 멍하니 입을 벌렸다.

"아르덴에게 물어봤더니 마력이 다해서 그렇다더군. 화인은 그럴 때 탄생화로 돌아가지만 너는 그렇지 못하니까. 우선 기력을 회복할 수 있는 장소로 옮겨 놓은 거야."

천천히 주위를 둘러보았다. 팬지, 라벤더, 아나카. 나는 보랏빛, 노란빛의 꽃이 가득한 언덕에 누워 있었다.

화사하게 핀 꽃들이 나에게 말을 건네 왔다. 꽃들이 제힘을 나누어 주며 내 기운을 북돋아 주고 있었다.

"깨어나지 않는 줄 알았어."

지독히도 고통스러운 목소리다. 그를 보려 고개를 돌리니 손으로 얼굴을 가려 버린다. 나는 그의 손 위에 손을 얹어 힘줄 돋은 그것을 천천히 떼어 냈다.

걱정, 슬픔. 그리고 안도의 감정이 일그러진 얼굴 위로 복잡하게 섞여 있었다.

금빛 눈동자가 젖어 있다. 나는 그의 눈가를 어루만졌다.

"……걱정시켜서 미안."

마신을 삼킨 순수한 빛, 그 빛에 덮였을 때만 해도 이렇게 오랜 시간 잠들게 될 줄은 몰랐다.

그가 나를 걱정하는 상황은 원치 않는다. 나는 두 팔을 벌려 카르텔을 끌어안았다. 커다란 등을 천천히 쓸어 주니 그가 내 어깨에 턱을 괴어 온다. 이럴 때만큼은 길이 잘 든 짐승 같았다.

그렇게 한참 동안 체온을 나누었다. 그도 나도 조금은 진정이 된 상태였다. 한숨을 쉬고 나니 생각을 다른 곳으로 돌릴 수 있었다.

나는 모두를 덮쳤던 빛을 떠올렸다. 황금의 장미, 오색으로 빛나던 보석. 부활한 요정들이 날아올랐다. 그리고……

"아이. 우리, 아이는?"

왜 이제야 떠올랐을까. 목소리가 저절로 떨렸다. 달콤한 라즈베리 색 눈동자, 솜사탕처럼 포근한 분홍빛 머리카락. 엄마, 하고 부르던 따스한 음성이 머릿속에 울려 퍼졌다.

"어떻게 된 거야?"

마신을 없애기 위해서는 가장 순수한 빛이 필요했다. 나와 아이는 서로의 손을 맞잡고 마신의 심장부에 손을 올렸다. 그 후의 기억은 없다.

'설마.'

있어서는 안 되는 결말이 내 머릿속을 지배했다. 손끝이 차갑게 얼어붙었다. 그럼에도 물을 수 없었다. 아이가 잘 못 되었다는 말을 들을까 두려워 몸을 떨었다.

"리아. 아이는……"

카르텔이 복잡한 눈으로 나를 바라보고 있었다. 그의 눈을 마주보기가 힘들었다.

고개가 힘없이 떨구어질 때였다.

"엄마!"

새가 지저귀는 것처럼 맑은 목소리가 먼저, 자그마한 팔이 내 등을 꼭 안아 오는 것이 두 번째다.

내리간 시야로 통통한 손과 팔이 보였다. 꾹 깨문 입술이 따끔했다. 카르텔이 엄지로 내 입술 사이를 갈랐다. 그가 눈짓으로 아이를 가리키고 있었다.

"……아가."

아이가 이렇게 어렵게 느껴지다니.

나는 어쩔 줄 몰라 하며 아이의 손을 조심스럽게 겹쳐 쥐었다. 까르르, 꽃봉오리가 터지듯 맑은 목소리가 두려움을 몰아냈다.

겨우 아이의 얼굴을 볼 수 있었다. 장밋빛으로 달아오른 발그레한 뺨은 생기가 넘친다. 라즈베리 잼처럼 달콤한 눈이 나를 향해 초롱초롱하게 빛나고 있었다.

"보고 싶었어요!"

아이는 낯가림 하나 없이 내 품을 파고들었다. 나는 얼떨결에 아이를 마주 안았다. 적당한 무게감에 미소가 번졌다.

아이는 네 살, 다섯 살쯤 되어 보였다. 처음 보석을 깨고 나왔을 때는 정말 아가였는데, 내가 잠든 사이 얼마나 큰 건지 모르겠다.

"어떻게 된 건지…… 말해 줄 수 있어?"

무릎 위로 올라온 아이는 내 목을 꼭 끌어안았다. 그리고 카르텔에게 손을 뻗는다. 그의 뺨을 만지작거린 아이는 또 한 번 웃음을 터트렸다.

"나도 잘은 몰라."

카르텔이 아이의 머리를 쓰다듬었다. 어색할 줄 알았는데 제법 자연스러웠다. 아이를 바라보는 그의 눈빛이 봄볕처럼 따스했다.

"네 힘은 창조와 관련이 있었던 것 같아. 그 힘이 내 마력과 맞물리면서 꽃을 피울 씨앗이 태어났던 거지."

나는 내 목 주변을 더듬었다. 황금 장미는 목걸이 줄만을 남긴 채 사라져 버렸다.

내 힘이 일반적인 화인의 범주를 벗어났다는 건 알고 있었다. 그런데 아이라니, 상상도 하지 못했던 일이다.

"어쩌면 신의 능력의 일부가 네게 전해진 것일지도 몰라."

신은 마지막 힘을 다해 내 영혼을 이 세계로 끌어들였다. 그때 그들의 힘이 나한테 옮겨 왔다는 것이 유력한 가설이었다.

나는 내 몸의 마력을 살펴보았다. 바닥을 드러냈던 마력이 가득 차 있었다.

하지만 전과 다르다. 전에는 마력을 담을 수 있는 크기가 거대한 호수였다면 지금은 그 절반도 되지 않았다. 아마도 아이를 보석에서 꺼냈을 때의 부작용 같았다. 내가 깊은 잠에 빠졌던 이유도 이 때문이었을 것이다.

"그래도 확실한 건."

그의 손이 내 머리카락에 붙은 꽃잎을 떼어 냈다. 황금빛 눈동자가 그 어느 때보다도 더 따스했다. 나는 그를 홀린 듯 바라보았다.

"우리 둘의 아이라는 거야."

목구멍 끝으로 울음이 새어 나왔다. 슬픔이 아닌 환희가 가득 찬 눈물이다. 나는 아이와 함께 그를 끌어안았다.

"응. 우리 아이야."

눈가로 흐른 것이 그의 어깨를 적셨다. 그는 말없이 내 머리를 쓰다듬어 줄 뿐이었다.


* * *


마신이 휩쓸고 간 제국의 수도는 복구가 한창이었다.

복구 외에도 해야 할 일은 많았다. 수도의 시민들을 진정시키는 것은 차라리 쉬운 축에 속했다.

문제는 귀족들이었다. 수도의 귀족들은 우왕좌왕하며 갈피를 잡지 못했다. 그들은 수도에 나타난 괴물이 마신이라는 것도, 그 괴물을 황제와 황태자가 불러냈다는 것도 알지 못했다.

중간에서 이를 다스린 것은 벨르하트 대공이었다. 그는 황제와 황태자가 마족과 거래했다는 걸 공표했다.

자신들의 욕심을 위해 이종족을 희생시켰으며, 더 쉽게 목적을 이루려 이종족 탄압을 지시했다는 것이 알려졌을 때 사람들은 당혹감을 감추지 못했다.

"루크 백작. 수도 복구는 어떻게 되어 가나."

"삼 분의 일 정도는 마무리되었습니다. 시체를 치우는 데 아무래도 시간이 오래 걸렸지요."

수도 내의 저택, 응접실 안에서 두 사내가 대화를 나누고 있었다.

벨르하트는 아무렇지도 않게 루크 백작의 보고를 받아들였다.

루크 백작은 평민이었다. 어렸던 그는 부모에게 버려져 뒷골목 생활을 해야만 했다. 소매치기로 먹고살던 아이는 귀족의 주머니를 털다 붙잡혔다. 하지만 귀족은 선처를 베풀어 아이를 거뒀다. 아이는 검술에 대단한 재능을 가지고 있었고, 자신을 거둔 귀족에게 은혜를 갚으려 그 한 몸 다 바쳤다. 결국 귀족은 아이의 든든한 후원자가 되어 주었다.

세간에 알려지지 않았던 루크 백작과 벨르하트 대공의 관계였다.

벨르하트는 황제의 감시로 영지에서 발이 묶인 상태였다. 그에게는 황실을 감시할 눈이 필요했다.

그 당시 아이는 청년이 된 상태. 루크는 자처하여 전쟁에 참전했고, 큰 공을 세워 황제의 눈에 들었다. 이후 루크 백작이라는 칭호를 얻는 데도 그리 오랜 시간이 걸리지 않았다.

루크 백작은 황실을 감시하기 위해 황제의 개가 되었다. 그 어떤 의심도 사지 않으려 맹목적인 충성을 연기했다. 많은 시련이 있었으나 루크 백작에게는 은혜를 갚아야 할 이가 있었다. 그의 정신적인 아버지, 벨르하트 대공이 있었기에 버틸 수 있었던 나날이다.

"그래. 복구는 빠를수록 좋겠지."

루크 백작의 보고를 받던 벨르하트가 고개를 끄덕였다. 그는 기울이던 찻잔을 천천히 내려놓았다. 붉은 눈동자에 상념이 어렸다.

손수 거둔 아이는 청년을 넘어 어엿한 어른으로 성장했다. 그러나 벨르하트의 눈에 루크 백작은 언제나 아이로 보였다. 하늘이 내려 준 검술의 재능을 갖고도 은혜를 갚겠다며 제 오른팔이 되어 준 아이. 저 스스로 날개 한 번 펼쳐 보지 못한 아이에게 미안한 감정이 드는 건 어쩔 수 없는 일이었다.

"또 그런 눈으로 보시는군요."

루크 백작의 목소리에 웃음기가 묻어났다. 굽어진 눈가에 옅은 주름이 잡혀 있었다. 황성에서는 볼 수 없었던 청량한 미소다.

속내라도 들킨 듯 찔끔한 기분이 든다. 이리 마주 본지가 언제던가. 허를 찔린 것 같은 표정도 잠시, 벨르하트는 괜히 엄한 표정을 지어 보였다.

"내가 뭘 어쨌다는 거냐."

"저에게 늘 미안해하고 계시지 않습니까."

정통으로 찔러 올 줄은 몰랐는데. 벨르하트는 말문이 턱하고 막혀 버렸다.

아버지 같은 이가 저 때문에 당황하는 걸 지켜보는 것은 생각보다 꽤 유쾌한 일이었다. 루크 백작은 아주 오랜만에 과거로 돌아간 기분을 느꼈다. 소매치기 시절 대공의 손에 붙잡혔던 바로 그때 말이다.

"제가 선택한 길입니다. 그리고…… 결국엔 끝나지 않았습니까."

루크 백작의 표정에 후련함이 묻어났다.

황제의 명에 복종하며 죄 없는 자들을 몰아붙여야 했다. 결코 원치 않던 일이었다. 하지만 그는 믿고 있었다. 언젠가 자신이 선택한 이

길이 세상의 평화를 위한 하나의 퍼즐 조각이 될 것이란 사실을.

"……그렇지."

벨르하트의 눈이 낮게 가라앉았다. 별의 움직임을 읽으며 기뻤던 일보다는 괴로웠던 나날이 더 많았다. 뻔히 일어날 참사가 눈에 보여도 그것을 막을 방법이 존재하지 않았기 때문이다.

그러던 중 발견한 별. 색색으로 빛나던 별은 스스로 움직여 운명을 개척했다. 벨르하트는 그 별에 자신의 모든 것을 걸었다.

황가는 무너졌고 선민사상은 바스러졌다. 결국 미래에 도달했다.

"황위에 오르실 생각입니까?"

루크 백작의 물음에 정적이 흘렀다.

왕좌는 비어 있었다. 벨르하트가 대공의 자격으로 지휘하고 있다고는 하지만 임시방편이었다.

황제와 황태자가 서거해 버린 지금, 귀족 내에서 파벌이 갈라지고 있었다. 대공을 따르는 자와 황자들 중 황위에 올릴 이를 물색하는 자. 전자가 전통성을 가지고 있었지만 귀족 대부분이 후자를 택했다. 자신들의 입맛에 맞는 꼭두각시를 만들기 위해서였다.

"아니. 나는 그 자리에 오를 자격이 없어."

오랜 침묵 끝에 벨르하트가 고개를 저었다.

자신은 왕이 될 재목이 아니다. 그건 자신이 가장 잘 알고 있었다.

"황제에게는 다른 핏줄이 있네. 첫 번째 황후가 낳은 황태자. 죽었다 기록되어 있지만 명백히 살아 이종족 전쟁을 지휘했어."

루크 백작의 눈동자가 크게 뜨였다.

귀족들은 수도에서 일어난 전쟁을 이종족 전쟁이라 이름 붙였다. 그리고 그 이종족들은 수도에서 물러난 상태였다. 그들은 인근의 숲과 사냥터를 점령하고 있었다.

귀족들은 그들을 밀어내야 한다고 주장했지만 대공의 압박에 실행하지 못하고 있는 실정이었다.

명부에 이름이 적힌 황태자가 살아 있다는 사실도 놀라운 일인데 그가 이종족 전쟁을 일으킨 장본인이라니. 놀라움도 잠시, 루크 백작의 입가에 미소가 감돌았다.

새로운 황태자는 정통성은 물론 이종족의 지지까지 얻고 있었다. 그가 황제가 된다면 인간과 이종족의 화합이 자연스럽게 이루어질 것이다.

바다를 닮은 푸른 눈에 이채가 감돌았다. 직위를 제한 채, 루크는 꿈을 꾸는 소년이 되어 있었다.

"무엇이든, 아버지의 명에 따르겠습니다."

"고맙다. 아들아."

꿈길에 젖은 것은 벨르하트도 마찬가지였다.

오랜 세월, 각자의 자리를 지키려 인고해 왔던 두 사람은 서로의 믿음을 굳건히 했다.

* * *

늦겨울이 지나 봄이 된 지금, 사방에는 유채꽃이 만발했다.

개암나무 가지 곳곳에 푸릇한 새싹이 돋았다. 고목의 그늘 아래는 휴식을 취하기 좋은 곳이었다.

나무 기둥이 등을 받쳐 주었다. 나는 고개를 기울여 카르텔의 어깨에 머리를 기댔다. 달콤한 봄바람이 머리카락을 살랑이며 지나갔다. 투박한 손이 내 뺨에 붙어 있는 머리칼을 떼어 내 주었다.

"엄마! 아빠!"

유리구슬이 구르듯 맑은 목소리가 나를 깨웠다. 분홍빛 고수머리가 볕을 받아 반짝거린다.

"어, 어어?"

유채꽃밭을 내달리던 아이가 발을 헛디뎠다. 혹여 다치지는 않을까. 서둘러 아이를 받아 들려는 차다.

카르텔이 내가 움직이기도 전에 아이를 안아 들었다. 노란 꽃잎들이 나와 카르텔의 곳곳에 내려앉았다.

"라이엘. 조심해야지."

"헤헤."

나 또한 자리에서 일어나 아이를 살폈다. 넘어지기도 전에 카르텔이 받아 든지라 다친 곳은 없어 보였다.

신나게 뛰어놀았는지 통통한 뺨이 붉었다. 우리를 바라보는 눈동자가 반짝반짝 빛났다.

'라이엘.'

나와 카르텔의 마력. 그리고 신이 남긴 조각으로 탄생한 우리의 아이. 라이엘은 빛이라는 뜻을 가진 고대어였다. 찬란한 빛으로 모든 것을 정화한 아이의 이름은 그 무엇보다도 잘 어울렸다.

"ㅡ야, ㅡ야. 아가야!"

멀리서 벨루스의 목소리가 들렸다. 다급한 음성이 들리자마자 라이엘이 키득키득 웃으며 카르텔의 가슴팍에 얼굴을 비볐다.

아이의 주변으로 요정들이 포르르 날아올랐다. 라이엘을 발견한 벨루스가 허겁지겁 달려왔다.

어찌 된 상황인지 알만했다. 나는 간신히 웃음을 참아 넘겼다.

"없어진 줄 알았잖아, 꼬맹아!"

"꺄하하!"

라이엘은 화인과 인간, 마수, 그리고 신의 힘으로 탄생한 아이였다. 다방면으로 특출 난 아이였지만 가장 큰 능력은 요정을 탄생시킬 수 있다는 것이다. 그렇게 태어난 요정은 라이엘의 친구가 되어 주었다.

요정은 빛으로 기척을 감추게 하는 힘이 있었다. 그 힘을 사용하면 제아무리 벨루스라도 라이엘을 찾을 수 없었다.

"벨을 놀리면 안 되지. 라이."

"으응."

라이엘이 눈을 깜빡이며 고개를 돌렸다. 나는 아이의 머리를 어루만지며 한숨을 쉬었다.

'큰일이야.'

이마저도 사랑스러워 보이니 어쩔 줄을 모르겠다.

아이라는 존재는 낯설다. 그것도 우리의 아이라니.

행복이 차오른 이면에는 당혹감도 존재했다. 하지만 라이엘은 이런 걱정을 말끔히 씻어 주었다.

아이는 사랑을 나눠주는 존재였다. 사랑을 베풀 줄 알았고 받을 줄도 알았다. 라이엘과 함께 있으면 웃음이 끊이질 않았다.

"벨루스, 찾았어?"

"어! 리아한테 올 줄 알았지. 여기 있어."

리카엘과 아르덴이 우리가 있는 방향을 향해 다가왔다. 모두 노란 꽃잎을 잔뜩 얹은 상태였다. 라이엘의 장난에 당한 사람은 벨루스뿐만이 아닌 것 같았다.

혼자서 세 명의 남자를 놀린 라이엘은 카르텔의 품 안에서 꾸벅꾸벅 졸기 시작했다. 급기야 새근거리기 시작한 라이엘을 보며 벨루스가 혀를 찼다. 그러나 아이를 바라보는 눈빛만큼은 따스했다.

함께 고생한 리카엘과 아르덴도 마찬가지였다. 모두가 라이엘을 아끼고 사랑하고 있었다.

"재워야겠어. 안으로 들어가자."

모두가 고개를 끄덕였다.

우리가 머무는 곳은 수도에서 조금 떨어진 곳에 지어진 저택이었다. 벨르하트의 도움으로 이 주 째 묵고 있는 저택은 몹시도 평화로웠다. 시간 감각이 없어질 정도의 나른함에 온몸이 녹아내렸다.

나와 카르텔은 작은 방 침대에 아이를 눕혔다. 새근거리는 숨소리가 어여뻤다.

시름도 잊게 만드는 얼굴이었지만 오늘따라 마음이 편치 않았다. 그건 내 주머니 안에 든 편지 때문일 것이다.

**[왕좌를 더는 비워 둘 수 없네.]**

편지의 주인은 벨르하트 대공이었다.

이 저택에 머문 이후 나와 벨르하트는 주기적으로 서신을 주고받았다. 안부 외, 주된 내용은 수도의 복구 상황과 귀족들의 동태에 관한 것이었다.

황실의 주인이 자리를 비운 지금 귀족들은 혼란에 휩싸여 있었다.

수도에 나타난 괴물, 사라진 황제와 황태자.

귀족들은 상황을 제대로 받아들이지 못했음에도 불구하고 각자 살길을 찾아 나서기 시작했다. 그중 주의해야 할 이들은 빈 황가를 쥐고 흔들려는 자들이었다.

황제의 후궁에 있는 여인 중 반절 이상이 수도에 터를 잡고 사는 가문의 자식들이다. 그들이 낳은 자식 중 황자는 네 명.

귀족들은 그중 강력한 가문에 힘을 합하여 황자를 새로운 황제로 추대하려는 계획을 세우고 있었다.

'아직은 대공께서 막고 계신다지만.'

벨르하트 대공은 현 황위 1 계승권을 지닌 황실의 적통이다. 하지만 오랜 세월 황제에게 핍박받았던 몸인지라 자신을 따르게 할 세력이 없었다.

그가 가지고 있는 건 정당성과 소수 귀족의 지지뿐. 그렇기에 수도가 완전히 복구되면 본격적인 다툼이 벌어질 것이다.

'벌써 암살자들을 보내고 있다고…….'

나는 주머니 속 편지를 만지작거렸다.

황자를 왕위에 앉히려는 세력 중 급진파는 벌써 행동을 서두르고 있었다. 그중 가장 눈에 띄는 행보가 벨르하트 대공을 대상으로 한 암살 계획이었다. 그를 지키는 이들 덕에 번번이 무산되었지만 뜻은 전해졌다.

'물러서지 않으면 죽이겠다는 거겠지.'

형성된 세력은 그 크기를 부풀릴 것이다. 그들이 대공을 쓰러트리고 본격적으로 왕위를 주장하기 전에 막아야만 했다. 그러기 위해서는 카르텔, 그가 필요했다.

카르텔은 벨르하트 이상의 정통성을 가지고 있는 명실상부한 제국의 황태자였다. 그가 자신의 신분을 밝히고 정당한 방식으로 왕위에 앉는다면 그 누구도 반발할 수 없었다.

'문제는.'

나는 주머니 속에서 손을 빼냈다. 카르텔은 잠든 라이엘을 내려다보고 있었다. 내리깐 눈과 콧대가 완벽한 옆모습을 이룬다. 그런데 그의 표정이 어딘가 미묘했다. 신기한 것을 보는 듯 깜빡이는 눈동자에 라이엘이 담겨 있었다.

유려한 손길이 라이엘의 뺨을 훑고 지나갔다.

라이엘은 나를 닮았다. 하지만 오밀조밀한 이목구비 안에는 분명 카르텔의 흔적도 남아 있었다.

아이의 존재는 나에게도 생소한 것이었다. 하물며 나와 카르텔의 아이라니. 언젠가 짧은 상상으로 떠올려 보긴 했으나 생소한 존재임은 달라지지 않았다. 그러나 아이를 안는 순간, 그 아이가 내 뺨을 만지고 웃음을 터트린 순간. 내가 알던 세계는 산산이 부서지고 또 다른 세계가 열렸다. 나는 라이엘이 나의 아이라는 것을 인정할 수밖에 없었다.

카르텔에게도 아이의 존재는 다른 차원의 이야기처럼 낯선 것이었다. 그는 한동안 라이엘의 얼굴만 뚫어지게 바라봤었다. 그렇게 한참이 지나서야 아이에게 손을 뻗었고, 아이 또한 그 순간을 기다린 듯 방긋 웃으며 카르텔의 존재를 부모로 인식했다.

카르텔은 라이엘을 사랑스러워했다. 그러면서도 아이의 존재를 늘 놀라워했다. 그런 반응은 처음이었다. 카르텔이 아이를 대할 때마다 내 입가에는 웃음이 마를 날이 없었다. 바로 지금처럼 말이다.

"피곤해 보이는데."

아이를 바라보던 시선이 내게 향했다. 슬쩍 고개를 저으니 커다란 손이 뻗어 왔다. 굳은살이 박인 손끝이 내 뺨을 쓸고 지나가 목덜미를 어루만졌다.

나는 그의 가슴팍에 뺨을 댔다. 익숙한, 내 폐부를 농익게 하는 사내의 향기가 굳은 몸을 녹인다. 나는 나른한 한숨을 내쉬었다.

내 이마에 그의 입술이 닿았다. 오목한 이마부터 콧대와 눈가. 양 뺨까지 닿은 입술은 마지막 대지를 남겨 두었다.

젖은 혀가 아랫입술을 핥았다. 작은 틈을 뜨거운 것이 가로지른다. 고른 치열을 훑던 혀끝이 예민한 입천장을 스치고 지나갔다.

"훗……."

고작 그것만으로도 다리에 힘이 풀린다. 굵은 팔뚝이 내 어깨를 끌어안았다. 정신을 차리기도 전, 등이 벽에 닿았다.

속눈썹이 파르르 떨렸다. 눈을 뜰 겨를도 없었다. 슬쩍 물렸던 입술이 다시금 겹쳐졌다.

얽힌 혀끝이 이다지도 달콤하다니.

그와 하는 키스는 언제까지고 익숙해지지 않았다. 포식자는 배움의 기회를 주지 않는다. 슬쩍 세운 잇새가 아찔한 감각을 불러일으킨다. 잡아먹힌다. 나는 숨을 헐떡이며 그의 가슴팍을 밀어냈다.

"여기선, 안 돼."

숨을 토하는지, 언어를 내뱉는지 모를 정도로 소리가 일그러졌다. 으르렁, 먹이를 놓친 포식자가 날을 세웠다.

카르텔이 나를 안아 들었다. 그가 향한 곳은 방 한편에 마련된 욕실이었다. 인기척이 일자 마력석이 달린 욕조에 따뜻한 물이 채워지기 시작했다. 카르텔이 손을 뻗어 버튼을 누르자 천장에서도 온수가 떨어졌다. 따스한 빗줄기를 맞고 있는 것 같았다.

옅은 신음이 터져 나올 때마다 물소리와 함께 웅웅 울렸다. 부끄러워 몸을 비트니 그가 가차 없이 움직임을 제지하기 시작했다.

서로의 육체가 따뜻한 물줄기 사이로 얽혀 들었다. 수증기가 한 줌 남은 정신을 몽롱하게 녹여 버렸다. 전하지 못한 말이 목구멍 안쪽에서 부스러졌다.


새벽이 열락에 취한 밤을 어루만졌다.

육체가 허물어졌을지언정 내 정신은 어둠을 밝히는 별처럼 또렷했다. 커다란 침대 위, 나와 카르텔 그리고 그사이에 라이엘이 잠들어 있었다. 새근거리는 숨소리가 퍽 고왔다. 아이의 머리카락을 넘겨 준 나는 카르텔에게 손을 뻗었다.

새벽빛에 젖은 그의 얼굴은 다분히 고혹적이다. 사내로서의 매력 그 이상의 아름다움을 가지고 있었다.

맹수도 잠이 들면 사랑스럽다. 문득 떠오른 생각에 웃음이 나왔다. 그 반면에 머릿속은 더욱 복잡해져만 갔다.

카르텔은 황제가 되길 원하지 않았다. 그가 원하는 것은 나뿐. 더 나아가서는 나와 라이엘로 구성된 자신의 가족을 지키는 일밖에 없었다. 그럼에도 불구하고, 카르텔은 왕위에 올라야만 한다.

귀족들은 왕좌에 혈안이 되어 있다. 다행히 그들 중 깨어 있는 소수는 이종족의 처우에 대해 논하고 있었다.

마신의 소멸로 이유 없이 이종족을 핍박하던 마음이 사라졌다. 이미 뿌리내린 사악한 마음을 모두 없앨 수는 없었지만 하나의 장벽이 허물어진 것이다. 그러니 지금이야말로 황실에 얽힌 진짜 역사를 밝히고 인간과 이종족을 하나로 통합해야만 한다.

현 제국, 더 나아가 대륙 곳곳에 사는 생명의 인식과 가치가 바뀔 수 있도록 첫 발자국을 찍어야 했다.

신들과 내 이기심 때문에 원하지 않는 자리에 올라야 하는 이라니. 낮은 한숨이 새벽 공기를 짓눌렀다.

"……황제가 되어 줘. 아니, 그냥……."

나는 조각 같은 얼굴을 쓰다듬으며 중얼거렸다.

내 안에는 또 다른 이기심이 존재했다. 그건 아주 평범하고 단순한 것으로, 새로운 업적을 이루어 낼 욕망에 비해서는 보잘것없고 하찮은 것이었다.

'내 연인으로만 있어 줘.'

차마 뱉지 못한 말이 혀끝에 맴돌았다. 나는 깊은 한숨과 함께 커튼 사이로 보이는 창을 바라보았다.

밖은 어둠이다. 아직 해가 뜨기는 이른 시각이었다.

눈을 감으면 시간이 멈춘 것만 같았다. 그 순간만큼은 오롯한 연인으로서, 그의 아내로서 존재할 수 있었다.

"……아."

다시 눈을 감으려던 찰나였다. 뻗어 온 손이 내 눈가를 어루만져 주었다. 가느스름한 시야 사이로 황금빛 눈동자가 보였다.

어둠 속, 짐승의 금빛이 요요하게 반짝였다. 내가 흘려 버린 말을 들었을까. 세계의 이기심, 그가 원하지 않는 왕좌까지 모두.

그가 내 머리를 끌어당겼다. 뜨거운 입맞춤이 짙푸른 새벽을 갈랐다.

침묵 속에서 펼쳐진 열기.

육체가 겹쳐지기 직전, 우웅. 가벼운 투정이 우리 둘을 갈랐다. 사이에 웅크려 있던 라이엘이 몸을 뒤척였다.

혹시나 아이가 깰까. 그의 어깨를 밀어냈지만 겹쳐진 입술은 나를 탐식할 뿐 멀어질 기미를 보이지 않았다. 결국 나는 라이엘을 사이에 둔 채 그의 키스를 모두 받아 내야만 했다. 숨을 헐떡이는 것도 자중했다. 나른한 열감과 함께 시야가 가무러지기 직전이었다.

"황제가 되는 건 ……야."

귓가에 속삭이는 목소리에 잠이 달아났다. 나는 뜬 눈으로 그를 바라보았다.

"그게 무슨."

당황해 목소리가 떨렸다. 그는 가느스름하게 웃을 뿐이었다.

* * *

수도와 황실 복구가 마무리됨과 동시에, 귀족 내에서는 혼란의 바람이 불었다.

비어 있던 왕좌, 그 주인을 가리는 것도 잠시 제국의 새로운 황태자가 나타났기 때문이다. 그는 오래전 죽었다 기록되었던 1 황태자로, 황제의 명에 의해 오랜 시간을 궁 지하에서 감금당해 왔다 주장했다.

그의 이름은 카르텔. 그가 진짜 황실의 적통인지 알아보기로 한바,

카르텔에게 신의 피를 확인하기 위한 수정구가 대령되었다.

수정구는 오랜 세월 황가와 함께해 왔던 국보로, 황실의 핏줄이 손을 올리면 환한 빛을 뿜어내었다.

스스로를 황태자라 주장한 사내는 상위 귀족과 황실 재판관이 보는 앞에서 수정구에 손을 올렸다. 곧이어 재판장을 비추는 것은 수정구의 찬란한 빛. 장내에 모인 귀족들은 그가 황실의 적통임을 인정할 수밖에 없었다.

하지만 그가 진짜 황태자라고 해서 황위 승계가 곧바로 이루어지는 것은 아니었다.

이종족 전쟁.

수도로 진격한 이종족과 황궁을 무너트리고 태어난 괴물의 정체를 해결하는 것이 먼저라는 주장이 들끓었다. 물론, 황태자의 승계를 조금이라도 미루어 보려는 수작에 가까웠지만 해결해야 할 사건임은 사실이었다.

'황제는 삿된 욕망에 휘둘려 불러내서는 안 될 존재를 이 땅에 소환했다.'

새 황태자의 주장에 힘을 실어 준 것은 벨르하트 대공이었다. 대공은 전 황제의 악행을 전부 고하였다.

황제는 자신보다 강한 힘을 타고 난 황태자를 감금하였으며 전 황후를 죄인으로 만들어 살해했다. 이 사실을 알게 된 베논가는 황태자를 구출해 냈으나 황제의 손에 몰락당하고 만다.

그럼에도 황제의 욕망은 끝이 없었다. 그 정점은 진짜 신이 되기 위해 죄 없는 이들을 제물로 바쳤다는 데 있었다.

'이번 전쟁은 황제를 막기 위해서였다.'

이종족 전쟁을 일으킨 것은 새로운 황태자 카르텔 르 레오플론이었다. 황제가 건재한 상황에서 그의 주장을 믿어 줄 이는 존재하지 않았을 것이다.

그와 베논가의 여식, 플로리아 베논은 황제의 악행을 막기 위해 고군분투한다. 그때 이종족들이 그들에게 손을 내밀었다고 벨르하트 대공은 주장했다.

그리고 바로 오늘 황실의 회의장에서 황족과 귀족, 이종족 대표의 만남이 처음으로 개최된다.

"카르텔 르 레오플론 황태자, 벨르하트 대공께서 드십니다."

귀족들이 전원 기립하며 장내로 들어오는 이를 맞이했다. 검은 머리칼은 황실의 상징이었다. 모두의 시선은 금색 눈을 가진 사내에게 집중되었다.

황실의 수정구는 신의 힘을 강하게 타고 날수록 환하게 빛난다. 그는 커다란 방 안을 가득 채울 정도로 수정구를 밝혔다. 강력한 힘을 지니고 있던 전 황제조차 그토록 찬란한 빛을 보여 주지 못했다.

"모두 자리에 앉게."

벨르하트 대공의 말에 귀족들이 제자리에 착석했다.

원래는 황태자의 권한으로 내릴 수 있는 명령이다. 그러나 카르텔, 저 새로운 황태자는 무심한 눈초리로 회의장을 훑어볼 뿐이었다.

'저것이 진짜인가?'

수정구를 통해 확인하였음에도 불구하고 귀족들의 의심은 꺼지질 않았다. 혈통에 관해서는 아니다. 그가 진짜 제왕의 기질을 가졌는지, 자신들을 지배할 수 있을지에 대한 의문이었다.

"곧 모이겠군."

벨르하트 대공이 줄 시계의 덮개를 달칵거리며 시각을 확인했다. 그들은 회의에 참석할 이종족들을 기다리고 있었다.

모두 열 명이 참석하며 그들의 대표가 누구인지는 모른다. 노예로 부려지던 이종족이 인간과 동등하게 회의에 참석하다니. 몇 개월 전만 해도 말도 안 되는 일이었다. 처음에는 반발이 일었으나 오래 지나지 않아 무산되었다.

카르텔 황태자는 황제의 악행을 막기 위해 이종족을 모았다. 그들이 아니었다면 대륙 지도에서 제국 자체가 없어졌을 것이다.

"오는군."

닫히지 않은 문 너머로 발걸음 소리가 들렸다. 무엇에도 관심을 두지 않던 황태자가 자리에서 일어난 것은 그때였다. 당황하는 귀족들 사이로 벨르하트 대공까지 기립했다. 어쩔 수 없이 귀족들도 자리에서 일어날 수밖에 없었다.

"환영해 주셔서 감사합니다."

이윽고 완전히 열린 문 안으로 여인이 들어섰다. 여름 장미처럼 매혹적인 붉은 머리칼, 햇빛을 반사하는 크리스털처럼 맑고 투명한 피부, 루비 같은 눈동자, 그 아래로 고고한 콧대와 오밀조밀한 입술이 움직인다.

착각일까. 여인에게서 고혹적인 향기가 뿜어져 나왔다.

"……플로리아 베논."

어느 귀족의 입에서 내 이름이 흘러나왔다. 나는 눈을 휘며 카르텔 앞에 섰다. 가벼운 악수와 함께 의자가 빼내어 졌다. 나는 새 황태자의 배려를 받으며 자리에 앉았다.

내 자리는 카르텔의 바로 옆, 회의장의 최상석이었다. 차례로 이종족이 안으로 들어왔다. 그들 중에는 내 가족 아르덴, 리카엘, 벨루스도 포함되어 있었다.

"이상하군요. 분명 이종족 대표라고 하였을 텐데."

내 가족들의 얼굴을 기억하는 자가 의문을 제기했다. 이미 예상하던 질문이었다. 나는 가늘게 웃으며 대답했다.

"나와 내 가족들 모두 이종족의 혼혈입니다. 한 아버지에 여러 어머니의 핏줄을 타고났지요."

"……지금 뭐라고."

장내의 술렁임에 불이 붙었다. 생각지도 못했을 것이다.

베논 공작가의 자식들이 이종족의 피가 섞인 혼혈이라고는 상상조차 할 수 없었을 테니까.

"나의 아버지 슈타쿠스 베논은 이종족들을 상대로 모진 실험을 재개했지요. 나와 내 가족들은 그 희생자들입니다. 전 황제와 슈타쿠스 베논은 합심하여 이종족들의 목숨을 옥죄었어요. 자신들의 욕망을 위해서요."

웅성거리던 장내에 침묵이 감돌았다. 모여 있는 대부분이 신학파였다. 하지만 그들도 마도학의 혜택을 받았음을 부정할 수 없었다.

마도학으로 번영을 누려 왔으나 수면 아래에서 어떤 일이 일어나는지는 알 수도, 알고 싶어 하지도 않았기에 침묵할 수밖에 없었으리라.

"나는 황제에게 감금당했던 황태자를 구했습니다. 우리의 목적은 황제의 욕망을 막아 내는 것. 그리고……."

나는 장내를 둘러보았다. 귀족들이 당황한 얼굴로 나를 주시하고 있었다.

죄가 없는 자는 없다. 모두가 자신의 편의를 위해 누군가를 짓누르고 살아왔다. 그러나 이제는 바로잡아야만 한다. 나는 목소리에 힘을 주었다.

"억압되어 있던 이종족들에게 자유를 선사하는 것입니다."

말을 마친 순간, 기적을 숨기고 있던 요정들이 별처럼 허공을 수놓았다.

"이건."

귀족들의 시선이 요정을 따라 움직였다. 요정들은 자신을 향한 눈초리가 재미있다는 듯 맑은 목소리로 깔깔거렸다.

이윽고, 요정들이 내게 모여들었다. 신화 속에서나 보았던 장면일 것이다. 먼 과거, 여신을 보좌했던 진짜 요정이었다.

나는 자리에서 일어났다. 달콤한 향기가 장내를 가득 메웠다. 내 손끝에서 피어난 꽃들이 사방으로 퍼져 나갔다. 모두가 내 마력에 홀려 눈을 떼지 못했다.

"나는 이종족의 새로운 왕. 신의 마지막 조각을 지닌 자."

은은한 빛이 내 몸을 감쌌다. 나는 겸허히 사실을 고했다.

이종족들은 내가 신의 마지막 조각을 지닌 사실을 받아들였다. 내가 왕으로 추대받기까지는 그렇게 오랜 시간이 걸리지 않았다.


'황제가 되는 건, 너와 나. 둘 다야.'

새벽빛이 들던 날, 그가 나에게 고했던 말이었다.

처음에는 말도 안 되는 일이라고 생각했다. 그러나 카르텔의 시선은 더없이 진지했다.

'모두 네가 이루고 싶었던 일이야. 내가 인간의 황제가 되고, 리아 네가 이종족의 왕으로서 새롭게 혼인하게 된다면 화합은 자연스럽게 이루어지겠지.'

나는 몸이 굳은 듯 움직이지 못했다.

그의 말이 맞았다. 카르텔은 모두의 염원을 이루기 위한 가장 빠른 방법을 제시하고 있었다.

'그리고 진정한 황제는 너뿐일 거야.'

카르텔이 내 손을 잡아 올렸다. 새파란 새벽빛에 비친 얼굴이 진중했다. 그는 내 손등에 입을 맞추었다.


"그리고 절대자가 될 이의 영원한 반려."

카르텔이 내 손을 잡았다. 우리는 자리에서 함께 일어났다. 새벽빛에 젖었던 그 날과 같이, 그는 내 손등에 입 맞추며 선고했다.

"우리는 동등한 존재로서 제국을 통치할 겁니다. 인간과 화합하게 될 여러 이종족들처럼."

나와 카르텔의 마력이 부드럽게 섞여 들었다. 마력의 매혹적인 힘에 이끌린 이들이 하나둘 고개를 숙여 동의를 표했다.

루크 백작이 고개를 끄덕였다. 벨르하트 또한 만족스러운 미소를 지었다.

오늘 회의는 다분히 극적이었다. 진실과 거짓이 섞이긴 했지만, 모두의 구미를 만족시킬 만큼 합당한 것이었다.

회의는 홀린 듯 끝이 났다.

각 숲에 대기하던 이종족이 병력을 물렸다. 황태자의 비호로 이제 감히 이종족을 건드릴 자는 없었다.


저택으로 돌아온 날 밤.

나는 잠든 라이엘의 뺨에 입을 맞추었다.

카르텔은 거추장스러운 옷을 하나씩 바닥으로 떨어트리며 내게 다가왔다. 겉치레를 싫어하는 황제라니. 나도 모르게 웃음이 났다.

카르텔의 계승식이 얼마 남지 않았다. 이종족과의 회의 이후 곧바로 결정된 사항이다.

나는 그의 목에 팔을 둘렀다. 그가 황제가 되는 바로 그날, 나 또한 이종족의 왕으로서 그와 혼인을 약속하게 된다.

나는 그의 눈을 들여다보았다. 금빛 호수 안에 든 무수한 감정들, 나는 그를 사랑할 수밖에 없었다.

"사랑해."

나란히 왕좌에 올라 제국을 통치하는 날에도, 그 자리에서 내려와 무엇 하나 남지 않게 될 때도 우리는 서로를 간절히 사랑할 것이다.

"언제까지나."

카르텔이 내 귀에 속삭였다. 우리의 아침은 매일 밝아 올 것이다. 나는 황홀함에 취한 채 눈을 감았다.

<完>

외 전

**외전**

제국력 1892년.

레오플론 제국은 새로운 황실로서 변화를 맞이한다.

새로운 황실을 만들어 낸 카르텔 드 레오플론 황제. 그리고 이종족을 통합하여 그들의 왕으로 오른 플로리아 드 레오플론 여제. 두 통치자는 동등한 위치에 올라 인간과 이종족을 화합하는 데 성공한다. 이는 대륙 최초의 개혁이었다.

황실의 아침은 이르다.

허드렛일을 하는 하녀와 하인의 움직임부터 시작하여 시녀와 시종은 제 주인을 보필하기 위해 분주히 채비를 한다.

황궁에 기거하는 이들 중 시중인을 제외하고 가장 이른 아침을 맞이하는 사람들은 다름 아닌 황제 카르텔과 그의 아내이자 동등한 통치자인 여제 플로리아였다.

몸단장과 가벼운 아침 식사를 시작으로 업무와 회의가 반복된다.

처음 즉위하였을 때는 그야말로 혼란의 연속이었다. 인간과 이종족의 화합은 물과 기름처럼 어려운 것이었다. 과거부터 이어져 왔던 관습 탓이다.

플로리아는 제국의 여제이자 이종족의 왕이기도 했다. 그녀는 인간과 이종족의 거주 구역을 분리해 각자의 관행과 문화를 지켜 주었다. 이것이 다였다면 인간과 이종족은 결코 어울리지 못했을 것이다.

여제는 수도와 몇몇 땅을 중간 지역으로 지정했다. 중간 지역은 어느 종족이든 간에 거주와 이동이 자유로웠다. 이 제도가 처음으로 시행될 때는 다들 꺼리는 구석이 없지 않아 있었다. 그러나 시간이 흐를수록 중간 지역에 거주하는 이들이 늘었고, 인간과 이종족이 섞여 있는 그곳은 새로운 문화의 장을 연 땅이 되었다.

제도는 서서히 자리를 잡았고, 인간의 영역과 이종족의 땅에 대한 경계선도 점차 허물어지기 시작했다.

또한, 각 지역은 그곳에 거주하는 종족들에 의해 규정이 만들어졌다. 그 규정을 어기지만 않는다면 인간을 포함한 어느 이종족이든 그 지역을 자유롭게 방문할 수 있었다.

그렇게 인간과 이종족은 자유롭게 섞여 들었다. 종족이 섞여 든 만큼 문화는 화려하게 꽃피었고, 제국의 부흥 또한 빨라졌다.

대륙에서 이러한 문명을 가진 나라는 레오플론 제국뿐이었다. 그렇다 보니 다른 제국들 또한 이종족 통합을 면밀히 검토하기 시작했고, 국경의 경계선에는 제국을 찾아온 이종족들로 매일 같이 인산인해를 이루었다.

그렇게 벌써 다섯 해가 지났다.

새벽부터 시작하여 늦은 밤까지 숨 가쁘게 바쁜 나날이었다. 하지만 오늘만큼은 아니었다.

푸른 새벽빛이 흰 커튼을 물들였다.

몸을 뒤척이니 단단한 팔이 나를 감싸 안아 온다. 나는 투정을 부리듯 그의 품으로 안겨 들었다.

밤부터 시작된 열락의 흔적은 내 몸 곳곳에 붉은 꽃잎으로 남았다. 약간의 둔통이 느껴진다. 하지만 그마저도 반려를 품었다는 증거이니 달콤하기만 했다.

즉위 이후 정말이지 하루도 쉬지 않고 달려왔다. 정세는 안정되었고 인간과 이종족은 더욱 친밀해졌다.

두 황제는 열흘간의 휴가를 선포했다. 즉위한 지 다섯 해 만에 처음으로 맞이하는 휴식인 것이다.

"으음."

허리를 안고 있던 손이 매끄러운 곡선을 타고 아래로 내려갔다. 부드러운 살점이 커다란 손에 한가득 잡힌다.

나는 투정을 부리듯 그의 목덜미에 뺨을 비볐다. 아침이라 더욱 낮게 잠긴 웃음이 내 귓가에 내려앉았다.

"내 황제님. 일어나야지."

카르텔이 내 귓바퀴를 잘근거리며 깨물었다. 짐승이 잠든 주인을 깨우려 보채는 모양새다. 입술 사이로 옅은 음이 번져 나갔다.

간질거리는 촉감에 웃음이 터져 나왔다. 결국 승리한 건 나의 짐승 카르텔이었다.

이번 휴가는 카르텔을 위한 보상이었다. 카르텔은 한 번의 불만 없이 황제로서의 의무를 이행했다. 직위 하기 전 나와 했던 약속을 지킨 것이다.

"내 짐승."

그와 둘만 있을 때, 나는 카르텔을 나의 짐승이라 불렀다. 그는 그 말을 듣고 더욱 흥분하고는 했다. 바로 지금처럼 말이다.

"아……!"

잇새가 목덜미를 따끔하게 물어 왔다. 꽃잎 위로 같은 진한 색깔이 덧입혀졌다.

입술은 목선을 타고 흐른다. 오목한 쇄골을 잘근거리고 살점이 모인 웅덩이의 달콤한 향기를 흠뻑 들이켰다.

"하아."

거친 숨소리와 함께 짐승이 으르렁거리는 소리가 널따란 침대에 울려 퍼졌다. 나는 그를 어르듯 검은 머리카락을 살살 어루만졌다. 하지만 이 남자는 작은 스킨십조차 달콤하게 여겼다.

모인 살점의 중앙을 핥아 올리고 깨문다. 꼭 어미를 찾는 새끼 같았다. 그 모습이 사랑스럽기도, 지독한 색정이 느껴지기도 했다.

나는 팔을 뻗어 그를 끌어안았다. 근육으로 짜인 등엔 군살 한 점 느껴지지 않았다. 한 팔을 그의 등에 걸친 나는 단단하고도 날렵한 허리선을 은근하게 쓰다듬었다.

"후. 정말이지."

"……읏!"

그건 도발의 시작이었다.

입술과 입술이 맞닿았다. 잡아먹을 듯 거친 키스가 호흡까지 먹어치웠다. 결국 혀끝이 깨물렸다. 하지만 그것마저도 열기로 다가온다.

가장 예민한 입천장이 할퀴어졌다. 빨아 당겨진 혀뿌리가 아려 왔지만 나는 더욱더 강하게 그를 끌어안았다.

키스는 멈추지 않았다. 단단한 손끝이 내 몸을 타고 흐른다. 허리선을 유영하던 형체는 더욱더 아래로 내려간다.

떼어진 입술을 슬쩍 깨문 입술이 아래로 움직인다. 풍성하게 여문

살결, 매끄러운 복부를 타고 내려간 입술은 부드러운 피부 곳곳에 자신의 낙인을 찍어 냈다.

침대보를 짓이기던 허리가 공중에 떠올랐다가 바닥으로 가라앉기를 반복한다. 참을 수 없는 열기가 온몸에 피어올랐다.

거친 손길이 통통한 둔부를 벌렸다. 볕이 닿지 않은 피부의 안쪽이 향기로운 숨을 내쉬고 있다.

"아름다워."

황금빛 눈동자가 열기로 일렁거렸다. 한두 번 마주한 것도 아닌데, 나의 가장 깊은 곳을 볼 때면 그는 항상 감탄사를 내뱉었다.

"아……."

그가 왼쪽 발목을 잡아 올렸다. 발등 위로 입술이 닿는다. 두 손으로 감싼 발, 내리간 눈은 신성한 것을 대하듯 신을 경배하는 느낌마저 들게 한다.

입맞춤 다음은 곳곳을 핥아 내는 것이었다. 뜨거운 안쪽이 엄지발가락을 담는다. 농익은 혀가 발가락 사이사이를 탐미하듯 훑고 있었다. 몇 번을 당해도 익숙해지지 않는 감각이다. 자꾸만 곱아드는 발가락을 잇새가 깨물고 만다. 나는 도리질을 치며 침대보를 움켜쥐었다

발끝에 닿는 열감도 잠시, 발바닥을 길게 핥던 혀는 복숭아뼈를 타고 종아리의 선을 오르기 시작했다.

환하게 드러난 그곳은 오직 한 사람만이 볼 수 있는 영역이었다. 그는 달콤한 향기가 피어오르는 그곳에 코를 박았다.

"아아……!"

길게 핥아진 안쪽 탓에 진저리가 쳐졌다. 단단한 팔이 양 허벅지를 구속하듯 끌어안고 있었다. 오므릴 수도, 다리를 버둥거릴 수도 없다. 혀의 넓은 면으로 핥아 올려진 다음은 혀끝이다. 말랑거려야 할 혀끝을 뾰족하게 세워 가장 예민한 부위를 괴롭혀 댔다.

몸이 용광로처럼 달구어졌다. 내가 할 수 있는 일이라고는 열락 속에 파묻혀 뜨거운 숨을 토해 내는 것뿐이었다.

"하아……."

한껏 오므린 발끝에 힘이 빠졌다. 깊은 탈력감에 정신을 차릴 수가 없었다.

몸 위의 짐승이 잘 익은 먹잇감을 보며 입맛을 다셨다. 그 순간, 양다리가 아래로 끌어당겨졌다.

"카르, 아……!"

각 발목을 자신의 양어깨에 걸친 채 뜨겁게 몸을 겹쳐 온다.

격통에 숨을 삼킨다. 쉬이, 어르는 목소리가 고막을 울렸다.

다정한 목소리마저도 색정적이다. 지나치게 배가 불러왔다. 하지만 행위는 이제 시작이었다.


침대 위로 몸이 늘어졌다. 숨을 쉬는 것 말고는 손가락 하나 까딱할 수 없을 만큼 온몸에 힘이 빠져 있었다.

두 나신은 열감에 젖어 나른했다. 카르텔이 베드 테이블에 손을 뻗어 물을 따랐다. 나는 그가 기울여 주는 잔에 입술을 대어 아기 새처럼 목을 축였다.

그가 젖은 머리칼을 귀 뒤로 넘겨 주었다. 나를 내려다보는 시선에는 열감과 다정함이 동시에 묻어 있었다.

입술이 콧등으로 내려앉았다. 어디 한 군데 힘이 들어가는 곳이 없었지만 감각만큼은 선연했다. 그가 다시금 내 입술을 질척하게 훑어 올렸다.

입술이 마주치려는 순간, 벌컥. 부부 침실의 문이 열렸다.

"엄마, 아빠!"

"라이엘 황녀님!"

열린 문틈 사이로 사랑스러운 분홍빛 머리카락이 반짝거렸다.

"라, 라이엘."

당황해 목소리가 떨렸다. 하지만 라이엘은 눈치채지 못한 듯 방긋 웃으며 침대를 향해 달려왔다.

나와 카르텔 모두 완벽한 전라였다. 나는 침대보를 더듬거렸다. 카르텔이 내 어깨 위로 이불을 둘러 주었다. 다행히도, 이불은 나와 카르텔의 하반신을 가리기에 충분했다.

"저도 같이 놀아요!"

양팔을 벌린 라이엘이 침대 위로 달려들었다. 부부 침실의 침대는 작은 방 크기만큼 넓어, 아이 하나가 추가된다고 해도 문제 될 건 없었다. 다만, 침실의 주인이 직전까지 관계를 가졌다는 게 문제였다.

"조심해야지."

나는 애써 웃으며 라이엘의 머리를 쓰다듬었다. 당황스러움을 감추려는 나와는 다르게, 카르텔은 아무렇지도 않다는 듯 아이를 침대 중앙에 놓아 주었다. 그의 손길이 마음에 드는지 라이엘이 까르륵 웃음을 터트렸다. 그 미소가 만개한 꽃과 같았다.

생후 한 달 정도의 크기로 태어났던 라이엘은 하루가 다르게 성장했고, 아장아장 걸을 때쯤이 되자 일반 아이들과 자라는 속도가 같아졌다.

황실의 기록상 라이엘은 여덟 살로 기록되어 있었다.

"그런데 뭐 하고 놀고 있었어요? 라이엘만 빼놓구."

아이가 토라진 듯한 음을 내며 내 품으로 파고들었다. 순진한 질문에 입이 절로 다물어졌다.

"화, 황녀님."

라이엘을 보던 카르텔의 시선이 침실 문밖을 향했다. 거기에는 발을 동동 구르는 시녀가 있었다.

"……제국의 태양과 달을 뵙습니다."

라이엘을 돌보는 시녀 중 하나였다. 요정들이 그녀의 주변을 포르르 맴돌았다. 모두 라이엘이 부리는 아이들이다.

라이엘은 요정들을 이용해 기적을 감추고 시녀들을 따돌렸다. 덕분에 아이를 돌보는 시녀들은 매일 라이엘을 찾기 위해 고군분투해야만 했다.

"되었다."

이번에도 마찬가지였을 것이다. 내가 손을 내젓자 안도한 듯 시녀가 고개를 조아렸다.

"라이엘. 다른 사람을 괴롭히면 안 되지."

"으응. 잘못했어요."

라이엘은 고개를 주억이며 내 품으로 더 파고들었다. 나신을 가릴 것이라곤 이불뿐인데, 아이가 자꾸만 품 안으로 들어오니 도톰한 이불이 조금씩 아래로 내려갔다.

"어어?"

이불을 끌어 올리려던 차다. 단풍잎 같은 손이 이불을 잡은 내 손 위에 척하고 올라왔다.

"왜…… 그러니?"

행동은 정지되었다. 올망졸망한 눈이 쇄골을 드러낸 내 몸을 한 번, 상체를 헐벗고 있는 카르텔을 한 번 번갈아 바라보았다.

잠시간의 정적이 일었다. 이윽고, 라이엘은 뭔가를 깨달았다는 듯 짝! 하고 손뼉을 쳤다.

"아, 라이엘 동생 만들어 주려는 거구나!"

눈동자가 반짝반짝 빛났다.

라이엘 또한 황실의 일원으로서 기본적인 교육을 받았다. 그중에는 성교육도 포함되어 있을 것이다. 하지만 저렇게 직접적으로 말할 줄은 몰랐다.

맙소사. 내가 이렇다 할 반응을 보이기도 전이었다. 큭, 내 옆에서 숨죽인 웃음소리가 새어 나왔다. 카르텔이 입가를 가리고 웃음을 참고 있었다.

"나는 특별하게 태어났지만, 보통 생명은 부부 관계를 맺어야 태어난다고 했어!"

아이는 보석에서 태어났다. 더 정확히 말하자면 나와 카르텔의 마력과 신의 조각으로 탄생한 것이다. 그 사실을 라이엘도 알고 있었다.

라이엘이 한 손을 번쩍 들며 당당한 포즈를 취했다. 꼭 발표에 나선 어린이 같은 모양새였다. 칭찬해 주어야 할 때일까. 내 눈동자가 두서없이 흔들렸다. 흔들리는 동공이 보이지 않았던 것인지. 라이엘은 마지막 일격을 날렸다.

"그럼 엄마, 아빠! 힘내요!"

여름에 맺힌 과실처럼 상큼한 윙크였다. 끙차, 아이는 제 키만 한 침대에서 뛰어 내려 종종걸음으로 부부 침실을 나섰다.

시녀가 고개를 조아리며 문을 닫았다. 침실은 침묵에 휩싸였다.

"그럼 라이엘도 나갔고."

능글맞은 목소리가 적막을 깨트렸다.

카르텔이 내가 쥐고 있던 이불을 빼앗았다. 나는 눈 깜짝할 사이에 침대에 눕혀졌다.

"어디 한 번, 둘째를 만들어 보도록 할까."

입술 위에 입술이 겹쳐졌다.

평화로운 황실의 아침이었다.


반면, 부부 침실에 폭풍우를 일으킨 장본인은 태연하게 복도를 거닐고 있었다.

요정이 날갯짓하며 라이엘의 뒤를 쫓았다.

문 앞에서 대기하던 시녀는 다시금 요정의 힘으로 따돌려 버린 지 오래였다.

"부부 관계는 중요한 거라고 했어."

라이엘이 앙증맞은 손을 말아 쥐며 말했다.

사실, 라이엘은 이렇다 할 직접적인 성교육을 받은 적이 없었다. 부부 관계, 그리고 아이가 어떻게 태어나는지는 모두 리카엘에게 얻어들은 것이었다. 플로리아는 그러한 사실을 까맣게 모르고 있었다.

태어날 동생은 얼마나 귀여울까. 기대감으로 설레게 된다.

라이엘은 콧노래를 부르며 원 스텝, 투 스텝 복도를 달려 나갔다. 동생이 태어나는 것은 좋았지만 놀아 줄 사람이 없어 심심했다. 잠시 멈춰 선 라이엘은 주변을 두리번거렸다.

"으음, 누구한테 놀아 달라고 하지."

주변을 맴돌던 요정들이 너나 할 것 없이 저랑 놀자며 아우성쳤다. 작은 친구들은 언제나 제 곁에 있었다. 하지만 오늘은 요정이 아닌 다른 이들과 놀고 싶었다.

"어머나, 라이엘 황녀님. 안녕하세요."

"오늘도 너무나 귀여우세요."

복도에 서 있던 라이엘을 보고 지나가던 시녀와 귀족들이 인사를 건네 왔다.

"모두 고마워!"

라이엘도 환히 웃으며 그들의 인사에 보답해 주었다.

가끔 장난을 심하게 치기는 했지만 라이엘은 모두의 사랑을 독차지하는 사랑스러운 황녀였다.

라이엘에게 인사를 하고 지나가는 이들 중 이종족도 섞여 있었다. 각자의 영역에서 즉위를 받은 이종족은 황실을 드나들 수 있었다. 거우 다섯 해밖에 지나지 않았지만 이제는 황실에서 이종족을 보는 게 제법 흔한 일이 되었다.

"아, 맞다. 거기 가면 되겠어!"

다양한 이들의 인사를 받아 주던 라이엘은 다시금 종종걸음을 옮겼다. 바깥과 연결된 아치형의 복도를 지나 아이가 향한 곳은 거대한 유리 온실이었다. 라이엘은 익숙한 듯 온실의 문을 열었다. 신선한 초목의 향, 달콤하게 번지는 꽃향기가 아이를 다정하게 감싸 안았다.

유리 온실의 크기만큼 내부에는 수백 종의 나무와 식물들이 심어져 있었다.

나무와 꽃들이 아이에게 인사를 건네 왔다. 신의 조각 때문인지, 살아 있는 모든 것은 라이엘에게 큰 호감을 보였다.

라이엘은 모두의 인사를 하나하나 받아 주면서 안으로 들어갔다. 풀숲을 헤치던 어린아이는 무언가를 찾는 듯 두리번거렸다. 곧이어 나무 사이로 에메랄드빛 실타래 같은 것이 보였다. 동시에 라이엘의 얼굴이 환해졌다.

"아르덴!"

라이엘은 한달음에 뛰어가 아르덴의 품에 풀썩 안겼다. 온실을 정리하던 손이 멈추었다. 갑작스러운 아이의 등장에 놀란 아르덴이 눈을 깜빡였다. 곧이어 초목같이 청량한 웃음이 라이엘을 반겼다.

"라이엘, 왔니?"

"응, 보고 싶었어요!"

아르덴이 반가운 마음에 라이엘을 안아 들자 뺨에 입술이 닿아 왔다. 아르덴도 답례로 이마에 입을 맞춰 주고는 라이엘을 바닥에 내려 주었다.

"아르덴은 뭐 하고 있었어요?"

"응. 식물을 돌보고 있었단다."

아르덴이 라이엘의 머리를 쓰다듬으며 말했다.

유리 온실은 식물을 돌보기에 적합한 환경을 갖추고 있었다. 목인들이 거의 없어진 숲에는 멸종된 식물이 많았다. 이곳은 사라진 생명을 복원하기 위한 장소였다.

"아 참, 라이엘에게도 소개해 주어야겠구나."

"으응, 뭘요?"

방긋거리던 라이엘이 눈을 깜빡였다. 아르덴은 그런 아이가 귀엽다는 듯 웃으며 반대쪽 수풀 너머로 시선을 주었다.

"라크란. 이리 와 보렴."

라크란? 그게 누구지? 라이엘의 고개가 기울어졌다. 곧이어 수풀이 부딪히는 소리가 났다.

"부르셨나요?"

풀숲 사이로 보이는 것은 연보랏빛 머리칼. 열 살쯤 되었을까. 검은색에 가까운 진한 바이올렛 눈동자가 하얀 피부와 대비되어 보이는 소년이었다.

"목인과 화인의 혼혈인 라크란이라고 한다. 나를 돕기 위해 목인의 마을에서 왔어. 라크란. 라이엘 황녀님이란다."

"안녕하세요. 황녀님."

소년은 흘끗 라이엘에게 눈길을 주고 가벼운 묵례를 했다. 그 순간 라이엘의 뺨이 확 붉어졌다. 아이는 그것을 알아차리지도 못한 채 고개를 푹 숙여 버렸다.

"아, 안녕."

쥐꼬리만 한 목소리가 봄볕을 받은 병아리처럼 삐약삐약 메아리쳤다.


"도와 달라구!"

"아, 이 꼬맹이가 진짜!"

정숙해야 할 황성의 복도에 때아닌 고함이 울려 퍼졌다. 라이엘은 아랑곳하지 않고 벨루스의 팔에 매달렸다. 벨루스가 팔을 휘저을 때마다 작은 몸이 붕붕거리며 공중에서 흔들렸다.

"어머."

"황녀님. 벨루스 사령관님. 즐거워 보이셔요. 호호."

지나가던 귀족들이 그 꼴을 보고 웃음을 삼켰다. 여인들의 웃음소리에 벨루스의 얼굴이 홧홧하게 달아올랐다.

"어어!"

"조용히 좀 해!"

라이엘을 달랑 안아 든 벨루스가 복도 창문을 훌쩍 뛰어넘었다. 3층에 다다른 높이였지만 그에게는 아무런 방해가 되지 않았다.

벨루스는 근처 조용한 풀숲에 라이엘을 내려놓았다. 골치가 아플 때 하는 버릇인, 제 머리를 헝클이는 행동은 덤이었다.

"왜 나한테만 이래?"

자신은 그저 복도를 걷고 있었을 뿐이다. 모퉁이를 돌려던 찰나, 이 꼬마 악마에게 붙잡혀 버린 것이다.

"만만하니까."

"허."

라이엘이 옆구리에 각각 양손을 올리고 당당하게 외쳤다. 벨루스는 자신만만한 아이의 태도에 헛웃음을 뱉었다.

플로리아가 황위에 정식으로 입적한 후, 다른 형제들 또한 황실의 일원이 되었다.

황실이 새로이 개편된 후, 새로 만들어진 직위 또한 늘어났다. 벨루스는 이종족 사령관으로서 공작과 비견되는 직위를 하사받았다.

사령관의 영지는 국경에 위치한다. 사령관은 국경을 넘어오는 이종족 난민들을 보호하고, 제국에 정착하게끔 도와주는 역할을 했다.

자유로운 성격상, 벨루스는 황궁에 오래 붙어 있기를 거부했다. 플로리아는 자신의 동생을 위해 필요한 직위를 만들어 땅 일부를 내어주었다. 백성들은 안전한 수도 대신 외곽 쪽으로 나가 이종족을 돕는 벨루스를 존경하고, 또 경애했다.

그 자신이야 신경 쓰지 않는 부분이었으나, 황족이며 외곽의 사령관인 벨루스를 함부로 대하는 사람은 아무도 없었다. 단 한 명, 사랑스러운 황녀인 라이엘을 제외하고는 말이다.

"대체."

이 꼬맹이를 어찌해야 할지 모르겠다.

벨루스는 골치 아픈 표정으로 라이엘을 내려다보았다. 조르고 졸라 복도에서 도망까지 나오게 한 주제에 눈망울은 초롱초롱 당당했다.

외곽에서 휴가를 받아 수도로 돌아온 지 고작 이틀째였다. 모처럼 쉬는 시간을 즐겨 볼까 했더니 이런 황당하기 짝이 없는 부탁이라니. 벨루스는 고개를 절레절레 젓고 말았다.

'사랑을 도와 달라니.'

다시 생각해 봐도 어이가 없었다.

유리 온실에서 마주친 꼬맹이한테 반했단다. 자신은 부끄러우니 몰래 그 소년과 이어 달라는 것이 라이엘의 부탁이었다.

"아르덴한테 가서 말해!"

"부끄러우니까 그렇지!"

빼애액, 요란한 소리를 잘도 냈다. 벨루스는 눈을 가늘게 뜨며 소악마의 행태를 흘겨보았다.

부탁을 들어주지 않자 하얀 뺨이 먹이를 양껏 집어넣은 햄스터처럼 빵빵하게 부풀어 있었다. 몹시 귀여웠지만 그는 저 안에 숨어 있는 어마어마한 고집을 알았다.

품에 안겨 있을 때는 마냥 천사 같더니만. 스스로 걷고 뛸 때부터는 움직이는 재앙이 따로 없었다.

진정하자 진정. 이런 어린아이에게 화를 낼 수는 없지 않은가.

호흡을 고른 벨루스가 차근한 어조로 물었다. 하지만 오래가지 못할 차분함이었다.

"야, 아르덴한텐 부끄럽고 나한텐 안 부끄럽냐?"

"응! 그러니까 도와!"

"이 계집애가 진짜!"

다시금 언성이 높아질 때였다. 벨루스의 뒤로 검은 그림자가 아른아른 비쳤다. 혈압이 오를 대로 오른 벨루스는 눈치채지 못했으나 그의 앞에 서 있던 라이엘에게는 인형의 얼굴이 보였다.

"뭐 하는 짓이냐."

"악!"

쿵! 벨루스의 머리 위로 묵직한 주먹이 꽂혔다. 벨루스가 머리를 감싸며 재빨리 뒤를 돌았다.

감히 어떤 놈이 늑대의 머리에 주먹을 날린단 말인가. 가만두지 않을 생각에 번뜩 눈을 부라릴 때다. 얼음처럼 시린 하늘색 눈동자가 벨루스를 스산히 내려다보고 있었다.

"리카엘!"

"내 작은 천사."

라이엘이 리카엘의 품으로 폴싹 안겨 들었다. 리카엘은 더없이 다정한 표정을 지으며 아이를 품에 안아 들었다. 라이엘을 보는 하늘색 눈동자에 꿀이 뚝뚝 떨어졌다.

벨루스는 맞은 것도 잊고 애정 표현을 서슴지 않는 두 사람을 기가 막힌 표정으로 바라보았다.

"속상한 일이라도 있는 거냐."

리카엘이 라이엘을 부드럽게 달랬다. 자신을 대할 때와는 판이한 음성에 벨루스가 또 한 번 혀를 찼다.

리카엘은 라이엘이 탄생하고부터 아이를 싸고돌았다. 오죽하면 부모인 플로리아조차 혀를 찰 정도였다.

"그게에."

라이엘이 수줍은 듯 고개를 숙였다. 몇 번의 재촉 끝에, 아이는 부끄러워하며 자초지종을 속삭였다.

"흠, 그렇구나."

마침내 라이엘이 리카엘의 귀에서 입을 뗐을 때였다. 다정하던 하늘색 눈이 빠르게 얼어붙었다. 둘을 관전하던 벨루스가 그 눈을 보고 뒷걸음질 쳤다. 그건 살기였다.

리카엘은 눈웃음으로 살기등등한 눈동자를 감추며 물었다.

"그놈 이름이 뭐라고?"

"라크란! 목인과 화인의 혼혈이래!"

아이가 뺨을 붉힘과 동시에 리카엘의 속눈썹이 꿈틀거렸다.

리카엘이 라이엘을 풀밭에 내려놓았다. 그리고 작은 어깨를 잡으며 진지한 투로 물었다.

"라이엘, 내가 남자는 뭐라고 했지?"

"늑대다!"

라이엘이 '어흥'하고는 양손으로 발톱 모양을 내보였다. 그 모습이 깨물어 주고 싶을 정도로 앙증맞았다. 옆에서 지켜보던 벨루스가 리카엘을 미친놈 취급했다.

"가만히 있는 늑대는 왜 건들고 그래? 그리고 늑대는 일부일처제인…… 읍, 읍!"

"입 닫지."

리카엘이 벨루스의 입을 막아 버렸다. 닥치지 않으면 칼이라도 빼

낼 기세다.

'눈이 돌아 있잖아?'

벨루스는 꿀꺽 마른침을 삼키며 손을 내저었다. 입을 다물겠다는 뜻에 손이 치워졌다. 벨루스는 천천히 뒤로 물러섰다. 라이엘은 리카엘에게 집중하고 있었다.

'이때다.'

더 이상 끼어들고 싶지 않았다. 벨루스는 빛의 속도로 둘에게서 달아났다.

눈치 빠른 늑대가 달아나거나 말거나. 질투에 눈이 돌아 버린 매는 활활 불타는 시선으로 라이엘을 바라보았다. 마냥 순진한 꼬마 아가씨는 불꽃을 담은 눈이 자신을 도와주려는 리카엘의 정열이라 생각했다.

"좋아. 도와주지."

"정말이지?!"

기쁨에 루비 같은 눈동자가 반짝반짝 빛났다. 몸을 가만히 두지 못하겠는지 작은 발이 바닥에서 붕붕 뛰었다. 라이엘의 행복은 곧 리카엘의 행복과 같다. 하지만 지금은 아니었다.

"그럼. 정말이고말고."

리카엘이 입꼬리를 끌어당기며 웃었다. 하지만 그의 두 눈은 아무도 모르게 얼음처럼 굳어 있었다.

* * *

"아이, 참."

따사로운 봄날의 정원, 거닐기만 해도 행복한 기운이 감도는 화원에 깊은 한숨 소리가 울렸다.

라이엘은 벤치에 앉아 발을 동동 굴렀다. 유리 온실에 가 볼까 했지만 오늘도 없을 것이 뻔했다.

'왜 안 보이는 거야?'

아르덴이 라크란을 소개한 이후, 라이엘은 매일 유리 온실을 방문했다. 라크란은 아르덴의 조수답게 늘 유리 온실에서 식물을 가꾸고 있었다. 그 모습을 바라보고 있노라면 행복감이 밀려왔다. 더 이상은 참지 못할 것 같았다. 그래서 벨루스, 그리고 리카엘에게 도움을 요청한 것이다.

'이상하단 말이야.'

리카엘이 도와준다고 한 이후, 유리 온실에서 라크란의 모습을 볼 수 없었다. 아르덴에게 물어봐도 고개만 저을 뿐 원하는 대답은 들을 수 없었다.

"……얼굴이라도 보고 싶은데."

라이엘이 속상한 마음에 투덜거렸다.

리카엘도 마찬가지였다. 도와준다고 해 놓고선 그 뒤로 감감무소식이었다.

그는 제국을 대표하는 외교관이다. 다른 제국과의 관계를 조율하여 타국에 있는 이종족의 처우를 개선하는 일을 맡고 있었다. 그러니 그가 바쁜 것은 당연했다. 하지만 도와준다고 했으면서 코빼기도 보이지 않는 건 섭섭했다.

'내가 짠 계획도 말해 주지 못했는데.'

홀연히 가 버렸기에 어떻게 도와 달라고 말하지 못했다.

라이엘의 계획은 이랬다. 어른들이 친해지라며 작은 방을 내어 준다. 그리고 둘이 소파에 마주 보고 앉아 코코아를 마신다.

라이엘의 지론에 따르면 단 걸 싫어하는 사람은 없었다. 그렇게 좋아하는 것, 싫어하는 것을 하나하나 알아 가면 친해질 수 있을 것이다. 하지만 그 말을 직접 꺼내기에는 몹시 수줍었다. 그래서 도움이 필요했던 건데.

어째 일이 이상하게 꼬여 가고 있는 느낌이었다.

"끙. 일어나자."

여기 더 있어 봤자 해결되는 것은 아무것도 없다. 벤치에서 일어난 라이엘이 드레스를 탁탁 털어 낼 때였다.

"어……?"

저 멀리, 숲과 정원이 연결된 다리에서 보랏빛 머리카락이 아른거렸다. 몇 번이나 눈을 비벼 보았지만 착각이 아니다. 분명 라크란이, 자신을 향해 다가오고 있었다.

라일락 향이던가. 은은하고도 달콤한 향이 바람에 섞여 라이엘의 주변을 맴돌았다.

제비꽃 같은 머리카락만 봐도 가슴이 콩닥콩닥 설렌다. 소년이 점점 가까이 다가오고 있었다.

"어어?"

마른침을 꿀꺽 삼키던 와중이다. 열 걸음 정도 남았을까, 라크란의 얼굴이 자세히 보였다.

찢어진 입술 끝에 피가 굳어 있었다. 그뿐만이 아니다. 늘 깔끔하게 각이 잡혀 있던 옷은 구겨져 엉망이었고, 진주 가루를 뿌린 듯 새하얀 피부 위엔 흙먼지가 뿌옇게 내려앉아 있다.

"저, 몸이 왜…… 어디 다친 거야?"

뺨을 붉히던 것도 잠시, 라이엘은 소년의 상태에 안절부절못했다.

입가라도 닦아 주면 좀 낫지 않을까. 우왕좌왕하던 아이가 손수건을 꺼내려 할 때였다. 라크란이 사납게 눈가를 일그러뜨렸다.

"정말 몰라서 물으시는 겁니까?"

소년 특유의 미성이 싸늘하게 가라앉아 있었다. 주머니를 뒤지던 라이엘의 손끝이 뻣뻣하게 굳었다. 반쯤 꺼낸 손수건이 바닥으로 툭 떨어지고 말았다. 그것을 주워야 할지 말아야 할지도 알 수 없을 만큼 라크란의 표정이 사나웠다.

"뭐, 뭐가……."

"대체 저한테 왜 그러시는 겁니까?"

라크란이 깊은 한숨을 내뱉었다. 입가가 따가운지 거칠게 떼어 낸 피딱지 아래에서 다시금 핏방울이 맺혔다.

하얀 피부에 흐르는 핏줄기가 안쓰러웠다. 그것을 닦아 주고 싶었지만 차가운 표정에 굳어진 몸은 쉽사리 움직이질 않았다.

'그냥 친해지고 싶었던 것뿐인데.'

아르덴의 유리 온실에서 만난 소년. 단정한 말투와 섬세한 손길에, 첫눈에 반하고 말았다.

무심한 눈빛과 고조 없는 말투. 자신에게 큰 관심은 없어 보였지만 그것마저도 좋았다. 그래서 매일 온실에 찾아갔다.

크게 궁금하지도 않으면서 식물에 관해 물어보면 라크란은 무뚝뚝한 말투로도 친절히 설명해 주었다.

그런데 왜…….

"……흑, 흐윽."

"……지금 뭐 하시는."

진한 라즈베리 색 눈동자 위로 눈물이 아롱아롱 맺혔다. 작은 어깨가 떨어지는 눈물에 맞춰 들썩인다. 라크란의 눈동자가 눈에 띄게 커진 순간.

"흐아아앙!"

아름다운 사월의 화원에 울음바다가 터지고 말았다.


따스한 분위기를 풍기는 방 안.

홀쩍, 홀쩍. 울음 삼키는 소리가 정적을 깨뜨렸다.

라이엘의 옆에 앉은 리카엘이 아이를 달래 보려 했지만 모두 헛수고였다. 말이라도 걸라치면 고개를 돌리고, 손이라도 잡을라치면 차갑게 내친다. 리카엘은 얼음 같은 조카의 태도에 쩔쩔매며 플로리아에게 도움의 눈길을 청했다.

"계속 이야기해 보렴. 괜찮으니까."

플로리아는 제 오라비의 구조 요청을 가볍게 피해 버렸다. 그녀의 시선이 닿는 곳엔 라크란이 앉아 있었다. 소년은 초조한 듯 손에 쥔 잔만을 만지작거렸다.

냉한 분위기 속에서 코코아의 달콤한 향기만이 모락모락 퍼져 나갔다.

"그게. 자꾸만 리카엘 외교관님께서 황녀님의 이름을 걸고 대련을 시키셔서……."

머뭇거리던 라크란이 겨우 입을 열었다. 소년은 리카엘의 눈치를 보고 있었다.

플로리아는 리카엘이 라크란을 노려볼 때마다 곧바로 주의를 주었다. 그때마다 리카엘은 꼬리만 개처럼 고개를 숙일 수밖에 없었다.

"온실의 일도 있고…… 조금 곤란했습니다."

의도치 않게 여제의 기세를 등에 업은 라크란이 토로했다.

리카엘은 갑작스럽게 온실로 들이닥쳤다. 그리고는 아무런 설명도 없이 라크란을 끌고 갔다. 영문도 모르고 도착한 곳은 숲속 한 편에 자리 잡은 대련장이었다.

'쥐어라.'

리카엘은 멀뚱히 서 있는 소년에게 목검을 던져 주었다. 라크란은 얼떨결에 목검을 받아 들었다. 상황 파악도 되기 전이었다.

'웃!'

날카로운 예기를 머금은 목검이 라크란을 노리며 뻗어 왔다. 놀란 소년이 본능적으로 몸을 뒤로 물렀다. 리카엘의 눈가가 묘하게 찌푸려졌다.

'무슨 짓입니까?'

검술 기초 정도는 목인의 마을에서 떼고 온 참이다.

라크란이 목검을 고쳐 잡았다. 소년의 태도가 진지해진 것을 확인한 리카엘이 다시 한번 검을 휘둘렀다. 목검 특유의 둔탁한 음이 대기에 울려 퍼졌다.

'오늘부터 매일 이 시간에 대련 시작이다. 꼬마. 황녀님의 이름을 걸고 말이야.'

리카엘이 서슬 퍼런 목소리로 말했다.

라크란은 이 모든 상황을 이해할 수가 없었다. 기초적인 검술을 익혔다고는 하나 기본적으로 자신은 검의 길을 걷는 사람이 아니었다.

반면 리카엘은 외교관의 직위를 가지고 있기는 하지만 검술에 대단히 깊은 조예를 가지고 있는 이였다.

자신이 그런 사람의 검을 받아 낼 수 있을 리가 없었다.

지금까지는 봐준 것이라는 듯 바람처럼 빠르고 매서운 일격이 소년의 몸 위로 폭풍처럼 쏟아져 내렸다. 대련을 빙자한 시비는 해가 질 때쯤이 되어서야 끝이 났다.

숨이 턱 끝까지 차올랐다. 겨우 질문할 틈이 생겼을 때는 옷이 넝마가 될 정도로 지쳤기에 말할 기력조차 남지 않은 상태였다.

대련은 그의 말대로 매일 반복되었다.

자신의 스승인 아르덴에게 토로해 보았지만, 그는 쓰게 웃기만 할 뿐 별다른 해결책을 내어 주지 않았다.

"그래서…… 저는 황녀님이 시키신 일인 줄 알았고요."

하루도 거르지 않고 대련을 하니 일과는 당연히 엉망이었다.

검을 막아 낼 실력이 없으니 하루가 다르게 느는 건 멍이요, 상처였다. 억울했다. 대체 자신이 무슨 죄를 지었기에 이런 구타를 당해야 하는 것인지 알 수가 없었다. 그래서 라이엘 황녀를 찾은 것이다. 그 이유라도 알고 싶어서 말이다.

"그런데 그게 아니었군요."

"네. 제가 성급했습니다. 다시 한번 사과드립니다. 황녀님."

라크란이 플로리아의 차분한 어조에 고개를 조아렸다.

"아, 아니야. 괜찮아."

깍듯한 사과에 라이엘이 손을 내저었다. 그러면서 모든 일의 원흉인 리카엘을 쏘아보는 것도 잊지 않았다.

만남을 도와 달라고 했더니 일을 이 지경으로 만들다니. 도무지 머릿속을 이해할 수가 없었다.

"나는…… 단련을 하면 더 좋지 않을까 싶어서 말이다."

흠흠, 리카엘이 헛기침하며 애써 변명을 늘어놓았다.

그가 생각하기로는 라크란이 황녀의 눈에 들었으니 호위 기사라도 시키면 좋지 않겠냐는 것이었는데, 즉석에서 만들어 낸 변명치고는 꽤 제법인지라 플로리아는 가느스름하게 제 오라비를 흘겨보았다.

"그러면 오해는 풀렸고, 둘이서 이야기 나누고 있으렴. 우리는 이만 나가죠. 오라버니."

"잠깐만, 리아."

리카엘이 자리에서 일어나려는 플로리아를 만류했다. 플로리아는 그가 말을 붙이기 전 이미 의자에서 몸을 떼어 낸 상태였다.

라크란을 등진 미묘한 각도로 서 있던지라 그녀의 얼굴은 리카엘밖에 볼 수 없었다.

"얼른. 요?"

입가는 웃고 있었지만 눈동자는 만년설처럼 차가웠다. 리카엘이 그녀의 기백에 흠칫 뒤로 물러섰다. 플로리아는 뭐 하냐는 듯 고갯짓을 했다.

사랑스러운 조카에게 잔뜩 미움받은 리카엘은 아이의 마음을 풀어 줄 새도 없이 방 밖으로 나가야만 했다.

"……."

어른들이 모두 나간 후, 응접실은 또다시 침묵에 휩싸였다.

라이엘은 반쯤 식은 코코아 잔을 내려다보았다. 일이 이렇게 될 줄은 몰랐지만 결과적으로 둘만 남겨졌고 함께 코코아를 마시고 있다.

라이엘은 눈짓으로 라크란의 잔을 넘어 보았다. 잔은 갈색 음료로 찰랑거렸다. 몇 입 대지 않은 모양이었다.

소녀는 조심스럽게 말을 붙여 보았다.

"저기, 코코아 싫어해?"

"단 것을 그리 즐기지 않습니다."

단 것을 싫어할 수도 있구나. 라이엘은 신기한 눈으로 라크란을 바라보았다.

눈을 내리깔고 있던 라크란이 고개를 들었다. 검은색에 가까운 바이올렛 눈동자가 라이엘을 진중히 담아냈다.

"황녀님. 무례를 범해서 정말로 죄송했습니다."

"아니야. 그건, 정말로 괜찮아."

또 한 번의 사과였다.

라이엘이 정말로 괜찮다며 손을 내저었지만, 소년의 표정은 더없이 진지하기만 했다.

라이엘은 손을 내저으면서도 다른 생각을 품고 있었다.

단 것을 싫어하는 라크란, 식물을 좋아하는 라크란.

좋아하는 마음 이상으로 소년에 대해 좀 더, 좀 더 알고 싶었다.

"저기, 있지. 나는 너랑 많이 친해지고 싶어. 그러니까……."

심장이 터질 듯 두근거렸다. 하지만 멈추어서는 안 된다. 남에게 도움을 청해서도 안 되었다.

라이엘은 마음속 용기를 모두 짜내어 말했다.

"우리 친구 할래?"

힘차게 외쳤지만 두 눈은 꼭 감겨 있었다. 하나, 둘, 셋. 속으로 셋까지 세었지만 대답은 없었다.

거절인 걸까. 라이엘은 조심스럽게 한쪽 눈을 떴다. 그 순간, 소년의 입가에 희미한 미소가 번졌다.

"영광입니다. 라이엘 황녀님."

"정말이지!"

라이엘의 얼굴에 환한 미소가 번졌다.

코코아는 식어 버렸지만 마음만큼은 그 어느 때보다 따스한 나날이었다.

* * *

"그런 일이 있었다니까. 조카 사랑도 어지간해야지."

캄캄한 밤, 나는 오후의 일을 떠올리며 깊은 한숨을 내쉬었다.

낮은 웃음과 함께 카르텔이 뒤에서 나를 끌어안았다. 그에게 안긴 나는 편안하게 등을 기대었다.

'벌써 사랑이라니.'

작달막한 소녀의 풋사랑에 웃음이 나왔다.

나는 옅게 웃으며 과일 바구니로 손을 뻗었다. 바구니에는 청포도와 석류 같은 귀한 과일이 여럿 담겨 있었다. 평소에도 자주 즐기는 것이기에 망설임 없이 포도 한 알을 입가에 가져다 댄다.

"……윽."

"리아?"

톡 터지는 단맛을 기다리던 찰나, 나는 그것을 차마 삼켜 내지 못하고 도로 뱉고야 말았다.

이런 일은 처음이었다. 당황한 나는 카르텔을 올려다보았다.

"……설마."

카르텔의 눈가가 가늘어졌다.

설마라니. 무슨? 그 말의 의미를 이해하지 못한 나는 고개를 기울였다.

평소 즐기던 것에 대한 거부감.

카르텔이 몸을 일으켜 줄을 잡아당겼다. 평소와 다르게 다급한 행동이었다. 그는 대기하던 시녀에게 의원을 불러오라 명했다.

나는 카르텔의 옷깃을 붙잡고 입술을 꾹 깨물었다.

설마. 그 한마디가 마음속에 둥근 파문을 불러일으켰다. 아니겠지, 아닐 거야. 그렇게 되뇌면서도 슬그머니 기대가 되는 건 어쩔 수 없다.

저만치서 의원이 헐레벌떡 뛰어오는 소리가 들려왔다. 나는 가슴께를 부여잡으며 호흡을 다스렸다.

"경하드립니다. 회임하셨습니다!"

잠시 뒤, 의원의 외침에 나는 입을 벌렸다. 처음 찾아온 건 놀람, 그다음에는……. 형언할 수 없는 기쁨.

나는 온 힘을 다해 카르텔을 끌어안았다.

사월의 밤바람은 이다지도 따스했다.